Frank Witzel

Rock, Rinder und die Posaunen der Poesie

Roman

Manuela Kinzel Verlag

Für Iris

und dem Andenken an Martin (Mörtel) Blischke

Sinne und Leidenschaften reden und verstehen nichts als Bilder. In Bildern besteht der ganze Schatz menschlicher Erkenntniß und Glückseeligkeit. Der erste Ausbruch der Schöpfung, und der erste Eindruck ihres Geschichtsschreibers; -- die erste Erscheinung und der erste Genuss der Natur vereinigen sich in dem Worte: Es werde Licht! hiemit fängt sich die Empfindung von der Gegenwart der Dinge an.

Rede, dass ich Dich sehe! -- Dieser Wunsch wurde durch die Schöpfung erfüllt, die eine Rede an die Kreatur durch die Kreatur ist; denn ein Tag sagts dem andern, und eine Nacht tuts kund der andern.

Die Natur würkt durch Sinne und Leidenschaften. Wer ihre Werkzeuge verstümmelt, wie mag der empfinden? Sind auch gelähmte Sennadern zur Bewegung aufgelegt? --

Johann Georg Hamann, Aesthetica in nuce

An eine Vernunft

Ein Schlag deines Fingers auf die Trommel entlädt
alle Töne, und die neue Harmonie hebt an.
  Ein Schritt von dir, das ist der Aufstand neuer
Menschen und ihr Marschieren.
  Dein Kopf wendet sich ab: die neue Liebe!
Dein Kopf wendet sich zurück, – die neue Liebe!
  „Ändre unser Los, sichte die Plagen und
beginn mit der Zeit", singen dir diese
Kinder. „Erzieh irgendwo das Wesen
unseres Glücks und unserer Wünsche", bittet man dich.
  Angekommen seit je, wirst du überall hingehn.

Arthur Rimbaud (übersetzt von Reinhard Kiefer und Ulrich Prill)

Inhaltsverzeichnis

Die strammen Maxe der Kapitel

1. Ein paar Themen auf der Wort-Pfanne 14

2. Die Nöte eines Schreiberlings: Spiegeleier der Zufriedenheit und Kopf-Boxkampftag 17

3. Gefangen von den Lassos der Intensität: endlich auf dem Schreib-Mähdrescher 21

4. Ein Sumpf als Regisseur von Gruselfilmen 23

5. Kühe muhen Hängematten der Muße und rauchen Trakl-Joints 25

6. Dichter- und Hippie-Happening, Lese-Orgie, und zwei harte Jungens zeigen mir Grünschnabel, wo's langgeht, die Streckbank, und Norbert schlägt auf 28

7. Herbert, der von Stahl-Bibeln zerquetschte und durch den Wolf des Nihilismus gedrehte, besucht mich als Mega-Hippie 44

8. Der Auftritt der harten Jungens auf der Bühne meines Gedächtnisses 51

9. Ein schmales, sensibles und verletzliches Lämmchen, das von einem utopischen, scharfen und scharfsinnigen Löwen bewacht wird 58

10. Lena-Präludien 60

11. Wir wollten eine Kuh hochheben können. Ist doch klar, oder? 62

12. Noch mal die Vorgruppen und dann Lena, die das Stadion meiner Seele ausflippen lässt 64

13. Die Küng-Revolte und das Lachen mit Doktortitel 69

14. Bücher ohne Appetit und ohne Kuss-Lust 73

15. Goldmund als Sinnlichkeits- und Poesie-Guerillero und Herr Geisthof als Narziß 74

16. Der Unterricht bei Herrn Geisthof als Refugium vor den zähnefletschenden Hunden hektikgetriebener Aggression 75
17. Patenkind und Landarbeiter 77
18. Onkel Ottfried und ich schießen aufeinander mit Bogen- und Pumpgun-Wörtern 78
19. Fred wehrt sich gegen Otto Brühlbock 82
20. Der sedierte Brühlbock in mir 88
21. Der Ottfried-Orkan, Björn, die verletzliche Lena und die vermaledeiten Symbiosen 89
22. Würste, Schnitzel und die Sprache der Liebe 92
23. Wir segeln auf dem Traktor-Schiff zum Kornhaus-Korsika 95
24. Ins Schlaraffenland zum Bratwurst-Schorsch 96
25. Der Ritterschlag aus Finnland 100
26. Und noch mal die Seelen-Schredder der Symbiosen 102
27. Die grünschnabeligen Heu-Helden, und wer denkt, dass das Symbiosen-Thema abgefrühstückt ist, wird merken, dass der Frühstückstisch noch längst nicht so leer ist wie die Straßen am Neujahrsmorgen 105
28. Selbstgerechter Oberstudienrat der Moral, Alleswisser-Dickbauch, peinlich, peinlich 109
29. Na endlich, Zäune und Gräben der Schüchternheit werden übersprungen 110
30. Die egomanen Novalis-Rebellen in der Oberstufe 111
31. Ludwig Laxbarth, der Che Guevara der Liebe, in brauner Stoffhose, weißem Hemd und dunkelblauem Pullunder 115
32. Unglaublich: Ein alter Tischtennis-Heroe ist im Wirtschaftskurs 117

33. Vincent, der spirituelle Rausch-Sommer der Malerei 118
34. Die eigene Winzigkeit und die überwältigende Unübersichtlichkeit der Welt 120
35. Rudersklave auf einer Galeere des Diesseits 123
36. Ein mieser Drecksack und Neidhammel 123
37. „Hier hast du wieder ein bisschen Stoff, aber tick nicht zu sehr aus." 125
38. Atlantikwellen an der Westalgarve, wenn sie bei einem Sturm an die Steilküste krachen 128
39. Bei Herbert war's wie als Kind bei den Großeltern 130
40. Seelen wie die zementenen Reihenhäuser, Granaten-Dumpfbacken an der Macht 136
41. Endlich wieder beim Smartie-Sessel und der Königin mit einem weinroten Flicken am Knie 140
42. Alpen-Berge spielen auf der Sonnen-Orgel mit einem Mittelmeerstrand abwechselnd Bach- und Doors-Songs: Und Franz von Assisi liebt sie auch noch 144
43. Fenster zumauernde Melancholie 146
44. Waldrand-Buchen, die die Kaninchen der Unbeschwertheit vor den Falken des Dämpf-Realismus schützen 148
45. Elogen der Bewunderung fuhren mit psychedelisch bemalten Kutschen durch mein Herz 152
46. Das Pablo-Neruda-Café als inspirierendes Herz der Subversion 155
47. Die Literatur- und Musiknacht 167
48. Holgers Sinnkrise als Protest gegen das Favelas züchtende und Arbeits-Knäste schleimende Bestehende 169
49. Holger will abhauen zu den „Körner-Kämpfern" 174

50. Die Polit-Fanatiker und die Beton-Frommen hassen Poesie, vor allem, wenn sie auf der Glockenblumen-Orgel eines Frühlingshimmels Kuss-Öfen orkant 177
51. Kunz wittert den Polit-Savonarola und die Guillotinen-Geilheit Robespierres und sieht das Alt-Schwarzbrot bei den Körner-Kämpfern, das die Zähne des Abenteuers stumpf macht 183
52. Das moralische Dilemma 185
53. Endlich bei den Körner-Kämpfern, wo die Hippie-Mähdrescher der Revolte den wiehernden Hafer der Gerechtigkeit hurraen 185
54. Die zerrissene Seele von Holgers Vater 188
55. Zum Glück ist da Dr. Karl Hulddorf 192
56. Was bei den Körner-Kämpfern sonst noch so abgeht 194
57. Bei den Körner-Kämpfern schlägt ein blonder Blitz ein, begleitet von einem das Trommelfell aufmischenden Donner, und entfacht hartnäckiges und fressendes Seelen-Feuer 200
58. Holger landet wieder weich in der Schule, und das Kurssystem beendet den das Bestehende sichelnden Sommer unserer Freundschaft 208
59. Vor dem gefürchteten Gespräch: Kunz besucht mich noch zweimal in den Sommerferien 212
60. Die Seelen-Scheune von Holgers Eltern brennt, Kunz seine und meine fühlen sich an wie ein Wasserfass, in dem ein Kanonenschlag explodiert 215
61. Der tanzende Sterne staunende Tischtennis-Trip 217
62. Weiter geht's mit der Seelen-Scheune und dem Wasserfass 224

63. Waltraud außer Rand und Band, Waltraud, die angeschossene Bache, stürzt sich wütend auf Kunz und mich, die die Frischlinge ihrer Vorstellungen von und für Holger fressen wollen 224

64. Wilhelm, der Wucht-Mann von der traurigen Gestalt 232

65. Kunz kommt noch zweimal zu Besuch in den Sommerferien; wie zwei Grundschüler waren wir, die sich trauten, einander das Schrecklichste zu erzählen, was sie bisher erlebt hatten 237

66. Auch Holger hat ein paar Adler-Federn gelassen 239

67. Unsere Freundschaft ändert sich 240

68. Endlich auf dem Schulfest, dem Fest der Feste 247

69. Nachgereicht: die herrliche Fahrradfahrt dorthin 248

70. Hoffentlich ist Lena überhaupt da – Gieselas Kontrollwahn und ihre Terror-Tornados 249

71. Bei Bruno Laxsprung haben sogar die Betonwände der Schule mitgelacht 254

72. Als Erstes sehe ich Herbert, dann gibt's noch 'ne typische Schlaumeier-Diskussion, und endlich fällt mir ein Stein vom Herzen 256

73. Die Ende-August-Sonne kollabiert, Lena als Königin des ganz anderen 257

74. Oh Mann, was ging mir die Düse, und zum Glück rockten uns dann die würzigen Wald- und Feldgerüche in die Sphäre roten Rausches 264

75. Es war so, als wenn der Kappel-Berg, den man von Bullburg als Grenze des Blickes nach Osten sehen konnte, über Nacht der K2 geworden wäre und noch viel, viel spektakulärer 266

76. Die Herde der Sternen-Kühe über uns liegt wiederkäuend und zufrieden auf der Weide des Nachthimmels, und ab und zu zwinkert uns eine schöne Rotbunte zu 271

77. Nächtliche Fahrt nach Hermannsdorf im dicken Unternehmermercedes, und ich bin von den Socken, wie freundlich, wie intelligent, sensibel und interessiert der Bagger- und Raupen-Bauer Blauberg ist 273

78. Und dann geht's durch die Geigen denkenden Honig-Straßen dieser Nacht 276

79. Ein Stuck-Steinbock springt uns vor die Füße 279

80. Ein Abschiedskuss so süß, als hätte er alle Feigen Griechenlands geerntet und verputzt, und so scharf, als hätte er als Therapie dagegen mehrere Liter Tabasco in sich geschüttet 282

81. Ich koste die Nacht der Nächte vor dem Schlafengehen noch aus, kaum einkriegen kann ich mich 286

82. Langsam wach, die Säcke der Nachschlaf-Müdigkeit abgeladen und dann: welch ein neuer Tag 292

83. Bei Norbert ist oft sturmfreie Bude 298

84. Brueghels Monatsbilder schießen mit dem Flitzebogen unentwegt Pfeile der Erinnerung – „Die Heimkehr der Jäger" als WM-Endspiel 303

85. Die „Heimkehr der Herde" als Seeweg nach Indien 305

86. „Die Heuernte" als auf roten Orgeln spielender Ortler 308

87. Unser Genial-, Weltschmerz-, Hippie- und Revoluzzer-Hartwig 311

88. Der Holz-Thron des Heufahrens, gold und blau angemalt, mit eingelassenen Edelsteinen und bemalten Muscheln 319

89. „Die Kornernte" – Zeit zirpender Muße und später dann Onkel Ottfried als ein Benzin-Atlantik, in den die Sonne Millionen von brennenden Pfeilen schießt 323

90. Eine genmanipulierte Monstersau als Kreuzung zwischen einem weißen Hai und einem großen Eber wird durchs Dorf getrieben 329

91. Unser galaktisches Selbstbewusstsein und das zirpende Paris des Lichts 333

92. Ein weinroter Riesenkäfer, und wie man einen Zweiachser zentimetergenau in eine enge Scheune fährt 336

93. Augen-Rehe rennen über die Waldberge, die sich in der Landschaft genussvoll rumwälzen wie satte und zufriedene Braunbären 342

94. Kunz, Punk und die Kunst 345

95. „Melanie ist die Größte" 350

96. „Macht mal halblang, Jungens, merkt ihr nicht, dass ihr wie irre Streber wirkt ..." 353

97. Aber auch das gab's: den Schraubstock von Getriebensein und Druck 357

98. Eine Borderline-/Narzissmus-Mutation von Onkel Ottfried, und die Rebellen meines Herzens werden gefangen genommen und gefoltert 369

99. Und weiter spiele ich auf der Ottfried-Erzähl-und-Analyse-Orgel 376

100. Eine freundliche, entspannte Sphäre des Sein-Dürfens einerseits und der Glaube als syrischer Folterknast der Seele andererseits 382

101. Der Sommer zelebriert sein Gesamtkunstwerk mit fantasievollen Metaphern, tanzenden Pinseln und entspannten Songs 389
102. Im Tageslicht bestaune ich noch einmal meinen Schatz aus Goldbarren, Diamanten, Brillanten und allen nur denkbaren Kostbarkeiten 392
103. Die Landschaft als malender Mango-Lassi, und der Kuhstallgeruch verfasst als Denker scharfe Pamphlete 395
104. Die weiß oder hellgrau gestrichenen Häuser mit dunklen, schwermütig in die Welt guckenden Dachziegeln als Verse fressende Einkommensteuerformulare und als Befreiung von den Einengungen durch Tradition und Armut im Denken 399
105. Wider die Verdächtiger der Leidenschaften 403
106. Der Atlantik freudigen Bramarbasierens als Morgen-Kaffee, Mama als Kanone der Freude und als Hasenherz 405
107. Ein Weißdorn-Orgien orgelnder Frühlingstag, und Vater gibt uns bei Lederstrumpf in die Lehre 411
108. Die Angst in den Baseball-Fanghandschuh Gottes werfen 420
109. Dr. Waldemar Zwackmann 424
110. Der die Schreie der Einsamkeit und Verzweiflung aus den Kellern, Tunneln und den brutal hässlichen Stadtvierteln der Seele hört und mit malenden Mittelmeer-Gitarren tröstet 429
111. Mit Mama über den Glauben reden 436
112. In Lenas Haus war ich dann zum ersten Mal in der Woche nach der küssende Mond-Klaviere kalbenden Kuss-Nacht 438
113. Im Schneidersitz in der Fußgängerzone 445

114. Der Rückfall, bei dem das Hai-Gebiss einer Depression mich zu Gehacktem verarbeitet 451
115. Das Pflugscharen der Leidenschaft schmiedende Mittelmeer unserer Küsse 453
116. Wir gehen da vorbei, wo wir fit gemacht wurden für die abenteuerlichste Reise, die dieses Leben zu bieten hat 455
117. Die Turmfalken der Augen fliegen, die Stoppelfelder verdrücken einige Tränen 460
118. Wanderungen als Eiscreme-Burgen singende Sonntage im Alltag der Schule 461
119. Oft verletzen wütende Stiere Lena auf einer Gasse im Pamplona ihrer Seele 464
120. Als wenn Jane Fonda in einem Hotel in Hermannsdorf abgestiegen wäre, um einen Aerobic-Kurs für Landfrauen zu geben 471
121. Erst einmal gab's einen gewaltigen Nackenschlag 474
122. Buchen protestieren gegen Hölderlins Gedicht „Die Eichbäume" 479
123. Bullburg schmeißt sich in Schale, denn Lena kommt zu Besuch, und wieder mal die Panzer-Pietisten, und die Ottfried-Obsession darf auch nicht fehlen 481
124. Ein süßlicher Kitsch-Jesus als röhrender Hippie-Revoluzzer 492
125. Na endlich, jetzt kommt Lena 495
126. Dem Stadtbrunnen wird noch einmal ein Besuch abgestattet 499

1. Ein paar Themen auf der Wort-Pfanne

Wie eine hungrige Sau, die das Schrot meines Lebens gierig verschlingt, kam mir die Zeit vor, als ich letzten Sonntag mit Lena meine Eltern auf unserem - ich sage immer noch unserem - Bauernhof besucht habe, die das Freuden-Schrot verschlingt, das Lena und mich nährte und zu barocken Freuden-Möpsen werden ließ im komponierenden Frühling unserer Liebe, die das Verzweiflungs-Schrot wegschlabbert, in dem ich versank, als ich mit fünfzehn meine Denk- und Glaubenskrise hatte, das Aufbruchs-Schrot mit sechzehn, als es mir war, als würde der Kolumbus meiner Seele das Amerika des Selber-Denkens neu entdecken, das Spiel-Schrot, das ich mit meinen Geschwistern und Freunden in der Kindheit aufmischte, das Grundschul-Schrot, durch das ich mich an den bunten Geistes-Gärten freuen lernte, das Wald-, das Wiesen- und das Feld-Schrot, durch das ich Trapper wurde und später zum Natur-verknallten, das Fußball-Schrot, mit dem ich die Bewegungs-Diamanten in meinen Besitz brachte, das Mädchen-Schrot, durch das ich zu einem Mittelmeer wurde, in dem Schiffe zermalmende Untergangs-Stürme wüteten, das Seligkeits-Sonnen in meine Seele rollen ließ oder durch das ich zu einem Bergsteig-Anfänger wurde, der sein Ziel, den Mädchen-Gipfel, einige Zeit nicht erreichte, weil sich unüberwindbare Fels-wände der Schüchternheit vor mir auftürmten, das Glaubens-Schrot, um das ich viele Schwert- und Lanzen-Kämpfe in meinem Kopf bestritt - o was da für Funken zerstoben und flogen -, von denen ich Narben zurückbehalten habe, durch das sich mir aber die Welt immer wieder in einen Ort verwandelt, an dem jeden Morgen Löwenzahn-Kälber auf Galaxien blinzelnden Geborgenheits-Wiesen herumtollen.

Aufgefressen, weggeschlabbert die Zeit, in der mein Vater und vor allem Onkel Ottfried die Weltenherrscher auf dem Traktor waren, aufgefressen, verschlungen die Zeit, in der meine Mutter Familien-Manager und Sauen-Magd war und ihr farbver-

rücktes Garten-Junkietum nur am Rande ausleben konnte, die Zeit mit meinem Bruder, als wir so besessen Tischtennis trainierten, dass für uns nicht mehr viel anderes zu existieren schien als weiße Zelluloidbälle, die wir atmeten, die wir aßen, die wir dachten und in die wir uns an manchem Nachmittag in der Scheune ganz und gar verwandelten, die Ton-Steine-Scherben-Zeit meines Bruders, die Zeit mit meinem Cousin, als er als Winnetou und ich als Old Shatterhand auf den Bullburger Wiesen und Feldwegen und in den Wäldern die subversiven Pferde der Fantasie ritten, aufgefressen, weggeschlabbert die Draufgänger- und Frühraucher-Zeit meiner Schwester, in der blaue Samson-Packungen verspielte Junglöwinnen kicherten, die Hippie-Helden anhimmelten.
Aufgefressen, weggeschlabbert auch die Weizenfelder, die die Augen so überwältigten, dass sie immer wieder zurückwollen zu diesen Licht-Seen, auf denen Kornblumen-Freudenboote segeln und auf denen ich mich auch übel mit Onkel Ottfried gestritten habe.
Unerträglich, das widerliche Giermaul der Vergänglichkeit, das mein und alle anderen Leben sinnlos zu machen droht. Nicht zu fassen, dass das alles schon so lange her ist. Mir kommt es so vor, als wenn ich den Tod in meiner Jugend zwar schon ernst genommen, aber nicht so real und hautnah gespürt habe, wie ich ihn jetzt empfinde: den scheinbaren Alleszermalmer und Alleszerstörer, den scheinbaren tumben Plattwalzer aller großen Gedanken, das verschlingende schwarze Loch der Sinnlosigkeit, der ein tatsächlicher Alleszerstörer und Alleszermalmer wäre, ein realer Plattwalzer aller großen Gedanken und ein tatsächliches schwarzes Loch der Sinnlosigkeit, wenn ich diesem miesen alten Drecksack nicht immer wieder den Glauben an den Alles-Überwinder, den Milchstraßen-Poeten, den malenden Kaiser der Geborgenheit, den singenden Kraft-Felsen, den tosenden Trost-Frühling, das Nazarener Kraftzentrum der Liebe entgegenhalten würde. Aber da bleibt er trotzdem, der oft Angst einjagen-

de Diesseits-Gegner und Diesseits-Beender, und ich muss mich beeilen. Meine Eltern sind alt geworden, meine Mutter schwer und behäbig sowie ängstlich und auch schwermütig. Außerdem hatte sie vor Kurzem einen Herzinfarkt. Mein Vater und Onkel Ottfried blasen beide, wenn sie die Treppe hochgehen, wie Pottwale, die aus den Tiefen des Ozeans auftauchen nach einem langen Ausflug. Der phlegmatisch Gutmütige und das launische Alpha-Kind.

Auch die intensiven Erlebnisse sind flüchtig, denn schon manchmal habe ich die Zeit so empfunden, wenn ich wieder einmal dort war, wo ich bis kurz nach meinem einundzwanzigsten Geburtstag gelebt habe. Und schon öfter kam mir der Gedanke, dass ich über meine Kindheit und Jugend infernalisch gern schreiben würde. Jetzt aber ist er reif, der Weizen des Schreibenwollens. Jetzt springe ich auf den Schreib-Mähdrescher, und jetzt ernte ich, jetzt fange ich an. Auf Biegen und Brechen. Die ewige Aufschieberei kotzt mich an. Wahrscheinlich liegt es an meiner Art zu fühlen und zu denken, dass ich mit dem Schreiben so lange gewartet habe. Sie ist für einen Geschichtenerzähler nicht sehr günstig, denn sie steht dem entgegen, was große epische Werke auch ausmacht: sich gut und präzise zu erinnern und das Erinnerte obsessiv in sich zu tragen und sich darin zu verbeißen und also vom Erinnerten die meiste Zeit nicht loszukommen, es manisch zu verfolgen, weil man von ihm ohne Pause verfolgt wird. So bin ich nicht drauf. Gut und präzise kann ich mich zwar erinnern, aber eher punktuell wie so viele, und also trage ich das Erinnerte nicht obsessiv in mir. Wenn bei mir die Sonne scheint, dann knallt sie so in die Seele, als würde sie immer scheinen, als sei der Himmel von nun an immer voller Geigen, als wäre das Leben ein See, der dichtende Ferien-Gitarren backt. Und wenn ich mies drauf bin, wenn die Schwermuts-Spechte in die Seele hacken, dann bin ich so in diesem Empfinden gefangen, als würde die Sonne niemals mehr scheinen, als würde sie erfrieren und als schwarzes blindes Auge am Himmel enden.

Deshalb wünsche ich mir, dass ich die Intensität dessen, was ich erlebt habe, auch mitreißend beschreiben kann. Ach Mist, die Augen sollen euch Lesern für Momente aus den Höhlen springen, die Kinnlade runterfallen, das Herz kochen und das Hirn explodieren, weil ihr denkt: Alter Schwede, das geht ganz gut ab.
Die großen epischen Werke, die auch ich liebe und verehre, sollen die schreiben, die dafür gemacht und berufen sind.

2. Die Nöte eines Schreiberlings: Spiegeleier der Zufriedenheit und Kopf-Boxkampftag

Schreiben ist mein Beruf, denn ich bin Feuilletonjournalist bei der einzigen Tageszeitung in meiner Stadt Spatzingen. Eine kleine Großstadt mit einer großen Universität. Mein Beruf bereitet mir meistens Freude, gern schreibe ich über die Premieren in den drei Theatern der Stadt, gern teile ich meine Eindrücke und Gedanken über Lesungen von Autoren mit, die Buchhandlungen, das Literaturbüro oder eben die Theater organisieren. Ich rezensiere auch regelmäßig Romane oder Lyrikbände: Mit den literarischen Kunstwerken anderer befasse ich mich also, und es macht mir Spaß, den Lesern meine Begeisterung und meine Kritik kundzutun und damit auch noch meinen Lebensunterhalt zu verdienen. Wenn ich eine Rezension schreibe, bin ich angespannt und aufgeregt, aber glücklich, sobald ich sie dann endlich fertig habe. Meistens ist natürlich Zeitdruck dahinter, der die seelische Pression und die Anspannung erzeugt und deshalb Wut und Ungeduld, aber wenn die Gedankenführung so ist, wie ich sie mir vorstelle, und ich diese Gedanken dann niederschreibe und schließlich niedergeschrieben habe, dann entsteht eine Freude und Zufriedenheit ähnlich der, die man fühlt, wenn man im Mittelgebirge – das Hochgebirge kenne ich zu wenig – wandert, im Nordhessischen bei Bad Sooden-Allendorf zum Beispiel,

und auf die Hörne steigen will und zwischendurch so schwitzt und sich so anstrengt, dass man das an einem Sonntagmorgen ausgedachte und nun umgesetzte Vorhaben das eine oder andere Mal bereut und sich denkt, wie man nur so blöd habe sein können, diese anstrengende Wanderung zu unternehmen, wo man doch auch andere, angenehmere, vor allem nicht so anstrengende Dinge unternehmen könne, und dann aber doch wieder Freude, ja ausgelassene Freude empfindet, nachdem man eine Pause gemacht und etwas getrunken hat und schließlich am Ende den zuerst umwerfenden, dann erhebenden Blick auf das Werratal genießt und voller Staunen den dunklen, aus dem Meer des Werratales springenden, majestätischen Mega-Pottwal des Meißners auf der gegen-überliegenden Seite des Tales sieht.
Und natürlich widert mich auch mindestens einmal in der Woche an, dass Chefredakteur Forthirn alle Bestrebungen unterdrückt, auch wichtige Bücher vorzustellen, die keinen unmittelbaren oder mittelbaren Bezug zur Stadt haben, die also kein Hiesiger geschrieben hat oder deren Autor nicht gerade zu einer Lesung nach Spatzingen gekommen ist. Als eine ekelerregende, jedes Geistfeuer löschende und den Stumpfsinn anbetende, vom scheinbaren monetären Vorteil geblendete und bestochene feige Provinzhölle und mithin beseelte Intelligenz-Schwertlilien engstirnig umtretend erscheint mir dann die ganze Redaktion, vor allem der vor der Geschäftsführung katzbuckelnde Chefredakteur, der sich von eindimensionalen und also dummen und geldgierigen Marketing-Beratern entmündigen lässt und sich nicht einmal bewusst ist, in welcher Vertrotteltheit er sich auf Redaktionssitzungen präsentiert, wenn er, ohne sich zu schämen, ohne sich komisch vorzukommen, in bräsiger Beschränktheit und Selbstgefälligkeit verkündet, dass das Feuilleton als Lokalfeuilleton konzipiert sei und kulturelle Beiträge vor allem dann ins Blatt kommen sollten, wenn sie einen Bezug zu Spatzingen hätten. Die Bildungsbürger, die Lehrer an den Schulen und die Professoren

der Universität würden sowieso die großen Tageszeitungen mit ihren Feuilletons lesen. Das ist richtig, und doch ist der bornierte Triumph in der Stimme des Chefredakteurs mir so unerträglich und abstoßend, dass ich kotzen könnte. Dumme und karrieregeile Menschen, die Macht haben und sie skrupellos und mit abstoßend sadistischem Vergnügen benutzen, das so unmittelbar zu erleben, sind eine der schlimmsten Erfahrungen, die ich in meinem Beruf bisher gemacht habe. Das Unheilsgesetz von Minderwertigkeits-Denken und -Fühlen, Ehrgeiz und sadistischer Machtausübung, die Logik-Zahnräder der „Verzweiflung der Notwendigkeit“ im kierkegaardschen Sinn, von sadomasochistisch Zwanghaften und deshalb zwanghaft Ehrgeizigen und dabei manchmal auch noch Dummen drehen sich im Hirn des Chefredakteurs und drehen sich und drehen sich. Vor allem, weil er Macht über meinen Chef hat, einen habilitierten Romanisten, der keine Stelle an der Uni bekommen hat und deshalb als Feuilletonjournalist arbeitet und der eben intelligent, gebildet, freundlich, tolerant und lebenslustig ist. Er ist dem Chefredakteur geistig überlegen, und eben das kann dieser dumme Mensch nicht ertragen, der dumme Chefredakteur weidet sich daran, seinen Feuilletonchef in die gleiche Beschränktheit zu zwingen, in der er selber selbstzufrieden und deshalb ohne Scham lebt. Die Dummheit auf dem Macht-Thron schwingt schamlos ihr Zepter. Der Chefredakteur interessiert in meiner Geschichte jedoch nicht als eine wichtige Hauptfigur, deswegen belasse ich es an dieser Stelle mit meinen Tiraden über ihn. Es ist völlig klar, dass der Kopf- und deshalb Charakterzustand des Chefredakteurs natürlich komplexer ist, als ich das hier angedeutet habe. In jedem Fall führt diese Provinzblatt-Situation regelmäßig zu einem Boxkampf in meinem Kopf. Meistens ist Mittwoch der Kopf-Boxkampftag. Ein Gedanken-Boxer drischt auf den anderen ein mit Gedanken-Schlägen wie: „Du mediokrer Kompromissler und feiger Anpasser, du Verlierer aus dem Fußvolk der Menschheit, du niedriger Stiller im Lande hast immer noch nicht gekündigt, du bist so niedrig wie der Chefredakteur, du Null." Der andere Boxer war bisher immer noch schneller, schlagsicherer und schlagkräftiger mit dem Gedanken-Schlag: „Jeder und absolut jeder ist vor Gott gleich viel wert." Auch wenn ich es nicht ausspreche, denke ich dabei mit: Du bist keine Null, nur weil du nicht bei den großen Zeitungen schreibst, der Niedrigste und der Höchste, der Eingeschränkteste und Beschränkteste wie der Hochbegabte, der Intelligenteste und das Genie, der Mittelmäßige und der Herausragende sind vor Gott gleich viel wert. Wenn ich mir mehrmals sage: „Jeder und absolut jeder ist vor Gott gleich viel wert!", ist das für mich die beste Therapie gegen mein sadomasochistisches, zwanghaftes Leistungsdenken, Leistungsverehren und Leistungsanbeten. Wenn ich mir dessen bewusst werde, wehrt das Bewusstwerden dieser Freiheit in Gott alle Schläge des Leistungs-Baals der Welt ab. Das ist die eigentliche Kopf- und Seelen-Freiheit des Christen, die luthersche Freiheit eines Christenmenschen. Wir sind unabhängig und frei von dem, was wir leisten, und also auch davon, welche Position wir in der Leistungshierarchie dieser Welt einnehmen, wo und wie auch immer wir sie einnehmen. Wumms, dieser Gedanken-Donner hilft meistens. Mit meinem Ressortleiter verstehe ich mich gut, wir sind ein verschworenes Team und also eine Wand gegen den Chefredakteur, sodass wir, vom Gegebenen ausgehend, versuchen, das Beste zu machen, gegen den Provinzstumpfsinn versuchen wir immer wieder, auch wichtige Bücher der gegenwärtigen Weltliteratur zu besprechen oder Themen, die gerade dran sind, zu diskutieren. Dennoch frage ich mich natürlich immer wieder, wie im obigen Kopf-Boxkampftag geschildert, ob ich nicht doch mit einem faulen Kompromiss lebe und mich bei einer anderen Zeitung bewerben sollte. Wenn ich ohne Einschränkung schreiben würde, dass ich meistens Freude empfinde, für das Feuilleton einer Provinzzeitung zu schreiben, würde es, wenn ich nicht auch meine immer wiederkommenden Zweifel erwähnte, ob meine Arbeit nicht doch ein fauler Kompromiss ist, nur idyllisch und bieder klingen, ja nicht nur klingen, sondern sein, und vor allem wäre es unvollständig und also eine Lüge und mithin verlogen.

3. Gefangen von den Lassos der Intensität: endlich auf dem Schreib-Mähdrescher

Als ich jetzt zu Hause gewesen bin und meine siebzigjährigen Eltern gesehen und mit Lena einen ausgiebigen Spaziergang rund um Bullburg gemacht habe, vor allem aber, als ich mit ihr während dieses Spazierganges den Weg gegangen bin, den ich vor siebenundzwanzig Jahren, jawohl, vor siebenundzwanzig Jahren - so verdammt lang ist das her -, oft gegangen bin, um Lena zu besuchen, hat mich das umgehauen. Erinnerungen an die Zeit, als ich frisch verliebt in Lena anderthalb Jahre auf Wolke sieben durch die Gegend geschwebt war, jagten durch mein Gehirn wie eine Herde Rinder, die das erste Mal im Frühling auf die Weide kommen und ausgelassen die Beine werfen. Wilde Freude bestimmte diese Zeit, aber auch die Trauer-Krähen ließen sich auf der Pappel meines Bewusstseins nieder. Alles kam über mich und in mich, die Freude und die Trauer, mit der Wucht eines schweren Sommergewitters. Darüber musst du endlich schreiben, das hast du doch immer gewollt.
Als Lena und ich dann weiter die Runde um das Dorf herum machten, überkamen mich Erinnerungen an meine Kindheit und Jugend mit einer ähnlichen Intensität wie diejenigen an die Zeit der Verliebtheit in Lena. Voll reingeknallt hat das. Da ist mir klar geworden, dass ich auch darüber schreiben will: die Ritte durch die Flitzebogen zwitschernden Prärien der Kindheit. Jetzt, da ich mein Vorhaben, auch darüber zu schreiben, noch einmal lese, weiß ich, dass ich das Vorhaben, auch meine Kindheit schreibend wieder aufleben zu lassen, nicht in

dem Umfang umgesetzt habe, wie ich es ursprünglich wollte, sondern vielleicht ein Neil-Young-Album meiner Kindheit, wenn auch hoffentlich ein gutes, also etwa „After The Gold Rush", abgespielt habe und die anderen, über dreißig sind es glaube ich, im Plattenschrank habe stehen lassen. Aber immerhin, so hoffe ich und so wünsche ich es mir, kann man Songs wie „My My, Hey Hey" oder „Pocahontas" lauschen. Maßgabe sollen möglichst die Intensität und die Ekstase sein, die mir bei bestimmten Erlebnissen im Gedächtnis geblieben sind. Der Spaziergang war ekstatisch, war wie die Gerüche eines Heufeldes, die einen mit wildem Schwung auf eine Eiche in der Nähe feuern, die dann wie eine Saturn-V-Apollo-Rakete in einen Rausch-Himmel aufsteigt, und deshalb will ich noch einmal auf ihn eingehen.

Viele Menschen gehen gerne spazieren. Die Spaziergänge rocken. Sie ziehen die Seele aus dem stumpfsinnigen Kellerblick des Alltags raus in die Jugendsonne der Seele, wo die E-Gitarren des Anfangs reiten. Ich hoffe deshalb, ich drücke Erlebnisse und Gedanken aus, die einige von euch Lesern auch schon mal gehabt haben. Beim Schreiben bin ich einsam, deshalb hilft es mir, wenn ich denke, dass mein Text euch eine Art Geistes- und Seelenbrot, von mir aus auch Geistes- und Seelen-Salat oder Geistes- und Seelen-Döner sein könnte, mit dem ihr satt und inspiriert aus der Lektüre hervorgeht, ihr, die ihr tagsüber arbeiten müsst, oder auch ihr, die ihr arbeitslos seid, ach, ist ja eigentlich auch völlig wurscht diese Differenzierung, euch meine ich, die ihr, in welcher Situation auch immer, die Treppen des Alltags nehmen müsst.

Damit muss ich mich aber von euch verabschieden, denn ich merke, wenn ich mir eine oder einen von euch vorstelle, schaut ihr mir beim Schreiben über die Schulter. Und das ist nicht gut, denn daraus entsteht schnell eine Art Selbstzensur, und die ist für mein Schreiben gefährlich. Je weniger ich an euch denke, umso größeren Gewinn an Ehrlichkeit in dem, was ich schreibe, und an fantasievollem Stil habt ihr bei der Lektüre.

Ich ging mit Lena in Bullburg spazieren. Beinahe alles ist in Bullburg für mich mit starken Gefühlen besetzt, eben weil ich inzwischen in Spatzingen wohne und nur noch alle zwei Monate dort, in Bullburg, bin. Meistens, wenn wir spazieren gehen, sind wir den Weg gegangen, den ich gegangen bin, als ich Lena in der dreizehnten Klasse oft in Weldakurv besucht habe. Vor allem, wenn wir an die Stelle gehen, wo wir ihr Haus auf der anderen Seite des Weldatals, in dem die Welda in herrlich extremen Kurven fließt, sehen können, springen mich die Löwen der Erinnerung an. Sie töten mich aber nicht, ich bin nicht ihr Opfer, sondern durch ihr Anspringen rockt meine Seele: Goldene E-Gitarren gischten. Es war sehr bewegend, als ich vorigen Sonntag mit Lena wieder an dieser Stelle war, aber erst im Verein mit unserem Rundgang um das Dorf an diesem herrlichen Augusttag und vor allem auch zusammen mit den vielen Spaziergängen vorher an diese magische Weldablick-Stelle fängt die Milch meiner Seele an, zu kochen, sodass ich den Topf vom Herd nehme und jetzt zu schreiben anfange. Alle Spaziergänge zusammen und alle mit diesen Spaziergängen zusammenhängenden Erlebnisse haben die Wölfe der Intensität auf mich gehetzt, die ich nur durch das Erzählen meiner Geschichte für kurze Zeit beruhigen oder durch die Posaunen der Poesie vertreiben kann.

4. Ein Sumpf als Regisseur von Gruselfilmen

Nachdem wir den Hof hinter uns gelassen hatten, kamen wir zu der Wiese, die einen Rain hinabklettert. Jetzt, da ich über den Spaziergang schreibe, denke ich an den „Sumpf" unten in der Wiese. Unten in der Wiese, wo sie nicht mehr den Hang hinunterklettert, sondern faul in der Horizontale rumliegt, war über viele Jahre hindurch die Drainage kaputt, sodass ein richtiger Sumpf entstanden war, in den wir nur stapften, wenn sich eine Kuh beim Kühe-Heimtreiben oder beim Kühe-auf-die-Weide-Treiben dorthin verirrt hatte. Hatte man Turnschuhe oder etwas Ähnliches an, versank man mit ihnen gänzlich im Morast, wenn man mitten in den Sumpf musste, um einer Kuh freundlich nahezulegen, doch aus diesem, dem Sumpf, hinauszugehen. Aber auch wenn man nur an den Rand des Sumpfes kam, war es oft schon so nass und schlammig, dass man sich am ganzen Leib bespritzte, wenn man eine Kuh verfolgte und in der Hitze des Gefechts nicht bedachte, dass auch da, wo noch Gras in der Nähe des Sumpfes wuchs, unter diesem alles schon quatschnass war. Ich erinnere mich vor allem an Sommertage, an denen kleine Dreckssträßchen die Beine hinunterliefen, die man aber leicht abkratzen konnte, wenn sie, was schnell geschah, angetrocknet waren. Der Sumpf war ein harmloser, aber ein bisschen unheimlicher Platz in meiner Kindheit. Natürlich hatten mein Bruder und ich Filme gesehen, in denen jemand im Moor versank, und wir malten uns aus, dass man in der Mitte des Sumpfes vielleicht auch versänke, wenn das Wasser die Erde immer mehr durchfeuchten würde. Wir wussten, dass das nicht wahrscheinlich war, aber wir hatten Spaß daran, uns diese Unheimlichkeit vorzustellen und darüber zu reden und zu diskutieren, ob nur ein Mensch oder auch eine ganze Kuh darin versinken könnte. Wenn man versunken sei, ob dann ein Hubschrauber schnell genug kommen und einen Menschen oder eine Kuh aus dem Sumpf ziehen könne oder ob man eine Leiter an den Frontlader eines Schleppers binden sollte, um dann so nah wie möglich an den Sumpf zu fahren und die Leiter so dicht wie möglich zu dem Versinkenden hinunterzulassen, damit dieser nach ihr greifen und sich auf diese Weise retten könne. Solche Debatten führte ich mit meinem Bruder leidenschaftlich gerne, weil wir unserer, durch Fernsehfilme angeregten, Fantasie freien Lauf lassen konnten. Die Gefahr, wenn man sie sich nur vorstellte, war fast so aufregend, als wären wir tatsächlich die Retter oder die Versinkenden.

5. Kühe muhen Hängematten der Muße und rauchen Trakl-Joints

Das Kühe-auf-die-Weide-Treiben war eine meiner Lieblingsbeschäftigungen, vor allem auch in der Zeit, als ich auf unserem Bauernhof schon mitarbeiten musste. Es war eine meiner Lektionen in Poesie, die ich in der Schule so nicht gelehrt bekam und zu Hause auch nicht wirklich, jedenfalls nicht explizit. Nur meine Mutter wies mich manchmal auf die Schönheit der sanft im Wind wogenden grüngelben Gerstenfelder hin, wenn wir aus den dreckigen und mit Spinnweben überdeckten Fenstern im Schweinestall ein Sichtloch fanden, durch das wir auf die Felder am sanft ansteigenden Feldhang gegenüber sehen konnten, auf denen eben der Wind mit den Gerstenhalmen spielte. Manchmal zupfe er nur sanft wie auf einer Harfe, mit der David Sauls Depressionen kuriert haben könnte, manchmal, vor allem dann, wenn ich rausging aus dem Schweinestall und mich in das Feld hineinsah und hineinmeditierte, legte er los mit wuchtigen E-Gitarren. Für einige Sekunden war ich entrückt und spürte den subversiven Schuss-Flug der Ekstase, der allein mir – vor allem in einem Moment wie diesem – das erstrebenswerteste Ziel des Lebens zu sein schien, und das ist bis heute so. Beim Kühe-auf-die-Weide-Treiben konnte ich meine Blicke dorthin spazieren gehen lassen, wo ich Lust hatte, es war nicht hektisch, und so hatte ich die Ruhe, die ihre riesigen Euter schaukelnden Kühe selbstsicher und cool vor mir einherschreiten zu sehen. Sie waren meistens ruhige Gesellinnen, die, hatte man sie einmal auf die Weide geleitet, auf die sie gehen sollten, ihren Weg gingen, ohne dass man auf sie aufpassen musste, um sie auf dem richtigen Weg zu halten, und eben nicht auf die Wiesen mit dem jungfräulichen fetten Gras des Nachbarn. Mein Bruder und ich gingen abwechselnd entweder vor den Kühen her und hinter ihnen. Die schaukelnden Euter sah man natürlich nur, wenn man hinten hinter den Kühen herging. Das Kühe-auf-die-

Weide-Treiben zu den am weitesten vom Hof liegenden Weiden gefiel mir am besten. Meinem Bruder ging es genauso. Wir waren unsere eigenen Chefs, weil wir jetzt regierten und nicht unser Vater und Onkel Ottfried, wir gingen und sahen das noch morgenfrische, taubenetzte Gras, eine Ruhebank für die gehenden Augen, manchmal kamen wir auch an Heufeldern vorbei, die mit ihrem würzigen Geruch Riesen-Schwalben waren, die einen für Augenblicke in eine donnernde Rausch-Sphäre pfeilten, vorbei auch an Gersten- oder Weizenfeldern, manchmal auch an dünner stehenden, seltenen Haferfeldern, jedes Getreidefeld auf seine Art ein aufwühlendes, anregendes und antreibendes Van-Gogh-Gemälde, die Gerste mit ihren zarten, aber widerborstigen Grannen-Bürsten, die knorzigen und wuchtigen Weizen-Ähren, die Eichen des Getreides, und die luftigen, rötlich-gelben Hafer-Ähren, die manchmal so wirkten, als würden sie gegen den Stress des Viel-Ertrag-bringen-Müssens protestieren und eben weniger Körner mit sich schleppen wollen, als es die Weizenhalme mit ihren Prall- und Wucht-Ähren tun.
Wunderbar auch war es, wenn wir die Kühe auf Waldwiesen trieben. Dann war der Kuhtrieb lang und führte darüber hinaus auf einem Weg mitten durch einen Wald, oder aber man sah die grüne Licht-Insel einer Waldwiese, die grüne Opern der Freude aufführte. Herrlich aber auch, in den Wald zu blicken. Auf dem Weg zur Reh-Freude, einem Ensemble von Wiesen mitten im Wald, trieben wir die Kühe durch einen Mischwald, in dem die Buchen, Eichen und vereinzelte Fichten und Kiefern einen von Trapper Joe Wamsleder grüßten, der auf seinen abenteuerlichen Erkundungen durch die Wildnis hier vorbeigekommen war und meinem Bruder und mir sagen ließ, dass wir niemals die Ehrfurcht vor den Wäldern und das Staunen über sie und die Ergriffenheit durch sie vergessen sollten, denn ihn, der schon seit dem 18. Jahrhundert in allen Erdteilen durch die Wälder streifen würde, würde ihre Schönheit immer noch mit Bärenpranken niederstrecken, von

den vielen Abenteuern, die er in ihnen bestanden hatte und die auch auf uns warteten, ganz zu schweigen. Er sei gerade einem Puma auf der Spur, der dem Frankfurter Zoo entlaufen sei und die Bevölkerung in Schrecken versetze. Viele Jäger wollten ihn erschießen, er aber sei mit seinem Betäubungsgewehr unterwegs, um ihn davor zu bewahren. Das Kühe-auf-die-Weide-Treiben war ein Erlebnis, bei dem dicke Mähdrescher den Korntank der Seele mit dem subversiven Weizen der Schönheit füllten, besonders morgens, wenn der Tag noch jung war und der Geist wach wie ein Hundertmeterläufer vor dem Startschuss.

Meistens, wenn Lena und ich den Weg gehen, den ich oft gegangen bin, als ich sie in der Zeit unserer ersten Verliebtheit besucht habe, denke ich an diese küssende Lachse lachende Zeit zurück. Es war eine sehr glückliche Zeit in meinem Leben, wahrscheinlich die glücklichste überhaupt. Es war damals so, als wäre in meinem Kopf ein Wein-Meer entstanden, in dem meine Seele als Glücks-Delfin schwamm und fortwährend Hölderlin rezitierte. Das morgenfrische, taubenetzte Gras war dann nicht nur eine Ruhebank für die gehenden Augen, sondern eine Ruhebank, die mir, wann immer ich eine Wiese sah, herrlichste Panoramen vor die Augen zauberte, wo ich einmal von einer Mittelgebirgswiese auf einen Fluss in einem Tal blicken konnte, auf dem goldene Kutschen schwammen, und wo ich ein anderes Mal von einem Waldrandweg aus eine sanft ansteigende Wiese in einen kornblauen Himmel wandern sah, bei der an der Grenze zum Himmel gelbe Füchse und rote Hasen irische Folksongs spielten, und die Heufelder waren nicht nur würzige Geruchs-Raketen, die einen für Augenblicke in eine donnernde Rausch-Sphäre schossen, sondern die Schamanen des Heurausches tanzten für Stunden in mir, und jedes Getreidefeld war auf seine Art nicht nur ein aufwühlendes, anregendes und antreibendes Van-Gogh-Gemälde, sondern es komponierte auch noch immer neue Beatles-Songs auf dem Niveau von „Eleanor Rigby“ und ließ ein New York mit

Fachwerkwolkenkratzern entstehen, und der Oktoberwald war in dieser Zeit eine Farb-Kathedrale, in der fortwährend gelbliche, rötliche, ockere und bräunliche Farbtöpfe explodierten, und saß ich zu Hause am Esstisch, saß ich auf einem tomatenroten Thron, der gespickt mit Lapislazuli-Steinen war und mich mit Thron-Erhabenheit und Thron-Gelassenheit inspirierte, nicht immer natürlich, aber oft, denn die Gespräche am Mittags-Tisch mit Onkel Ottfried waren in diesen Jahren oft angespannt, und manchmal endeten sie im Streit, und besuchte ich Herbert, einen meiner besten Freunde, und unterhielt mich mit ihm oder diskutierte hitzig mit ihm, war es mir, als würden unsere Gespräche ganz sicher die gerechtere Welt mitbauen, in der es ein wilderes und schöneres Leben für alle geben würde, in dem die E-Gitarren aus Gold wären, und während des Konzertes eines inspiriert aufspielenden Gold-Gitarristen würden in vielen Städten und Dörfern auf der Welt, vor allem natürlich in den armen, Antonio-Gaudi-Häuser entstehen, in denen auf magische Weise immer wieder frisches Baguette mit Schafskäse, Tomaten und Zwiebeln sowie Honig, Marmelade und Butter auf den Frühstückstisch kommen würden, in dem also jeder sicher, satt und poetisch leben könnte und in denen blaue Falken Stereoanlagen zwitschern würden, die von alleine die Scheiben auflegen würden, die der jeweiligen Jahreszeit der Seele entsprächen, und in denen Bilder hingen, die die Farben des Bewusstseins jeden Tag so erneuern würden, als würden alle Erlebnisse so intensiv wie beim ersten Mal erlebt.

6. Dichter- und Hippie-Happening, Lese-Orgie, und zwei harte Jungens zeigen mir Grünschnabel, wo's langgeht, die Streckbank, und Norbert schlägt auf

In den Sommerferien 1981 konnte ich leider nicht in den Urlaub fahren, weil ich mir einen Bänderriss zugezogen hatte, als ich auf einem Weizenfeld zu hektisch vom Traktor gesprungen und, als ich auf den Ackerboden trat, umgeknickt war. Ich hatte einen leeren Getreidewagen auf das Feld gefahren, damit Onkel Ottfried in diesen, den leeren Getreidewagen, das Getreide aus dem vollen Getreidetank des Mähdreschers ablassen konnte, um danach weiter zu dreschen. Drei Wochen musste ich im Krankenhaus in Spanfeld bleiben. Trotz dieser Misslichkeit habe ich den Aufenthalt im Krankenhaus insgesamt als keine schlechte Zeit im Gedächtnis. Ja, nicht nur das. Die Spanfelder Krankenhauszeit baut sich vor den Augen meines Gedächtnisses überwiegend als Muße-Paradies und als Hippie-Happening mit Freunden auf. Warum eigentlich, frage ich mich.

Weil ich drei Wochen hatte, in denen ich nicht zur Schule gehen und auch nicht auf unserem Bauernhof mithelfen musste, drei Wochen, in denen ich Zeit hatte und die mit neunzehn viel länger sein können, als es einem die objektive Zeitangabe „drei Wochen“ suggeriert, wenn man älter geworden ist vor allem, die drei Wochen als Zeit der Uhren, die uns unsere objektive Lebenszeit anzeigt, unser Gottesgeschenk, das wir zur Verfügung haben, um die Zeit so zu füllen, dass sie in dem Rahmen, in den wir gestellt sind, zur lebendigen, von uns verantworteten wird, die im besten Fall zu einer Zeit wird, in der wir prall von Leben wie die Kathedrale von Siena Gott danken für das mitreißende Glück, das wir erleben, die objektive Zeit, die aber eine tote und tötende Zeit der Uhren dann wird, wenn wir unser Leben nicht selber verantworten, sondern uns, durch wen und was auch immer, fremdbestimmen lassen und die Zeit deshalb als langweilig und mittelmäßig und abgestorben empfinden, und von der wir zu wissen glauben, dass nichts Aufregendes und nichts Besonderes passiert und auch nichts passieren kann in dieser scheinbar anonymen, so objektiven Zeit, in der wir aber eben in Wirklichkeit die Verantwortung für unser Leben abgegeben haben und uns in eine vom Teufel bestimmte Spießerzeit begeben haben, die Unglück und

das Böse gebiert, die uns sagt: „Was kann in drei Wochen Krankenhaus schon passieren? Drei Wochen sind drei Wochen und ein Krankenhaus ist ein Krankenhaus“, und damit anzeigt, dass der Stumpfsinn regiert und das Leben in eine Mediokrität gebärende Beamtensphäre zwingt, in der alles Leben durch Gesetze und Verordnungen definiert und gefangen und schließlich umgebracht wird. Gegen diese Dämonie der widerrechtlichen Usurpation des Objektiven und des Klischees möchte ich durch mein Schreiben angehen, sie für die Zeit der Lektüre an der einen oder anderen Stelle vom Thron stoßen.
Oh Mist, jetzt ist mir die herrlich frische und heiße Tasse Kaffee am Schreibtisch umgefallen. Als ich den Kaffee-Bodensee aufwischen will, sagt er zu mir: „Mach mal halblang, wenn du nicht so lange an deinem Buch arbeiten willst, wie die Fertigstellung des Kölner Doms gedauert hat, und wenn die Leser dich verstehen sollen, dann kommst du um das eine oder andere Klischee gar nicht drum rum. Jeder verständliche Satz ist immer auch ein Klischee, weil er mit abgedroschenen Konnotationen befrachtet ist. Fast ohne Klischees kommen Paul Celans Gedichte, die „Illuminationen“ von Rimbaud oder die Texte Oswald Eggers aus. Du schreibst hier aber keine alle semantischen Sicherheiten Wort für Wort untergrabenden Gedichte, sondern einen Prosatext, der zugunsten der Verständlichkeit nicht um die Alltagssprache herumkommt. Und das ist auch gut so, du alter Prediger!“

Das Einzige, was ich als ätzend in Erinnerung habe, waren die beißenden und reißenden Schmerzen im Fuß nach der Operation. Die Schmerzen fühlten sich ähnlich stark an wie die bei einem vereiternden Zahn, wenn es im Kiefer klopft und hämmert und es einem zwischendurch immer wieder so ist, als würde jemand einen glühenden Bohrer von unten durch den Kiefer ins Hirn treiben. Ich konnte sie nur aushalten, indem ich alle zwei, drei Stunden nach einer Schmerztablette fragte. Hinzu kamen noch starke Schmerzen in der Schulter, die ebenso schlimm waren wie die Wundschmerzen am Fuß. Vor ein paar Jahren war ich einmal bei einem Orthopäden in Behandlung, weil ich oft Schmerzen im Nacken und in den Schultern hatte und es mir bei bestimmten Bewegungen mit dem Kopf sogar schwindlig wurde, etwa wenn ich meinen Kopf nach links oben drehte, um mir die fantasievolle, verspielte Gaupe eines Bürgerhauses in unserer Stadt anzuschauen oder um mir in der Stadtbibliothek die Bücher anzusehen, die in der obersten Regalreihe standen. Eine der Therapiemaßnahmen bestand darin, dass meine Halswirbelsäule immer wieder auf einer Art Streckbank gestreckt wurde. Die Streckbank funktionierte etwa so, als würde jeweils ein Herkules gegen eine Schulter drücken, damit ich nicht nach vorne rutschen würde, und der dritte Herkules nähme mein Kinn in seine spatengroßen Hände, um es nach oben zu ziehen. Die zwei Herkulesse drückten, und der andere zog, das heißt, ich war an den Schultern fixiert, und das Kinn lag in einer Schale, mit der eine Maschine meine Wirbelsäule streckte. Beim ersten Mal war der Zug so fest eingestellt, dass es nach einigen Zügen anfing, wehzutun, und die therapeutische Streckbank zur Folter-Streckbank wurde, so wie ich sie mir im Mittelalter bei der Inquisition vorstellte. Weil leider kein lebendiger, sondern nur ein metaphorischer Herkules an meinem Kinn zog, konnte ich ihn nicht bitten, dass er nicht so weit nach oben ziehen solle, und weil ich kein Weichei sein wollte, hatte ich bei dieser ersten Behandlung auch nicht geklingelt, um die Arzthelferin zu bitten, den Zug etwas zu verringern, obwohl die Schmerzen in den letzten Minuten der Streckbank-Therapie immer heftiger wurden. In etwa von der Güte, wie sich die Schmerzen am Ende der Streckbank-Folter anfühlten, waren die Schulterschmerzen mindestens auch in der Nacht, die auf meine Bänderriss-Operation folgte. Es war eine schlimme Nacht. Und doch ist mir diese Nacht nicht sofort als eines der prägenden Erlebnisse des Krankenhausaufenthaltes eingefallen, sondern die Atmosphäre im Krankenhaus, die beiden

Bettnachbarn, das Lesen und die Besuche der Freunde und natürlich die Stimmungen, die meine Erlebnisse begleiteten und prägten. Physischer Schmerz scheint nicht so tiefe Spuren im Schnee des Bewusstseins zu hinterlassen wie andere Erlebnisse.

Als es mir besser ging, kamen viele Freundinnen und Freunde zu Besuch. Außerdem konnte ich oft lesen. Vor allem Norbert, mein bester Freund neben Herbert, besuchte mich öfters im Krankenhaus. Ich hatte ihn auf einer Fete bei meiner Schulfreundin Sabine Mohn kennengelernt. Er war ein auffallend freundlicher und offener Mensch, war hager und hatte im Gegensatz zu meinen Hippie-Freunden kurze Haare. Eine markante Nase hatte er, einen unglaublichen Riechkolben, hätten wir früher gesagt. Breit wie eine mittlere Kartoffel von einem Nasenflügel zum anderen und hoch wie ein Kühne-Senf-Glas strebte sie aus seinem Gesicht und streckte der Welt eine massive Bommelmütze aus Knochen, Knorpel und Fleisch entgegen, bei der die Bommel abgefallen war und die Spitze lustig nach unten gebogen war, so als wolle er wie ein Rauhaardackel aufgeregt den Waldboden abriechen, um auf der Spur der Rehe zu bleiben, die sich vor Kurzem dort aufgehalten hatten. Die Nasenflügel strebten an beiden Seiten so in die Breite, als wolle er wie eine Ente zu einem ungeschickten Flug ansetzen. Seine Nase taugte als Rammbock und Krummschwert zugleich. Wie seine gewaltige Mittlere-Kartoffel-und-Senfglas-Nase fest in seinem Gesicht verankert war, ließ er sich nicht so schnell von Sachen abbringen, die er sich in den Kopf gesetzt hatte, und scharf und spitz wie seine nach unten gebogene Nasenspitze focht er auch mit dem Krummschwert seiner Worte, wenn er seine Meinung oder irgendein Vorhaben verteidigte. Er schob, rammte und focht. Impulsiv wie ein junges Rind beim ersten Weidenauftrieb im Frühjahr konnte er losrennen und dabei lachend juhuhen, wenn wir das Haus seiner Eltern verließen oder wenn wir von unserem Hof aus zu einem Spaziergang in die Felder und Wälder aufbrachen.

Er zog sich auch anders an als wir Freaks, sah eher so aus, wie ich mir einen Jugendlichen in der Generation meines Vaters vorstellte. So hatte er manchmal eine Strickjacke an, aber eben keine von einer fantasievollen Strickerin gestrickte, keine mit Norwegermustern oder eine bunte mit Hippietouch – im Nachhinein ist es ironisch und sehr lustig, dass wir die meisten hippen Strickjacken oder Pullover von unseren Müttern gestrickt bekommen hatten, die Mamabubis waren die Coolen! –, sondern eine, die uns damals hässlich erschien, eine biedere aus dünnem Garn mit Reißverschluss, der man ihre billige industrielle Herstellung sofort ansah. Industrie igittigitt, Stricken als Landkommunenautarkie, wie progressiv und poetisch! Ein Reißverschluss sah die Welt mit funktionaler Fantasielosigkeit an, Knöpfe zwitscherten Löwenzahnblüten in den allen Enthusiasmus dämpfenden Alltag, vor allem den der Elterngeneration. Der Rücken und die Ärmel dunkelgrün, war sie am Bauch mit abwechselnden dünnen grünen und weißen Flecken gesprenkelt, die etwa so groß wie ein halbes Streichholz waren. Die Strickjacke saß ihm eng am Körper und bedeckte gerade so den Gürtel. Sie war ihm also auch noch ein bisschen zu klein, sie sah so aus, als hätte er sie mit dreizehn Jahren von seiner Mutter gekauft bekommen, dann wäre er eben noch ein ordentliches Stück gewachsen, weil der Reißverschluss aber noch nicht kaputt war und die Strickjacke auch noch keine Löcher hatte, trug er sie eben auch noch mit zwanzig. Es darf ja nichts umkommen. Wenn er dann diese Strickjacke noch zusammen mit einer seiner altmodischen, unglaublich braven bräunlichen oder grünen Stoffhosen trug, jawohl, wirklich Stoffhosen – mindestens die Hälfte seiner Hosen-Batterie waren überdies Hochwasserhosen –, hatte er den Sprung in die Generation unserer Väter fast geschafft. Über die Wand der Generationen war er dann gesprungen, wenn er seine braunen Trachten-Lederschuhe anhatte, bei denen die mit Ösen verstärkten Löcher für die Schuhriemen nicht in der Mitte des Schuhs eine gerade Linie bildeten, sondern auf der rechten Seite begannen und weiter schräg nach rechts unten und also in einer schiefen Linie ausliefen. Der Designer scheint ein Freund von Tafelgebirgen wie der Schwäbischen Alb gewesen zu sein, denn eine gleichmäßige, fast senkrechte Steilwand umrundete das Fußbett, was der Form etwas Wuchtiges und Grobes verlieh. Waren die Schuhe auch noch nicht so alt wie ein Tafelgebirge, alt waren sie. Man sah jedoch, dass sie gepflegt waren, denn Norbert putzte sie jeden Samstag, manchmal auch noch mittwochs. Mein Vater trug solche Schuhe und andere Jäger aus seiner und der Großelterngeneration mit Kniestrümpfen und Dreiviertel-Lederhosen. „Das geht gar nicht", würde eine Kollegin aus der Redaktion gesagt haben. Sie waren der Inbegriff dessen, was wir an der Generation unserer Eltern ablehnten und hassten und heimlich auch ein bisschen liebten. (Das hätte ich aber nicht zugegeben, weil ich es mir selber nicht eingestand.) Aber dass einer aus unserer Generation, der für eine intensivere, freiere und gerechtere Welt lebte, solche Schuhe anzog, die engstirnigen Traditionalismus und autoritäre Politik, Geist- und Kunst-Feindlichkeit verkörperten, das war für mich undenkbar. Er zog also keine Schuhe an, die in waren und somit als attraktiv galten, weder halbhohe Wildlederschuhe, wie sie Simon and Garfunkel auf ihrer „Greatest Hits" anhaben, noch die auch bei Freaks beliebten breiten gelbbraunen Urschuhe noch schwarze Schuhe mit auffallenden Schnallen, wie manche aus der Punk- und New-Wave-Szene sie trugen. Er sah total bieder aus. Manchmal wurde das biedere Aussehen durch die clownesken oder chaplinesken Hochwasserhosen etwas ins ungewollt Lustige unterlaufen. Trotzdem, sich so anzuziehen, das war eigentlich etwas, was in meinen Hippieaugen, zumindest für mich selber, überhaupt nicht ging, und auch aus der Perspektive der New-Wave- und Punk-Freunde, wie etwa der meines Freund Kunz, der in bemalten Motorradlederjacken und mit gelben oder roten selbst gemachten Ohrringen rumlief, war ein wie Norbert gekleideter Typ völlig indiskutabel.

Aber Norbert war ungewöhnlich freundlich, offen, gebildet und sehr eigenwillig, und dadurch setzte er sein biederes Aussehen außer Kraft. Man sah in ihm nicht den bieder Gekleideten und somit potenziellen Langweiler, sondern den offenen, fantasievollen jungen Burschen, der intelligent, gebildet, kreativ und superfreundlich war. Ich kannte ihn seit anderthalb Jahren. Im letzten Jahr war er zusammen mit seinem alten Freund Peter im Mai zu Besuch nach Bullburg auf unseren Hof gekommen, nachdem wir uns eben im Dezember des vergangenen Jahres auf einer Fete bei meiner Schulfreundin Sabine Mohn kennengelernt hatten.

Eine Fete, wie ich sie nur aus der Zeit von fünfzehn bis zwanzig kenne, eine Fete, auf der ich und die meisten anderen wahrscheinlich in ähnlicher Weise auch das Gefühl hatten, als würden die Gespräche, das Musikhören und Tanzen in ein mit Weizenfeldern bedecktes und kornblumene Falken atmendes Tal im Juli führen, so psychedelisch, so blendend weizengelb und so berauschend riechend, dass man wegen dieser überwältigenden Schönheit vor Glück „Waaaaaaahnsinn, unglaublich" ausruft, eine Fete, auf der ich einen melancholischen und doch kraftvollen Song wie „Dirge" von Bob Dylan so empfand, als würde ich an einem nebeligen Oktobermorgen an einem Waldrand vorbeigehen, an dem die Blätter der Buchen, Eichen und Birken und die Nadeln der Lärchen, eine wilde Orgie, beim Action-Painting mit Pinseln Farben von Grün, Gelb, Rot und Braun und vielen Farbtönen dazwischen um sich schleudern, ein Oktobermorgen also, der melancholisch und kraftvoll-freudig zugleich war, der mir zeigte, dass auch die Melancholie ihre bezwingende Schönheit hatte, wenn man sie ausdrückt und sie dadurch zu einer Weisheit und Kraft gleichzeitig macht, die die durch falsche Werte entstandene Hohlheit des Lebens entdeckt und verwirft und dadurch außer Kraft setzt. Unser Ausdruck dessen, was in unseren Seelen stürmte, fragte, zweifelte, sich sehnte und träumte, auf den Feten waren dann eben die Gespräche über Songs wie „All

Along The Watchtower", „Dirge" oder „Cowgirl In The Sand" von Neil Young oder über Bilder wie Edvard Munchs „Der Schrei" oder Vincent van Goghs „Die Ebene der Crau" oder „Die Zugbrücke", in denen ich beides fand, den Ausdruck meiner eigenen Traurigkeiten und Verzweiflungen, meiner Einsamkeit, vor allem im Bild von Munch, und die ekstatische Freude, die ich oft in der Natur empfand, in den Bildern von van Gogh, der den Weizen in der Crau-Ebene so gelb malte, dass er in dieses Gelb und die Art und Weise, wie er das Getreide malte, seinen eigenen machtvollen Ausdruck der Freude und seinen Lobpreis der Schöpfung legte. Bei dem Gemälde „Die Ebene der Crau" schienen mir die Farben und Formen miteinander wild zu diskutieren und mit Megafonen in die Welt zu rufen, was in der Seele von van Gogh vorgegangen war, als er sie, die Crau-Ebene, sah. Mit Norbert, Herbert und mit Sabine Mohn hatte ich mich auf dieser Fete über das Crau-Bild unterhalten. In Sabine Mohn war ich über Jahre hinweg ein bisschen verliebt. Ich fand, dass sie spätsommerschön war wie ein sonniger Anfang-Oktober-Tag auf einem Feldweg, umgeben von frisch gesäten Gerstefeldern aussah und sexy wie Sophia Loren. Sie hatte braune Haare, die fast bis zu ihrem wundervollen ausladenden Po hingen, und Brüste voll wie Pampelmusen. Sie wirkte üppig und fest im Boden des Lebens verwurzelt wie eine Eiche, die sich an einem solchen Oktobertag von ihrem Platz am Waldrand aus die ruhig vor sich hindösenden Gerstenfelder ansah. Ihre Stupsnase schien zu sagen, nee, neen so stabil und erdenschwer bin ich auch nicht immer, ich fliege unbekümmert und verletzlich wie eine kleine Taube durch die Luft. Da sie aber oft mit Lutger, einem Typen aus der Parallelklasse, zusammen war, von dem ich wusste, dass er unsterblich in sie verknallt war, hätte ich es unfair gefunden, zu versuchen, ihre Liebe zu erringen. Meine Zuneigung zu ihr war ein ruhig fließender Fluss, wäre er ein sich wild in die Tiefe stürzender Bergbach gewesen wie bei Lena, hätte ich bestimmt versucht, sie öfter zu treffen. So aber wusste ich, dass sie mit Lutger, der das in unserem Schul-Bibelkreis sogar mal erzählt hatte, dabei war, eine Beziehung aufzubauen. Trotzdem frage ich mich, ob ich nicht ein zu großes Weichei war, zu harmoniesüchtig, auch zu feige, wenn ich daran zurückdenke. Es war wahrscheinlich alles dabei. Ich war nicht genug in sie verliebt, und ich hätte es unfair gefunden, als wilder Gewitterregen die Spaziergänge ihrer beginnenden Beziehung zu überfallen. Aber ich war auch zu feige, zu harmoniesüchtig und also konfliktscheu, um auch Ansprüche anzumelden. Aber nicht nur an dem Gespräch über van Gogh war Norbert beteiligt, neben seinem Freund Peter, neben Herbert und Sabine Mohn, sondern wir sprachen dann auch zu zweit noch über Hermann Hesse, in dem wir, wie so viele andere auch, einen Helden gefunden hatten. Auch er drückte wie die Rockmusiker und die Maler unsere Traurigkeit aus über eine Welt, in der es den Tod gab, der alles infrage stellte, und die Traurigkeit darüber, dass trotz der kurzen Zeit, die diese Hydra dem einzelnen Menschen übrig ließ, die Menschen ein Leben führten, als gäbe es ihn nicht, ein Leben führten, in dem der eine den anderen fertigmacht, eine Walze der eine, der den anderen, aus Schwäche Gelähmten, plattmacht wie ein Blättchen zum Zigarettendrehen, ein Leben, in dem sich zwei so ineinander verbeißen in ewigen Symbiosen, Rechthabereien und Streitereien, dass sie an ihren gegenseitigen Wunden beide sterben. Hesse drückte aus, worüber in unseren Familien niemand sprach und was in der Elterngeneration überhaupt fast nie zum Thema von Gesprächen gemacht wurde. Wir waren depressiv und verzweifelt mit dem Steppenwolf, und wir zogen mit Goldmund durch die Welt und erlebten aufregende Liebesabenteuer mit schönen jungen Frauen. Norberts Vater arbeitete beim Auswärtigen Amt, das ihn als Beamten bei der deutschen Botschaft immer wieder in andere Länder geschickt hatte. Seit zwei Jahren wohnten Norberts Eltern schon in Madrid. Norbert aber wollte nicht in Spanien auf irgendeiner deutschen Schule Abitur machen, sondern am Gymnasium in Hermannsdorf, genauer auf der Kaninchenberg-Gesamtschule (von uns scherzhaft wegen der vielen Kaninchen so genannt, die an Rainen in der Nähe siedelten und an denen wir unseren Spaß hatten) in Hermannsdorf, einem typischen Produkt der Endsechziger- und Siebzigerjahre, einem monströsen Klotz, der aussah, als hätte ein riesiger kubistischer Beton-Geier ihn auf den Berg geschissen, von dem aus man jedoch einen herrlichen Blick auf die Stadt hatte. Weil sogar den damaligen Verantwortlichen die Seelen einstampfende Hässlichkeit dieses Gebäudes aufgefallen war, hatten sie es mit einem Gürtel aus kubistischen Formen bunt angemalt. Mir hatte der bunte kubistische Gürtel gefallen, für viele andere Bürger hingegen war er ein stetiger Grund zum empörten Kopfschütteln. Eine Brise Freiheits-, Avantgarde- (in der Kleinstadt war der Kubismus auch viele Jahrzehnte nach seinem Ableben immer noch Avantgarde) und Hippiegeist schien mir aus dem bunten Gürtel zu sprechen, und dafür liebte ich ihn. Diese Schule war die einzige in Hermannsdorf, auf der man Abitur machen konnte, aber es waren auch noch andere Haupt-, Real- und Berufsschulen in dem Gebäudekomplex untergebracht, weshalb die Schule für Hermannsdorfer Verhältnisse monströse Ausmaße hatte. Weil Norberts Eltern in Hermannsdorf ein Haus gebaut hatten, hatte er zwischen den Auslandsaufenthalten in seiner Kindheit und Jugend immer wieder viel Zeit dort verbracht. In der Zeit, als ich ihn kennengelernt hatte, wuchsen ihm nur in Hermannsdorf die langen Simson-Haare seiner Seelen-Kraft, unsichtbar natürlich, ihm, dem Kurzhaar-Träger. Seine Eltern waren, eben weil sie in Spanien weilten, die meiste Zeit nicht zu Hause. Deswegen hatte Norbert sturmfreie Bude, und das war königlich. Im Dezember war er mit vorgezogenem Abitur von der Schule abgegangen, weil er in seinen beiden Leistungskursen Biologie und Mathematik wie auch in den Grundkursen meistens sehr gute Noten hatte. Schüler von diesem Kaliber konnten damals vorgezogen Abitur machen, eine Schülerelite, die

Universalgenies, die es überall draufhatten. Norbert und ich hatten auf der Party von Sabine Mohn gemerkt, dass wir uns viel zu erzählen hatten, und so wurden wir Freunde, nachdem er mich ein paar Monate später einmal mit seinem Freund Peter in Bullburg besucht hatte. Er interessierte sich für Philosophie und Literatur, liebte aber auch die Naturwissenschaften, seine Favoritin aber, die er verehrte, ja besessen liebte und obsessiv umgarnte, war die Landwirtschaft. Agrarwissenschaften wollte er deshalb studieren und anschließend in die Entwicklungshilfe gehen. Es passte also alles gut zusammen, wir hatten uns meistens viel zu erzählen und zu diskutieren, er hatte die sturmfreie Bude, wo ich ihn öfters besuchte, und ich kam vom Bauerhof, der in manchen Phasen seines letzten Schuljahres ein zweites Zuhause für ihn wurde, weil ich dort wohnte, aber auch, weil er dort viel über Landwirtschaft erfahren und lernen konnte. Im Sommer 1981, als ich mit Bänderriss das Krankenhaus in Spanfeld mit meiner Gegenwart beehrte, besuchte er öfters meine Eltern und half auf dem Hof, weil ich ja als Arbeitskraft ausgefallen war. Vom Hof in Bullburg aus kreuzte er dann auch einige Male bei mir im Krankenhaus mit seinem gebrauchten Golf auf, den er von seinen Eltern geschenkt bekommen hatte.

Poetisch-dynamische Schwalben und plappernde Spatzen ließen sich bei uns nieder, wenn Norbert seine eigenen Gedichte und manchmal auch kurze Aufsätze oder Erzählungen aus seinem Tagebuch vorlas. Vor allem aber schrieb er damals viele Gedichte. Meine schriftstellerischen Ambitionen setze ich in dieser Zeit lediglich um, indem ich die Herde meiner mal melancholisch-weltschmerzschwarzen, mal fröhlichen, chaotisch-krakeligen Kinderbuchstaben-Kühe auf die Weide meines Tagebuches trieb, die ich jedoch anderen nicht zeigte, weil ich befürchtete, sie würden heimlich den Zaun durchknipsen, sodass die Herde, die einer meiner größten Schätze war, abhauen könnte. Norbert aber hatte Freude daran, seine dichterischen und essayistischen Hervorbringungen vorzutragen. So auch, als er mich im Krankenhaus in Spanfeld besuchte. Nachdem er angekommen war, gingen wir zusammen in den Park, setzten uns auf eine Bank, und er legte los. Halt, halt, so einfach ging das natürlich nicht, denn ich musste natürlich auf zwei Krücken, deren Plastikarmstützen von einem Grau waren, das die Augen grillte, wann immer man darauf blickte, in den Park humpeln. Das Humpeln scheint mich aber nicht so gestört zu haben, denn sonst hätte ich mich wahrscheinlich sofort daran erinnert. Die Bank stand in dem kleinen, leicht hügeligen Innenhof-Park, der umgeben war von den weißgrauen, hässlichen Krankenhausgebäuden, die wahrscheinlich in den Fünfzigerjahren gebaut worden waren, Särge mit Dächern aus braunschwarzen Ziegeln. Ich fühlte mich aber keineswegs tot, sondern wie ein Dichter- und Denker-Revoluzzer, wenn ich mit Norbert im Park saß und er mir Gedichte vorlas und wir vielleicht auch noch über Hermann Hesse sprachen oder über die Arbeit zu Hause am Hof, die Natur oder unsere Freunde und natürlich über die jungen Frauen, die wir gerade verehrten, interessant fanden oder in die wir ein bisschen verknallt oder leidenschaftlich verliebt waren. Leidenschaftlich verliebt war ich in dieser Zeit schon in Lena und dachte infolgedessen natürlich oft an sie. Deswegen hielt ich ihm Vorlesungen über ihre Vorzüge: „So etwas wie sie ist mir noch nie begegnet. Sie ist mindestens so attraktiv wie Katharine Ross in ‚Die Reifeprüfung' oder wie Ali MacGraw." (Dass er die beiden Schauspielerinnen wahrscheinlich überhaupt nicht kannte, weil er sich für amerikanische Filme nicht interessierte, die er meistens als fade Produkte der Unterhaltungsindustrie empfand, und er sich, wenn er einmal zufällig einen Film im Fernsehen sah, nicht kundig machte, welche Schauspielerin oder welcher Schauspieler in dem Film mitgewirkt hatte, störte mich während meines Galopps auf den Feldern der Begeisterung nicht im Geringsten!) Dann holte ich einen Zettel raus und las ihm doch einmal etwas vor, was ich in mein Tagebuch geschrieben hatte: „Lena wirkt einerseits so sinnlich auf mich wie die Freundin Salomos aus seinem Hohelied, wie ich sie mir beim Granatäpfel-Essen vorstellte, oder wie die ‚Lise' in ‚Narziß und Goldmund' oder das Mädchen mit lockigen braunen Haaren eine Klasse über mir in der Mittelstufe, das ich sexy wie Marilyn Monroe in ‚Manche mögen's heiß' oder Liz Taylor in ‚Kleopatra' fand, und andererseits tief religiös wie ein in Pascals ‚Pensees' lesender Sonnenuntergang am Mittelmeer, eine Kombination, nach der ich schon lange gesucht hatte. Wenn ich in ihre braunen Augen sehe, stelle ich mir einen See in der Dämmerung vor, in dem ich mit Blick auf Sonnenuntergang bade, der die Welt mit seinen glühenden Gelb-, Orange- und Rottönen so attackiert und staunen lässt, sodass alle, die ihn betrachteten, für Momente in ihrer Seele sich in Caspar David Friedrichs, Vincent van Goghs oder Khalil Gibrans verwandeln. Ihre dunkelbraunen Haare sind wie der romantisch-märchenhafte Wald, in dem ich mich schon immer verirren wollte." (Durch die Lektüre von Goethes „Werther" und vor allem durch die Lektüre von Trakls Gedichten und von Jean Pauls „Titan" hatte ich die für mich umwerfende Gewalt und Subversion des Bestehenden in Gestalt seiner stählernen Nüchternheit durch eine metaphernsatte Sprache erfahren, auch die Psalmen der Bibel wie auch die Propheten waren und sind für mich aufgrund ihrer Bildersprache so anspringend, so bezwingend und grizzlybärenstark. Eine Metapher, ein Vergleich, eine die stumpfe Alltagslogik schrotende Chiffre waren damals und sind für mich bis heute wie Hippies, die sich weigern, ihre Fantasie und ihre Lebensfreude von den Attacken des angstgesteuerten Bestehenden auffressen zu lassen, und die es seinerseits dadurch angreifen, außer Kraft setzen und in die Flucht schlagen, dass sie ihre in manchen Momenten am Spieß bratende Novemberverzweiflung oder den Mittelmeere gischtenden Sommer der Lebensfreude ins Feld führen, der tötenden Welt entgegenhalten, indem sie Metaphern, Vergleiche und Chiffren verwenden

als Gewitter des Neuen, mit Blitzen, die die alles Lebendige begrabenden Bleigewichte der bestehenden Sprache schmelzen. Ohne die Beseelung oder die witzig-ironische Betrachtung und Bewertung der Welt durch Vergleiche, Metaphern und Chiffren und die Freiheit vom Bestehenden, die deren Gebrauch voraussetzt, siegen die Prozessoren der instrumentellen Vernunft, und alle subversive, Grenzen sprengende Freude, alle Ekstase und Poesie werden gegrillt. Wobei Vergleiche, Metaphern und Chiffren aber nur ein Mittel, wenn auch eines der wichtigsten, sind, um durch eine neue Sprache den Blick auf die Welt zu ändern, ihn wieder so intensiv, was nicht infantil bedeutet, werden zu lassen, wie er in der Kindheit und in den Jahren bis einundzwanzig gewesen ist. Auch hier gilt Jesu genialer Satz: „Wenn ihr nicht umkehrt und werdet wie die Kinder, so könnt ihr nicht ins Himmelreich kommen“ [Matthäus, 18,3], für mich jedenfalls nicht in das Himmelreich der Seele und der Sprache. Au, was ist das denn? Verdammt, die Räsonierfeinde haben mir ein Ei an den Kopf geworfen!)
Als ich die Tagebuchstelle vorgelesen hatte, legte ich weiter los.
„Du glaubst es einfach nicht“, sagte ich zu Norbert auf der Bank im Krankenhauspark. „Als ich sie in der Pausenhalle in ihrem roten T-Shirt und ihrer Jeans mit der psychedelischen rötlich-gelben angenähten Borte sah, ein Buch lesend, musste ich auf sie zugehen und sie ansprechen. Sie las Heinrich Heines „Deutschland ein Wintermärchen“. Sie findet Heine gut und ist nicht so engstirnig, wie es so viele in der frommen Szene sind. Ich weiß von ihr, dass sie in Weldakurv zu den Baptisten geht, aber sie ist ganz anders als zum Beispiel Herta Fippel aus meiner Parallelklasse. Die blöde Kuh hat mir irgendwann vor zwei Jahren tatsächlich einmal gesagt, ich dürfe privat nicht auch noch Heinrich Heine lesen. Ich hätte doch gehört, was der Evangelist Waldemar Zwackmann in einer Evangelisation über ihn gesagt habe. Und Lena ist ganz an-

ders, sie wirkt eben fromm und frei und sinnlich. Eine lebende Utopie. Wirklich."

„Du scheinst ja ganz schön verliebt zu sein", sagte Norbert lachend. „Aber jetzt möchte ich dir ein wenig vorlesen, wenn es dir recht ist."

„Ja, klar."

Norbert liebte den Goethe der klassischen Phase, und er war vernarrt in Joachim Ringelnatz, und deshalb dichtete er auch selber in klassischen Formen oder ringelnatzig verspielt. Oft ging es um die Natur oder um wortspielerischen Protest gegen Umweltzerstörung. Ich erinnere mich daran, dass wir mehrere Male in den Park gepilgert sind, um uns auf der Bank niederzulassen. Die Kraft unseres jungen Bewusstseins und die damit verbundene Intensität machten uns zu Riesen mit kaum aufbrauchbaren Kraftreserven. Die Welt, so empfanden wir und auch andere Freunde es – nicht immer vollständig bewusst – und so hofften und glaubten wir, würde sich schon durch unser Sein, durch das, was und wie intensiv wir es empfanden, durch das, was wir sahen und wie wir es sahen, durch was und wie wir lasen und durch das, worüber wir sprachen und diskutierten, in einen freieren, poetischeren und gerechteren Ort verwandeln. Von selbst würde diese Verwandlung geschehen, so wie die Welt bisher noch keine gesehen hatte. Hätte man mich damals gefragt, ob ich das so sehe, ob ich wirklich so dächte, hätte ich das weit von mir gewiesen, denn von meiner bewussten Einstellung her war ich pessimistischer, als ich es heute bin. Ich sah in vielem Tragik und das falsche Leben am Werk, in dem es ja bekanntlich kein richtiges geben kann. Außerdem wäre mir die Egozentrik dieser Haltung und dieses Lebensgefühls nicht klar gewesen, oder, weniger moralisch und kritisch ausgedrückt, meinen Freunden und mir war der Unterschied zwischen unserem Bewusstsein und der Welt nicht so deutlich sichtbar, wie er es heute ist. Die unglaubliche und unwiederholbare Kraft und Hoffnung damals wirkten und arbeiteten überwiegend unbewusst. Sie setzten sich zusammen aus der physischen, geistigen und seelischen Vitalität der jungen Jahre, die uns im Verein mit der damit zusammenhängenden Unerfahrenheit alles so frisch wie in den jungen Tagen der Schöpfung erleben ließ – meine Freunde und ich waren Adam und Eva Ende der Siebziger und Anfang der Achtziger –, und sie bestanden neben anderem auch aus einer monströsen Selbstgerechtigkeit, aus deren Perspektive uns unsere Generation schlicht als die der besseren, poetischeren Menschen als die unserer Eltern erscheinen ließ. Der Einzelne fühlte sich stark, poetisch-bunt und mächtig wie ein Tiger, im Grunde aber waren wir Löwen, die ihr Rudel brauchten, um erfolgreich auf die Jagd zu gehen, um erfolgreich die eigene Identität zu bewahren gegenüber dem, was unsere Eltern von uns wollten, in meinem Fall: was ich glaubte, was mein Vater und vor allem mein irrer Onkel Ottfried von mir wollten. Meine Freundinnen und Freunde, die Natur, die Bücher, die Bilder und die Musik waren der Damm, der mich vor dem Ansprüche-Ozean des Vater-und-Onkel-Gespanns und dem der gesamten Elterngeneration schützte. In dem Ansprüche-Ozean entstanden oft Tsunamis, die im Erdbebengebiet dieser Jahre meine Identität völlig zerstören konnten. Meisten hielt zum Glück der Freunde-, Natur-, Kunst- und Denk-Damm.

7. Herbert, der von Stahl-Bibeln zerquetschte und durch den Wolf des Nihilismus gedrehte, besucht mich als Mega-Hippie

Herbert kam erst am vorletzten Tag zu Besuch. Die Sommerferien-Wochen vorher war er mit seinem Freund Bernhard auf einer Radtour in Frankreich gewesen. In den letzten vier Schuljahren war er mein wichtigster Freund in der Schule: Als zerrissener pietistischer Weltverneiner predigte er mir, danach gingen wir oft zusammen in die schwarze Kathedrale seiner Verzweiflung über die in seinen Augen bestehende Sinnlosig-

keit der Welt, und in den letzten beiden Schuljahren war er in meinen Augen so etwas wie der Goldmund der Hermannsdorfer Oberstufe. Ich fing an, mich öfter mit Herbert zu unterhalten, als ich mit fünfzehn einmal in der Woche zum pietistisch-fundamentalistischen Jugendbund für Entschiedenes Christentum ging, weil auch er, und zwar schon länger, in Hermannsdorf Jugendbündler war, ein Bruder im Glauben, der nach und nach zu einem sehr guten Freund wurde und der in mancher Hinsicht noch rigoroser von der engen Theologie dieser Kreise mit ihrer angstgesteuerten Denkfeindlichkeit und Ablehnung der Sexualität geprägt war. Das repressive Glaubenskorsett konnte zwar die Freiheit seines Denkens und die Entfaltung seiner Persönlichkeit einschränken, ihm aber nicht gänzlich seinen Sinn für Humor sowie seinen damit verbundenen Scharfsinn und auch nicht seine Musikalität rauben, die sich in seiner guten Stimme und seinem wunderbaren Gitarrenspiel zeigte. Wir konnten über Glaubensdinge sprechen und wurden Freunde, weil wir merkten, dass wir beide gerne lachten, einen ähnlichen Musikgeschmack hatten und hin und wieder auch gut, das heißt, unsere Einsamkeits-Ketten aufreißend und manchmal auch Lach-Chinaböller zündend, zusammen über Mädchen sprechen konnten. Als ich mich nach und nach für manche Ideen der Hippies, der Gegenkultur, öffnete, war er in Gesprächen öfters der Bedenkenträger, der mir zu verstehen gab, dass ich nicht zu viel mit meinen agnostischen Klassenkameraden unternehmen dürfe, weil diese ja nun mal nicht glaubten und sie mich deshalb zu weltlich prägen und also weg vom Glauben führen könnten.
„Meinst du, es ist richtig, dass du mit Kunz, Holger, Robert, Steppi und Björn zu Bob Dylan fährst, einem Götzen der ungläubigen Humanisten, die glauben, die Welt ohne Gott und nur mit eigener Kraft verändern zu können?"
„Björn fährt doch auch mit, und der glaubt auch. Außerdem kann ich doch mit Paulus versuchen, das Gute zu behalten und das Schlechte abzulehnen. Das Gute sind die Musik und

der Protest gegen das Unrecht in der Welt, gegen das sich auch viele Christen wehren sollten. Und das Schlechte sind die Drogen und der Unglaube. Dadurch, dass ich auf das Konzert gehe, werde ich nicht den Glauben verlieren und auch nicht Drogen nehmen."

Obwohl ich mich wortreich verteidigte, floss in einem Arm des Mississippideltas meines Erlebens auch das Wasser des schlechten Gewissens, als ich auf das Konzert fuhr. Zu dieser Zeit ließ ich mir die Haare wachsen, und immerhin gingen sie mir zu diesem Zeitpunkt schon bis zu den Schultern. Herbert trug eine Kurzhaarfrisur, wenn auch keinen verklemmt-spießigen Seitenscheitel, sondern einen lustigen, fast ein wenig dandyhaften Mittelscheitel, so als wollte ein unbewusster Guerillero in ihm damit sagen: Leckt mich am Arsch, ihr frommen Diktatoren, ihr kriegt mich nicht ganz klein. Und trotzdem war er alles in allem in dieser Zeit ein Panzer-Puritaner. Ich hörte auch Platten von Simon and Garfunkel und Creedence Clearwater Revival, den Beatles und Bob Dylan, er hörte meistens Platten aus der christlichen Popszene. Als wir uns, weil wir einander vertrauten und Brüder im Herrn waren, erzählten, dass wir, obwohl wir es eigentlich nicht wollten, oft masturbierten, sagte er, er fühle sich hinterher immer wie das größte Schwein auf der Welt. Ich fühlte mich auch so, war aber in der Zeit schon so weit, dass ich dachte, so schlimm könne das nun auch wieder nicht sein. „Wenn einem die Natur kommt", zitierte ich, lustig gemeint, aus Büchners „Woyzeck", den wir damals gerade in der Schule lasen. Obwohl Herbert viel Humor hatte und schlagfertig war, sodass ich in ihm lange Zeit einen zukünftigen ebenso witzigen wie schlagfertigen Moderator im Radio oder etwas Ähnliches sah, sagte er: „Wichsen ist eine schwere Sünde. Wir sind verabscheuungswürdige Schweine, wenn wir das tun. Du darfst dich darüber nicht lustig machen." Als wir den „Der Fänger im Roggen", den „Werther" und „Aus dem Leben eines Taugenichts" in Deutsch lasen, waren das für mich geistige Handgranaten, die

Löcher in die Mauern des pietistischen protestantischen Fundamentalismus sprengten und durch die ich oft auf den Waiamea-Strand der Schönheit entweichen konnte und auf den mächtigen Hawaii-Brechern der Freiheit surfte. Auch ihm gefielen die freche Sprache von Holden Caulfield (gigantisch für uns damals, etwa so überraschend, als würde unsere verbiesterte Mathe-Lehrerin plötzlich für den heiligen Franz von Assisi schwärmen und Joan-Baez-Lieder zur Gitarre vortragen, aber eben noch viel lustiger: Sogar das Wort „Furz" wurde in einem Buch erwähnt, das wir in der Schule lassen!), die leidenschaftliche Liebe Werthers und die poetische, fromme Unbeschwertheit des Taugenichts, aber auch bei unseren Schullektüren wies er mich darauf hin, dass ich mich nicht so stark für diese weltlichen Bücher begeistern dürfe, weil auch sie nicht von wiedergeborenen Christen geschrieben worden seien. Ich dürfe mich von weltlichen Dingen nicht so begeistern lassen. Seine Eltern waren beide bei einem Verkehrsunfall ums Leben gekommen, und er wuchs bei einer ledigen Tante auf. Vermutlich suchte er in der strengen Befolgung dessen, was in der Gemeinde gepredigt und vertreten wurde, einen Halt, der ihn nach dem entsetzlichen Verlust seiner Eltern stützen konnte, manchmal eine Wand, an die er sich lehnen konnte, manchmal ein Geländer, an dem er sich festhalten konnte, manchmal eine Gebrauchsanweisung fürs Leben, in der detailliert aufgelistet war, was man zu tun und zu lassen hatte, wenn man in den Himmel kommen wollte. Doch seine Seele ließ sich nicht immer einsperren, wenn sie nicht verkümmern wollte, und er konnte auch nicht immer von Gebrauchsanweisungen leben, und so tat es im Herbst 79 einen fürchterlichen Schlag: Das Haus seines Glaubens war explodiert, die Wände eingefallen, die Geländer verbogen und zertrümmert und alle Gebrauchsanweisungen verbrannt. Und er stand religiös unbehaust, aber freier und menschenfreundlicher in seinen Moralvorstellungen in der Welt. Nach einer Phase, in der er extrem verzweifelt war, fand er wieder langsam ins Leben: ein junger Hund, der einem prügelnden Hundebesitzer entlaufen war und bei seiner Flucht vom sadistischen Kampfhund des Nihilismus und der Verzweiflung (alles sinnlos, alles dunkel und absurd) fürchterlich zugerichtet worden war und tiefe Löcher im Bauch seiner Seele hatte, die erst nach und nach – aber nie ganz – zuheilten. Als er mich im Krankenhaus besuchte, ging es ihm schon besser. Hatte ihm früher die Gedankenpolizei, die seiner Gemeinde und seine eigene, verboten, sich zu flippig anzuziehen, weil das provozierte, und zwar auf verwerfliche Art, nämlich aus weltlicher Hoffart heraus, so waren jetzt alle Schranken gefallen. Er hatte glatte schwarze Haare wie ich auch, die ihm bis zur Brust gingen, trug ein blau-weißes Holzfällerhemd mit rotem aufgenähten Anarchisten-A auf dem Rücken und Jeans mit großen Löchern in beiden Hosenbeinen auf Kniehöhe, eine aufgenähte Sonne aus einem ockeren Fensterleder und eine selbst designte Gitarre aus dem Stoff eines alten schwarzen T-Shirts auf beiden Oberschenkeln. Er besuchte mich am vorletzten Tag meines Krankenhaus-Aufenthaltes. Wir sprachen über seine Radtour in Frankreich, die er mit seinem Freund Bernhard unternommen hatte, einem Hermannsdorfer aus unserem Jahrgang, den er schon lange kannte, weil er in seiner Nachbarschaft wohnte. Anfangs seien sie in der Provence gewesen. Von den Gorges du Verdon zeigte er mir faszinierende Fotos. Die Landschaft sei überwältigend gewesen, der nackte Winnetou-Fels, die gigantische Schlucht, das Baden in Seen, aber es sei so heiß gewesen, dass sie in Aix-en-Provence einen Zug ausbaldowert hätten, in dem sie mitsamt ihren Fahrrädern über mehrere Stationen in die Bretagne gefahren seien. Dort hätten sie spektakuläre Steilküsten gesehen und seien fasziniert gewesen von den hohen Atlantikwellen, die es an manchen Tagen gegeben hätte. Besonders eine Stelle auf den Felsen einer Steilküste habe es ihm angetan. Von dort aus habe er ungeheuer zerfurchte, rötlich-hellgraue Felswände gesehen, gegen die immer wieder Gischt schnaubende Wellenmonster angedonnert

seien. Wie ein Stück Aldi-Gouda, in den er mit großem Hunger reingebissen hätte, hätten die steilen Felswände der Bucht ausgesehen. So würde er gerne als alter Mann sein, sagte er lachend: Furchen und Schrunden dürfe ihm das Leben schlagen, aber er hoffe, dass er dann auch noch so aufrecht, würdig und stark dastehen würde wie diese Steilküstenwände. Weitgehend vertragen hätten sich Bernhard und er. Nur einmal hätten sie sich schlimm gestritten, und zwar, als sie darüber diskutierten, ob sie eventuell nach Nordfrankreich fahren wollten. Bernhard hätte unbedingt seinen Plan beibehalten wollen: von der Provence aus am Mittelmeer entlang bis in die Pyrenäen zu fahren.
„Nachdem wir dann aber die gigantischen Steilküsten in der Bretagne gesehen hatten und diese Brecher von Wellen, hatte er sich vollends wieder eingekriegt und war zufrieden."
Ein aufregendes Erlebnis sei es gewesen, als sie auf einem Campingplatz eine Gruppe mit französischen Jugendlichen kennengelernt hätten. Er habe sich etwas in Monique, eine französische Gymnasiastin, verliebt, ausgiebig hätten sie sich geküsst, und sogar ihre Brüste habe er streicheln dürfen. Leider erst in der Abschiedsnacht.
„Das war eines der umwerfendsten Erlebnisse, die ich je gehabt habe. Ich habe mich gefühlt wie Goldmund mit der Zigeunerin Lise. Sie war brünett und hatte auch braune Augen, sie wirkte so natürlich und so frei, und sie wusste, was sie wollte. ‚I'm looking for a hard headed woman.' Sie sprach ein so lustiges Englisch mit diesem französischen Akzent. Und Alter, wir haben unsere Adressen ausgetauscht. Wenn es irgendwie geht, will sie mich in den Herbstferien besuchen, und ich will zwischen den Jahren hin. Sie wohnt in Paris!" Wir waren große Fans von „Narziß und Goldmund", und gerade unsere Verliebtheit und unser erotisches Entzücken brachten wir, wenn wir uns darüber unterhielten, hin und wieder in einen Zusammenhang mit den Erlebnissen Goldmunds. Auf gutmütige Art konkurrierten wir auch ein bisschen darum, wer die

intensiveren romantisch-erotischen Erlebnisse mit einer Angebeteten hatte. Herbert hatte nicht schlecht vorgelegt. Die Konkurrenz war aber nicht wirklich ernst gemeint. Herbert war in eine hoffnungslose Liebe zu seiner Großcousine Frauke aus Stuttgart verstrickt, die nicht wusste, ob sie ihn wirklich liebte. Er war von vielen Mädchen umschwärmt, weil er attraktiv war und ihnen gegenüber überlegen kühl sein konnte, was viele Mädchen anzog. Gegenüber seiner Großcousine war er nicht überlegen kühl, weil er sie wirklich liebte. Wie sich die für uns Waldhessen mit aufregender Frankreich-Erotik und -Romantik gewürzte Liebesgeschichte mit Monique entwickeln würde, war nicht klar.

Wie der Rausch der Verliebtheit in Lena auch die Gespräche mit Herbert beflügelte, die goldenen E-Gitarren, die Schafskäse-Tomaten-Baguettes, habe ich erwähnt. Aber auch bevor ich in Lena verliebt war, waren mir die Gespräche mit Herbert wichtig. Der Hauptunterschied zu Gesprächen, die ich heute führe, liegt natürlich in der unglaublichen Intensität, mit der ich und natürlich die Freundinnen und Freunde auch diese Gespräche empfunden haben. Als mein Bruder und ich das erste Mal in der Kindheit die Ostsee sahen, war es, als wenn Gott uns etwas ebenso Großes wie Weihnachten, das für uns immer der Höhepunkt des Glücks gewesen war, erleben ließ. Die grünblaue Ostsee griff mit ihren Wassertatzen mit Schmackes in unsere Seelen und gab uns das Gefühl, als sei sie ein scheinbar endloser Gabentisch, auf dem die grünblaue Farbe und die Wellen ständig neue Geschenke produzieren würden, als würden wir auf einem Segelschiff aus Schokolade, auf dem es einen endlosen Vorrat an Eiscreme geben würde, segeln und Schatzinseln entdecken und immer neues Gold und Diamanten finden, Abenteuer mit Piraten oder wilden Ureinwohnern erleben, bei denen wir unseren Mut beweisen könnten. Und Gott würde uns bei Gefahr einen Weg bahnen wie den Israeliten auf der Flucht vor den Ägyptern. Ein unendliches

Meer, das aber – paradox – doch in Gottes Hand ruhte. Überwältigt sein und staunen. Von dieser Ostsee des Staunens und des Überwältigtseins umgeben und durchdrungen waren eben auch viele Erlebnisse von meinen Freunden und mir. So auch die Gespräche auf der Fete von Sabine Mohn, im Krankenhausgarten und eben viele andere leidenschaftliche oder entspannt-lustige Wort-Federballspiele auch, und alles noch einmal potenziert, als ich in Lena verliebt war. Tore haben wir, wenn wir uns unterhielten, aufgestoßen, Tore zu einer Gesellschaft, in der die meiste Zeit Jimi-Hendrix-Gitarrensolos oder das in „Like A Hurricane" von Neil Young – in dem aus einem verregneten Novemberwald immer wieder ferrarirote Falken aus Glücks-Gerste emporstiegen – in unserem Bewusstsein zu hören wären, wir in einer nahezu permanenten Ekstase über die Prärie unseres Lebens reiten würden, die Armen in soliden und fantasievollen Fachwerkhäusern wohnten, in denen es reichhaltig Essen und Trinken geben würde sowie gute Stereoanlagen, eine Anzahl guter Bücher und selber gemalte Bilder und inspirierende Kunstdrucke an der Wand hingen.

8. Der Auftritt der harten Jungens auf der Bühne meines Gedächtnisses

Auf meinem Zimmer lagen außer mir, so kam es mir damals vor, zwei ältere Männer, die mich, den Grünschnabel, mochten, bei dem „der Himmel noch voller Geigen hing", wie Josef zu mir sagte. Ich nenne ihn, den katholischen Installateur, so, weil ich mich an seinen Namen nicht mehr erinnern kann. Ich träumte davon, dass Lena meine Freundin sein würde, und sie erzählten mir, abends seien sie von der Arbeit oft so kaputt, dass sie keine Lust hätten, mit ihren Frauen zu schlafen. Das war damals für mich unvorstellbar. Ich hatte in etwa die Vorstellung, dass man jede Nacht trunken vor Liebe und satt von intensivstem Sex in den Schlaf sinken würde, wenn man so jung wie meine beiden älteren Bettnachbarn wäre und mit einer Frau zusammenleben würde. Leidenschaftliche Küsse, die in eine ekstatische Verschmelzung der Leiber münden würden, bei der ein Paar auf einen Traum-Everest flöge und dort auf einer Matratze aus würzigem Heu in sauerstoffreicher Luft, mildem Frühlingsklima und umgeben von einer blühenden Weißdornhecke das größte Glück erleben würde, gerade noch auf der Erde, aber auch schon Teil der ekstatischen Unendlichkeit. Und diese alten Säcke kamen mir mit Müdigkeit! Das konnte doch gar nicht sein. Der andere, ich nenne ihn Knut, weil mir auch sein Name nicht mehr einfällt, war mir manchmal ein bisschen unheimlich. Er war Lkw-Fahrer und erzählte prahlerisch und brutal, wie er einmal einem Mercedesfahrer Angst eingejagt habe, der ihm aus irgendeinem Grund beim Überholen einen Vogel gezeigt habe. Der Mercedesfahrer sei einige Zeit nach diesem Vorfall, wie er im Spiegel erkannt habe, wieder hinter ihm gefahren, weil er wahrscheinlich eine Pause an einer Raststätte gemacht habe, und so sei er, als der Mercedesfahrer ihn überholen wollte, plötzlich vor ihm ausgeschert, sodass dieser habe scharf bremsen müssen und dabei sogar etwas ins Schleudern gekommen sei. Der hellblonde, athletische und am Meniskus operierte Knut hatte ein Gesicht, so wie ich mir das eines jungen, aufstrebenden, dynamischen Polizisten vorstellte, ein Gesicht, das sagte: „Ich bin freundlich, aber wehe, du willst mir was. Das Echo würde dir nicht gut bekommen!“ Ein Gesicht, in dem graublaue Augen wie Bullaugen den Blick freigaben auf ein meistens freundliches Meer, auf dem aber im Spätsommer des Sich-angegriffen-Fühlens auch Hurrikans von ungeheurer Zerstörungskraft entstehen konnten. Als er mir die Geschichte mit dem Mercedesfahrer erzählte, war er mir eben unheimlich. Mir gegenüber verhielt er sich aber meistens freundlich, sodass ich die meiste Zeit nicht mehr an das fensterlose Zimmer der Unheimlichkeit im Landhaus seines Charakters dachte. Der andere, eben der katholische Josef, mit seinen dunkelbraunen glatten Haaren und dazu perfekt abgestimmten braunen Augen, seinem rundlichen Gesicht, dem der Schnauzer einen Tupfer großstädtischer Abgezocktheit auf die Leinwand seines Gesichtsgemäldes verpasste, auf dem ansonsten ein Samstag auf dem Land abgebildet war, an dem vor Fachwerkhäusern und Siebzigerjahre-weiße-Wände-Dunkeldach-Häusern der Bürgersteig gekehrt wurde, ein Terrier eine Katze verfolgte und Kühe wohlig-faul wiederkäuend auf einer Weide lagen, dieser andere war geistig wacher, und seine Emotionen glichen einem rasch fließenden Fluss im Tal in der Nähe eines Hochgebirges, während Knuts Seelenleben einem ruhig in der afrikanischen Sonne dösenden Elefanten glich, den nichts so schnell aufregte, aber wenn doch, uijuijui. An Josef kann ich mich besser erinnern als an Knut. Er erzählte mir, dass er in den Sechzigerjahren in einer Beat-Band gespielt habe und wie klasse das gewesen sei. Ein paar Mal fragte er mich, was ich gerade lesen würde. Als ich ihm sagte, dass ich mich gerade mit dem „Taugenichts" von Eichendorff auf große Wanderung nach Italien gemacht hätte, lachte er und war berührt, weil ihn das an eine Zeit erinnerte, als er selbst Teenager gewesen sei und dieses Buch gerne gelesen habe, wie er mir sagte. Ich glaube, ich spürte, dass etwas, was er lange vergessen hatte, wieder in sein Bewusstsein gekommen war, und es war der Traum von einem wilden und intensiven Leben als Musiker. Als er in der Beat-Band spielte, war er der Taugenichts, der unbeschwert lebte und der glücklich war und jung. Ich habe mit den beiden viel gelacht. Sie waren etwa Ende zwanzig und ließen, oft spielerisch, die Erfahrenen raushängen, die mir Grünschnabel erzählen wollten, wie das Leben in Wahrheit sei. Aufgrund seiner geistigen Wachheit und des raschen Bergflusses seiner Emotionen war Josef für mich der interessantere Mensch von beiden. Obwohl die beiden nur etwa zehn Jahre älter als ich und also jung waren, schienen sie, was das Alter betrifft, so weit weg wie San Francisco von New York City, wenn man die Entfernung zu Fuß zurücklegen müsste. Josef war sogar

schon einmal geschieden, was mir als Lebenssituation so fern vorkam, als müsste man nach der Wanderung von New York nach San Francisco dann noch nach Hawaii schwimmen. Er arbeitete in der Installationsfirma seines Vaters. Die Arbeit schien ihm im Großen und Ganzen Spaß zu machen, aber er fühlte sich von seinem tyrannischen Vater unterdrückt. Das trug zu der Verbitterung bei, die ich manchmal bei ihm spürte. Als ich an irgendeinem der Krankenhaus-Tage während meines Krankenhausaufenthaltes sagte, dass ich Hans Küng lesen würde, nachdem er mich mal wieder nach meiner Lektüre gefragt hatte, erinnerte ihn das an seine Teenagerzeit in dem katholischen Dorf. Küng war einige Zeit vorher Thema in den Medien gewesen, weil ihm die Deutsche Bischofskonferenz Dezember 1979 die kirchliche Lehrerlaubnis entzogen hatte.
„Die Priester, die ich kennengelernt habe, haben mir immer alles verboten. Am besten wäre es für sie gewesen, wenn ich nie eine Freundin gehabt hätte. Ich war eben einer, dem die Mädchen gefielen, und ich habe viele geküsst. Mit achtzehn schlief ich dann mit meiner damaligen Freundin, in die ich sehr verliebt war. Damit war es unmöglich für mich geworden, weiter in die Kirche zu gehen. Gott hat mich interessiert, aber ich wollte keinen Gott, der mir das Leben verbieten wollte. Auch zu Hause gab es riesige Kräche, weil ich nicht mehr in die Kirche gehen wollte. In unserer katholischen Gegend gingen die meisten fast jeden Sonntag in die Kirche. Mein Vater, der alte Heuchler, sagte zu mir, dass ich doch dem Priester nicht sagen müsste, dass ich mit meiner Freundin ‚Unzucht' trieb, so nannte er es. Erzählen wollte ich es dem Priester sowieso nicht, aber ich konnte nicht so tun, als würde ich die katholischen Normen akzeptieren, und jeden Sonntag als Heuchler in die Kirche gehen. Das war unmöglich für mich. Ich konnte nicht jeden Sonntag in die Kirche gehen und lügen!" Die Erinnerung ließ den Stier der Empörung frei, der gegen das rote Tuch der kirchlichen Verbote und der väterlichen Heuchelei anrannte. Und auch der Schmerz seiner späten

Teenagerjahre war wieder so da, als hätten die chiligepuderten Messer eines Christentums, das die alttestamentarische Lebensfreude vergessen hat oder ablehnt, erneut ins Fleisch seines Erlebens geschnitten. Was er gesagt hat, habe ich noch ungefähr im Kopf, und an seine Stimmung kann ich mich auch erinnern. Ich sagte ihm, dass man auch an Gott glauben könne, wenn man anders und freier denken würde als der Priester. „Ja, ihr Evangelischen dürft ja alles." Das waren seine Worte. Er projizierte auf die „Evangelischen" alles, was er in seiner katholischen Gegend nicht durfte, und wusste nicht, dass die protestantischen Fundamentalisten genauso gefährlich sind, dass sie die Lebensfreude genauso zerstören können wie lebensfeindliche Katholiken. Die andere und einen selbst zerstörende Moral der Ablehnung und Geißelung des Begehrens und des selbstständigen Denkens, die Moral der Seelen- und Lebens-Zerstörung ist eine universelle Möglichkeit des menschlichen Geistes, wenn dieser die Angst vor der Freiheit und vor Identitätsverlust durch rigorose Regeln einzudämmen versucht. Die Chilimesser schneiden in vielen Ideologien ins Fleisch der Lebensfreude und so auch im Katholizismus und Protestantismus. Als ich von diesen Angst-vor-der-Freiheit-Gedanken in den Büchern von Eugen Drewermann und Sören Kierkegaard während meines Studiums las, war das für mich, als hätte ich endlich einen Kontinent entdeckt, der mir vorher unbekannt war, aber als unentdeckter trotzdem maßgeblich das Klima meines und jeden menschlichen Geistes maßgeblich mitbestimmt. Stolz wie Kolumbus und befreit wie Paulus und Luther wurde mir klar, dass das autoritäre, angstgesteuerte und das eigene Denken unterdrückende Befolgen von moralischen Gesetzen innerhalb einer Kirche oder einer bestimmten Theologie letztlich den Glauben abschafft, eben weil man den Glauben an das Gerechtfertigtsein des eigenen Denkens abgeschafft hat. Ich durfte mir, und war eigentlich erst so ein wirklich Glaubender, meine eigenen Gedanken zu den Dogmen und moralischen Implikationen des christlichen Glaubens ma-

chen. Manchmal hatte ich aufgrund dieser Erkenntnis nicht nur das Gefühl, einen neuen Kontinent entdeckt zu haben, sondern fühlte mich so, als hätte diese neue Entdeckung des Glaubens, der das eigene Denken rechtfertigt und wünscht, eine neue Erde entstehen lassen, eine neue Erde der Freiheit, zu der man ein Schöpfung bejahenderes Verhältnis haben durfte und sollte, was ein bejahenderes Verhältnis zu einem selber einschloss, und das hatte mich immuner gegen Rückfälle ins angstgesteuerte Einknicken vor ebenfalls angstgeborenen Dogmen oder Moralauffassungen gemacht. „Der Theologe Küng, den die katholischen Oberbosse als Professor geschasst haben, denkt in seinen Büchern über einen Glauben nach, der lebensfreundlich ist. Der nicht alles verbietet."
„Ja gut, dass es solche Leute gibt."

Amüsiert und gutmütig erstaunt über meine Grünschnabeligkeit waren Josef und Knut, wenn ich von Lena erzählte.
„Ich glaube, wenn es wirklich einmal wahr werden würde, dass sie meine Freundin würde, dann würde ich das vor Glück kaum aushalten. Sie ist die schönste Frau, die ich kenne, und ich glaube, auch die faszinierendste, weil bei ihr innen drin am meisten abgeht. Sie ist auch ein sehr guter Mensch, tief, religiös, aber nicht verklemmt. Echt, sie ist völlig abgefahren."
„Nun hör dir den Kleinen an, dir hängt wirklich der Himmel noch voller Geigen. Ich an der deiner Stelle würde mich aber ranmachen, sonst schnappt sie dir noch ein anderer weg."
Mann, ich habe doch erst eine Beziehung hinter mir. Ich kann mich doch nicht einfach in die nächste stürzen.
„Du bist ein Seppel, willst du einen Tugendpreis gewinnen oder was? Krieg den Arsch hoch und versuch, deinen Engel mit den braunen Haaren für dich zu gewinnen!" Über die Beziehung zu Mimi schreibe ich in diesem Buch nicht mehr, als dass wir ein Jahr zusammen waren und wir uns dann getrennt hatten, weil wir einsehen mussten, so viel gemeinsam zu ha-

ben wie eine Robbe und eine Eiche, wie ein Zwangsneurotiker und ein Hysteriker, wie der Stil Jean Pauls und der Hemingways. Wahrscheinlich sahen die beiden älteren Krankenhaus-Bettnachbarn in mir einen Träumer, den sie in der Gefahr glaubten, sich in Büchern und Träumen zu verlieren und darüber die Wirklichkeit zu verpassen, womit sie nicht ganz unrecht hatten. Wir mochten uns, und so meinten sie es gut mit mir und gaben mir als die Älteren Ratschläge, wie ich das Leben am besten anzupacken hätte. Ich hatte sie gern, weil man sich mit ihnen unterhalten konnte und weil sie Humor hatten. Sie mochten mich wahrscheinlich aus denselben Gründen und weil ich über zehn Jahre jünger war und in der Liebe, im Glauben und in der Politik noch Ideale hatte, die sie teilweise schon verloren hatten. Wenn ich mich heute in sie zu versetzen versuche, denke ich, dass sie den wohlfeilen und naiven Anteil meiner Vorstellungen, wie etwa die Arbeitswelt organisiert sein könnte, sofort erkannten – jeder solle so entlohnt werden, dass er gut davon leben könne, und jeder solle sich selbst in seiner Arbeit mit seinen Begabungen verwirklichen können, Chefs gehörten abgeschafft, alle Mitarbeiter sollten im Betrieb mitentscheiden können, um nur einige Ideen zu nennen, die ich damals verfocht –, sie aber auch den juvenilen Weltverbesserungs-Schwung mochten, den ich noch hatte und der sich in diesen gut gemeinten und enthusiastisch vorgetragenen Vorstellungen auch zeigte. Außerdem hatte ich lange schwarze Haare, die mir bis zum Nabel gingen. Sie hingegen hatten jetzt in meinen Augen kurze Haare, waren aber Ende der Sechziger und Anfang der Siebziger auch Jugendliche mit langen Haaren und Fransen-Lederjacken gewesen, die in ihren Träumen zusammen mit Peter Fonda und Dennis Hopper auf ihren Easy-Rider-Chopper-Motorrädern in Amerika, in der Wirklichkeit aber in Deutschland unterwegs waren und bewaldete und mit dem Licht-Champagner von Wiesen und Feldern beschenkte Mittelgebirge überquerten und von den Panoramen und der Geschwindigkeit, mit der diese in immer wieder neuen Variationen vor ihren Augen tanzten, so berauscht waren, dass sie das Gefühl hatten, ihr ganzes Leben würde so für sie sein wie diese Landschaft ihrer Heimat beim Motorradfahren: immer wieder besoffen vor Freude, weil ihr Tun und ihr Erleben getränkt sein würden von abwechslungsreicher, aufregender und anregender Buntheit und märchenhaft reich an bezwingenden und dabei Geborgenheit schenkenden Formen, so als würde Pieter Brueghel ihr Leben malen. Ich erinnerte sie an ihre eigene Jugend, und auch das mochten sie.

9. Ein schmales, sensibles und verletzliches Lämmchen, das von einem utopischen, scharfen und scharfsinnigen Löwen bewacht wird

An meinen braunhaarigen Engel Lena dachte ich also öfter, Lena, für die ich, im Krankenhaus schon leidenschaftlich verliebt, vor mich hinschwärmte. Sie war im selben Schuljahrgang wie ich, und wir waren schon zusammen auf der selben Grundschule gewesen, aber nie in der selben Klasse. Sie hatte damals auffallend braune, wilde Locken, die dem schmalen, sensiblen und verletzlichen Lämmchen ihres Gesichts einen utopischen, scharfen und scharfsinnigen Löwen an die Seite stellten, der das Lämmchen beschützte und einen ansprang und zubiss, wenn man es zu sehr ärgerte. Nach der Grundschulzeit besuchten wir bis zur elften Klasse jeweils andere Schulen, Lena kurioserweise das ehemalige Jungengymnasium, die Augustinerschule, und ich das ehemalige Mädchengymnasium, die Margaretenschule. Mein Vater fand den Direktor des ehemaligen Mädchengymnasiums sympathischer als den des ehemaligen Jungengymnasiums. Lena hatte das ehemalige Jungengymnasium besucht, weil ihre Schwester, die sechs Jahre älter und Schülerin auf dem ehemaligen Mädchengymnasium gewesen war, aufgrund ihrer Erfahrungen dort zu der Überzeugung gekommen war, dass das ehemalige Jungengymnasium die bessere Schule sei. So kam es in unseren Schulen für uns beide, die wir den brasilianischen Regenwald der Pubertät schon vor Augen hatten, zu einem damals für uns skurrilen Verhältnis der Geschlechter: In meiner Klasse waren nur neun Jungen und fünfundzwanzig Mädchen, während Lena mit nur sechs anderen Mädchen und vierundzwanzig Jungen die Mittelstufe durchlief. Lena und ich mussten beide sehr lachen, als wir, endlich ein Liebespaar geworden und auf unserem Mango-Lassi geigenden Glücks-Everest durch die Welt schwebend, uns unterhielten und feststellten, dass wir aufgrund dieser konträren Einschätzungen der jeweiligen Schule in unseren Familien dann jeweils auf die Schule gegangen waren, in der ich als Junge und sie als Mädchen in der Minderheit waren. Wir fühlten uns als Rebellen, die vom trägen und geistlosen Zug der Gewohnheit und der Tradition abgesprungen und in unbekanntem abenteuerlichen Gelände zurechtgekommen waren. Mutige Auswanderer in das Amerika einer neuen Schulform.

Im Juni 1981, also ein paar Wochen vor meinem Krankenhausaufenthalt in Spanfeld, bin ich zum Kirchentag nach Hamburg gefahren. Und Lena auch. Ich weiß noch, dass ich ganz aufgeregt war, als sie mit ihrer Freundin Sara vor der Abfahrt zum Kirchentag nach Bullburg gekommen war. Von dort aus wollten sie und Sarah zusammen mit Susanne - einer Freundin Sarahs aus Bullburg - und deren Eltern zu dem Treffpunkt fahren, an den unser Gemeindepfarrer den Bus geordert hatte, in dem wir nach Bachfried fahren sollten. Ihre braunen langen lockigen Haare waren nicht mehr so breit und löwenwild wie in der Kindheit, aber sie gingen bis zu ihrem schlanken, aber wohlgerundeten Hintern, und sie waren die beeindruckendsten der ganzen Schule. Ihre Haare schienen mir Ausdruck von Selbstbewusstsein, von dezenter und zugleich großer Sinnlichkeit, von ihrer Seelentiefe und von ihrer Religiosität zu sein. Sie waren ein auf einem Kornblumen-Klavier spielender

Sommertag, der einen mit seinem Licht durchdrang und mit den Schussflug-Schwalben der Freude fliegen ließ. Sie waren für mich der Inbegriff weiblicher Schönheit.

10. Lena-Präludien

Schon bei meinem Kinderbuch „Deutsche Heldensagen" zeigt die auf den Buchdeckel gemalte Krimhild eine blendende und berückende Haarpracht, hell wie die Mittagssonne an der Côte d'Azur und lang wie der Amazonas. Von ihr hatte ich schon als kleiner Junge geträumt und mich nach einer solchen Krimhild gesehnt. Keinem meiner Freunde hatte ich gesagt, wie sehr mich diese blonde Krimhild beeindruckt und bewegt hatte. Ich weiß nicht mehr, wie alt ich damals war. Zehn oder zwölf Jahre vielleicht. Ein goldenes Diadem umfasste die langen goldblonden Haare dieser Krimhild auf dem Buchdeckel des Jugendbuches. Sie trug ein weißes Kleid mit einem goldenen Gürtel und goldener Borte als Begrenzung am Kragen über ihren Brüsten sowie einen goldenen Armreif. Und auch ihre blaue Schleppe wurde von einem roten Band, das durch Goldränder begrenzt wurde, unter ihrem Hals zusammengehalten. Dieses rote Schleppenband schien sich mit ihren roten Lippen zu unterhalten und über die Schönheit und die Wonne des Küssens zu philosophieren. Ihre Rittersporn-blauen Augen fanden ihren Bruder im blauen Hintergrund des Bildes, der blau schimmernden Rüstung von Siegfried und eine Schwester in ihrer Schleppe. Ich hatte das Buch zu Weihnachten geschenkt bekommen. So war die Krimhild auf dem Buchdeckel mein Sommertag am Morgen des ersten Weihnachtsfeiertages, an dem ich sie mir, noch im Bett liegend, ständig betrachtete, ein Sommertag mit einem endlos blauen Himmel und einer alles durchdringenden Sonne, die so tat, als hätte sie von nun an für immer die Herrschaft angetreten und als würden die imaginierten Sommerferien mit ihrem Piraten-

Goldschatz an Zeit, um zu spielen, zu baden und versonnen unter der Dorflinde Eis zu essen, nie mehr aufhören, wobei der Höhepunkt des Sommerparadieses natürlich der war, dass sie, meine Goldkrimhild, dann auftauchen würde in Gestalt einer Cousine von Martina Bock aus Bullburg, als Ferienkind zu Besuch und Isabelle mit Namen, die mich fragen würde, wo denn der Laden sei, in dem es Eis gebe, ich mit ihr zusammen zum Laden gehen würde und wir von da an für immer unzertrennlich Freundin und Freund sein würden. Und das alles als Fantasie-Sommer im dicksten Winter der Weihnachtsferien. Isabelle hieß sie in meinen Träumen, weil es in den frühen Siebzigern eine Fernsehserie gegeben hat, die „Jérôme und Isabelle" hieß. Als Ereignis in den Weihnachtsferien selber, in der mich real umgebenden Jahreszeit also, wäre es natürlich auch in Ordnung für mich gewesen, wenn Isabelle zu Besuch in Bullburg sein würde, ich ihr auf der Schlittenwiese begegnen würde und sie mir sagen würde, dass sie Angst habe, den steilen Rain allein hinunterzufahren, und sie stattdessen lieber mit mir fahren wolle, weil ich anscheinend schnell, aber sehr sicher mit dem Schlitten unterwegs sei. „Aber schnell fahren darfst du nicht, dann kriege ich Angst und schreie!" Auf diese Weise meiner Selbstliebe und Selbstgefälligkeit schmeichelnd, als galanter Held des Schlittens stellte ich mir vor, sollte sie mir begegnen. Solche Träumereien entfachte die Buchdeckel-Krimhild in mir. Umwerfend schön erschien sie mir als kleiner Junge. So eine Freundin wünschte ich mir, eine solche Freundin schien das Dasein auf eine höhere, eine feierliche und intensive Ebene zu heben. So hätte ich es damals nicht ausgedrückt, aber so habe ich es empfunden. Tapfer und stark wie Siegfried zu sein und ein solches Mädchen an meiner Seite zu haben, das wünschte ich mir.

11. Wir wollten eine Kuh hochheben können. Ist doch klar, oder?

Wie stark ich sein wollte, aus tiefstem Herzen, darüber sprach ich oft mit meinem Cousin Björn. Eines Tages fragte er mich: „Hast du schon gehört, dass man eine Kuh hochheben kann, wenn man statt Kaba Ovomaltine trinkt?"
„Nee, du willst mich doch foppen, oder?"
„Nein, das habe ich wirklich gehört."
„Das stimmt doch nie im Leben."
„Ich glaub's ja auch nicht wirklich."
Durch unsere Aussagen drückten wir aber nur einen Teil unseres Erlebens aus. Denn es gab natürlich auch noch die Überlegung, dass es ja vielleicht doch stimmen könnte. Vielleicht würde man nicht gerade eine Kuh hochheben können, aber stark werden würde man möglicherweise ja doch. Schon am nächsten Tag sagte ich meiner Mutter, sie solle doch bei meinem Onkel Jakob, der zusammen mit seiner Frau einen Lebensmittelladen in Weldakurv hatte, Ovomaltine bestellen.
„Björn hat gehört, man wird damit so stark, dass man eine Kuh hochheben kann."
„Ihr machte euch einen Mist zurecht!"
Mama hatte tatsächlich Ovomaltine bestellt, und als ich ein paar Tage später Björn besuchte, sah ich auch bei ihm die fröhliche rot-gelbe Wunderdose mit der blauen Schrift, sah ich den bunten Augen-Löwen in Tante Hedwigs Küche stehen.

Wir hatten oft Ringkämpfe, in denen wir ausmachten, wer von uns der Stärkste war. Mal war er es, mal ich. Auch in unserer Schulklasse war die Frage, wer der Stärkste sei, von großer Bedeutung für uns Jungen. Ich war in unserer Klasse einer der beiden Stärksten. Mal war es Hermi, mal ich, je nachdem, wer gerade besser drauf war und den anderen als Erster in den Schwitzkasten genommen hatte. Diesen Rang hatte ich, so scheint es mir, aus drei Gründen. Erstens war ich ein Jahr älter

als die meisten Klassenkameraden, da ich den Schulaufnahmetest nicht bestanden hatte und ein Jahr später in die Schule gekommen war. Zweitens war ich für mein Alter ziemlich groß, und außerdem ließ mich mein hitziges Temperament damals immer schnell bereit sein, mit einem anderen zu kämpfen, um rauszukriegen, wer denn nun der Stärkere sei. Mir war das Starksein als solches wichtig - ich wollte eben gerne der Stärkste sein -, aber besonders auch deshalb, weil ich damit in gewisser Weise unangreifbar wegen meiner wie ein Sommerhimmel leuchtenden Rittersporn-blauen Nase war, die ich immer dann bekam, wenn ich aufgeregt war, mich schämte oder Angst hatte. Niemand kann mich ungestraft hänseln wegen meines verdammten blauen Riechkolbens, dachte ich mir, wenn alle vor meiner Fähigkeit im Ringkampf Respekt haben. Tatsächlich hat mich aus unserer Klasse nie jemand gehänselt, wenn meine Nase bei irgendeiner Aufregung oder Angst den Sommerhimmel herbeizauberte, aber als einer der Stärksten in meinem Jahrgang und meiner Klasse fühlte ich mich noch sicherer. Der drachenblutgeschützte Siegfried mit dem Lindenblatt der blauen Aufgeregtheits- und Angst-Nase.
Mit Björn sprach ich oft über Bücher und Filme, in denen starke Helden entscheidende Rollen spielten. In den Heldensagen eben Siegfried, in den griechischen Sagen Achill oder Eisenherz in den Bilderbüchern von Hal Foster bis hin zu den Asterix-Comics mit dem dicken Kraftbolzen Obelix und dem listigen, zaubertrankgestärkten Asterix. Des Weiteren erinnere ich mich an Ivanhoe in dem Film mit Robert Taylor und natürlich an Winnetou und Old Shatterhand aus den Filmen der Sechzigerjahre, die wir damals aber hauptsächlich aus den Fotobüchern über diese Filme im Kopf hatten und aus den Büchern Karl Mays selbst. Dass ich Siegfried in der schimmernden Silberrüstung mit dunkelrotem Umhang und goldenem Kettengürtel und goldumrahmtem Schild, mit Adler-Goldwappen darin, sein wollte, wie er auf dem Buchdeckel meiner „Deut-

schen Heldensagen“ abgebildet war, sagte ich immer, und es stimmte auch. Aber dass ich mich auch danach sehnte, eine Krimhild mit goldenem Haar, goldenem Diadem, freundlichen und lebendigen roten Lippen, Busen und weißem Hochzeitskleid mit goldenem Gürtel küssen zu wollen, das verriet ich niemandem. Dass ich Ivanhoe sein wollte, der der Gerechtigkeit zum Sieg verhelfen wollte und im Turnier alle Gegner weggehauen hatte, konnte ich mit Björn bereden, aber dass ich auch die schwarzhaarige Rebecca leidenschaftlich liebte, sagte ich niemandem. Dass ich der mutige, pfiffige und ganz schön eitle (wie ich heute denke) Tom Sawyer oder der wilde, anarchische Huck Finn sein wollte, war Thema zwischen Björn und mir, nicht aber, dass ich auch für die pausbäckige Vierteiler-Becky-Thatcher aus den Fernsehfilmen etwas übrig hatte. Als ich mit Björn Cowboy und Indianer spielte, war ich meistens Old Shatterhand. Dass dieser und natürlich Winnetou Björns und meine Helden waren, erörterten wir oft, dass ich aber für Karin Dor als Rilana oder Uschi Glas als Nscho-tschi schwärmte, gab ich nicht ohne Weiteres preis.

12. Noch mal die Vorgruppen und dann Lena, die das Stadion meiner Seele ausflippen lässt

Die blonde Krimhild auf dem Buchdeckel der „Deutschen Heldensagen“ schaute ich mir immer wieder an. Sie war eine Projektionsfrau des Alles-Verstehens, der Warmherzigkeit, der Schönheit und des erotischen Begehrens für mich als Junge. Sie würde mich bis in die geheimsten Winkel meiner Seele verstehen und ich sie. Break On Through (To The Other Side). Es war mir, als würde, wenn ich sie gefunden hätte, ein bisschen aber immer auch schon, wenn ich nur von ihr träumte, ein Leben anfangen, in dem es keine Langeweile geben würde wie in manchen Schulstunden und auch keine würgende Angst wie etwa die, dass mein Vater und Onkel Ottfried es mitbekommen könnten, wenn ich in der Schule wieder einmal mit meinem Nachbarn geschwätzt und deshalb Nachsitzen bekommen hatte. Die blonde Krimhild war meine unsichtbare Freundin, die den Alltag verbrennende Marilyn-Monroe-Kuss-Sonne meines Begehrens, und sie war wie der schattige Waldrand-Blick im Spätsommer auf ein Gerstenstoppelfeld, auf dem Licht-Flöten aufspielten und über dem die gigantische Kornblume des Himmels Geborgenheit zwitscherte, alles begleitet vom Muße feiernden Zirpen der Grillen. Von ihr würde ich zu meinen Abenteuern als Ritter mit Schwert, Schild und Lanze oder nach ihrer Traum-Metamorphose zur blonden Westfrau mit Winchester als Cowboy oder als Indianer mit Pfeil und Bogen aufbrechen und nach vollbrachten Heldentaten immer wieder zurückkehren. Es gab eine Schülerin mit ähnlich langen, lockigen blonden Haaren wie die der Buchdeckel-Krimhild auf der Margaretenschule. Sie war für mich das schönste Mädchen der ganzen Schule. Wenn ich sie sah, war es mir, als würde ein Blitz einschlagen, der die Langeweile, die Angst, das Unglück und das beißend Hässliche in der Welt pulverisiert hätte. Auch sie fegte als blonder Taifun für kurze Zeit die langweiligen Schulstunden weg, in denen man sich so erfrischt und schöpferisch fühlt wie an einem Fließband, wie ich es viele Jahre später bei einem Job in einer Wäscherei erlebt habe, oder etwa in der zehnten Stunde einer Taxi-Schicht, und es gab auch keinen hässlich klotzig-eckigen Schul-Komplex aus Betonplatten mehr, dessen Terrier der Hässlichkeit sich immer wieder in die Wade meines Erlebens verbissen. Diese lockige blonde Rakete schoss mich in einen blauen Himmel der Freude, in dem rote Schwalben Flugkunststücke zelebrierten. Ich habe mich, extrem schüchtern aus Angst, meine Nase könnte sich vor Aufregung und Angst wieder in voller Rittersspornblüte zeigen, natürlich nicht getraut, sie anzusprechen. Ich wusste nur, dass sie Susanne hieß. Krimhild und Susanne waren meine Präludien für Lena. So kann man es im Nachhinein sehen, und so sehe ich es. Waren die Haare Lenas in der

Grundschule die auffallend braunen, wilden Locken, die dem schmalen sensiblen und verletzlichen Lämmchen ihres Gesichts einen utopischen, scharfen und scharfsinnigen Löwen an die Seite stellten, der das Lämmchen beschützte und einen ansprang und zubiss, wenn man es zu sehr ärgerte, so waren jetzt die lockigen braunen Haare von Lena sehr viel länger und wirkten wie ein wilder, tiefer Urwald, der ihr etwas schwermütiges Gesicht umgab. Ja, sie wirkte auch etwas schwermütig und also nicht unbeschwert fröhlich. Bei mir jedoch knallte ihre braune Pracht ins Bewusstsein, wie – Paradoxon, Chili der Sprache – dunkles Licht, das leuchtete, wie ein lichtsatter, blühender Ginsterstrauch, der, wenn man ihn bei einem Spaziergang an einem trüben Regentag plötzlich sieht, die Seele in einen Palast der Freude schießt. Sie hatte wirklich etwas von einem frommen und sinnlichen Engel, keinem blonden eben, sondern eben etwas von einem mit braunen, ungestümen Urwaldhaaren. Ihre graublauen Augen waren wie Ozeane an einem schönen Tag, die in gigantischem, eben ozeanischem Ausmaß tiefes und intensives, aber kein bedrohliches Leben in sich bargen. Utopische Ozeane, die das Fressen und Gefressenwerden dieser Welt nicht kannten. Sie waren die Diamanten einer Königin, die sogar die Sonne dazu hätten inspirieren können, ihr einen Besuch abzustatten und sie zu bewundern. Sie waren die kunstvollen Glasmalerei-Fenster in Sainte-Chapelle in Paris, deren einzigartige Schönheit und spirituelle Kraft ich damals noch nicht kannte, die mir aber heute sehr schnell eingefallen sind, da ich die Wirkung von Lenas Augen auf mich beschreibe. Sie waren verletzliche Tauben in einer Welt voller Greife. Im Krankenhaus war sie noch dünner geworden. Ich hatte in der Schule gehört, dass sie wegen einer schweren Lungenentzündung im Krankenhaus lag. Und es hatte mich schockiert. Sie war in der gleichen Tutorengruppe und im gleichen Leistungskurs wie meine Freundin Mimi aus Bullburg. Weil ich Mimi nicht verletzen wollte, hatte ich mir nicht gerade verboten, aber ich war doch irgendwie gehemmt, Kontakt zu Lena aufzunehmen und mit ihr zu sprechen. Mimi, mit der ich ja gerade eine Beziehung hinter mir hatte, weil wir einfach keine gemeinsame Sprache fanden, in der wir uns unterhalten und verstehen konnten, mit der ich so viel gemeinsam hatte wie eine Robbe und eine Eiche, wie ein Zwangsneurotiker und ein Hysteriker, wie der Stil Jean Pauls und der Hemingways, war eifersüchtig auf Lena, weil sie oft hörte, wie ungeheuer schön Lena sei. Wie konnte diese Welt, wie konnte das Leben so widerlich sein und gerade Lena in eine solche Gefahr bringen? Den sinnlichen Engel, der die Feindschaft zwischen Vernunft, Erotik und Religion in seiner Person aufgehoben hatte, die Zerrissenheit des Abendlands, die Dialektik der Aufklärung, bei ihr schien es sie nicht zu geben, die Hydra der Zerrissenheit, im Keller der Geschichte eingesperrt war sie, der mit einem raffinierten Sicherheitsschloss in einer Stahltür zugeschlossen war, sodass dieses Biest nicht mehr herauskommen würde, so erlebte ich es. Und jetzt fuhr sie auch noch mit zum Kirchentag. Als ich sah, dass sie bei Susanne angekommen waren, war noch etwas Zeit, bis meine Eltern mich zum Bus bringen wollten. Weil ich total aufgeregt und aufgewühlt war, dass Lena in meinem Dorf war – unglaublich, Wahnsinn, das gibt's doch nicht –, schnappte ich mir mein Fahrrad und fuhr an Susannes Haus vorbei, um das Objekt meiner Mont-Blanc-Aufgeregtheit zu sehen. Ich sah sie aber nicht. Pustekuchen. Warum sollte sie auch auf dem Hof rumstehen? Sie wusste ja nicht, dass eine minnegeschlagener, religiöser Hippie-Ritter, den Kopf voll mit Liebesgedichten von Goethe, Novalis und Heine und den Erlebnissen Goldmunds in Hesses „Narziß und Goldmund", ihr seine stumme Huldigung entgegenbringen wollte. Meine Aktion hatte also nicht den Erfolg, den ich erhofft hatte. Im Bus zum Kirchentag nach Bachfried hatte sie eine dunkelblaue Breitcord-Hose, einen beigefarbenen Rollkragenpullover und Urschuhe, dunkelgelbe mit einem Stich ins Hellbraune gehende, breite Schuhe mit einer Kreppsohle und Schuhriemen aus Leder, an. Und sie rauchte Gitanes Maïs. Sie paffte sie nur, wie ich später herausfand. Das fand ich alles umwerfend. Die Urschuhe erschienen damals, insbesondere, wenn sie von schönen Mädchen getragen wurden, als Inbegriff großer Seelentiefe, verführerischer Sinnlichkeit und Späthippie- und Landfreak-Gesinnung. Sie würden den Beton-Baal der Engstirnigkeit oder der ach so schlauen, kalten Zweckrationalität, den wir die Welt um uns rum, vor allem aber die Erwachsenen anbeten sahen, zum Implodieren bringen. Genial, was das Bewusstsein alles kann: Schuhe beenden die Ära der instrumentellen Vernunft. Bei Lena kam eben neben dem allem, neben der verführerischen Sinnlichkeit und der Späthippie- und Landfreak-Gesinnung, neben dem Garten mit Kornblumen so groß wie Eichen und E-Gitarren atmenden Weizenfeldern, noch eine Religiosität hinzu, die alles vereinigte und so für ein Menschlichkeit verbürgendes Maß aller Bereiche ihrer Seele sorgte, so dachte ich. Die Religiosität war der Wind, der das Schiff des alternativen Denkens auf einem Ozean der Schönheit und Sinnlichkeit sicher vorantrieb. Die dunkelblaue Breitcord-Hose war wie ein Wald mit Schwertlilien so groß wie Buchen, an dem die Lämmer der Freude weiden konnten. Ihre Haare und der beigefarbene Pullover waren wie ein Sommer, in dem die Kinder der Seele den ganzen Tag ins Schwimmbad durften. Mimi fuhr auch mit zum Kirchentag. Obwohl unsere Beziehung damals schon beendet war, hatte ich wegen ihr nicht viel mit Lena geredet. Ein bisschen schon. Mimi war in der Oberstufe mit Lena in einigen Kursen zusammen gewesen, kannte sie also und war locker mit ihr befreundet, und sie war sehr darauf bedacht, dass sie eigene Freundinnen und Freunde hatte, die ihr Bereich waren und auch bleiben sollten. Da sollte ich gefälligst draußen bleiben. Und Lena gehörte in ihren Bereich. Das respektierte ich, und deshalb hatte ich es mir verkniffen, viel mit Lena zu sprechen, obwohl sie für mich das schönste Mädchen in der Oberstufe war, obwohl sie das Weizenfeld war, das mich, wenn ich sie ansah, mit Kornblumen-Gitarren in den siebten Himmel rockte.

13. Die Küng-Revolte und das Lachen mit Doktortitel

Es war eine äußerst turbulente Zeit gewesen. Ich hatte, wie schon erwähnt, Hans Küngs „Christ sein" gelesen und auch den „Zauberberg" von Thomas Mann. Seltsam, dass mir die Verbindung von turbulent und Buch ins Gedächtnis gekommen ist. Ein guter Witz, typisch trockener Bücherwurm, könnte ein eher auf die praktische Seite des Lebens ausgerichteter Generations- beziehungsweise Zeit-Genosse sagen. Für mich aber war Küngs Buch zwar Papier, aber eben nicht papiern und trocken, es war vielmehr so, als hätte es mir einen Weg aus einem engen und den Dreivierteltag schattigen Tal auf einen wunderbaren Gipfel (für Mittelgebirgsberge immer ein etwas ironischer Begriff) gezeigt, von dem aus sich eine, wenn auch unübersichtliche, aber herrliche und weite, Landschaft auftat, die auch die Seele zu einem Gipfel der Freude, zu einem „Brocken" oder einer „Wasserkuppe" der Freude führte, weil es, Küngs Buch, für das - äh, ganz schön eitel - mein Denken und meinen Verstand plausiblere Interpretationen für die Wundergeschichten der Bibel und die Toleranz gegenüber anderen Religionen aufzeigte. Hans Küngs Buch half mir nämlich dabei, mich noch ein Stück mehr aus dem Korsett des evangelikalen Bibelverständnisses zu befreien, als es der Lehrer Geisthof im Religionsunterricht mit der Schere seines Geistes schon bewirkt hatte. Herr Geisthof hatte mich in die historisch-kritische Methode eingeführt und mir gezeigt, dass man ein denkender, das Geistige liebender und gebildeter Mensch sein kann (arroganter Sack, du klingst wie Hermann Hesse vor hundert Jahren, tu nicht so, als ob die „Geistigen" bessere oder wertvollere Menschen seien, und komm dir jetzt nur nicht großartig vor, weil du dir selber deswegen einen Knüppel ins

Rad der Superioritätsgefühle schmeißt und ... Wir werden nicht altruistischer, wenn wir moralisch nicht einwandfreie Antriebe an uns erkennen, wir verlieren aber die Illusion, dass wir nur gut und freundlich sind, und können ein humorvolleres Verhältnis zu uns haben. Können, müssen aber nicht! Wer die Konsequenz zieht, dass er sich in einen reinen, guten, schönen und moralischen Menschen, der gänzlich über Antrieben wie Begehren, Zorn, Geltungsbestreben und so weiter steht, verwandeln will, auf Biegen und Brechen, der wird scheitern wie Paulus und Luther und wie diese hoffentlich erkennen, dass vor aller Moral das Sein-Dürfen des Unendlichen steht, das eben den Humor ermöglicht), dass man also ein denkender, das Geistige liebender und gebildeter Mensch sein kann, gerade weil man Christ ist. Nicht trotz und obwohl, sondern weil man Christ ist. Er war das sichtbare Beispiel dafür, dass das hervorragend zusammengehen kann. Und er war ein hervorragender Lehrer. Die intelligenten, an geistigen Dingen interessierten Schüler (sic!) liebten ihn meistens sehr. Gegenüber den anderen war er nicht bösartig, vielleicht ein bisschen arrogant. Das Bisschen war etwa so groß wie ein Zigaretten-Paper. Er verhielt sich aber auch fair ihnen gegenüber. Etwa Mitte fünfzig damals, hatte er eine hohe Stirn und schon etwas dünner gewordene, zwischen Zement und, sagen wir mal, zwei Jahre alter, weißer Raufasertapete bei Nichtrauchern changierende graue Haare. Seine Augen waren ebenfalls mehr grau als blau, etwa wie der Studiohintergrund des ZDF heute journals (Stand September 2009). Ein freundlicher Bücher-Mensch eben, mit feinem Humor. Einmal hatte ein an Religion eher weniger interessierter Schüler, als es einige seiner Mitschüler waren, die sich für theologische und philosophische Fragen interessierten und gute Noten bekamen, auf die Frage „Was ist die Gemeinsamkeit zwischen Christentum und Humor?“ geschrieben: das „u“. Geisthof hatte uns in der Religionsstunde einen Text lesen lassen – von wem er war, weiß ich nicht mehr, möglicherweise nahm er Bezug auf Sören

Kierkegaards „Unwissenschaftliche Nachschrift" –, in dem es um den Abstand und die Freiheit ging, die der christliche Glaube dem Christen gegenüber der Welt verschaffen würde, und dass eben dieser Abstand und die Freiheit eine Gemeinsamkeit mit dem Humor seien, der nur auf diese Weise, aufgrund dieses Abstandes und der damit verbundenen Freiheit also, überhaupt entstehen könne. Wobei der Unterschied bestehe, dass ein Humorist es bei einer für ihn erträglichen und auskömmlichen Betrachtung der Welt belassen könne, während der Christ Stellung zu beziehen und sein Leben am Maßstab Christi auszurichten habe. Der Humor sei somit eine Folge der Freiheit gegenüber der Welt. Darin bestanden in etwa die Gedanken, die uns der Lehrer Geisthof nahebrachte. Das „u" als Gemeinsamkeit zwischen Humor und dem Christentum fand Geisthof so witzig und ehrlich, als Ausfluss einer humoristischen Freiheit gegenüber der Welt gewissermaßen, mit den eben angesprochenen Parallelen zur christlichen Haltung, dass er die Antwort von Stefan Plockrust (so hieß der Schüler) sogar vorlas und nicht alle Punkte bei der Bewertung abzog, obwohl dieser, streng genommen, die Frage nicht beantwortet hatte. Geisthof hätte auch auf die Idee kommen können, dass es dummdreist war, so etwas zu schreiben, dafür aber war der eher an technischen und wirtschaftswissenschaftlichen Fragen interessierte Schüler zu schüchtern und zu ehrlich naiv und hilflos. Oder er hätte es als Kommentar in dem Sinne auffassen können, dass es neben dem „u" keine Gemeinsamkeiten zwischen Christentum und Humor geben könnte. Dafür wiederum war Stefan Plockrust zu wenig interessiert und versiert in solchen theologisch-philosophischen Fragen. Herr Geisthof aber lachte sein dezentes, vornehmes Lachen – ein Lachen, das einen Doktortitel hatte, einen Schlips trug und ausgezeichnete Manieren hatte (ich weiß nur noch, dass es so wirkte, und nicht mehr, wie es sich in seinen Gesichtszügen manifestierte) –, während er sich zu Stefan Plockrust äußerte, und wollte damit etwa sagen: Auch wenn

Stefan Plockrust nichts Substanzielles zu dieser Frage geschrieben hat, so ist er doch so frei gegenüber der Welt, so geistvoll und witzig und auch ehrlich hilflos, dass das nach christlichen Maßstäben – auch diese trugen bei ihm in gewisser Weise einen Schlips und hatten einen Doktortitel – gewürdigt gehört. Gegenüber Herrn Geisthof kam ich mir immer etwas grob-humorig und zu sinnlich vor. Obwohl er keinesfalls evangelikal war oder eine explizit sinnenfeindliche Theologie vertrat, sondern eigenständig eine Synthese aus der Entmythologisierung Bultmanns und Barths fröhlicher, aber einseitiger und zu enger Dogmatik und Christologie entwickelt hatte, war er ein Mann, der nicht sehr sinnenfreudig, sondern so drauf war, dass ihm als erster Gedanke gekommen wäre, wenn er ein Foto von Brigitte Bardot gesehen hätte: Wäre interessant, was sie als Französin über Kant denkt, nachdem nun der Existenzialismus langsam aus der Mode kommt und vom Strukturalismus und dem sogenannten Poststrukturalismus abgelöst wird. Ein Serge Gainsbourg oder ein Oberkante-Unterlippe-Testosteron-Strotzer wie Richard Gere in „Atemlos“ war er also nicht gerade. Aus dieser hohen Geistsphäre betrachtet, und ich fühlte mich manchmal von dieser Bücher-ohne-Appetit-und-Unterleib-Sphäre beäugt, kam ich mir manchmal wie ein grob-sinnlicher, verfressener und geiler Bauernlümmel mit ewiger Morgenlatte vor. Das Über-Ich, das Gewissen, die Instanz, die geprägt ist durch alles, was man erlebt hat, mit allen ihren Fehlern und Einseitigkeiten, ist ein seltsam Ding. Ist lustig, dass mir gerade dieser Ausdruck einfällt. Mein Kumpel Herbert hatte ihn in der Schulzeit manchmal verwendet. Wahrscheinlich ist er aus Goethes „Werther“. Ich weiß es nicht mehr. Oder aus Büchners „Woyzeck“. Wir machten uns manchmal einen Spaß, indem wir alte Ausdrücke in Gespräche einflochten und Humor erzeugten, indem wir unsere Gegenwartssprache und die alte Sprache miteinander kombinierten. Der Begriff „Über-Ich“ hatte für uns und hat für mich immer noch die Konnotationen des Analytischen, Kühlen, ja Kalten und des Progressiven, und er war und ist ambivalent. Er wirkte und wirkt aufklärerisch, stellte das Gewissen als eine Größe dar, die entstanden und gewachsen und somit auch kritisierbar und veränderbar ist, aber er entbehrt jeder dynamischen, visionären und also poetischen Qualität. Man ist in der Sprache permanent umstellt von den Scharfschützen desjenigen Teils des Kontinents „Dialektik der Aufklärung", bei dem die Ratio zur Vollstreckerin des Todesurteils der Leidenschaft, der Fantasie und der Ekstase wird. Das „seltsam Ding" aus dem „Werther" ist aufgeladen mit Liebe, Leidenschaft und Poesie und durch das Altmodische auch mit Skurrilität und Humor, weil heute niemand mehr so redet. Indem ich das Über-Ich als „seltsam Ding" bezeichne, reichere ich, so wie wir es in der Oberstufe auch manchmal getan haben, das Aufklärerische an mit Poesie, skurrilem Humor und nehme ihm dadurch die Kälte und das Klinische.

14. Bücher ohne Appetit und ohne Kuss-Lust

Dass ich mir manchmal grob-humorig gegenüber meinem Lehrer Geisthof vorkam, lag daran, dass ich, aus der Perspektive des Geistes, der Bildung und des Denkens, mit den Augen der Bücher ohne Appetit und Kuss-Lust betrachtet, die Sinnlichkeit nicht, wie es vor allem die älteren Evangelikalen taten, als von dieser (gefallenen) Welt durchdrungen und also als zwar nicht gänzlich verboten, aber eben doch als nicht im tiefsten christlich und mithin nicht als gut und uneingeschränkt erlaubt ansah, nein, so sah ich sie nicht mit den Augen der Bücher ohne Appetit und Kuss-Lust, aber doch als störend, als primitiv, als in gewisser Weise unwürdig und für den Geist letztlich als irrelevant: Bauer der Sinne im Scham-Verhältnis gegenüber dem Professor des reinen Geistes. Wenn das Denken nicht gerne gegrillte Bratwürste mit Pommes und Salat oder Milchreis aß, brauchte ich es auch nicht, wenn der

Geist kein Auge für Daria Halprin in „Zabriskie Point" hatte, wozu empfand ich sie als eine der schönsten Frauen der Welt, ein Kontinent aus Begehren und einer tiefen Spiritualität wie Therese von Avila, nur eben eine, die die Schönheit der Welt und die Erotik nicht als Bedrohung ausstrahlte, sondern als Geschenk ansah, mit der der Schöpfer die Menschen beglücken will. Das projizierte ich zumindest auf sie. Eine Schönheit wie Daria Halprin musste gleichzeitig auch von einer reichhaltigen Spiritualität, Emotionalität und Vorstellungskraft sein, dass man nur die höchsten Vergleiche ziehen konnte. Sie musste Therese von Avila sein, Quelle, aus der das alles bestimmende und belebende Wasser der Spiritualität floss, und außerdem aber noch wilde Dichterin wie Edith Södergran und machtvolle Bildhauerin wie Camille Claudel und natürlich noch freie Hippie-Queen. Alles in einer Person. Diese drei Frauen kannte ich damals noch nicht, aber so habe ich es empfunden, als ich „Zabriskie Point" mit der galaktisch schönen Daria Halprin sah.

15. Goldmund als Sinnlichkeits- und Poesie-Guerillero und Herr Geisthof als Narziß

Unbewusst zumindest habe ich mich damals in manchen Situationen so von der Sphäre mit Büchern ohne Appetit und ohne Kuss-Lust beobachtet und bewertet gefühlt. Das wird mir jetzt bewusst, indem ich darüber schreibe. Ich habe es früher so empfunden, aber es mir nicht so bewusst klargemacht wie jetzt. Hermann Hesses „Narziß und Goldmund" war damals eines meiner Gegengifte zu dieser Prägung. Goldmund war der Coole, der Künstler mit Seele so tief und wild wie der Atlantik, der glühend von schönen Frauen Besessene, der Ekstatiker der Erotik und der zuweilen im beißenden November der Melancholie Verlorene. Und Narziß war der Denker, der große Analytiker, der ich natürlich auch sein wollte. Darin war er mächtig und vorbildlich. Aber er war gegenüber Goldmund der Uncoolere, weil er nicht so emotional, poetisch und fantasievoll war. Goldmund war die Sagrada Família aus Barcelona, voll von Fantasie und Leben, Narziß die Maria-Magdalena-Kirche in Freiburg, durchdesignt mit Stil, funktional, vernünftig und zementgrau. Narziß war so, wie ich mir meinen Lehrer Geisthof vorstellte. Ich habe „Narziß und Goldmund" als Jugendlicher fünfmal gelesen, und das heißt sehr oft für diese objektiv kurze, subjektiv aber lange Zeit, bei der ein Jahr zwar nicht mehr solche ozeanischen Ausmaße wie in der Kindheit hatte, aber immer noch Ostsee- oder Mittelmeer-Ausmaße gegenüber der Empfindung der Zeitausmaße jetzt, da das Zeit-Empfinden einem Fünfzig-Meter-Schwimmbecken gleicht.

16. Der Unterricht bei Herrn Geisthof als Refugium vor den zähnefletschenden Hunden hektikgetriebener Aggression

Ein anderer Aspekt des Religionsunterrichtes war, dass ich manchmal an ihn als eine Heimat dachte, in der alles besprochen und diskutiert werden durfte, in der alle Fragen und Meinungen ihren wohlwollend zur Verfügung gestellten Platz hatten. Ich dachte daran, wenn sich auf dem Hof zu Hause wieder einmal die zähnefletschenden Hunde hektikgetriebener Aggression von ihren Ketten losgerissen hatten und mein Onkel Ottfried cholerisch geworden war, rumgeschrien hatte und mein Vater das zwar auch nicht gut fand, darunter litt, aber eben seinem Brüll-Bruder nicht klipp und klar sagte, dass er so mit seinem Sohn nicht umspringen könne, dass er sich gefälligst anständig zu benehmen habe und seinen Junior nicht so verletzen dürfe. Oh, wie sehr hätte ich mir gewünscht, dass mein lieber, aber schwacher Vater einmal so für mich eingetreten wäre. (Heulsuse, stell dich nicht so an, will der coole Macho in mir sagen, der aufgrund des guten Eindrucks, den er vor seinen Kumpeln machen will, einen dummen Spruch macht, nur um ja nicht als Weichei zu gelten.) Wenn eine solche Situation überstanden war und ich mir die Wunden-Krater meines Emotions-Körpers leckte wie unser Terrier, wenn er von einem großen Hund gebissen worden war, weil er nicht vor diesem zurückgewichen war, dachte ich manchmal an den Religionsunterricht und wie sachlich und übersichtlich dort alles war. Wie geistig. Dann wirkte der Religionsunterricht eben nicht als papierene Heimat der Bücher ohne Appetit und Kuss-Lust, sondern wie eine wirkliche geistige Heimat, in der alles freundlich zum Thema werden durfte, in der man nicht angeschrien wurde und auch keine Angst davor haben musste, etwas falsch gemacht zu haben wie zu Hause, wo dann im schlimmsten Fall Onkel Ottfried eben völlig durchgeknallt rumgeschrien hatte. Selbst wenn ich zurückgeschrien hatte, so waren solche, wenn auch wichtigen, Auseinandersetzungen dennoch belastend und zermürbend. „Ach, wenn ich doch jetzt im Religionsunterricht beim Lehrer Geisthof sitzen könnte", dachte ich dann manchmal. In mir selber grunzen, brüllen und kreischen wie Kreissägen auch die hungrigen Sauen der Hektik, bevor sie Schrot bekommen. Aggressiv werde ich und cholerisch. Ich kann nicht so tun, als wäre nur mein Onkel dazu fähig, rumzuschreien, als wäre das Rumschreien vom Mars, den ich in meinem Leben nie betreten würde. Auch kann ich mein Verhalten, meine Fehler und meine Macken nicht alle auf meinen Onkel schieben. Sicher hat er mich geprägt, aber letztlich bin ich selber dafür verantwortlich, was ich aus diesen Erlebnissen mache. (Mann, bist du moralisch, das ist ja kaum zum Aushalten!) Ich weiß das, und trotzdem ist es so, dass das Verhalten meines Onkels Ottfried und auch das meines Vaters mich ähnlich geprägt haben wie eine Konrad-Lorenz-Graugans in ihrer Phase, in der sie für entscheidende Lebensprägungen offen ist. Wie ich jedoch damit umgehe, ist meine Sache. Wo ich das Chopper-Motorrad meines Lebens, das ich geschenkt bekommen habe und an dem viele Konstrukteure und Mechaniker sowohl gut als auch schlecht mitgearbeitet haben, hinsteuere, das muss ich als Captain America selber entscheiden.

17. Patenkind und Landarbeiter

Die Hauptschwierigkeit im Verhältnis zu meinem Onkel und Patenonkel bestand in seiner Doppelrolle mir gegenüber, nämlich dass er in unserem Familienuniversum mein Chef auf dem Hof war und gleichzeitig eine Art zweiter Vater. Diese Doppelrolle war zwischen meinem fünfzehnten und zwanzigsten Lebensjahr mein Pfahl im Fleisch. Nervenaufreibend wirkte sie sich aus, und sie fütterte die Herbstnacht voller Melancholie und Angst. Es hätte vollends gereicht, wenn ich mich mit meinem Onkel rein familiär auseinandergesetzt hätte. Die Beziehung zu ihm war so schwierig, dass das völlig ausgereicht hätte. Dass dann aber noch sein Chefsein bei der Arbeit hinzukam, ließ die Milch des Alltags öfter sauer werden. Anfangs rebellierte ich gegen ihn als mächtigen Patenonkel und Patriarchen der Familie und als Quasi-Angestellter. Später, wie mein Bruder richtig festgestellt hat, nur noch als Quasi-Sohn und Patenkind und eben nicht mehr dann, was die meiste Zeit der Fall war, wenn ich Landarbeiter auf dem Hof meines Onkels und meines Vaters war, wobei die Kategorie des Landarbeiters die Sache natürlich auch nicht trifft, weil ich ja eben auch Onkel Ottfrieds Patenkind war und er eine Art Zweitvater. Wenn ich also, und das gibt einen anderen Aspekt meines Arbeitsstatus wieder, helfender Sohn und Neffe war, der gute Junge, der hilft – so etwa fühlte ich mich gut (in dieser Beziehung jedenfalls) und fleißig –, war ich zahmer, braver und angepasster geworden, ich war kein Landarbeiter-Jim-Morrison mehr, der die berauschten Gedichte der Revolte reitet, sondern ein John-Denver-Landarbeiter mit teilweise guten, intensiven, traurigen, aber eben sentimental-braven Folk-und

Country-Songs in der Scheune meines Bewusstseins. Als Held fühlte ich mich darin, dass ich neben der Schule auch noch auf dem Hof zu Hause arbeiten musste, was keinem meiner Schulkameraden in solcher Weise blühte, Working Class Hero, der die Schule gebacken bekam, sich in den für ein Landei wie mich völlig unübersichtlichen und Ehrfurcht und Angst einflößenden Millionenstädten der Philosophie durchschlug, in den Alpen der Theologie bergwanderte und ins Brueghelpralle und -vielgestaltige Leben der Literatur eintauchte, auf Gedicht-Rock abtanzte, Roman-Würste verschlang und nebenher, so erschien es mir, die Himalaja-Säcke der Arbeit schleppte, aber ich war eben nicht mehr der, der bei jeder Unverschämtheit meines Onkels Widerstands-Worte rausgehauen hatte, wie ich es von sechzehn bis achtzehn gemacht hatte, als ich oftmals aus allen Lagen und mit allen mir zur Verfügung stehenden Waffen geschossen hatte, mit dem Bogen Pfeile süffisanter Ironie bis hin zu einer Serie von Patronen-Wörtern mit der Pumpgun, wenn ich selber auf hundertachtzig war.

18. Onkel Ottfried und ich schießen aufeinander mit Bogen- und Pumpgun-Wörtern

So agierte ich eben jetzt nur noch, wenn ich am Tisch mit meinem Onkel und meinem Vater über Politik oder über andere Fragen diskutierte, zum Beispiel, und bei diesem Auftritt kamen sukzessive diese beiden Waffen, der Bogen und die Pumpgun also, zum Einsatz, als mein Onkel und mein Vater von einer Jagdreise aus Bulgarien zurückgekommen waren und ich irgendwann in den Tagen darauf während einer Diskussion über die Friedensbewegung, Abrüstung und den NATO-Doppelbeschluss am Mittagstisch sagte, sie seien ja wohl plötzlich so links geworden, wie ich es noch nie gewesen sei, nämlich genauso wie die Unterstützer des real existierenden Sozialismus von der DKP, die vom Osten gesponsert würde, da sie mit ihrer Jagdreise ja wohl die Kasse der Vertreter des real existierenden Sozialismus wieder ein bisschen aufgefüllt hätten, damit die klammen sogenannten sozialistischen Staaten nicht vollends pleitegehen würden. Wenn sie die ideologischen Grundlagen ihrer neuen politischen Anschauung noch ein wenig genauer studieren wollten, könne ich ihnen gerne meine Marx-Bände runterholen. Es gab Zeiten, selten, aber es gab sie, da hätte mein Onkel über einen solchen Provokations-Pfeil gelacht, meistens aber war er reizbar und auf Krawall gebürstet, und so auch, als ich ihm und meinem Vater diesen freundlichen Vorschlag unterbreitet hatte. Bei dieser Debatte über die Friedensbewegung, Abrüstung und den NATO-Doppelbeschluss, bei der ich mich vom Geist Jesu, Franz von Assisis und den Hippie-Peaceniks inspiriert und getragen sah, ließ ich zwar einerseits die christlichen Tauben fliegen, weil ich mich für Abrüstung einsetzte und den ersten Schritt, den man tun müsse, wenn man etwas erreichen wolle, zum Beispiel, dass der andere weniger Angst vor einem haben solle, wenn ich ehrlich bin, waren die christlichen Tauben aber andererseits auch getarnte Falken der Rechthaberei. Wandlungsfähige Falken, die sich selber verkleinert hatten und die sich in Taubenkörpern versteckt hatten. Mein Onkel jedoch hatte bei dieser Diskussion wahrscheinlich auch deshalb überhaupt keinen Humor, weil ich einen wunden Punkt bei ihm getroffen hatte, sodass er mir wie ein angeschossener Keiler die Stoßzähne seiner Worte in einem infernalischen Gebrüll in den Leib meiner Seele haute. Ob ich ihm und meinem Vater denn überhaupt nichts gönnen würde, wo sie doch beide so hart arbeiten müssten und sich auf diese Weise einmal eine außergewöhnliche Freude gegönnt hätten. Ein übler Provokateur sei ich, ein Suppenversalzer, ein Milchsäuerer, ein grünschnabeliger Klugscheißer. Seine Stimme hatte eine Lautstärke, als würde er durch ein Megafon sprechen. Es dröhnte, als würden durch unser Esszimmer Stiere rennen wie bei der

Fiesta in Pamplona durch die Straßen. Und was seien sie, Heuchler, Silberlinge-Annehmer, die ewig gegen die roten Diktaturen redeten, aber bei der erstbesten Gelegenheit Geschäfte mit den spießigen Realsozialisten-Dikaturen machten, sobald ihnen in Aussicht gestellt würde, kapitale Hirsche oder gar einen Wolf zu schießen. Wie andere heroinsüchtig seien oder Alkoholiker, so seien sie jagdsüchtig, ihr Gehirn schrumpfe zur Größe einer Stecknadel, wenn sich vorstellten, einen Sechzehn-Ender abzuknallen oder einen Wolf oder gar einem armen Bären den Garaus zu machen. Sigmund Freud, Franz von Assisi und Martin Luther King bliesen mit mir zusammen die Posaunen des Protestes. Du hast so wenig Ahnung von der Jagd wie ein Blinder von der Farbe. Und so ging es hin und her, wir hielten die Wort-Pumpgun aufeinander und feuerten, was das Zeug hielt, wir schlugen uns nasse Wort-Handtücher um die Ohren, bis die Nase der Seele blutete und deren Ohrläppchen eingerissen waren. Die braunen Augen meines Onkels sprangen aus ihren Höhlen, brüllten wie Metro-Goldwyn-Mayer-Löwen und bauten sich vor mir auf und sahen aus wie glühende, vom Schmied heiß gemachte Eisen-Walnüsse. Ich sah mich ja selber nicht, aber ich schätze, meine wild gestikulierenden Hände flogen zwischendurch als Adler um seinen Kopf, um ihm Angst zu machen, und meine Kaugummis machten sich selbstständig und verklebten die Läufe seiner Gewehre so sehr, dass er sie nicht mehr laden konnte. Leer wie ausgequetschte Zahnpastatuben waren wir nach dieser Debatte, unsere Seelen vereiterte Zähne mit Schmerzen zum Wahnsinnig-Werden. Ich hielt es irgendwann nicht mehr aus und rannte hoch in mein Zimmer. Aber so agierte ich nur noch bei solchen Diskussionen als Neffe und Sohn, aber eben nicht mehr, wenn mich mein Onkel anbrüllte, weil ich bei der Arbeit nicht das gemacht hatte, was er sich vorgestellt hatte. Beim gemeinsamen Essen fühlte ich mich als ein die Wort-Peitsche schwingender Rimbaud, ein in Friedens- und Gerechtigkeitsvisionen schwelgender und beißender Mar-

tin Luther King, bei der Arbeit der brave und fleißige Friedrich, vor den Angst-Dobermännern kuschend, im Harmonie-Honig badend.
Letztlich tat ich jedoch das, was man von mir erwartete, und war fügsamer, braver Sohn und Neffe. Und in dieser Rolle, da hatte mein Bruder völlig Recht, wurde ich schon ab neunzehneinhalb zunehmend braver, konfliktscheuer und angepasster. Der Rimbaud der Revolte als Landarbeiter hatte sich in meinem Bewusstsein davongemacht in ferne Länder, und zurückgeblieben waren das Lamm und der Arbeits-Esel Friedrich. Warum, frage ich mich. Zum einen sicherlich deshalb, weil diese wilde Rimbaudzeit von etwa sechzehn bis achtzehn mit ihrer Sterne kickenden Empörung sich irgendwann die Beine müde gespielt hatte. Andererseits aber auch, weil ich dadurch, dass ich mich erneut durch den evangelikalen Wolf drehen ließ, innerlich ruhiger gestellt war. In dieser Onkel/Vater- und Chef-Doppelrolle liegt die Riesen-Problematik von Familienbetrieben, in denen Alpha-Tiere mit Borderline-/Narzissmus-Charakterstrukturen oder andere patriarchale Neurotiker das Sagen haben. Wenn es Spannungen gibt und man als Sohn oder Tochter über viele Sachen, die einen stören, nicht reden kann oder will, weil die Python der Angst einen in ihrem Blick hat und bedrohlich zischt, ist das eine menschlich verheerende Situation. Pawlow hat sie als nur schwer zu vertreibendes Biest im Bewusstsein ansässig gemacht, weil sie immer wieder Angst-Kaninchen findet, die sie fressen kann! Der Chef ist dann eben nicht nur der Chef, sondern auch der Onkel oder der Vater, mit dem man zusammen Mittag isst und oft auch noch Abendbrot. (So war es bei uns.) Außerdem ist es nicht nur das äußerlich nahe Zusammensein, das die Konstellation „Vater/Onkel und Chef in einer Person arbeitet mit Mitarbeiter, der zugleich Sohn oder Neffe ist, zusammen“ so unerträglich macht. Um mein Erleben besser zu beschreiben, müsste ich statt „Mitarbeiter“ besser „Untergebener“ schreiben, weil diese Bezeichnung mein von Kindheit an antrainiertes, Autori-

täts-fixiertes, Angst-gespeistes Aufschauen zu meinem Onkel besser beschreibt.
Natürlich ist „Mitarbeiter“ politisch korrekter, so ein Siebziger-Jahre-Begriff wie „Auszubildender“ oder „Raumpflegerin“ eben, die eingeführt worden waren, damit eben „Lehrlinge“ oder „Stifte“, wie man bei uns auf dem Dorf sagte, mehr Würde zugesprochen bekommen und mehr Rechte erhalten sollten. Und es pulverisiert das Sanssouci meiner guten Laune, wenn ich an manche älteren Leute aus der Generation meines Großvaters denke, aber auch noch an Leute aus der Vatergeneration – typisch, dass mir nur die Männer auffallen –, die in einer widerlich sadomasochistischen Art sagten: „Lehrjahre sind keine Herrenjahre.“ Das ist genauso wie: „Ab und zu mal eine hinter die Ohren, hat noch niemandem geschadet.“ Sie, die einst von ihren Eltern geprügelt oder mindestens beschämt und gedemütigt wurden und es auch dann noch weiter wurden, als sie einen Beruf lernten, bejubelten gedankenlos ihr Geprügelt- und Gedemütigtsein und waren jetzt froh, diesem Ganzen entronnen zu sein oder sogar selbst in der Situation zu sein, andere zu demütigen. Die Augen hatte man ihnen ausgestochen, die Augen der Seele, und jetzt fielen sie in widerlich serviler Weise auf die Knie und küssten die Stiefelspitzen der Augenausstecher und bejubelten die schwarze, die Maikäfer der Freude totspritzende Welt, in der sie ihr kümmerliches Dasein fristeten, und mit Wollust stachen sie auch die trompetenden Seelen-Augen der anderen aus, die die Welt noch in ihrer ganzen Buntheit und Fröhlichkeit sahen und erlebten. Zermatschen und zermanschen mussten sie diese fanfarenden Frikadellen der Fröhlichkeit.

19. Fred wehrt sich gegen Otto Brühlbock

Otto Brühlbock zum Beispiel. Er hatte Landmaschinen-Schlosser in seiner Jugend gelernt, arbeitete seitdem in der alten Dorfschmiede und ließ diesen Spruch immer ab, wenn er über Jugendliche schimpfte. Diese Granate an guter Laune, Menschlichkeit und Zivilcourage stand selbst unter der Knute seines Chefs. Wenn dieser für drei Wochen nach Österreich gefahren war, traktierte er den Lehrling Fred mit sadistischen Arbeitsaufträgen und einer nun, da sein Chef nicht da war, entfesselten Launenhaftigkeit. Es gab die Kategorien besonders schmutzig machende Arbeiten (mach Ölwechsel), besonders schwere (versuch, die großen, festgerosteten Schrauben an einem großen Schlepperrad loszudrehen, oder lade die Säcke mit gebeiztem Saatgut vom Wagen ab) und den Peitschenschlag, kurz vor Feierabend noch eine zeitraubende Arbeit zu erledigen. Der Lehrling Fred, gutmütig und auf Harmonie bedacht, war meistens so überrascht, dass er sich oft nicht dagegen wehrte. Sein Vater, Zollstock-Willi, hatte ihn von Kindheit an gedrillt, tyrannisiert und also eingeschüchtert. Naturgemäß war er deshalb auch bei seinem Arbeitgeber darauf aus, einen guten Eindruck zu machen. Er hatte einen Haarschnitt wie in den Fünfzigerjahren beziehungsweise wie wir uns die Haarschnitte der Fünfzigerjahre vorstellten. Genauer, wie wir die Hardcoretypen aus den Fünfzigerjahren in unserem Kopfkino sahen. Ein mit der Wasserwaage gezogener Seitenscheitel und am Hinterkopf bürstenborsten-kurz auslaufend. Und das Ende der Siebzigerjahre. Das kam in etwa so rüber, als würde man in einer schwarzen Daunenjacke und Pelzmütze im August bei brennender Mittagssonne am Mittelmeerstrand von Argelès in Südfrankreich auflaufen. Zollstock-Willi, ein monströs zwanghafter und spießiger Schreiner, der selbst längst eine Glatze hatte, die immer so aussah, als hätte er sie mit hautfarbener und dabei an manchen Stellen mit einer einen Stich ins Rötliche gehenden Schuhcreme bestrichen und zehn Minuten auf Hochglanz gebürstet, maß die Länge von Freds Haaren alle vierzehn Tag mit dem Zollstock. Waren sie länger als zweieinhalb Zentimeter, musste Fred zum Friseur. Frühstück gab es bei Zollstock-Willis um sieben

Uhr, sonntags um acht Uhr, zum Mittagessen wurde immer um zwölf Uhr geläutet, was keine Metapher ist, denn um zwölf Uhr läutete tatsächlich die Glocke in unserer Dorfkirche, Kaffee wurde um halb vier getrunken, Abendbrot gab es um achtzehn Uhr. Wenn Fred fünf Minuten zu spät kam, gab es ein Donnerwetter, waren es zehn Minuten, gab es ein Donnerwetter und eine Kopfnuss, ab fünfzehn Minuten ein gewaltiges Donnerwetter mit einer Ohrfeige und ab einer halben Stunde ging ein Tornado über Fred nieder mit zwei Ohrfeigen und Hausarrest. Auch heute gibt es Zwangscharaktere und jede Menge Durchgeknallte. Aber solche Irren gab es nur im Gefolge der Nazizeit und der Fünfzigerjahre, so scheint es mir. Dass Fred nicht selber ein solcher sadomasochistischer Irrer geworden ist oder sich umgebracht hat, hat er wahrscheinlich seiner Mutter zu verdanken, einer attraktiven, schwarzhaarigen, wunderbar großbusigen und ein bisschen pummeligen (für mich war sie der Ortler von Sinnlichkeit und Erotik im Dorf, die Dorfvariante von Sophia Loren), zwischen Depressionen und Fröhlichkeit pendelnden Italienerin mit Namen Marilena, die Zollstock-Willi in einer Eisdiele kennengelernt hatte und die im Rahmen ihrer Möglichkeiten innerhalb der Zollststock-Willi-Diktatur Fred liebte und unterstützte, Zollstock-Willi überzeugte, dass es gut für Fred sei, wenn er Fußball im Verein spielte, was ein sehnlicher Wunsch von Fred war, und die in seiner Kindheit immer dafür gesorgt hatte, dass er klasse Weihnachtsgeschenke bekommen hatte, zum Beispiel eine große Carrera-Rennbahn, mit der wir als Kinder gerne und oft gespielt haben. So viel zu Freds Eltern.

Einmal wurde es aber selbst dem eingeschüchterten, braven und tüchtigen Fred zu viel. Das Ereignis, das ich nun erzählen werde, sein Befreiungsschlag, seine fulminante Initiation als Durchsetzer, seine Französische Revolution, fand, wie er mir ein paar Tage später in der Disko erzählte, an einem Freitagabend statt. Im Nachbardorf Hulberode war Kirmes. In der Zeit, als es noch keine Diskotheken gab, war eine Kirmes einer der Höhepunkte des Jahres für die Bauern und Arbeiter eines Dorfes und seiner Nachbardörfer und auch für die Dorfschullehrer und die wenigen auf dem Land praktizierenden Ärzte, die alle im Rausch der Gespräche und des Schwadronierens bei Bier und Schnaps, beim Tanzen und dem Essen von Bratwürsten und Rippchen mit den Freude- und Lust-Adlern in Höhen flogen, in denen sie ihren Erdenalltag vergaßen, der bestimmt war durch eine protestantisch geprägte, aber auch damals schon säkularisierte Arbeitsauffassung, die in Wirklichkeit eine Anbetung des Baals der Arbeit, also Götzendienst war. Nicht bei allen Familien, aber eben doch bei vielen verwies die Wertschätzung der Tüchtigkeit alle anderen Werte auf weniger wichtige Ränge. Wenn einer arbeitete, hatte er Ansehen, auch wenn er seine Frau und seine Kinder tyrannisierte. „Ein sehr tüchtiger Mann. Und ich sage dir, der hat seine Frau und seine Kinder im Griff. Bei denen ist Zug in der Familie." Arbeitsvergötzung und Autoritätsanbetung gingen Hand in Hand. In den Siebzigerjahren hatte eine Kirmes nicht mehr diesen exklusiven Lust- und Freude-Nimbus, den sie in den Fünfzigerjahren und den Jahrzehnten davor gehabt hatte, weil die Menschen, insbesondere die jungen Erwachsenen, inzwischen mobiler waren und in Kneipen und Diskotheken fahren konnten, wenn ihnen in der Freizeit der Sinn danach stand, aber trotzdem war eine Kirmes im eigenen Dorf oder in einem der Nachbardörfer immer noch etwas Besonderes, generationsübergreifend. Nach Hulberode auf die Kirmes wollte Fred also fahren an diesem Freitagabend. Er hatte seit Kurzem eine Freundin, die schwarzhaarige, lebenslustige Friseurin und Diskogängerin Monika, der die damaligen ideologischen und also bornierten Grenzen zwischen Freaks beziehungsweise Hippies und den Diskotypen und Diskotussis auf der anderen Seite ziemlich egal waren und die für Joan Baez schwärmte, die die Sex Pistols ziemlich wild und cool fand und ein Poster von John Travolta über dem Bett hängen hatte. Sie hatte es tatsächlich fertiggebracht, dass sie den Geht-gar-nicht-Haarschnitt von Fred im Rahmen der Vorgaben Seitenscheitel und zweieinhalb Zentimeter Haarlänge so gestaltete, dass er wie ein Cross-over-Haarschnitt aussah, der bestimmt war durch Retro-Fünfziger-Jahre-Elemente und Punk-Zitate in Gestalt von kurzen Borstenhaaren von einem halben Zentimeter und kürzer, die die Zweieinhalb-Zentimeter-Grenze an den meisten Stellen seiner Haare deutlich unterboten und die Zollstock-Willi zu dem Kommentar veranlassten, dass Fred ja immer ordentlicher würde und seine strengen Forderungen sogar noch überböte mit seinem Fast-Mecki-Schnitt. Von Punks hatte der pedantische Zollstock-Willi möglicherweise noch nichts gehört. Vielleicht hatte er auch im Fernsehen schon einmal etwas über die auffallenden Kurzhaar-Aufmischer mitbekommen, aber sie waren für ihn weit weg, weil es in unseren Dörfern Ende der Siebziger kaum Punks gab. Für diesen Fantasiebolzen von Schreiner und Ausbund von Menschlichkeit gab es seit Ende der Sechzigerjahre eben nur die Ordentlichen und die Gammler. Sonst nichts. Weil Fred Monika sehen und mit ihr auf die Kirmes fahren würde, surfte er an diesem Freitagabend auf einer acht Meter hohen North-Shore-Welle des Glücks auf Oahu. Thank God it's Friday, die Arbeit machte ihm Spaß, aber irgendwann reicht es mit jeder Arbeit. Genug für diese Woche mit dem Geruch nach U-Eisen, wenn er ein Stück davon mit der Flex abtrennte, genug auch mit den Funken beim Flexen, die ihn immer wieder faszinierten und in eine psychedelische Stimmung versetzen konnten, genug mit dem ewigen Gezische und Gefauche beim Schweißen und dem Gucken durch das dunkle Sichtfenster, und es reichte ihm auch, den Hammer zu schwingen und glühende Pflugscharen zu malträtieren, wenn er sie gerade aus den glühenden Kohlen gezogen hatte, genug mit dem ewigen Öl-Dreck, dem Feilen und dem ewigen Los- und Festdrehen von Muttern. Heute Abend geht's auf die Kirmes. So ähnlich wird ihm zumute gewesen sein. Und prompt ließ Otto Brühlbock am Freitagnachmittag knacken, dass der Traktor für den Bauern Weizfett noch repariert werden musste. Das wäre eine Arbeit von zweieinhalb Stunden und länger gewesen. Als der Duck-Quäler Brühlbock Fred mit einem fiesen Lächeln im Gesicht sagte: „Fred, du musst heute Abend noch den Schlepper vom Weizfett reparieren!“, war dieser im ersten Moment wie vor den Kopf gestoßen und gelähmt. Es war etwa so, als hätte man ihm als Kind am 24. Dezember gesagt: „Heiligabend fällt dieses Jahr aus, und Geschenke gibt es dieses Jahr auch nicht.“ Sein Freude-Weizen, der schon den ganzen Tag eine Monika-küss-Kirmes komponiert hatte, war in der Jauchegrube versunken. Die Anarchisten der Freude waren von den Schergen eines Diktators gefangen genommen worden und wurden im Gefängnis gefoltert. Doch nach etwa zwanzig Minuten schlug Freds Stimmung um. Schon vierzehn Tage war sein Chef, der auch nicht immer einfach war und seine cholerischen Anfälle hatte, der aber eben kein hinterhältiger Fiesling war, in Österreich. Vierzehn Tage schon musste er sich von diesem alten Schleimer seine widerwärtigen Schikanen gefallen lassen. Jetzt reichte es. Er würde seine süße Monika bitter enttäuschen, wenn er nicht spätestens um halb zehn mit ihr auf der Kirmes sein würde. Mann oder Maus. Diesem alten Fiesfurz würde er es zeigen. Er ging zu Brühlbock und schrie ihn an: „Du mieser kleiner Fiesling! Das war das letzte Mal, dass ich mich von dir so habe rumschubsen lassen. Das hättest du mir genauso gut auch heute Morgen sagen können. Du kannst mich am Arsch lecken. Reparier den Schlepper selber und sag mir so etwas das nächste Mal gefälligst früher. Wenn du mir so spät damit kommst, ist das reine Schinderei und widerwärtigste Schikane, du Fiesarsch, du Schinderhannes, du Satan. Und erzähl mir nicht mehr so einen Schwachsinn mit den Lehrjahren, die keine Herrenjahre sind. Du bist doch ein armes Würstchen. Du selber bist früher vom Seniorchef tyrannisiert worden, wie man hört, und auch dein Vater hat dich schikaniert und geprügelt. Und jetzt spurst du, wenn der Chef da ist, und wenn er nicht da ist, fängst du an, mich zu quälen.

Genauso, wie es dein Alter mit dir gemacht hat, du Feigling, du Arschkriecher, du Schleimscheißer." Ich stelle mir ihn vor wie einen aggressiven Grizzly, so wie man sie manchmal in amerikanischen Filmen sieht, hoch aufgerichtet, wehrhaft und zum Kampf bereit, anfangs brüllend und am Ende des Gewitters wieder leiser werdend und sogar mit leicht zitternder Stimme, als wäre er selber erstaunt über seinen Ausbruch und hätte ein leicht schlechtes Gewissen wegen der ausgebrochenen Wut-Stiere in seinem aufgerichteten Grizzly-Kopf. Die Liebe hatte die prügelnden Zäune der Angst in seiner Seele niedergerissen. Brühlbock war aufgrund von Freds auf Wut-Stieren reitender Widerrede so von den Socken, dass er diesen tatsächlich ziehen ließ und von diesem Tag an nicht mehr so übel drangsalierte.

20. Der sedierte Brühlbock in mir

Diese Brühlbock-Geisteshaltung hasste ich damals, wie ich sie auch heute noch verabscheue. Und doch weiß ich inzwischen, dass auch ich zu solch sadistischen Schraubstock-Attacken fähig bin wie damals Brühlbock. Nicht so pervers-lustvoll-sadistisch und offensichtlich böse, aber dass ich Anteile vom Sadismus Brühlbocks als Möglichkeit im mit Stahltüren verschlossenen und Felsblöcken verrammelten Keller meines Bewusstseins eingesperrt habe, weiß ich auch. Und wenn es nur so ist, dass ich mit einer kühlen pädagogisierenden, leicht sadistisch-besserwisserischen Meinung auf Lena reagiere, wo sie eine wärmere, liebevollere Reaktion von mir gebraucht hätte und braucht, wenn sie Schwierigkeiten mit meinem cholerischen Onkel Ottfried und seiner Frau Hedwig hat: „Als erwachsener Mensch muss man innerlich so souverän sein, dass man die Reden und Aussprüche eines so alten Sackes nicht mehr so nah an sich ranlässt." Ich erinnere mich, wie ich ihr das einmal sagte, die Augen aufgerissen und eine laute, selbstgefällige, dozierend-aggressive Motorsägen-Stimme wie die meines Macho-Fahrlehrers, der, bevor er sich als Fahrlehrer verdingte, zwölf Jahre Berufssoldat bei der Bundeswehr gewesen war und besonders gegenüber Frauen immer wieder unerträglich besserwisserisch und herablassend erklärte, wie man schaltet, wie man einparkt und wer im Kreisverkehr Vorfahrt hat.

21. Der Ottfried-Orkan, Björn, die verletzliche Lena und die vermaledeiten Symbiosen

Onkel Ottfried wohnt immer noch im größeren der beiden Häuser auf unserem Hof. Er und seine Frau Hedwig haben keine leiblichen Kinder. Mein Cousin Björn ist ihr Pflegekind. Er ist mit zwei Jahren in die Familie gekommen und ist mit seinen Pflegeeltern in einer schwierigen Beziehung bis heute verbunden, und umgekehrt sind sie es natürlich auch mit ihm als Pflegekind. Sie sind sich einerseits in mancher Hinsicht seelisch fern wie Wladiwostok und Moskau, aber wie die beiden Städte dadurch verbunden sind, dass sie zu dem nationalen Gebilde Russland gehören und durch dessen Gesetze regiert werden, so bestimmen das Russland der beiderseitigen seelischen Verstrickungen und deren Gesetze, aber auch das Russland der Zuneigung füreinander die Beziehung von Ottfried, Hedwig und Björn, wobei, und hier hört der Vergleich auf, Björn natürlich daran gearbeitet hat und bis heute arbeitet, dass die destruktive Abhängigkeit, hauptsächlich Ottfrieds von ihm, ihn, Björn, durch dessen manipulative Beziehungsmuster nicht zu einem lebenslang kindlich abhängigen und seelisch wie geistig versklavten Menschen macht. Als Björn ein Kind war, gab es zwar auch hier und da Krach, wenn er irgendetwas ausgefressen hatte, aber alles in allem hatte er wohl wie auch ich in den Jahren, die wir als Kinder auf dem Hof verbracht haben, eine Zeit mit vielen schönen, selbstvergessen-

glücklichen, aufregenden und anregenden Erlebnissen. Wie bei mir gab es die großen Kräche dann in der Pubertät, als er anfing, selbstständig zu denken, sich als eigenständige Person wahrzunehmen, als er eben nicht mehr das Kind war, das alles richtig fand, was Onkel Ottfried sagte und tat, dieses Mähwerk, dass das Gras von Björns Persönlichkeit nur so lange stehen ließ, wie es klein, grün und biegsam war, aber wenn es eine bestimmte Höhe erreicht hatte, dieses gnadenlos und effektiv niedermähte. Natürlich war seine Situation dadurch, dass er wahrscheinlich in seiner Herkunftsfamilie als Baby extreme Vernachlässigung und körperliche Misshandlung erlebt hatte, wie mir Tante Hedwig irgendwann einmal sagte, eine komplett andere als meine, die meines Bruders Martin oder meiner Schwester Monika, die wir im Verhältnis dazu Umsorgt-Sein, Liebe und Geborgenheit kennengelernt hatten. Wir starteten den Marathon des Lebens im Vergleich zu ihm relativ gesund, trainiert und mit guten, passenden Laufschuhen, er ging hungrig, ohne Kondition und mit Blasen an den Füßen und zu kleinen Straßenschuhen an den Start.
In den letzten Jahren fällt es Lena zunehmend schwerer, meinen Onkel Ottfried und seine Frau Hedwig zu besuchen. Durch das, was sie in ihrer Kindheit und Jugend erlebt hat, kann sie sich nur schwer abgrenzen von Situationen, in denen Menschen nicht als freie, selbstständige Personen miteinander reden, sondern in denen ein Mensch versucht, anderen seinen Willen aufzuzwingen, und sie geschickt durch suggerierte Schuldgefühle manipuliert, ob bewusst oder unbewusst, spielt keine Rolle, musste sie doch selber in ihrer Kindheit immer in die Beschützerrolle für ihren schwachen Vater springen, den sie vor ihrer manisch-depressiven Mutter schützen musste, die immer für aggressive Ausbrüche gut war, rumschrie, Geschirr gegen die Wand pfefferte, auch die Stereoanlage und den Fernseher schon aus dem Fenster geschmissen hatte, einmal sogar den Revolver auf den Vater gehalten hatte, und Lena sich zwischen sie und den Vater stellte und sagte: „Mami,

schieß lieber mich tot, aber nicht den Papa. Er muss doch das Geld verdienen, damit wir nicht verhungern." Tante Hedwig war für mich viele Jahre eigentlich immer nur die gute Tante Hedwig, wie auch meine Mutter lange Zeit immer nur die Gute war. Das sehe ich heute etwas differenzierter. Natürlich sind sie auch heute noch für mich die guten und die wichtigen Menschen, die mir als Kind und Jugendlicher fast jeden Wunsch erfüllt haben, so sie ihn erfüllen konnten, und die mich natürlich auch verwöhnt haben und somit einerseits mein Selbstbewusstsein ernährt haben, andererseits aber auch die Egozentrik befördert haben, die in mir eine Haltung und eine Erwartung hat entstehen lassen, als stünden mir viele Sachen im Leben einfach zu, die in mir vielleicht auch die Lust und die Maßlosigkeit beim Essen mit geprägt haben, das Fixiertsein auf die stetige Befriedigung dieses mächtigsten körperlich-seelischen Bedürfnisses, sofort und ohne dass ich lange Hungergefühle ertragen möchte, die immer wieder neu sich entfachende Freude zu genießen, an Gekochtem, Gebratenem und Gebackenem, an Brot und Brötchen mit Myriaden Variationen von Käse, auch am derb-bäuerlichen Lust-Brueghel-Land von Wurst und Fleisch, an der gesunden Droge Salat mit Olivenöl und Geschmacks-Tiger schleudernden Essigen und an den rockenden, gesunden, aber dick machenden Reinsetz-Antipasti, am Kohlehydrate-Fest von Nudeln, Reis und von Kartoffeln, am Vorhimmel-Indien aller Gewürze sowie an den Kindheits-Raketen der Süßigkeiten. So ähnlich wird auch Björn seine und meine Mutter erlebt haben. Wenn Björn, mein Bruder Martin, meine kleine Schwester Monika und ich mit meiner Mutter und Tante Hedwig bei meinem anderen Onkel Herbert im großen Edeka-Markt einkauften, waren ein Split, ein Nogger, eine Ritter Sport oder eine Milka und eine Tüte Gummibärchen immer drin. Und auch die Tüten mit Vanille- oder Schokoladenpudding und ein Kilo Milchreis fanden immer wieder in somnambuler Sicherheit den Weg in unseren Einkaufswagen.

22. Würste, Schnitzel und die Sprache der Liebe

Wenn wir schon beim Essen sind, dann werde ich jetzt einen Exkurs zum Essen machen in dem Roman, in dem es von Exkursen nur so wimmelt. Nicht nur von Exkursen, sondern von Exkursen in Exkursen von Exkursen und so fort. Der Roman ist ein einziger Exkurs. Scheiß auf das lineare Erzählen! Über die Sprache des Essens kommunizierte meine Mutter, mit Bestätigung und in Symbiose mit meinem Vater und via meinen Vater in unausgesprochenem Auftrag von Onkel Ottfried, sehr viel von dem, was die beiden Männer mit Worten nicht ausdrücken konnten und nicht mitteilen wollten. Wenn wir, was im Sommer und Herbst, also von der Heuernte bis in die Endphase der Aussaat, oft der Fall war, mittags, zum Kaffee-Trinken und abends zusammen aßen, wurden die Symbiose und der Auftrag Onkel Ottfrieds und meines Vaters von meiner Mutter und Tante Hedwig gemeinsam erfüllt, wenn sie das Essen nach unausgesprochenen starren patriarchalen Gesetzen vorbereiteten, auftrugen und wieder abtrugen. Mein Vater ist, wie der Wanderer durch die Landschaft meiner Worte noch sehen wird, nicht ganz so gehemmt wie Onkel Ottfried, wenn es darum geht, existenzielle Fragen wie die nach dem Sinn des Lebens zu thematisieren oder über die Jahreszeiten seines Innenlebens zu sprechen, aber „nicht ganz so" heißt eben doch, dass er so wenig darüber spricht, wie es im Winter in Stockholm hell ist, während Onkel Ottfried so viel preisgibt, wie sich das Tageslicht im Winter am Nordkap zeigt. Dass sie einen mochten, zeigten sie einem oft über gutes und reichhaltiges Essen, obwohl sie ja beide nicht dick sind, im Gegenteil, Onkel Ottfried hatte damals fast die Figur eines Skispringers, und mein Vater hatte ein kleines Bäuchlein wie der brasilianische Fußballer Ronaldo, als er für einen Fußballer zu dick war, für einen Bullburger Bauern damals aber immer noch als nicht dick durchging. Sie sind, wie hauptsächlich Onkel Ottfried immer wieder sagte, schlechte Futterverwerter, denn bei den

Speisen und den Mengen derselben, die die beiden sich immer einverleibten, hätten sie eigentlich aussehen müssen wie die Wildecker Herzbuben.

Neben Salat und Gemüse, Letzteres fast immer gebadet in geschmolzener Butter, aßen sie beide und aßen wir alle gerne Sachen, die von heutigen Säkular-Puritanern, die sich dem strengen Gott des Schlankseins und der Fitness verschrieben haben, so verteufelt werden wie von den Panzer-Pietisten das Tanzen und das voreheliche Sich-Lieben, nämlich Schweinebraten, Schnitzel, beides zwar mager, aber doch fette Weight-Watchers-Punkteriesen, ebenso Bratwürstchen, Mehlsoßen, mit einer dicken Butterschicht geehrte Scheiben Brot als Grundlage für hessische Stracke, rote Wurst als Königin aller Würste, aber auch die Untertanen Leber- und Blutwurst sowie darüber hinaus Tilsiter Käse und Handkäse und alle Sorten Marmeladen, Gelees und Pflaumenmus. Der Sehnsucht des Schinkens nach einer dicken, weichen Buttermatratze wurde ebenfalls Rechnung getragen. Zu großen Stadion-Auftritten kam auch reines Fett in Form von dick aufgetragenem Schweineschmalz zusammen mit in diesem Schmalz gebratenen Zwiebeln, das die Brotscheiben jubilieren ließ wie die Lerchen im Frühling. Als satte Licht-Attacke und schwerer Geschmacks-Mercedes durfte abends natürlich nicht allzu oft eine pralle Pfanne mit Rühreiern, Schinken und Schnittlauch fehlen. Als sauren oder süßen und kühlen Geschmackskick gab es das ganze Jahr eingekochte Gurken, als Nachtisch alles mögliche eingekochte Obst, je nach Jahreszeit natürlich auch frisches Obst – oh, die unschlagbare, die liebende Transzendenz in der Immanenz feiernde Erdbeermilch – und Gemüse aus dem Garten. Besonders die frechen Radieschen in Scheiben auf dick bestrichenem Butterbrot als essbare Variation von Monets Seerosen fallen mir ein. Schmelzkäse und Dosenfisch aus dem Dorfladen brachten Abwechslung in das Angebot eigener Speisen, wie die Ferienbesuche von meinen Cousins die Sommerferien belebten. (Der Tilsiter und der Handkäse

kamen aus der Molkerei, in die wir die Milch lieferten, und hatten deshalb nicht den Status „gekauft", obwohl sie es de facto natürlich waren.) Die sinnliche Lust am Essen war für uns Kinder herrlich. Dass ich heute einen prallen Melonen-Ranzen durch die Gegend schleppe, ist aus dieser Zeit zu erklären, von der ich mich, was das Essen betrifft, nur schwer emanzipieren kann und will, weil alle Vernunftgründe die Ausstrahlung eines gestressten Managers haben, der zwar viel Geld verdient und in der Gesellschaft aufgrund seines beruflichen Erfolges angesehen ist, der dabei aber so funktional, Fantasie einstampfend und kalt rüberkommt wie das mausgraue und mausetote Rathaus-Hochhaus in Spatzingen. Indem wir das gute und reichliche Essen gemeinsam lustvoll genossen, sagten wir uns und versicherten wir uns immer wieder, dass wir uns mochten und liebten.
Würde es bei uns zu wenig Essen gegeben haben, wäre das von uns allen als Liebesentzug, als Mangel an Wertschätzung empfunden worden und kam deswegen so gut wie nie vor. Ein komplettes Schlaraffenland für uns Kinder waren Schnitzel am Sonntag und der Nachtisch. Von den Schnitzeln durften wir so viele essen, wie wir wollten, denn wir besaßen ja genug Schweine, um so immer für Nachschub zu sorgen. Nachdem wir mit den Schnitzel-Flößen an einem Frühlingstag den Mississippi des Genusses befahren hatten, machten wir am schattigen Ufer halt und widmeten uns den dicken Schüsseln mit herrlichstem Schokoladen- oder Vanillepudding und den Quarkspeisen als Nachtisch, süße, überbordende, sprachgewaltige Dank-Psalmen für die Geborgenheit, die wir empfanden, und für die wunderbaren Genüsse.
Hinzu kam, dass die einzige legitime Unterbrechung der Arbeit Essenspausen waren, die Genuss, in der Kindheit oft entspannte Gespräche, ja Muße und Poesie ins Leben brachten, wenn die Arbeit nach drei Stunden langweilig wurde. Das Essen war der General, der die Arbeitsschlacht für kurze Zeit beendete, war der Kreuzbube, der die Arbeit immer stach, war

der Fußballtrainer, der das Konditionstraining beendete und ein Spaß bringendes Trainingsspiel anordnete.

23. Wir segeln auf dem Traktor-Schiff zum Kornhaus-Korsika

Neben der Pizza, die der Leser noch auf der Hermanndorf-Fahrt mitgenießen wird, als mein Vater und ich sie uns in einer Pizzeria gönnten und die mit den Flügeln intensiven Erlebens von Saint-Germain-des-Prés nach Hermannsdorf eingeflogen war, erinnere mich daran, dass ich als Kind einmal mit meinem Vater zum Kornhaus nach Hermannsdorf gefahren bin. Ich war vielleicht zehn oder elf Jahre alt. Als Zehn- oder Elfjähriger war allein schon die Fahrt mit dem Getreidewagen nach Hermannsdorf ein Abenteuer. So weit war ich auf dem Traktor mit meinem Vater noch nie gefahren. Der Wagen, auf dem sich das Getreide selig rekelte, war ein neuer Einachser von Krone mit graugrünen Bordwänden und einer hellroten Anhänge-Vorrichtung, ein Einachser also, der einen neben dem Augenschmaus auch noch mit den frischen Lackgerüchen elektrisierte. Auf diese Corvette Stingray von Getreidewagen war ich stolz, und in Prinz Eisenherz verwandelte ich mich dadurch, dass mein Vater mich mitnahm. Auf der Bundesstraße fuhren wir durch eine Landschaft mit Hügeln, die ihren Wald-Vollbart so stolz wie manche Hippies trugen, oder sie streckten ihre Drei-Tage-Bart-Stoppeln aus Getreide, das auf die Barbiere der Mähdrescher wartete, dem Himmel entgegen. Das Kornhaus als Ziel unserer bäuerlichen Landschaftspartie war ebenfalls eine Sensation für mich, war aufregende Erkundung eines Teils des Bauernlebens, den ich bis dahin noch nicht gekannt hatte, war Treffen der Cowboys und Farmer, so wie ich später auch mal einer sein wollte, war also ein Stück Initiation in die Welt der Männer, denen ich nacheiferte (ich kann mich nicht erinnern, damals, Anfang der Siebzigerjahre, eine Janis Joplin oder eine Patti Smith gesehen zu haben, die

mit dem Traktor und einem oder zwei Wagen Getreide das Kornhaus gerockt hätte), war ein Powwow der Traktoren, die gutmütig darüber palaverten, wer von ihnen derjenige sei, der am meisten Grips, am meisten Geschicklichkeit und die dicksten Muskeln haben würde, um mit dem Ackerflug, der Sämaschine oder der Egge den Acker zu bearbeiten, und außerdem natürlich, wer in Form und Farbe am dynamischsten, wuchtigsten, mutigsten und am ehrfurchtgebietendsten rüberkommen würde.
Wir trafen einen Bekannten von Vater, einen Bauern aus Bolzfrohn, einem Dorf in der Nähe von Bullburg. Er stand mit seinem Traktor und dem Getreidewagen in der Schlange, die sich vor der Getreideabnahme gebildet hatte, ein paar Traktoren vor uns. Als er sich umdrehte und meinen Vater sah, kam er zu uns, redete ein bisschen mit Vater und meinte aufmunternd und freundlich zu mir, mein Vater könne stolz sein, dass ein so tüchtiger junger Farmer mit ihm gefahren sei und dass aufgrund dessen ja nichts schiefgehen könne. Ich fühlte mich stark, groß, männlich und überglücklich, Little Joe war ich, der mit seinem Pa nach Hermannsdorf gefahren war, und jetzt auch noch Old Shatterhand, der aufpasste, dass nichts schiefging. Was schiefgehen konnte, war mir nicht klar, und ich glaube, der Bolzfrohner Bauer wusste es auch nicht, weil er es spontan aus Gutmütigkeit und Aufmunterung zu mir gesagt hatte, ohne dass er bis ins Letzte analytisch ausgeleuchtet hätte, was nicht klappen könnte. Als wir das Getreide vom Wagen in den Sumpf gekippt hatten und wieder startbereit für die Heimfahrt waren, sagte Vater: „Lass uns zum Bratwurst-Schorsch gehen und Pommes frites und eine Bratwurst essen."

24. Ins Schlaraffenland zum Bratwurst-Schorsch

Den Traktor mit dem leeren Getreidewagen konnten wir auf dem riesigen Hof vor dem Kornhaus abstellen. Danach machten wir einen zwanzigminütigen Spaziergang durch ein kleines Industriegebiet und an neu gebauten Häusern vorbei, was beides auf mich wie bei vielen späteren Aufenthalten in Hermannsdorf in diesem und ähnlichen Stadtteilen wirkte wie ein Angriff einer Armee des Stumpfsinns, der Hoffnungs- und der Freudlosigkeit auf die unbewaffneten Poeten meiner Kinderseele, die jedoch durch den Schutz meines Vaters und durch die Aussicht, bald wieder in Bullburg zu sein, in die Flucht geschlagen wurde. Als wir im Imbiss des Bratwurst-Schorsch angekommen waren, fühlte ich mich etwas eingeschüchtert durch die anderen Gäste und den mir fremden, dunkelblonden Schorsch mit dem windgegerbten Walnuss-Gesicht, und ich hatte Angst davor, dass aufgrund meiner Schüchternheit meine Nase wieder Rittersporn-blau anlaufen würde, was dann auch prompt geschah, aber auch hier wirkte mein Vater als Muskelmann, der mit mir zusammen beim Armdrücken den Gegner der Schüchternheit auf die Tischplatte drückte. Schorsch tat so, als hätte er meine blaue Nase gar nicht gesehen, und fragte mich freundlich: „Na, junger Mann, wie heißt du denn und was möchtest du denn essen?“

Während ich sagte: „Ich heiße Friedrich, und ich möchte eine Bratwurst mit Pommes frites“, schnallte ich innerlich den mit Backsteinen gefüllten Rucksack meiner Angst und Schüchternheit ab und wusste, dass meine Nase gleich wieder so aussehen würde wie bei den anderen Jungen meines Alters auch.

„Junge, das mache ich dir natürlich sehr gerne. Aber vorher biete ich dir noch ein halbes Hähnchen an, von dem ich dir verspreche, dass es dir auch sehr gut schmecken wird. Mein Bruder, der Hobby-Hühnerfarmer, hat mir gestern wieder ein paar gebracht, und die sind allererste Sahne. Na, wie sieht's aus? Was hältst du davon?“

„Ich habe noch nie ein halbes Hähnchen gegessen“, sagte ich etwas verunsichert und fragte meinen Vater, was er machen würde.

Mein Vater meinte, dass ich ruhig mal ein halbes Hähnchen von Schorschs Bruder, dem Hobby-Hühnerfarmer, versuchen solle. Er würde auch eines essen. Also aßen mein Vater und ich jeder ein halbes Hähnchen mit Pommes frites und Curry-Ketchup. In dem Imbiss fühlten wir uns zwischendurch immer wieder wie hessische Stracke, die vom Zigarettenqualm geräuchert wurden. Aufgrund des alles durchdringenden Bratfett- und Ölgeruchs kam uns der Imbiss wie ein Bekannter aus einem Nachbardorf vor, den man in Hermannsdorf getroffen und über den man sich zunächst sehr gefreut hat, der einem durch sein monologisierendes und unentwegtes Reden dann aber doch anstrengend, ja lästig geworden ist. Genauso war es mit dem Bratfett- und Ölgeruch. Anfangs wirkte auch er als Schutz-Wartburg in der fremden, unfreundlich hässlichen Stadt auf mich, nach und nach aber wurde er lästig. Aber trotz der Pferdefliegen-Plage der Hässlichkeit in dem Stadtviertel, durch das wir gegangen waren, und trotz der Zigaretten- und Bratfett- und Ölattacke, wie grandios war das alles für mich: mit meinem Vater auf dem Schlepper zum Kornhaus gefahren zu sein und mit ihm zusammen beim Bratwurst-Schorsch das reichhaltige und für mich damals überirdisch gute Mahl zu genießen. Das magere Brustfleisch war nicht nur gut, sondern für mich auch ein Novum, weil es bei uns zwar viel mageres Schweinefleisch und ab und zu auch ebenfalls mageres Rindfleisch gab, aber eben nicht solch blendend helles, mageres Fleisch wie bei diesem Hähnchen. Ein bisschen erinnerte es mich an das Fleisch von Kaninchen, die wir eine kurze Zeit bei uns auf dem Hof gehalten hatten und die es ab und zu als Festessen am Sonntag gab, nachdem mein Großvater sie geschlachtet hatte, weil die beiden Helden, mein Vater und Onkel Ottfried, es nicht konnten oder wollten. Die Pommes frites waren wie immer ein Hit für mich, wie sie es für die meisten Kinder sind. Dass mein Vater mir zuredete, statt Tomaten-Ketchup doch Curry-Ketchup als Soße zu den Pommes zu nehmen, erschien mir damals als Ausdruck seines offenen Geistes, als ein Aufbruch aus der Provinz-Esskultur in Bullburg, wo schon Tomaten-Ketchup ein Geschmacks-Sprung nach Amerika war, aber Curry, das war noch exotischer, denn mein Vater erklärte mir, dass das ein indisches Gewürz sei, das gut schmecke. Mann, was war ich stolz darauf, was mein Vater für ein origineller, offener Mensch war und auch den Mut hatte, sich zu seiner in Bullburg eindeutigen Minderheiten-Meinung zu bekennen. Obwohl das Essen zu Hause, objektiv gesehen, natürlich viel besser und gesünder war als das halbe Hähnchen, so war es eben dadurch, dass es Pommes frites zu dieser Zeit bei uns zu Hause nie gab, und durch den Erstgenuss des halben Hähnchens so wie die erste Bonanza-Sendung, die ich bei Nachbarn von uns in Bullburg gesehen hatte: überwältigend, spannend und bannend, ein Chinaböller der Intensität. Western gab es nicht nur im Fernsehen, ich erlebte mit meinem Vater gerade einen: Nachdem wir den Getreidetreck sicher auf der Prärie der Bundesstraße an sein Ziel geleitet hatten und Angriffe der skrupellosen Verbrecher der hässlichen Häuser und Gebäude überstanden hatten, gönnten wir uns im Saloon ein prächtiges Essen, und ich genoss den Whiskey einer Coca-Cola, da ich doch sonst nur Fanta trinken durfte, und jetzt, jetzt war ich fast ein erwachsener Mann, der fast alles durfte und konnte. Fast alles. Aber wir waren erst im Juli im wilden und heißen Sommer dieses Tages, es sollte noch eine überbordende, fette Weizenernte im August dieses Tages eingefahren werden.

Als wir unser Haute-Cuisine-Festmahl beim Bratwurst-Schorsch als dem Bocuse von Hermannsdorf mit einer solchen Wonne verzehrt hatten, mit der meine Augen und alle anderen Sinne sich den ersten Mittelmeersommertag in Griechenland einverleibt und einverseelt hatten, an dem ich mich, wenn die magische Hitze mich zu heiß grillen wollte, immer wieder in der Ägäis abgekühlt hatte, innerlich so laut „irre" und „Wahnsinn" rufend, dass man es im Europa meiner Seele von Hermannsdorf bis nach Athen hören konnte, als also auch diese Seligkeit ihr Ende fand, bat mich Vater, noch eine Viertelstunde bei Bratwurst-Schorsch zu warten, weil er noch ganz kurz zum Bauernverband müsse, um irgendeinen Antrag abzugeben, was mir ganz sicher zu langweilig werden würde. Da Schorsch und ich durch das Gespräch, das als fröhliches Bächlein durch den umwerfenden Park meines Vaters und meines Schmausens geflossen war, uns angefreundet hatten, war ich zwar etwas verwundert, dass mein Vater mich im auf Brathähnchen fliegenden Pommes-Palast zurückließ, hatte aber nichts dagegen. Schorsch unterhielt sich mit mir über unseren Hof und über Landwirtschaft im Allgemeinen, sodass mir nicht langweilig wurde, zumal er mir noch, noch 'ne Cola ist nicht gut für dich, junger Mann, eine Fanta spendierte.

25. Der Ritterschlag aus Finnland

Nachdem mein Vater nach einer Weile wieder zurückgekommen war, blies er bald zum Aufbruch.
„So, Schorsch, jetzt müssen wir uns auf den Weg machen, sonst gibt die Katharina noch 'ne Vermisstenmeldung auf. Machs gut!"
„Ja, das wollen wir ja nicht. Macht's gut Männer, und lasst euch bald mal wieder sehen!"
„Machs gut, und danke für die Fanta!"
Als wir wieder startbereit auf dem Schlepper saßen und ich erwartete, dass mein Vater den Schlüssel rumdrehen und magischer dunkler, würzig-wild riechender Dieselqualm aufsteigen würde, drehte er sich zu mir um und sagte:
„Junge, ich hab noch was für dich", und hielt mir ein Messer in einer verzierten Lederscheide und mit hellem Holzgriff vor meine fast aus den Höhlen purzelnden Augen.
„Ich fass es nicht, ein Finnenmesser! Ist das wirklich für mich?"

„Siehst du einen anderen Jungen hier, dem ich etwas schenken möchte? Natürlich ist das für dich, du kleiner Dummerjan."
Ich fühlte, dass mein Vater damit seine Liebe zu mir ausdrücken wollte, und war zugleich selig über das Finnenmesser, weil ich bei den Mahlzeiten schon wochenlang immer wieder das neue Finnenmesser meines Vaters aus der Scheide genommen hatte und mir so angesehen hatte, als sei es der Heilige Gral, als sei es der Schlüssel zu einer Tür, hinter der sich ein aufregendes Leben in den Wäldern Nordamerikas als Trapper verbergen würde. Wie Lederstrumpf oder Yellowstone-Kelly. Die Rasiermesserschärfe, die elegante Klinge, der helle Griff, der leuchtete wie ein vollgeladener Strohwagen, wie ein Weizenfeld, das lockere Konversation mit einem Kornblumen-Himmel führte, wie ein Sommertag in Finnland, an dem die spanische Fußball-Nationalmannschaft des Lichts dem Brachial-Fußball der Dunkelheit keine Chance ließ, wie leicht könnte ich mir damit einen Stock aus einer Hecke oder von einem Baum abschneiden oder was ich immer ich damit schneiden würde, es würde so sein, als würde ich mir ein Stück Butter abschneiden. Ein Taschenmesser hatte ich schon, aber das war das beste und schönste Messer, das ich je geschenkt bekommen hatte.
So fühlte ich mich.
„Das gibt's doch gar nicht. Vielen Dank. Mannomann. Ich glaub's nicht. Danke, danke, das ist ja klasse, damit hätte ich niemals gerechnet. Wirklich super."
Wir schauten uns dann das Messer noch eine Weile an, und ich war stolz wie ein junger Rennfahrer, der die erste Saison Formel 1 fahren darf und gerade den Ferrari zu sehen bekommt, mit dem er über die Rennstrecken fliegen würde.
Ich bin mit meinem Vater noch öfters zum Bratwurst-Schorsch gegangen oder habe mit ihm als dem weltoffenen Anti-Provinzbauern Chinesisch gegessen oder in einer Pizzeria, womit er ja, ich muss es immer wieder betonen, weil es für mich so etwas Besonderes war, in Bullburg herausstach, wie es

damals ein gerahmter Druck eines Jackson-Pollock-Gemäldes getan hätte, wenn ein solcher in einer osthessischen Dorfkneipe aufgehängt worden wäre. Außerdem war das gemeinsame Essen ja auch immer sakramental aufgeladener Ausdruck dafür, dass wir uns mochten und zusammengehörten, ein Psalm der Zusammengehörigkeit, weil er den Psalm aus Wörtern nicht dichten konnte und nicht wollte.

26. Und noch mal die Seelen-Schredder der Symbiosen

Nach diesem hoffentlich für den Lese-Magen des geneigten Lesers wohlschmeckenden Abstecher ins pralle Pracht-Land des Essens und Schmausens komme ich nun wieder zu dem Darb- und Verhunger-Land für die Seelen, dem Symbiose-Land nämlich. Bei Hedwig haben wir dieses unwirtliche Gefilde verlassen. Zu ihr kehre ich jetzt zurück. Entschieden und also mit Macht hatte Hedwig in den Jahren nicht interveniert, als Björn und ich fünfzehn waren und Ottfried oft rumgebrüllt hatte, wenn wir bei der Arbeit vermeintlich irgendetwas falsch gemacht hatten oder wenn wir Meinungen, hauptsächlich politische, vertraten, die den seinen entgegengesetzt waren, manchmal natürlich auch provozierend in Szene gesetzt wie in dem Gefecht, in dem es um die Jagdreisen in die realsozialistischen Länder ging.

Onkel Ottfried sagt oft, dass Björn, aber auch ich und Lena wie auch meine Schwester Monika mit ihrem Mann Ludwig und ihren Kindern Dariah und Daniel so selten nach Hause kommen. (Mein Bruder Martin hat den Hof übernommen.) Als Subtext schwingt mit, wie undankbar er es findet, dass Björn und auch wir anderen ein eigenes Leben führen. Was für eine irre Verschiebung der Wahrnehmung bei Onkel Ottfried! Wie viele Jahre habe ich mir durch solche Botschaften (Ich bin sehr enttäuscht von euch, weil ihr so selten heimkommt!) ein schlechtes Gewissen machen lassen, bin nach Hause gefahren und bei Onkel Ottfried und Tante Hedwig vorstellig geworden und habe auf dem Hof geholfen. Natürlich habe ich auch meine Eltern besucht und bei ihnen gewohnt, was schön für mich und auch für sie war, aber ich hätte sie ohne den Druck Onkel Ottfrieds seltener besucht, ohne dass sie oder ich das Gefühl gehabt hätten, weniger verbunden zu sein und uns weniger zu lieben. So war ich eben in der Studienzeit und auch noch danach, als ich schon Feuilleton-Redakteur war, öfters nach Bullburg gefahren, als es wahrscheinlich gut für mich und vor allem für Lena war. Vor ein paar Wochen ist es mir wie Schuppen von den Augen gefallen. Ich las ein Buch über die Kinder von Eltern, bei denen mindestens ein Teil am Borderline-Syndrom leidet und andere leiden macht. Mag die wissenschaftliche Lehrbuch-Definition für Borderline so umstritten sein wie die Frage nach den Verantwortlichen für den Mord an John F. Kennedy, so hilfreich war mir dieses Buch für das Verständnis von Onkel Ottfried und ähnlich gestrickten Charakteren. Am wichtigsten dabei ist mir die Erkenntnis gewesen, dass ein Borderliner mit anderen nicht im Sinne von zwei gleichberechtigten, jeweils selbstständigen Personen mit je eigener Identität zusammenleben kann, sondern dass er stattdessen die anderen als Teile seines eigenen Selbst, seiner eigenen Person wahrnimmt und dementsprechend alarmiert, aggressiv und kontrollierend bis manipulierend reagiert, wenn dieser andere sich als eigene Person entwickelt, sich selbstständig macht, widerspricht, eigene Wege geht. Für Narzissten gilt, wie ich inzwischen gelernt habe, diese sogenannte Erweiterung des Selbst ebenfalls. Mögen sich die Fachleute streiten, wie man Onkel Ottfried am präzisesten definiert. Sehr wahrscheinlich, so denke ich inzwischen, denn während man ein so dickes Buch schreibt, habe ich mehrere Bücher über Narzissmus gelesen, sehr wahrscheinlich ist er sogar eher ein Narzisst oder ein Borderliner mit narzisstischer Tendenz. Weiß der Geier. Jedenfalls habe ich genau das, diese Erweiterung des Selbst, an Onkel Ottfried erlebt, und genau dieses sich andere einverleibende Kraken-Selbst, sei es nun ein Borderline-Selbst oder das Selbst eines Narzissten oder das Selbst eines, in dem beide dieser Seelen-Aufmischer wüten, hat auch Björn mit seinen langen starken Krakenarmen zu spüren bekommen, als wir mit fünfzehn selbstständiger wurden, eigene Gedanken hatten und er und ich als nun Ältere mehr auf dem Hof mitgeholfen hatten und dann von meinem Onkel angeschnauzt und gigantisch angebrüllt wurden, wenn irgendetwas nicht so lief, wie er sich das vorgestellt hatte. Mein Bruder Martin hat drei Jahre später dann das Gleiche erlebt, als er bei unserem Vater und Onkel Ottfried in die landwirtschaftliche Lehre ging. Und was tat mein Vater, dieser schwache Bruder des Alpha-Tiers Ottfried? Er stand daneben und versuchte, seinen Brüll-Bruder zu beruhigen, versuchte, die durchgeknallten Bullen der Wut in Ottfrieds Seele einzufangen, wenn sie ihm durchgegangen waren. Aber wie Hedwig fuhr er ihm nie wirklich mit letzter Entschiedenheit und konsequent in die Parade und stellte ihn zur Rede, sodass dieser, der Brüll-Orkan Ottfried, die brutale Seelen-Schreddermaschine seines eigenen Verhaltens hätte deutlich sehen können. Würde ich davon ausgehen, dass ihm die Wirkung seines Verhaltens vollständig bewusst gewesen wäre oder ist, müsste ich ihn als abgefeimt bösartigen Menschen bezeichnen, was ich nicht tue, eben weil ich glaube, dass er weder die Schredder-Schnipsel sieht, als die sensible Seelen nach seinen Attacken enden, noch dass er sein Verhalten so einfach steuern kann, wie er seinen großen John-Deere-Traktor damals gesteuert hat. Einmal schwänzten Björn, mein Bruder und ich einen Tag Schule, genauer, wir sollten die Schule schwänzen, damit wir schon am Morgen damit beginnen konnten, Heu in die Scheune zu fahren. Für die kommende Nacht waren schwere Gewitter gemeldet.

27. Die grünschnabeligen Heu-Helden, und wer denkt, dass das Symbiosen-Thema abgefrühstückt ist, wird merken, dass der Frühstückstisch noch längst nicht so leer ist wie die Straßen am Neujahrsmorgen

Wir liebten das Heu-Heimholen, den würzigen Geruch der Heubüsche und Heuschwaden, der einen allein schon wie ein Tiger anspringt und auf ein Trampolin stößt, von dem man in Ekstase-Alpen geschleudert wird, wir liebten das berauschende Gefühl der eigenen Kraft, Kondition und Männlichkeit, wenn man die Büsche mit der Gabel aufspießte, um sie meinem Bruder anzureichen, der der Lademeister auf dem Wagen war. Björn und ich waren fünfzehn, mein Bruder vierzehn. Und wir waren starke Männer, ja Könige waren wir, unser Thron war die Begeisterung dafür, dass wir schon die gleiche Arbeit machen konnten wie die erwachsenen Männer, nur mit mehr Schwung, voller Feuer für das Gabeln, bei dem wir uns verausgaben konnten, oder das schnelle und geschickte Stapeln der Büsche auf dem Wagen, Arbeiten, bei denen wir fühlten, wie stark wir schon waren und wie viel Kondition wir hatten. Wir waren Könige in unserem Feuer für das rauschhafte Heu-Heimholen, und zugleich waren wir die Ritter in der Tafelrunde von König Artus und seinem imaginären Bruder (ob es den gab, weiß ich nicht), die Onkel Ottfried und mein Vater waren und denen wir zeigen wollten, was wir für Kerle waren. Onkel Ottfried musste an diesem Vormittag auf dem Hof bleiben und Ferkel auf einen Lkw bugsieren. An diesem Tag wurden so viele Ferkel geholt, dass drei Lkws der Ferkelerzeugergenossenschaft auf den Hof kommen mussten, um die jungen Grunz- und Schrei-Feger abzuholen. Wir sollten währenddessen das Heu heimholen. Aufgrund des Rittes auf dem Flammen-Pferd der Begeisterung hatten wir die Wagen jeweils sehr schnell vollgeladen, nach Hause gefahren und auf dem Heuboden abgeladen. Björn und ich sprangen von Busch zu Busch und spießten sie auf unsere dreizinkigen Gabeln und reichten sie meinem Bruder an, der ebenfalls ganz schön ins Schwitzen kam und zwischendurch meinte: „Macht doch mal halblang, wir müssen uns doch hier den Arsch nicht für unsere Alten aufreißen. Das Heu kriegen wir auch vor heute Abend heim, wenn wir einen Gang langsamer machen." Er war der Einzige, der nicht so besessen von dem Wunsch war, es Onkel Ottfried und unserem Vater zu zeigen. Ich glaube, er hatte schon ein realistischeres und resignierteres Bewusstsein als wir und wusste, dass wir es Onkel Ottfried nie so recht machen könnten, als dass dieser nicht am nächsten Tag wieder den Glasscherben-Hagel eines infernalischen Gebrülls auf uns niedergehen ließe, wenn ihm etwas gegen den Strich gehen würde. Das scheint mir ein Raum im Haus des Bewusstseins meines Bruders gewesen zu sein, vielleicht der Keller, in einem anderen, seinem hoffnungsvollen, überschwänglich eingerichteten Wohnzimmer mit einer Monster-Stereoanlage der Hoffnung, glaubte aber auch er, so denke ich, dass wir Onkel Ottfried einmal gewaltig das Maul würden stopfen können, sodass er uns künftig mit seinen Brüll-Attacken in Ruhe lassen würde. Das schließe ich daraus, dass auch er sich beeilte mit dem Laden und dann maulte und bellte wie ein Terrier, wenn wir die Heubüsche so schnell angaben, dass er einfach nicht mehr nachkam, denn wir waren ja zu zweit als Gabel-Helden, und er arbeitete heldenmütig als Lade-Herkules allein auf dem Wagen. Als wir ziemlich erschöpft und voller Stolz ob unserer Leistung den vierten Wagen nach Hause fuhren, wollten wir es noch einmal richtig wissen, wir drei Herkulesse, die wir die Heuwiesen in Windeseile leer geräumt und den Heuboden so schnell mit Heubüschen beladen hatten, dass es noch lange Thema bei uns am Esstisch sein würde, weil wir unseren Vater, aber vor allem Onkel Ottfried durch unsere Heldentat so beeindruckt haben würden, dass er unsere Leistung in den höchsten Tönen loben und uns fortan Respekt zollen würde, der es ihm verbäte, uns anzubrüllen, wenn irgendetwas nicht so laufen würde, wie er es für richtig ansähe. Wir fuhren deshalb ziemlich zackig, um ehrlich zu sein, fuhren wir, was das Zeug hielt. Die einzige Kurve hatten wir an diesem Tag schon ein paar Mal genommen, und so hatte ich die realistische Einschätzung ihrer Tücken verloren, fuhr schnell, fuhr so schnell, dass ich sie zu eng nahm, mit den Rädern rechts in den Graben rutschte und der Heuwagen so sehr Schlagseite bekam, dass er umkippte. Mein Bruder Martin saß neben mir auf dem Schlepper, Björn wollte, während wir heimfuhren, unbedingt auf dem Wagen bleiben und war, schnell reagierend, in hohem Bogen vom Wagen gesprungen. Geschockt zwar, stand er jedoch anscheinend unverletzt wieder auf und sagte: „So einen Sprung wollte ich schon immer mal trainieren!“ Durch diesen dummen Spruch wollte er möglicherweise dem gegensteuern, was der Unfall bei uns ausgelöst hatte: Angst, die er beruhigen, Anspannung, die er lösen wollte, und Schock, dem er die scharfen Zähne ziehen wollte. Außerdem wollte er natürlich demonstrieren, dass er ein ganzer Kerl mit Nerven wie Drahtseilen war. Mir ging der Arsch auf Grundeis, weil ich sofort das Gewitter gewärtigte, die Blitze sah und den Donner hörte, sobald Onkel Ottfried das Malheur sehen würde. Björn hatte sich zu dieser Zeit innerlich schon so abgekapselt von seinem Pflegevater Ottfried, dass er scheinbar keine Angst mehr vor ihm hatte. Mein Bruder Martin fraß die Angst und den Frust in sich hinein und sagte nur zweimal: „So ein Mist.“ Und ich rief wahrscheinlich: „Das gibt's doch nicht! Ach du Scheiße. Das gibt Riesenterror!“ Wegen des Schocks und vor Angst und Enttäuschung hätte ich beinah geheult, verkniff es mir aber, weil ich vor Martin und Björn keine Heulsuse sein wollte. Und prompt kam auch schon Onkel Ottfried mit dem Jeep angerauscht, stieg aus und schrie sofort mit einer Stimme, zwischen Motorsäge und Kreissäge beim Sägen von Holz changierend, so los, dass man sie bis ins hundert Kilometer entfernte Frankfurt hören konnte, wobei er vorher wie ein Löwe, der seine Opfer lichtgeschwindigkeitsschnell taxiert hatte, gesehen hatte, dass uns körperlich nichts passiert war:

„Seid ihr denn wahnsinnig? Was denkt ihr euch denn, ihr Vollidioten? Ihr Russen kriegt auch alles kaputt. Ihr seid so dämlich wie ein Fass Jauche. So was, so was! Nicht zu fassen! Ihr seid Arschlöcher. Das gibt's doch einfach nicht." Die Luft brannte und fackelte die Heuwiesen unserer Begeisterung ab. Unsere Seelen-Äste zerquetschten Onkel Ottfrieds Gebrüll und seine angstgetriebene und angsteinflößende Person. Wie bei dem Streit um ihre Ost-Jagdreisen waren auch in dieser Szene seine dunkelbraunen Augen Waffen. Sie sprangen aus den Höhlen und verwandelten sich in Kugeln, die glühten wie die Pflugscharen, wenn sie in der Schmiede aus den glühenden Kohlen gezogen wurden, sprangen uns an und brannten uns Angst-Brandzeichen in die Haut unseres Erlebens. Innerlich schrien mindestens Martin und ich wie am Spieß. Björn ließ das wahrscheinlich nicht mehr zu.

Dass mein Onkel aber durch sein cholerisches Wesen Björn, mich und Martin und natürlich auch Monika schwer belastet hat, dass er ihnen und mir eine ständig arbeitende, in unterschiedlicher Intensität zwar, aber eben doch ständige arbeitende Abrissbirne in die Seele installierte, die die eigenen Antriebe immer wieder zerstörte und auch noch zerstört, das hat er bisher, wie es aussieht, nicht verstanden. Björn kommt eigentlich in ganz normalen Abständen nach Hause. Alle sechs Wochen etwa. Symbiosen sind ein gottverdammter Fluch in allen menschlichen Beziehungen. Zerstörerisch, versklavend, der Fels, der Hammer der Destruktion, der jeden Morgen neu auf die Freiheits-Beine der Seele niedergeht und sie neu bricht. Was hilft gegen diese Knochenbrecher, gegen diesen mangelnden Abstand zu anderen, gegen die Fremdbestimmung, gegen die mangelnde innere Selbstständigkeit? Bei mir einzig der Glaube, der zum Selbstständig-Sein und somit zum Sein überhaupt ermutigt, der zum selbstständigen Denken und eigenen Fühlen einlädt und es stützt. Nur der Glaube an Gott als den unüberbietbar Liebenden, als den Liebes-Galaxien Atmenden gibt mir die Freiheit von anderen, die es ermöglicht, dass ich Kontakt zu ihnen haben kann, ohne von ihnen in einer destruktiven Weise abhängig zu sein oder sie von mir abhängig zu machen.

28. Selbstgerechter Oberstudienrat der Moral, Alleswisser-Dickbauch, peinlich, peinlich

Aber das geht eben nicht so, dass einem das einmal intellektuell klar wird und damit ein für alle Mal und man es dann für das ganze Leben gefressen hat. Erstens einmal ist das kein Entweder-oder, und zweitens besteht zwar die Möglichkeit, dass der andere durch diesen Glauben, wenn ich mit ihm darüber spreche, beeinflusst oder sogar inspiriert wird, doch muss er diese Freiheit als innere Entwicklung zu dieser auf seine Weise machen. Das ist mir intellektuell jetzt in diesem Moment klar, aber trotzdem sage ich auch jetzt noch öfter zu Lena in ungeduldig-aggressiven Tonfall: „Du musst innerlich im Glauben Abstand haben, wenn du meinen Onkel und meine Tante besuchst. Du musst dich doch nicht so ausgeliefert und deprimiert fühlen." So habe ich jahrelang auf sie eingeredet. Das war zwar einerseits gut gemeint, aber es war andererseits auch gedankenlos und lieblos. Sie musste erst langsam lernen, überhaupt zu ihren Gefühlen zu stehen: die hilflose und hämmernde Traurigkeit, wenn sie mit meinem Onkel und meiner Tante zusammen war, die plötzliche Verwandlung in das kleine abhängige und gequälte Kind, das sie einmal war. Sie musste sich überhaupt erst einmal erlauben, sich so zu fühlen und das Gefühlte zu analysieren: traurig zu sein, verletzt, kleingemacht zu werden und die Wut-Stiere in der eigenen Seele einmal loszulassen. Sie erlebt die Begegnungen mit meinem Onkel und meiner Tante ähnlich, wie sie die Besuche bei ihren Eltern erleidet. Und in diesen Lernprozess hinein habe ich ihr immer einzuhämmern versucht: „Du musst dich innerlich unabhängig machen und alles im Glauben abgeben!"

Mit dem Vorschlaghammer wollte ich sie in den Sommer der Selbstständigkeit hämmern, bevor sie sich des Winters der beißenden Abhängigkeit überhaupt bewusst werden und von da aus in den Frühling des Flügge-Werdens gelangen konnte. Wahrscheinlich ist es auch meine Zwanghaftigkeit, die mich so sein lässt und die verhindert hat, dass ich sie einfach umarmt und ihr gesagt habe: „Ich kann mir vorstellen, wie bedrückt und verletzt du dich fühlst und wie bedroht." Das Ding ist nur, dass ich lange überhaupt nicht verstanden habe, wie sich der Psychoterror ihrer psychisch kranken Mutter auf sie ausgewirkt hat, nämlich dass sie in mancherlei Hinsicht schon als Kind durch die ständige Angst vor diesem unberechenbaren Brüll-Hirn Teile ihrer Seele überhaupt nicht wahrgenommen oder vielleicht zwar wahrgenommen, aber gleich wieder verdrängt hat, weil jedes Widerspruchs-Feuer durch den Wasserwerfer eines aggressiven Ausbruchs weggestrahlt wurde oder durch den sauren Regen des leidenden Vater-Gesichts gelöscht wurde. Sie war bedroht, ständig unter Druck. Das war mir so nicht klar.

29. Na endlich, Zäune und Gräben der Schüchternheit werden übersprungen

Nach den Sommerferien suchte ich dann rasch wieder Kontakt zu Lena und sprach sie an, nachdem ich die Zäune und Gräben der Schüchternheit wegen meiner unter Garantie wieder Rittersporn-blau werdenden Nase übersprungen hatte, als sie an einem Septembermorgen vor der ersten Stunde auf einem blauen, damals hypermodernen Sitzmöbel, dem sogenannten Himmels-Sessel, saß. Eigentlich hätte meine Nase ja gut zu dem Sessel gepasst, aber so viel Abstand zu meinem Gebrechen hatte ich damals nicht, und deshalb hatte ich auch nicht den Sinn für Humor, den mir dieser Abstand ermöglicht hätte. Von diesen Sitzmöbeln gab es mehrere auf dem Pausenhof, und wie bunte Smarties zwitschern sie in mein Bewusstsein, aber keine Knopf-, sondern Kugel-Smarties, aus denen man ein Viertel herausgetrennt und damit eine Sitzfläche geschaffen hatte. Die Oberfläche wirkte wie die einer Raufasertapete, war aber aus einem harten Plastik, das einige Experten bei einem der Sessel, entweder durch Schlagwerkzeuge oder durch Sandsteine vom nahe gelegenen Feld, tatsächlich durchgeschlagen hatten, und zwar - wie vorsorglich! - an der Rückseite. Dort riss der Sessel sein Rücken-Maul auf und fletschte die Speerspitzen-Zähne, fantasievoll und bedrohlich wie auf einem Bild von Hieronymus Bosch. Lena saß aber auf dem eisenhutblauen Sessel, eben dem Himmels-Sessel, wie wir ihn getauft hatten, obwohl ein blauer Himmel viel hellblauer ist, und las in einem Buch. Die Zweit-Sonne ihres blendenden gelben, selbst gestrickten Pullovers und ihre dunkelbraune Haut schienen dagegen zu protestieren, dass dem Sommer Anfang September langsam die Puste ausging und dass die Tage schon deutlich kürzer waren als im Hochsommer.

Das Mississippidelta ihrer braunen Haare wirkte im Sitzen noch mächtiger, wilder, geheimnisvoller und noch weiblicher, als wenn man sie irgendwo auf dem Pausenhof mit ihren Freundinnen zusammenstehen oder durch die Fußgängerzone von Hermannsdorf flanieren sah. Ich war aus dem Krankenhaus entlassen worden und konnte mit Krücken laufen. In den Pausen war ich, wie schon vor den Sommerferien, mit Herbert und einigen Freunden zusammen, die ich erst in der Oberstufe kennengelernt hatte.

30. Die egomanen Novalis-Rebellen in der Oberstufe

Das Schülerleben in der Oberstufe war ganz anders als die Mittelstufen-Zeit in der Margaretenschule, wo wir in einen festen Klassenverband eingebunden waren, der sowohl wie ein Ofen war, an dem wir in den Grau-Novembern der Probleme unserer späten Kinder- und frühen Jugendjahre – Einsamkeit, das Grübeln über den Sinn des Lebens und die Frage nach der eigenen Identität, das erwachende Begehren der Mädchen – Geborgenheit empfanden, der uns aber in der Bison-Wucht dieser wilden Jahre auch wie ein Haus ohne Fenster erschien, das uns von der Aufbruchs-Sonne des Lebens abgeschnitten hatte. In der Oberstufe konnte man in einigen Fächern aus einem Angebot von mehreren Kursen, die jeweils von unterschiedlichen Lehrern angeboten wurden, wählen. In GK, so nannten wir Gesellschaftskunde, konnten wir aus vier Kursen einen uns genehmen wählen. Wenn man Glück hatte und der Lehrer keine Granate an Beliebtheit war, bekam man seinen Wunsch erfüllt, hatte man ganz viel Pech, landete man im Ladenhüter-Kurs, den man als vierte Wahl angegeben hatte. Das verbliebene Rudiment der Klasse aus der Mittelstufe war die sogenannte Tutorengruppe. Der Begriff „Tutor“ statt „Klassenlehrer“ hatte seine Wurzeln im Reformgeist der Siebzigerjahre. Die Bibliothek hieß auch nicht mehr Bibliothek, sondern ganz modern Mediothek, weil man eben nicht nur Bücher ausleihen konnte, sondern auch Kassetten, Tonbänder oder Videos. Wie ein einziger vertrockneter Apfel an einem Baum, der einst prall voll mit Äpfeln hing, kam mir die Tutorengruppe vor, in der wir uns einmal in der Woche eine Schulstunde lang trafen. Zum Glück war Herbert auch in meiner Tutorengruppe. Als Versprengte der alten Klasse hatte es auch noch Monika und Martina in diese armselige Einstunden-Klasse verschlagen. Der vertrocknete Apfel des mickrigen Klassenersatzes hätte mir egal sein können, und es hätte mir eigentlich auch ziemlich wurst sein können, mit wem ich in der Tutorengruppe die Stühle mit meinem Gesäß beehrte, da man sich ja nur einmal die Woche traf. Es war mir aber nicht wurst, weil man mit seiner Tutorengruppe auf Klassenfahrt fahren würde. Es ist aus der jetzigen, erfahrungsdicken, aber auch Alter-Sack-Perspektive erstaunlich, wie wir damals andere Jugendliche, aber auch unsere Eltern- und Großelterngeneration aufgrund bestimmter Vorlieben, bestimmter Kleidung oder aufgrund ihrer Gesinnungen bewertet und eingeteilt haben. Herbert und ich hatten Deutsch und Englisch als Leistungskurse. Wir liebten die Literatur und die Kunst. Wir hörten und liebten Folk- und Rockmusik, waren Nachfahren der Hippies, die Freaks eben, mit langen Haaren, Jeans, Cord- oder Manchester-Hosen, indischen, Seemanns- oder Holzfällerhemden, die wir über dem Gürtel trugen, wir Freaks, die wir den Beiß-Beton des schlechten Bestehenden mit der subversiven Kraft unserer röhrenden Kornblumen-Gedanken sprengen würden, ja, noch mehr als das, waren wir doch so narzisstisch und von uns überzeugt, dass wir glaubten, wir würden schon durch unsere ozeanisch wilden und schönen Seelen die Gesellschaft, die Eckpfeiler des Daseins, ja die ganze Welt in ein Paradies verwandeln, in dem der Geist des „Heinrich von Ofterdingen“, des „Taugenichts“ und der von Woodstock sich vereinigten und alle Menschen auf der Welt, und vor allem die armen und entrechteten, mindestens in poetischen Fachwerkhäusern wohnen würden, in ihrer Arbeit so aufgehen würden, dass jeder Tag so prall gefüllt mit Freude wäre, als sei er ein monströs dicker, gelber Kürbis, und immer wieder Tage kämen, an denen die Menschen bei riesigen, E-Gitarren denkenden, Bücher komponierenden Eichen des Glücks verweilen würden. Und dann waren da Leute, die hatten tatsächlich Wirtschaft als Leistungskurs gewählt. Das waren die anderen, die glatten, die innerlich abgestorbenen, die sich mit dem Geld- und Fortkommen-Denken arrangiert hatten. Meistens hatten sie kurze Haare, hatten Kleidung an, die ihre Mutter für sie ausgesucht haben könnte, oder sie trugen stylishe Klamotten, waren chic, waren Popper, die aber bei uns kleinstädtisch und vor allem ländlich geprägten Jugendlichen keine große Gruppe bildeten. Auch die Rebellen teilten sich Ende der Siebziger-, Anfang der Achtzigerjahre dann in die Punks und eben die Alternativen, die Freaks.

Kunz zum Beispiel hörte in dieser Zeit Musik von The Clash, den Dead Kennedys, natürlich die Sex Pistols und New-Wave-Bands beziehungsweise Prä-New-Wave-Bands wie Joy Division, denn er war ja Punk geworden. Die Punks und die Freaks mit allen ihren Nuancen und Schattierungen waren im Grunde die Guten; die Angepassten, die Biederen oder die Popper hingegen waren, wenn wir länger reflektierten, nicht die Bösen, aber doch die, die mit ihrer Einstellung dem Bösen in der Welt nicht entschieden genug Widerstand leisteten. Spontan in einem Gespräch geäußert, hätten wir sie und haben wir sie auch als spießbürgerliche Streber, als aalglatte Karrieristen oder als angepasste Himbeertonis oder schlicht als die Arschlöcher bezeichnet. Ich weiß noch, dass Herbert und ich in der elften Klasse ein halbes Jahr lang einen Grundkurs Wirtschaft belegt hatten, damals hätten wir, ohne mit der Wimper zu zucken, „zu erleiden" gesagt und den Kurs als Tortur bezeichnet und darunter ein Äquivalent zu den Foltern in einer Diktatur oder bei der Inquisition verstanden. Teils ironisch, aber auch einen Sonnenblumenkern ernst. Der Kurs zählte nicht für den Notendurchschnitt, und wir unterhielten uns oft während des Unterrichts miteinander und machten Blödsinn. Wir lachten über den Ausdruck „Buchhalternase" und schrieben unter eine Klassenarbeit als Kommentar das Novalis-Zitat „Wenn nicht mehr Zahlen und Figuren sind Schlüssel aller Kreaturen, wenn die, so singen oder küssen, mehr als die Tiefgelehrten wissen, dann fliegt vor einem geheimen Wort, das ganze verkehrte Wesen fort." Als die größten Revoluzzer kamen wir uns vor, die die Erde damals zu sehen bekam, wie Dichter-Propheten, die für eine Welt einstanden, in der die Wünsche und Bedürfnisse eines jeden ausgedrückt werden durften und ein Recht auf Verwirklichung hatten, in der diskutiert werden durfte, in der möglichst an jedem Tag die Traurigkeit der Welt, der Tod, die Hässlichkeit, die Ungerechtigkeit, die Zweifel aufgehoben würden, indem man auf den pazifistischen Tigern des Glücks reiten würde, wenn man zur alles überbietenden Rausch-Insel der Liebe vorgedrungen sein würde, Einsamkeit schrotende Freundschaft erlebte und besoffen von der Schönheit der Welt nur noch Trakl-Gedichte murmeln würde, die Gedichte aber eines fiktiven, glücklichen Trakl.

31. Ludwig Laxbarth, der Che Guevara der Liebe, in brauner Stoffhose, weißem Hemd und dunkelblauem Pullunder

Wie wir damals drauf waren, kann ich auch heute noch verstehen, und ich finde einerseits auch unsere entschiedene Haltung gut, obwohl ich natürlich, Schlaumeier, der ich heute bin, sehe, dass es anmaßend war und naiv. Vor allem war unser Verhalten ein Affront gegen unseren Tutor, der der Wirtschaftslehrer in diesem Grundkurs war. Außerdem waren Berufsschüler in unserer Klasse, die diesen Kurs für ihr Abschlusszeugnis brauchten und die das Fach möglicherweise mochten. Einige zumindest. Ich hoffe, sie haben unser Desinteresse damals nicht als das wahrgenommen, was es auch war: Die dümmliche Arroganz von Abiturienten gegenüber dem Stoff, mit dem sich die auseinandersetzten, die schon Geld verdienten, vielleicht verdienen mussten, den Auszubildenden nämlich, die ja „nur" einen Realschulabschluss hatten und sich deshalb mit einer so langweiligen und profanen Materie auseinandersetzen mussten. Wir genialischen Gymnasiasten-Jünglinge hingegen schwebten auf den Wolken von Novalis' Dichtung und waren eben für zwei Stunden verbannt in die nüchterne Zweckwelt, um nicht zu sagen: das muffige Kellerloch des Wirtschaftsunterrichts, der sich von Zahlen und Buchhalternasen ernährte, aber eben nicht von der heiligen Dichtung. Egozentrisch waren wir, Herbert und ich, auch darin, dass wir glaubten, die anderen müssen die Welt, wären sie nur wirklich gut drauf, wären sie nur wirklich gute Menschen, moralisch und poetisch, was eigentlich hieß moralisch, weil sie poetisch wären, so empfinden wie wir und müssten dementsprechend auch einen ähnlichen Geschmack haben. Das war auch ein Aspekt unserer Haltung. Die Egozentrik. Neben den Idealen. Außerdem hatten wir beide Humor, naturgemäß nicht immer, aber doch so, dass er uns immer mal wieder von den Wolken der Erhabenheit runterholte, der Sphäre also, in der wir den „Taugenichts" frühstückten, den „Heinrich von Ofterdingen" zum Mittag aßen und die „Hymnen an die Nacht" als Abendbrot einnahmen. Der menschliche Geist und so auch unser damaliger ist zum Glück keiner, der mit einem dicken BMW auf einer einspurigen Einbahnstraße fährt, die die meiste Zeit durch Tunnel verläuft, sondern eher ein Teilzeit-Teleologe mit Anfällen von Amnesie, der im Winter ganz gerne mal vergisst, was er im Sommer über eine Sache gedacht hat, um genauer und um ehrlicher zu sein: der am Mittag nicht mehr weiß, wie er eine Sache zum Frühstück kommentiert hat. Eines Tages fragte der Wirtschaftslehrer bei einer Hausaufgabenkontrolle Ludwig Laxbarth, wie er denn die Aufgabe gelöst habe, die sie zu heute hätten bearbeiten sollen. Weiß der Geier, worum es ging. In jedem Fall sagte Laxbarth, der wie der Mega-Spießer vor dem Herrn aussah, braune Stoffhose, weißes Hemd und dunkelblauer Pullunder und schwarze Konfirmationsschuhe aus den Fünfzigern, mit hässlicher Quarzuhr und Hornbrille, ein engstirniger Provinzler, wie ihn ein Karikaturist nicht besser hätte zeichnen können, er, der Langhaarige eigentlich für Faulenzer, für Gammler hielte wie sein Vater immer gesagt habe, und Mädchen mit Löchern in Bluejeans und bunten Freakklamotten, die selbst gedrehte Zigaretten rauchten, für Schlampen ansah, wie er es von seiner Mutter oft gehört habe, um von den Punkern ganz zu schweigen, diesen versoffenen Pennern, er sei umgerissen worden, umgerissen worden durch ein Mädchen, das er auf der Kirmes kennengelernt habe und total verschossen in sie sei, obwohl sie Schlampenkram trage und in der Kommunistenkommune im Nachbardorf leben würde. Sie hätten sich jeden Abend in

der Wirtschaft „Zum durstigen Bullen“ getroffen, geredet und rumgemacht.
„Ich kann nach dem Schaffen in der Schreinerei nicht mehr lernen. Die Claudia hat mich umgerissen. Von mir aus bestrafen Sie mich. Mir ist alles scheißegal.“
Wir lagen alle flach vor Lachen, obwohl wir natürlich nicht flachlagen, sondern mit den Fäusten auf die Tische donnerten und von dröhnenden Bässen bis zum aufheulenden Diskant alle Stimmen-Pferde des Lachens ritten. Wir kriegten uns nicht mehr ein. Einen solchen Auftritt hatte von uns noch niemand hingelegt. Laxbarth war der Poet und Revoluzzer, nicht wir Freaks. Wir sahen uns an und lachten, wie man manchmal lachen muss, wenn die Welt ein einziger Vulkanausbruch des Lachens ist und die eruptiv rausgeschleuderte Lach-Asche einfach nicht aufhören will. Auch unser Tutor lachte, wenn auch mit angezogener Handbremse.

32. Unglaublich: Ein alter Tischtennis-Heroe ist im Wirtschaftskurs

Noch ein Schüler in dem Wirtschaftskurs holte mich vom Matterhorn unserer poetischen Erhabenheit. In dem Kurs war ein schon etwas älterer Schüler. Er hieß Rolf Bahn, und er war tatsächlich der Tischtennisspieler, den mein Bruder Martin und ich aus der Zeitung kannten und von dem wir drei Jahre, bevor er mit mir im selben prosaischen Wirtschaftskurs war, oft Bilder in der Zeitung gesehen hatten, denn er war Hessenmeister im Tischtennis in irgendeiner Jugendklasse. Wäre es nicht ein Wirtschaftskurs 1979, sondern 1976, wäre es für mich so gewesen, wie es heute für mich wäre, wenn David Foster Wallace, so er noch lebte, Michael Ondaatje, António Lobo Antunes und der syrische Lyriker Adonis zusammen im Café Buchlust in Spatzingen säßen. 1979 waren die Ehrfurcht und Bewunderung nicht mehr so groß wie noch drei Jahre vorher, aber es war immer noch ein großes Erlebnis für mich, dass er, Rolf Bahn, plötzlich in einem so absurden Kontext wie dem von mir als ultralangweilig und verachtenswert empfundenen Wirtschaftskurs saß. Wenn ich ihn sah und an ihn dachte, war ich nicht mehr Revoluzzer und Poeten-Prophet, sondern Fan.

33. Vincent, der spirituelle Rausch-Sommer der Malerei

Weil wir das eigene Erleben nicht abtun wollten, unsere Sehnsüchte, unser erotisches Begehren, unsere Ekstase, unseren geistig-seelischen Durst als entscheidend für ein gelingendes Leben ansahen, spielte auch Kunst eine große Rolle, wie ich schon bei meinem Lobpreis über eine Fete von Sabine Mohn kundgetan habe. Einer meiner Helden war eben - und ist es bis heute - Vincent van Gogh. Irgendwann angeregt durch die Verfilmung seines Lebens mit Kirk Douglas, hatte ich mir Weihnachten 1979 einen Dumont-Kunstband über van Gogh schenken lassen und auch die Rowohlt-Monografie. Ich kann mich nicht mehr daran erinnern, wie ich zu dieser Zeit auf van Gogh kam. Wahrscheinlich war der brausende, Feuer-Pinsel-fiebernde Leidenschafts-Araber reitende Douglas-Streifen der Auslöser, der wieder einmal im Fernsehen gelaufen war. Mit zwölf oder dreizehn hatte ich diesen Film schon einmal gesehen, und er hatte mich ungeheuerlich beeindruckt. Ähnlich wie die Verfilmung von „Billy Budd“, der späten Erzählung Melvilles. Das Temperament Vincent van Goghs bei seiner Suche nach Wahrheit und sein wilder Einsatz in der Verwirklichung seiner Ziele hatten mich völlig umgehauen. Vincent, der radikale Christ, der in seiner kirchlichen Ausbildung scheitert an den vernagelten Ausbildern, den Beton-Herzen, den kleinkarierten Gottesverwaltern, Vincent, der Maler-Cowboy mit dem Pinsel-Revolver im Kampf für das Gute, scheiternd am hartherzigen, engstirnigen und deshalb bösen Kunstbetrieb, Vincent, der Superheld. Kunst hatte mich damals nicht besonders interessiert, es waren diese Konstellation – hier der leidenschaftliche Gute und dort die emotionalen Flachschippen der Macht – und die Faszination seiner auch im Film durchscheinenden singulären, die Welt mit seiner Intensität elektrisierenden Person, die mein Herz zu so rot glühender Bewunderung und Verehrung wie die Pflugscharen in der Dorfschmiede schmiedeten. Ich wollte auch so kämpfen für eine gute Sache wie er. Die Welt war damals einfach und klar. Vincent und sein Bruder waren die Guten und seine Gegner oder diejenigen, die ihn nicht würdigten, die Bösen. Als ich damals den Film sah, habe ich wahrscheinlich zwischendurch lautstark Kommentare abgegeben, aus denen meine tiefe Identifizierung mit Vincent hervorging. „Diese dreckigen Hunde, diese miesen Typen", werde ich die theologischen Ausbilder Vincents wahrscheinlich tituliert haben, empört so tief wie die Galathea-Tiefe im Pazifik. Wie eine hängende und also immer die gleichen schrillen, nervtötenden Geräusche von sich gebende CD bei einem Song, den man just zu dieser Minute um alles in der Welt hören möchte, schien es mir dann, als mein Vater während des Films meinte: „Der ist aber auch ein Sonderling." Action-Painter der Angst, tanzten Schwarz schleudernde Pinsel um seinen Kopf, dass ich mich zu stark mit einer letztlich sehr tragischen Figur identifizieren könnte, mit diesem radikalen Sonderling, da er doch wahrscheinlich selber Angst davor hatte, genau das zu sein, ein Sonderling, er, der heimliche Eigenbrötler an der Seite seines scheinbar alle Welt beherrschenden, lebenstüchtigen Bruders, sah mich im Geist auch schon als Sonderling, als exzentrischen Kauz scheitern, allerdings ohne die alles revidierende Gloriole, nachher noch weltberühmt zu werden. Damals empörte und frustrierte mich der Kommentar meines Vaters, obwohl ich nichts dazu sagte. Er hatte Verständnis für die Bösen und ließ mich zurück im Einsamkeits-Kerker der Bewunderung für Vincent van Gogh. Für einen Moment war ich Vincent, und er war einer der bösen theologischen Lehrer, der Vincent abwies. Damals ärgerte mich der Kommentar meines Vaters, heute hingegen macht mich das Denken meines Vaters auch traurig, eben weil mir die Traurigkeit gebärende Angst vor dem Richtspruch des Allgemeinen, vor dem Pranger des Durchschnittlichen, vor dem auch er seinen Sohn bewahren wollte, in seiner Haltung bewusst wird. Es macht mich traurig und es rührt mich auch, weil es ja auch seine Vaterliebe war, die mich vor dem in seiner Ansicht Üblen bewahren wollte.

34. Die eigene Winzigkeit und die überwältigende Unübersichtlichkeit der Welt

Wie geht man mit der Traurigkeit über die eigene Winzigkeit angesichts der Größe und der überwältigenden Unübersichtlichkeit der Welt um, wenn man nicht glaubt? Diese Frage habe ich mir nicht gestellt, als ich mit meinem Vater das erste Mal „Vincent van Gogh, ein Leben in Leidenschaft" gesehen habe. Aber ich habe sie mir, seit ich fünfzehn bin, gestellt, und mein Denken rudert auch heute noch oft auf dem Amazonas dieser Frage. Man muss doch, wenn man ein denkender, empfindungsfähiger Mensch ist, fast verrückt werden vor Verzweiflung über die eigene Begrenztheit und das Unüberschaubare, Angst-Einflößende der Welt, vor allem dann, wenn man wie ich so geprägt wurde, dass man nur etwas wert ist, wenn man etwas leistet und diese Leistung auch messbar ist und am besten noch im Wettstreit mit anderen erreicht wird, und man diese Prägung dann auch zu seiner eigenen Haltung gemacht hat, wenigsten teilweise. Wenn ich nur bin, wenn ich etwas leiste, wenn ich also nur als kierkegaardscher Notwendiger bin, dann macht das Nicht-Notwendige, das Nicht-Kontrollierbare der Myriaden von Möglichkeiten, was man alles können könnte im Verhältnis zu den realen Begrenztheiten meiner Person, eine ebenso unendliche Angst. Ich selber springe in die Arche des Glaubens, und diese allein hilft mir im Tiefsten, dass die Angst mich nicht verrückt macht, eben weil ich nicht Gott sein muss, um als Alleskönner und Notwendiger gerechtfertigt zu sein, sondern als kleiner, vieles nicht könnender Mensch in meiner kleinen Welt sein und im Übrigen möglichst fröhlich dem Tag wie eine Lerche entgegenzwitschern darf. Ich selber habe und jeder andere Mensch hat eine bestimmte Persönlichkeit, mit den jeweiligen Möglichkeiten und Grenzen. Mein Vater ist durch seine genetische Prädisposition, durch seine Erfahrungen und durch seine Haltung zu beidem so geworden, wie er ist: Ein tüchtiger, liebender, aber auch ängstlicher Mensch, dessen Emotionen so verborgen und geheim sind wie das Rezept von Coca-Cola, sehr begabt in naturwissenschaftlichen und technischen Belangen und im Verhalten zuverlässig wie die Sendezeit der Tagesschau, aber eben keine Person, die sofort Eindruck bei den Menschen macht, einer eben, der schon öfter übersehen wurde und auch noch öfter übersehen wird. Ich bin anders, ich zeige meine Emotionen und mache oft dumme Sprüche, die ab und zu auch mal witzig sind und andere zum Lachen bringen, und bin deshalb wahrscheinlich, zumindest auf den ersten Eindruck hin, beliebter bei den Mitmenschen, obwohl ich wankelmütiger und unzuverlässiger als mein Vater bin. Ein typischer Sanguiniker eben. Meine an der Oberfläche des Bewusstseins größere Beliebtheit bei den Mitmenschen und die Tatsache, dass seine Eltern ihn und seinen Bruder nicht aufs Gymnasium haben gehen lassen, wie es eigentlich ihrer Begabung entsprochen hätte, während dies Monika, Martin und mir wie auch dem Pflegekind seines Bruders und also meinem Cousin, eben Björn, möglich war, haben ihn eines Tages nach einem Erntetag bei einem Feierabendbier zu mir sagen lassen: „Du hast es einfacher als ich. Du bist beliebt, und du hast wesentlich bessere Chancen dadurch, dass du aufs Gymnasium gehen konntest." Traurig machte mich, wie er sich selbst sah. Er sah sich als benachteiligt, weil ihm Chancen vorenthalten worden waren und weil er von vielen respektiert wird, aber eben kein Ausbund an Beliebtheit ist. Und ich wusste damals nicht wirklich, ob mein Vater an einen Gott glaubte, der ihn trotz seiner Grenzen, aber auch mit seinen großen Begabungen unendlich liebt. Einen festen Glauben an den Galaxien blinzelnden, Sandkörner komponierenden unendlich Liebenden, über den er auch ab und zu mal gesprochen hätte, hatte er wahrscheinlich nicht. Zu dieser Zeit nicht. Ich aber fragte mich damals und ich frage es mich heute auch noch, wie man eine solche Trauer aushält ohne Glauben an einen liebenden Gott. Wie hält man die Ereignisse und Erlebnisse im Leben aus, die man sich anders wünschte, die Grenzen der eigenen Begabungen, der physischen Kräfte, dass andere attraktiver sind als man selbst und beliebter, dass es bei Weitem Erfolgreichere gibt, als man es selbst ist, wie hält man die manchmal alles verschlingende Angst aus vor sich selber und diejenige vor den Mitmenschen und vor der Welt, wie hält man sie bloß aus? Ich jedenfalls nur in der absoluten Sicherheit und Geborgenheit der Glaubens-Arche. Was machen aber diejenigen ohne die Burgen röhrende und Querflöten atmende Glaubens-Arche, die eben, die diese Trauer über die eigene Begrenztheit und die Begrenztheit des Lebens und der Welt nicht im Glauben abgeben und dadurch übersteigen und außer Kraft setzen können? Ich jedenfalls wäre total verzweifelt und würde wahnsinnig werden. Nehme ich diese Frage wirklich ernst – wie die Nicht-Glaubenden das Leben und die Welt aushalten –, kann ich nicht ohne Weiteres meine Seele auf andere projizieren und ihnen die Verzweiflung unterstellen, die mich auffräße, wenn ich nicht glaubte. Ich denke, es gibt solche Verzweifelten, wenn sie eine ähnliche seelische Struktur haben wie ich, genauso wie es diejenigen gibt, die mit der Einsamkeit und Antwortlosigkeit des Universums ohne Gott leben können, so wie es Albert Camus tat, der an das Mittelmeer glaubende, engagierte Held des Absurden. Wenn man nicht oder nur schwach an Gott glaubt, liegt jedoch eine Gefahr darin, dass man eigene Fähigkeiten und Leistungen sowie die Dinge,

Strukturen und Meinungen der Welt zu seinem Gott macht, eben weil man nicht an den Harfen surfenden, mit K2s jonglierenden Gott, den liebenden Unendlichen, glaubt, der einen auch dann liebt und unendlich wertschätzt, wenn man nur noch wenig leistet oder noch nie viel, zumindest in den Augen der Welt nie viel, zu leisten imstande war.

35. Rudersklave auf einer Galeere des Diesseits

Auch mein Vater scheint in den Siebzigerjahren als Rudersklave auf einer Galeere des Diesseits angekettet gewesen zu sein, nicht jeden Tag und auch nicht immer den ganzen Tag, aber eben doch an vielen Tagen zu bestimmten Tageszeiten. Weil er möglicherweise in diesen Jahren keinen tornadosicheren Glauben hatte und aus diesem Grund dem Richtspruch des Allgemeinen und damit dem Terror des Durchschnittlichen mehr Macht einräumte, als er es gemusst hätte, wenn sein Glaube die Meinungen dieser Welt sich nicht zum Letztgültigen hätte aufschwingen lassen, hatte mein Vater wahrscheinlich einige Jahre vorher, eben als wir den Van-Gogh-Film zusammen sahen, Angst, ich könne auch ein solcher Sonderling werden wie Vincent van Gogh zu seinen Lebzeiten. Einer, der ganz unten in der gesellschaftlichen Wertung und Rangordnung steht, jedenfalls aus Sicht eines dem Praktischen zugeneigten und dieses hoch schätzenden, aber dem Diktat der Welt hörigen, dem heideggerschen „man“ verfallenen Mittelständlers.

36. Ein mieser Drecksack und Neidhammel

Bei dem Film „Die Verdammten der Meere“ nach der Erzählung „Billy Budd“ von Herman Melville war es unerträglich für mich, wie übel dem menschlichen, freundlichen und strahlenden Billy vom bösen Claggart mitgespielt wurde, der Billy zuerst in eine Falle locken wollte, indem er ihn durch einen Komplizen anstacheln wollte, sich mit den zwangsrekrutierten Matrosen zu einer Meuterei zusammenzutun, und als das nicht verschlug, ihn gegenüber Kapitän Vere, erstunken und erlogen, dann der Meuterei bezichtigte. Bei einer Gegenüberstellung tischt Claggart Kapitän Vere diese Lüge auf und provoziert Billy, der sich zumindest in der melvilleschen Erzählung wegen seines Sprachfehlers nicht angemessen wehren kann, sodass er zuschlägt und dabei den miesen Drecksack Claggart tötet, der neidisch auf den beliebten Billy war. So ist das bei mir damals angekommen. Der Kapitän, der Billy eigentlich sehr mochte und von seiner Unschuld überzeugt war, glaubte, Billy, weil es das Gesetz so wollte, zum Tod durch den Strang verurteilen und hängen lassen zu müssen, und tat das dann auch tatsächlich. Diese widerwärtige Ungerechtigkeit, vor allem auch die tragische, aber dennoch ekelhafte Widersprüchlichkeit in Kapitän Veres Verhalten, empörte mich damals zutiefst. Wahrscheinlich habe ich, Flammen-Pferde der Revolte reitend, ausgerufen: „Das gibt es doch nicht. Wieso lässt der Kapitän ihn hängen, dieser Schwächling, dieser miese Drecksack?“ „Mensch, steiger dich da nicht so rein, das kann man sich ja nicht mit anhören“, ranzte der Vater mich an, mit Wasserwerfern und also mit fürchterlichem Wumm spritzend, um die Glut meiner Empörung zu löschen. Bei der ersten Erinnerung an diesen Film dachte ich, der mögliche Grund für die Intervention meines Vaters sei, ähnlich wie im Vincent-Film, darin zu sehen, dass ich zu leidenschaftlich Partei für einen ergriff, der dann gescheitert ist. Das spielte aber kaum eine Rolle, denke ich im Moment. Mein Vater hatte schlicht Angst um seinen emotionalen, nervösen Sohn, weil der Film für sein Alter eventuell noch nicht angemessen war, sodass er sich zu stark mit dem Film-Helden identifizierte und ob des tragischen Ausgangs des Ganzen total aufgewühlt und empört war. Das hatte ich damals aber nicht verstanden. Auf mich wirkte das eher so, als hätte mein Vater gesagt: „So ist die Welt nun einmal. Erstens ist das Ganze nur ein Film, und zweitens ist die Welt nun einmal, wie sie ist. Billy Budd hat einen Menschen getötet. Wenn die Gesetze damals so waren, ist das barbarisch, aber es nützt jetzt nichts, sich darüber so aufzuregen.“ Er trank den lauwarmen, labberigen Kaffee des Durchschnittlichen, wo ich ihn doch so gerne als mutigen Ivanhoe gesehen hätte, der für das Gute in die Bresche springt. So habe ich es damals gefühlt. Zurückgestoßen fühlte ich mich, in den Keller der Einsamkeit abgeschoben, unverstanden. Mach mal halblang, könnte man meinen, so schlimm war das nicht. Aber darum geht es nicht: Ich will meinem Vater nichts Schlimmes bei einem Verhalten unterstellen, das eigentlich halb so wild war. Gut gemeinte Vermahnungen, Einsprüche und Ratschläge, die bei anderen falsch angekommen sind, weil ich sie missverständlich ausgedrückt oder unsensibel rausposaunt habe, habe ich auch schon oft von mir gegeben. Es kann also nicht darum gehen, meinem Vater eine besondere, ihn allein auszeichnende Schuld zuschieben zu wollen und ihn als schlechten Menschen hinzustellen. Das auf keinen Fall, aber genauso wenig darf ich mir die Hucke volllügen und ein verlogenes Idyll zeichnen. Ich habe mich einsam und unverstanden in meinem moralischen Außer-mir-Sein gegen die Ungerechtigkeit der Welt gefühlt auch im Billy-Budd-Film, auch wenn es überhaupt nicht in der Absicht meines Vaters lag, mich durch seinen gut gemeinten Kommentar in diesen Blei-Löwenzahn gießenden Keller aus Einsamkeit und Unverstandensein zu katapultieren.

37. „Hier hast du wieder ein bisschen Stoff, aber tick nicht zu sehr aus.“

Ein großes Erlebnis war es dann für mich, dass Herbert mir im Mai 1980 das Rororo-Taschenbuch von Irving Stone, „Vincent

van Gogh, ein Leben in Leidenschaft", schenkte. Im Klappentext hatte er geschrieben: „Hier hast du wieder ein bisschen Stoff, aber tick nicht zu sehr aus." Über diese Romanbiografie über einen meiner Helden hatte ich mich unglaublich gefreut: In Arles angekommen, hörte ich den wiehernden Weizen der Freude in der Crau-Ebene, und mit Luft-Pinseln malte ich die genialen E-Gitarren der Revolte. Es war ein schöner Nachmittag gewesen, die Rinder der Mai-Sonne sprangen wie besessen auf der Weide, weil sie aus dem Stall des Winters und dann aus dem der kühlen Frühlingstage endlich rausdurften. Nach der Schule bin ich mit zu Herbert gegangen. Er wohnte mit seiner Tante in einer großen Stadtwohnung im zweiten Stock. In dem kleinen bunten Vorgarten vor dem dreistöckigen Mietshaus steppte der Bär, denn die Traubenhyazinthen warfen blaue Speere gegen die hässlichen, mit etwa einen halben Quadratmeter großen weißen Platten bedeckten, großen Wände, in die das Haus eingesargt war. Auch die Tulpen schmissen kübelweise Eimer mit Rot und Gelb gegen das Haus, gegen das auch die Iris mit lila Schwertern eindroschen.
Seine Tante war an diesem Tag zur Familie ihres Bruders nach Kassel gefahren. Wir hatten sturmfreie Bude. Nachdem wir uns das von seiner Tante liebevoll vorgekochte Essen einverleibt hatten, meinte Herbert, er hätte was für mich, und gab mir das Buch, auf dessen Buchdeckel ein Ausschnitt aus dem Gemälde „Die Sternennacht" von van Gogh zu sehen war, auf dem Sterne in Ekstase rotieren und ihre Konturen sich auflösen und so gegen die Flachheit und Schalheit des glaubenslosen Diesseits, gegen die trockene und undankbare Verzweckung der Welt, gegen die instrumentelle Vernunft protestieren und bei dem die braune wilde Flamme einer Zypresse in den Nachthimmel sticht, damit sich die andere, die unendliche, abwesend-anwesende Seite der Welt zeigen möge, damit sich Gott als Liebender und Verstehender melden möge, in den alle und auch alle Ausdrucksmöglichkeiten übersteigende Schönheit der Welt mündet, so knallten und knallen mir wie

auch vielen anderen Menschen van Goghs Gemälde in die Seele. Schon an diesem Nachmittag las ich zwischendurch immer wieder in dem Buch mit großer Freude, ja Besessenheit. Später habe ich irgendwo gelesen, dass der Film, den ich mit zwölf oder dreizehn mit meinem Vater und meiner Mutter gesehen hatte, sich sehr stark an diesem Buch orientiert habe. Nachdem ich es dann in den kommenden Tagen gelesen hatte, kamen mir zwischendurch auch öfter Bilder aus dem Film ins Bewusstsein. Trotzdem zeigte mir das von einer tiefen Liebe zu Vincent van Gogh getragene Buch, obwohl es als Roman und sprachliches Kunstwerk in vieler Hinsicht konventionell ist und an manchen Stellen den Leser Klischee-Bäder nehmen lässt, noch viel mehr vom vermeintlichen Innenleben Vincents, brachte ihn mir noch näher, den Weizenebenen rockenden Vulkan-Reiter der Malerei. Doch der Van-Gogh-Roman war nicht das einzige Vincent-Erlebnis an diesem Nachmittag, nein, denn auf einem Bein steht man schlecht, wie ein Bekannter vor Kurzem auf der Geburtstagsfeier meines Onkels Ottfried so lustig sagte, als meine Tante mich, meinen Schwager und meinen Vater fragte, ob wir noch einen zweiten Schnaps trinken wollten. Das zweite Bein zauberte Herbert, als er mir in der ihm eigenen Musikalität und Intensität das erste Mal „Vincent" von Don McLean vorspielte, den wunderbaren und traurigen Song über Vincent van Gogh. „This world is not made for those as beautiful as you." Raketen verdichteter Van-Gogh-Filme zündeten, Matthias-Claudius-Gedichte rauchten selbst gedrehte Van-Nelle-Halfzware-Zigaretten an einem Sommerabend unter meiner dicken Lieblings-Eiche in Bullburg mit Blick auf reife Weizenfelder. Liebe zu Vincent van Gogh glüht in der Melodie, elegisch malte der Text, den ich nicht hundertprozentig verstand, das Unverständnis der gefühlsflachen, fantasielosen, auf Konventionen fixierten, durch und durch mediokren Welt für Vincent mit seiner leidenschaftlichen, ausdrucksstarken, sich Farben und Formen geradezu einverleibenden Art. Die Welt, die ihn erst erkannt hatte, als er schon tot war. Wir selber, die oft genug in den November-Wäldern unseres juvenilen Weltschmerzes herumirrten, die wir die kaputten Flöten des sich Unverstanden-Fühlens spielten, wir, die wir uns aber auch mit einem Veränderungswillen von der Wucht eines Bergflusses nach Starkregen in das Tal der Welt stürzten, waren aufgehoben und geborgen im Wunder dieses Songs, der in eine Sphäre intensiver Gefühle vorstieß, in der der Alltag mit seiner immer wieder auftretenden Langeweile und seinen quälenden Ödnissen weit hinter uns lag, in der die normalen Grenzen der Welt aufgehoben schienen, in der man in einen Bereich tanzte, der sich nicht mehr nur in dieser Welt befand, sondern dort war, wo man sich Gott näher fühlte, der jenseits dieser Welt war, dem man aber durch solch intensive Erlebnisse näherkommen konnte, als es sonst im Leben möglich war. Gott preisende Glücks-Alpen flogen die Adler der Musik. Es war ein bisschen so wie im Evangelium, als Jesus und Petrus und ein anderer Jünger auf den Berg Horeb gehen und sie sich beim Blick vom Gipfel erhaben fühlen und am Ziel alles Irdischen angekommen glauben in einer Sphäre des Glücks jenseits des auch beschwerlichen und manchmal langweiligen und angstgeplagten Alltags und Petrus dann sagt: „Hier lass uns Hütten bauen." Es war der Sehnsuchts-Ort, den Jim Morrison in seinem Song „Break On Through" mit bulliger Intensität herbeisingen will.

38. Atlantikwellen an der Westalgarve, wenn sie bei einem Sturm an die Steilküste krachen

Das ganze Leben van Goghs schien mir durchdrungen zu sein von einem Erleben der Schönheit der Welt mit so intensiver Wucht wie die aufgescheuchte Bisonherde in „Der mit dem Wolf tanzt", die mit grandioser Wildheit über die Prärie donnert wie die Atlantikwellen an der Westalgarve, wenn sie bei einem Sturm an die Steilküste krachen und faszinierende

Gischt-Explosionen mit weißen Wasserflammen zünden, auf der einen Seite und eben dem Status quo der menschlichen Gesellschaft mit ihrer monströsen Stumpfheit und den Hydraköpfen ihrer Ungerechtigkeit auf der anderen Seite. Verzehrende Liebe zur Schönheit der Welt, Suche nach Gerechtigkeit und leider ein enttäuschter Glaube. Oh, was war ich enttäuscht von diesen Pfarrern, die den leidenschaftlichen Vincent in seiner theologischen Ausbildung auflaufen und scheitern ließen. Solche sadistischen Stock-im-Arsch-Steiflinge und Lineal-Fetischisten hatten naturgemäß auch keinerlei Verständnis für Vincent van Gogh, als er dann in sich selbst schindender Weise den armen und geschundenen Bergleuten in der Borinage das Evangelium predigte und ihnen half, wie und wo er nur konnte und dabei selber seelisch und körperlich vor die Hunde ging. Deprimiert und empört hat mich das mit zwölf oder dreizehn, als ich den Film mit meinem Vater sah. Dass damals die, die Vincent nicht verstanden, nur die Bösen waren und Vincent eben der nahezu ausschließlich Gute war, die Welt also klar in Gut und Böse aufgeteilt werden konnte und somit übersichtlich war, habe ich schon geschrieben. Aber wie ich Vincents Scheitern in seiner theologischen Ausbildung und dann als Hilfsprediger in der Borinage sah, als ich den „Vincent"-Roman las, fällt mir nicht sofort ein. Wahrscheinlich habe ich gespürt, dass seine Art, das Evangelium zu leben, einerseits faszinierend war, weil sie so leidenschaftlich war, andererseits aber selbstquälerisch und destruktiv war, seine Seele zerriss und den Leib der Lebensfreude durch geistige Peitschenschläge, die er sich selber zufügte, schwer verletzte. Diese Erkenntnis ist mir damals hin und wieder aufgeblitzt, aber eher als Gefühl des Unbehagens bis hin zu Entsetzen denn als klare Erkenntnis, die bei mir Spät-Blicker meistens erst dadurch zustande kommt, dass ich mindestens einmal, meistens aber mehrmals gigantisch auf die Schnauze fliege und sich die Erfahrungen mir so ins Bewusstsein einbrennen, dass ich sie nicht mehr vergessen kann. Seine

Bilder habe ich immer als von religiöser Inbrunst durchdrungen gesehen, eine weltliche, für die Schönheit der Welt offene Religiosität. Aber als er Künstler geworden war, hatte der kirchliche Glaube anscheinend keine Bedeutung mehr für ihn. Das empfand ich als traurig, ja noch viel mehr als nur traurig, als Katastrophe empfand ich es, die mit Panzern die Weizenfelder meiner Glaubens-Geborgenheit plattwalzte, denn dadurch sah ich meinen Glauben und den christlichen Glauben schlechthin infrage gestellt, ja sogar auf der Anklagebank. Deshalb sah ich den Verlust des Glaubens bei Vincent als Herausforderung für mich an, als Eigernordwand, die sich mir in den Weg stellte und die ich, wenn ich weiterkommen wollte, bezwingen musste, waren doch bei Vincent die beiden Pole, die ich in meinem Leben zusammen denken und zusammen leben wollte, der Glaube auf der einen Seite und das Glück, die Poesie, die ekstatische Feier des Lebens auf der anderen Seite, auseinandergebrochen. Mir war immer schon klar, dass der Glaube eine unverzichtbare Voraussetzung für Glück und alle Poesie des Lebens für mich ist, weil eben ohne ihn die Angst vor mir selber, vor den anderen und vor der Welt und die Sinnlosigkeit des Lebens alle ekstatischen Seelen-Aufschwünge bei mir im Keim ersticken würden. Wie ich das aber alles zusammen denken und zusammen leben wollte, danach war ich damals leidenschaftlich auf der Suche.

39. Bei Herbert war's wie als Kind bei den Großeltern

Ähnlich wie in der Kindheit, wenn ich meine Großeltern besuchte und fürstlich bei ihnen speiste und ich mir währenddessen und danach von meinem Großvater Geschichten erzählen ließ oder wenn ich zu unseren Nachbarn ging und mir mein fünf Jahre älterer Freund, der obendrein drei wunderbare, blonde Schwestern hatte, Fußball beibrachte, war es, wenn ich Herbert besuchte: kurze Ferien in der Schulzeit, ein Eis an einem heißen Sommertag, ein blendendes, Glück gischtendes Weizenfeld, wenn man aus dem Wald kommt. Herbert ging es ähnlich, denke ich, wenn er mich auf unserem Hof besuchte. Damals dachte ich, man kann sagen, ich war naturgemäß davon überzeugt, dass Herbert vieles so ähnlich wie ich erlebt hat. Einiges wohl, aber bei Weitem nicht so viel, wie ich damals glaubte. Das ist mir im Laufe der Jahre immer mehr bewusst geworden. Ich sah eher das Stück Eisberg vom riesigen Eisberg unserer Seelen, das aus dem Ozean rausguckt, und von diesem Stück sah ich eben neben einigen gravierenden Unterschieden in der Form (ich glaubte an Gott - er inzwischen nicht mehr) auch viele Gemeinsamkeiten. Den riesigen Teil unter der Wasseroberfläche, der noch viel größer ist und der deswegen folglich neben Gemeinsamkeiten auch noch weitere große Unterschiede aufweist, dachte ich oft nicht mit. So geht es wohl fast jedem, wenn er älter wird. Waren die Menschen, als wir zwanzig waren, mehr oder weniger Abbilder von uns selber, so wimmelt es heute von Unterschieden wie auf den Bildern von Pieter Brueghel.

Besuchte ich Herbert in der Kleinstadtwohnung, war alles kleiner, übersichtlicher und aufgeräumter als bei uns zu Hause. In der Küche lag kein dreckiges Geschirr rum, an den hellbraun gekachelten und dann in weißen Anstrich übergehenden Wänden hingen einige Naturholz-Wandschränkchen und ebensolche Regale mit einem bestimmten Platz für jede Tasse und Untertasse, jeden Teller und jede Schüssel, jedes Besteck und auch für die vielen anderen Küchen-Gerätschaften. Sah man aus dem Küchenfenster, erfrischte einen der Blick auf den Hinterhof-Rasen des Hauses, während einen die gegenüberliegenden Häuser, die sich nach zwei Lkw-Längen dem grün erfrischten Blick in den Weg stellten, Reihenhäuser im Fünfziger-Jahre-Stil, dreistöckig, hellgrau, funktional und ohne einen Funken von Fantasie, vom Rasen der Freude abstürzen ließen in eine Schlucht beißender Traurigkeit und Hoffnungslosigkeit. Im Kühlschrank befanden sich die Lebensmittel für den Zwei-Personen-Haushalt, klasse selbst gekochte Erdbeer-Marmelade und Apfel-Gelee, Margarine, ein paar Scheiben Aufschnitt, Schmelzkäse und sogar Gouda, was damals für mich sensationell war, weil es diesen Klassiker bei uns nie gab, den goldenen Veredler aller Graubrotstullen, den mit achtzigprozentiger Mehrheit gewählten, volksnahen Bundeskanzler unter den Käsesorten, den eine Melonen-Köze schwingenden Ernährer der vielen, den herrlichen Mittelklasse-Vater aller Käsesorten, denn bei uns gab zwar eigentlich wesentlich besseren Käse, nämlich Tilsiter aus der Molkerei, in die wir die Milch lieferten, aber dieser war schon seit meiner Kindheit als löchriger Stinker nicht mein bester Kumpel. Vor allem, wenn seine Tante nicht da war, lief natürlich bei ihm zu Hause alles viel ruhiger und entspannter als bei uns auf dem Hof mit dem Ottfried-Vulkan. Die Vincent-van-Gogh-Session gab es in seinem Zimmer, das, Ausdruck seines vielseitigen Geistes, aus einer Stereoanlage bestand, die mit allem technischen Schnickschnack jener Tage versehen war, gerade neuem Tapedeck, auf das er stolz wie Oscar war, selber zusammengebauten Boxen aus Kirschbaumholz, die ungefähr fünfzig Prozent seines Zimmers ausmachten, was natürlich nicht stimmt, aber so wuchtig und Ehrfurcht gebietend türmten sich diese Boxen-Riesen vor einem auf. Fehlen durfte natürlich auch nicht die Plattensammlung, die er sich mit seinem Taschengeld zusammengespart hatte und die hauptsächlich aus den Singer-Songwriter- und Folkrock-Größen bestand, auf die wir in dieser Zeit abfuhren, die Ausdrucks-Schamanen unserer Sehnsüchte, unseres Weltschmerzes und der roten, rasenden Bullen der Subversion sowie dolomitenharten und dicken Muskeln des Aufbruchs. Auch ein Regal mit Büchern fehlte nicht, auf dem John Keats und Allen Ginsberg in englischen Ausgaben gemeinsam an einem umwerfenden Wortmix arbeiteten, in dem die Nachtigallen der Schönheit der Welt ebenso sangen, wie die pazifistischen und liberalen Wölfe der Subkultur gegen die Allmacht des Geldes heulten. Herbert war aufgrund seiner Begabung und dadurch, dass er viele Songs unserer Singer-Songwriter-Heroen selber auf der Gitarre spielte und dazu sang, ungemein wortgewandt in Englisch. Neben dem guten, neuen Dope des Vincent-Songs war zu dieser Zeit immer noch „Rust Never Sleeps" von Neil Young & Crazy Horse eines unserer Lieblings-Seelenpferde, mit dem jeder von uns auch an diesem Nachmittag immer wieder in traurige, aber bezwingend schöne Oktober-Landschaften aufbrach (und das Anfang Mai), kühler und kürzer als die Sommertage, aber durch die psychedelischen Farbtopf-Explosionen der Bäume umwerfend schön. Bei manchen Songs wie „Sail Away" war ich plötzlich im Frühsommer und segelte nicht etwa davon, sondern spazierte an einem lauen Frühsommer-Abend an Heuschwaden-Feldern vorbei, die Ruhe-Pfeifen rauchten und Entspannungs-Bier tranken. Auf die Äxte fressenden Rot-Bullen der Subversion schwangen wir uns natürlich bei „Hey Hey, My My (Into The Black)" und ritten auf schwarzen Donnerschlägen gegen die Ödnis, die Düsternis und die Ungerechtigkeit des Bestehenden. Die Indianer retteten wir, und die Mädchen unserer Sehnsucht küssten wir (er seine Cousine Frauke, ich Lena) und schliefen mit ihnen, Lust-Sonnen schreiender Everest allen Erlebens, der in unüberbietbarer Ekstase die Unendlichkeit küsste, während wir ehrfürchtig Pocahontas lauschten, wir, die wir bislang an den Ketten religiöser Gebote festgehalten, natürlich noch nie diesen Everest des Glücks bestiegen hatten. Aber in unserer von Sehnsucht genährten Fantasie war das Zusammen-Schlafen das Höchste (Everest), das man auf Erden erleben konnte, das Heißeste, das wir uns vorstellen konnten, eine Lava der Lust, und die Liebe, die wir erlebten, war natürlich ebenfalls mindestens so romantisch wie im „Taugenichts", so flammend wie in „Romeo und Julia" und so spirituell, wie ich sie mir zwischen Franz von Assisi und Clara fantasierte. Die Klara-Franz-Fantasie entstand als Liebes-Kathedrale wahrscheinlich nur in meinem Bewusstsein, weil Herbert ja kein Christ mehr war. Zwischendurch redeten wir über unsere Angebeteten, über die Südsee ihrer Seelentiefe, Herbert über die Klarheit und Stärke seiner Großcousine, ich über Lenas Spiritualität (hätte ich Glaube gesagt, wäre Herbert sofort wieder im Würgegriff des Tunnel-Fundamentalismus gewesen), die ich der Poesie des Erlebens nicht im Wege stehen sah, sondern die sie – mein größtes Ideal – erst ermöglichte, und über ihre (Lenas) Leidenschaft, ihrer beider künstlerischen Ambitionen – sie malten alle beide –, die tiefen, geheimnisvollen Bergseen ihrer Augen, graublau die von Frauke und dunkelbraun diejenigen Lenas, und ihre Megareinknall-Figuren, die kurvenreiche, Hokaido-Kürbis-busige, barocke, Sophia-Loren-mäßige Frauke und die schlanke, aber mit einer Jennifer-Lopez-gleichen Taille und Hüfte mich verrückt machende Lena. Zwischendurch ging ich ans Fenster und genoss den Blick auf die um die Jahrhundertwende gebauten Bürgerhäuser jenseits der Straße, besonders die große, gelb angestrichene Burg der Geborgenheit direkt gegenüber, diese üppige erfahrungssatte, Farben und Formen feiernde, in den Freuden und der Lust des Lebens schwelgende Frau im mittleren Alter, mit den roten, von der Form her altmodischen, aber vornehm wirkenden gewellten Dachziegeln, mit ihrem verspielten Erker auf der einen Seite und der Axt schwingend die Harmonie der Rundungen durchbrechenden Gaupe, deren seitliche Ausläufer noch anderthalb Meter in die gelbe Wand geschnitten hatten. Eine großes, mit gärtnerischem Sachverstand und Raffinement gestaltetes Blumenbeet mit riesigen Schwerlilien, deren jeweilige Zungen vom betörenden Dunkelblau bis zum fröhlichen Hellblau changierten und die einen hell gesprenkelten Kern beschützten, hatte mich in ehrfürchtiges Staunen versetzt, so wie die Farben Vincent van Goghs, die einen wie ein Dynamit dichternder Tiger ansprangen einerseits und wie die vornehme und gütige Strenge und Kompetenz unseres Lateinlehrers andererseits, als wir vom Busbahnhof zu Herbert gingen und ich mir das Beet ansah, kurz bevor wir hoch in die Wohnung gingen. Eine irre Mixtur, das

Tiger-Vincent- und das Vornehmer-Lateinlehrer-Gemisch. Nicht zu vergessen die überdachten, jeweils mit zwei großen runden Ausblicken versehenen Balkone, in denen gerade eine ältere Dame, die auf mich wie eine pensionierte, gütige, scharfsinnige und gebildete Musiklehrerin wirkte, in einem Buch las. Von ähnlichem Kaliber gab es jenseits der Straße einige Häuser, wenn sie auch nicht ganz so groß wie der wunderbare Brummer gegenüber waren. Die Fachwerkhäuser in Bullburg und den Nachbardörfern hatten mir von Kindheit an den Nektar der Geborgenheit und den mit diesem im Zusammenhang stehenden Sinn für die Kachelöfen surfende Schönheit von Gebäuden eingeträufelt. Die Seele verätzt in der Säure der Hässlichkeit und eingesperrt ins Gefängnis reiner, alle Abenteuer und Aufschwünge abwürgender Funktionalität hatten mir die in den Fünfziger- und Sechzigerjahren hochgezogenen Reihenhäuser und Einfamilienhäuser in manchen Stadtvierteln von Hermannsdorf; diese zwei- oder dreistöckigen verputzten, vielfach aber auch roten oder gelben Backstein-Bürgerhäuser mit ihren üppigen und verspielten Formen ließen mich jedoch eine für mich damals extravagante, planvolle, mit Erkern, Gaupen, Balkonen und hier und da mit Stuck verzierte Schönheit von großen Häusern erleben, wie ich sie als Kind in unserem Dorf so nicht kennengelernt hatte. Eine Stadt konnte üppig, verspielt, Geborgenheit schenkend, das Leben feiernd und genießend rüberkommen, sie konnte einen aber auch vor monströser Hässlichkeit - zementener Anstrich, keinerlei besondere, die Augen nährende Formen, Farben oder Ornamente, Särge atmend - aufs Lager hoffnungsloser Deprimiertheit strecken.

40. Seelen wie die zementenen Reihenhäuser, Granaten-Dumpfbacken an der Macht

In der Zeit, als Herbert noch eine Stahl-Bibeln schweißende Pietisten-Peitsche war, hatten wir den Glauben gemeinsam, und seine protestantisch-fundamentalistische Bibelinterpretation und das scheinbar kritiklose Übernehmen evangelikaler Gesetze und Traditionen trennten uns, jetzt schied uns die Konstellation christlicher Glaube und dessen Gegnerschaft aus einer tiefen Verletzung und Enttäuschung heraus, und als Gemeinsamkeit hatten wir die von den Hippies und den Achtundsechzigern geprägte sogenannte Gegenkultur, die wir stolz Subkultur nannten und für das Allercoolste hielten, das einem begegnen konnte, die Folk- und Folkrockmusik, manche Bücher, zeitweise auch die Kunst und die Begeisterung für schöne Mädchen. Gegner waren viele Vertreter der Eltern- beziehungsweise der Tanten-Generation, die wir zu großen Teilen als korrumpiert durch stumpfen Materialismus wähnten, mit Seelen wie die zementenen Reihenhäuser der Fünfziger- und Sechzigerjahre oder schicker, aber ebenfalls fantasie- und geistlos wie die neu gebauten Einfamilienhäuser in den Siebzigerjahren mit ihren weiß oder ins Ocker gehende gestrichenen Wänden und ihrem düsteren Himmelsgruß aus schwarzen Ziegeln, als die Arbeit vergötzend empfanden wir sie, viele Vertreter der Eltern- bzw. der Tantengeneration, am Feierabend die Glotze anbetend, die ihre oft lieben, aber leider auch devoten, noch durch und durch den alten Rollenklischees verhafteten Frauen rumkommandierten, Frauen, von denen manche diese Rollen ganz sicher als schalldichte Seelen-Keller empfunden haben, in denen eine Mörderlärm-Schrotmühle ihre Aufbruchs-Gerste und ihren Freude-Weizen und das Sojaschrot ihres Humors mit Lust klein bekommen hatte, als Seelen-Keller, die sie mit ihrer Düsternis und ihrer Muffigkeit eben vom Licht des Glücks ausschlossen und aus denen sie manchmal überhaupt nicht rauskamen, weil die Tür durch die schweren Kartoffelsäcke mancher Konventionen und Traditionen verrammelt waren, Frauen, die ihren Männern Bier aus dem Kühlschrank holten, den ihre Eltern in vielen Fällen noch gar nicht besessen hatten und die oft – die Männer meine ich hauptsächlich – das, was uns heilig war, die Popmusik, Bücher, Kunst, die Poesie der Welt, politische Ideale sozialer Gerechtigkeit, demokratischen Sozialismus, wie es ihn natürlich noch nirgendwo auf der Welt gab, in unseren Augen ignorant übergingen. Granaten-Dumpfbacken, die an der Macht waren, mindestens Macht über uns hatten, die Geld hatten, aber denen die Poesie-Seen ihrer Seelen trockengelegt, mit Müll aufgefüllt und dann zubetoniert waren, die überhaupt nicht gequält waren von der Frage, welchen Sinn denn nun das Leben hat, ob es überhaupt einen hat, die doch auch Eichendorff und seinen „Taugenichts" gelesen haben könnten, es aber offensichtlich nicht hatten, oder wenn sie ihn gelesen haben sollten, die Lektüre eben null Wirkung auf sie gehabt hatte. Aber wir bewunderten sie auch, weil sie andererseits die großen starken Männer aus unserer Kindheit waren und auch jetzt noch ihren Mann an der Arbeit standen, auf dem Arbeits-Thron residierten und so über ihre Welt zu gebieten schienen, für ihre Familien sorgten, Fußballfans wie auch wir waren, wenngleich auch das in unserer wildesten Rebellionsphase in den Hintergrund getreten war, eingenickt war, und wenn wir auch das Rumkommandieren der Frauen unmöglich, dumpfbackig-machohaft fanden, so tranken wir doch gerne abends ein Bier und unterhielten uns gerne mit ihnen am Feierabend, wenn diese ideologischen Barrieren nicht mehr so virulent waren, ließen uns von ihrer harten Jugend erzählen, in der es ja nichts gegeben habe, so wie bei meinem Vater und meinem Onkel, als sie erzählten, dass sie einmal nach Bayern gefahren, aber so arm gewesen seien, dass sie kein Zelt, sondern nur eine Plane hätten mitnehmen können, die sie nachts an den Ästen der Bäume festgebunden hätten und unter der sie geschlafen hätten, um sich vor einem starken Sommerregen zu schützen. „Wir sind doch kaum hier weggekommen, das könnt ihr euch doch gar nicht mehr vorstellen, nichts gab es, nichts." Und so waren sie für uns die Gegner, die wir geistig aus dem Weg räumen wollten, aber auch die bewunderten Männer, die uns beim Feierabend-Bier die Welt aus ihren Kriegs- und Nachkriegs-Augen schilderten, indem sie von ihrer Kindheit und Jugend erzählten und uns klar machten, dass wir mehr Möglichkeiten als sie hätten, indem wir auf die höhere Schule gingen und außerdem einfach mehr Dinge besäßen und genössen, von denen sie nur geträumt hätten. Das haben sie mir damals gesagt, und ich habe es zur Kenntnis genommen, aber richtig klar geworden, erlebensklar und mitfühlensnah, sind mir diese Einschränkungen und Hemmnisse, von denen sie immer sprachen, erst nach und nach, und seitdem habe ich mehr Verständnis für sie, die Kriegs-, meistens aber Nachkriegs-Deformierten. Sie konnten sich nicht so lange auf den mal mageren und mal fetten Weiden der Bildung tummeln und auf dem Meer der Diskurse surfen wie wir, die wir in der Schule dafür die Surfbretter gestellt bekamen, indem wir Wissen einsaugten und Bücher fraßen. Trotzdem geraten die Haie der Wut in einen Blutrausch, wenn ich an ihre deformierten Persönlichkeiten denke, das depressive, angstgesteuerte, quietistische Sich-Ducken vor dem Bestehenden, wie ich es immer wieder mal von meinem Vater einlöffelte, und die mich noch viel mehr wütend machende, mich die Äxte der Raserei schwingen lassende Borderline-/Narzissmus-Übergriffigkeit meines Onkels Ottfried, dieses nervösen, egomanen Rumbrüllers, der Personen-Grenzen von uns Jugendlichen immer wieder niederreißenden, hypernervösen, cholerischen Wildsau, des Angsteinflößers, des mich und meinen Bruder in die kierkegaardsche „Verzweiflung der Notwendigkeit"-Treibers, aber auch des Selbstvertrauen-Einflößers, der viel von uns forderte, weil er uns viel zutraute. Oh, wie ritten ich und, so dachte ich, auch die anderen gegen diese Tyrannei an, mit mir nicht bewussten Ödipus-Lanzen und -Schwertern auf wunderbaren starken, schnellen, springmächtigen Pferden, die sich allesamt als Rosinantes herausgestellt haben, wie ich feststellen musste und wie die meisten feststellen müssen, die in das eingebunden sind, was man die Arbeitswelt, das Abhängig-Beschäftigtsein, nennt, einerlei, ob jemand sich bewusst dafür entschieden hat oder ob er mit mehr oder weniger bewussten Ketten daran gebunden ist. Überall begegnen sie dir dort, wenn du gerade noch mal so dem Seelen-Tod von der Schippe gesprungen bist, aber auch nicht gerade an der Côte d'Azur des Lichts und der Heiterkeit in der Arbeitswelt gelandet bist, als Kollege, aber natürlich nur dann, wenn er oder sie in einem anderen Büro als du sitzt, oder sogar als jemand, der in den oft engstirnigen Hierarchien der Arbeitswelt unter dir angesiedelt ist, wenn du großes Pech hast, was wahrscheinlich ist, als Chef, denn diese egomanen Rammböcke werden von Macht angezogen wie die Fliegen von der Scheiße, und dann kannst du abhauen und dir eine andere Arbeit suchen oder dich selbstständig machen, wenn du von diesen Identitäts-Walzen und Seelen-Schrotern schon von Kindheit an gepeinigt worden bist und es einfach nicht aushältst, oder du hast dir inzwischen eine Rhinozeros-Haut zulegen können und bist dadurch imstande, dich zu wehren wie David gegen Goliath oder was auch immer. Jeder muss seinen eigenen Weg finden. Solange man mit einem solchen Chef konfrontiert ist, man ihn oft ertragen und aushalten muss, weil er in der Nähe steht und kontrolliert und kommandiert, oder ihn als Stimmungstöter und angstgesteuerten Machtjunkie bei Sitzungen und Besprechungen erlebt, kann man nur versuchen, immer wieder und wieder an der Burg der eigenen autonomen Identität zu bauen – mir hilft da nur der Glaube – und sich nicht so abhängig von seiner unberechenbaren, ewig Wut-Flammengetriebenen, mimosigen April-Seele zu machen. So habe ich es mit meinem früheren Anpasser-Chefredakteur machen müssen und so halte ich es auch mit meinem jetzigen. Doch das ist hier und jetzt nicht das Thema. Vor dreißig Jahren sah ich uns langhaarige, revoltierende, Seelen-Ozeane singende, subversive Wort-Schlösser schreinernde und Frömmigkeits-Fackeln der Freiheit harfende Hippies vereint im Franz-von-Assisi-inspirierten Sein gegen die Depressionen reinprügelnde, Identität pulverisierende, Seelen-Tod säende Macht-Sucht, gegen den Stumpfsinn und gegen die tötende Nüchternheit des Alltags. Lachender Illusions-Don-Quijote der Revolte. Und solche Höhepunkte des Raketen der Revolte rockenden Daseinsgefühls waren auch solche Nachmittage wie der bei Herbert.

41. Endlich wieder beim Smartie-Sessel und der Königin mit einem weinroten Flicken am Knie

Ach du dickes Ei, jetzt bin ich aber ganz schön lange in einem Fluss gerudert, der mich von der Begegnung mit Lena auf dem Smartie-Sessel weggeführt hat. Als Hose trug sie nicht ihre dunkelblaue Breitcordhose, sondern eine verwaschene Jeans mit einem weinroten Flicken links am Knie und am Oberschenkel rechts einem krähenschwarzen, aber beides solide und mit großer Sorgfalt und, so wirkte es auf mich, mit großem Geschick auf die Hose genäht. Und sie hatte wieder die Schlüssel zum Garten der Sinnlichkeit und jenen zur Sagrada Família eines lebensbejahenden, poetischen Glaubens bei sich: Sie trug ihre Urschuhe.
Ich setzte mich also auf einen gelben Smartie-Sessel, der neben ihrem stand, und wir unterhielten uns.
„Na, was hast du in den Sommerferien gemacht?"
„Ich war auf einer Freizeit in Italien, und ansonsten bin ich zu Hause gewesen."
„Ansonsten bin ich zu Hause gewesen. Das ist ja der Hit, in Italien war ich noch nie. Wo wart ihr denn da?"
Und bevor die Toskana Mode und der Begriff Toskana-Fraktion erfunden war, sagte sie, dass sie in der Nähe von Siena in der Toskana gewesen sei.

Sie sprach langsam, so als würde sie jedes Wort erst einer sorgfältigen und liebevollen Qualitätskontrolle unterziehen. So liebevoll und geschickt, wie sie ihren Hosenbeinen mit den Hippie-Flicken erst den richtigen, den romantischen und zugleich wilden, die Welt mit Farben aufmischenden Hippie-Touch gegeben und sie mit jeweils einem roten, mit bunten Blumen gewürzten Bund versehen hatte, so sprach sie. Ich selber redete spontan und sprunghaft.
„Ich habe letztes Jahr ‚Die Verlobten' von Manzoni gelesen, ein wunderbares Buch." Ich hatte Goethes Gedichte gelesen und in einer Buchhandlung eine Taschenbuch-Ausgabe von Manzonis Klassiker gesehen, die mit einem Lobspruch von Goethe auf dem hinteren Buchdeckel als Lockstoff Buchhandlungs-Flaneure als Käufer gewinnen sollte. Weil ich die Gedichte gerne gelesen hatte und meine Freunde und mich die „Werther"-Lektüre umgehauen hatte, vertraute ich Wolfgangs Urteil und las den dicken Wälzer. Manchmal war er mir etwas zu trocken und ausführlich, aber die Geschichte der beiden Liebenden, an vielen Stellen auch die Plastizität der Szenen und Szenerien und die poetische Ethik zogen mich so an, dass ich das Buch durchlas. Außerdem war ich damals so drauf, dass ich es als Weicheierei angesehen hätte, bei einem Buch, nur weil es dick war und zwischendurch Wüste-Gobi-Trockenheit zu überwinden war, was aber zum Glück bei „Die Verlobten" nicht der Fall war, aufzustecken. Dass der Glaube in diesem Buch als mit Wucht die Seele anfeuernde, sonnenbeschienene Waldwiese der Zuversicht und der Freude sowie als innere Burg der Sicherheit und der Bewahrung der Identität präsent ist, machte mir das Buch besonders sympathisch. Wie einige Bücher war auch dieses Nahrung, die mich stärkte, um einerseits gegen den würgenden November des nihilistischen Atheismus wie auch gegen das Seelen-Gift des repressiven evangelikalen Fundamentalismus und Puritanismus anzustinken, um nicht in der Wüste und Ödnis mancher Schulstunden

zu verdursten und um nicht von Onkel Ottfrieds tyrannischer Übergriffigkeit gehäckselt zu werden.
„Das kenne ich leider nicht."
„Muss man auch nicht kennen, scheint ein Klassiker der italienischen Literatur zu sein. Ich habe es letztes Jahr auch nur zufällig in der Buchhandlung Spargel entdeckt. Es ist klasse, poetisch, spannend, auch der Glaube spielt eine wichtige Rolle, und es ist auch geschichtlich interessant. Und welche Schriftsteller magst du gerne?"
„Ich lese gerade ‚Tonio Kröger' von Thomas Mann. Das gefällt mir sehr gut. Ansonsten lese ich gerne Hermann Hesse, Rainer Maria Rilke und C. S. Lewis. Vor einem Jahr habe ich in den Sommerferien ‚Krieg und Frieden' und ‚Auferstehung' von Leo Tolstoi gelesen, die mich beide auch sehr beeindruckt haben."
Indem sie sich als Leserin offenbarte, was ich natürlich insgeheim gehofft und ersehnt hatte, sprang sie wie August der Starke in der Dresdner Neustadt als goldene Reiterin aus dem Alltag, unglaublich leuchtendes, ekstatisches Licht versprühend, nahezu totale Freude erzeugend, ein Vorgeschmack des ewigen und unüberbietbaren Glücks bei Gott in der Ewigkeit. Tonio Kröger, mit dessen Verletztheit, Gehemmtheit, seiner Angst und Lebensuntüchtigkeit, aber auch seiner Intelligenz und seinem Künstlerstolz auch sie sich identifizierte, wie ich glaubte, Hermann Hesse, die Einstiegsdroge für die Literatur, der die seelische Einsamkeit durchbrach, in dem er Helden erschaffen hatte, die das fühlten, was manche meiner Freunde und auch ich fühlten, Hans Giebenrath, der ein Seelenbruder war, wenn einem die Schule zu prosaisch und tötend trocken vorkam, alle Hoffnung auf ein spannendes, wildes und romantisches Leben walzend, wenn einen die schwarzen Terrier der Verzweiflung und der Schwermut anfielen, hatte Hermann Hesse uns den gezeigt, der das verstand, den verzweifelten Harry-Haller-Steppenwolf, und er hatte meine von allen am meisten geliebte Figur erschaffen, den, der mein durch

keine puritanische Sinnenfeindschaft auszulöschendes Begehren der Mädchen und die Sehnsucht nach rauschhafter Erotik und Liebe verstand, Goldmund natürlich. Von Rilke kannte ich das Panther-Gedicht, das wir mit heiliger Ehrfurcht bei unserem geliebten und verehrten Religionslehrer gelesen hatten, und von C. S. Lewis war mir nur der Name geläufig, ich wusste jedoch, dass er in der evangelikalen Szene bei den Lesenden sehr hoch gehandelt wurde. Von Tolstoi als russischem Klassiker und Verfasser von „Krieg und Frieden" hatte ich gehört, auch, dass er irgendwann gläubig geworden war, arm und asketisch gelebt hatte und für Gewaltlosigkeit eingetreten war, war mir bekannt. Ein Bild oder Foto von ihm mit Bart und Bauernhemd hatte ich vor Augen, ein frommer Hippie, das projizierte ich auf ihn. (Was natürlich aufgrund seiner Verteuflung der Sexualität in seiner explizit spirituell-ethischen Lebensphase ganz und gar nicht der Fall war. Das wusste ich aber damals nicht.)

„Dann haben wir ja manche Vorlieben in der Literatur gemeinsam", werde ich wohl gesagt haben und dann etwas zusammengebrabbelt haben bei dem Versuch, ihr manche der Erfahrungen mit den Büchern, wie ich sie eben abgesondert habe, nahezubringen.

„Und, wie war's in der Toskana? Was für eine Freizeit war das denn? Was habt ihr so gemacht?"

„Es war eine Freizeit vom CVJM. Vormittags gab es eine Bibelarbeit, und nach dem Mittagessen haben wir was unternommen. Wir waren ein paar Mal in Siena und einmal in Florenz. In Florenz waren wir in den Uffizien, der Sammlung mit den vielen klassischen Gemälden. Und an einem Tag sind wir nach Assisi gefahren. Toll war auch, dass wir an den beiden Wochenenden zu einem Campingplatz ans Mittelmeer gefahren sind. Das Schwimmen im Mittelmeer war wunderschön."

„Dann hast ja super Sachen erlebt. Am Mittelmeer war ich letztes Jahr das erste Mal in meinem Leben, und zwar in Griechenland, und es hat mich umgehauen. Dieses unglaubliche

Licht der Sonne, das Schwimmen im so wunderbar warmen, irrsinnig blauen Meer. Der Hammer war das. Und in Assisi warst du und hast meinen Lieblingsheiligen besucht. Ich fahr ja ab. Da möchte ich auch unbedingt mal hin. Und die klassischen Gemälde in den Uffizien waren bestimmt auch ein Hammer-Erlebnis?"

42. Alpen-Berge spielen auf der Sonnen-Orgel an einem Mittelmeerstrand abwechselnd Bach- und Doors-Songs: Und Franz von Assisi liebt sie auch noch

„Ja, in Assisi hat es mir auch sehr gut gefallen. Darauf hatte ich mich sogar ein bisschen vorbereitet, allerdings nicht gelehrt, sondern mit einem Roman, den ich in der Stadtbibliothek gefunden habe. Er heißt einfach ‚Franziskus' und ist von einem belgischen Schriftsteller, den ich vorher gar nicht kannte. Felix Timmermans heißt er."
„Das gibt's doch nicht. Den Roman habe ich letztes Jahr in den Weihnachtsferien gelesen. Mir hat er auch sehr gefallen, und er hat mich sehr berührt. Letzten Herbst habe ich eine Oper von Piet Janssens über Franziskus gesehen. Das Buch von Felix Timmermans und die Oper haben Franz von Assisi zu meinem Lieblingsheiligen werden lassen, und deshalb interessiere ich mich auch sehr für ihn."
Während des Gesprächs fand ich es auch schon als Mega-Hammer, der gewaltig auf den Amboss der Freude eindrosch und herrliche Funken absprühen ließ, dass sie sich für Franz von Assisi interessierte, aber erst am Nachmittag, als ich einen Spaziergang durch die Felder und Wälder von Bullburg machte, kalbte dieser Mega-Hammer Gitarren gischtende Mittelgebirgslandschaften des Glücks, weil ich mich verstanden fühlte in meiner Sehnsucht nach einem poetischen Christentum, in dem man wie Franziskus die Natur als metapherngewürzte Freude-Rede Gottes an die Menschen verstehen und erfahren

durfte und unbürgerlich den Baal des Besitzes, aber auch den genauso perversen der Leistung einschmelzen würde, weil die Seele in einem goldene Tiger singenden Freuden-Palast residieren würde.
Die Delfine meiner Franz-von-Assisi-Verehrung sind schon an einigen Stellen meines Text-Mittelmeeres hochgesprungen. (Das Fertig-Werden mit meiner Wörter-Arbeit kommt mir so unendlich weit weg vor, wie das Mittelmeer groß ist.) Bruder Franz ging mit mir als frommer Hippie, der sich einen Scheiß darum scherte, was den bürgerlichen Menschen, und in diesem Sinne ist jeder Mensch mehr oder weniger ein Bürger, so wichtig ist, und der mir, den Welt verdüsternden und Seelen zerquetschenden Schöpfungs-Manichäismus der protestantischen Fundis überwindend, völlig neue Perspektiven durch sein frommes, Freude-Sonnen atmendes Natur-Erleben eröffnete. Den Anteil seiner Haltung, bei der er die Gottes-Wohltat der eigenen Geschöpflichkeit übersah, die Gnade zu gering achtete und sich selber quälte und geißelte als Bestrafung für (vermeintliche) Sünden, blendete ich damals weitgehend aus und sah dadurch auch nicht in voller Klarheit und Schärfe alle damit im Zusammenhang stehenden Folgen – wenn vielleicht auch nicht bei ihm, so aber doch bei Abermillionen Gläubigen –, den Selbsthass nämlich und die Depressionen. Der Mega-Hammer war das Entscheidende: Auch Lena verstand die freudegerittene, naturverliebte und deshalb die bürgerlichen Werte als nichtig überfliegende Frömmigkeit von Franziskus. Auch bei ihr sprangen die Delfine der Franz-Begeisterung, und sie tauchten mit vollen Lungen in die Tiefen meiner Einsamkeit und Sehnsucht und erlösten mich, so habe ich das damals empfunden, ihre Delfine zauberten von Farben besoffene Korallenriffe des Verstandenseins dahin, wo sich vorher nur schwarzes, nie besuchtes Wasser der Einsamkeit Paragrafen der Vergeblichkeit ausgedacht hatte, und das alles bewirkte, dass ich überschäumende Freude empfand, wie ich sie selten, möglicherweise noch nie empfunden hatte, als ein Pottwal

des Glücks durchpflügte ich als König den Ozean des Lebens, das, was ich bei manchen Songs empfand, „Break On Through (To The Other Side)“, war da, aber noch potenziert, Everest-hoch und Pazifik-tief das Glück und darin Gott nah wie nie, die Hütten am Horeb, niedriger als der Everest, aber theologisch der höchste Berg, schienen schon gebaut, Leid und Alltagsöde würden nie wieder bis zu dieser Horeb-Höhe und Horeb-Seligkeit vordringen, alle Wünsche und Sehnsüchte meines Lebens schienen in dieser Verliebtheit zu kulminieren. Als wäre das alles noch nicht genug gewesen, wartete aber noch ein Glück auf mich, das paradoxerweise seine Nahrung in den düsteren, von gnadenlos grauen Himmeln bedrückten und unterdrückten Novemberwäldern des Unglücks fand, eben dadurch, dass dieses, das Unglück, sich zum Wasserschlauch-spritzenden Sommer-Glück verwandelte durch ein tiefes Sich-verstanden-Fühlen auch und gerade darin. Wir unterhielten uns noch eine Weile über Franz von Assisi. Dann fragte ich, weil ich ja wusste, dass sie malte und zeichnete: „Und welche Künstler magst du gerne?“

43. Fenster zumauernde Melancholie

„Vielleicht schocke ich dich jetzt, aber ich beschäftige mich gerade mit Edvard Munch. Sein Bild ‚Der Schrei‘ habe ich irgendwo abgebildet gesehen, und es hat mich sehr beeindruckt, weil es sehr gut ausdrückt, wie man sich fühlt, wenn man traurig ist oder verzweifelt. Deshalb habe ich mir letzte Woche einen Bildband über Edvard Munch gekauft. Er ist wirklich ein sehr beeindruckender Maler.“
Auch in der Traurigkeit, der Fenster zumauernden Melancholie und den misshandelten, sich von ihren Ketten losreißenden und brutal zubeißenden Schäferhunden der Verzweiflung verstanden wir uns. Und aus einem blauen Pazifik heraus sprangen die Pottwale der Freude. Ich kannte sein Werk nicht

gut, im Grunde überhaupt nicht, aber gerade den „Schrei" hatte ich auch schon irgendwo gesehen, wo nur, ah, in irgendeiner Literaturgeschichte für die Schule gab es eine Schwarz-Weiß-Abbildung einer Lithografie Edvard Munchs, eben „Der Schrei", und ich empfand sie als großartigen Ausdruck von Traurigkeit, Melancholie und Verzweiflung, wenn die Lebensfreude und die Schönheit der Welt ersaufen in den Beschädigungen an der eigenen Seele, der Zwanghaftigkeit vor allem, der „Verzweiflung der Notwendigkeit" und der dadurch bedingten Vernichtungsangst und dem fressenden Schmerz bei Fehlern, ersaufen in den Zweifeln, ob es Gott wirklich gibt, in der Bedrückung über die Engstirnigkeiten und die Selbsthass säenden Repressionen der Pietisten, in der Ödnis mancher, die Tiger des Geistes in Käfige einsperrenden Schulstunden, ersaufen in der alle Sicherheiten zermalmenden, die Seele bis in die hinterste Ecke erschreckenden Angst vor dem Tod, ersaufen in den eiternden Wunden von Onkel Ottfrieds Attacken, im von Tabus beherrschten Schweigen und den Missverständnissen im Verhältnis zu meinem Vater, aber auch in der Beziehung zu allen anderen Menschen, zu meinem Bruder Martin, zu Björn, Herbert und Norbert, ersaufen in der Angst vor dem drohenden Atomkrieg, vor einem sozialdarwinistischen Kapitalismus und dem real existierenden, diktatorischen Sozialismus, ersaufen in der Angst vor allem und jedem.
In meiner Seele sprangen aber nicht nur die Pottwale des Jubels aus einem blauen Pazifik der Freude, weil ich mich verstanden und ihr nahe fühlte auch in der Traurigkeit und der Verzweiflung, nein, es fuhr mir auch ein Schrecken in die Glieder, als ich in ihrer Affinität zu Munchs Gemälde die schreckliche Voraussetzung dessen erkannte: Aufgrund welcher Erlebnisse auch immer, Lena kannte die Todeszone der Seele, wenn sie bei Eisstürmen bei über achttausend Metern kaum noch atmen kann und von den Angst-Yetis bedroht wird, die ihr ständig sagen, hier kommst du nicht mehr lebendig runter oder wenn doch, dann mit erfrorenen Gliedmaßen,

sodass du nie mehr in den aufregenden Steilwänden des Lebens klettern kannst.

44. Waldrand-Buchen, die die Kaninchen der Unbeschwertheit vor den Falken des Dämpf-Realismus schützen

Irgendwann wird es zur ersten Stunde geklingelt haben. Besoffen vor Glück gelangte ich irgendwie in den Raum, in dem die ersten beiden Stunden dieses für mich den grauen Beton der Schule zum Tahiti der Seligkeit singenden Schultags stattfanden. Dem Unterricht konnte ich natürlich nur sporadisch folgen. In der ersten Pause bin ich dann an diesem herrlichen Spätsommertag allein am Waldrand spazieren gegangen. Die würzigen Stoppelfelder, die etwa ein Fußballfeld von der Schule entfernt lagen und den höchsten Teil des Berges bedeckten, in den sich das rechteckige Flachdach-Monstrum der Schule gefressen hatte, waren ein Licht-Schwimmbad, in dem die Kinder der Freude tollten. Die Haselhecke, die mich auf dem Weg begrüßte, bevor der Wald begann, stand Spalier für die Sieger im Fußballspiel, das die gläubigen pazifistischen Panther der Poesie gegen die Rechtecke denkenden Terminatoren der Effizienz gewonnen hatten. Wächter waren die mächtigen Waldrand-Buchen, die die Kaninchen der Unbeschwertheit vor den Falken des Dämpf-Realismus schützten.
Als ich zurückkam, baute sich das weiß-zementene Monster der Schule wieder vor mir auf, nachdem sich die Haselhecke mit einem energiegeladenen Trompetensolo, das das Herz aufs Matterhorn des Angerührtseins schleuderte, von mir verabschiedet hatte.
Das einzig Freundliche von außen an dieser in klotzige Rechtecke verschossenen Inkarnation der Sechziger-frühe-Siebziger-Architektur waren die bunten, roten, orangenen, gelben und hellblauen Knallfrösche zündenden Farbstreifen, die das Gebäude als Pop-Art-Gürtel umgebunden hatte. Herrlich fand

ich eben, dass die Schule mitten in die Natur auf den Berg gebaut war, auf dem nicht nur die Freude-Hirsche hütenden Felder und der Wald lagen, sondern von dem aus man einen schönen Blick auf die Kleinstadt Hermannsdorf hatte, die in Wahrheit unser Saint-Germain-des-Prés und unser Quartier latin des Geistes und der Seele war, in der die Aufklärung, die ästhetische Avantgarde und das Christentum sich bekämpften oder sich im besten Fall gegenseitig befruchteten, und die so zum für mich unwiderstehlichen Utopia wurde, in der Martin Luther, Arthur Rimbaud, Hermann Hesse, Jean Paul Sartre und Hans Küng am Stadtbrunnen saßen, eine Flasche Wein rumreichten und ich auf den Funken ihrer feurigen Diskussionen in emotionale und nicht notwendigerweise auch intellektuelle Höhen flog, von denen aus uns alles möglich schien. Der Wald wälzte sich den Berg hinunter bis zum Weldatal, in dem sich die kurvenreiche Welda schlängelte wie eine Anaconda, die mit Macht die Schönheit des Flusses gegenüber den Industrie- und Wirtschafts-Betrieben demonstrierte, die in stumpfsinniger Verachtung allen Augenschmauses einen olympischen Goldmedaillen-Speerwurf entfernt vom jenseitigen Ufer lagerten wie eine Galerie muskelbepackter, dummgewaltbereiter, dem Chef höriger Diskotheken-Türsteher, die sich mit protzig-prolligen Goldkettchen, Muskel-Shirts und Bizepsen hart und hoch wie die Alpen breitbeinig in eine Reihe gestellt hatten, ja, so kam das kleine Industriegebiet rüber mit seinen Zäunen, seinen rechteckigen Flachdach-Hallen, seinen paar Hochhäusern, jedenfalls für die Kleinstadtverhältnisse waren es welche, und dem Autohaus Schmermund mit seinem Glaswand-Blick auf die neuen Mercedesse, die, sah man sie auf dem Parkplatz vor dem Autohaus, wie die Grüße von praktisch-intelligenten und praktisch-brutalen und also fantasiearmen und tief wie Pfützen fühlenden Chefs von Mittelstands-Betrieben oder Managern von Großbetrieben wirkten, denen die Anaconda-Schönheit des Tales so viel wert war wie die Mona Lisa für einen Sack Zement, für die die Mitarbei-

ter fast alle faule Säcke waren, denen man Feuer unter den Arsch machen musste, und die nach Gott erst dann, aber immerhin dann fragten, wenn ihnen, die sich ewig in der Hausbar ihrer materiellen Erfolgs-Existenz zwei oder drei Drinks nach einem harten Arbeitstag genehmigen zu können wähnten, die Bombe eines Herzinfarkts das Haus samt der Decke der Hausbar weggesprengt hatte und sie nun ohne Dach in das Seelen fressende Novembergrau der Endlichkeit der Existenz starrten und die Krähenschwärme der Angst kreischend und krächzend über ihnen kreisten.
In Hermannsdorf selber war kein Platz für das bunt gegürtete Beton-Ungetüm der Schule gewesen. Trotz seiner Hässlichkeit war es aber alles in allem für mich ein Ort, zu dem ich an den meisten Tagen morgens gerne mit dem Bus fuhr. Hier waren die Freunde und Freundinnen, mit denen ich über die Sachen und die Fragen sprechen konnte, die mich bewegten und die mir wichtig waren wie die „Desire“ oder die „Blood On The Tracks“ von Bob Dylan oder „After The Goldrush“ oder „Rust Never Sleeps“ von Neil Young oder wie „Der grüne Heinrich“ von Gottfried Keller oder Hans Küngs Theologie in „Christ sein“ oder wie „Alice’s Restaurant“, wenn der wunderbare Streifen aus der Hippiezeit im Fernsehen mal wiederholt worden war, oder wenn irgendwelche Neuigkeiten zum Besten gegeben wurden, wie dass die schöne Vera Leuchtland gesagt habe, sie höre beim Orgasmus am liebsten Dire Straits, was mich und wahrscheinlich auch Herbert, der das auch mitbekommen hatte, aufgrund unserer Unerfahrenheit im Lust-Öfen lachenden Kuss-Melonen-Land der Sexualität, der ihre scheinbar freie und unkomplizierte Erotik gegenüberstand, ungeheuerlich beeindruckte und beschäftigte: Auch ich wollte, vom roten Wind der Rock-Intensität getragen, in der nicht zu überbietenden Hitze der Liebes-Sonne landen und im Lustrausch verbrennen und danach wieder auferstehen und auf einem selbst gedrehte Zigaretten aus holländischem Tabak rauchenden Glücks-Mustang über die Hippie-Ideale hurraen-

de Abenteuer-Prärie des Lebens reiten, jetzt mit Lena verbrennen, als ich die Story gehört hatte, natürlich auch mit Vera Leuchtland, der robusten, breitgesichtigen, braunhaarigen Schönen, mit ihrer im Vergleich zu vielen anderen Mädchen dunkleren, eben hellbraunen, wahnsinnig glatten Haut und ihren, welch betörender Kontrast, so hellblauen Augen wie Glockenblumen im August. Ihre Stimme hingegen war dunkel wie ein regnerischer Septembertag und rau und roh wie ein Lkw, den man an einem solchen Morgen anlässt, und das spornte mich bei Mädchen nicht übermäßig an, sie kennenzulernen, trotz ihrer Liebe zur Rockmusik und der herrlich unkomplizierten, animalischen Erotik, die ich zumindest nach der von ihr bekundeten Vorliebe für Dire Straits beim Orgasmus in ihr sah, weil ich keinen Ausbund an Fantasie und keine ausgeprägt differenzierten Emotionen in ihr vermutete und somit wahrscheinlich kein Interesse an Literatur, an Theologie, Philosophie und an Kunst. Außerdem hieß es, sie sei mit Harald Wurz aus unserem Jahrgang und gleichzeitig mit einem Studenten aus der Gegend unseres Landkreises zusammen, aus der sie kam und in der es eine Szene gab, die von einem Lehrer, der ein Jünger von Wilhelm Reich war, geprägt war, wie ich von Kunz erfuhr, und in der es, wie gemunkelt wurde, wild zuging mit freier Liebe. Für mich als jemanden, der in einer, was das Sexuelle betraf, pietistisch verklemmten und kirchlich-protestantisch gehemmten Atmosphäre groß geworden war und der ich dann die geistigen Geißel-Peitschen des Pietismus gegen mich selber gerichtet hatte und mir eine Zeit lang jeden Tag, bei scheinbar verbotenen erotisch-sexuellen Impulsen und Handlungen wie der Masturbation, den Rücken der Seele blutig geschlagen hatte, wirkten eine solche Szene und das Gemunkele über sie einerseits faszinierend, weil es in diesem verbotenen Garten anscheinend unglaublich wohlschmeckende Äpfel der Freude und Kirschen der Lust zu pflücken gab, und andererseits war mir das Ganze zu cool, zu technokratisch, zu alltäglich und gewöhnlich, eben nicht inspiriert vom roten Ozean einer leidenschaftlichen Liebe mit ihren den Mai ins Herz donnernden Löwenzahn-Wiesen der Freude, mit ihren Hochsommer-Waldbrände der Lust zündenden Küssen. Vera Leuchtland war vergeben, und sie war Teil dieser mich gleichzeitig faszinierenden, einschüchternden und befremdenden Szene, und sie hatte diesen, wie mir schien, Zug ins Praktisch-Unpoetische, und ich war ein mächtiger Schisshase: Deswegen habe ich wahrscheinlich trotz ihrer so betörenden sinnlichen Ausstrahlung keine Anstalten gemacht, sie kennenzulernen. Sie war wie Mohnblumen an Weizenfeldern, an denen man bei Sommerspaziergängen vorbeigeht und die rote Blitze der Freude trompeten, wann immer man sie sieht.

45. Elogen der Bewunderung fuhren mit psychedelisch bemalten Kutschen durch mein Herz

Am nächsten Morgen saß Lena wieder im eisenhutblauen Himmels-Sessel. Diesmal las sie in den Erzählungen von Kafka in der weißen Fischer-Taschenbuchausgabe, in der eine Zeichnung des Meisters selber (Ist es eine Libelle?) als Tattoo auf dem Gesicht des Buches zu sehen war. Nachdem ich schüchtern und aufgeregt-freudig zugleich Hallo gesagt hatte, sah sie aus ihrem Buch auf und lächelte mich an, wobei die Karusselle kitzelnden Schwalben der Freude im ersten Moment im Schussflug durch die Luft pfeilten, so deutete ich das erste Leuchten ihrer sprechenden braunen Augen-Kontinente, und danach lustig im entspannten Flügel-Flatter-Flug kraftvoll durch die Luft hüpften, so kam mir das verschmitzte Lächeln danach vor. Von ihr umgehauen wie schon am Morgen des vorigen Tages und durch ihre Kafka-Lektüre mich ihr noch näher fühlend – was für eine Seelen- und Liebes-Rakete ist doch die Literatur! –, setzte ich mich auf den gelben Sessel neben dem Himmels-Sessel und fing enthusiasmiert an zu reden, hölzern dozierend wie ein Referendar, der die Sekundärliteratur zu Kafka auswendig gelernt hat: „Ah, du liest Kafka. Ich finde ihn auch klasse. Obwohl scheinbar nüchtern geschrieben, sind seine Bücher wie ‚Der Schrei' von Munch ein großartiger Ausdruck für die Düsternis des Lebens und die Kaputtheit der Gesellschaft. Seine Bücher sind wirklich wie die Axt, die das gefrorene Meer in uns selbst aufhackt. So ähnlich hat er es mal ausgedrückt. In einem Referat über Kafka in der zehnten Klasse habe ich diesen Satz von ihm in einer Biografie gelesen. Er hat mir so gut gefallen, dass ich ihn mir gemerkt habe."

„Ja, das stimmt. So sind seine Bücher. Wir lesen gerade Kafka im Deutsch-Leistungskurs. Er ist sehr beeindruckend, aber auch hart. Und es ist bei mir auch so, dass ich seine Bücher so ähnlich empfinde wie das Bild von Munch. In bestimmter Hinsicht kommt mir Kafka aber noch auswegloser vor. Munch hat ja auch Bilder gemalt, die eine andere Stimmung vermitteln, aber bei Kafka ist ja fast alles wie in einem Albtraum."

Sie las Kafka und empfand ihn ähnlich, wie auch ich ihn empfunden habe. Wieder war das der absolute Hammer für mich, die E-Gitarren-Solos gischtende Sonne der Seeligkeit, gepaart mit dem Erschrecken, ja dem Entsetzen, das ich auch einen Tag vorher empfunden hatte, als sie mir von Munchs „Schrei" erzählte. Nur jemand, der auch die Widerhaken-Pfeile der Verzweiflung in den Beinen der Seele kannte, konnte das so sagen, und doch vergaß ich das Erschrecken und das Entsetzen darüber schon in den nächsten Augenblicken wieder, weil das braunhaarige Engels-Model mit der tiefen Pazifik-Seele so wunderschön war und mit einer Stichflamme alle Fackeln der Verliebtheit und des Begehrens in meiner Seele anzündete. Elogen der Bewunderung fuhren mit psychedelisch bemalten Kutschen durch mein Herz, auf denen die Kutscher Hymnen der Begeisterung rezitierten, weil sie außerdem im diametralen Gegensatz zu mir noch strukturiert und handwerklich geschickt zu sein schien, wie die, wie ich vermutete, von ihr sel-

ber kreierte fantasievolle Hippie-Kleidung zeigte, die sie an diesem Tag trug, den blauen gestrickten Pullover mit den herrlichen gestrickten Sonnenblumen und dem Mohn als Motiven sowie die rote Jeans, auf der am Oberschenkel eine schwarze Pfeife und angedeutete graue Tabak-Wölkchen aus Stoff zu bestaunen waren. Mir gefielen die verspielte, naive Fantasie, die die sturen Stahl-Tresore öder Alltäglichkeit zu schmelzen imstande war, und das handwerkliche Geschick, sie umzusetzen, zu materialisieren. Ich fand sie einfach als eine Klasse für sich, umwerfend. So wie sie, so intelligent, so sinnlich und so ein Russland der Seele, war kein anderes Mädchen. Sie sah in die Abgründe des Lebens, stürzte aber nicht hinein, so empfand ich sie.
„Gehst du zur Literatur- und Musiknacht ins Pablo-Neruda-Café?"
„Ja, ich geh mit Peter und Tamara hin und freue mich schon."
„Das ist ja super. Ich bin auch da. Norbert liest aus seinen Gedichten, und Herbert und ich werden ein Lied singen. Klasse, dann sehen wir uns ja am Samstag."
Die Kängurus der Freude hüpften in gewaltigen Sätzen durch meine Seele. Der Schulhof mit seinen hässlichen Betonplatten, auf den die billig aussehenden Bunte-Smarties-Sessel etwas Farbe brachten, und das Beton-Monstrum der Schule verwandelten sich in eine Sagrada Família des Glücks, in der goldene Orgeln Palmen backten.
Tamara Bohle war eine Freundin von Lena, die ich sehr sympathisch fand, nicht ganz so Tiefseebohrerin der Seele wie Lena, nicht diese in der Schmiede des Lebens glühende Pflugschar an Emotionen, dafür aber robuster, die November-Krähen des Lebens durch trompetendes Lachen vertreibend und von einer auf Honigmelonen sich rekelnden Gutmütigkeit. Die meisten attraktiven und freundlich-sympathischen Mädchen wie Lena, Tamara Bohle und Sabine Mohn fand ich nicht nur anziehend und begehrenswert, sondern ich verehrte sie, betete sie an, diese romanischen Kirchen der Seelen-

Innigkeit, weil ich sie für bessere Menschen als uns junge Männer hielt. Tamara war mit Peter zusammen, einem fröhlichen, humorigen, aber auch labilen und etwas phlegmatischen Kumpel von mir. Peter wiederum war mit Norbert befreundet, meinem Freund und ringelnatzigen Dichter. Darüber hinaus hatte Tamara eine überaus sympathische, sensible, intelligente und lebenspraktische Mutter, die Ingeborg hieß. Diese Kombination von Eigenschaften bei einer Person, wie es mir bei Ingeborg der Fall zu sein schien, war mir, so schien es mir jedenfalls damals, noch nicht begegnet, jedenfalls konnte ich mich nicht daran erinnern, jemals vorher einem Menschen begegnet zu sein, der sympathisch, sensibel, intelligent und lebenspraktisch zugleich war. Meistens war es mir so vorgekommen, dass die lebenspraktischen Menschen nicht unbedingt so sympathisch waren wie der letzte Schultag vor den Sommerferien, nicht gerade so sensibel wie Rainer Maria Rilke und keine Intelligenz-Alpen wie Einstein waren, sondern instrumentell Intelligente, die sich mit Seelen wie gepanzerten Limousinen auf den Straßen des Lebens durchsetzten. Wenn ich an sie denke, denke ich an eine Frau, die unter ihren Mitmenschen hervorsticht wie ein farben- und formenreiches Gemälde an einem düsteren, grauen Herbsttag, ein van Gogh, ein Rousseau, ein Kandinsky, ein Matisse, ein Chagall. Warum, dazu komme ich später noch.

46. Das Pablo-Neruda-Café als inspirierendes Herz der Subversion

Vor der Literatur- und Musiknacht im Pablo-Neruda-Café war ich natürlich sehr nervös. Herbert besuchte mich am Donnerstag auf unserem Hof in Bullburg. Wir wollten zusammen „Down By The Sally Gardens“, ein altes englisches oder irisches Volkslied, so glaubte ich damals, im inspirierenden Herz der Subversion von Hermannsdorf vortragen, Herbert Gitarre spielend und wir beide singend. Damals wusste ich nicht, dass es ein Gedicht von William Butler Yeats ist. Zu dieser Zeit, als wir alle paar Monate ein neues Amerika an Erfahrungen entdeckten und Bisonherden an Endorphinen durchs Bewusstsein rasten, berührte mich dieses Lied, als ob Elfen buntes, den Indianersommer verabschiedendes Oktoberbuchen-Laub der Melancholie zwitscherten, etwas traurig, aber von so betörender Schönheit, dass uns aus diesem wiederum der Löwenzahn der Mai-Freude lachte. „Down by the Sally gardens my love and I did meet." Mit der Angebeteten, der Erlöserin aus aller Alltagsödnis, die die bornierten Fließbänder des Lebens zu dichtenden Mittelgebirgsbächen verwandeln würde, mit dem erotischen Ausgelassen- und Heiß-Italien, das die Kälte und die Düsternis meines Nord-Lebens wegglühen würde, und der Alles-Versteherin, mit der ich einen kalten, aber sonnigen Wintertag des Denkens genauso würde genießen können wie das wilde, alle stumpfsinnige Alltagsvernünftelei fressende Abendrot der Dichtung, Kunst und der Musik, mit einer solchen Angebeteten in irgendwelchen Gärten zusammen sein, das war ewiger und romantischer Traum für viele von uns Hippie-Jungens, denke ich, für jeden einzelnen nichtsdestoweniger so bedeutsam und essenziell wie Hafis für fast alle Perser, eine Südsee der Sehnsucht, in der wilde, aber elegante und verspielte Kuss-Delfine tollten. Aber dann das traurige, nach Ende der Liebe riechende „She bid me to take live easy as the leaves grow on the trees". Ein Herz wie ein offenes Scheunentor und so arglos wie eine Erdbeermarmeladen-Stulle, stellte ich mir eine große, leidenschaftliche Liebe eines jungen Burschen zu einer jungen Schönen vor, mit Gefühlen so heiß wie das Lenkrad eines VW Golf um die Mittagszeit, der im August an der Costa del Sol in der Sonne steht, aber so unbeständig und launisch wie ein Frühlingstag in den Highlands Schottlands, eine junge Schöne, die den jungen Burschen auch liebt, aber aus irgendeinem Grund kommt keine dauerhafte Liebesbeziehung zwischen der Erdbeermarmeladen-Stulle und den Highlands zustande. Vielleicht, weil sie in irgendwelchen familiären Zwängen steckt, die ihr eine Beziehung unmöglich machen, eine Zigeunerin, eine Fahrende, im Schraubstock der Clan-Gesetze ähnlich der Lise in „Narziß und Goldmund", vielleicht einem anderen versprochen, den sie auch oder vielleicht auch nicht liebt. Solche Geschichten fantasierte ich mir zusammen, wenn ich das Lied hörte oder sang. Wie in „Vincent" von Don McLean war auch in diesem Song die Traurigkeit aufgehoben in einer Aura großer Schönheit und Geborgenheit, als sei der Song die wuchtige, sichere, aber barock verspielte und kindlich farbenfrohe Dresdner Frauenkirche. Wir übten „Down By The Sally Gardens" mehrere Male. So ganz hat die gesangliche Harmonie zwischen Herbert und mir dann an dem Abend im Pablo-Neruda-Café aber doch nicht funktioniert. Hier und da nahm der eine oder der andere die Beine des Gesangs zu schnell in die Hand und preschte dem anderen ein paar Meter voraus. Ich war deswegen ein bisschen enttäuscht, denn ich hatte gehofft (gebannt vom Star-Narzissmus wie von den überwältigenden Farben eines Sonnenuntergangs, der den Himmel so färbte wie unser Dorfschmied die Pflugscharen in den glühenden Kohlen), dass das mehrmalige Üben und unsere Seelenglut den Auftritt unvergesslich machten, dass die anderen vom Tango unserer Leidenschaft und der Sensibilität unserer Poetenseelen hingerissen sein würden, Lena natürlich vor allem. Bei ihr wollte ich durch die ekstatische Intensität unseres Auftrittes den Mohn der Verliebtheit so betörend rot und so großflächig zum Blühen bringen, dass sie, total überwältigt, diesen Eindruck niemals vergessen sollte. Aber ganz ohne Eindruck war mein Part bei unserem Auftritt im Pablo-Neruda-Café bei Lena nicht geblieben, wie ich später von ihr erfuhr: „Ein bisschen kamst du mir so vor wie Franz von Assisi ganz am Anfang seiner Laufbahn bei einem kleinen Auftritt, wenn er heute gelebt hätte und nicht asketischer Mönch, sondern Folksänger geworden wäre." Ein größeres Lob hätte es für mich damals

nicht geben können. Naturgemäß hatte sie auch gemerkt, dass nicht alles perfekt gelaufen war, und es charmant durch den „Anfang der Laufbahn" eines heutigen Franz von Assisi ausgedrückt.
Und auch Herbert hat, wie bei fast allen öffentlichen Darbietungen seiner Gitarren- und Sangeskunst, ganz sicher Widerhaken sehnsüchtiger Verliebtheit in den träumenden, aber wild-emanzipierten Hippie-Nähkissen der Mädchenherzen untergebracht. Herbert wollte an diesem Abend und auch auf dem Schulfest, das bald stattfinden würde, auch noch andere Folksongs wie eben „Vincent" und „American Pie" spielen. Wahrscheinlich wollte auch er durch den Zauber seiner Musikalität, sein ausgereiftes Gitarrenspiel und durch seine Stimme, die die mit einer leisen Melancholie getränkte Freude eines abgeernteten Weizenfeldes im August vermittelte, einen großen Auftritt hinlegen. Bei den Mädels natürlich hauptsächlich, aber auch bei seinem väterlichen Freund Roman Beidervahrt, einem Folkmusiker von Mitte zwanzig, den er im Pablo-Neruda-Café kennengelernt hatte. Von ihm hieß es, dass er schon einmal in Kanada und in den Staaten gewesen sei und Kontakte zur dortigen Folk-Szene habe. Sogar Pete Seeger würde er kennen. Für Herbert hatte er einen Nimbus wie die Ritter der Tafelrunde von König Artus für jeden ambitionierten, fantasievollen und abenteuerlustigen Jungen, der in jener Sagenzeit lebte. Herbert träumte von vielen Dingen, die er später machen würde. Manchmal zeichnete er oder schuf im Schulatelier wilde Bilder, wie sie unserer Vorstellung nach Jackson Pollock gemalt haben könnte. „Meine Fresse, das donnert in die Seele", bewunderten wir ihn. Weil ich mir auch oft Sorgen wegen seiner Verzweiflung machte, von der er gequält wurde, seitdem er nicht mehr an Gott glaubte, war ich zwar einerseits immer wieder bestürzt, wenn er seinen „Weltfrust" – eines unserer hundert wichtigsten Wörter damals, das sich in der Wörter-Hitparade mit „Weltschmerz" ewig um einen höheren Rang stritt – auf diese Art ausdrückte und ab-

lud, aber doch auch froh für ihn, wenn er so seine Gedanken und Gefühle verarbeitete. Neben dem Malen fotografierte er und spielte eben außerdem noch Gitarre und Mundharmonika, und darüber hinaus hatte er seine wunderbare Gesangs-Stimme, die sogar verhaltensgestörte Terrier für Minuten lammfromm machen konnte. Als ungemein musikalischer junger Hippie träumte er natürlich auch davon, dass er eines Tages erfolgreicher Singer-Songwriter sein würde, der die Herzen der Mädels und jungen Frauen verzaubern würde wie ein farbenfroher Blumengarten an einem trüben Oktobertag. Manchmal, so dachte ich wegen der Songs, die er spielte, träumte er davon, ein sanfter, unglaublich sensibler und deshalb poetischer, liberaler und toleranter Troubadour wie James Taylor zu sein. So jedenfalls stellte ich mir James Taylor damals vor, wenn ich seine Songs hörte oder an sie dachte. Ich wusste damals kaum etwas über seine Biografie und was er für ein Mensch war. Darüber hinaus, so schien es mir, wollte er aber auch einer sein, der rauer und kämpferischer war, eben so wie Bob Dylan in manchen seiner Songs oder wie Rio Reiser von den Ton Steine Scherben.

Norberts Gedichte, im Anzug und Schlips klassischer Formen und mit der ringelnatzigen Pappnase genialer, frecher Clownskomik, landeten bei der Literatur- und Musiknacht einerseits auf dem Bildungs-Flugplatz von Philologinnen und Philologen, genauer von Oberstudienrätinnen und Oberstudienräten, die sich gebildet, heißt intensiv, aber form-gezähmt freuten, kletterten aber auch als kecke Eichhörnchen auf die Herz-Parkbäume der Hippie-öko-links-Mädels und -Burschen. Das Pablo-Neruda-Café, eine selbst verwaltete Kneipe, in der eine Wand fast vollständig mit Bücherregalen geadelt war, aus denen man sich während seines Besuchs im Café mit Lektüre versorgen konnte, war das Herz der durch die Hippies und die Achtundsechziger geprägten linksliberalen Kulturszene von Hermannsdorf. Den Namen Pablo-Neruda-Café hatte es durch Willi und Martina erhalten, die beide Französisch und

Spanisch an der Hermannsdorfer Kaninchen-Gesamtschule unterrichteten und miteinander verheiratet waren. Sie waren Fans von Pablo Neruda und sahen zwei ihrer wichtigsten Ideale in ihm verkörpert: Liebe zur Poesie und linkes politisches Engagement. In der Buchwand standen naturgemäß auch Neruda-Gedichte, die zweibändige Ausgabe, von Martina liebevoll, aber in gnadenlosem Revolutionskitsch mit robustem Packpapier rot eingebunden, und mit Marker unter den Autor und den Titel „Gesammelte Gedichte" ein kämpferisches „No pasarán" auf den Weg gegeben, das damals, und ich denke, aus einem ähnlichen Beweggrund hatte es Martina auch dort liebevoll hinkalligrafiert, die Hoffnung in die Welt drosch, dass die Brutalen und die aufgrund ihrer Brutalität Reichen und Mächtigen nicht das letzte Wort in dieser Welt haben sollten, sondern dass stattdessen der Besitz in dieser Welt halbwegs gerecht verteilt sein und niemand ohne Obdach sein oder in Papp-, Holz- und Blech-Hütten hausen sollte, niemand hungern und in Geist walzendem und stampfendem, chancenlosem Unwissen seine Tage fristen müsse, dass die Körper der Armen nicht von den Bulldozern und Monster-Traktoren der von den Dumpf-, Stumpf- und Dumm-Reichen mit verursachten oder wenn nicht verursachten, so aber doch kalt und zynisch, mindestens aber gedankenlos geduldeten Armut geschleift und von den Schergen dieser Armut auf den Müll-Plätzen des Lebens eingesperrt würden, wo auch der Geist und die Seelen nur Abfall und Langeweile zu essen bekamen. Pablo Neruda! Auch die meisten anderen Jugendlichen und ich wussten nicht, dass er in seinem Leben auch Stalin-Oden verfasst und mithin einem der schlimmsten Massenmörder der Weltgeschichte seinen Lob-Honig ums Maul geschmiert hatte. Wir sahen in ihm einen undogmatischen Linken oder Kommunisten, der sich für den demokratisch gewählten Sozialisten Allende engagiert und der herrlich leidenschaftliche und sprachmächtige Gedichte geschrieben hatte. Manchmal, wenn ich im Pablo-Neruda-Café war, hatte ich mir einen der beiden Gedichtbände geschnappt und war während und auch noch nach der Lektüre von einigen Gedichten hingerissen von der Wortgewalt des Poeten, von seiner Kraft, seinem Schwung und von seinen Metaphern, Gedichte, die mich wie ein Kondor packten, der von Südamerika mit der Kraft der Poesie bis nach Hessen geflogen war - was sind schon Kontinente und Ozeane für die die Welt verwandelnde und also Raum und Zeit übersteigende Kraft der Dichtung -, und mir auf dem Kondor-Ritt im tragenden, aber wilden und nicht zu bändigenden Wind der Poesie das Gefühl gaben, zu einer nur durch Worte, und vor allem solch poetische Worte, zugänglichen Sphäre von Schönheit, Ekstase und Verstandensein gelangt zu sein, die für Augenblicke, aber was für welche, den stierenden Stahl des Alltags schmelzen und zu umwerfenden Kunstwerken verwandeln kann wie die Kapelle im Schleswiger Schloss Gottorf, die einen, wenn man sie das erste Mal sieht, vor Farb-und-Form-Verzückung auf die Bretter schickt. Als Appetitanreger sei das folgende mit Salz, Pfeffer, Paprika und Curry und frischem Schnittlauch gewürzte Gedicht-Spiegelei auf dem Lese-Teller kredenzt:

Pablo Neruda
IV
„Sturmgeladen ist der Morgen im Herzen des Sommers. Wie weiße Abschiedstüchlein ziehen die Wolken, es schwenkt sie der Wind mit reisefiebrigen Händen. Zahlloses Herz des Windes, das pocht über unserem verliebten Schweigen. Es braust zwischen den Bäumen, göttlich, wie ein Orchester, wie eine Sprache voller Kriege und Gesänge. Wind, der in raschem Raub das raschelnde Laub entführt und die zuckenden Vogelpfeile aus ihrer Bahn wirft. Wind der dich niederreißt in einer Welle ohne Gischt, mit der Wucht des Schwerelosen, in geducktem Geloder. Es birst und versinkt die Menge von Küssen, zerschmettert an der Pforte des Sommerwindes."[1]

[1] Quelle: Pablo Neruda, „20 Liebesgedichte und ein Lied der Verzweiflung", Deutsch von Fritz Vogelsang, Spanisch-Deutsch 1. Auflage, 1977, 1989, 2002 für die deutschsprachige Ausgabe, Luchterhand Literaturverlag GmbH, S. 13

Ich verehrte Pablo Neruda, ohne sein Werk wirklich intensiv studiert zu haben oder mich näher mit ihm befasst zu haben. So ähnlich ging es mir auch mit Ernesto Cardenal, dessen „Buch von der Liebe“ ich sehr mochte, wobei bei ihm noch der Glaube als verbindendes geistiges Element dazukam, das bei Neruda fehlte. Seine Kuba-Verehrung kommt einem angesichts der brutalen Diktatur und des widerwärtigen Castro-Personenkultes sehr fragwürdig vor. Wer etwas über Kuba weiß - oder auch nur dann, wenn man die Autobiografie von Reinaldo Arenas gelesen und ihre Verfilmung mit Javier Bardem gesehen hat –, kann über das weltfremde, und das ist noch eine sehr wohlwollende Bezeichnung, das Leid der Eingesperrten und gequälten Marginalisierten überhörende und übersehende Gefasel des Dichter-Priesters nur den Kopf schütteln. Wer nicht stromlinienförmig mit den Machthabern geschwommen ist, kam und kommt vielfach in den Knast oder wurde umgebracht. Auch wenn ich das heute weiß, bleiben viele Gedichte Nerudas oder das „Buch von der Liebe“ von Cardenal wunderbar. „Pan“ von Knut Hamsun bleibt in vielen Passagen ein brausender, wilder Roman, voll von Rausch-Rosen rennender Verliebtheit und Eichen-Orgeln rockender Naturbegeisterung, auch wenn haltloser Zynismus und Nihilismus und platte, Vernunft und Demokratie verachtende Zivilisationskritik auch schon in diesen Roman herumwabern und auch wenn der Trottel Hamsun sich Jahrzehnte später für den irren Massenmörder Hitler und die Nazis begeistert hat.

Auch für meine Freunde und mich war das Pablo-Neruda-Café einer der wichtigsten Orte der kleinen Stadt, die für uns aber eine ganze Zeit lang die Stadt schlechthin war, ein leuchtender überschaubarer Seidenteppich, auf dem sich aber der große Reichtum unseres grünen Lebens an Farben tummelte – van Gogh, Matisse und Kandinsky ritten auf wiehernden Pinseln durch die Stadt –, und auf dem sich eine Formen-Fülle an Lebendigkeit auftat, als hätte ein gargantuesker, vor Fantasie überbordender Städteplaner die barocke Formen-Trompete der Altstadt Dresdens, die Freiheits-Kontinente sprayende, aber auch schwarze Stiefel dröhnende Militanz des heutigen Friedrichshain und des Kreuzberg der späten Siebziger- und Achtzigerjahre mit Paris zusammengerührt, von der Zeit an, als es Rimbaud und van Gogh im 19. Jahrhundert durch ihre Anwesenheit beehrt hatten, bis 1970, dem Todesjahr Paul Celans, Paris, wo ich damals noch nicht gewesen war, das mir aber heute trotz der unverschämten Preise und der Okkupation durch die Reichen aufgrund seiner nicht umzubringenden und korrumpierbaren Schönheit immer noch als die umwerfendste große Stadt erscheint, das Paris der ästhetischen Revolte der Kunst bis zur ersten Hälfte des zwanzigsten Jahrhunderts, bei mir aber noch wichtiger das Paris der Spracherneuerer und Sprachbefreier von Baudelaire und vor allem aber von Rimbaud, einem der fantasievollsten und ausdrucksstärksten Dichter aller Zeiten, der aber nur kurze Gastauftritte dort gegeben hatte, bis eben zum Paris von Paul Celan, dem hochsensiblen Poeten, der die Sprache bis an die äußersten Grenzen ihrer Ausdrucksmöglichkeiten erweitert hat, Paul Celan, dem die Nazis durch die Ermordung seiner Eltern so viele Knochen seiner Seele gebrochen hatten und dem dann durch den politisch-ethischen und ästhetischen Stumpfsinn des literarischen Establishments der Bundesrepublik immer wieder ein Bein gestellt wurde, sodass sie, die Knochen der Seele, erneut brachen, dessen Dichtung trotz des Leidens an der Welt aber wie die Rimbauds eine ungeheuere Befreiung vom Stumpfsinn der Alltagssprache und ihres Seelen-Mords ist, das Paris der Schönheit, die Champagner komponierende Geborgenheits-Sofas spaziert, das der Tausenden, königliche Muße feiernden Cafés, als hätte also ein solcher vor gargantuesker Fantasie überbordender Städteplaner aus diesen Köstlichkeiten einen herrlichen Auflauf zubereitet, an dem wir uns immer wieder satt essen konnten. So war Hermannsdorf für uns Schüler. Und das Pablo-Neruda-Café war wenn nicht das, so aber doch eines der Zentren dieses Lebens-Gefühls. Weil es ein altes Fachwerkhaus war, vermittelte es mir die Geborgenheit meiner Kindheit, und darüber hinaus atmete es eben den Geist des Denkens und somit der Macht der Kritik am Bestehenden, atmete einen Bestandteil des Geistes, der mir half, beim Erwachsen-Werden nicht rekrutiert zu werden von Armeen der Angst, die in meiner Seele um die Herrschaft kämpften, nicht von den Droh-Truppen Onkel Ottfrieds und meinem von seinem Borderline-/Narzissmus-Bruder ko-abhängigen Vater und ihrem Anpassungs- und Leistungsdruck mit der Perspektive, als fremdbestimmte, arbeitssüchtige Hunde-Seele zu enden, mit mörderischen Depressionen und dem Wahnsinn nahe, nicht von den Droh- und Einschüchterungs-Peitschen der Evangelikalen oder denen der anderen protestantischen Fundamentalisten mit ihrem noch subtiler und brutaler wirkenden Anpassungsdruck, der zum Ziel hatte, einen einzuschwören auf ihre Art und Weise, die Bibel zu interpretieren, und auf die die Seele verwüstende Vernunft- und Denkverachtung im Verein mit der alles Lebendige vergiftenden Verachtung der Sinne, des Körpers, der Erotik und Sexualität und damit der Liebe, nicht eingefangen zu werden von diesen Schwarzfärbern der Sonne im Frühling und im Sommer des Lebens, diesen Augen-Ausstechern der Seele, damit man von der Schönheit der Welt in allen ihren Farben und Formen nicht mehr begeistert und aufgewühlt würde, nicht mehr ganze Nächte lange küsste, liebte, tanzte, trank und mit Freunden ausgelassen feierte oder weltverwandelnde Bücher las. Aber ohne den Glauben an das Gerechtfertigtsein meines eigenen Denkens, worüber ich mich schon ausgelassen habe, als ich vom Krankenhausaufenthalt in Spanfeld erzählte, wäre auch die Vernunft ein herrenloses Schiff, getrieben und hin- und hergejagt von den Angst-Hurrikans des Lebens. Mit Glaube meine ich meinen Glauben an Gott, der für mich im Nazarener gezeigt hat, dass er ein Gott ist, der trotz aller Rätsel, allen Schattens und alles Bösen eine gute Schöpfung geschaffen hat (auf welche Weise auch immer), der die Menschen liebt und möchte, dass sie glücklich sind, indem sie so weit wie möglich im Einklang mit ihren Begabungen, Wünschen und ihrem Begehren leben. De facto war es naturgemäß so, dass die Vernunft oft genug ein Schiff auf dem Ozean des Lebens war, das eben von Riesenwellen, hervorgerufen durch die Hurrikans der Angst, hin- und hergeschleudert wurde. Obwohl wir Hirn-Gesegneten und Hirn-Geschlagenen jeden Tag neu und in unterschiedlicher Intensität die Angst im Glauben überwinden müssen, wurde das Vernunft-Schiff, als ich jung war, von der Gewalt der Angst-Hurrikans und den von ihnen gezeugten Riesenwellen noch stärker und häufiger malträtiert, als es heute der Fall ist. Der Einfluss des Pablo-Neruda-Cafés, in dem ich ein Symbol sehe für den Einfluss der Aufklärung und somit des Denkens, half mir im Verein mit meinem Glauben, selbstständiger zu werden, aber ich fühlte mich manchmal zerrissen zwischen den Nach-Achtundsechzigern und den durch die Gegenkultur geprägten Hippies, den Freaks, die meistens der säkularen, glaubenslosen Aufklärung anhingen, und den Gläubigen in der evangelikalen Szene, bei denen es natürlich auch Hippies/Freaks gab, die kritisch dachten, die aber doch in der Mehrzahl aus Hardcore-Ideologen oder von diesen Eingeschüchterten bestand, die die wörtliche, die buchstäbliche Bibelinterpretation als die einzige christliche und somit einzig gültige betrachteten, und diese eben war vorgegeben durch die evangelikalen Ideologen und Vordenker, die meistens Vor-Angstmacher und Vor-Einschüchterer waren. Bei den weltlichen, meistens politisch engagierten Weltverbesserern fühlte ich mich einsam, weil ich an Gott glaubte, bei den Frommen stießen mich der angsteinjagende Glaube an den strafenden Gott, den wutschnaubenden Denk-Verbieter und Lebens-Verhinderer ab, der wenn nicht die Quintessenz, so aber doch ein wesentlicher Aspekt, eine wesentliche Frucht ihrer vermeintlich allein gebotenen buchstäblichen Bibelinterpretation zu sein schien. Auch bei ihnen fühlte ich mich einsam, schon mit sechzehn, weil ich von der Gegenkultur fasziniert war und mir die Haare wachsen ließ und somit kulturell ein Außenseiter in dieser Szene war, und zwei, drei Jahre später dann dadurch, dass ich vom Lehrer Geisthof mit moderner Theologie bekannt gemacht und etwa zur gleichen Zeit auch noch durch meine Lektüre von Hans Küngs „Christ sein" auf die Spur eines Glaubens gebracht wurde, der den Verstand als wesentliches Werkzeug ansieht, um zu einem die Moderne und die Wissenschaft integrierenden, wahrhaftigen und menschlichen Glauben zu gelangen. Außerdem ging mir die oft autoritär-konservative politische Meinung, die in der evangelikalen Szene vorherrschte, ziemlich auf den Sender. Auch deshalb fühlte ich mich dort durch eine unsichtbare Wand getrennt von diesen Stramm-Stehern vor den theologischen Einpeitschern, den Einhämmerern des strafenden Donner-Gottes, die sadistische Macht-, Angst- und Straf-Orgien in ihren Predigten zelebrierten. Die Versuchung oder Anfechtung bestand für mich jeweils darin, dass ich mich infrage stellte, bei den Säkularen meinen Glauben als unhaltbares und repressives Relikt ansah und bei den Frommen dadurch in die Bredouille geriet, dass sich manchmal deren verhaltensgestörte, aggressive Doggen in meiner Seele losrissen, sich auf mich stürzten und ihre Monster-Gebisse in die Beine, Hände und das Gesicht meines Herzens hauten wegen meiner kritischen Haltung ihnen gegenüber und wegen meines Fasziniert-Seins für die moderne Theologie. Wahrscheinlich mit verursacht durch die regelmäßig wie der „Tatort" kommenden Ausbrüche des Brüll- und Angst-Einjag-Vulkans Onkel Ottfried bin ich ein Schisshase und jemand, der allezeit in Gefahr ist, vor der Mehrheit und den Mächtigen zu kuschen. Ohne meinen Glauben an den Nazarener und den Gott, den er verkündete, hätte ich keine Identität und wäre ein völlig Verstörter und Zerstörter, ein von der Angst Getriebener und schließlich von dieser Weltherrscherin vollends Vernichteter.

Trotz des hier und da auf mich einprasselnden Hagelschlags der Einsamkeit mit seinen schmerzenden Beulen und blauen Flecken war das Pablo-Neruda-Café aber alles in allem für mich auch und gerade, und das bleibt festzuhalten, in Verbindung mit meinem Glauben ein Ort der Revolte gegen autoritäre, ungerechte, die Vernunft und die Fantasie verachtende Strukturen in der Politik und im persönlichen Leben. Eben ein Symbol für die Freiheits- und Poesie-Raketen, die wir als Sechzehn- bis Zwanzigjährige in Hermannsdorf zündeten.
Die dichotomische kulturelle und politische Spaltung der Gesellschaft in den Siebziger- und frühen Achtzigerjahren war, so empfand ich es damals und auch heute noch, in sich selber doktrinär und fanatisch und somit auch autoritär und sektiererisch, weil sowohl die liberalen Linken, die von den Achtundsechzigern und von der Gegenkultur Beeinflussten glaubten, sich allein für Wahrhaftigkeit, die Freiheit des Individuums und Gerechtigkeit einzusetzen und somit das Gutsein gepachtet zu haben als auch die demokratischen Konservativen glaubten, sie allein würden für politische, religiöse und wirtschaftliche Freiheit gegenüber den kommunistischen Diktaturen eintreten und somit die eigentlich Guten sein. Trotz und innerhalb dieses Falschen gab es doch den für meine Freunde und mich wichtigen Impuls, ein von der Vernunft bestimmtes und dem Herzen folgendes, freies Leben zu führen und sich für eine demokratische, gerechte und freie Gesellschaft einzusetzen, wie immer diese auch aussehen mochte.

47. Die Literatur- und Musiknacht

Die Literatur- und Musiknacht, bei der ich Lena sehen würde, war eine wunderbare und dabei typische Veranstaltung des Pablo-Neruda-Cafés. Alle, die Lust hatten, konnten sich mit einem literarischen oder musikalischen Beitrag anmelden und wurden auch zugelassen. Die Liste wurde geschlossen, wenn unmöglich mehr Aufführende an einem Abend auftreten konnten. In der kleinen Stadt und in den umliegenden Dörfern brannte die Luft von der Nervosität und den Visionen der jungen Dichter und Songwriter-Helden, die davon träumten, dass ihre Darbietungen wirken sollten wie diejenigen der wagemutigsten und begabtesten Akrobaten eines weltberühmten Zirkusses, wie Muhammad Ali in seinen besten Zeiten, als er, der Box-Mozart, die Gegner wie dümmliche Kirmesschläger austanzte, wie die mitreißenden Spiele der deutschen Fußball-Nationalmannschaft bei der Europameisterschaft 1972, wie der Dylan der frühen und der Mittsechzigerjahre, der die rebellische, intelligente und künstlerisch wache Jugend in den Bann schlug wie ein alttestamentarischer Prophet, die avantgardistischen Dichter der Moderne kannte und ihre Techniken in seine bezwingenden Weissagungen einbaute, wie die elegischen, sanften und doch glasklar Stellung nehmenden Songs von Joan Baez, (von den Beatles, den Stones und den Doors wurde im Zusammenhang dieses Abends nur auf einer Metaebene geträumt, denn es waren nur nicht elektronisch verstärkte Rhythmus-Gitarren zugelassen; das Wort „unplugged" war damals noch nicht gebräuchlich), wie Arthur Rimbauds Kontinente der Empörung schwingende Gedichte, wie die Löwen der Intensität feuernden Kurzgeschichten Hemingways, so ähnlich werden die Träume der einzelnen künftigen Schreib-, Gesangs- und Gitarren-Heldinnen und -Helden gewesen sein. Und so waren auch meine Träume von diesem Abend, und die Hauptadressatin war Lena.

1979 hatten einige politisch engagierte Linksliberale, darunter viele Lehrer, aber auch Arbeiter und Büro-Angestellte und eben junge Freaks, vor allem Schüler und Studenten, von denen einige wenige in Kleinstadt-WGs und auch in Land-WGs wohnten, ein altes, baufälliges Fachwerkhaus in der Innenstadt gekauft und es in mehrmonatiger Arbeit von Grund auf renoviert und restauriert.

Die Land-WGs hießen damals noch Landkommunen, und, Mannomann, was für ein heißer, legendenumrankter und Projektionen provozierender Stoff war dieses Wort für uns junge Landeier, die wir als Schüler natürlich fast ausschließlich noch brav bei unseren Eltern wohnten.

48. Holgers Sinnkrise als Protest gegen das Favelas züchtende und Arbeits-Knäste schleimende Bestehende

Einige meiner Freunde hatten ebenfalls dabei geholfen, das baufällige Gebäude des zukünftigen Pablo-Neruda-Cafés auf Vordermann zu bringen. Da ich oft auf dem Bauernhof zu Hause mitarbeitete, half ich nicht mit beim Renovieren des Zentrums der Subversion aller bestehenden Verhältnisse, der Keimzelle einer utopischen, gerechten, Fachwerk-Häuser mit goldenen Balken mundharmonikaenden Gesellschaft, des Uterus aller anti-autoritären Ideen unserer Weltstadt mit dreißigtausend Einwohnern. Meinen Schulfreunden Holger und auch Kunz hingegen gab das Mit-Renovieren des baufälligen Fachwerkhauses das Gefühl und versicherte es ihnen bei jedem Einsatz immer wieder, dass sie auch in der Praxis etwas draufhatten und nicht nur dafür gut waren, mit theoretischem Schulstoff vollgestopft zu werden, diesen wiederzukäuen und zu verdauen. In der furchtbaren Sinnkrise, die vor allem Holger in ihren Klauen hatte, erschien ihm der Besuch der Schule oft als eine gedankenlos hingenommene, jeden Tag durchexerzierte Zeitverschwendung, weil er in dieser Wissens-Vermittlungsstätte keine Antworten auf die Frage erhielt, welchen Sinn das Leben und insbesondere sein Leben habe, was ein richtiges, vom kritischen Verstand bestimmtes, den eigenen Bedürfnissen und Begabungen angepasstes und auf dem Fundament der Gerechtigkeit aufgebautes Leben sein könnte. Die praktische Arbeit im Pablo-Neruda-Café hingegen machte ihm Freude, ihm noch mehr als Kunz und vielen anderen, und führte zu seinem damaligen Ideal eines Lebens, in dem man sowohl geistig wie auch körperlich arbeiten können sollte, weil erst diese Mischung ein befriedigendes, ausgefülltes und deshalb sinnvolles Leben verbürgte. Sich körperlich so wohl fühlen wie nach einem Fußballspiel oder nach einer Wanderung und sich dann, aufs Höchste angeregt und prall bis zum Platzen vor Freude, sich noch Gedanken über die Arbeitsstrukturen in einer Landkommune machen. So in etwa war sein Ideal.

Viele Jahre später, ich hatte Holger eine sehr lange Zeit nicht gesehen, sechzehn Jahre glaube ich, traf ich ihn zufällig in einer Kneipe in Wargburg, nachdem ich in einem Anfall von infernalischer Nostalgie in einen Zug gestiegen und durch die wunderbar abwechslungsreiche nord- und mittelhessische Landschaft, in der immer wieder die Pottwale der Hügel, ungestüme Lobpreis-Psalme auf die Herrlichkeit der Schöpfung prustend, aus dem Täler-Meer ihre runden Kraftberge von Rücken den faszinierten Augen der Luft als herrlich-wilde Schauspiele darboten, nach Wargburg gefahren war, mir ein Hotelzimmer genommen hatte, die bunte und heimelige Fußgängerzone und die Altstadt mit wachem, aber wie eine Heuschrecke sprunghaftem und zugleich erinnerungsschwerem Bewusstsein abgegrast hatte und am Abend in der Studentenkneipe „Zum durstigen Denker" gelandet war und meine Erinnerungen und Gedanken bei dem einen oder anderen Bier in einem visionären, aus enigmatisch-surrealistischen Chiffren bestehenden Gedicht einfangen wollte. Und dort saß Holger, und wie ich es damals empfand, auf witzige Art verkleidet in einem grauen Anzug und dunkelblauem Schlips und nicht mehr mit Hippie-Haaren, die ihm in der dreizehnten Klasse fast bis zum Hintern gingen, sondern kahl geschoren, wahrscheinlich, so interpretierte ich es in diesem Moment, weil er seine Glatze nicht so aussehen lassen wollte wie die uns als äußerst hässlich erschienenen Glatzenmajore in unserer Ju-

gend, die entweder mit spärlichen Haar-Strähnen die Glatze so bedeckten, als würde man Schnittlauchstängel mit einem Abstand von einem Zentimeter auf einem weißen Teller drapieren, oder eben die Glatze ließen, wie sie nun einmal war, was die ganze Sache nicht viel besser als die Schnittlauch-Lösung machte, denn diese wenn auch scheinbar natürliche Variante der Glatze kam uns so vor, als sei das eine Strafe dafür, dass man sein Leben als angepasster, Geld- und Sicherheits-geiler Streber führen würde, der so viel Gefühl wie ein Lineal und so viel Fantasie wie ein Fünfmarkstück haben würde. Dann lieber ganz kahl, so dachte ich, habe Holger damals gedacht.
„Das gibt's doch nicht, Alter. Bist du das, Holger?"
„Ich fahr ja ab, Mensch, Friedrich, was machst du denn hier?"
„Ich bin in einem Anfall von Nostalgie mit dem Zug hierhergefahren. In der Schulzeit sind wir aus Bullburg und den umliegenden Dörfern ab und zu mal nach Wargburg gefahren und haben die Fußgängerzone, die Buch- und die freakigen Klamotten-Läden, Buchhandlungen und die Cafés und Kneipen unsicher gemacht und hielten es für das Coolste und Revolutionärste, was man an einem Wochenende so veranstalten konnte. Und du, du scheinst ja groß rausgekommen zu sein. Hehe, voll etabliert, was?"
„Ja, ich habe nach dem Abi dann ja Umwelttechnik studiert und bin jetzt Geschäftsführer in einer Firma, die Windräder herstellt. Hier an der Uni findet dieses Wochenende ein Symposion statt über umweltfreundliche Energieproduktion, auf dem ich als Mann aus der Wirtschaft einen Vortrag halte."
„Meine Fresse, nicht schlecht."
„Das ist wirklich 'ne Überraschung. Ich freu mich total, dich mal wiederzusehen."
„Und ich mich erst. Meine Herrn!"
Er hatte das Glück, dass sein Vortrag erst am Sonntag-Nachmittag stattfand, sodass wir bei einigen Bieren die halbe Nacht über in Erinnerungen schwelgen konnten. Wie zwei

nebeneinander aufgestellte Saturn-V-Apollo-11-Raketen, die auf einer Startrampe nebeneinander zur selben Zeit gezündet werden, stiegen die Erinnerungen an die Zeit in uns auf, als wir anfingen, uns als selbstständige Menschen zu empfinden, und begannen, selber zu denken, als wir uns einerseits miteinander verbunden fühlten bei der Entdecker-Expedition in der faszinierenden und angsteinflößenden Alaska-Wildnis des Erwachsen-Werdens und den Möglichkeiten des Lebens, aber andererseits sich jeder manchmal so einsam fühlte wie ein auf der Raumstation ISS vergessener Astronaut, der nun einige Monate allein in dem Kabuff der Raumstation Zigtausende von Kilometern entfernt von anderen Menschen in der Unwirtlichkeit des Weltalls verbringen muss, weil bei einem Terroranschlag von tschetschenischen Rebellen der Hangar für die Raumgleiter, in dem diese alle so brav standen wie Partygäste vor dem Buffet, in die Luft gesprengt worden wäre und nur einer so weit erhalten geblieben sein würde, dass er noch tauglich für Ausflüge zur ISS wäre, aber eben zuvor erst mehrere Monate repariert werden müsste. In der achten, neunten und zehnten Klasse hatte ich zu Holger einen guten Draht, und wir machten viel zusammen. Kein an Kunst oder Literatur und Philosophie interessierter Typ wie Kunz, eher ein rebellischer Umgestalter der Lebenspraxis, befasste er sich mit Themen wie „Landkommunen in Europa und Nordamerika“ oder „Selbstversorgung als authentische Revolution“ oder „Hanf ist die Antwort“, in dem es neben dem Kiffen auch um die sonstigen, wie es schien, Wunder wirkenden Eigenschaften dieser Pflanze ging, der Haschischpflanze, der jetzt aus ihrem Schloss vertriebenen Königin, nachdem man ihre teilweise gefährlichen Nebenwirkungen festgestellt hat, die damals aber, so der Mythos, blaue Eichen zwitschernde Poesie-Kontinente in jedes Bewusstsein zu gischten imstande war. Damals sah ich in Holger einen Radikal-Poeten der Praxis. Er trug in der neunten und zehnten Klasse eine helle, Parka-artige Jacke, auf die, nicht wie etwa bei Kunz, von Salvador Dalí und Andy Warhol inspirierte brennende Tiger oder Frauen, deren nackter Oberkörper und mit einem sexy Slip spärlich bekleideter Unterleib statt auf Beinen auf Gummibooten in poppigen Farben ruhte, gemalt waren, sondern auf denen Parolen mit einem dicken schwarzen Filzstift geschrieben waren wie das fette Anarchisten-A, das A im Kreis, und darunter der Spruch „Anarchie ist machbar, Herr Nachbar", was uns damals so vorkam, als würden durch diese magischen Wörter alle autoritären Strukturen in den Arbeitsverhältnissen und den Schulen und natürlich auch überall auf der Welt verschwinden, so als wäre das A das Kreuzzeichen, mit dem man den Leibhaftigen, den Leibhaftigen der sadistischen Machtausübung, die Inkarnation des Bösen schlechthin, vertreiben könnte. Die Kunstform, die er als Ausdruck seiner Erlebnisse schätzte, war Rockmusik, vor allem in der neunten und zehnten Klasse, wie mir jetzt scheint, wenn ich über ihn nachdenke. Dort war er animalisch, vom Gefühl und nicht nur vom die praktischen Verhältnisse unter die Lupe nehmenden analytischen Verstand bestimmt und hörte die Songs, die seiner Verzweiflung über das Leben an sich, noch mehr aber über die bestehenden Lebens-, Schul- und Arbeits-Verhältnisse und die Verteilung der Güter der Welt Ausdruck verschafften, wenn seine Seele durch Industriegebiete so groß wie Bayern gehen musste, in den sich Fabriken befanden, die aus unangestrichenen, rohen, dunklen Stahlplatten und Betonpfeilern bestanden, eine Fabrik exakt so groß wie die andere, nämlich vier Fußball-Felder lang und drei Fußball-Felder breit, und in denen Arbeiter unter Dauerberieselung mit Dicke-Backen-Musik und deutschen Schlagern in mechanisierten Arbeitsstraßen Autos, Jeeps und Panzer produzierten, wobei eine Kaste von Chefs und Subchefs in schwarz-roten Corporate-Design-Uniformen der Firma darüber wachte, dass sich niemand unterhielt und jeder im von der Firma festgelegten Tempo die immer gleichen Arbeitsabläufe verrichtete, und, wurden sie nicht eingehalten, die Elektroschock-Bolzen mit Stecker-Kontakten benutzen durfte, die damals bei den Viehhändlern üblich waren, wenn sie Mastschweine auf die Transport-Lkws trieben und jene nicht so spurten, wie es die Treiber-Hirne gerne wollten. Dann genossen die Schweine Elektroschock-Therapie. Holgers Therapie gegen die Seelen schrotende Weltverzweiflung waren ihm dann die Doors, in deren Songs einerseits die schwarzen Musen der Verzweiflung und der Todessehnsucht tanzten, aber auch die wuchtigen, rote psychedelische Alpen atmenden Löwen des Protests und der Freiheitssehnsucht brüllten und umhersprangen. Deshalb trug er auf seiner Jacke am rechten Oberarm auch ein in Klarsichtfolie geschütztes Foto der Doors. Mit einem groben schwarzen Faden hatte er die Klarsichtfolie auf seiner hellen Revoluzzerjacke befestigt. In der zehnten Klasse erlebte das Schiff seiner Seele dann immer wieder das Desaster, dass es einerseits immer stärker angetrieben wurde vom kräftig blasenden Wind des Wunsches nach innerer und damit verbunden auch äußerer Veränderung seiner Lebensverhältnisse und andererseits von den Hurrikans seiner Realität in der Schule und zu Hause, die auf sein Seelen-Schiff in regelmäßigen Abständen immer wieder mit ihren Vorschlag-Hämmern eindroschen und es seeuntüchtig machten, sodass er verzweifelt und melancholisch zu Hause abhing und Doors hörte oder auch in den entspannten, spirituellen Folk-Gärten der Incredible String Band spazieren ging. „Nur die Musik hilft mir, durch solche Tage zu kommen“, hat er mir irgendwann einmal gesagt.

49. Holger will abhauen zu den „Körner-Kämpfern“

Eines Tages, als Kunz, Holger und ich in der Pause zusammenhockten, ich glaube, wir hatten uns auf eine Wiese in der Nähe des Schulhofes verdrückt und saßen unter einem großen Kastanienbaum, dessen weiße Speerspitzen-Blüten gerade den blauen Maihimmel kitzelten, ließ Holger, während wir Beedies rauchten und uns, stark nikotingeflasht, fühlten wie die coolsten, poetischsten und rebellischsten Hippies/Freaks der Bundesrepublik, auf einmal knacken: „Ich hau ab in die Landkommune ‚Körner-Kämpfer'." Plötzlich explodierte eine Handgranate, die Handgranate der praktischen, sichtbaren Revolte, und sie riss ein Loch in die Wände unserer Buden zu Hause und auch in unser Klassenzimmer, und durch diese beiden Haifisch-Gebiss-Löcher sah ich kreischende Angst-Krähen mitten im Mai fliegen, die sich wie im November in Scharen auf großen Pappeln niederließen und mich tierisch erschreckten, Angst vor dem Neuen für Holger, aber auch um uns, für die Holgers Entschluss zwar faszinierend und in gewisser Weise Ehrfurcht gebietend war, aber auch den Abschied von unserer Hippie-/Freak-Freundesgruppe in der Klasse bedeutete. Angst hatten wir auch vor dem moralischen Konflikt, in den Holger uns naturgemäß und notgedrungen hineinzog, denn natürlich war er noch nicht volljährig, und wir waren jetzt eingeweiht und mussten und wollten natürlich dichthalten, und wir fragten uns, ob er das seinen Eltern antun konnte, einfach heimlich abzuhauen. Außerdem war die ganze Aktion durch seine Minderjährigkeit natürlich illegal, und ein bisschen rutschte mir das Herz in die Hosen, als ich mir überlegte, welche Folgen es für meine Freunde, vor allem Kunz und mich, haben könnte, wenn Holger zu den „Körner-Kämpfern" abhauen würde. Ob die Eltern die Polizei einschalten würden, ob sie dann auch bei uns auf der Matte stünden und was wir dann sagen würden und was nicht. Und ich sah durch das Haifisch-Gebiss-Loch betörend schöne Mädchen und junge Frauen, die tagsüber Heu holten, auf dem Wagen die Büsche stapelten und auf dem Heuboden und die abends mit den Landfreak-Jünglingen in einer riesigen Fachwerkhaus-Küche Beedies oder ab und zu einen Joint rauchten und die lasen, locker plauderten, erzählten, diskutierten oder Musik in einer Scheune hörten, in der die Kommunenband oder andere Bands abends Konzerte gaben und die Freaks zu wilden Tänzen inspirierten. Und danach küssten und liebten sich die Verliebten in Sommernächten mit einer Leidenschaft so heiß wie die Sommer in Saudi-Arabien. Ich hatte Angst vor dem Abschied von Holger, vor dem moralischen Konflikt, und ich projizierte auf die Körner-Kämpfer meine Ideale und sah in ihnen teilweise das verwirklicht, was in meinem Leben fehlte, bei mir, dem Zerrissenen zwischen den protestantischen Bibel-Wörtlichnehmern, von denen ich zu dieser Zeit noch stark geprägt war, die einem die Seele einkerkerten und anketteten mit ihrer Denk- und Gefühlsrepression, die einem aber auch die Geborgenheit einer kachelofengeheizten und behüteten Wohnküche eines Fachwerkhauses im Düster-Herbst der Verzweiflung über die Sinnlosigkeit der Existenz gaben, und den Hippies und den von den Achtundsechzigern Inspirierten auf der anderen Seite, ich, der Zerrissene zwischen enger Frömmigkeit und säkularer Freiheit des Denkens und des Lebens, die für mich zwar in ihrem letzten Grund in Verzweiflung wurzelte, weil sie keine Antwort auf die Sinnfrage des Lebens gab und einen in einer einsamen, ungetrösteten und untröstlichen Welt und in einem dunklen, von kalten Sternen gesprenkelten Weltall zurückließ, die – die säkulare Freiheit des Denkens – aber eben auch das zuließ, was so entscheidend bei den Kreissägen-Lärm predigenden Beton-Frommen fehlte, und deswegen war ich ja so fasziniert und angezogen durch die Hippie-Kultur, sah ich doch in meiner Vorstellung in ihren beeindruckenden, sensiblen und intelligenten Vertretern (auch nur in der Vorstellung, denn so gut kannte ich ja viele nicht wirklich gut) ein buntes, poetisches, freies, die Liebe, auch die unausdenkbaren und unausschöpfbaren Ekstasen der sinnlichen Liebe feierndes Leben, und in den Ideen der Achtundsechziger, die in den Siebzigern selbst im kleinsten hessischen Dorf angekommen waren, fand ich eben eine überzeugende Antwort auf die sozialen Ungerechtigkeiten dieser Welt in der Idee einer demokratischen, den westlichen Freiheitsbegriff integrierenden, sozial gerechten Gesellschaft, ich, der ich zerrissen war auch zwischen der Lektüre von Büchern aus dem Umfeld der Beton-Bibeln mauernden Frommen und der weltlichen Literatur, denn von dieser Schönen war ich inzwischen gebannt und gefangen, da ich in der zehnten Klasse, im Winter und Frühjahr 79, erneut ihre Bekanntschaft gemacht hatte, als mich nach den Einstiegsdrogen der Schullektüre von Salingers „Fänger im Roggen“ und Eichendorffs „Taugenichts“ die privaten Lektüren von Heines „Buch der Lieder“ und Hermann Hesses Büchern aus dem stummen und sachlichen und deshalb grauenvollen und grausamen Hochhaus der Einsamkeit holten und ins lebendige, tröstende und Kraft spendende Paris des Verstandenseins führten. Auch Kunz war zerrissen, da bin ich ganz sicher. Er war zu jener Zeit noch Hippie, kein Punk, und er war auf der Suche nach dem, wofür es sich zu leben lohnt, wie ich auch. Ihn stieß, wie er mir später sagte, die verbissene Zielstrebigkeit, man kann auch sagen: der Fast-Fanatismus, von Holger ab, dessen Lieblingswort zu dieser Zeit „konsequent“ war. „Mir ist Holger mit seinem ewigen ‚konsequent‘ etwas unheimlich, fast unmenschlich. Er kommt mir ein bisschen vor wie ein Sektierer.“

50. Die Polit-Fanatiker und die Beton-Frommen hassen Poesie, vor allem, wenn sie auf der Glockenblumen-Orgel eines Frühlingshimmels Kuss-Öfen orkant

Ich stimmte Kunz einerseits zu, auch mir war Holger nicht ganz geheuer, als er zum Beispiel auf unserer Zehnte-Klasse-Klassenfahrt in Berlin sagte, dass er belletristische Literatur, weil deren Lektüre so viel Zeit erfordere, im Grunde für eine Ablenkung halte von den Fragen, die die Gesellschaft nach vorne bringen und deren Beantwortung eine gerechte Gesellschaft schaffen könnten. Der von den Achtundsechzigern in ihrer bornierten, säkular-sektiererischen Form diagnostizierte und zugleich geforderte „Tod der Literatur“, bei Holger war diese Diagnose und implizite Forderung, dass Literatur im Grunde abgeschafft gehöre, Ende der Siebziger wieder lebendig geworden. Der ideologische Fanatismus der Sektierer-Linken und die Sinnen-, Welt-, Literatur- und Kunstfeindschaft der protestantischen Pietisten-Peitschen haben, so drängte und drängt es sich mir auf, eine ähnliche psychische Struktur, nur dass die Semantik, mit der diese Struktur gefüllt wird, natürlich höchst unterschiedlich ist, was bedeutend ist, aber die deutlichen Parallelen nicht außer Kraft setzt. Bei mir hatte er damit in der Wunde gebohrt, die die Gedicht-Ekstasen geißelnden Frommen mir beigebracht hatten und die ich mir natürlich auch habe beibringen lassen, als ich mir mit fünfzehn aufgrund der Lektüre einer Hudson-Taylor-Biografie auch für einige Monate verbot, sogenannte weltliche Literatur zu lesen, weil mein Held Hudson Taylor, der Begründers der Überseeischen Missionsgesellschaft in China, es als schwere Sünde ansah, Romane zu lesen, und dieser äußerst mutige Mann mich damals ungeheuer beeindruckt hatte, war er doch allein aus dem Glauben heraus ins Ungewisse nach China aufgebrochen, um zu missionieren, der aber eben auch und hauptsächlich, wie ich schon kurze Zeit nach dieser Phase dachte, ob seiner Literaturverdammung engstirnige Vorstellungen verfochten hatte, aber eben doch auch mutige und im Rahmen seiner fundamentalistischen Theologie auch fortschrittliche, wenn er, der China-Taylor, chinesische Kleidung trug, um so mit Paulus den Chinesen ein Chinese zu sein, und auf diese Weise, wenn auch voll missionarischen Eifers, wenigstens Bestandteile der chinesischen Kultur achtete. Zu dem Zeitpunkt, als Holger seine Armbrust-Pfeile auf die schöne Literatur abschoss, lehnte ich die taylorsche theologisch verbrämte Literatur-Aversion schon ab. Trotzdem angelte er noch einmal Schuldgefühle im Teich meiner Seele und zog sie ins Land der Bewusstheit, sodass ich mich wieder einmal genötigt sah, über den Sinn von Literatur nachzudenken, um meiner flammenden Liebe zu in meinen Augen guten Romanen und Gedichten eine Berechtigung zu geben. Seelische Zerrissenheit und Schuldgefühle zwingen einen zum Denken. Eine Handlung oder einen Impuls entfachen in dem See, in dem die Seele schwimmt, einen Sturm, in dem sie von den wilden und hohen Wellen der Schuldgefühle und der Zerrissenheit hin- und hergeworfen wird und unterzugehen und zu ertrinken droht. Und wie allein das ruhige und selbstbewusste An-Land-Schwimmen hilft, um sich zu retten, so helfen die durch Denken gewonnenen klaren Positionen, um aus dem Seelen-Sturm der Zerrissenheit und der Schuldgefühle zu entkommen. Ganz sicher hatte ich damals keine Literaturtheorie entwickelt, aber ich dachte gerne über den Sinn und Zweck von Literatur nach, und deshalb hatte ich mir auch zwei Jahre später Jean Paul Sartres „Was ist Literatur" in der für uns damals fast magischen weinrot-schwarzen Taschenbuchausgabe zugelegt und ab und zu darin gelesen. Oh, die herrlichen, aber zugleich fremden und mir unheimlichen schwarz-roten Adler des Atheismus in den herrlichen Taschenbuchausgaben, Sartre und Camus, die ich sehr respektierte und sogar für ihre entschiedenen und harten atheistischen, nihilistischen Positionen bewunderte, aber von denen ich mich als gläubiger Christ natürlich auch mit Wucht absetzte. Und doch, wie unglaublich tiefsinnig und alle Verhältnisse auf den Kopf stellend kam ich mir als Sartre- und Camus-Leser vor, obwohl ich von Camus nur „Der Fremde" und das mich noch viel mehr aufwühlende „Der Mythos von Sisyphus" und von Sartre außer dem später zugelegten Literaturtheoriebuch nur „Der Ekel" gelesen hatte, unglaublich tiefsinnig und alle Verhältnisse auf den Kopf stellend, wie wahrscheinlich auch mein Kumpel Friedbert aus Eisenheim, der noch wesentlich mehr Bücher der beiden Existenzialisten gelesen hatte als ich, ebenso wie ein anderer Kumpel, Hartwig aus der Parallelklasse, beide in gewisser Weise Sartre- und Camus-Jünger, was den Atheismus und den Nihilismus betraf, aber im Gegensatz zu Camus' Meinung über das Geheimnis des Sisyphos, dass dieser ein glücklicher

Mensch gewesen sei, obwohl er immer wieder den Felsen die Felswand hochrollen musste, waren diese beiden keine glücklichen, sondern unglückliche junge Männer, denen sich durch den atheistisch-nihilistischen Blick auf die Welt das Leben noch mehr verdüsterte, als es ohnehin schon bei ihnen der Fall war; bei Friedbert, kurze braune Haare und Brillengläser so groß wie Scheunentore, durch seinen grüblerisch-melancholischen Zugang zu sich selbst und damit auch zu den anderen und zur gesamten Welt oder beim deprimierten bis depressiven Hartwig mit seinen langen, glatten blonden Haare, der sogar in der zehnten Klasse schon zum Dauerkiffer geworden war. Welche Verhältnisse denn auf den Kopf stellend? Na das, was uns vor allem zwischen dem fünfzehnten und dem siebzehnten Lebensjahr wie eine Diktatur des Schweigens vorkam, geschützt und stabilisiert durch die Polizisten des Materialismus wie auch der Arbeits- und Leistungs-Vergötzung, eine Diktatur des Schweigens über die wichtigsten Fragen: Welchen Sinn hat das Leben? Gibt es Gott? Wie sollte man leben? Wie lieben? Auch wenn Sartre und Camus die Gottesfrage diametral entgegengesetzt zu meiner Überzeugung beantworteten, so befassten sie sich aber mit diesen Fragen, und deswegen waren auch sie meine Helden. Außerdem war es bei den lesenden und Fragen stellenden Gymnasiasten angesagt, Sartre zu lesen. Die Sartre-Lektüre war also nicht nur heroisch und existenziell, sondern auch eine Mode. Im Krankenhaus von Spanfeld kam ich mir allein dadurch, dass ich ein Buch von Sartre, wahrscheinlich „Der Ekel", auf dem Nachtisch liegen hatte, nichtsdestoweniger als etwas Besonderes vor und wollte damit eine junge Ärztin beeindrucken, die ich attraktiv fand. Dieser mit hellgrau-blauen Augen in die Welt blickenden, dunkelblonden, freundlich-kühlen, energischen, dabei aber freundlichen Frau war mein Ersatz-Porsche Sartre aber völlig egal. Damals dachte ich, die ganze Welt müsse wichtiger Literatur ihre Referenz erweisen, staunen, sich freuen und ihre

Solidarität erklären, wenn man einen anderen sah, der im gleichen Meer der wichtigen Wörter schwamm.
Bei meinem Nachdenken über Literatur kam ich wahrscheinlich zu folgenden Schlüssen, ganz genau weiß ich es aber nicht mehr: Literatur befreit einen dadurch, dass in ihr Erlebtes und Gedachtes zur Sprache kommt, aus seelischer Einsamkeit und erschließt einem auch die sinnlich wahrnehmbare und erlebte Wirklichkeit, in die auch der Christ gestellt ist und in der er leben darf und muss, so wie ich es eben durch Holden Caulfields Erlebnisse bei der Schullektüre von „Der Fänger im Roggen" erlebt hatte, und ist deshalb per se sinnvoll und ein Gottesgeschenk. Ich kann mich daran erinnern, dass ich irgendwann einmal dachte, wie öde und traurig ein Teil meines Schulweges an einem Regentag war. Die grauen oder weiß gestrichenen, aber mit grauem Staub und Dreck bedeckten, rein funktionalen, fantasielosen Häuser schienen alle Freude aus meinem Leben zu saugen und jeden Schwung, jeden Erlebnishunger und jede Abenteuerlust zu ersticken, und dann dachte ich, dass ein solches Erlebnis kein Schwein interessieren würde, da es ja doch nur darauf ankäme, in der Schule gute Leistungen zu bringen und zu funktionieren. Ich konnte mit meiner Mutter über manches reden, über vieles auch nicht. Wahrscheinlich hätte sie mir liebevoll zugehört, wenn ich ihr dieses Erlebnis auf meinem Schulweg erzählt hätte, aber ich dachte, dass es belanglos sei und letztlich keinen interessieren würde. Auch meinem Vater hätte ich das sagen können, aber von ihm und Onkel Ottfried hatte ich den Eindruck, dass sie hauptsächlich daran interessiert seien, welche Noten ich nach Hause bringen würde. Wahrscheinlich habe ich mich so manches Mal an Regentagen in dem Abschnitt des Schulweges, in dem die öden Häuser mit ihren öden und trübsinnigen Gesichtern in die Welt blickten, so gefühlt. In jedem Fall wirkte es für mich, als hätte jemand in einem Raum meines Erlebens die Vorhänge aufgezogen und die Fenster und die Tür aufgemacht, sodass der dunkle Raum der Einsamkeit mit der abge-

standenen Luft plötzlich hell war und äußerst belebende frische Luft hineinkam, und als könnte ich mich mit diesem Jemand über vieles unterhalten, über das ich mit anderen Menschen nicht sprechen zu können glaubte, als im „Fänger im Roggen“ eine ähnliche Stimmung Holdens an einem trüben Regentag geschildert worden war. Es war, als hätte jemand die gefesselten Beine der Seele losgebunden, sodass ich befreit in der Welt rumspazieren konnte. In der Literatur kommt das zur Sprache, worüber sonst kaum jemand redet. Wie befreiend, wie wohltuend war das in einer Welt, in der fast nur messbare Leistungen in der Schule oder beim Tischtennis zu zählen schienen, so habe ich die Salinger-Lektüre empfunden. Außerdem dachte ich, dass man schließlich auch als Christ das Recht und die Pflicht hat, sich mit geistigen Strömungen, wie sie nun mal über Medien oder Bücher kommuniziert werden, auseinanderzusetzen. Das war und ist zwar einerseits richtig, aber auch ein Taschenspielertrick, denn damit kann man vieles rechtfertigen. Ich gehe sogar so weit und sage, dass diese Sichtweise eine Art Ventil für eine repressive, weltfeindliche und Seelen unterdrückende Auffassung sein kann. Elisabeth Langgässers theologische Haltung ist in vieler Hinsicht düster, repressiv, denkfeindlich, die Emotionen unterdrückend und die Sinne und die Erotik als Feindin ansehend, und doch sind ihre Bücher so emotionsgeladen, sinnlich, wenn auch unter dem düsteren Aspekt der Sünde und des Verbotenen, und von einer lebendigen und fantasievollen Sprache, wie nur wenige andere deutschsprachige Bücher im zwanzigsten Jahrhundert. Ästhetische Hämmer, wilde, faszinierende Sprachozeane sind ihre Bücher, aber ihre Theologie ist nicht überzeugend, weil das kritische Denken, die Emotionen, die sinnlich wahrnehmbare Welt und die erotische Liebe hauptsächlich im Seele zerreißenden, düster-depressiven Modus des Verbotenen ihren Platz im Leben erhalten. Bei Holger ging die ganze Literatursache nicht so tief, weil er für Poesie und Romane sowieso kein großes Faible hatte. Ihm fehlten dafür die seelischen Antennen, und eben deswegen bedeutete seine kritische Haltung der Literatur gegenüber für ihn, egal wie er dazu stand, auch keinen großen Verlust, über den er traurig hätte sein müssen.

51. Kunz wittert den Polit-Savonarola und die Guillotinen-Geilheit Robespierres und sieht das Alt-Schwarzbrot bei den Körner-Kämpfern, das die Zähne des Abenteuers stumpf macht

Nah am Fanatischen und es manchmal streifend war Holgers kritische, ja radikale Haltung zur bürgerlichen, was bei uns hieß: zur allgemein üblichen Lebenspraxis in Kleinfamilien, Schule und Beruf und zur kapitalistischen Wirtschaftsweise. Deshalb konnte ich Kunz verstehen, als er seine Gegnerschaft zu Holgers Anbetung einer scheinbar allein richtigen „Konsequenz" kundtat. Er sah in ihm einen Nachfahren von Savonarola, der mit der Unmoral und den Ungerechtigkeiten auch gleich die Kunst und das Schöne im Leben, das, was die Sinne ansprach und die Seele freute, mit Vehemenz ablehnte, er roch in ihm Wiedergänger der Bilderstürmer aus der Reformationszeit, die die Bilder aus den Kirchen rissen und verbrannten. Aber ich bewunderte, möglicherweise im Gegensatz zu Kunz, ich weiß es nicht mehr so genau, auch die Entschlossenheit Holgers, seine Ideale in die Tat umzusetzen und den für ihn scheinbar unerträglich gewordenen Zustand, zu Hause zu wohnen und fünf, manchmal sechs Tage morgens in der Schule aufzuschlagen, zu beenden. Kunz war realistischer als ich, glaube ich, und sah damals schon, dass es bei den Körner-Kämpfern und ähnlichen Landkommunen oder sonstigen Lebensgemeinschaften keineswegs so ideal war, wie Holger und bis zu einem gewissen Maße auch ich uns das vorstellten. Kunz sah auch das Schwarzbrot, ich neben dem Säkularismus hauptsächlich die schöne, bunte Hippiekleider oder fantasievolle Flickenjeans tragenden Frauen mit betörend schönen

Gesichtern, Augen wie Seen aus Joan-Baez-Songs singenden Kornblumen oder wie dunkle, geheimnisvolle Wälder, in denen blaue Hirsche Klatschmohn-Installationen tanzten, und Figuren so kurvig wie Mittelgebirgslandschaften, als wäre man in ein Bild von Renoir gefallen, oder schlaksig und groß wie Libanon-Zedern, die einen in den siebten Himmel beamten oder wenn nicht dahin, dann wenigsten dorthin, wo die Amouren von Goldmund und dem grünen Heinrich am Horizont erschienen, mit diesen Schönen stellte ich es mir paradiesisch vor, etwa zwei Drittel des Tages körperlich auf dem Hof zu arbeiten, Vieh zu füttern, ja sogar Ställe auszumisten, einzustreuen oder Felder zu bestellen, Heu und Stroh zu holen oder alles zu tun, was bei der Getreideernte an Arbeiten anfällt, dann ein Drittel des Tages Bücher zu lesen, die einem die Welt erklären und der Seele Frieden und Freude schenken wie ein Spätsommerabend, der in Stoppelfelder-Romanen badet, oder Texte, die die bunten Raketen der Seele zündeten wie Rimbauds „Le Bateau ivre", sodass man sich so fühlte, als könnte man jeden Baum ausreißen, die höchsten und die schönsten Gipfel besteigen und jedes Meer befahren, und dann mit ihnen, den schönen, bunten Hippiefrauen, zufrieden und gelassen über die Spätsommerabend-Bücher zu parlieren oder beschwingt oder vor wilder Ergriffenheit und Inspiration überschäumend Rimbauds stürmische Sprach-Ozeane zu preisen oder eben selig in Bier-Seen badend, auf Rotwein-Strömen fahrend, glücklich selbst gedrehte Zigaretten rauchend und den Rauchwolken hinterhersehend, als seien es goldene Schwalben, oder, was ich puritanisch-biederer Frommer und Angsthase ja eigentlich nicht zu dürfen glaubte, mit Cannabis-Flügeln über Landschaften schwebend, in denen auf weißen Klavieren surfende schwarz-bunte Rinder gelbe Eichen atmeten, abends ausgelassen zu feiern. Und Holger? Er sah wahrscheinlich zuerst das alternative, moralisch und politisch vorbildliche Leben, dann die bunten, betörenden jungen Hippie-Frauen und dann das Schwarzbrot.

„Mensch, Leute, die Körner-Kämpfer praktizieren tatsächlich das, was mir als die beste Lebensform vorschwebt. Zwei Drittel des Tages arbeiten sie in der Landwirtschaft oder im Hofladen, oder sie fahren mit dem VW-Bus zu Märkten und verkaufen die selbst produzierten Bioprodukte. Und ein Schöppchen trinken und abends einen Joint rauchen kann man auch." So ähnlich wird Holger uns kundgetan haben, was ihn bei den Körner-Kämpfern anzog, ja überwältigend überzeugend bei ihm einschlug.

52. Das moralische Dilemma

Wie ging die Geschichte weiter? Kunz und ich hielten natürlich dicht. Wir trafen uns noch zweimal, bevor Holger abgehauen war, bei mir zu Hause in Bullburg und redeten darüber, wie wir vorgehen oder reagieren wollten, wenn Holger abgehauen und bei den Körner-Kämpfern sein würde. Wir fühlten uns einerseits umwerfend subversiv, wie eine geheime Avantgarde der Revolution, die die Umwälzung aller Lebensverhältnisse einleiten und damit ein Paradies an Gerechtigkeit und glücklichen Seelen herbeischaffen würde, und andererseits wie kleine Jungen mit schlechtem Gewissen gegenüber Papa und Mama, weil sie von etwas Verbotenem wussten, sich daran sogar noch beteiligten und die Unverfrorenheit und Schlechtigkeit besaßen, ja vollends in ihr versunken waren, und es ihnen, den armen Eltern, nicht sagten.

53. Endlich bei den Körner-Kämpfern, wo die Hippie-Mähdrescher der Revolte den wiehernden Hafer der Gerechtigkeit hurraen

Die Flucht von Holger hatte dieser schon generalstabsmäßig geplant, wie er glaubte. Die Landkommune „Körner-Kämpfer“ befand sich in der Nähe von Spatzingen, also etwa hundertzwanzig Kilometer von Hermannsdorf entfernt. Nach Spatzingen fuhr ein direkter Zug, den Holger am letzten Schultag nehmen wollte, statt in die Schule zu gehen. In Spatzingen wollte er in einen Bus steigen und in das Dorf Lundau fahren, wo der Erbe eines großen Hofes, statt den konventionell betriebenen Bauernhof seiner Eltern weiterzuführen, eine bis in unsere Gegend legendäre Hippie-Landkommune aufgezogen hatte. Die Flucht hatte auch geklappt. Holger kam an. Was er uns nicht erzählt beziehungsweise worin er uns nicht die ganze Wahrheit erzählt hatte, war die Frage, ob er sich denn vorher bei den Körner-Kämpfern gemeldet hatte. Ja, das habe er, und sie wollten ihn aufnehmen. Gemeldet hatte er sich dort auch, die Land-Kommunarden hatten ihm aber zunächst nur ein Praktikum in den Sommerferien zugesagt. Im Stillen hatte er die Hoffnung, dass er länger würde bleiben können, wenn er sich bewährt haben würde, indem er sich in das Landkommunenleben gut integrieren und fleißig in der Landwirtschaft arbeiten würde und etwas beitragen könnte, wenn darüber diskutiert werden würde, wie man die Landkommune weiterentwickeln, wie man erfolgreich Produkte fair vermarkten, wie man die Arbeitsstrukturen noch weiter humanisieren könnte, oder wenn es darum ging, sich Gedanken über eine Wirtschaftsweise zu machen, die anders, eben menschlicher und gerechter aufgebaut sein würde als die kapitalistische, wenn er ihnen zeigte, dass er ein großer Schaffer und ein guter Organisator sei. Außerdem hatte er gehört, dass, ähnlich wie in der Kommune von Ton Steine Scherben in Schleswig-Holstein, so kursierten zumindest Gerüchte sogar bis in die Hippie-/Freak-Szene Waldhessens, auch Minderjährige aufgenommen würden, wenn sie glaubhaft versicherten, dass sie aus unerträglichen Verhältnissen abgehauen seien, in die sie unmöglich zurückgeschickt werden könnten. Seine Hoffnungen waren nicht fehlgegangen, denn er durfte tatsächlich auch nach den Sommerferien noch zwei Monate am Ort seiner Sehnsüchte, am Ort der Subversion und der Revolution, am Ort der Umwandlung aller Lebensverhältnisse bleiben, wo die denkenden Linden der Gerechtigkeit Brot und Songs blühen. Aber in dieser Zeit hatten ihn der Ober-Landkommunarde und die anderen, ebenfalls älteren, erfahreneren und vernünftigeren Mit-Landrevoluzzer davon überzeugt, dass es besser sein würde, wenn er sich bei seinen Eltern meldete und entweder eine Ausbildung begönne oder die Schule weitermachte. Sie würden ihm empfehlen, weiter die Schulbank zu drücken, weil er nach ihrer Auffassung intelligent sei und es schade wäre, wenn er seine Begabung nicht entfaltete. Von den von ihm verehrten Landkommunarden, Menschen, zu denen er aufsah, denen er vertraute, weil sie sich aus dem Sumpf des „man" gezogen hatten (man muss doch, wenn man die Begabung hat, Abitur machen, man kann sich doch nicht so unmöglich kleiden wie du mit deinen kaputten und manchmal nicht ganz sauberen Jeans und die Hemden auf der Hose tragen und sich die Haare lang wachsen lassen wie ein Gammler, man sollte auf jeden Fall studieren, weil man dann einen angesehenen Beruf ergreifen kann und mehr Geld verdient, als wenn man in einem Lehrberuf arbeitet, man, man, man, das „man", das sich zum Diktator über die Individualität aufschwingt und sie zerstört und auslöscht, das sich zuerst selber und dann, wenn man Kinder hat, auch diese verrät an die Freiheit abtötenden und Ängste narkotisierenden Silberlinge des Allgemeinen, so wie er es immer von seiner Mutter, aber auch von seinem Vater gehört und eingetrichtert bekommen hatte) und ein selbst verantwortetes Leben lebten, über das sie nachgedacht und für das sie sich entschieden hatten, sie und niemand anderes, von ihnen ließ er sich überzeugen, was ihm auch seine Eltern geraten haben würden, aber eben aus einer völlig anderen, menschlicheren, die Persönlichkeit ehrenden, das Glück befördernden Haltung heraus. Warum? Weil er sich bei Landkommunen-Simson, dem Hoferben, den sie so nannten, weil er ein athletischer Typ war und Bärenkräfte und eben lange Haare hatte wie der Simson in der Bibel, bei ihm vor allem, aber auch bei den anderen Land-Kommunarden so akzeptiert und geliebt fühlte, wie er war, mit seiner Lust auf körperliche Arbeit und seiner Freude an der Natur, aber auch mit seiner großen Begabung, Sachen auf die Beine zu stellen, sei es die Vermarktung der Bioeier und des selbst gemachten Käses oder sei es, wie man am schlauesten an einen billigen Traktor kommen konnte. Außerdem waren sie nicht seine Eltern, und das spielt eine entscheidende Rolle, egal wie menschlich und weise oder eben unmenschlich und starr wie eine Litfaßsäule diese (seine Erzeuger und Aufzieher) auch gewesen sein mögen, eben nicht seine Eltern, gegenüber denen er seine Persönlichkeit mit allen ihm zur Verfügung stehenden geistigen und seelischen Kräften verteidigen musste oder verteidigen zu müssen glaubte. Am Ende der Sommerferien hat er dann bei seinen Eltern angerufen, denen die Fesseln der Ängste und Sorgen und die schwarze Augenbinde der Niedergeschlagenheit alle Tatkraft und allen Lebensschwung geraubt hatten und die durch diese Nachricht von einer wilden und zugleich tiefen Lebensfreude ergriffen wurden, wie es vielleicht zuletzt bei der Geburt von Holger gewesen war. So vermute ich, und so ähnlich hat es mir Holger später einmal erzählt.

54. Die zerrissene Seele von Holgers Vater

Im „Durstigen Denker“ sagt mir Holger, dass sein Vater immer viel Respekt vor mir gehabt habe, weil ich zu Hause auf dem Hof so viel hätte arbeiten müssen. In dieser Bemerkung scheint mir jetzt, da ich das schreibe, einer der möglichen Gründe für die Zerrissenheit von Holger enthalten zu sein. Sein Vater, der Justiziar in der Stadtverwaltung von Hermannsdorf und Sohn eines Bauern war, hatte zwei Haltungen, die sich widersprachen und die ihn selber und die auch seine

Mitmenschen immer wieder seelisch schachmatt setzten, immer das Gefühl des Versagens und des Ungenügens mit sich brachten, das oft genug auch eine seelische Selbstgeißelung im Gefolge hatte: Nie mache ich etwas gut genug, ich versage und muss deshalb zu Recht bestraft werden. Insbesondere seine in der Kindheit alles von ihm aufsaugenden Kinder Holger und dessen zehn Jahre jüngere Schwester Friederike stürzte er durch seine Haltung immer wieder in die Nie-bin-ich-gut-genug-Qual und in die Selbstbestrafungs-Hölle. Einerseits war er ein Aufsteiger, der es aus einfachen Verhältnissen zum Justiziar gebracht hatte und der deshalb auch seine Kinder im Schraubstock seines großen und zähen Ehrgeizes hatte. Andererseits war er seiner Kindheit und Jugend verbunden, seinem Vater und seiner Mutter, die er geliebt und mit denen er schöne Zeiten auf dem Bauernhof erlebt hatte, wenn er, wie auch ich es erlebt habe, im Winter abends den Kühen im Stall Heu gegeben und sich geborgen und sicher wie ein Ritter hinter den dicken Mauern einer Ritterburg gefühlt hatte oder die Buchen kitzelnden Hirsche der Freude geritten hatte, wenn er morgens die Kühe auf die Weide trieb, die Wiesen löffelte wie grünen Wackelpudding, den Braten der Getreidefelder verzehrte und kräftigen Salat des Waldes schmauste, und er fühlte sich seiner Jugend dadurch verbunden, dass er bei der Dreschmaschine schwere Getreidesäcke schleppen musste oder dicke Bohlen und Balken beim Bau einer Scheune und sich stark und männlich dabei vorkam wie Ursus in „Ben Hur". Wegen dieser Erinnerungen an seine Jugend, die magischen Weizen malten, der mit Kornblumen verstecken spielte, sah er einen hohen Wert in Landwirtschaft und in körperlicher Arbeit, die er in seinem Leben nur bedingt verrichten konnte, eben weil er als Justiziar eine dauerhafte und zu Teilen auch abgestandene Ehe mit dem Bürostuhl führte, aber auch, weil er körperlich nicht mehr der Herkules war, als der er sich in der Jugend beim Schaffen und Schwitzen gefühlt hatte. Er hatte eine Herzmuskelentzündung übergangen, weil man sie nicht festgestellt hatte, und schnaufte nach fünfzehn Treppenstufen, als hätte er den Klettersteig am Hochstaufen bei Bad Reichenhall gemeistert. Er wäre also auch gar nicht mehr in der Lage gewesen, in der Weise körperlich zu arbeiten, wie er es in seiner Jugend und wie es seine Eltern das ganze Leben getan hatten. Die Mixtur aus Aufsteigerstolz einerseits, den ihm wiederum seine Eltern auch jeden Tag in sein Fühlen und Denken eingebrannt hatten, die stolz auf ihren Sohnemann waren, weil er als Einziger neben dem Pfarrers- und dem Arzt-Sohn im Dorf aufs Gymnasium gegangen war, und der Sehnsucht nach dem Leben auf dem Bauernhof andererseits, das ihm als Kind so viel Freude bereitet hatte, diese widersprüchlichen Ideale führten bei Holger zu der beschriebenen seelischen Zerrissenheit, die ihn, egal, was er tat, nie auf den Gipfel der wilden, die ganze Welt in die Tasche steckenden Freude oder wenigstens zum gelassenen Samstags-vormittags-Brunch der Zufriedenheit führte. War er in der Schule fleißig und lernte viel und brachte gute Noten mit nach Hause, lobte ihn sein Vater, der übrigens Wilhelm heißt, und war stolz auf ihn, aber eben nie ohne Vorbehalte, nie hundertprozentig, vielleicht in dem Moment, als er ihm die Nachricht einer guten Note freudig mitteilte, schon, aber nie dauerhaft, denn am Abend konnte es sein, dass er Holger von seiner Jugend und seinem Leben auf dem Hof vorschwärmte und sich in Selbstverachtung und somit auch in Verachtung über ein Leben erging, das auch Holger in der Vorstellung seines Vaters einmal führen würde, ein Leben in einem akademischen Beruf in irgendeinem Büro oder in der Schule fern der Landwirtschaft und fern der Natur. Das war der dem Lob diametral entgegengesetzte Subtext, den Holger in dieser, aber auch in tausend anderen Formen kredenzt bekam: Holger wurde gelobt und mit dem Lob in eine zerstörerische Beziehung verstrickt, machte auch Bekanntschaft mit der Verachtung, mit der Verachtung für das, wofür er einige Stunden vorher gelobt worden war, Verachtung dafür, dass er auf einen angesehenen, aber in den Augen seines

Vaters von der wirklichen, der überbordenden Freude abgeschnittenen Beruf zusteuerte, Bekanntschaft mit der Verachtung und auch mit dem Bedauern dafür, dass er so viele Stunden in der Schule und dann nachmittags mit dem Lernen für die Schule verbrachte, wobei er, Wilhelm, seinem Sohn ja die Suppe eingebrockt und das Land verkauft hatte, das er von seinen Eltern geerbt hatte, weil er ja getan hatte, was vernünftig war, was man doch tun musste, als der Stahlbaron aus Essen sich in der hessischen Idylle einen Hof gekauft hatte und auch Land von allen Bauern einsackte, die ihm für einen guten Preis Land verkauften. Weil er gut bezahlte, hatte auch Wilhelm dem reichen Salon-Landwirt aus dem Ruhrpott sein Land in den Rachen geworfen. Ja, Wilhelm konnte nicht mehr hart körperlich arbeiten, aber schon lange vorher hatte er seine Jugend und sein Glück verraten. Das war die bittere Quelle, aus der es jeden Tag in die Seele von Holgers Vater träufelte und die auch Holger nie uneingeschränkt glücklich sein ließ. Als Holger dann mithalf, das Pablo-Neruda-Café zu renovieren, machte ihm das wirklich Spaß, die Murmeltiere der körperlichen Arbeit tollten fröhlich unter der Sonne, und er tat damit auch das, wovon sein Vater ihm an so manchem Abend mit bewegender Verve, aber auch von den November-Krähen der Depression umkrächzt, vorgeschwärmt hatte. Die Körner-Kämpfer verkörperten natürlich, aber eben nur auf den ersten Blick, den größtmöglichen Gegensatz zu Holgers Vater, hier die langhaarigen, demokratisch-sozialistischen, der Idee von experimentierfreudigen Liebesbeziehungen nicht grundsätzlich abgeneigten, aber diese auch nicht dogmatisch propagierenden, damals noch unglaublich exotischen, als weltfremd und spinnert geltenden, ökologisch wirtschaftenden Bauern, die natürlich nicht in erster Linie als Bauern wahrgenommen wurden, wie man es heute tut, da ein Biobauer durchaus konservativ und ein Jäger sein und von Lüneburg nach Salzburg fliegen kann, um am Wochenende ein Murmeltier im Astener Tal in Kärnten zu schießen, kurzhaarig, mit Holsten-Spoiler

und grünem Pullover, Klamotten also wie ein Reservist, nein, damals wurden die Landkommunen-Ökos in erster Linie als Hippies wahrgenommen, die Hasch rauchen und, so die Projektionen der an Konventionen versklavten Kleinbürger, jede Nacht mit einer anderen Frau schlafen würden, diese alle Moral verachtenden Lustmolche und Kommunisten, die, so die Vorurteile vieler Dörfler, von Landwirtschaft so wenig Ahnung hatten wie ein kurzsichtiger, streichholzdünner, John-Lennon-bebrillter Archivar aus Hamburg, hier also die langhaarigen, linken Hippie-Chaoten und dort der bieder-konservative, ehrgeizige, im Gefängnis grauer oder brauner Anzüge gefangene und dahinsiechende Kleinstadt-Akademiker, Jäger, Mitglied des kirchlichen Gesangsvereins und CDU-Wähler mit einer Frisur, die sich dadurch auszeichnete, dass kein Haar länger als ein Reiskorn war, der in den Urlaub meistens ins Stubaital oder nach Südtirol fuhr und der so viel Wert auf gute Schulnoten legte und doch ein in einer zerrissenen Seele wohnender, verhinderter Bauer war. Äußerlich gab es keinen größeren Gegensatz als die langhaarigen Körner-Kämpfer und Uncle-Ben-Wilhelm (wegen seines lichten Haarschopfes und der Kürze der verbliebenen Haare), aber wenn man sich die widersprüchliche Haltung Wilhelms vergegenwärtigt, gab es durchaus eine essenzielle Gemeinsamkeit: die Mustangs atmende, fettgrüne Mai-Buchen malende, Wildschweine trompetende Liebe zur Landwirtschaft nämlich.
Im September und im Oktober lebte und arbeitete Holger dann mit Wissen der Eltern und mit einer Sondergenehmigung der Kaninchenberg-Gesamtschule weiterhin bei den Körner-Kämpfern.

55. Zum Glück ist da Dr. Karl Hulddorf

An der Schule gab es einen sensiblen, aber unerschrocken seine Meinung sagenden, gebildeten, liberalen und tatsächlich sehr toleranten, Rotwein, Shakespeare, Jack Kerouac und Adorno liebenden Geschichts- und Englischlehrer, Dr. Karl Hulddorf, der gerade Rektor geworden war, weil sein Vorgänger, ein auf diesen hohen Posten hoch gelobter, inkompetenter Typ, der wie eine Kopie von Gert Fröbe in den Sechzigern aussah und der der faulste Sack war, den ich bisher als Lehrer kennengelernt hatte, und der zugleich von einer unheimlichen Bauern-Schläue und Skrupellosigkeit war, mit der er diese Faulheit kaschierte, weil also diese Fröbe-Kopie (nur, was den Leib betrifft) den Job geschmissen hatte, nachdem sein Schwiegervater gestorben war und er sich ein Wohnmobil so groß wie unser Schulbus gekauft hatte und er im Sommer die Autofahrer Englands mit seiner bulligen Fahrweise in Angst und Schrecken versetzte und in den Bed-and-Breakfast-Unterkünften „the German bulldog bus driver" genannt wurde und dort einer der bekanntesten Deutschen gewesen zu sein schien, wie mir Frisco, ein Typ aus unserem Jahrgang, erzählt hatte, nachdem er seinen Onkel in England besucht hatte. Es lassen sich kaum größere Gegensätze denken als der freundliche, aber kernige Steher Dr. Hulddorf und der skrupellose Durchkommer Kraft Nübel. Holger und sein Vater Wilhelm, der Ober-Landkommunarde Simson und seine langjährige Freundin Claudia hatten sich bald nach dem für die Eltern erlösenden Anruf mit Hulddorf getroffen und es tatsächlich geschafft, dass Holger noch zwei Monate in der Landkommune leben und arbeiten durfte, mit der Auflage, dass er sich mit dem Schulstoff befassen müsse, den die anderen Schüler in der gleichen Zeit durchnähmen. Claudia hatte auf Gymnasial-Lehramt studiert und sogar Referendariat gemacht, sich dann aber doch nicht vorstellen können, in einer normalen Oberstufe als Lehrerin zu arbeiten, weil die Hierarchie und die Reglementierungen ihre Empfindungen so trostlos, grau und hässlich machten wie in den Semesterferien, als sie auf dem Landratsamt ihrer Heimat-Kleinstadt jobbte, und sie hatte die ganze Ausbildung aus Sicht ihrer Eltern, aber auch vieler Freundinnen und Freunde in den Wind geschossen und war zu den Körner-Kämpfern gezogen. Dort hatten sie und Simson sich ineinander verliebt. Als Holger bei den Körner-Kämpfern das Vieh im Stall versorgte und ausmistete, beim Stroh-Fahren half und sich mit feurigem Geist in die Diskussionen stürzte, wie man die Bio-Produkte besser an die Frau oder den Mann bringen konnte oder wie man die Gesellschaft so verändern könnte, dass ein menschlicheres politisch-wirtschaftliches System auch und gerade für die Vieh- und Landwirtschaft dabei herauskäme, war sie gerade zu der Erkenntnis gekommen, dass die Arbeit in der Landwirtschaft und das allabendliche Beisammen-Hocken und Diskutieren sie nicht so ausfüllte, wie sie es sich erhofft hatte, und als die Bedingung für Holgers Bleiben, die Einverleibung des Schulstoffs, klar war, überkam sie eine Freude ähnlich der in ihrer Kindheit, wenn in Aussicht stand, mit ihrer Freundin Laura Rollschuh laufen zu gehen: Ich werde Holger den Schulstoff vermitteln.

56. Was bei den Körner-Kämpfern sonst noch so abgeht

Neben dem Fressen des Schul-Schrotes hatte Holger aber im September und im Oktober 1979 eben noch zwei Monate bei den Landfreaks, die in seinen Augen die Songs der Gerechtigkeit und der Menschenfreundlichkeit säten, in der Landwirtschaft gearbeitet, beim Verkauf der Produkte auf dem Hof und auf verschiedenen Märkten in Spatzingen und Umgebung mitgeholfen und war darüber hinaus maßgeblich daran beteiligt, ein Bestell- und Zubringsystem zu konzipieren und aufzubauen, bei dem die Kunden ihre Ware gebracht bekamen, normalerweise mit einem tomatenroten Ford Transit, auf dessen Motorhaube eine große bunte Gitarre, die in eine ebenso bunte Kuh überging, eine Gitarren-Kuh eben, zu bestaunen war, dem bunten Ford Transit, den die Körner-Kämpfer zusätzlich zu dem Hippie-Klassiker – bunt in Schlangenlinien gestreifter, psychedelisch angemalter VW-Bus mit schwarzen Peace-Zeichen und Anti-AKW-Aufklebern – für diesen Zweck angeschafft hatten. Öko-Essen auf Rädern, durchdrungen von der Aura eines fantasievollen, den Mohn der Leidenschaft lachenden und die Kühe der Zufriedenheit komponierenden Lebens. Außerdem war Holger ebenso maßgeblich an der Planung eines anderes Projektes beteiligt: Die Körner-Kämpfer wollten eine neue Scheune bauen, nicht modern, sondern mit Fachwerk-Technik, die sie, die Körner-Kämpfer, sich durch Bücher aneigneten wie auch dadurch, dass sie die Dörfer abklapperten, um alte Fachmänner (es waren meistens wirklich Männer) zu finden, die ihnen noch erklären konnten, wie man ein Fachwerkgebäude baut. Die Scheune sollte als Lager genutzt werden, um anderen Landkommunen in der näheren oder weiteren Umgegend ihre Produkte abzukaufen. Die Körner-Kämpfer dachten dabei an Landkommunen oder Bio-Höfe, bei denen die dort arbeitenden Hippie-Bauern so viel Arbeit mit der Vieh- und Landwirtschaft hatten, dass sie nicht auch noch ihre Milch oder in manchen Fällen auch ihren selber gemachten Bio-Käse oder ihr Bio-Weiden-Fleisch und ihre Bio-Weiden-Würste (weil die Schweine bei den Landkommunarden im Gegensatz zu vielen konventionell wirtschaftenden Bauern auf die Weide durften und nur mit Bio-Futter versorgt wurden) an Einzelkunden verkaufen wollten neben ihrer ihnen Freude bringenden, aber eben schweren Arbeit, die das Angesicht, aber auch den Leib und die Extremitäten mit Schweiß bedeckte, der im Gegensatz zu dem der anderen Bauern aber veredelt, ja geadelt war durch die Mutter Erde schonende Produktion und die allabendlich stattfindenden Diskussionen über Themen wie: War Wilhelm Reich ein Pansexualist, war er ein Sexist, kann man mit den französischen Poststrukturalisten Nietzsche in Deutschland für eine aufgeklärt-linke Haltung fruchtbar machen, wird die Landbevölkerung und die Landwirtschaft, der ganze ländliche Raum, in der durch die Metropolen geprägten aufgeklärten philosophischen und soziologischen Theoriebildung marginalisiert und so den Konservativen kampflos überlassen oder in deren Arme getrieben? Oder ob, wenn man an Rudi Dutschke und Helmut Gollwitzer denken würde, die Theologie zur Befreiung des Menschen beitragen könne oder ob sie immer wieder Opium fürs Volk liefere? Außerdem war der Hippie-Öko-Landwirtschafts-Schweiß im Gegensatz zu dem vieler anderer Bauern zusätzlich zu den genannten Diskussionen auch noch veredelt, ja geadelt durch die in vielen Landkommunen emsig betriebenen kulturell wertvollen Aktivitäten wie Schreiben, Musik machen, Malen, Weben, Batiken, Emaillieren, Töpfern, Meditieren, Yoga und Tanzen. Es gab darüber hinaus natürlich auch Landkommunen, bei denen die Mitglieder schlicht keine Lust hatten, sich darum zu kümmern, ihre Produkte abzusetzen an die Freundinnen und Freunde des guten Essens, das eben nicht nur ein gutes Essen, sondern auch noch ein moralisch besseres Essen sein sollte, weil bei der Produktion die Umwelt geschont wurde und, meiner Ansicht nach ein noch offensichtlicherer moralischer Aspekt, weil den Bedürfnissen der Tiere mehr Raum in der Haltung eingeräumt wurde. Wer wollte, konnte auch Geld in die Landkommune geben und damit das alternative Leben unterstützen. Die meisten Unterstützer wollten dafür als Lohn nur die guten, subversiven, vom Geschmack einer neuen, gerechteren Welt durchdrungenen Lebensmittel zugestellt bekommen, obwohl sie deutlich mehr Geld gaben, als die Lebensmittel wert waren. Deswegen wäre zur damaligen Zeit auch „Geld anlegen" kein passender Begriff gewesen, denn es stand kein Gewinninteresse, jedenfalls kein unmittelbar monetäres, dahinter. So war so mancher Uni-Dozent, Arzt oder Lehrer auf diese Weise noch mit dem wilden Hippie-Leben, dem scheinbar freieren und richtigen Leben verbunden, für das er in seiner Schul- und Studiums-Zeit selber geschwärmt hatte. Manche von diesen Etablierten fühlten sich abends kurz vor dem Einschlafen möglicherweise so, als ob sie in ihrem Leben, hervorgerufen vor allem durch ihre Berufe und die Strukturen, in denen sie dadurch steckten, in einem Zug säßen, der in die falsche Richtung führe, der, was immer sie auch taten, nicht in die richtige Richtung fahren konnte, es sei denn, sie würden aussteigen, aussteigen wie die Körner-Kämpfer eben, vielleicht nicht gerade in einer Landkommune leben wie diese, aber endlich die Sachen machen, die sie wirklich machen wollten oder machen zu müssen glaubten, das Buch schreiben, das sie schon immer schreiben wollten, zu der Reise aufbrechen, von der sie schon seit ihrer Jugend träumten, eine Ausbildung zum Schreiner machen und endlich die Möbel bauen, die zu bauen es sie schon lange in den Fingern juckte und die sie nicht gebaut hatten, weil sie sich letztlich von ihren Eltern und dem gesamten gesellschaftlichen Wertesystem zu einer akademischen Ausbildung und nachfolgend in einen akademischen Beruf drängen ließen, der ihnen oft so vorkam wie der Gang zum Klavierlehrer und die dann unvermeidlich kommende Klavierstunde, die sie über sich ergehen lassen mussten, weil ihre Eltern glaubten, jedes Kind müsse ein Instrument lernen, auch wenn es dazu möglicherweise überhaupt keine Neigung verspüren würde, und sie doch viel lieber an dem nun durch die Klavierstunde besetzten Nachmittag in den Jugendraum ihrer Kleinstadt gegangen wären, wo Beatmusik gespielt wurde und wo man sich mit anderen Jugendlichen unterhalten, heimlich rauchen, Cola mit Schuss trinken und ausgiebig mit seiner Flamme knutschen konnte, so von Traurigkeit angenagt und manchmal auch schon halb aufgefressen kam sich der eine oder andere möglicherweise vor. Natürlich gibt es das Bedauern und Bitterkeit darüber, keinen akademischen Beruf ergriffen zu haben, obwohl man es gerne gewollt hatte, mindestens genauso häufig, aber die Unterstützer der Körner-Kämpfer waren meistens Akademiker, von denen ich denke, dass manche so dachten und sich so fühlten, wie ich es beschrieben habe. Heute heißen die Körner-Kämpfer immer noch Körner-Kämpfer, und die

Geld-in-die-Kommune-Geber sind tatsächlich Anleger geworden bei einem der größten Großhändler für Bioprodukte in Norddeutschland.

Holger hatte bei den Körner-Kämpfern das Mähdreschen mit einem alten John-Deere-Lanz kennengelernt, auf dem er mit Simson als Mähdrescherfahrer mitfahren durfte. Kabinen gab es damals noch keine, und so brannte ihnen die Sonne auf ihre durch Strohhüte geschützten Köpfe. Ich nehme an, es war ein ähnliches Gefühl für Holger, wie ich es zu Hause mit meinem Vater oder mit Onkel Ottfried erlebt hatte: sich stolz und groß und stark und mächtig wie der König in einem Märchen zu fühlen, mitfahren zu dürfen auf dieser großen grünen Maschine mit der gelben Haspel bei einer fast sakralen Arbeit, bei der immer auch das Bewusstsein mitfuhr, dass man Nahrung für die Menschen und Tiere erntete, ein Vorgang, bei dem trotz der Technisierung, ohne die auch die Landhippies nicht auskamen, die Adler der Ehrfurcht in den Alpen der Seele flogen und die Steinböcke sich dort auf Tritten zeigten, von denen es wenige Zentimeter weiter steil mehrere Hundert Meter in die Tiefe ging, wo durchaus keine weiche Landung zu erwarten war, sondern eine, die sich niemand vorstellen mag. Der Getreidedreck, die gelbe Haspel, die das Getreide ins Maul des Mähdreschers bugsierte, das Wenden, die sporadischen Gespräche mit dem bewunderten Oberhippie Simson, das hatte wahrscheinlich etwas von einer Szene in einem Technicolor-Abenteuerfilm aus dem Hollywood der Fünfzigerjahre, die ich als Kind mit einer Wildheit wie eine Herde Bisons, die aufgescheucht über die Prärie donnert und nicht aufzuhalten ist, geliebt habe, obwohl ich sie nur schwarz-weiß sehen konnte, einer Szene vielleicht, bei der ein Kapitän mit dem jüngsten Matrosen an Bord eines Segel-Schiffes steht, das an einem heißen Tag über die Südsee gleitet, und in der der Kapitän dem Jung-Matrosen wortlos zu verstehen zu geben scheint, wie voller letztlich nicht gänzlich auszulotender Wunder und wie großartig das Leben ist und dass es immer wieder Momente gibt, in denen die Schönheit der Welt einen in eine Sphäre schießt, in der man sich dem Schöpfer näher fühlt, etwa so, als ob man auf einem Posaunen des Lobpreises sprühenden Thron aus Korn- und Sonnenblumen säße, ein Bein auf dem K2, das andere auf dem Everest, und gut gelaunt ein englisches Frühstück einnähme bei einer angenehmen Temperatur und mit genügend Sauerstoff und einen blau uniformierten Postboten empfinge, der aussähe wie Joseph Roulin auf einem Gemälde von Vincent van Gogh, diesen in einem alten gelben Postbus zu einer guten, energischen Tante, der Sonne, schicken würde mit einem Brief, in dem ein Gedicht von der Wucht Walt Whitmans oder der von Saint-John Perse enthalten wäre, mit dem man für den herrlich blauen Äther, den guten Blick in die Länder in der Nähe, man könnte unten bis nach Chennai und oben bis nach Schanghai gucken, Danke sagen würde und in dem man außerdem noch dafür Lobpreis in den Himmel trompeten würde, dass man, wenn man die Beine ausstreckte, die Zehen bis in die herrliche Badewanne des Mittelmeers eintauchen könnte!

Solche oder mindestens ähnliche Erlebnisse wird Holger einige auf dem Hof gehabt haben. Wenn die Kommunarden, nachdem sie das Stroh eingefahren und nachdem sie sich den Schweiß, den Staub und die pieksenden Strohhalm-Stücke vom Leib geduscht hatten, abends im Garten saßen, sich die Zigaretten mit Drum, Van Nelle Halfzware, Javaanse Jongens oder Gauloises selber drehten und den Rauch in die immer noch warme Abenddämmerung bliesen, bei der die Sonne sich verabschiedete, als würde ihr ein Kind wie bei einem gigantisch großen Luftballon die Luft, das glühende orangene Feuer rausgelassen haben, das Licht sich dann in Tiger verwandelt hätte, die mit wilden Sprüngen zu Beginn der Dämmerung am Himmel ihre Freiheit feierten und eine riesige Fläche (des Himmels) in Brand gesteckt hätten, das Licht rockten, Altäre aus Licht atmeten. Die Landhippies und auch Holger wurden, so denke ich und hoffe ich für sie, an solchen Abenden von ihren Biergarnitur-Bänken emporgerissen, schossen in den Abendhimmel, ritten die Licht-Tiger, wurden abgeworfen und landeten wieder auf den schlichten Biergarnitur-Bänken und verwandelten sich für Augenblicke in Licht-Riesen und Sonnen-Ritter, die überwältigt vom glühenden und betenden Gemälde des Abends waren. Holger lernte, Vertrauen zu fassen in die starken und schnellen Hirn-Pferde seines Konzept-Verstandes, ritt die Gottes Feuer in die Welt springenden Tiger der August-Sonnenuntergänge, und er fiel einige Male in einen Graben, auf dessen Grund kein lieblich plätschernder Bach Eichendorff-Gedichte rezitierte, sondern in den glühende Balken-Nägel eingemauert waren, die sich in die Beine der Seele bohrten und brannten. Warum? Weil auch bei den Körner-Kämpfern dumpfe, feuchte, von Spinnen und Mäusen bevölkerte Keller der Verzweiflung und des Bösen oberhalb des feiernden und diskutierenden Fachwerks zu finden waren. Neben Simson und Claudia und Holger lebten in der Land-Kommune natürlich noch weitere junge Frauen und Männer. Wie viele es waren, weiß ich nicht mehr.

57. Bei den Körner-Kämpfern schlägt ein blonder Blitz ein, begleitet von einem das Trommelfell aufmischenden Donner, und entfacht hartnäckiges und fressendes Seelen-Feuer

Vier Wochen bevor Holger seine große Fahrt in die singende, bunte VW-Busse säende Freiheit antrat, schlug ein blonder Blitz bei den Körner-Kämpfern ein, begleitet von einem das Trommelfell aufmischenden Donner, und entfachte hartnäckiges und fressendes Seelen-Feuer in der Landkommune, das lange Zeit nicht zu löschen war. Birgit, die aus irgendeinem Dorf in der Nähe von Spatzingen kam, war die Tochter der Hausfrau Waltraud und des Straßenbau-Arbeiters Heinrich, und sie war der Stolz ihrer beiden Eltern, weil sie aufs Gymnasium gegangen war und in der Mittelstufe oft den besten oder, wenn nicht diesen, so wenigstens einen der besten Notendurchschnitte des Jahrgangs hatte. Vor allem in Mathematik und den Naturwissenschaften saß sie jahrelang unangefochten auf dem goldenen, mit eingelassenen Edelsteinen geschmückten Thron der Jahrgangsbesten, ja es gab das Gerücht, dass niemand in der ganzen Schule ihr das Wasser in diesen Fächern würde reichen können. Ich kenne die Familie nicht und kann nicht wirklich sagen, was dazu beitragen hat, dass sie mit fünfzehn anfing, zu saufen und zu kiffen, und zwar anscheinend nicht nur ab und zu, sondern fast jeden Tag. Holger hatte mir irgendwann gesagt, dass ihre älteste Schwester 1977 an einer Überdosis Heroin in der Westberliner Drogenszene gestorben sei und dass Birgit, weil sie diese Schwester mehr als jeden anderen Menschen geliebt, ja verehrt habe, diesen Verlust nicht verkraftet habe. Das ist aber naturgemäß nur ein Stein im Mosaik von Birgits Psyche. Irgendetwas in ihrer Entwicklung muss sie so geprägt haben, dass sie Nähe nicht ertragen konnte und ihr Glück immer wieder sabotiert hat, indem sie gerade die Menschen, die sie liebten oder sehr mochten, provozierte, Streit mit ihnen vom Zaun brach, abstieß und schließlich von sich wegtrieb, so als müsste sie immer wieder eine Urszene nachspielen, etwa in der Art, dass ihr Vater immer dann, wenn er sich in ihrer Kindheit an einem Sonntag-Nachmittag ihr zugewandt und eine Geschichte vorgelesen haben würde und er zu dem Zeitpunkt, als die Geschichte am spannendsten war, die Lesung abgebrochen hätte, aus für sie völlig unverständlichen Gründen böse auf sie wurde, ihr vorwarf, dass sie die Woche über zu wenig für die Schule getan hätte, frech zur Mutter gewesen sei und ihr zu wenig geholfen habe, dass sie die Schuhe, die sie doch putzen sollte, nachlässig, ja schlampig geputzt und unordentlich zurück in den Schuhschrank gestellt habe, dass sie zu laut gewesen sei, als ihre zwei besten Freundinnen zu Besuch gewesen seien, und er deshalb in seinem Mittagsschlaf gestört worden sei, den er doch so sehr brauche, dass sie zu hastig und zu viel Nachtisch gegessen habe, dass sie, als sie Milch, Eier und Butter im Laden kaufen sollte, heimlich für zehn Pfennig Karamell gekauft habe, was er aus dem braunen Storck-Papier geschlossen habe, das er in ihrem Zimmer am Abend des Tages gefunden habe, an dem sie Einkaufen gewesen sei, dass sie, während er vorgelesen habe, nicht richtig zugehört habe und dass er zur Strafe die Geschichte nicht mehr weiterlesen würde, jetzt nicht und überhaupt nie mehr, und er die Seiten jetzt, zack, aus dem Buch reißen und in Schnipsel reißen würde. Wer mir nahe kommt und nett ist, wird mir wehtun wie niemand sonst und versuchen, mich zu zerstören. Das ist aber nur eine Szene, wie ich sie mir ausgedacht habe, um mir zu erklären, warum sich Birgit so verhalten hat, wie Holger es uns erzählt hatte. Sie las Kafka, und im Spanisch-Kurs hatte ihr argentinischer Lehrer sie auf die in Deutschland nur unter den des Spanischen mächtigen Lyrik-Freaks bekannte argentinische Lyrikerin Alejandra Pizarnik gebracht, die sie zu ihrer Heldin machte und deren Texte sie auf Spanisch las wie Luther die Bibel. Mit siebzehn wollte oder musste sie nach der zehnten Klasse vom Gymnasium abgehen, nicht weil ihre Noten schlechter gewesen wären, sondern weil sie depressiv war und ihre Depressionen zu oft schon mit hartem Alkohol und Dope zu therapieren versuchte, sodass sie psychisch und natürlich, wenn sie gesoffen hatte, auch physisch nicht mehr in der Lage war, am Unterricht teilzunehmen. Weil ihre Seele so zerstört und zerrissen war wie ein Gnu, das einem Löwenrudel zum Opfer gefallen war, las sie auch philosophische Bücher, weil sie auf der Suche nach einem Sinn dessen war, was sie fühlte und dachte, weil sie die Erfahrungen, die sie gemacht hatte, und die Schlüsse, die sie daraus zog, mit dem vergleichen wollte, was Denker über das Leben dachten, weil sie hoffte, dass sie von diesen verstanden wurde und ihr vielleicht eine Strickleiter in die dunkle, kalte und feuchte Grube ihrer Verzweiflung und Depression geworfen wurde, damit sie hoch ins Licht, in die Wärme und ins Trockene käme. Kurz bevor sie zu den Körner-Kämpfern gekommen war, war ihr E. M. Ciorans „Die verfehlte Schöpfung" in einer Buchhandlung in die Hände gefallen. Kafka, der mit seiner Prosa die verschwiegendsten und düstersten Bereiche menschlichen Erlebens ausleuchtende und zugleich verbergende Entdecker und Spurenverwischer, spendete ihr einerseits Trost, weil sie sich durch ihn in ihren eigenen Ausweglosigkeiten verstanden fühlte, aber er eröffnete der Natur seiner Werke gemäß auch keine Hoffnung auf ein anderes, glückliches Leben, und auch die oftmals von schweren Depressionen inspirierten Gedichte von Alejandra Pizarnik waren ihr heilig, weil sie sich in ihrer eigenen Depression und ihrer eigenen Todessehnsucht verstanden fühlte, aber genau wie bei Kafka wurde ihr keine Perspektive eröffnet, bei der sie auf einer E-Gitarre geritten wäre, die Mittelmeere gezwitschert und Sonnen-Kaffee diskutiert hätte. Und nicht nur kein Blick in eine hellere, freundlichere, wenn schon in keine Sommerwelt, so aber wenigsten in eine freundliche Herbstwelt wurde ihr durch E. M. Cioran offeriert, sondern der Pessimismus und Nihilismus des rumänisch-französischen Denkers bestätigte sie in ihrer düsteren Welterfahrung und Weltsicht, mit einem Katapult schossen sie Ciorans Gedanken an einen Strand, der von Öl verseucht war, wo der Sand stank, weil er mit einer dunklen, gallertartigen Masse gesprenkelt war und auch auf dem Meer, so weit sie sehen konnte, Brocken dieses stinkenden Breis umherschwammen, und als sie sich umdrehte, um von dort wegzurennen, sah sie einen Wald, in den Bomben eingeschlagen zu sein schienen, fast alle Bäume umgeknickt, sodass man unmöglich einen Weg ausfindig machen konnte, auf dem man diese von apokalyptischer Ausweglosigkeit und Grausamkeit erfüllte Landschaft verlassen könnte, und ein weiterer sie fast auffressender Schock war, dass auch dort der ekelhafte Ölschlamm zu sehen war. Es war zu einem Unfall auf einer Ölplattform wie der Deep Water Horizon im Golf von Mexiko gekommen, und einige Tage später wurde die Gegend von einem Hurrikan von der Wucht Katrinas heimgesucht, der die Wellen des Meeres in den Wald getrieben, ihn zerstört und mit Öl verseucht hatte. So fühlte sich Birgit, als sie Cioran las, dessen Auffassungen sich in unheimlicher Weise mit ihren Depressionen verbanden, so wie ein von seinen Eltern oft geschlagener, traumatisierter kleiner Junge noch auf dem Schulweg auf zwei Jugendliche stößt, die ihm bewusst den Weg versperren und, als er an ihnen vorbeigehen will, ihn anrempeln und ihm sagen, dass er sie angerempelt habe, nur um einen Grund zu haben, ihn zu verprügeln und genau das dann auch noch mit sadistischem Genuss tun. Im Gegensatz zu Cioran konnte sie also die Auffassung, dass das Leben komplett sinnlos sei, und seinen fast ausschließlich auf das Absurde und das Leiden gerichteten Blick nicht aushalten, als ewigen, alle Hoffnung zerstörenden, Seelen schrotenden November empfand sie Ciorans Denken, und so war sie im zweiten Halbjahr der zehnten Klasse von schlimmen Depressionen heimgesucht worden, die sie wiederum dazu bewogen, sich noch öfter in den Bier- und Schnaps-See stürzen oder im weichen und bunten Sofa von Haschisch zu versinken. Weil sie von den Körner-Kämpfern gehört hatte, konnte sie mithilfe eines verständnisvollen Lehrers, ich glaube, es war ihr Mathelehrer – was keine Überraschung ist –, ihre Eltern überzeugen, dass sie ein halbes Jahr in der Landkommune leben sollte, um etwas stabiler zu werden, damit sie überhaupt eine Chance habe, sich von ihrem exzessiven Alkohol- und Drogenkonsum zu befreien. Wenn sie schon einen Aufenthalt in einer psychosomatischen Klinik oder einer expliziten Sucht-Klinik kategorisch ablehnen würde, sei das zumindest noch das Beste, was ihm als Hilfe für Birgit einfalle. Er würde Simson kennen, und im Gegensatz zu den Vorurteilen über die Landkommune, die darin bestünden, dass dort den ganzen Tag Hasch geraucht würde und jeder mit jedem schlafen würde, wisse er, dass Simson in Ordnung sei und auch nicht Alkoholiker sei oder drogensüchtig. So hatte es mir Holger erzählt. Der Lehrer musste mit Engelszungen mit den Eltern von Birgit geredet haben, dachte ich damals und denke ich heute. Ob es wirklich das Richtige für Birgit war, weiß ich auch nicht, in jedem Fall kam Birgit aufgrund der Überzeugungskraft ihres Mathelehrers mit dem Segen ihrer Eltern zu den Körner-Kämpfern. Weil Birgit und Holger etwa gleich alt waren, waren gute Voraussetzungen dafür gegeben, dass sie sich öfter miteinander unterhalten würden, aber noch viel und entscheidend mehr unterhielten sie sich schließlich dann tatsächlich oder, noch genauer, wollte Holger sich mit Birgit unterhalten und sprach sie öfters an, weil die blonde Schöne ihn, nachdem er sie das erste Mal in der Landkommune gesehen hatte, sofort abwechselnd paralysierte und hibbelig werden ließ wie ein mit voller Wucht auf einen Betonplatz geworfenen Flummi, als der er dann im Wipfel einer Zeder in einem utopischen friedlichen Libanon landete, von der aus ihm alles möglich schien, das Leben nur noch mittelmeerblau und von ewigem Sommer genährt sein würde, und weil das so war, versuchte er eben, wann immer es ihm möglich war, in ihre Nähe zu kommen und sich mit ihr zu unterhalten. So in etwa hatte uns Holger erzählt, wie er Birgit kennengelernt hatte. Die Vergleiche und Metaphern habe ich benutzt, um seine Stimmung genauer, das heißt sinnlicher zu beschreiben. Ich kannte sie nur von Fotos, ihre braunen Augen bildeten in der Tat einen betörenden Gegensatz zu dem ausgelassenes und entspanntes Strandleben denkenden Sommer ihrer blonden Haare, hell, dunkel, sehr schlank und zugleich mit üppigen Brüsten, steigerten die Kontraste ihres Körpers ihre Schönheit zu etwas ganz Besonderem, erzeugten Freude bei den meisten der Menschen, die sie sahen, beim männlichen Teil der Menschheit oft darüber hinaus auch Spontanverliebtheit und Begehren. Die Kontraste in ihren Stimmungen und die Widersprüche in ihrem Verhalten jedoch waren es, die neben all dem, was Holger bei den Körner-Kämpfern aufgebaut hatte, ihm Vertrauen in seine körperliche Leistungsfähigkeit gegeben hatten – er konnte stundenlang Zentnersäcke mit Getreide schleppen und Strohbüsche gabeln, als würde er Käsehäppchen auf einer Party aufspießen –, und ihn seine Geisteskräfte spüren ließen, seine Fähigkeit, zu planen und zu organisieren, diese, die Kontraste ihrer Stimmungen und die Widersprüche in ihrem Verhalten, also waren es, die ihn aufgewühlt, bestürzt und verwirrt hatten wie wenige Sachen in seinem Leben zuvor. Einen Abend hatten sie sich, so empfand er es, so glücklich wie Erdbeeren im Juni gefühlt, so voneinander angezogen gefühlt wie Kinder vom Eis, intellektuell verwandt wie Sartre und Beauvoir und erotisch so intensiv aufeinander abgefahren wie Ada und Van (ja, ja, sie sind auch kurze Zeit später ein Paar geworden), und am nächsten Abend zeigte sie ihm die kalte Schulter, wenn er nur in ihre Nähe kam, schossen die Armbrüste ihrer Augen Verteidigungspfeile ab, und anschließend zog sie die Zugbrücke hoch, sodass jeder Zugang zu ihr verschlossen war. So belebend und inspirierend der Tag gewesen war mit der Erntearbeit und der Strategiediskussion am Abend – am Tag hatte er Birgit nicht gesehen, weil sie zu ihrem Therapeuten gefahren war und dann einen Stadtbummel in Spatzingen gemacht hatte –, so sehr stürzte ihn der ihm völlig unverständliche Umschwung in ihrem Verhalten ihm gegenüber in Traurigkeit und Verzweiflung. Danach gingen sie sich ein paar Tage aus dem Weg. Holger litt, und Birgit war froh, dass sie die Angst los war, die sie nach dem für Holger so sensationellen Abend, aber auch schon währenddessen empfunden hatte, Angst davor, dass die Nähe, die auch sie zu Holger empfunden hatte, unweigerlich zur Bedrohung ihrer Identität, ihrer Sicherheit und somit zu einer Lebensbedrohung werden würde, dass der scheinbar gezähmte, gutmütige und kuschelige Braunbär der Nähe sich zu einem wilden Monster verwandeln würde, das sie verschlingen würde. Nach diesen Sendepause-Tagen dann sprach sie ihn wieder an, scherzte mit ihm, als sei nichts gewesen, und nach diesem Muster gestaltete sich ihr Verhältnis (zu schreiben

„gestalteten sie ihr Verhältnis" wäre nicht zutreffend, denn Birgit wurde durch ihre inneren Zwänge zu einem solchen Verhalten getrieben). Holger war einerseits selig, lag entspannt am Strand des Glücks auf Oahu unter einer Palme oder surfte Riesenwellen der Ekstase oder versackte in Verzweiflung und Melancholie, als würde er sein Leben fortan in einem immerwährenden Winterhalbjahr in einem runtergekommenen Haus in einem abgerockten Stadtviertel in irgendeiner Stadt in Nordschweden ohne Strom und Kerzen oder sonstige Lichtquellen und allein verbringen müssen. Gesteigert wurde seine Verzweiflung noch dadurch, dass sich nicht nur Holger sofort nach seiner Ankunft bei den Körner-Kämpfern in Birgit verliebt hatte, sondern auch, man höre und staune, der kurzhaarige, jawohl, der blonde, kurzhaarige und kurzsichtige, John-Lennon-bebrillte Knut aus Ostfriesland, ein abgebrochener Physikstudent, der bei den Körner-Kämpfern eine landwirtschaftliche Lehre machte. Er hatte sich auch in Birgit verliebt, aber nicht so ozeanisch und fast werthersche Ausmaße erreichend wie Holger. Wenn die Eiszeit zwischen Holger und Birgit ausgebrochen war, lief Birgit, so empfand es Holger, ohne mit der Wimper zu zucken aufgeräumt und heiter mit wehenden Fahnen zu Knut über. Wenn Knut das Gefühl hatte, sie seien ein Paar, weil sie oft zusammen redeten, sich bei jeder sich bietenden Gelegenheit küssten und hin und wieder im Heu verschwanden, um sich zu lieben, schoss sie auch bei ihm auf dem Höhepunkt der Innigkeit ihrer Beziehung plötzlich mit der Armbrust ihrer Augen Verteidigungspfeile gegen Knut, weil auch dieser die Burg ihrer Identität bedrohte, und zog die Zugbrücke hoch, und aus die Maus war erst einmal Funkstille zwischen Knut und Birgit. Dann konnte Holger wieder jubeln, weil sie sich ihm wieder zuwandte. Die Körner-Kämpfer akzeptierten das Verhalten von Birgit zunächst, weil es Konsens war, dass man nicht unbedingt monogam leben müsse, wenn man jemanden liebte, und dass jedem die Freiheit zugestanden werden müsse, seine Liebesbeziehungen so zu gestalten, wie es der eigenen Persönlichkeit entspreche. Weil Holger nicht wollte, dass Simson oder Claudia oder andere sich einmischten, versuchte er, sich sein inneres Nordschweden im Winterhalbjahr nicht anmerken zu lassen, wenn Birgit nur noch das Nötigste mit ihm redete. Trotz ihrer Therapie, die wahrscheinlich zu diesem Zeitpunkt hauptsächlich darauf abzielte, dass sie andere Strategien lernen sollte, um mit ihrer Melancholie und Verzweiflung umzugehen, als sich mit Alkohol oder Haschisch vollzudröhnen, hatte sie anscheinend überhaupt keine Erkenntnis dessen, wie ihre scheinbar völlig aus der Luft gegriffenen Kontaktabbrüche auf diejenigen wirkten, die gerade davon betroffen waren. Knut, der ja erfahrener und cooler als Holger war, diesen aber mochte, trotz ihrer Rivalität, die auch ihre Freie-Liebe-Hippie-Gesinnung nicht zu jedem Zeitpunkt völlig aus der Welt schaffen konnte, meinte zu ihm, nachdem er zweimal erlebt hatte, dass Birgit scheinbar aus dem Nichts plötzlich nichts mehr mit ihm zu tun haben wollte: „Wir müssen beide aufpassen, du noch mehr als ich, weil du noch mehr verliebt in sie bist als ich und jünger. Birgit darf uns nicht völlig kirre machen und reif für den Sprung von der Klippe oder für die Klapsmühle. So schön sie ist und so lieb sie auch sein kann, sie hat einen ganz gewaltigen Sockenschuss. So etwas wie sie ist mir noch nicht untergekommen."

58. Holger landet wieder weich in der Schule, und das Kurssystem beendet den das Bestehende sichelnden Sommer unserer Freundschaft

Als Holger nach seinem batikende Hippie-Mähdrescher backenden Abenteuer wieder zur Schule ging, besuchten Kunz und ich viele unterschiedliche Kurse, die wir entweder gewählt hatten oder in die man uns eingeteilt hatte, sodass wir

uns nicht mehr so viel wie früher sahen, weder in den Kursen noch regelmäßig in der Pause.
Holgers Intermezzo bei den Körner-Kämpfern war für uns ein Abenteuer, trotz der Tatsache, dass er zum Glück am Ende der Sommerferien seine Eltern angerufen hatte und er mithin die letzten beiden Monate mit ihrem Einverständnis bei den Körner-Kämpfern lebte, ein Abenteuer und eine Heldentat war seine Aktion, etwas, was in die, äußerlich betrachtet, landwirtschaftlich professionell und ordentlich bearbeiteten Äcker unseres Schülerlebens wie ein Stück Dschungel wirkte, anders als das Erwartbare und scheinbar Vernünftige, angsteinflößend und mächtigen Respekt gebietend zugleich, rücksichtslos (zumindest in der Zeit, als er die Eltern nicht eingeweiht hatte) und doch auch bewundernswert, unser Erleben mit der Intensität eines Sommerwaldbrandes in einem Mittelmeerland bestimmend. Das Flammeninferno wütete mit voller Kraft, zumindest während der Sommerferien. Als die Schule wieder begonnen hatte – oh die Flüchtigkeit und Vergänglichkeit so vieler scheinbar Nanga Parbats schleudernder Gefühle –, wurde das Feuer durch die vielen neuen Eindrücke, die dadurch, dass wir nun die Kaninchenberg-Gesamtschule für die Oberstufenschüler besuchten, auf uns einströmten, zwar nicht gänzlich gelöscht, aber doch in seiner Intensität merklich abgeschwächt.

Jeder von uns hatte viele neue Freunde und Bekannte kennengelernt, sodass, ohne dass wir uns dessen richtig bewusst waren, auch unsere Freundschaft nicht mehr so intensiv war wie in der Zeit, als wir die Existenz-Grübler und wild scheinbar jede Konvention infrage stellenden Hippies/Freaks in der Margaretenschule waren, die drei Musketiere aus der 10 f, die zwischen den schwarzen Löchern der Verzweiflung und der Entdeckung neuer Sonnen hin- und herpendelten. Die Wiedersehensfeier bei Holger, das heißt im Haus von Holgers Eltern, mit selbst gebackener Pizza von Holgers Mutter, Bier und selbst gedrehten Zigaretten, als er uns von der Zeit bei den Körner-Kämpfern erzählt hatte, war im Grunde zugleich das Ende unserer Freundschaft, wie wir sie in der Margaretenschule gehabt hatten. Natürlich legte er die Doors auf, die uns bei „Break On Through" auf den von Ausflügen in das Weltall träumenden K2 wilder Entschlossenheit schossen, für unsere Ziele und Visionen einzutreten, die natürlich bei jedem von uns neben allen Gemeinsamkeiten auch unterschiedlich waren, bei mir war es die Suche nach Glauben, der einem nicht nur erlaubte, sondern es überhaupt ermöglichte, die berauschendes Glück hervorrufende Schönheit der Welt zu feiern, die Mundharmonika-Buchen zwitschernde Kornblume eines Sommerhimmels zu rocken und für eine Gesellschaft einzutreten, in der es durch gerechte Strukturen jedem möglich sein sollte, seine Persönlichkeit zu entwickeln und nicht nur stumpfer Sklave in einem Arbeitsverhältnis zu sein, dass jeder zu seinem je eigenen Glücks-Ort gelangen könne, sei es eine Alm in den österreichischen oder schweizerischen Alpen, sei es ein Dorf in Waldhessen, sei es San Francisco, sei es das Quartier latin, Saint-Germain-des-Prés oder das Marais in Paris oder das Greenwich Village in New York City. Die Unterschiede bestanden wahrscheinlich hauptsächlich in der Bedeutung des Glaubens. Ich konnte und wollte ohne ihn nicht leben und war auf der Suche nach einem Humanität zuallererst ermöglichenden, Kunz dachte über die Möglichkeit nach, ob es Gott geben könne oder ob der Agnostizismus die ehrlichste, menschlichste und toleranteste Haltung sei, und Holger glaubte nicht, jedenfalls sagte er das, aber auf der Suche nach einem guten, einem menschlichen Leben waren auch sie, die berauschendes Glück hervorrufende Schönheit der Welt wollten auch sie feiern, den psychedelischen Weizen des Glücks wiehern und auch für eine Gesellschaft mit gerechten Strukturen eintreten, in der jeder zu seiner Glücks-Alm in den Alpen, zu seinem Wonne-Dorf in Waldhessen, zur Friedens-Pfeifen mundharmonikaenden Seligkeit in San Francisco, zu seinen

spazierenden Bücher-, Kunst- und Café-Paradiesen, auf mohnfarbenen, ans Küssen denkenden Bürgersteigen im Quartier latin, Saint-Germain-des-Prés oder im Marais in Paris oder zu seinem Mundharmonikas und Ginsberg-Gedichte atmenden Greenwich Village in New York City gelangen könne und sein Leben nicht in stumpfer Maloche opfern müsse.
Bei der Incredible String Band ritten wir auf Querflöten durch Laubwälder, und als wir Beedies rauchten, schwebten wir im Schneidersitz über dem Boden, atmeten Indien und wurden überwältigt von einem alle Gelb- und Rot-Töne orgelnden Sonnenuntergang am Strand von Goa. Dort waren wir natürlich nie gewesen, aber wir hatten vom Hippiemythos Goa gehört, vom wilden, freien und spirituellen Leben dort, von dem, was bei uns in Europa eben so oft nicht zusammengedacht wurde, ein wildes, freies Leben und Spiritualität. Beedies hatten wir in der neunten und der zehnten Klasse oft geraucht, die Doors und die Incredible String Band hatten wir oft zusammen gehört, und die Pizza von Holgers Mutter hatten wir auch das eine oder andere Mal genossen, die dick mit Tomaten, Paprika, Pilzen, Gehacktem und geschmolzenem Gouda belegte und mit Pfeffer, Salz und Oregano gewürzte, die Geschmacks-Rakete, die uns auf einen Freude trompetenden Genuss-Mond schoss. Im Nachhinein war es ein nostalgischer Abschied. Ob wir zwischendurch ahnten, dass es ein Abschied war, weiß ich nicht mehr. Ich denke, wir haben es gespürt wie an einem schönen Oktobertag, an dem die Melancholie-Mauern zum Einstürzen bringenden Leucht-Schwalben der Sonne so fliegen, dass man vor Freude immer wieder zum Bullen oder zur Kuh wird, die selig auf der blauen Weide des Himmels grast, und an dem einen die Fröhlichkeits-Gischt der in Grün-, Gelb-, und Rot-Tönen feiernden Blätter immer wieder anspringt, oh die tanzenden, leuchtenden Ahorn-Pinsel, die lachenden Licht-Linden ... und an dem es einem fast unmöglich ist, daran zu denken, dass der oft so regnerische und düstere November bald kommt und der Party den Garaus macht.

59. Vor dem gefürchteten Gespräch: Kunz besucht mich noch zweimal in den Sommerferien

Nachdem Holger abgehauen war, hat Kunz mich in den Sommerferien zweimal vor dem so gefürchteten Gespräch mit Holgers Eltern besucht. Er blieb jeweils über Nacht. Diese beiden Besuche kann ich in meiner Erinnerung nicht mehr voneinander trennen, Weser der Erinnerung, in die der Werra- und der Fulda-Besuch geflossen sind. Wir fuhren mit dem Getreidewagen vom Feld in die Scheune und von der Scheune wieder aufs Feld, wo Onkel Ottfried aufgeregt und angespannt den dunkelgrünen, wie ein Jumbojet dröhnenden John-Deer-Lanz-Mähdrescher fuhr (als ich das erste Mal geflogen bin, kam mir das Motorgeräusch sehr ähnlich dem vor, wie ich es von Kindheit an bei unseren Mähdreschern gehört hatte), je nachdem, wie es lief: gut, dann für seine Verhältnisse zufrieden, Napoleon, der eine Schlacht gewinnt, oder eben schlecht, dann mutierte er zum Hai im Fress- und Blut-Rausch. Wenn es also keine Wickler gab, bei denen die Getreidehalme sich um die Förderwalzen wickeln, sodass man nicht weiterdreschen kann und man mit einem Taschenmesser als Werkzeug die Halme durchschneiden und diese mit bloßen Händen von den Förderwalzen zerren muss, oder wenn kein Stein, der aus Zeitmangel im Frühjahr nicht vom Acker aufgelesen werden konnte, ins Maul des Mähdreschers gekommen war und sein Gebiss nicht demoliert, die Förderwalzen und Zinken, und zu guter Letzt auch keine inneren Verletzungen bei dem sensiblen Wal von Mähdrescher verursacht hatte, sodass man nicht mehr weiterdreschen konnte, und keine längere Dresch-Pause bevorstand, weil man in die Werkstatt fahren musste, die sich in Eisendorf befand, einem Dorf, das vier Kilometer entfernt von Bullburg liegt, und er also als Ottfried-Kapitän sein Segelschiff ohne Störungen und stolz durch das Getreide-Meer steuern konnte, dann, ja dann verwandelte sich Onkel Ottfried in einen zufriedenen Napoleon, der eine Schlacht gewinnt,

oder in einen hitzköpfigen, wild-freudigen Nationaltrainer bei einem entscheidenden Fußball-Länderspiel, in dem die eigene Mannschaft gut spielt.
Wenn aber das, was eine Zeit lang nicht eingetreten war, doch passierte, an einem Tag zwei unverschämte Wickler das Dreschen unmöglich machten oder das sensible Mähdrescherchen einen dicken Stein verschluckte, die größte Maschine auf unserem Hof mit einer Länge von sieben Metern, einer Schnittbreite von drei Metern und fünfzig Zentimetern und einer Höhe wie eine Giraffe in der Pubertät, wegen Magengrimmen in die Werkstatt musste, dann wurde er zum Hai im Fressrausch, zum durchgeknallten Offizier in einem Hollywood-Film, dann brüllte er jeden an, den er sah und der in seine Nähe kam, dann schoss er zwanzig Meter in die Höhe, aus seinen Augen schleuderte er einem Blitze entgegen, und es platzte einem das Trommelfell der Seele, wenn der darauf folgende Donner einen durchschüttelte. In der Scheune kippten wir, Kunz und ich, die Getreidewagen in den sogenannten Sumpf, ein großes, sich verjüngendes, etwa fünf Meter langes und anderthalb Meter breites Loch, eine Dreiecksform mit der Spitze nach unten, wo die „Schnecke" lief (wenn sie angestellt war), die das Getreide zum Elevator transportierte, der es nach oben in die Trocknung transportierte. Von der Scheune aus fuhren wir wieder aufs Feld und stellten die Wagen dort ab, wo sie Onkel Ottfried haben wollte. Es war schlau, vorher mit ihm zu besprechen, wo genau die Wagen hingestellt werden sollten, wollte man nicht Gefahr laufen, dass man es mit dem Hai im Fress-Rausch oder dem durchgeknallten Offizier im Hollywood-Streifen zu tun bekam. Was passierte, wenn der Wagen eine Revolution anzettelte und sich den Wünschen des Imperators widersetzte, dieses Gewitter, das noch die Trommelfelle der Eichen im Taunus beschädigte und dessen Blitze die Stromversorgung im Kreis Hermannsdorf für einen Tag unmöglich gemacht hatten, dieses Gewitter wird noch zu hören und zu sehen sein. Als Kunz zu Besuch war, beherrschte sich

Ottfried natürlich, und wir hatten Ruhe an der Ausrast-Front. Wenn wir die Wagen (es waren meistens zwei hintereinander gehängte) am gewünschten Platz des Feldes abgestellt hatten, damit Onkel Ottfried das Getreide im (Getreide-)Tank des Mähdreschers auf sie ablassen konnte, liefen wir zu einem anderen Feld, wo mein Vater, mein Bruder und Björn Stroh holten. Kunz und ich schnappten uns Gabeln, die mein Vater für diesen Fall mitgenommen hatte, und gabelten Büsche auf den Wagen, auf dem zuerst nur mein Bruder, dann aber auch noch Björn, da mein Bruder aufgrund des Strohbusch-Bombardements nicht mehr hinterherkam, die Büsche setzte. Die Bratwürste des Sommers grillende Augusthitze, die Gerüche des Strohs, des Stoppelfeldes und der umliegenden Getreidefelder, wie Salz oder Senf auf dem Ei des Sommers wirkten sie und würzten diesen herrlich, das freundliche, klare, helle oder gleißende Sonnenlicht, das den Bären der Seele so mit Licht-Lachsen und Licht-Honig nährt, dass man gut durch den Herbst und Winter kommt, die körperliche Arbeit, die zwar nicht den ganzen Tag über Spaß machte, aber zwischendurch immer wieder so, als wäre man ein Pferd, das so lang auf einer riesigen Weide laufen darf, wie es Lust hat, das Musikhören mit Kunz am Abend, die Gespräche über Gott und die Welt, seine, Gottes, irdischen Anhänger und wie man sich die Welt am besten eingerichtet vorstellte, das alles vom Matterhorn der Jugend aus, von dem aus so vieles, was man sieht, klein und machbar erscheint, von dem aus man die Sonne wie ein gut gewürztes Rührei frühstückt und den blauen Kaffee des Himmels trinkt und denkt, es wäre das Normalste der Welt und würde immer so bleiben, das sind Erinnerungen, die einem einerseits Kraft geben, wenn man an das ozeanische Selbstvertrauen und den Blick auf die Welt von damals denkt, aber ich blicke auch entsetzt zurück und denke, wie lange dieser Besuch, objektiv nach der gemessenen Zeit, schon her ist und wie nah er einem auf der anderen Seite ist, wenn man sich an ihn erinnert, und ich fühle mich so, als wäre ich auf dem

Abstieg vom Matterhorn meines Lebens, was ich objektiv, vom Alter her gesehen, ja auch bin, blicke nach oben und denke, oh Gott, wie weit es dahin, nach oben also, von der Stelle aus ist, wo ich mich jetzt befinde, zum Gipfel, auf dem ich mich damals befand, was physische Kraft und Frische und was grüne Unmittelbarkeit, die Feuer-Pferde dichtende Intensität der Erfahrung betrifft, und dass ich das Tal als Ende des Ganzen sehr viel schärfer und sehr viel näher sehe als damals von ganz oben, was ganz natürlich und logisch ist, aber doch für einen Moment lang einen Schreck, einen Todesangst-Schock in die Seele rammt, als würde man unten den Tod als hungriges Löwenrudel sehen, das einen ganz sicher fressen wird. Was ich im ersten Moment in der Erinnerung verdrängt habe, weil es damals so belastend war, ist, dass Kunz und ich, natürlich, hauptsächlich abends, ausführlich über Holger sprachen, zu dem wir keinen Kontakt hatten, während er bei den Körner-Kämpfern weilte, weil er es sich so ausbedungen hatte.
Vor uns lag, was wir Holger versprochen hatten, nämlich dass wir zu seinen Eltern gehen und mit ihnen reden, sie beruhigen sollten, aber auf keinen Fall verraten dürften, wo Holger sich befinde.

60. Die Seelen-Scheune von Holgers Eltern brennt, Kunz seine und meine fühlten sich an wie ein Wasserfass, in dem ein Kanonenschlag explodiert

Bei unseren beiden Treffen, kurz bevor Holger abhauen wollte, hatten wir auch schon besprochen, was wir sagen wollten, wenn wir mit Holgers Eltern sprechen würden. Ingesamt kam Kunz vor und in den Sommerferien sechsmal zu Besuch nach Bullburg, zweimal, bevor Holger sich zu den Körner-Kämpfern abgesetzt hatte, zweimal, nachdem er sein Vorhaben in die Tat umgesetzt hatte, um uns dann noch mal für das Gespräch zu präparieren, und schließlich zweimal, um das Gespräch mit den Eltern zu verarbeiten, was allein schon Bände spricht, wie sehr uns die Sache an die Nieren gegangen ist, so viele Bände, als würde jedem Chinesen vom deutschen Kulturministerium eine Ausgabe von Goethes sämtlichen Werken geschenkt. Damit bei uns beiden die Wippe der Seele im Gleichgewicht blieb, brauchte einer den andern. Wir wollten und sollten von Holger aus sagen, dass er an einem Ort sein würde, wo es ihm gut ginge, und dass sie sich vor allem keine Vorwürfe machen sollten, denn sie würden keine Schuld daran haben, dass Holger von zu Hause habe weggehen müssen, sei doch der Grund allein der, es einfach nicht mehr aushalten zu können und aufgrund dessen ein anderes Leben führen zu wollen, als er es als Schüler führe. Er wisse, dass sie es immer nur gut mit ihm gemeint hätten, auch mit ihrem Wunsch, ihn weiter auf die Kaninchenberg-Gesamtschule in die Oberstufe gehen zu lassen, denn es sei ihm klar, dass sie meinten, er sei intelligent und müsse aufs Gymnasium gehen, er aber würde ein Leben, wie er es bisher geführt habe, nicht mehr führen können, weil er andere Erfahrungen machen, praktisch arbeiten und seinen Geist gebrauchen wolle, was nicht möglich sei, wenn er weiter zur Schule gehen würde, und das eben würde er nicht mehr aushalten. Außerdem müsse er Abstand von zu Hause gewinnen, damit er herausfinden könne, was er mit seinem Leben anfangen wolle, denn zu Hause würde er das nicht wirklich können, weil er einen so großen Druck spüren würde, dem nachzukommen, was sie, seine Eltern, von ihm erwarteten, sodass er das Gespür für das, was er selbst wolle, verlöre. Sein Vater müsse doch, wenn er ehrlich zu sich selber sei, verstehen, dass es noch etwas außer der Schule gebe, da er ihm doch immer erzählt habe, wie schön es für ihn gewesen sei, auf dem Hof seiner Eltern zu arbeiten, das Vieh zu versorgen, Heu und Stroh einzufahren, die Getreideernte in der Hitze des Sommers und die Kartoffelernte im würzigen Frühherbst und all das. Er verspreche ih-

nen, sich nach drei Monaten zu melden. So viel Zeit würde er benötigen, um den nötigen Abstand zu gewinnen und etwas Neues zu erleben.
Bei dem Gespräch mit Holgers Eltern selber, das nach dem dritten und vierten Präparier-Besuch von Kunz in Bullburg dann noch im ersten Feriendrittel stattfand, bei denen wir uns abends Mut für das Gespräch gemacht hatten, haben wir dann versucht, Holgers Vater Wilhelm und seiner Mutter Waltraud das zu sagen, was Holger uns ans Herz gelegt hatte. Wie die meisten Gespräche entwickelte auch dieses seine eigene Dynamik, wie ich es damals auch bei den meisten Punktspielen im Tischtennisverein erlebt hatte, wo ich mir zwar vornehmen konnte, meine Stärken auszuspielen, möglichst viele Topspins zu ziehen und Kernschläge, finale Schmetterbälle, zu setzen, was ich natürlich nur konnte, wenn der Gegner die Bälle so zurückspielte, dass ich überhaupt in die Lage versetzt wurde, einen Topspin anzubringen oder einen Punkt mit einem Kernschlag zu machen. Das Tischtennisspiel gegen die Eltern lief so, dass wir in unserem Doppel zwar unsere Stärken ausspielen konnten, unsere Topspins ziehen und Kernschläge anbringen konnten, das gegnerische Doppel jedoch unsere Schläge so zurückbrachte, wie wir es nicht erwartet hatten, die beiden gegnerischen Spieler uns mit unterschnittenen Abwehrbällen zermürbten, mit denen sie unsere Angriffsbälle parierten, oder selber in einem Moment angriffen, da wir es nicht erwartet hatten.

61. Der tanzende Sterne staunende Tischtennis-Trip

Ein bisschen auf die Folter spannen muss ich euch Leser, denn bevor es weitergeht, werde ich euch jetzt noch was über eine Phase ungeheurer Intensität erzählen, die ich zusammen mit meinem Bruder Martin erlebt habe, als die Tischtennisschläger fliegende Untertassen waren, mit denen wir immer wieder in

den Orbit rauschhafter Freude flogen. Das Tischtennis-Spielen hatte eine ungeheure Magie für uns beide. Fußballspielen hatte ich mit vierzehn Jahren aufgegeben, weil ich mit dem Eintritt in die „Jugend“, also in die Altersgruppe von vierzehn bis achtzehn Jahren, mit ganz anderen Spielern zusammen war als vorher in der „Schüler“. Ich fühlte mich allein und verloren, weil ich keinen wirklich guten Freund hatte, mit dem ich mich zusammen so stark gefühlt hätte, mich unter den vielen älteren und sehr guten Spielern in der „Jugend“ durchzusetzen. In der „Schüler“ hatte ich die letzten zwei Jahre gut gespielt und einige Tore geschossen, weil ich körperlich größer und schneller war als die jüngeren Spieler, weniger aus dem Grund, dass ich ein guter Fußballspieler war. Unter den vielen älteren und besseren Spielern muss ich das, narzisstische Kränkung und Selbsteinsicht zugleich, erkennen.
Wie mein Bruder und ich zum Tischtennis gekommen waren, weiß ich auch nicht mehr so genau. Ab und zu hatte ich mit meinem Kumpel Paul auf einer Platte gespielt, die dieser in einem alten Holzschuppen stehen hatte. Es war eine Sperrholzplatte, die sein Großvater ihm, Paul, und seinem Bruder Albert aufgebaut hatte. Wenn ich gegen Paul gespielt hatte, hatte er mich immer geschlagen. Er war trainierter. In Niemkirchen, dem größten Dorf in der Dorfgemeinde, gab es einen Tischtennisverein. Auf den Konfirmandenfreizeiten habe ich wahrscheinlich Erzählungen gehört von denjenigen, die in diesem Verein waren, und von ihren Tischtennis-Künsten. So gut Tischtennis zu spielen, erschien mir als eine großartige Kunst und eine Heldentat. Fußball konnte ich leidlich, wenn auch nicht wirklich gut spielen, weil ich es von Kindheit an sehr oft und leidenschaftlich gerne gespielt hatte. Auch beim Fußballspielen spielten technische Fertigkeiten mit dem Ball eine große Rolle, aber beim Tischtennis war es noch viel auffallender, dass ungeübte Spieler überhaupt keine Chance hatten gegen diejenigen, die mehr trainiert hatten, zu gewinnen. Auf Konfirmandenfreizeiten hatten wir manchmal Tischtennis

gespielt. David, ein Mitkonfirmand, konnte ungeheuer gut Tischtennis spielen und hatte uns alle geschlagen, „abgezogen“, wie wir sagten. Seine Tischtennis-Künste hatten mich ähnlich beeindruckt wie drei Jahre später die Lektüre der Bücher Hermann Hesses. Er war ein von uns Jungen bewunderter Held. Und so kam es, dass ich leidenschaftlich gerne Tischtennis spielte, so gerne, wie ich als Kind oftmals mehrere Tage die Woche Fußball gespielt hatte. Außerdem hatte ich im Frühjahr 1976 im Fernsehen Übertragungen vom Top-12-Turnier gesehen, einem Turnier, bei dem die besten zwölf europäischen Tischtennisspieler gegeneinander antraten. Beim Top 12 hatte auch der Schwede Kjell Johansson mitgespielt, von dem ein Reporter sagte, er habe die härteste Vorhand der Welt. Seine Schmetterbälle würden wegen ihrer Härte „Thors Hammer“ genannt, was meinen Bruder und mich ähnlich beeindruckte wie die Apollo-Mondlandungen. Kjell Johansson, den Topspins weit hinter der Platte schlagenden Dragutin Šurbek und die anderen Top-12- Spieler umwehte eine kaum zu überbietende Aura, weil wir wussten, was für ein ungeheueres Können und wie viel Training hinter den Schlägen steckten, die sie mit dem weißen Zelluloidball zelebrierten. Ihr Spiel war großartig, magisch. Für uns schien gut Tischtennis zu spielen tatsächlich so heldenhaft wie die Taten der Apollo-Astronauten. Aus den Vorbildern und Helden Lederstrumpf, Winnetou und Old Shatterhand, aus Paul Breitner, Netzer und Beckenbauer waren jetzt die Tischtennis-Könner geworden. Das alles hatte in mir und auch in meinem Bruder Martin den Wunsch geweckt, auch zu Hause Tischtennis zu spielen. Und so ließen wir uns von unseren Eltern eine Tischtennisplatte schenken, die wir in der Scheune aufstellten. Wenn ich heute daran denke, was meine Eltern mir und meinem Bruder geschenkt haben, blühen im Garten meines Herzens Schwalben der Dankbarkeit bastelnde Tränen-Rosen des Berührtseins. Die Magie, der Zauber, das Glück des Tischtennis-Spielens waren eine ganze Zeit ein wichtiger Bestandteil im Leben meines

Bruders und in meinem, der Kamin, der uns wärmte, der Abenteuer-Urwald, den wir erkundeten, die Rakete im Arsch unseres Selbstbewusstseins. Die Scheune, in der die dunkelgrüne Tischtennisplatte als Kaiserin des Glücks residierte, war damals erst vier Jahre alt, die leuchtenden Balken noch so frisch und knackig wie Sonntagmorgenbrötchen, und das rote Eternit diskutierte mit den Rotziegeldächern im Dorf über moderne Dächer, die das herrliche Cheyenne-Pfeffer-Rot der Dachziegel auf neuem Material mit Anerkennung zitieren. Wann immer mein Bruder und ich Zeit hatten, begaben wir uns zur Kaiserin und huldigten ihr durch exzessives Tischtennis-Spielen. Wir trainierten so besessen, dass für uns nicht mehr viel anderes zu existieren schien als die dunkelgrüne Kaiserin der Tischtennisplatte und ein weißer Zelluloidball, den wir atmeten, den wir aßen und in den sich jeder von uns sicher an manchem Nachmittag in der Scheune nach Endes des Trainierens ganz und gar verwandelte.

Das ging etwa ein Jahr so. Für mich war es das Jahr vor meinem fünfzehnten Geburtstag, für meinen Bruder das vor seinem vierzehnten. Auch nach diesem Jahr, in dem unsere Harley Davidsons des Tischtennis-Spielens fast immer durch herrlichste Seelen-Landschaften der Freude fuhren, spielten wir noch oft Tischtennis, aber in diesem Jahr erlebten wir unseren Dauer-Obsessions-Orkan. Wir spielten jeden Nachmittag in der Scheune, in der es von nebenan so kräftig nach Schweinestall roch, wie es in einer Parfümerie duftet, die von den verschiedenen Parfumdüften beehrt wird. Das merkten wir damals aber überhaupt nicht. Das Licht in der Scheune war etwas schummrig, aber uns reichte es trotzdem zum Tischtennis-Spielen. Fast jeden Tag nach der Schule spielten wir. Wir hatten ein Lehrbuch gekauft, „Vom Anfänger zum Könner", das wir so studierten und uns einverleibten, als wäre jede Zeile und jede Grafik darin ein Lebensmittel, ohne dass man nicht existieren könnte. Jede Zeile so überlebenswichtig wie ein Nutella-Brot zum Frühstück in der Kindheit, jede Zeile eine Revolution gegen das seelenlose Bestehende wie drei Jahre später eine selbst gedrehte Van-Nelle-Halfzware-Zigarette in der Schulpause oder an einem Maiabend mit Björn und meinem Bruder unter unserer Lieblings-Eiche, jede Zeile ein Schnitzel am Sonntag, ohne das ich mir in der Kindheit einen besonders schönen Sonntag nicht vorstellen konnte. Wir hatten auch noch ein zweites Buch, an das ich mich aber nicht mehr so gut erinnern kann. „Vom Anfänger zum Könner" war für uns eine ständige Quelle der Instruktion und der Inspiration. Fast jeden Tag sahen wir uns die Fotos und Grafiken zu den einzelnen Schlagtechniken an und lasen die dazugehörigen Lehrtexte mit einer Aufgeregtheit und Lust wie Jahre vorher die Karl-May-Bücher. In dieser Zeit mussten wir schon oft im Schweinestall mithelfen. Die Sauen tränken und ihnen Stroh einstreuen, nachdem wir den Mist hinter den Sauenhintern mit einer Schaufel in den Mistgang gekratzt und geschaufelt hatten. Wenn man sich nach dem Füttern zu lange Zeit gelassen hatte mit dem Misten, hatten sich manche der Damen schon wieder hingelegt, und man hatte Mühe, sie wieder zum Aufstehen zu bewegen, damit man den Mist wegbekam. Wir erledigten die Arbeit zwar, aber so kurzweilig wie die Hitparade international im Hessischen Rundfunk, die mein Bruder, Björn, meine Freunde aus der Schule und ich regelmäßig mit heißem Herzen und den Fingern in Erwartung des richtigen Timings an den beiden Aufnahmeknöpfen am Kasettenrekorder hörten, war sie mit zunehmender Dauer nicht gerade. Manchmal jedoch, und das war wunderbar, konnte man träumen, und der größte Traum war in der obsessiven Tischtennisphase natürlich, selbst irgendwann einmal ein großer Tischtennisstar zu werden, selbst einmal die Gegner mit Thors Hammer auszuschalten oder wie Stellan Bengtsson die Topspins zu ziehen, dass die Gegner glauben würden, die Bälle wären mit einem Rotations-Roboter abgeschossen worden. Wenn wir dann im Stall fertig waren, holten wir die Tischtennisschläger und die Bälle. Mein Bruder hatte eine hellblaue Tasche für seinen

Schläger. Auf dieser Tasche stand in gelben Buchstaben „Joola“, es war also Werbung für eine Firma. Meine Tasche war dunkelrot. Wir rochen manchmal an dem neuen Gummi, und wir waren stolz darauf, Tischtennisschläger mit solchen Taschen zu besitzen. Und die Schläger mit ihren hellroten und dunkelroten Belägen! Wir waren Ivanhoe, und sie waren unsere Schwerter und Lanzen, wir waren Lederstrumpf und sie unsere Gewehre und unsere Messer, mit denen wir ein aufregendes Leben in der Tischtennis-Wildnis führen würden, wir waren Tenzing Norgay und Edmund Hillary, sie unsere Seile und Haken, mit denen wir den Everest der Tischtenniskunst erklimmen würden. Wir, die Jungen vom Hof. Und wir spielten wie besessen. Erst spielten wir einfach den Ball hin und her. Dann übten wir Schupfbälle. Das war der Grundschlag, mit dem wir versuchten, vom Gegner langsam geschlagene Angaben zu retournieren. Dazu hielten wir den Schläger schräg wie ein Dach. Wenn man den Ball nur zurückstupste, hatte der Ball keinen Drall, keinen Schnitt, wie wir bald nur noch sagten. Man konnte dem Ball auch Drall geben, indem man den Schläger schnell vom Körper nach vorne stieß und dabei den Ball nur kurz berührte. Dann hatte der Ball Unterschnitt. Wenn der Gegner sich mit seinem Gegenschlag darauf nicht einstellte, schlug er den Ball ins Netz. Beim Gegenschlag musste man den Ball genauso anschneiden oder ihn höher zurückschlagen, als man es gemacht hätte, wenn der Ball keinen Unterschnitt gehabt hätte. Der Schupfball war unser Tischtennis-Vollkornbrot mit Butter und Käse oder Wurst darauf. Unser Tischtennis-Chili, unser Tischtennis-Hirschbraten mit Klößen und Rotkraut, unsere Tischtennis-Weihnachtsgans waren jedoch die schon angesprochenen Topspins. Vom Hörensagen wussten wir, dass diesen Schlag nur die Könner beherrschten, die Leute aus den Tischtennisvereinen, zu denen wir nach drei Monaten aber auch schon gehörten. So enthusiasmiert waren wir. Beim Topspin, den wir erst einmal mit der Vorhand übten, reißt man den Schläger möglichst schnell hoch, von hinten unten nach vorne oben, am besten so schnell, als hätte man unten versehentlich auf eine glühende Herdplatte gefasst oder in ein Wespennest gefasst, und berührt im Zuge dieser Raketen-Aufwärtsbewegung den Tischtennisball nur kurz, wodurch sich dieser dann um sich selber dreht und auf die gegnerische Tischtennisplatten-Seite fliegt. Je nachdem, in welcher Flugphase man den Ball trifft, ob in der Aufwärtsphase, am höchsten Punkt oder in der Fall-Phase, und je nachdem, mit welchem Schnitt der Gegner den Ball spielt, muss man den Schläger verschieden schräg halten. Von der Geschwindigkeit der Topspin-Rakete und von ihrem Neigungswinkel hängt ab, wie schnell und wie stark angeschnitten der Ball auf der Gegnerseite eintrifft. Nachdem er dort eingetroffen ist, ist er auf nichts anderes aus, als den Gegner vor Probleme zu stellen, je nachdem, wie schnell der Topspin-Akteur den Topspin gezogen hat und mit welcher Schlägerhaltung. Anfänger bringen Topspin-Schläge fast nie zurück, weil der Ball auf ihrer Seite flach abspringt und sie ihn gar nicht mehr mit ihrem Schläger berühren können. Wenn sie ihn dann als ersten Fortschritt berühren, springt der Ball meistens über die Plattenseite des Topspin-Angreifers, weil er durch die Vorwärtsrotation hoch nach oben vom Schläger abspringt, wie eine nervöse Wespe abzischt, wenn man sie im August vom Marmeladenbrötchen vertreibt, oder wie eine Fliege, die sich lichtschnell verdünnisiert, wenn man sie fangen will, weil sie einen beim Mittagsschläfchen so erfolgreich vom Einnicken abhält, als wäre sie von einem gegnerischen Geheimdienst dafür beauftragt worden. Was waren wir stolz, als wir den Topspin, so wie wir ihn aus dem Lehrbuch verstanden, gelernt hatten und schon nach ein paar Wochen auf einer Konfirmandenfreizeit David und Paul schlugen. Gegen die Wespen- und Fliegen-Topspins konnten sie nichts ausrichten. Diese Erfahrung, dass wir mit Spaß an der Sache und durch ausdauerndes Training etwas bewegen, etwas leisten konnten, hat meinem Bruder und mir großes Selbstvertrauen gegeben und eben das Bewusstsein, mit Spaß und Ausdauer etwas ausrichten zu können. Auch beim Tischtennis-Spielen war es so, dass unser Vater, aber auch Onkel Ottfried, nachdem sie erst rumgemault hatten, dass ich das Fußballspielen aufgegeben hatte, Martin und mich voll unterstützten, uns das Gefühl gaben, dass wir das Richtige taten, etwas Abenteuerliches, etwas Dynamisches und Wildes, etwas Männliches. Das war großartig von den beiden. Und jetzt reicht's aber mit dem Tischtennis-Umweg!

62. Weiter geht's mit der Seelen-Scheune und dem Wasserfass

Natürlich ging es in dem Gespräch mit Holgers Eltern nicht darum, ob wir gewinnen oder verlieren würden, aber Kunz und ich sollten und wollten sie mit dem, was und wie wir es sagten, beruhigen, im besten Fall sogar trösten. Dieses Doppel verloren wir klar und deutlich, obwohl wir das umsetzten, was wir uns vorgenommen hatten, denn die Gegner waren übermächtig.

63. Waltraud außer Rand und Band, Waltraud, die angeschossene Bache, stürzt sich wütend auf Kunz und mich, die die Frischlinge ihrer Vorstellungen von und für Holger fressen wollen

Holgers Mutter, von der ich noch nicht viel geschrieben habe, operierte mit verbissenen Unterschnitt-Verteidigungsschlägen wie eine undurchdringliche Wand oder mit knallharten Kernschlägen, egal, was wir aus Holgers Dossier, das dieser uns ans Herz gelegt, ja in unser Herz eingebrannt hatte, vorbrachten, egal, ob wir ihr nahezubringen versuchten, dass Holger unmöglich weiter in die Schule gehen könne, denn wenn er es täte, würde er total unglücklich werden, ja sogar in schwere Depressionen schliddern, egal, ob wir sie davon zu überzeugen suchten, dass sie als Eltern keine Schuld an seinem Weggehen hätten, (abhauen, was natürlich der Wahrheit entsprochen hätte, sagten wir nicht, um Waltraud und Wilhelm nicht noch mehr aufzuwühlen), und auch völlig wurst, ob wir uns ins Zeug warfen, um ihnen Holgers Ideal plastisch vor Augen zu führen, geistige und körperliche Arbeit in seinem Leben zu verbinden, indem wir die Arbeit in der Landwirtschaft auf der eine Seite anführten (was schon ein Wink war, wohin Holger eventuell gegangen sein könnte: irgendwo auf einen Bauernhof) und die Beschäftigung mit Soziologie, Wirtschaft und Politik auf der anderen Seite; was auch immer wir ihr reinsingen wollten, sie wirkte so unglücklich und aggressiv wie eine Bache, der man einen Frischling geraubt hat, ihr kurzes Haar wirkte wie ein Stahlhelm, ihre hellgrauen Augen, als würde ein Sadist in ihrem Schädel, von innen also, einen feurigen Haken dagegenhalten, und von außen flogen uns aus ihren Augen mit Schmackes geworfene Feld-Steine entgegen. Schuldig fühlte sie sich insofern, als sie meinte, sie und vor allem ihr Mann hätten Holger zu sehr verwöhnt, hätten ihm zu viel nachgetan, hätten ihn als Kind zu lange spielen lassen, zu oft auf den Bauernhof der Nachbarn gehen lassen, was ja auch Wilhelm – Vorwurfs-Schüsse mit einem Schrotgewehr wurden auf diesen, Holgers Vater, abgefeuert – durch seine ewigen schwärmerischen Geschichten aus seiner Kindheit noch verstärkt hätte, wo sie ihn doch schon mehr an die Sachen hätten heranführen müssen, die in seinem späteren Leben wichtig sein würden, mit Freude zu lernen, und ihm das Leben in einer alteingesessenen akademischen Familie nahebringen, indem sie sich bemüht hätten, dass er die Kinder ihrer Freunde aus dem Lions Club kennengelernt hätte und öfter zu ihnen nach Hause eingeladen worden wäre. Das würde ihn auf die Erfolgsspur gebracht haben, und diese gefühlsduselige Liebe zur Landwirtschaft würde so erst überhaupt nicht entstanden sein, die Wilhelm noch unterstützt habe mit seinen ewigen alten Geschichten. Ihr Verständnis für Holger war in etwa so wie das Verständnis eines alten Kärntner Almbauern, der in seinem Leben von seiner Alm und von seinem Hof im Tal kaum weggekommen ist und der auch nur wenige Jahre die Schulbank gedrückt hat, für einen Philosophie-Professor an der Harvard University, der sich mit den Vorsokratikern auseinandersetzt. Sie war hart und in dieser Härte abstoßend wie die hässlichen, in den späten Fünfzigerjahren gebauten Häuser auf der „Dicken Eiche", einer Sozialbausiedlung in Hermannsdorf. Das Tragische war, und das spürten Kunz und ich auch damals schon, dass sie auf ihre Art und aus ihrer Perspektive Holger liebte, dachte, sie würde mit ihren Vorstellungen nur das Beste für ihn gewollt haben und wollen, ihn auf einen Weg schicken, auf dem er aus dem in ihren Augen primitiven und erfolglosen Leben auf dem Land, mindestens aber aus der Bauern-, Arbeiter- oder der Nicht-akademischen-Angestellten- oder Beamten-Klasse herauskäme. Die Wahrheit jedoch war, dass sie ihn nicht liebte, seine Persönlichkeit nicht wahrnahm und deshalb auch nicht ernst nahm, sondern ihre eigenen starren Vorstellungen von dem liebte, wie er zu sein und was er in seinem Leben zu erreichen habe. Egomanisch und narzisstisch baute sie ihn ihr Selbst ein, ohne dass er für sie als eigenständige Person existierte, so sehe ich es heute, damals war es eher nur ein Gefühl von Unbehagen, das wir ihr gegenüber hegten, wir mochten sie einfach nicht, weil wir, wenn wir Holger besuchten und bei ihm übernachteten und sie in der Küche, im Wohnzimmer oder wo auch immer sahen, das Gefühl hatten, dass sie immer nur dann freundlich, sogar aufrichtig, fast hysterisch freundlich zu uns war, wenn wir das sagten und uns so verhielten, wie es in ihrer Vorstellung richtig war, wir wurden als Personen geboren und willkommen geheißen, wenn wir ihrer Vorstellung von dem entsprachen, was und wie wir zu sein und was wir zu denken und zu sagen hätten, und wir starben dementsprechend, wenn wir widerborstig die Frechheit hatten, eigene Vorstellungen zu äußern und Wünsche zu haben, und uns dadurch als autonom und böse zeigten. Nicht nur Unbehagen empfunden, sondern Waltraud Müller sogar gehasst haben wir für ihren stählernen Karrierismus, für ihre wütende Weigerung, wenigstens hin und wieder mal über eine gerechtere und menschlichere Politik und Gesellschaft nachzudenken und zu diskutieren, was damals ein so wichtiges Easy-Rider-Motorrad unseres Geistes war, auf das wir uns in vielen Gesprächen schwangen, um die Frühlingslandschaften der Utopien einer besseren Gesellschaft zu durchfahren. Sobald wir, so war es einmal, als Kunz und ich nach der Schule mit zu Holger gefahren waren, am Mittagstisch loslegten und über Basisdemokratie, über Atomkraft, über den Kapitalismus oder über Rudolf Bahros Buch „Die Alternative" diskutierten, das Holger damals las, und uns nach dieser Diskussion darüber empörten, dass Angestellte des privaten Paketzustellers WGP keine langen Haare und keinen Bart tragen durften, wenn sie nicht gefeuert werden wollten, was für uns auf der Skala der Menschenrechtsverletzungen gleich nach Folter kam, verlor sie jeden Humor und schrie uns an, wir seien verwöhnt, naiv und dumm, Wohlstands-Spinner seien wir, die solche Flausen im Kopf nur haben könnten, weil es uns immer zu gut gegangen sei, weil wir alles vor den Arsch gemacht bekommen hätten, Holger von ihr und Wilhelm und wir ebenfalls von unseren Eltern, die sich krumm und bucklig arbeiten würden, nur damit wir auf die höhere Schule gehen konnten, wir undankbaren Faulenzer und Gammler, wir nichtsnutziges Gesocks, wir sollten doch rübergehen (in die DDR), wenn wir eine andere Gesellschaft haben wollten. Sie gerierte sich als cholerische Tyrannin, die, entsprechend ihrer letztlich unreifen, kindischen Charakterstruktur, nichts anderes als ihre eigenen Vorstellungen gelten lassen konnte. Das Sommerwetter unserer Seelen, das meistens herrschte, wenn wir Holger besuchten, weil es für uns Urlaub vom Alltag war und auch für Holger wenn schon nicht ein Ortswechsel, so aber doch ebenfalls eine aufregende Unterbrechung dessen, was ihn sonst am Nachmittag erwartete, und weil es für uns alle so war, als würde uns die Gemeinschaft untereinander auf einen Aussichtspunkt auf einem Mittelgebirgsberg schwingen, von dem aus die Welt, der sich schlängelnde Fluss im Tal, die Felder, die Licht-Gitarren verschleudernden Getreidefelder schön und aufregend aussahen und so vieles machbar schien, was sonst nicht zu gehen schien, weil unser Selbstbewusstsein dadurch so stark wurde, als könnte es als Eisenbieger in einem Zirkus auftreten, ha, und knorzige Eichen und hohe Buchen konnte es ausreißen, wenn es nur wollte, und eine neue Welt würde es einfach erdiskutieren, die Umsetzung würde dann schon von selbst kommen, wobei Holger als unser Realist Letzteres wahrscheinlich nicht in dem Maße gedacht und gefühlt hat, wie es bei Kunz und mir der Fall war. So haben wir uns meistens und auch an diesem Nachmittag gefühlt, bis wir mit der auf Krawall gebürsteten Waltraud an diesem Tag zusammenrasselten und wir plötzlich an einem alle Freude erst walzenden und dann fressenden grauen, regnerischen Herbsttag am Bürgersteig eines abgerockten Viertels in Duisburg saßen, wie man es später in den Schimanski-Tatorten der Achtzigerjahre sehen konnte, wo für uns Natur-Verwöhnte und an solche brutale Hässlichkeit nicht gewöhnten Landeier das Leben nur mehr aus Banalität, brutaler Funktionalität und aus alle Hoffnung zerschlagender Hässlichkeit zu bestehen schien und sich dann noch die Hells Angels auf uns stürzten und uns gewaltig die Fresse polierten. So etwa fühlten wir uns, als Waltraud uns anschrie und dann wütend in den Garten verschwand an diesem Nachmittag. Als Kunz und ich bei ihr und Wilhelm waren, um ihnen das zu sagen, was ihr Sohn uns aufgetragen hatte, steigerte sie sich naturgemäß noch viel furchtbarer in Verzweiflung und Wut, warf uns vor, wir hätten ihren Sohn verdorben, weil wir ihn in seinen kruden Vorstellungen bestärkt, wenn nicht überhaupt erst mit diesen schwachsinnigen Hippieideen zu einem solchen Wolkenkuckucksheim-Bewohner gemacht hätten, einem Verlierertypen, der sich vielleicht mit dieser durch und durch egoistischen, unverantwortlichen Aktion um seine Zukunft gebracht habe, verdammte Weltverbesserer seien wir, die wir doch nur glaubten, die Welt zu verbessern, was wir in Wahrheit machten, sei die zu verletzen, die nur das Beste für uns wollten, unsere schwer arbeitenden Eltern nämlich. Alles hätten Wilhelm und sie Holger geboten, die Möglichkeit, aufs Gymnasium zu gehen, die ja auch Wilhelm schon gehabt, die sie aber nie gehabt hätte, weil sie schon mit fünfzehn in diese bescheuerte Thermoskannen-Fabrik haben gehen müssen, um Geld zu verdienen, denn so habe sie die niedrige Kriegsversehrten-Rente ihres Vaters aufbessern können und ihren Eltern ein besseres Leben ermöglicht. Heimlich habe sie ihrer Mutter das Geld zustecken müssen, um ihren Vater nicht in seiner Ehre zu kränken. Eigene Erfahrungen würde Holger bei ihnen nicht machen können. Pah, dass sie nicht lache. Er könne die Erfahrung machen, dass er interessante Sachen auf dem Gymnasium lernen dürfe und könne und dass er später einen interessanten, angesehenen Beruf ergreifen könne, der ihm obendrein ein auskömmliches, schönes Leben erlauben würde. Das sei die Erfahrung, die er machen könne. Alles andere sei Kokolores, widerwärtige Wohlstandsverwöhnheit, geschmacklose Traumtänzerei von Verlierertypen. Und dann dieser Quatsch, körperliche und geistige Arbeit verbinden zu wollen. Solle er doch Sport machen, joggen, Tennis spielen, so wie es die erfolgreichen Manager oder Wissenschaftler heutzutage machen würden, damit sie fit blieben und Leistung im Beruf brächten. Mit Landwirtschaft würde man zum Verliertypen, der rund um die Uhr arbeiten müsse und doch auf keinen grünen Zweig komme, weder was das Geld noch was das gesellschaftliche Ansehen beträfe. Sie und Wilhelm und somit auch Holger hätten nun mal kein Landgut mit so viel Land, dass sie sich Angestellte leisten könnten, wie es in Norddeutschland teilweise der Fall sei. Obwohl es auch dort bergab mit den Bauern gehe, wie sie von ihrem Bruder hören würde, der eine Tischlerei in Schleswig-Holstein habe. Wir sollten uns doch nur die Bauern hier anschauen, nicht die Feierabendbauern im Nebenerwerb, sondern die wenigen sogenannten Vollerwerbslandwirte, die aber meistens auch nur hessische Kleinquetscher seien. Ewig am Jammern über die Arbeit und die schlechte Bezahlung. Einen solchen Blödsinn wolle sie ihrem Sohn ersparen. Er habe etwas Besseres verdient. Und was mache er daraus, sie fasse es nicht. Sie könne nicht mehr. Grauenhaft sei es, zu Tode würde es sie deprimieren, jawohl, ins Grab brächte sie Holger mit dem, was er ihnen angetan habe. Und wir, wir sollten nur machen, dass wir wegkämen! Ihr Holger sei vor zwei Jahren noch so vernünftig gewesen, und seit er so oft mit uns chaotischen, nichtsnutzigen Traumtänzern zusammen sei (was nicht stimmte, weil wir in den niedrigeren Mittelstufenklassen nur nicht zu Holgers Eltern gefahren sind, um Holger dort zu besuchen, aber trotzdem viel Kontakt in der Schule zu ihm hatten), würde er auch rumspinnen und alles falsch machen. Sie fahre jetzt mit dem Auto zu ihrer Schwester nach Kassel, und heute Abend käme sie wieder. Zu Wilhelm sagte sie, dass er uns rausgeschmissen haben solle, wenn sie zurückkomme. Um ihren Kopf flogen und krächzten die Krähen der Verzweiflung, die ganze Zeit über hatte der Sadist in ihrem Schädel den glühenden Schürhaken von hinten gegen die Augen gehalten, während sie ihre wütenden Klagen und Anklagen ausstieß, schrie sie gleichzeitig vor Schmerz wegen dieses sie verbrennenden Schürhakens, und ihre Augen hatten uns mit einem ganzen Haufen von Sandsteinen beworfen. Dann rauschte sie ab und ließ ihren Mercedes 280 so laut dröhnen, als wolle sie uns mit dem Lärm wegpusten und mit uns die ganze für sie in diesem Moment so beschissene Welt. Obwohl wir spürten, dass die Donau ihres Schmerzes auch durch die großen Zuflüsse ihrer Herrschsucht, ihrer Monomanie, die die ganze Welt in ihr Selbst aufsog wie ein Getreide-Gebläse den Weizen, und infolgedessen auch ihres Egoismus gespeist wurde, so spürten wir doch, dass sie außer Rand und Band war, im Innersten getroffen, sich in der Eigernordwand ihrer Verzweiflung verstiegen hatte und nicht mehr wusste, wie sie wieder runterkommen sollte. Wir spürten die kierkegaardsche „Krankheit zum Tode", ohne dass wir explizit von ihr wussten, wir spürten, dass sich hier ein Mensch zwanghaft in seine Vorstellungen verbissen hatte, wie sein Sohn zu sein und zu leben habe, ohne auch nur im Mindesten, so schien es uns jedenfalls, zu ahnen, dass Holger für sie als selbstständige Person überhaupt nicht existierte, sondern nur dann akzeptabel für sie war, wenn er in das Backförmchen passte, das sie sich für ihn ausgedacht hatte, ja, sie war wie ein kleines, unreifes Mädchen, das noch nicht in der Lage ist, zwischen sich und anderen zu unterscheiden und das alles in sich reinschlingen und kontrollieren muss, weil es Angst hat, verlassen zu werden, weil es Angst hat, dass sonst niemand bei ihm bleibt und ihm zuhört, und wir spürten, dass irgendwas für sie Unerträgliches sie angriff und ihr die Kehle der Seele zudrückte, heute denke ich eben, gerade diese alpengroße Angst vor dem Ungeliebtsein und dem Verlassenwerden, die dann auftrat, wenn sie die Kontrolle zu verlieren glaubte, was jetzt so extrem der Fall war wie möglicherweise seit ihren Kindertagen nicht mehr und auch und gerade in dieser Situation, hatte zur Folge, dass sie mit eingerasteten Ring-Stahlgriffen an die ebenfalls stählerne Stange ihrer Vorstellungen gekettet war, neben denen nichts anderes bestehen konnte und die deshalb ein Stück Endlichkeit waren, und hier kommt Kierkegaard ins Spiel, das sie, das Stück Endlichkeit nämlich, in ihrem mangelnden Gottvertrauen, das wiederum, wenn es vorhanden gewesen wäre, die Angst erträglich gemacht hätte, zu ihrem Notwendigkeits-Abgott, zu ihrem Kontroll-Baal gemacht hatte, dem sie in ihrer Angst verfallen war. Und dieses goldene Kontroll-Kalb war jetzt von ihrem Sohn in einem tiefen See versenkt worden. Das hätten wir damals nicht so sagen können, was wir nur spürten, waren ihre extreme Verzweiflung und der Riesenschmerz, die uns ansprangen wie ein in die Enge getriebener Leopard, und eben ihre manische Verstricktheit in das, was sie für richtig hielt, ihre unglaubliche, uns verletzende und ekelhafte Rechthaberei. Wie das aber eventuell zusammenhängen könnte, das hätten wir nicht sagen können. Sie stieß uns ab und verletzte uns mit ihren Attacken, aber noch viel mehr fühlten wir uns schuldig, als hätten wir grundlegend in dem versagt, was wir sein wollten, gute Menschen, bessere Menschen als unsere Eltern natürlich, die wir eine bessere Welt aufbauen wollten, als es unsere Eltern und Großeltern taten oder getan hatten. Insgeheim hatten wir gehofft, dass Waltraud in sich gehen und ihre Intoleranz aufgeben würde, hatten gehofft, dass der Stahl ihrer Härte sich auf wundersame Weise in ein zwar hartes, aber biegsames Holz verwandeln würde. Und eben darin hatten wir komplett versagt, so glaubten wir. Vielleicht war es doch falsch gewesen, dass wir Holgers Bitte, ihn zu unterstützen, gefolgt waren und ihn nicht davon überzeugt hatten, mit seinen Eltern zu reden. Solche Gedanken gingen uns durch den Kopf, als wir die Verzweiflung von Holgers Mutter Waltraud spürten. Als diese mit dem Auto abgerauscht war, kam endlich auch Wilhelm dazu, etwas zu sagen, und dabei wurden unsere Schuldgefühle noch schlimmer. Sie, die Schuldgefühle, schnappten sich einen Strick und schnürten der Kehle unserer Seele die Luft ab.

64. Wilhelm, der Wucht-Mann von der traurigen Gestalt

Holgers Vater Wilhelm, der eigentlich ein wuchtiges Aussehen hatte und dessen Gesicht die Form eines vertikalen Rechtecks hatte wie das eines großen Almbullen aus den Alpen, war Anfang Juli schon immer braun gebrannt. Sein Gesicht hatte ein paar Falten, die aber nicht sein Alter betonten, sondern zu erzählen schienen, dass er auf See wildesten Stürmen standgehalten habe, dass er furchtlos als Zimmermann auf Balken balancieren könne, dass er jeden Tag auf dem Pferd verbringe und Rinder treibe. Dieser äußerlich so starke Mann hatte Waltrauds Ausführungen zugehört, ohne selbst etwas zu sagen. Ich, und ich denke, Kunz ging es ähnlich, wir also hatten während Waltrauds Schreien aus der Verzweiflungs-Hölle fast nur Augen für diese gehabt, wenn wir es überhaupt wagten, sie anzusehen, denn zwischendurch schauten wir auf den weinroten Teppichboden oder auf die Bücherwand wie schuldbewusste Zehnjährige, die den Eltern gegenübersitzen, die ihnen eine Standpauke halten, weil sie sich größte Sorgen gemacht hatten, als die beiden Freunde nicht, wie verabredet, um achtzehn Uhr zum Abendessen nach Hause in ihre Elternhäuser gekommen waren, sondern erst um einundzwanzig Uhr, und das, weil sie am Nachmittag eine kaum zu bändigende Lust überkommen hatte, mit dem Fahrrad auf der Landstraße einen Ausflug in das zehn Kilometer entfernte Dorf zu machen, das auch geschafft hatten, dort zufällig einen anderen Schulkameraden trafen, der gerade auf dem Weg zum Kicken war, und sie mitnahm, sodass sie mitspielten und erst, als es um achtzehn Uhr dunkel wurde, merkten, wie spät es schon war, sich dann sofort auf die Fahrräder schwangen, im Dunkeln beide über die Scherben einer Flasche fuhren und deshalb, der eine hinten, der andere vorne, einen Platten hatten, sie infolgedessen die zehn Kilometer in der Dunkelheit nach Hause laufen mussten, weil kein Bus mehr fuhr, und die Eltern währenddessen zusammen mit dem halben Dorf schon die Felder und Wälder um ihr Heimatdorf absuchten, ein Helfer aus dem Dorf endlich die Vermissten auf der Landstraße entdeckte, und als die gescheiterten Erkunder ihnen unbekannter Länder endlich zu Hause waren, nachdem sie vorher zuerst umarmt und dann ausgeschimpft worden waren, nicht etwa jeder in sein Bett durfte, sondern die beiden zusammen ihren jeweiligen Eltern gegenübersitzen mussten, die ihnen einschärften, dass sie so etwas nie wieder tun dürften, weil sie sich zu Tode geängstigt hätten, und dass es dafür jetzt vier Wochen Fernsehverbot gebe, vier Wochen Taschengeld-Entzug und dass sie drei Wochen fünf Tage in der Woche die hundertfünfzig Zuchtsauen abends mit dem Schlauch tränken müssten, was keine schwere, aber eine langweilige Arbeit und somit eine Strafe sei. So etwa fühlten wir uns während des gesamten Gesprächs. Schwammen bei Waltrauds Orgie der Betroffenheit und der Wut auch die Hechte der Empörung und Wut über ihr völliges Unverständnis von Holger im Fluss unserer Schuldgefühle, so waren diese ganz und gar verschwunden, als wir mit Wilhelm allein zusammen waren. Während Waltrauds Eruptionen der Verzweiflung hatten wir auch Wilhelm zwischendurch immer nur ganz kurz gesehen, wenn wir unseren Blick weg von Waltraud und hin zum Teppich oder zur Bücherwand wandten, und was wir mit den Augen kurz streiften, war ein Wilhelm, dem die Tränen in den Furchen seiner Falten hinunterliefen und der immer wieder den Kopf hin- und herbewegte und leise vor sich hinwimmerte: „Nein, nein, ich glaub es einfach nicht, das kann doch nicht sein", wobei seine Augen fast die ganze Zeit über den weinroten Teppich fixierten, als würde ein Abwenden des Blickes die gleichen Folgen haben wie ein Fehltritt beim Bergsteigen. Als Waltraud dann weg war, sah er uns an, und weinte so laut, wie ich es bei einem erwachsenen Mann noch nie gehört hatte, und schrie das laut heraus, was er vorher nur leise vor sich hingewimmert hatte. „Nein, nein, ich glaub es einfach nicht!", schrie er mit tiefer Stimme heraus, als wolle er im nächsten Augenblick mit voller Wucht gegen die Tür eines Raumes springen, in dem Holger eingesperrt war. „Das, das kann doch nicht sein", heulte er danach aus sich heraus, als wäre er selber das Kind, das gesagt bekommt, dass es seine Eltern mehrere Wochen nicht sehen darf, und das sich fühlt, als wäre sein Leben zu Ende, als wären alles Glück und aller Schutz für immer zerstört. Als er sich gefasst hatte, sagte er zu uns, dass es ihm unsäglich leidtäte, Holger keine andere Option als die Schule gelassen zu haben, aus eigenem Bestreben und auch, weil es für Waltraud, wie wir gesehen hätten, nichts anderes geben würde als die Schule und noch mal die Schule, das Abitur und die Chancen, die es eröffnen würde, dabei könne er im tiefsten Inneren Holger sogar verstehen, dass er als siebzehnjähriger Bengel gerne körperlich arbeiten wolle, insbesondere, dass er gerne in der Landwirtschaft arbeiten würde, was er ja früher auch so geliebt habe, und ja, Waltraud habe recht, er habe ihm oft davon vorgeschwärmt. Das hätte er vielleicht besser nicht tun sollen, worin Waltraud auch recht zu geben sei. Worin sie aber kolossal unrecht habe, sei, dass sie als einzige Option für Holger eine akademische Karriere ins Auge fasse, unabhängig davon, was sich dieser wünsche, was ihm Freude machen würde, und das einfach nur deshalb, weil ein solcher Beruf das größere gesellschaftlichere Ansehen habe und man mit einem solchen in vielen Fällen auch mehr Geld verdienen würde. Er müsse sich größte Vorwürfe machen, weil er Waltraud aus Faulheit und Feigheit, ja, ein elender Feigling sei er, scheiße, scheiße, und wieder rannen ihm die Tränen in den Gräben seiner Gesichtsfurchen hinunter wie in einem Bach, der von einem Provence-Berg ins Tal fließt, wenn es im Sommer einmal geregnet hat, weil er eben nicht versucht habe, Waltraud in ihrem Schul- und Erfolgs-Wahn zu stoppen, und er hätte nicht immer wieder seine Wahrnehmung verdrängen sollen, dass Holger unglücklich gewesen sei, im Grunde schon ein ganzes Jahr lang. Er sei ein Versager auf der ganzen Linie. Ob wir nicht wüssten, wo Holger sei, er würde so gerne alles wieder gut machen, und als er „Bitte, bitte sagt es mir doch", sagte, fing er wieder unglaublich zu weinen an. Da wir aber Holger versprochen hatten, auf keinen Fall zu sagen, wo er war, mussten wir lügen. Das hatten wir vorher alles durchgesprochen. Nein, wir wüssten es nicht, Holger habe es uns nicht gesagt, weil er Angst habe, dass wir dem Druck nicht standhielten. Und genau das hatten wir Holger versichert, dass wir jedem Druck standhalten würden, weil wir seine Freunde seien und ihn verstehen würden. Wir müssten jetzt gehen, und wir könnten nur immer wieder sagen, dass Holger ihnen keinerlei Schuld an seinem Weggehen gegeben habe, er habe es einfach nicht mehr ausgehalten, und dass es ihm dort, wo er sei, gut gehen würde. Indem wir mehrmals wiederholten, was auf uns selber die Wirkung eines Angst in Schach haltenden Mantras hatte, für Wilhelm aber wahrscheinlich so rüberkam, als wären wir enervierende Sprecher eines Navigationssystems in einem Auto, das den Fahrer mehrmals auffordert, doch bitte zu wenden, weil man aus der mechanischen und also per se nordpolkalten und stumpfsinnigen Logik des vor der Fahrt eingegebenen Ziels schon zu weit gefahren ist, dieser Logik, der es völlig wumpe ist, ob man sich Maschinen-Logikfeindlich spontan überlegt hat, noch einen kurzen Umweg durch eine berauschend schöne Lindenallee zu nehmen und sich somit für eine andere Variante entschieden hat oder nicht, indem wir also mehrmals wiederholten, dass Holger den Eltern keinerlei Schuld gebe und er es einfach nicht mehr ausgehalten habe und es ihm, wo er sei, gut gehe und sie deswegen bitte auf keinen Fall die Polizei verständigen sollten, um ihn zu suchen, weil er ihnen das nicht verzeihen würde, verdrängten wir natürlich in diesem Moment, und eigentlich bis jetzt, da ich das schreibe, habe ich es erfolgreich verdrängt, dass das eine doppelte Botschaft war, da die Eltern naturgemäß auf irgendeine Weise involviert sind, wenn es ein Siebzehnjähriger nicht mehr aushält zu Hause und in der Schule. Auch Holger hat uns die semantischen Säulen des von ihm gewünschten Eltern-Trostes, der Nicht-Schuld der Eltern, des Einfach-nicht-mehr-aushalten-Könnens, des Gut-gehens-wo-er-Sei und des Nicht-die-Polizei-Holens immer wieder mantramäßig reingesungen, und wir hatten diese semantischen Säulen nur zu gerne als für uns maßgeblich akzeptiert und übernommen, weil uns das glauben ließ, es könne den Eltern helfen. Ein paar Tage nach diesem Gespräch, das die Seelen-Leiber von Waltraud und Wilhelm mit Feuerquallen-Bissen des Schmerzes verbrannt hatte, rief Holgers Vater Wilhelm Kunz und mich an und teilte uns mit, dass Waltraud und er nicht die Polizei rufen wollten. Holger hat uns später gesagt, und zwar, als wir im November im Pablo-Neruda-Café zusammensaßen und, immer noch auf den Mustangs über die Prärie der Wiedersehens-Freude reitend, unser Schulbrot aßen (das durften wir dort im Gegensatz zu kommerziellen Cafés) und Kaffee tranken, Holger also hat uns dort gesagt, dass Wilhelm sich gegenüber Waltraud, die unbedingt die Bullen habe holen wollen, durchgesetzt habe mit seinem Entschluss, Holgers Bitte zu folgen und jene eben nicht einzuschalten.

65. Kunz kommt noch zweimal zu Besuch in den Sommerferien; wie zwei Grundschüler waren wir, die sich trauten, einander das Schrecklichste zu erzählen, was sie bisher erlebt hatten

Als Kunz dann noch zweimal in diesen Sommerferien zu Besuch in Bullburg aufschlug - ingesamt also, wie gesagt, viermal in den Sommerferien, zweimal vor dem so sehr gefürchteten Gespräch und zweimal danach sowie eben zweimal, bevor Holger das Weite gesucht hatte –, erzählen wir uns eben wechselseitig, wie belastend und schrecklich das Gespräch mit Wilhelm und Waltraud gewesen sei, als wären wir Grundschüler und hätten so viel Vertrauen zueinander gefasst, dass wir uns trauten, uns das Schrecklichste zu erzählen, was wir bisher erlebt hatten und was darin bestand, einerseits doch genau das gemacht zu haben, was wir Holger versprochen hatten, und dass wir insofern konsequent und richtig gehandelt hatten, aber genau das die Eltern in eine tiefe Gletscherspalte der Verzweiflung hatte stürzen lassen und wir nicht wussten, wie wir oder andere Menschen sie da wieder herausholen sollten. Außerdem waren wir völlig von den Socken wegen der Egomanie Waltrauds, die wir neben dem Schürhaken-Schmerz, der eben so war, als würde die ganze Zeit über ein Sadist in ihrem Schädel einen glühenden Schürhaken von hinten gegen die

Augen halten, ganz deutlich spürten. Wir hatten die Erfahrung gemacht, dass es in manchen Situationen sehr schwer ist, herauszufinden, was gutes Handeln ist, man sich aber dennoch für eine Option entscheiden muss, und dass diese, die Option, für die man sich schließlich entschieden hat, wenn man sie in die Tat umsetzt, dann keinen Jubel hervorruft, weder den des eigenen Gewissens noch den von anderen Menschen, die die Entscheidung, zu der man sich durchgerungen hat, goutieren, sondern Leid verursachen kann, was wiederum noch einmal die Entscheidung infrage stellt, zu der man sich durchgerungen hat. Letztlich waren wir auf den Trichter gekommen, dass man die Menschen, das Leben und die Welt nicht simpel in gut und böse einteilen kann und dass das vermeintlich Gute auch Nicht-Gewünschtes wie eben großes Leid verursachen kann. Wir hatten durch diese Erfahrung ein Stück unseres Weltverbesserungs-Schwunges eingebüßt, ein Stück von unserem Glauben eingebüßt, dass man nur die richtigen Gedanken denken und das Richtige tun muss, um die Gesellschaft gerecht und die Menschen glücklich zu machen, und damit reduzierten wir auch unsere, aus heutiger Perspektive, monströse Selbstgerechtigkeit gegenüber unseren Eltern und überhaupt gegenüber den Generationen vor uns, die die Welt so aufgebaut hatten, wie sie sich uns gegenüber zeigte. Mindestens ein bisschen. Fühlten wir uns doch auf der anderen Seite, und das zum Glück, denn sonst wären wir altkluge, papierene und kraft- und saftlose Greise gewesen, die nur so aussahen wie siebzehnjährige Landfreaks, immer noch wie die ganz großen Kracher, wie die dichtenden Adler des anderen, die Architekten, Maler und Komponisten eines neuen, besseren und schöneren Lebens, wenngleich die Adler schon ein paar Federn gelassen hatten, die Architekten schon eingesehen hatten, dass vielleicht nicht überall und in jedem Fall Alhambras oder Sagrada Famílias der Gerechtigkeit entstehen würden, dass nicht bei jedem und überall van goghsche Intensität bei dem, was die Menschen taten, erwartet werden konnte und dass nicht schon durch das Hören von Dylans „Planet Waves“ oder „Desire“ der ganze Tag und das ganze Leben von melancholischer, aber unglaublich intensiver und berauschender Song-Seligkeit erfüllt sein würde. Dass wir bei allem Schwung und aller poetischen Wildheit der Jugend natürlich kolossal aufgeblasene Frösche waren, mit denen man schnell aneinandergeraten konnte, wenn man nicht ihrer Meinung war, dass in uns die „Verzweiflung der Notwendigkeit“ ihre Steine der Aggressivität gegen alle schmiss, die vermeintliche Gegner waren, merke ich heute. Die hegelsche Eule der Minerva fliegt eben erst mit der einbrechenden Dämmerung und nicht am Morgen.

66. Auch Holger hat ein paar Adler-Federn gelassen

Holger hatte die meisten Adlerfedern gelassen. Das merkte ich nicht bei den rauschhaften Wiedersehens-Zusammenkünften, aber immer dann, wenn wir uns während der nächsten drei Schuljahre mal wieder unterhielten, hatte ich das Gefühl, dass Holger nicht mehr ganze der Alte war, der von dieser fast fanatischen Weltverbesserungsintensität beherrschte Siebzehnjährige und Doors- und Incredible-String-Band-Hörer war wie vor seinem Aufbruch. Sein Vertrauen in seine Fähigkeiten war größer als vor seiner Flucht, seiner Fabriken zu Hundertwasser-Gebäuden umbauenden Revolte, aber wo vorher zielstrebige Suche nach dem ganz anderen war und dem Gefühl, dass man im Leben neue Sonnen entdecken könnte, war jetzt Abwehr gegen solche Aufschwünge, war Resignation, war Bitterkeit, schienen die zu entdeckenden Sonnen blasser, ja hatten sogar graue Flecken, schmeckte die hessische Stracke des Aufbruchs ein bisschen ranzig, war der Chili des Überschwangs nicht scharf genug und schmeckte manchmal sogar ein bisschen fade. Wahrscheinlich hatten wir doch alle diese radikale Infragestellung des Lebens, unseres, aber auch desjenigen unserer Mitmenschen und der Gesellschaft, verloren, wenngleich es bei Holger für mich am offensichtlichsten war.

67. Unsere Freundschaft ändert sich

Und gerade diese heroische Welt-Verzweiflung und dieser Welt-Veränderungs-Tornado hatten uns am tiefsten verbunden, die Startrampe unserer Suche nach dem Sinn des Ganzen waren sie, von der aus unsere Raketen in den Weltraum aufstiegen, die Raketen des Alles-anders-machen-Wollens und -Könnens, der Energie also, die Raketen der ausweglosen Traurigkeit und der Empörung und die Raketen der ekstatischen Freude. Wir besuchten uns nur noch ab und zu, vielleicht dreimal oder viermal im Jahr. Im Unterricht waren wir ab der zwölften Klasse in keinem Kurs mehr zusammen, und auch in den Pausen waren wir in den drei Schuljahren, die wir noch auf die gleiche Schule gingen, nicht mehr täglich zusammen, denn wir hatten alle neue Freunde gefunden. Weil die Raketen der Gemeinsamkeit nicht mehr so hoch stiegen und weil wir auf der neuen Schule vor allem durch das Kurssystem auseinandergerissen waren, änderte sich auch unsere Freundschaft. Wir waren wie unerfahrene, aber erfahrungshungrige und erfahrungsoffene Reisende, die verbunden waren durch das Erlebnis einer ersten abenteuerlichen Reise in die USA und somit auf einen anderen Kontinent und die dort erlebten Abenteuer in den großen Städten New York City, Chicago und Los Angeles, die den Landeiern wegen der Endlosigkeit ihrer scheinbar nicht enden wollenden Häuser die Schuhe auszogen, sie abwechselnd ungeheuerlich faszinierten und dann wieder infernalisch abstießen und anekelten, auf den Highways, die sie mit ausgestrecktem Daumen und mit Bussen bereisten und wo sie die herrliche Großzügigkeit und Freundlichkeit der unterschiedlichsten Amis kennenlernten und einmal fast von einem durchgeknallten Drogensüchtigen wegen ein paar Dollar erschossen worden wären, durch das Angesprungenwerden einer großartigen Natur, sei es in den Wüsten, in den Rockies, dem flachen endlosen Mittleren Westen, durch die wilde Hügellandlandschaft und den Pazifik im Westen und durch die seelenvollen, kultivierten Wälder und Felder New Englands und schließlich durch das Gegrilltwerden in der Hitze der Südstaaten, wir waren wie diese grünen Reisenden, die sich nach dieser Reise versprechen, sich jedes Jahr dreimal zu treffen und über Telefon und Briefe (E-Mails gab es damals noch keine) in Verbindung zu bleiben, was im ersten Jahr auch noch klappt, aber im folgenden Jahr schon nachlässt. Kunz kletterte über Steilwände in die klimatisch harten Berg-Regionen der Punk-Szene, wo die Kälte einen mit ihren Eisbären-Pranken verletzen konnte oder Stürme einen umwarfen und man sich Beulen holen, ein Bein brechen konnte oder einem ein Zahn ausgeschlagen werden konnte, wenn man dumm hinfiel, und Holger zog in die Vorstadt der Vernunft, schon damals in ein Energiesparhaus, machte vieles richtig und war ein Ausbund in dem, was wirtschaftlich und politisch scheinbar vernünftig war, aber den poetisch-wilden Teil im Garten seines Bewusstseins, in dem er zwar manchmal fanatisch die Fuchsien und Orchideen seiner Weltveränderungs-Fantasien gezüchtet hatte, die aber eben doch Fuchsien und Orchideen und also selten waren, aber in dem auch die Mohn- und die Kornblumen der Poesie – Klatschmohn, der Feuer schluckende Gedicht-Pferde in die Welt blies, Kornblumen, die Stoppelfelder-Joints in der Hängematte der Spätsommer-Sonne rauchten – und Musik ihren Platz hatten, diesen Garten sah ich nur noch unscharf, und er kam mir viel kleiner und weniger bunt vor als vor seinem großen Aufbruch, sicherlich, weil wir uns seltener sahen und ich ihn nicht mehr so gut kannte wie in unserer wilden Zeit, aber ich bin mir ziemlich sicher, dass dieser Teil im Garten seines Bewusstseins tatsächlich kleiner geworden war. Warum? Ich denke, weil er bei den Körner-Kämpfern, wie gesagt, selbstbewusster und realistischer geworden war, der Blick auf sich selbst und auf die Welt also klarer, aber eben auch nüchterner geworden war, aber auch, weil ihn die Erfahrung mit Birgit sehr verletzt und desillusioniert, ja wahrscheinlich traumatisiert, möglicherweise sogar retraumatisiert hatte, wenn man sich vor Augen hält, dass ihn Waltraud aufgrund ihres Narzissmus und ihrer Egomanie nie wirklich geliebt hat, sondern ihn als Teil ihrer Wunscherfüllungs-Fantasien in ihr Selbst einbaute. Holger hatte wahrscheinlich alle Erlösungs-Wünsche, die in seiner Seele wie in einem Anhänger eingesperrte Pferde darauf lauerten, dass sie endlich rausgelassen werden, diese Wünsche hatte er auf Birgit projiziert, wobei der Pferdeanhänger sich auch und maßgeblich zusammensetzte aus dem Nicht-Geliebtwerden durch seine Mutter und aus der Widersprüchlichkeit des ihn liebenden Vaters, der sich aber eben selbst verraten hatte und in depressiver Weise das unerreichbare Alte verklärte und Holger zur Karriere antrieb, was er dann wieder implizit kritisierte, ja sogar verachtete, worin ja seine Seelen schrotende Widersprüchlichkeit bestand. In der umwerfend schönen, wilden und für ihn so geheimnisvollen Birgit sah er die Erlöserin aus all dem Schlamassel, aus allem, was ihn traurig machte und einsam und was die Traktoren der Widersprüche antrieb, die von zwei Seiten an seiner Seele zerrten und sie fast zerrissen. Wenn sie ihn liebte, war sie die Erlöserin, die Sonne, die alle Übel wegstrahlte, der Kindheits-Sommer, in dem man sich jeden Tag im Schwimmbad aalt und im Schatten unter einer großen Linde Eiscreme isst, nichts anderes als Glück und Heiterkeit denken und fühlen kann, war sie die E-Gitarre, die ihn in Ekstase rockte, war sie die Prophetin, die ihm das Paradies mit poetischer Sprachgewalt vor Augen führte. Aber ihre so brutalen Rückzüge, wenn sie von einer Stunde zur anderen aus für ihn völlig unverständlichen Gründen den Kontakt zu ihm abbrach, aus ihren Augen aggressiv bellende Hunde sprangen, auf ihn zuliefen und zubissen, sobald er in für ihn völlig natürlicher und also angemessener Weise wieder da anknüpfen wollte, wo ihr letzter Kontakt geendet hatte, nämlich in Innigkeit, Zärtlichkeit und, von seiner Seite aus, vor Mitteilungsbedürfnis sprudelnd wie die Rhumequelle, die eine der größten Europas ist, wenn die Sonne erkaltete und eine fürchterliche, das meiste Leben zerstörende Eiszeit in ihrer Beziehung begann, diese brutalen Rückzüge, die ihn dann letzten Endes dazu bewogen hatten, die Beziehung abzubrechen aus schierer Unmöglichkeit, es noch länger aushalten zu können, hatten etwas in ihm wenn nicht gänzlich zerstört, so aber doch deutlich beschnitten und unscheinbar gemacht, hatten den Fuchsien- und Orchideen-Bereich im Garten seines Weltveränderungs-Furors verkleinert und das Beet seiner Musik-Begeisterung und seiner poetischen Melancholie mit Mohn und die Kornblumen bis auf Bettdecken-Größe verkleinert. Sechzehn Jahre später, als ich ihn in Wargburg in der Kneipe traf, fand ich davon vielleicht, jedenfalls kam es mir damals so vor, noch zwei Korn- und drei Mohnblumen, und das hatte mich neben all der Wiedersehensfreude, die mich überkam, enttäuscht, weil ich ihn natürlich immer noch sehr mochte und weil wir die alten Zeiten aufleben ließen, was uns beide für den Abend wieder zu Jungtigern machte, denen alles möglich schien, die auf die Welt lossprangen und glaubten, eine Welt zu erdenken, zu erdiskutieren und schließlich schaffen zu können, in der jede und jeder die Chance haben würde, in einer Wohnung oder einem Haus zu leben, in dem das Fachwerk vom Weizen der Weite und den Kachelöfen der Geborgenheit fabulieren würde und in der jede(r) so arbeiten können sollte, dass sie oder er dabei zwischendurch immer wieder die Ballett- und die Reit-Freude, die Fußball-, die Ritterburgen- und die Cowboyfreude der Kindheit erleben würde, bei welcher Arbeit und in welchem Beruf auch immer, vorausgesetzt natürlich, dass jeder Mensch satt würde und dass wirtschaftliche Strukturen in der Gesellschaft vorlägen, die es, wenn die Menschen integer wären, verhinderten, dass jemand ausgebeutet oder marginalisiert werden würde wie im Kapitalismus, und erdenken und diskutieren und schließlich schaffen würden wir eine Welt, in der es auch keine verbrecherische, die Menschenrechte mit Füßen tretende Bürokraten-Diktatur gäbe, die die kreativen, die Freiheit liebenden Individualisten ermordete oder in Gulags sperrte wie in der Sowjetunion. Als ich nach meinem Wargburgtrip wieder im Zug nach Spatzingen saß und auch irgendwann später, als ich einen Spaziergang an einem Waldrand etwa zwanzig Kilometer von Spatzingen entfernt die würzigen und leuchtenden Ende-August-Stoppelfelder mit den Augen schlürfte, die leise Melancholie der gegrubberten Felder rauchte und mich der Wald grün anpinselte, als sei ich noch zwanzig, fühlte ich auf einmal Enttäuschung, als ich an die Begegnung mit Holger dachte. Die zwei Korn- und drei Mohnblumen im auf Bettdecken-Größe zusammengeschrumpften Garten seiner poetischen Begeisterungsfähigkeit, die ich bei ihm noch zu spüren glaubte, die bei Weitem nicht mehr die Kraft hatten, die Grenzen der Alltagsvernunft sprengen zu können, wie sie bei ihm zwanzig Jahre früher, wenn auch auf andere, schon damals realistischere Art als bei Kunz und bei mir, so aber doch im Glühen seines Weltveränderungs-Furors vorhanden war, diese zwei Korn- und drei Mohnblumen, sie waren mir zu wenig, sie pulverisierten meine Projektion auf Holger, bei der ich ihn in den vielen Jahren, in denen ich ihn nicht gesehen hatte und wenn ich hin und wieder an ihn dachte und ihn auf den Treppenstufen von Hermannsdorf zwischen mich und Kunz sitzend platzierte, in langen Haaren und unseren Freakklamotten über Gott und die Welt diskutierend, vom fantasievollen Stadtbrunnen angeschaut, von der kleinen Buchhandlung dahinter für unsere radikale, alle bürgerlichen Kompromisse für nichts erachtende Geistigkeit verehrt und von den Glocken der Stadtkirche zu Rindern des Aufbruchs, zu pazifistischen Baum-Ausreißern der Revolte gegen das hässliche und ungerechte Bestehende gebimmelt und von den indischen Beedies zu Genießern und fantasievollen Lobrednern der Muße geraucht. Und ich sah davon nur noch zwei Korn- und drei Mohnblumen, sah einen Holger, der sich zwar wie früher für eine Veränderung der wirtschaftlichen und politischen und also gesellschaftlichen Verhältnisse einsetzte, ruhig und effektiv als erfolgreicher Businessman einer Fotovoltaik-Firma, politisch korrekt und vorbildlich, aber auch in seiner Seele korrekt, glatt und angepasst an seine Businesswelt, in seiner seelischen Angepasstheit und Dürre ein grüner Spießer, einst als Adler aufgeflogen und jetzt als fleißige Brieftaube in Wargburg im „Zum durstigen Denker" gelandet. Das enttäuschte mich tief, mich Narzissten (Waltraud und Onkel Ottfried sind auch in mir), der Holger am liebsten so haben wollte, wie er in seiner Vorstellung in der Jugend war. Aber es war nicht nur Narzissmus, so denke ich, der meine Enttäuschung speiste, denn ich erkannte in Holger ein wirkliches Defizit seiner Persönlichkeit, er hatte sich in der Tat auf den Vernünftigen, Effizienten reduziert, sodass nur der Zwei-Korn-und-drei-Mohnblumen-Holger, der seelisch Eingeengte und Dürftige übrig blieb, der Wilhelm-und-Waltraud-Geprägte und -Geschädigte, ihr Nachfolger, der Sünder im zweiten, dritten oder vierten Glied seiner Familiengeschichte. Die Enttäuschung war so groß, die Erfahrung, dass unsere gemeinsamen, ungeheuer intensiven und prägenden Erlebnisse weit zurücklagen und wir nicht mehr viel gemeinsam hatten, so niederschmetternd, dass ich mich nicht mehr bei ihm gemeldet habe seitdem und er sich auch nicht bei mir, jedenfalls nicht mehr so, dass danach noch ein weiterer Besuch entstanden wäre. Die paar kurzen E-Mails, die wir austauschen, waren letztlich nicht wichtig. Wir sind uns fremd geworden und nur, aber das immerhin, und das ist nicht wenig, durch den gemeinsamen Jugend-Aufbruch ins Unendliche verbunden, Holger war auf seine Art wie Rimbaud, der später von seinen neuen und ungestümen Worten, die die Möglichkeiten der Dichtung so erweitert haben, wie es nur ganz wenige Dichter vor ihm getan hatten, nichts mehr hören wollte. Ha, ha, manchmal macht das Alter

doch weise und wieder jung! Während ich an meinem Buch gearbeitet habe, habe ich Holger noch einmal in Hermannsdorf getroffen, und dieses Treffen hat uns einander wieder näher gebracht. Im ehemaligen Pablo-Neruda-Café, das inzwischen Roberto-Bolaño-Café heißt, in Hermannsdorf. Er war inzwischen freiwillig auf Teilzeit in seiner Fotovoltaik-Firma gegangen und spielte in einer Freizeitband Schlagzeug.
„Alter, auch die sinnvollsten Jobs lassen einen veröden und so werden wie die alten Säcke, die uns damals so furchtbar vorkamen. Eine Änderung musste her. So habe ich Schlagzeug spielen gelernt und spiele sogar in einer Band. Der Hammer ist das. Heimlich habe ich davon als Jugendlicher manchmal geträumt. Jetzt habe ich's endlich in die Tat umgesetzt, und ich bin verdammt glücklich damit."
Da war er wieder, Holgers Mohn-und-Kornblumen-Garten der Poesie, der jetzt Schlagzeug spielte (jawohl, ihr verdammten kleinkarierten Sprachbilder-auf-Einmaleins-Logik-Beschränker, es gibt Kornblumen-Gärten der Poesie, die Schlagzeug spielen, und was für welche!) und den er öfter betrat, weil er nicht mehr sechzig Stunden in der Woche durch Fotovoltaik die Welt retten musste.
Den Ausflug in die Zeit, als Holger uns offerierte, dass er zu den Körner-Kämpfern abhauen wollte, und in die Zeit, als er dann tatsächlich weg war, sowie die Wiedersehensfreude, als er dann wiedergekommen war, was tragischerweise ja auch der Anfang der Auflösung unserer Freundschaft mindestens in der Intensität war, in der sie in der neunten und zehnten Klasse bestanden hatte und das Utopien mundharmonikaende Pferd war, das uns durch die Orkane und Brände über die Prärie dieser Zeit getragen hat, hat die Erinnerung an das Pablo-Neruda-Café inspiriert.

68. Endlich auf dem Schulfest, dem Fest der Feste

Nach diesem ausgiebigen Prärieausflug springe ich jetzt mitten in das brueghelsche bunte und wilde Treiben des Schulfestes, auf dem wir Schüler uns lustvoll an Unmengen von Streusel-, Schmand- und Zwetschgen- und Bienenstich-Kuchen labten und Bratwürstchen mit Brötchen oder Kartoffelsalat, Chili oder Gulasch vertilgten, alles meistens von den Müttern von uns Schülern gebacken, gebraten oder gekocht, auf dem wir den Songs der Schulband lauschten, die Rock- und Folk-Rocksongs aus den Sechzigern und Siebzigern nachspielte und auch zwei eigene Songs beisteuerte, die so gut in das nachgespielte Repertoire passten, dass wir sie als solche, als selbst geschriebene und komponierte, gar nicht erkannten, worauf sich eine Diskussion zwischen Herbert, Kuno und mir entspann, Kuno, einem intelligenten, Punkideen in sein Hippietum integrierenden Burschen, dem die dunkelblonden glatten Haare bis auf die Schulter hingen und der aus Fockenroda kam, einem Gebiet unseres Landkreises, aus dem die Schüler erst zur Oberstufe nach Hermannsdorf auf die Kaninchenberg-Gesamtschule gekommen waren, eine Diskussion also entspann sich zwischen uns, gewürzt mit dem Cheyenne-Pfeffer des Rauches selbst gedrehter halbschwarzer Zigaretten aus niederländischem Tabak, ob denn das Nichterkennen der beiden von der Band selbst geschriebenen Songs nun ein Zeichen von Qualität der Songs oder eher als Mangel an Originalität zu bewerten sei. Dass auch die zwei selbst geschriebenen Songs der Band unter den nachgespielten waren, erfuhren wir erst, als es der Sänger der Band, an dessen Namen ich mich nicht mehr erinnern kann, nach dem Auftritt sagte und wir alle ausgiebig und mit Schmackes Beifall klatschen, frenetisch Beifall klatschen, wie ich es damals öfters in Zeitungen gelesen habe und die Band die beiden Songs dann noch einmal spielte, sodass wir sie noch im Ohr hatten. Herbert hielt es für ein Zeichen von Qualität, weil die Songs auf dem technischen Niveau derjenigen der berühmten Band, der Eagles nämlich, gewesen seien und sie trotzdem nicht gänzlich genauso geklungen hätten wie Eagles-Songs, wenngleich es Ähnlichkeiten gegeben habe, Ähnlichkeiten wie etwa mit James Taylor, die einem bei manchen Songs von Jackson Brown auffielen. Kuno, der in der Literatur damals österreichische Avantgardisten wie Artmann und Priesnitz schätzte und Hermann Hesse verachtete, den Herbert und ich so liebten, sagte, dass er wohl die technischen Fähigkeiten an den Instrumenten dieser Band schätzen würde und auch eine minimale Originalität feststellen könne, was verhindern würde, dass er die Songs als schlecht bezeichne, was dennoch nicht mehr als ein Ausdruck von Mittelmaß sei, und es doch in der Kunst generell darauf ankomme, neue Wege zu gehen, auch wenn man auf diesen scheitere, was höher einzuschätzen sei, weil es mehr Mut, mehr Fantasie und mehr Geist erfordern würde, als sich in den Reihen des allzu Bekannten niederzulassen.

69. Nachgereicht: die herrliche Fahrradfahrt dorthin

Zum Schulfest bin ich am frühen Abend mit dem Fahrrad gefahren. Es war Anfang September, und schon die Fahrt zur großen Schulsause durch das abwechselnd elegische und dann wieder wuchtige Edith-Södergran-Gedichte donnernde Licht der Septembersonne war eine riesige Party für mich, die Gerüche der Stoppelfelder, der gegrubberten, gepflügten, geeggten oder hier und da auch schon gesäten Felder (Raps muss Mitte August gesät werden) waren Trampoline, auf die ich sprang und die mich während der Fahrt immer wieder in die Wipfel von Glücks-Pappeln schleuderten, vor allem die hier und da noch zu sehenden Stoppelfelder, die sich in verschiedenen Grautönen sonnenden, bereits für die nächste Aussaat bearbeiteten Felder und die sich im klaren Anfangseptember-Spätnachmittagslicht duschenden Mischwälder mit Eichen,

Buchen und Kiefern und hier und da einer Fichte, die Hügel vor allem, auf denen diese ganze Pracht ausgebreitet war wie auf den dicken Kopfkissen meiner Großmutter, die Welda, die sich genüsslich rekelte, als sei sie gerade aufgewacht und hätte noch den ganzen Morgen Zeit, sich auf der Matratze des Tales zu rekeln und zu gähnen, das alles waren auch Trüffeln für die Augen, das Fahrrad wurde plötzlich, so empfand ich es, zum wilden Pinsel van Goghs, mit dem er im Schaffensrausch an einem Bild malte.

70. Hoffentlich ist Lena überhaupt da – Gieselas Kontrollwahn und ihre Terror-Tornados

Würde Lena überhaupt da sein? Sie hatte zwar, als ich sie am Freitagmorgen wieder auf dem Himmels-Sessel antraf, gesagt, dass sie wahrscheinlich zum Schulfest kommen würde, da aber ihre Mutter schon einen Riesenaufstand gemacht habe, als sie bei der Literatur- und Musiknacht im Pablo-Neruda-Café gewesen sei, sie, Lenas Mutter, hätte sich ja so aufgeregt, wo sie denn nur bliebe, sodass sie eine wesentlich stärke Dosis ihrer Beruhigungsmittel habe nehmen müssen, um das überhaupt auszuhalten, und weil ihre Mutter eben so ausgeflippt sei, wie es wegen ihrer Krankheit immer wieder vorkomme, vor allem dann, wenn sie, Lena, Sachen unternähme, die eigentlich für andere junge Frauen in ihrem Alter ganz normal wären, Partys, Konzerte, Ausstellungen besuchen, zu Freundinnen fahren und dort übernachten, dann müsse sie leider ein paar Wochen zurückstecken und zu Hause bleiben, höchstens könne sie mit ihren Geschwistern in die Baptistengemeinde gehen, oder sie könne dreimal in einem Halbjahr die Karte „Tamaras Mutter" ziehen, und weil ihre, Lenas, Mutter eben einen solchen Aufstand gemacht habe, müsse sie heute Abend peilen, wie die Lage sei, und eben dann hoffentlich in einem passenden Moment fragen, ob sie Tamara besuchen

könne. Das sei die einzige Möglichkeit, um von zu Hause wegzukommen. Tamaras Mutter Ingeborg sei Lehrerin, die ihre, Lenas, Mutter sehr schätzen würde, und wenn sie, Lena, sagen würde, dass Ingeborg Tamara und ihr am Samstagnachmittag bis in den Abend hinein Nachhilfe in Englisch geben würde, einem Fach, in dem Tamara und sie in der Schule nicht gerade Leuchten seien, und dass sie danach noch zusammen Sangria trinken wollten, könne sie dort übernachten. Am Sonntag nach dem Frühstück würde Ingeborg sie dann wieder nach Hause fahren. Tamaras Mutter wisse, dass ihre Mutter nervenkrank sei, und spüre, wie sehr sie, Lena, gefangen sei durch diese Krankheit. Deswegen gebe es eine Art Pakt, dass sie eben etwa dreimal im Halbjahr das Englisch-Schauspiel aufführen, indem sie ihre Mutter belügen würden, damit sie von zu Hause wegkönne. So lieb und wirklich klasse das von Tamara und ihrer Mutter sei, so überaus peinlich würde ihr die ganze Sache immer sein, in Grund und Boden würde sie sich also schämen, wenn sie Tamara und dann zusammen mit Tamara ihre Mutter Ingeborg fragen müsste, ob sie, Lena, bei ihnen übernachten könne und zusammen mit Tamara aufs Schulfest gehen dürfe. Mit Englisch würden sie sich dann am Nachmittag zwar tatsächlich beschäftigen, aber abends würden sie, und dürften es dann selbstverständlich auch, auf das Schulfest gehen, so lange sie wollten. Bei der Literatur- und Musiknacht im Pablo-Neruda-Café hätte sie eben einmal testen wollen, ob sie endlich mit diesen oberpeinlichen Schauspielen aufhören könne. Zunächst habe ihre Mutter zugestimmt, und so sei sie frohgemut nach Hermannsdorf gefahren. Als sie aber abends zurückgekommen sei, hätte ihre Mutter alles wieder zurückgenommen und diesen irren Terror gemacht. Sie hoffe, dass sie die Pille mit Tamaras Mutter schlucken würde, versprechen könne sie aber nicht, dass es klappen würde.
„Würde sie also da sein oder nicht?“ – diese Frage bedrohte mich hin und wieder auf der Glücks-Bullen bellenden Fahr-

radfahrt durch die Ende-August-Felder, so als würde ich von hinten durch ein heftiges Sommergewitter überrascht mit Blitzen in der Nähe, die so wirkten, als hätte jemand von oben einen brennenden Zackenspeer mit gigantischer Wucht geworfen, der den Himmel spalten würde wie einen Baumstamm, in den man ein Eisen getrieben hätte, und auf die Blitze würde dann fast unmittelbar darauf ein Donnern folgen, das einen selbst und die Erde ringsum zum Beben und Zittern brächte. Zum Glück verzog sich das Sommergewitter während der Fahrt immer wieder, und die Glücks-Bullen wuchteten wieder über die Weiden meiner Seele. Aber je näher ich dem bunt gegürteten Betonquader der Schule kam, umso nervöser wurde ich. Als ich mein Fahrrad auf dem Fahrradparkplatz abgestellt und abgeschlossen hatte, dachte ich, mir erst einmal eine Zigarette drehen zu müssen, um das Ganze zu überstehen. Ich war so aufgeregt und zittrig, dass ich es kaum hinbekam. Am Mund-Ende war das, was eigentlich eine ganz normale Zigarette hätte werden sollen, erheblich dünner als am Feuer-Ende, genauer müsste ich eigentlich schreiben, dass das dünne Ende des Glimmstängels sich erst durch seine Dünnheit zum Mundstück der Zigarette qualifiziert hatte und naturgemäß das dicke Ende sich durch seine Dickheit zum Feuerstück empfohlen hatte (wer das nicht versteht, hat nie selbst gedreht), sodass mir der angeberische, smarte, popper-mäßig gekleidete, in eine dunkelblaue Stoffhose und ein weinrotes T-Shirt gewandete, aber gutmütige (Warum „aber“? Die alten Feindbilder wuseln immer noch in meinem Bewusstsein rum, so haltbar wie Münzen, die man in einen tiefen Brunnen in einer Burg geworfen hat.) Stefan sofort lachend zurief, dass ich es ja wohl heute Abend ganz doll treiben wolle, wenn ich mir jetzt schon eine Tüte reindübeln würde, als ich mich auf den großen Schulhof zubewegte, auf dem an die tausend Schüler standen, wie ich damals in diesem Moment schätzte, meistens in Grüppchen, sich unterhielten und rauchten und von großen Boxen mit Songs beschallt wurden, entweder den Boxen, aus denen die Musik der Schulband Honig in die Ohren ihrer Fans träufelte oder wie Werbung im Fernsehen an den Indifferenten vorbeirauschte, oder ob man, wovon ich noch nichts habe verlauten lassen, am anderen Ende des Schulhofs stand, wo ein DJ Musik auflegte, die ebenfalls aus großen Boxen in die Gehörgänge diskote, denn Diskomusik lief gerade, entweder „YMCA" oder das unverwüstliche „Lady Bump" oder irgendein anderer Hit, ich weiß es nicht mehr exakt; je nachdem, ob man die Diskomucke mochte, die Musik einem am Arsch der Ohren vorbeiging oder sie nicht mochte, mit dem Sekt guter Laune getränkt oder den unerträglich bitteren Salbeitee schlechter Musik eingeflößt bekam. Ich arbeitete mich durch den Wald der Schüler mit meiner zum vermeintlichen Joint verunglückten Zigarette zu dem Bereich vor, wo die Schulband spielte. Eine Besonderheit auf dem Fest bestand darin, dass jede Schülerin und jeder Schüler einen Freund oder eine Freundin mit zum Schulfest bringen durfte, auch wenn die Freundin oder der Freund gar nicht Schüler der Schule war, sodass es, wenn ich es mir überlege, gut und gerne doch an die zweitausend Leute gewesen sein können, die sich auf dem riesigen Hof der Schule versammelt hatten und in dem Bereich, wo der DJ gerade die Disko-Scheiben auflegte, die von meinen Freunden und mir im einen oder anderen Fall heimlich als attraktiv und erotisch empfundenen Mädels standen, die am Wochenende in den entsprechenden Standard-Diskotheken zu genau dieser Musik tanzten und die wir doch gerne als Disko-Tussis abtaten und sie damit als angepasst, als unkritisch bewerteten und auch ein bisschen verachteten, diese in vielen Fällen heimlich als ganz schön sexy empfundenen, offiziell als Disko-Tussis Abgetanen standen da mit ihren Freunden, die damals natürlich von uns als ihre Macker bezeichnet wurden und die auch die eher durchschnittlichen Typen waren, äußerlich jedenfalls – wie anmaßend wir damals waren, das geht wirklich auf keine Kuhhaut –, die mit ihren Jeansjacken oder Motorradjacken oder, wenn es der noble Typ

Marke Banklehre war, sogar im Jackett aufgelaufen waren und denen die Diskomusik wahrscheinlich der Salbeitee für ihre Ohren war, den sie sich aber gaben, weil sie auf ihre Mädchen, bei den Motorradtypen ihre Bräute, abgefahren waren und sie liebten. Die sogenannten Disko-Tussis zogen eher schicke Klamotten und Pumps an, was damals in der Oberstufe bei den Hippie-Mädchen überhaupt nicht ging, und schminkten sich und wollten, so erscheint es mir in der Erinnerung, die vielleicht aber nur die Klischees weiter verbreitet, die wir damals hegten und denen wir damit auf den Leim gegangen waren, und diese wollten also entweder eine Lehre, am liebsten eine Banklehre, machen oder Großhandelskauffrau lernen oder aber, wenn sie ehrgeiziger waren, anschließend noch Betriebswirtschaft studieren oder noch irgendein Fachhochschulstudium dranhängen, das ihnen bessere Berufschancen bot. An eine Diskogängerin, die auf der Schulfete mit ihrem Freund, der am Finanzamt arbeitete, aber in der Freizeit eine Motorradkutte trug, erinnere ich mich. Sie sah aus wie eine Italienerin, dunkle Augen, schwarze Haare, eine dralle, aber sportliche Figur und Brüste, die uns Jungens komplett um den Verstand brachten, wenn wir sie im Schwimmbad im weißen oder orangenen Bikini sahen, war aber von ihrem Temperament eher langsam und fast ein wenig schwerfällig und sagte nicht sehr viel, und in der Schule war sie auch nicht sonderlich gut, wie mir Gerhard erzählte, der mit ihr von der fünften bis zur zehnten in der gleichen Klasse gewesen war. Im Sport, wo wir manchmal mit Parallelklassen zusammen waren, hatten wir sie eben manchmal beim Schwimmen gesehen, und ich bin hundertprozentig davon überzeugt, dass die meisten von uns sie attraktiv und unglaublich sexy fanden und deswegen verehrten. Weil meine Freunde wie auch ich und auch einige andere aus der Hippie-Szene sich nicht so gut mit ihr unterhalten konnten, war sie doch eher der praktische und nicht der intensiv analysierende oder gar grüblerische Typ, blieb es bei dieser Verehrung. Sie stand in schwarzen Pumps, roten Jeans, einem weißen T-Shirt und einem dunklen Jackett bei ihrem eine Jeansweste über der Motorradjacke tragenden Finanzamtler und wirkte, als ich an ihr vorbeiging, auf mich so unkompliziert, attraktiv, phlegmatisch und stark zugleich, auch von einer trägen und doch kraftvollen Erotik, voller scheinbar unverwüstlichen und unerschütterbaren Lebens, eine Linde vor einem Landgasthaus, schön, tröstend, kräftigend, bei schlechtem Wetter vor Regen schützend, in der Sommerhitze Schatten spendend, ganz und gar unverzichtbar also.

71. Bei Bruno Laxsprung haben sogar die Betonwände der Schule mitgelacht

Das Schulfest-Komitee hatte eine Vollversammlung einberufen, auf der der Ablauf des Festes vorgestellt wurde. Anschließend diskutierten wir darüber und als Ergebnis dieses Diskutierens einigten wir uns, dass der Direx (der, der so viel Verständnis für Holger hatte) und der Deutsch- und Sozialkunde-Lehrer Bruno Laxsprung ein paar Worte sagen sollten, Bruno Laxsprung, der Fußball-Trainer der Laubheimer Mannschaft, die in der Landesliga spielte, der Bier liebte, aber auch oft Hegel, Freud und Marcuse zitierte, Hermann Hesse gut fand und die Lyrik Paul Celans so verehrte, als seien es Worte eines Heiligen, und der die Bibel und Luther zwar kritisch las wie der Lehrer Geisthof, aber sie animalisch liebte und zitierte, sodass man das Gefühl bekam, sie seien ein reichhaltiges Buffet mit Antipasti, hundert Käsesorten und Wurstsorten, frischen und raffiniert angemachten Salaten und Chili con oder sine Carne, ein reichhaltiges Buffet, das man mit allen Sinnen genießen und von dem man leben konnte, und der oft so laut lachte, dass sogar die Betonwände der Schule Ohren bekamen und mitlachten, das Wunder Laxsprung, der bei den Wirtschafts-Leistungskurslern genauso beliebt war wie bei den Religions-, den Kunst-, Gesellschaftskunde-Leistungskurslern und auch bei jenen, die eine Sprache oder Deutsch gewählt hatten, das Wunder Laxsprung, das Genie, das durch seine Art Brücken baute über die Flüsse und Ströme hinweg, über die es in manchen Situationen damals für uns eigentlich keine Brücken zu geben schien. Natürlich war er den säkularen Linken zu christlich, den Evangelikalen zu modern, aber die meisten mochten ihn, weil er jeden zu akzeptieren schien, sich mit vielen Leuten gerne unterhielt und eben von einer unbändigen Lebensfreude beseelt zu sein schien, als würde er jeden Morgen Tonnen von Endorphin-Rühreiern frühstücken und anschließend das Matterhorn der Freude besteigen und sich abends selig das Mittelmeer voll Bier oder den Gardasee voll mit Rotwein genehmigen. Nur bei der Musik gab es im Schulkomitee eine heftige Debatte, die sogar so weit führte, dass es zu einer basisdemokratischen Abstimmung in der Schule kam, bei der wir alle darüber abstimmen konnten, ob der einen Ausweg aus dem Musikchaos eröffnende und deswegen glorreiche Vorschlag von Kurt Kamprath angenommen werden sollte, dass es einerseits eine Bühne geben sollte, auf der die Schulband ihre Rock-, Folk- und Pop-Songs spielen könne und die anderen Schüler wie zum Beispiel Herbert, die einen musikalischen Beitrag zum Besten geben wollten, ebenso dort auftreten können sollten und, wenn dann keine Musiker mehr auftreten wollten, eine große Anlage angeworfen werden sollte, mit der dann Rock-, Folkrock- und Songwriter-Musik von Dylan über Van Morrison bis James Taylor die Ohren der Freunde dieser Musik erfreuen könnten, von den frühen Sechzigern bis eben Anfang der Achtziger und auch Punk, New Wave und Reggae als Ohren-Manna die danach Hungrigen sättigen könne. Andererseits war geplant, eben an einer möglichst weit weg von dieser Bühne gelegenen Stelle des riesigen Schulhofes eine Anlage und eine Tanzfläche zur Verfügung zu stellen, mit der Disko und tanzbare Musik aus den Charts von etwa Anfang der Siebziger bis zur Gegenwart zu Gehör gebracht werden würde, die Seelen der Disko-Freunde verzücken und die Tanzbeine zum Schwingen bringen würde. (Eine Ausnahme machten die Beatles, die auch hier zugelassen waren, mit der Maßgabe, nicht gerade „A Day In Life", „Revolution 9" oder einen Sitar-Song von George Harrison zu spielen. Eine zweite Ausnahme war die „Neue Deutsche Welle", die auch auf beiden Anlagen gespielt wurde). Kurt Kampraths Vorschlag, der die Wünsche der Hippie-, Punk- und New-Wave-Fraktion ebenso berücksichtigte wie das Begehren der vielen Chart- und Mainstream-Anhänger, wurde mit großer Mehrheit angenommen.

72. Als Erstes sehe ich Herbert, dann gibt's noch 'ne typische Schlaumeier-Diskussion, und endlich fällt mir ein Stein vom Herzen

Als ich mich also an der Disko-Tanzfläche, auf der die schönen und schicken Mädels und auch ein paar mutige, meistens ebenfalls schicke Typen Marke Banklehre oder Katasteramt zu „Lady Bump" oder was auch immer tanzten, vorbei zu der Bühne, auf der die Schulband gerade „Imagine" von John Lennon spielte, durchgearbeitet hatte, sah ich Herbert, der von seinen Fans Mut für seinen Auftritt gemacht bekam. In seiner Nähe standen, wenn ich mich recht erinnere, sicher bin ich mir aber nicht, seine noch ein Jahr vorher so unglücklich geliebte Großcousine Frauke, die zu Besuch bei einer Freundin in Hermannsdorf war und zu der er jetzt ein entspannteres Verhältnis hatte, aus dem, so glaube ich, von ihrer Seite die Erotik so entwichen war wie das frische Grün aus den pergamentenen Blättern, die man an kleinen Buchen manchmal noch im Winter sieht, dann ihre und auch Herberts Freundinnen aus unserer alten Klasse, Gertrud Tamann sowie Simone Baldrup, eine attraktive wie temperamentvolle, wir sagten damals rassige, braunäugige, schwarzhaarige, sportliche Schülerin aus dem Jahrgang unter uns, mit der Herbert ein paar Wochen später für einige Wochen zusammen war, und zwischen den beiden, wie ich von Herbert schon wusste und wie ich es auch an diesem Abend erlebte, flogen die Schmetterlinge einer frischen Verliebtheit hin und her, und Gisbert Drux, der Freund von Gertrud Tamann, ein kompakter, derber, humorvoller und doch auch komplizierter Typ aus dem Jahrgang über uns. Ich wechselte ein paar Worte mit Herbert, dann unterhielten wir uns untereinander und lauschten der Schulband, bis eben Kuno zu uns stieß und wir etwa eine Stunde, bevor Herbert dann seinen Auftritt haben sollte, in die Diskussion gerieten, ob es denn nun ein Zeichen von künstlerischer Qualität gewesen sei, dass man die zwei Songs der Schulband nicht als ihre eigenen habe identifizieren können. Zwischendurch hatte ich, oh Gott, was war mir ein Stein vom Herzen gefallen, Lena ausgemacht, die mit Tamara und ihrer Freundin Helma zusammenstand, Helma, die etwas pummelig war und ungemein witzige und scharfzüngige Sätze aus ihrem Mund entströmen zu lassen imstande war. Dass sich dahinter eine sehr unglückliche, von ihren Eltern, die beide liberale, aber strenge und leistungsbesessene Richter waren, ständig unter Druck gesetzte, unglückliche junge Frau verbarg, hatte ich erst erfahren, als mir Lena von ihr erzählt. Außer Lena, Tamara und Helma erkannte ich noch ein paar andere Mädchen und Jungen aus ihrem Mathe-Leistungskurs, an deren Namen ich mich nicht mehr erinnern kann.

73. Die Ende-August-Sonne kollabiert, Lena als Königin des ganz anderen

Als ich mit Herbert und den Leuten um ihn herum gesprochen hatte, ging ich zu Lena, irre verliebt und in diesem Moment unglaublich nervös und zittrig, als hätte ich eine balzacsche Menge von mindestens 30 Kaffeetassen in mich reingeschüttet, dann aber doch auch so konzentriert, als würde ich vor einem

Hundert-Meter-Finale bei den Olympischen Spielen stehen. In einer Vorstufe dieses Zustands war ich auch schon in das Gespräch zwischen Herbert und den anderen eingestiegen. Lena, ihre braunen Haare hatte sie hochgesteckt, sodass ihr umwerfend schönes Gesicht noch deutlicher zur Geltung kam als sonst, wenn sie die bis zu ihrem ebenfalls umwerfenden oder, je nachdem, mich auf ein Glücks-Matterhorn schießenden Hintern hängenden Haare offen trug. Für mich war sie natürlich die schönste Frau des Universums, ihr Gesicht so alle Grenzen sprengend schön wie das der jungen Ingrid Bergmann, leidenschaftlich, von einer glühenden Erotik, die sie anscheinend in ihre Persönlichkeit integriert hatte, als sei sie ein schönes, wildes Pferd, das von ihr als hervorragender, mit dem Pferd scheinbar verwachsener Reiterin die Richtung gewiesen bekam, und durch die selbst gedrehte Zigarette, die sie, so schien es mir, entspannt zu rauchen schien, durch ihre orangene Cordhose, in die, so kam es mir vor, Seide eingewebt war, die in der Ende-August-Sonne für mich magisch schimmerte, und eine weiße Bluse, über der sie eine selbst genähte hellblaugelbe Weste trug, bei der überall da, wo sie gelb war, hellblaue und dunkelblaue abstrakte, rund-verschlungene Formen mit einem so ähnlich wie die Hose schimmernden Zwirn aufgenäht waren, und da, wo der Hintergrund blau war, diese Formen in gelb und orange zu sehen waren und sie, diese Weste, erst zu der betörend schönen machten, die einen so staunen ließ, wie man manchmal bei kunstvollen Perser-Seidenteppichen staunt, die einen wegen ihrer Farben- und Formen-Vielfalt umhauen, denn genauso kunstvoll hatte sie, wie ich später herausbekam, diese Formen auf die Weste genäht, sodass die Ende-August-Abend-Sonne aufgrund der alle und mich im Besonderen blendenden Schönheit von Lena für kurze Zeit so neidisch wurde, dass sie kollabierte und es für kurze Zeit dunkel wurde auf dem Schulfest, und der Mond fiel sogar mehrere Male in Ohnmacht, wie ich zu späterer Zeit auf dem Schulfest feststellen konnte, was naturgemäß nicht so aufgefallen war wie die einmalige Ohnmacht der Sonne, als es noch hell war und die Schulband noch spielte, die psychedelische Perserteppich-Hippieweste, die sie über einer über den Gürtel getragenen weißen Bluse trug, was sie zu einer noch unangefochteneren Königin des ganz anderen, der Antwort auf all meine Fragen und Melancholien machte, der integrierten Christin, die Poesie, Kunst, die sich eben auch in fantasievoller, äußerst kunstvoller, abgefahrener Hippiekleidung ausdrücken konnte, und Sinnlichkeit in sich vereinigte, als gäbe es diese Trennung in manchen Theologien und in der Kirchengeschichte überhaupt nicht, zu einer noch unangefochteneren Königin des ganz anderen, als sie es für mich sowieso schon war, mit dieser mich völlig in ihren Bann ziehenden Lena und anschließend auch kurze Zeit mit ihren Freundinnen unterhielt ich mich dann. Ich weiß nur, dass ich sie in Gegenwart ihrer Freundinnen nicht auf ihre schwere, ihr das Leben zur Hölle machende Situation zu Hause ansprach. Wahrscheinlich sprachen wir zunächst über die Schulband und über das, was in unseren Kursen in der Schule im Moment so lief. Sicher weiß ich nur noch, dass wir über ihre Baptistengemeinde sprachen, die in manchen Dingen, was das unbefangene Zugehen auf die Welt und die Lebensfreude betraf, so viel freier war, als es der EC (Entschiedenes Christentum) war, die evangelikale Szene, aus der ich ja kam. Ich sagte, dass ich Leute aus der frommen Szene kennen würde, die die Teilnahme am Schulfest deswegen für verwerflich hielten, weil dort weltliche Musik gespielt würde, sogar hin und wieder mit explizit antichristlichen Texten, und dass ich mit Herta Fippel, die ich aus dem Schülerbibelkreis meiner alten Schule kennen würde, darüber diskutiert hätte, ob man als Christ die Freiheit habe, an einem solchen Fest teilzunehmen und sich auch noch ausgelassen zu freuen und zu amüsieren, und dass Herta und ihre Freundinnen Sabrina und Franziska entschieden hätten, nur für zwei Stunden auf das Schulfest zu gehen und sich auf dem Schulhof dorthin zu stellen oder zu setzen, wo keine weltliche

Musik gespielt würde beziehungsweise diese nicht so laut zu hören sei, ja dass sie sogar das Schulfest evangelistisch nutzen könnten, indem sie Heinrich und zwei weitere Freunde aus dem Jugendbund mitbrächten und mit diesen zusammen christliche Lieder singen könnten. Was für ungeheuere Zwänge herrschten teilweise in den evangelikalen Gruppen und was für autoritäts- und also angstgesteuerte Seelen entwickelten sich dort, besonders da, wo die dort verbreitete Theologie, die Strafender-Gott-erwartet-wörtliche-Befolgung-aller-biblischen-Texte-Angst-und-Panzer-Doktrin, an einen strengen, autoritären Vater oder eine solche Mutter oder an eine völlig strukturlose Kindheit andockte, nicht aber bei Leuten, die liebevolle, ihnen geistige Heimat und Struktur bietende Eltern gehabt hatten. Aber wer hatte die schon? Ich hatte die Gruppe um Herta Fippel noch nicht gesehen, weil ich, als ich Herbert oder Lena suchte, nicht mehr an diese Panzer-Psalmen betenden und Beton-Lilien züchtenden Puritaner gedacht hatte, von denen ich doch selber so geprägt war und der ich für eine gewisse Zeit doch selber einmal ein solcher war. Lena meinte, dass man das nicht so „gesetzlich" sehen dürfe, wie es die Gruppe um Herta Fippel tue, als Christ sei man grundsätzlich frei und könne alles genießen, was man mit seinem Gewissen vereinbaren könne. Sie habe die christlichen Sanges-Schwestern und -Brüder schon gesehen und sich etwas gewundert, dass diese so verkrampft und wie von inneren, auf sie niedergehenden Peitschen angetrieben wirken würden, was von ihnen tragischerweise gut und zutiefst ernst gemeint sei, aber nicht das sei, was Paulus in seinen Briefen über die Freiheit eines Christen gesagt habe. Sie habe auch Annemarie aus ihrem Mathe-Leistungskurs gesehen, aber keine Lust gehabt, mit ihr oder den anderen aus dem Hermannsdorfer EC zu sprechen, weil ihr das eben alles doch sehr „gesetzlich" und nicht frei vorgekommen sei. Ich war in dieser Zeit so drauf gewesen, dass ich, wahrscheinlich um mich selber zu schützen, schärfer und mit weniger Verständnis Kritik an Herta Fipppel und ihren Freundinnen und Freunden übte, sie als engstirnige, verängstigte, autoritätshörige und, trotz ihrer teilweise durchaus vorhandenen großen Intelligenz und Analysefähigkeit, als dumme und denkfaule Panzer- oder Beton-Christen bezeichnete. Die schärfsten Kritiker der Molche waren früher selber solche, um der Neuen Frankfurter Schule meine Reverenz zu erweisen, indem ich ihre „Elche" in „Molche" abwandele. Wie alle Renegaten war ich, der vier Jahre früher eine kurze Zeit lang ähnlich drauf war wie die Hermannsdorfer Denk-Panzer steuernden Pietisten, jetzt ein ebenso entschiedener Kritiker dessen, was ich früher doch selber so ähnlich gesehen hatte, aus der mir eingejagten Höllenangst heraus, die sich, wie ich denke, aus der Onkel-Gottfried-Angst und dem Schweigen meines Vaters und der sich daraus für mich ergebenden Orientierungslosigkeit ernährte. Auch und gerade in ihrer Entspanntheit bei solchen Fragen schien mir Lena in einer Sphäre zu leben, zu der ich oft keinen Zugang hatte, zu einer Sphäre der von solchen, den Panzer- und Beton-Positionen im Inneren nicht angefochtenen Freiheit, Freude und Fähigkeit des Genießens gerade als Christin und nicht trotzdem, dass sie Christin war. Wir machten aus, dass wir nach Herberts Auftritt einen kleinen Spaziergang am Waldrand hinter der Schule machen wollten und ich Lena dann in dieser milden Ende-August-Nacht nach Hause zu Tamara bringen wollte, die ihr sofort den Schlüssel anbot und ihr sagte, dass sie sich keine Gedanken machen solle und alles völlig in Ordnung sei. Als ich dann wieder zu Herbert ging, kam es zur bereits geschilderten Diskussion mit Kuno, die wir abbrachen, als Herbert sich dann, „backstage", wie er stolz sagte, für seinen Auftritt vorbereiten wollte.

Auch unabhängig von meinem Ritt auf den galoppierenden Flammen-Pferden der Verliebtheit war auf dem Schulfest eine Stimmung, als wären wir alle, egal, aus welchem weltanschaulichen oder kulturell gecodeten Indianerstamm wir kamen, egal, ob der scheinbar gut angepasste, intelligente, aber sich

nicht zu sehr in Kritik, Zweifel oder Enthusiasmus versteigende Normalo, egal, ob organisierender, philosophierender, theologisierender, schreibender, musizierender, malender oder zeichnender Hippie, Punk oder Linker in Normalokleidung, egal, ob liberaler, locker-pietistischer Gläubiger oder Panzer-Pietist oder ob Katholik oder Muslim, den wir, falls wir eine oder einen kannten, damals eher nur als aus einem uns faszinierenden, fremden und exotischen Land wie der Türkei oder Persien kommend wahrnahmen, egal auch, ob man gerade glücklich war, auf einem Traktor aus Gummibärchen fuhr oder an irgendeinem Weltverzweiflungs- oder Liebeschmerz laborierte, auf einer Wiese mit grauem Gras in einem schwarzen Zelt campierte und überall um sich herum den Wald brennen sah, auf dem Schulfest war eine Stimmung, als wären wir alle ein Körper, als würden alle unsere Gefühle und Gedanken, unsere Ansichten und unsere Pläne gewaltig starke Arme und kräftige Hände haben, mit denen wir die Gefängnisstäbe des Gefängnisses auseinanderbiegen könnten, in dem die Welt und die Gesellschaft mit ihrer Ungerechtigkeit, mit ihrem Unglück, ihrer Verzweiflung und mit ihrer Alltagsödnis gefangen waren, als würden aus unseren Herzen und Hirnen Feuerräder aus Stroh rotieren, die, ohne jemanden zu verbrennen, die Welt überall da in Brand steckten, wo die eben geschilderten Zustände und Leiden herrschten, und in ein Utopia verwandelten, in dem immer wieder ein Morgen anbrechen würde, an dem man die Rühreier der Zuversicht, die Tomaten der Fröhlichkeit und Butterbrote der Kraft speisen würde und sich anschließend als fanfarende Frikadelle der Tatkraft ans Bauen der neuen Welt machen würde.
Nach Herberts Auftritt ging ich dann zu der für mich Bikinis blitzende Costa-Brava-Strände der Freude zupfenden Lena, die immer noch mit Tamara und Helma und den anderen Mädchen aus ihrem Mathe-Leistungskurs zusammenstand, zu denen sich jetzt aber auch andere Typen aus der Oberstufe dazugesellt hatten. Die drei Freundinnen redeten gerade über

die Auftritte der Schüler-Folkbarden, über den wilden Auftritt der „Denkenden Tomaten“, einer avantgardistischen Punkband mit Reverenzen an den Dadaismus, die beseelt davon war, die musikalische und poetische Kraft in der Welt dadurch zu befreien, dass man ohne musikalische Bildung oder Ausbildung der Gitarre, dem Schlagzeug, aber auch Dingen wie Steinen, Blechtassen, Blechschüsseln oder Bretterstücken Töne entlockte, die bisher noch nicht oder noch nicht oft bis zu den Ohren von Musikhörenden gedrungen waren. Bis auf einen Wirtschafts-Leistungskursler, Rudolf Hompe, Sohn eines Unternehmers, der Autoanhänger produzierte, der sagte, dass das eine Super-Verarschung gewesen sei und er sich frage, warum man solche Quatschköppe und musikalischen Nieten, die seine Ohren hätten kotzen lassen (seine Formulierung fand ich klasse, und seinen Mut, seine Meinung zu sagen, fand ich gut, seine Intoleranz und seinen biederen Musikgeschmack – er war als Kirmesgänger und Kirmesmusikliebhaber bekannt – hingegen borniert und spießig), überhaupt habe auftreten lasse, bis auf Rudolf Hompe also waren wir mehr oder weniger alle der Meinung, dass das Ungewöhnliche super und die Provokation klasse gewesen sei, wenn die Musik auch nicht schön und einem tatsächlich manchmal das Ohr gekotzt habe, eben weil diese, die Musik, sowohl die Bildungsbürger, das Oberstudienrats-Milieu wie auch die Schlager- und Pop-Freunde (sagten wir aus Respekt vor Rudolf Hompe, Schlager- und Pop-Fuzzis meinten wir, bis auf Lena, die, wie ich später mitbekam, in solchen Fragen Gerechtigkeits-Fanatikerin war), erreichen würde und so träfe, dass sie die Züge ihrer Hörgewohnheiten in grandioser Weise zum Entgleisen brächte.

74. Oh Mann, was ging mir die Düse, und zum Glück rockten uns dann die würzigen Wald- und Feldgerüche in die Sphäre roten Rausches

Dann, und vor dieser Frage tobte eine Angst und Aufgeregtheit in mir, als ginge es darum, ob ich die nächsten Jahrzehnte ins Gefängnis müsste oder freigesprochen würde, fragte ich Lena, ich nehme an, es war etwa Mitternacht, ob wir jetzt spazieren gehen wollten. „Ja, können wir machen", sagte sie, und ich war nicht nur freigesprochen, sondern würde zu einem romantischen Abenteuer-Trip aufbrechen, so hatte ich es mir in den Tagen vorher ausgemalt, der alles bisher Erfahrene und Gelesene blass aussehen ließe, der Ende-August-Mondkürbis würde mit goldenen Geigen aufspielen, die würzigen Wald- und Feldgerüche uns in eine Sphäre roten Rausches rocken, die Felder uns Gipfel des Staunens frisbeen. Als ich dann mit ihr spazieren ging, war ich viel zu aufgeregt, um das alles bewusst so wahrzunehmen, und doch war es der wichtigste und auch glücklichste Spaziergang meines bisherigen Lebens. Es ärgert mich total, dass ich mir damals, vielleicht in den nächsten Tagen, keine Notizen gemacht habe. Hauptsächlich, so scheint es mir, war ich auf die Gespräche mit Lena konzentriert, an die ich mich aber nicht mehr alle erinnern kann. In meine Erinnerungen fließen die Erwartungen und Fantasien ein, die ich mir vorher gemacht hatte, und die Gedanken und Gefühle, die ich nach dem Spaziergang hatte. Im Unterbewusstsein arbeitete das rauschende Glück, donnerte der Ozean der Poesie, spielte der Mond auf goldenen Geigen, rockten uns die würzigen Wald- und Feldgerüche in die Sphäre roten Rausches und frisbeeten uns die Felder zu den Gipfeln des Staunens nur in den Augenblicken, da ich die herrliche, milde Ende-August-Nacht explizit ansprach mit Worten wie: „Mensch, ist das eine herrliche Nacht, wie mild. Und wie würzig der Wald, die frisch gegrubberten Felder und die Stoppelfelder riechen." Und nach einiger Zeit: „Wie die Stoppelfelder und hier und da noch einzelne Weizenfelder leuchten." Nur in solchen Augenblicken nahm ich die berauschende und auf Glücks-Wellen surfende Ende-August-Nacht bewusst wahr. Wir redeten wahrscheinlich noch weiter über das Schulfest, über Herberts Auftritt, über ihren und meinen Deutsch-Leistungskurs. Außerdem sagte ich ihr, daran kann ich mich erinnern, wie sehr ich sie dafür bewundern würde, dass sie so fit in Mathe sei und dieses Fach sogar als Leistungskurs gewählt habe, in dem ich doch eine solche Null sei und das ich hassen würde, wobei ich mir die Frage stellte, ob ich so extrem schlecht in dem Fach sei, weil ich es so sehr hassen würde mitsamt den entweder supertrockenen, spröden oder fiesen Lehrern, oder ob ich tatsächlich eine Null sei, was ich natürlich nicht gerne zugeben würde, und das Fach deswegen so hassen würde. Gauß oder Einstein sei ich wahrscheinlich in Mathe nicht, meinte Lena, aber dass ich so schlechte Noten habe, liege wahrscheinlich wirklich daran, dass ich die Lehrer nicht leiden könne, und auch daran, dass ich durch Mangel an Erfolgserlebnissen in eine Spirale gekommen sei, in der es immer weiter nach unten gehe. Sie sagte es einerseits sehr freundlich und zugewandt und also lieb, aber sie reichte mir auch keine dick mit Honig bestrichenen Wort-Brötchen, sondern tat mir kund, was sie wirklich dachte, und das machte sie mit ihren großen Augen und ihrem hochgesteckten Haar und ihrer langsamen, aber bestimmten Sprechweise für mich zur bunte Glücks-Klaviere malenden Sonne der Zuwendung, die Abstand zu mir hatte und mich in klarem Licht erscheinen ließ, aber mich durch die Strahlen ihrer Zuneigung, die ich zu sehen und spüren glaubte, lebendig und glücklich sein ließ, wie ich es vorher noch nicht so oft erlebt hatte, und eröffnete mir Blicke in eine Welt, wo die kränkelnden Knappen der Schwäche nicht von stumpfen oder sadistischen Lehrern und Mentoren bei Wasser, Brot, Kälte und Prügel immer weiter in die Schwäche, in den Schmerz, schließlich ins Absterben und schlussendlich in den Tod getrieben werden, in den Entwicklungs-Tod, sondern von den Rittern der Tafelrunde behutsam aufgebaut und gestärkt werden und also zur vollen Blüte der Entfaltung, auch der Entfaltung der Schildabwehr oder zum Lanzenwurf, für die man vielleicht von seiner Natur her nicht die größte Begabung hat, begleitet werden, sich irgendwann während dieser Phase der Entfaltung in die Prinzessin und ihre schönen Freundinnen verlieben, die von den selbstbewussten Frauen im Königreich bewundert und geliebt, von den schwachen und verbissen ehrgeizigen aber mit dämonischem Neid und Hass verfolgt werden, und von diesen, der Prinzessin und ihren schönen Freundinnen, wiedergeliebt werden, eröffnete mir Blicke in eine Welt, wo Kornblumen-Burgen mit Kuss-Mohn-Segeln über Zahlen-Ozeane fuhren.

75. Es war so, als wenn der Kappel-Berg, den man von Bullburg als Grenze des Blickes nach Osten sehen konnte, über Nacht der K2 geworden wäre und noch viel, viel spektakulärer

Dann sprachen wir über Herberts Auftritt, aber nicht lange, weil wir uns ja über Herberts und meinen Auftritt bereits im Pablo-Neruda-Café unterhalten hatten, zwei Bienen, die sich auf die Blüte dieses Themas setzten, aber bald weiterflogen. Ich sagte, dass ich den Eindruck gehabt habe, dass er auf dem Schulfest noch besser gewesen sei als bei der Veranstaltung im Pablo-Neruda-Café, weil er schon ein bisschen mehr Routine haben würde, seien doch die drei Songs dieselben, die er auch dort gespielt habe, und gerade die Songs habe er noch souveräner gespielt und auch noch inniger, poetischer, vielleicht, und das sagte ich lachend, weil auf dem Schulfest noch mehr Mädels gewesen seien, die er beeindrucken wollte. „So, so“, sagte Lena etwas lehrerinnenhaft, und dann überraschte sie mich so, als würde ich im Hermannsdorfer Freibad einen Delfin in die Luft springen und schwimmen sehen, so als würde aus dem Kappel-Berg, den man von Bullburg als Grenze des Blickes nach Osten sehen konnte, über Nacht der K2 geworden, sodass man vor Schreck und vor Staunen und vor wilder Freude umgefallen wäre, ja es war so, als würde an einem Frühlings-Mittag die Sonne plötzlich einen Sonnengesang anstimmen und dabei Sonnengitarre spielen, blendend, suggestiv, ekstatisch und alle Seelen und Geister berührend und durchdringend bis ins kleinste Atom, mit dem – dem Sonnengesang – sie die Menschen davon überzeugen würde, dass wir alle Kinder des liebenden unendlichen Vaters oder der unendlichen Mutter wären und wir nichts anderes im Leben zu tun hätten, als Gott von ganzem Herzen und von ganzer Seele zu lieben und unseren Nächsten wie uns selbst: „Und wen wolltest du bei deinem Auftritt beeindrucken?" – „Äh", Pause der Schüchternheit, „dich natürlich", sagte ich, und ehe ich mich versah, hatte sie mich umarmt, und wir küssten uns, gefühlt ein Jahrtausend, objektiv vielleicht so lange wie zwei langsam gerauchte Zigaretten. So selig überrascht war ich selten in meinem Leben, wahrscheinlich noch nie gewesen. Wir ritten die Rausch-Tänze dichtenden Tiger des Begehrens und der Liebe, lagen in einem Glockenblumen-Boot, das „Lucy In The Sky" in einer Hymne pries, in einem Ozean gelber Schwertlilien und aßen den feurigen Chili des Glückrausches, wir Kuss-Delfine schwammen und sprangen an einem schönen Tag in der Südsee der Freude, sprangen auf der Weide des Glücks wie die Rinder am ersten Weidetag nach dem Winter, das, wonach ich mich schon gesehnt hatte, als ich für Krimhild und die zehn Jahre ältere blonde Nachbarin Helga aus Bullburg geschwärmt hatte, war endlich wahr geworden. Nicht als einen weiblichen Messias erlebte ich sie, aber doch so, als ob jetzt eine Ära anbräche, in der alles, was ich vom Leben zu träumen gewagt hatte, Wirklichkeit geworden war, eine spirituelle, Körper, Seele und Geist umfassende Glückseligkeit, nun, da ich von ihr schon das größte seelisch-geistige Verständnis erfahren hatte, das sich damals für mich denken und fühlen ließ, wobei ein Anteil, den ich damals naturgemäß nicht durchschaute, eine gigantische, Himalajas auftürmende Projektion war, sie, die für mich einen christlichen Glauben verkörperte, der Sinnlichkeit nicht verhinderte, sondern in den Stand eines zu preisenden Gottesgeschenks erhob, sie, die meine tiefsten seelischen Regungen zu kennen schien, seien es nun prügelnde Schwarz-Keller der Verzweiflung oder die Spiegeleier der Freude bratenden Stoppelfelder des Spätsommers, dass sie unbeschwerte und überbordende Freude kannte, so ähnlich wie ich sie erlebte, wenn ich als kleiner Junge im Hochsommer einmal nach Hermannsdorf ins Schwimmbad durfte, oder die ich viel öfter noch erlebte, wenn ich in das kleine Betonschwimmbad bei meinem Onkel Justus gehen durfte, oder die überbordende Freude auf Partys, wenn man abrockte und die Sphäre der Bisons über die Prärie donnernden und die Luft anzündenden Ekstase erlebte, dass sie diese unbeschwerte und überbordende Freude kannte, hielt ich für ausgemacht, sie, die Alles-Versteherin, die die heiligsten Sachen mit mir teilte, den christlichen Glauben, die Liebe zur Literatur und zur Kunst, die Essenz meines Lebens, die Luftballons mit surrealistischen Gedichten beschreibende Sonne meines Lebens, den Sommer und die Farben meines Lebens mit mir teilte, nun, da ich das alles bereits erlebt und auf sie projiziert hatte, küssten wir uns, nicht zu fassen war das für mich, und doch war es wahr, die E-Gitarren gischtenden roten Rosen der Liebe rotierten.

Ob ich das nun alles während des Küssens dachte oder, als ich allein von Tamaras zu Norberts Elternhaus wallfahrtete oder als ich allein im Gästebett von Norberts Eltern oder am nächsten Tag oder den darauf folgenden fühlte und dachte, weiß ich nicht mehr. Natürlich sagte ich ihr, nachdem wir uns voneinander gelöst hatten, dass ich sie liebe und dass ich mich wie im Paradies fühle, und auch sie sagte, sie sei sehr, sehr glücklich, dass wir uns gefunden hätten. Dass ich sehr überrascht sei und mich riesig darüber freute, dass alles so schnell gegangen sei, sagte ich ihr. Die letzten Wochen seien so märchenhaft voller Glück gewesen, dass ich an das so baldige Umarmen und Küssen gar nicht zu denken gewagt hätte. So über alle Maßen wunderbar seien die letzten Tage und Wochen für mich gewesen, und aus diesem Grund hätte ich mich nicht getraut, das alle Grenzen sprengende Wunderbare, dieses Schönste, was es für mich gäbe, sie, zu küssen und dass sie meine Freundin werden würde als so bald wirklich werdend zu denken. Erwartet hätte ich, dass wir noch ein paar Wochen Gespräche führen würden und es, so meine große Hoffnung, dann, wenn alles gut gehen würde, zum so sehr Gewünschten, aus tiefstem Herzen Erträumten kommen würde, dass ich sie nämlich umarmen und küssen würde. Lena meinte, warum ich das gedacht hätte, ob ich denn nicht gemerkt hätte, dass sie mich sehr mögen würde und in mich verliebt sei. Gemerkt ja, aber ich ungläubiger Thomas hätte dieses Wunder eben kaum für möglich gehalten. Dann fing ich auf einmal, weil ich so aufgedreht und aufgeregt war, wild an, zu analysieren – wozu jetzt eigentlich nicht der richtige Zeitpunkt war –, dass das Nicht-für-möglich-Halten des so sehr Gewünschten, des sich die Liebe Gestehens und des Küssens … und mitten in diesem Gedanken kam ich mir dann doch so albern vor, dass ich sie küsste, und wieder küssten wir uns mindestens zwei Zigaretten lang, saßen bei angenehmsten Temperaturen auf dem Everest des Glücks, flogen wir auf roten Mohn-Adlern des wilden Begehrens durch die Welt. Ich hätte doch etwas sagen wollen, sagte sie augenzwinkernd, aber dann sei mir ja etwas noch Wichtigeres dazwischengekommen, wenn ich also wolle, könne ich ihr aber jetzt durchaus sagen, was ich ihr denn vorhin habe sagen wollen. Und so wendete ich mich wieder dem Gedanken zu, den ich ihr vor dem sonnensurfenden Küssen hatte mitteilen wollen, nämlich dass ich das so baldige Eintreten des so sehr Gewünschten mich nicht getraut hätte zu hoffen, weil sich tief in mir drin die Erfahrung eingebrannt hätte, dass jemand aus den frommen Kreisen nicht so herrlich direkt und offensiv sein könne, wie sie es eben zum Glück und zu meiner Seligkeit sei, obgleich mir natürlich klar sei, dass sie völlig anders denken würde als die Herta-Fippel-Frommen, sei es doch gerade das, was mich neben ihrer umwerfenden Schönheit am meisten an ihr faszinieren würde, ihr frommer und ihr freier und für die Schönheiten der Welt offener und diese bejahender und begrüßender Geist. Was ich damals noch nicht gewusst hätte, weil ich es mir nicht eingestehen konnte, dass auch ich natürlich in einem Teil meiner Seele zutiefst davon geprägt war, dass fröhliche Bejahung der Sinne und die Freuden der körperlichen Liebe nicht wirklich zusammengehen können mit dem christlichen Glauben, dass das in letzter Konsequenz ein Widerspruch sei, dass man seine Sinne abtöten müsse, um ein heldenhafter Gläubiger zu sein. Auf bewusster Ebene dachte ich damals anders, freier, wollte die goldmundsche Bejahung der Sinne und das Christentum zusammen denken und das eine nicht als Widerspruch des anderen sehen. Aber in dieser Haltung fühlte ich mich sehr einsam, hatte keine wirklichen Vorbilder, und die alte Prägung konnte ganz schnell wieder angetippt und hervorgelockt werden, in die Höhe geflötet werden wie eine Kobra, wenn nur die entsprechenden Töne angeschlagen wurden, sodass sie, die alte Selbstgeißelungs- und Sinnenfeindlichkeits-Peitsche, als Bestandteil meines Erlebens wieder virulent, wieder mit großer Kraft wirksam werden konnte, aber eben nur als Projektion auf andere Gläubige, weil ich mir ja nicht zugestand, dass diese rigorosen Verbote, diese Gift spritzenden Kobras im unbewussten Teil meines Erlebens sich festgesetzt hatten. Wenn ich so dächte, dann bräuchte ich ja noch sehr viel Therapie, meinte in ihrer unnachahmlichen Mischung aus Liebe und Verschmitztheit Lena, und zwar eine gründliche Kuss-Therapie, sagte sie und sie küsste mich wieder, dieses Mal mindestens drei Zigaretten lang.

76. Die Herde der Sternen-Kühe über uns lag wiederkäuend und zufrieden auf der Weide des Nachthimmels, und ab und zu zwinkerte uns eine schöne Rotbunte zu

Immer noch gingen wir am Waldrand spazieren, der mir in diesem Moment und auch im Nacherleben des Spaziergangs wie eine Armee von starken, freundlichen und verschwiegenen Wächtern erschien, die uns an diesem Abend und auch fürderhin, unser ganzes Leben lang beschützen würden, die alles Unglück mit ihren großen, dicken und undurchdringlichen Schilden von uns abhalten würden, der Ende-August-Mondkürbis wirkte wie der helle, gutmütige und liebende Kopf der Mutter Natur, die, allein abhängig vom liebenden Unendlichen und von diesem ihre Richtung gewiesen bekommend, sich dick mit uns freute, die Herde der Sternen-Kühe über uns lag wiederkäuend und zufrieden auf der Weide des Nachthimmels, und ab und zu zwinkerte uns eine schöne Rotbunte zu, die schon einige Sommer auf der Weide des Nachthimmels erlebt hatte, als wolle sie uns im Namen auch aller anderen sagen, dass sie da oben alles mit größtem Wohlgefallen sähen und dass sie uns alles Gute für unsere Liebe wünschten, die ja gerade auf so wunderbare Weise begonnen habe, sodass ihre Sternenkuh-Schwestern heute besonders leuchten würden, damit wir eine schönere Ende-August-Nacht hätten und, das müsse sie ja zugeben, auch sie ein bisschen besser sehen könnten, wie selig wir uns unterhalten und wie noch viel seliger wir uns doch küssen würden, dagegen seien ja die Hollywood-Schmachtfetzen unbedeutende Blähfürze als Folge von zu viel gierig gefressenem Raps, der als Zwischenfrucht so einladend und verführend zum Schnell- und Vielfressen sei, die Gerüche des Waldes und der Stoppelfelder wie auch die der schon gegrubberten Felder rockten uns immer noch in eine Sphäre roten Rausches, und jetzt, nach dem Küssen und seligen Liebe-Gestehen, holten sie uns auf die Bühne, und wir durften mitsingen und Luftgitarre spielen zu den Liedern, die wir hören wollten, und wir, ganz die auf dem Everest des Glücks Großzügigen und Mega-Seligen, riefen auch noch andere frisch verliebte Paare auf die Bühne zum Mitsingen, Tanzen oder zum ekstatischen Luftgitarre-Abrocken, und nach unserem Spontan-Gig stürzten wir uns alle zum Stagediving in die Menge, die uns trug. Lena, so denke ich, hat unsere rauschende Kuss- und Liebesgesteh-Nacht ähnlich empfunden. Früher hätte ich gedacht, sie hätte das natürlich genauso erlebt wie ich, aber als erfahrener, klügerer, aber sich auch in der Gefahr des abgefuckt Abgeklärten befindender Altsack bin ich mit solchen Behauptungen vorsichtiger geworden. Die Zukunft, so erschien es mir, würde aus einem nicht enden wollenden Spaziergang durch die herrlichen Spätsommer-Mittelgebirgslandschaften bestehen, der eigentlich ein berauschender Glücksritt auf malenden und zwischendurch trompetenden goldenen Pferden durch diese Landschaft war, bei dem wir mögliche künftige Langeweile, wie sie mich in manchen Schulstunden überkam und die die Freuden-Ritter im Hirn lahmlegte, einfach überspringen würden, Melancholie, Schmerz, Einsamkeit, seelische Zerrissenheit, das war gestern und würde niedergewalzt von der blauen Raupe des Glücks, mit der wir als unserer Trutzburg dann fahren würden, graue, regnerische Herbst- oder sonstige Tage würden ganz sicher einfach abgeschafft werden und nie wieder die schwarzen Speere der Schwermut in den Leib unserer Seele werfen, denn ein roter Wanderfalke würde uns mitnehmen und mit uns lichtschnell und lichtfröhlich durch solche Düsternisse fliegen. Natürlich würde ich Schriftsteller und sie vielleicht Malerin, und wir würden die herrlichsten, uns und alle Menschen berührenden und beglückenden Werke schaffen, die Ausdruck unserer Freude sein würden und die auf die Liebe des Gottes verweisen würden, der in Jesus Christus gezeigt hat, wer er ist und wie er ist, weil diese, die Liebe Gottes, ja das ganze Poesie-Posaunen schleudernde Leben zuallererst ermöglicht hat, jeder Tag würde selbstverständlich ein Hohe-

lied der Liebe sein, das alles überwinden würde, was uns an Unbill im Leben je würde begegnen können.
Nachdem wir, uns immer wieder umarmend und küssend, endlos lange brauchten – zwischendurch lagen wir uns immer mal wieder auf dem Waldboden in den Armen und küssten uns oder saßen auf dem Stamm eines gefällten Baumes und unterhielten uns oder schwärmten vor uns hin, wobei wir auch dabei immer wieder auf Kuss-Segelschiffen zum Tahiti des Glücks fuhren –, bis wir den Spazierweg in der herrlichen Natur oberhalb der Schule beendet hatten, war es etwa drei Uhr dreißig, und auf dem Schulfest, so schien es uns aus einer Entfernung von etwa der Länge eines Fußballfeldes, waren nur noch ein paar Hartnäckige und Unverdrossene.

77. Nächtliche Fahrt nach Hermannsdorf im dicken Unternehmermercedes, und ich bin von den Socken, wie freundlich, wie intelligent, sensibel und interessiert der Bagger- und Raupen-Bauer Blauberg ist

Weil ich Lena zu Tamara bringen und nicht mehr in Gespräche verwickelt werden wollte, gingen wir nicht mehr zum Schulhof, sondern über den Parkplatz direkt zu der Straße, die von der Schule ins Tal und nach Hermannsdorf führte. Dort hielt plötzlich ein großer Mercedes, dessen Fenster mit einem Summen runtergelassen wurde (das elektrische Fenster-Öffnen und -Schließen galt offiziell bei uns Hippie-Landeiern als dekadent und folglich als bourgeois, heimlich fanden wir es aber ziemlich abgefahren und chic und also cool), und Marina Blauberg fragte uns müde und etwas derangiert, aber sehr lieb, ob wir nicht einsteigen und mit in die Stadt fahren wollten. Lena und ich überlegten nicht lange, bedankten uns für das Angebot, stiegen in der viertürigen Karosse hinten ein und versanken glücklich in der bequemen Rückbank. Lena kannte Marina Blauberg aus dem Kunst-Grundkurs, und so plätscherte während der Fahrt der Bach einer angenehmen Konversation über das Schulfest und den Kunst-Grundkurs durch das Auto. Marina Blaubergs Vater war Unternehmer, er stellte Raupen und Bagger her sowie ähnliche Maschinen, die man bei Baufirmen und Straßenbaufirmen brauchte, das wusste ich, und er, der Bagger- und Raupen-Bauer, richtete sogar, als der Bach der Konversation zwischen Lena und Marina einmal nicht mehr plätscherte, das Wort an mich und fragte, woher ich denn käme und wie ich hieße. Nachdem ich geantwortet hatte, sagte er, dass er mit meinem Vater und Onkel Ottfried die Jägerprüfung gemacht habe und dass ich die beiden grüßen solle. Was ich denn vorhabe, wenn ich mit der Schule fertig sei? Entweder wolle ich Landwirtschaft studieren oder Psychologie und in jedem Fall als zweites Fach Germanistik. Das seien ja interessante Dinge, die ich da eventuell studieren wolle, er sei zwar gerne Fabrikant, und er bereue auch sein Ingenieurstudium auf einer Fachhochschule nicht, aber ihm fehle der Bezug zu den Geisteswissenschaften, was er bedauere, und auch Psychologie werde ja immer wichtiger, um zu verstehen, wie Menschen denken und fühlen würden. Ich war von den Socken, wie freundlich, wie intelligent, sensibel und interessiert Herr Blauberg war, der als Unternehmer potenziell eine für mich unsympathische Person war, weil ich immer geneigt war, erst einmal anzunehmen, dass die meisten Unternehmer so waren wie der Unternehmer, den ich aus Bullburg kannte, ein oberflächlich nicht unfreundlicher und auch nicht gänzlich unsympathischer, aber letztlich hauptsächlich seine Interessen bullig und wenn nötig unsensibel wie ein Vorschlaghammer durchsetzender Fensterfabrikant, der zu seinen Mitmenschen und insbesondere zu denen, die in seiner Firma arbeiteten oder mit denen er im Tennisverein von Hermannsdorf zu tun hatte, wie mir Horst Bulbang erzählte, ein rein funktionales, manipulatives, allein von seinem Ego bestimmtes Verhältnis hatte, eben der Typ unberechenbarer Tyrann, wie ich ihn am Beispiel von Onkel Ottfried zu Hause kennengelernt hatte, wobei der für mich entscheidende Unterschied zwischen Onkel Ottfried und dem Fensterfabrikanten der war, dass unser wild-feuriger Oberspanier zu Hause, unser HB-Männchen, unser Vulkan, unser Gewitter wenigstens abgesehen von seinem cholerischen Wesen den Anspruch hatte, ein von moralischen Prinzipien geleiteter Mensch zu sein, der ein gutes und gerechtes Leben führen wollte und mit dem man auch, wenngleich hitzig und manchmal in Stiere loslassende Brüllereien ausartend, über Politik diskutieren konnte, der einen Standpunkt hatte, während der Fensterfabrikant jeden Morgen prüfte, welcher Geschäftswind ihm um die Nase blies, danach seine Meinungen aus dem Setzkasten der gängigen Ansichten und Sprüche für diesen Tag auswählte, Fünfmarkstücke frühstückte und eine Zigarre aus Hundertmarkscheinen rauchte, der also für alle weltanschaulichen und politischen Richtungen offen war, außer dem Kommunismus natürlich, wenn es seinem privaten oder geschäftlichen Vorteil diente. Letztlich einen windigen, diamantharten Vorteilsschacherer, das sah ich in dem Fensterfabrikanten aus Bullburg. Und er hatte im Verein mit meinen Vorstellungen einer gerechten Verteilung des Geldes und der Güter dieser Erde und den Erfahrungen, die ich mit Onkel Ottfried wenn auch nicht tagtäglich, so aber doch oft machte, mein Bild vom Unternehmer stark geprägt, und das war nicht nur kein schmeichelhaftes Bild, sondern in diesem Bild war so ziemlich all das versammelt, worunter ich litt und worunter, das glaubte ich ganz fest, auch der Rest der Welt leiden würde, unter Machtverhältnissen und Machtstrukturen, die mit Menschen funktionierten, die instrumentell intelligent, pathologisch herrschsüchtig und mit für das Leid anderer stumpfen und im schlimmsten Fall dieses genießenden Seelen ausgestattet wären. Und der Bagger- und Raupen-Bauer Blauberg war anders, was so ganz zu der die mit Kaninchen spielenden K2s des Glücks atmenden Magie dieser Nacht passte, ein Unternehmer, der seinen Mann in seinem Betrieb stand, ihn anscheinend gut führte und dabei ein nicht nur instrumentell intelligenter, sondern ein interessierter und sensibler Mann war, ein Mann, so schien es mir in dieser Nacht, der auch in einer besseren, gerechteren Gesellschaft unbedingt notwendig war, ein die Bibel und philosophische Werke surfender Unternehmer-Fuchs, in dessen Seele die Tauben der Sensibilität und der Kommunikationsfähigkeit fliegen.

78. Und dann geht's durch die Geigen denkenden Honig-Straßen dieser Nacht

An einer Kreuzung in der Nähe der Fußgängerzone stiegen wir aus der von singenden Nachtigallen betörten goldenen Kutsche, stiegen wir aus unserem Baggerbauer-Mercedes aus und wateten weiter durch die Geigen denkenden Honig-Straßen dieser Nacht. Am Stadtbrunnen setzten wir uns auf eine Bank, umarmten und küssten uns so intensiv und so lange, bis unsere Zungen und die Lippen wund wurden, auf Falken aus Feuer schossen wir in die Verse der Ekstase singende und zwischendurch wohlig gurrende Sonne des Glücks mitten in der Nacht. Wenn wir zwischendurch, uns umarmend, auf den Stadtbrunnen schauten, fragte uns die Prinzessin auf der Erbse, die als kupferne Statue auf einem Sockel in der Mitte des Stadtbrunnens steht, ob sie uns aus dem „Taugenichts" von Eichendorff vorlesen solle, worauf ich stürmisch mit „Ja" und Lena, sich innig freuend, aber stilvoll und würdevoll „sehr gerne" antwortete. Anfangs genossen Lena und ich die Rezitation, begleiteten den Taugenichts auf seinem poetisch-spirituellen Hippietrip, wären selber gerne Zolleinnehmer gewesen, um viel Zeit zu haben, Zeit zum Küssen und zum Spazierengehen, irgendwann aber müssen wir eingenickt sein, denn als ich wach wurde, war ich etwas desorientiert, begriff aber bald wieder, dass ich nicht in einem Traum war, sondern gerade von einem kleinen Nickerchen aufgewacht war, in das ich in meiner Nacht der Nächte kurz abgetaucht war. Lena lehnte sich gegen mich und wurde auch gerade wieder wach und sah ganz erschrocken auf die Uhr. „Oh, es ist schon sehr spät. Auch wenn ich den Schlüssel zum Haus von Tamaras Eltern habe, würde ich jetzt gerne langsam nach Hause gehen, Liebster“, wobei ihre Stimme und mein Titel, der Titel, den ich mir am meisten von allen denkbaren Titeln auf der Welt gewünscht hatte, mir Gallonen von herrlichstem Johanniskraut-Prärien des Glücks zwitschernden Rotwein in die Seele träufelten. Wir machten uns also auf den Weg. Die Fußgängerzone in Hermannsdorf war auch sonst meistens unsere Adler der Subversion singende Straße der Freiheit, mit ihren Dorfgeborgenheit dichtenden Fachwerkhäusern, ihren für uns Dorfkartoffeln wie Paläste reinknallenden Bürgerhäusern und auch mit ihren Rechtecke und Beton anbetenden Nachkriegsbauten. Sie war unser Rhein der Möglichkeiten, auf dem wir auf Kähnen der Freude auf das Meer zufuhren, das aus dem Wasser der Unendlichkeits-Poesie und dem Paläste für alle geigenden Paradies bestand, die Fußgängerzone, in der wir uns entweder ebenfalls auf den Treppen beim Stadtbrunnen oder auf Bänken sitzend aufhielten oder mit, wie es uns schien, unendlich viel Zeit in ihr spazieren gehend. Jetzt ruderte uns ein venezianischer Gondoliere Händchen haltend auf dem Rhein der Freiheit, und am Ufer schienen uns die Erker als in Ende-August-Nacht-Schönheit duschende Ausgucke, von denen aus man die goldene E-Gitarren denkenden Everest-Ekstasen sehen konnte, die uns in unserem weiteren Leben als Hohelied-Paar winken würden, die Gaupen waren Federn, auf denen wir von einem Mittelgebirge der Ausgelassenheit zum anderen hüpfen würden, von der Rhön zum Knüll, vom Knüll zum Meißner und vom Meißner zum Reinhardswald. Auf dieser glucksenden Glückwolke, selig schweigsam oder glücklich schwatzend, durch die Fußgängerzone schwebend, trafen wir auf Rudolf Blarbück, einen Typ aus unserem Jahrgang, der ziemlich betrunken, aber noch so wach war, dass er uns erkannte, zu uns kam und uns fröhlich begrüßte, indem er lallte, dass das die beste Party seit Langem gewesen sei, geile Musik, so viele Leute, mit denen man sich gut unterhalten konnte, die nicht so verstockt und auf Arbeit versessen seien, wie es oftmals in der Generation unserer Eltern der Fall sei, einfach super sei es gewesen, genial, und jetzt gehe er herrlich besoffen und glücklich nach Hause. Wo wir denn hinwollten, von mir wisse er, dass ich aus irgendeinem Kaff in der Nähe käme, ob es nun Eisendorf, Lehmstark oder Bullburg sei, wisse er nicht mehr. Und Lena komme doch auch nicht aus Hermannsdorf, sondern aus Weldakurv, wie er wisse, ob wir denn einen Platz zum Pennen hätten, wenn nicht, könnten wir bei ihm im Hobbykeller schlafen, sagte er in seiner alle Welt umarmenden Stimmung, wie man sie hauptsächlich von fünfzehn bis zwanzig erlebt, eine Stimmung, bei der man die Welt formen zu können glaubt, als sei sie ein Ball aus blauer Knete, eine Stimmung, in der Jimi Hendrix in der eigenen Seele ein wüstes Gitarrensolo nach dem anderen zele-briert, in der Gerard Manley Hopkins, Rimbaud oder Edith Södergran die wildesten und berauschenden Gedichte in einem dichten, eine Stimmung, in der ein utopischer, nichts zerstörender, aber alle Ziele erreichender Hurrikan in einem stürmt. Nein, ich würde Lena zu Tamara bringen, sie hätte einen Schlüssel, und ich würde dann noch zu Norbert gehen, der den Hausschlüssel an einem abgesprochenen Platz für mich deponiert hätte. Ah so, dann sei ja alles geritzt, aber eins wolle er doch noch wissen, sagte er in einer Mischung aus Neugierde, Frotzellaune und Mitfreude, ob wir denn zusammen seien, ob wir denn miteinander gingen, was schon damals ziemlich retro klang, wenn ja, dann hätte er das noch gar nicht gewusst, in jedem Fall machten wir den Eindruck, dass es uns gut gehen würde, sehr gut sogar, lallte er und zwinkerte uns gutmütig-derb zu und klopfte mir auf die Schulter. Nein, das hätten wir vor der Schulfete auch noch nicht gewusst, sagte ich ebenfalls lachend, und jetzt müssten wir nach Hause. „Mach's also gut und komm gut nach Hause", verabschiedete ich uns von ihm. „Oho, ein gerade geborenes Glück, na besser kann ja wohl eine Party nicht laufen. Macht's auch gut", sagte Rudolf Blarbück gutmütig in seiner betrunken-über-schäumenden, bodenständigen und derben Fröhlichkeit.

79. Ein Stuck-Steinbock springt uns vor die Füße

Über den großen, gepflasterten und jetzt in der Nacht leeren Marktplatz von Hermannsdorf – tagsüber tummelte sich eine Schwadron mit Hunderten von Bunte-Smarties-Autos auf ihm, die den Platz trotzdem so hässlich machten wie ein Schwarm misthaufengenährter Fliegen, der sich auf einem Mittagstisch niedergelassen hat – passierten wir ein weiteres kleines Stadtviertel herrlicher alter Bürgerhäuser, an der Giebelseite teilweise voller alter, entweder abstrakter oder gegenständlicher Stuck-Ornamente, wobei Letztere bei einer Häuser-Zeile oder besser bei einem Häuser-Satz oder einer Häuser-Periode, wobei die einzelnen Häuser eben wie Wörter in einem Satz oder einer Satzperiode durch Leerstellen wie Gärten oder Höfe voneinander getrennt waren, hauptsächlich aus Alpentieren wie Steinböcken, Gämsen oder aufgerichteten Murmeln bestanden, was irgendwann einmal der letzte Bürgerhäuser-Schrei gewesen sein muss oder was auch dadurch begründet gewesen sein konnte, dass die Hausbesitzer, in manchen Fällen konnte man, ohne zu übertreiben, auch von Villenbesitzern sprechen, Jäger oder Bergwanderer waren, deren Liebe den Alpen oder anderen Hochgebirgen und ihrer Tierwelt galt. Auch hier waren die Gaupen wieder Sprung-Federn, die uns auf die Mittelgebirge der Ausgelassenheit schossen, und die Erker ließen uns goldene E-Gitarren denkende und heiße Kuss-Kubas kalbende Everest-Ekstasen sehen. Das Neue, uns Umwerfende, uns Anrührende und Betörende war, dass diese Stuck-Steinböcke, Stuck-Gämsen oder Stuck-Murmeltiere

Mundharmonika spielten, einmal mutete ihr Spiel wie das von Neil Young an, dann wieder wie das von Bob Dylan, und dieses herrliche Mundharmonika-Spielen empfanden wir wie einen musikalischen Scheidebecher, der uns bei dem auch ein bisschen traurigen Abschied nach dem herrlichen Fest des Liebe-Gestehens, des von Ozean-Herzen gespeisten Unterhaltens und Schwatzens tröstete und aufbaute. An einem graublauen Bürgerhaus – die Farben kannte ich von Tagesspaziergängen – mit mehreren verspielten Erkern und einer Gaupe mit runden, üppigen barocken Formen sprang uns dann sogar ein Stuck-Steinbock vor die Füße, der uns aufgeregt erzählte, er und seine Kolleginnen und Kollegen würden, wie wir ja hörten, gerade ein bisschen Mundharmonika spielen, um nach dem aufregenden Tag und der ebenso aufregenden Nacht des Wanderns und Schmausens in den herrlichen Mittelgebirgen zur Ruhe zu kommen. In der letzten August-Woche würden sie sich nach einer anstrengenden, aber sehr belebenden Wanderung aus den Alpen immer hier treffen, um gemeinsam Urlaub in den Mittelgebirgen zu machen, zu wandern und die herrlichen Wiesen und Feldfrüchte zu genießen. Vor dem anstrengenden Winter in den Alpen bräuchten sie diesen Urlaub, bei dem sie endlich mal nicht die wenn auch imposanten und herausfordernden, aber eben auch harten und schroffen Alpenwände um sich haben wollten, sondern diese wunderbaren, lieblichen Mittelgebirgsberge, die auf sie wie baumgeschmückte große Apfelsinen wirken würden und auf die Mägen ihrer Seele auch genauso süß und gesund wirkten wie italienische Pomeranzen, mit Genuss fressen und saufen würden ihre Augen diese Honigmonde backenden Apfelsinen-Berge der Mittelgebirge und ihre Täler. Um irgendwo ungestört übernachten zu können, würden sie sich in den Nächten immer in Hermannsdorf und anderen mittel-, ost- und nordhessischen Kleinstädten treffen, ihre Stuck-Tarn-Uniformen überstreifen und an den Außenwänden solcher Häuser wie diesen übernachten. Er, ein Steinbock aus dem Großglocknergebiet, habe uns die Sache nur verraten, weil er gesehen habe, dass wir glückliche und, so wirkten wir auf ihn, vertrauenswürdige Verliebte seien, die, so erwarte er es, ein Geheimnis für sich behalten und dichthalten könnten, worum er uns bäte. Ihre Urlaubsfreude und unsere auch noch durch unsere Müdigkeit durchscheinende Gardasee-tiefe und zugleich so ausgelassene Freude, die ihn an die Freude in der Sonne spielender Murmeltiere erinnern würde – ja, flüsterte ein Stuck-Murmeltier von der magischen Villa zu uns, wir sollten doch zugeben, dass wir Onkel und Tanten in der Verwandtschaft hätten, die Murmeln seien –, hätten ihn inspiriert, uns vor die Füße zu springen. Sich in einer solchen berauschenden, Glücks-Alpen schmiedenden Nacht gemeinsam zu freuen, sei so herrlich, dass er uns einfach habe ansprechen müssen. Und schwupp war er verschwunden. Lena und ich hatten uns im ersten Moment total erschreckt, weil wir uns beide seit der Kindheit, als wir mit unseren Teddys und diese mit uns gesprochen hatten, wie wir uns nach dem Gespräch mit dem Südtiroler Stuck-Steinbock dann erzählten, nicht mehr an ein solch wundersames Erlebnis wie dieses und zuvor schon das, als die Prinzessin auf dem Stadtbrunnen so herrlich aus dem „Taugenichts“ vorgelesen hatte, erinnern konnten und deshalb auf so etwas, was uns in dieser Nacht immerzu überraschte, überhaupt nicht gefasst gewesen waren. Aber wir hatten uns schon während der Rede des Steinbocks nicht nur beruhigt, sondern uns darüber gefreut, wie viel Sinn diese Alpenbewohner für das Reisen, für Abenteuer, für die wilde Feier der Schönheit der Welt hatten, wie gewitzt sie waren und wie sehr sie die Landschaft mochten, in der auch wir uns so zu Hause fühlten wie in keiner anderen, weil sie uns von Kindheit an um die Beine geschlichen war und weil sie wie ein gutes Fußballspiel mit schnellem, intelligentem Spiel ohne Ball und, damit zusammenhängend, voller ideenreicher Spielzüge und deshalb auch von großer Schönheit war, denn genau wie bei einer genialen Fußballmannschaft finden sich in der Mittelgebirgslandschaft die Hügel, Berge, Täler und Flüsse zu abwechslungsreichen, intelligenten, das Herz befeuernden Landschafts-Ensembles zusammen, und wie geniale Flanken einem guten Fußballspiel das sich aus Überlegtheit und Leidenschaft zusammensetzende Geniale geben, bereichern die Flüsse und Bäche, die Hügel, Berge, die Täler, Wälder und die Felder die Mittelgebirgslandschaft als baumgeschmückte Apfelsinen-Landschaft um das zugleich Überlegt-Ruhige und das Dynamisch-Bewegte, sodass man vor solch plastischem Landschafts-Genie niederknien möchte.

80. Ein Abschiedskuss so süß, als hätte er alle Feigen Griechenlands geerntet und verputzt, und so scharf, als hätte er als Therapie dagegen mehrere Liter Tabasco in sich geschüttet

Als wir bei Tamara angekommen waren, zögerten wir den Abschied dadurch hinaus, dass wir uns auf eine Bank im Garten setzten – Lena saß auf meinem Schoß – und uns einen Abschiedskuss gaben, der so süß war, als hätte er alle Feigen Griechenlands geerntet und verputzt, und der so scharf war, als hätte er als Therapie dagegen mehrere Liter Tabasco in sich geschüttet. Danach, ganz der rücksichtsvolle und galante Verliebte, wollte ich sie an die Haustür bringen und aus der Hohelieder hurraenden Nacht entlassen.

„Du, lass uns doch noch eine rauchen“, sagte Lena plötzlich, holte ein Päckchen Javaanse Jongens Halfzware aus ihrer Tasche und fing an, sich eine Zigarette zu drehen, und davon war ich immer noch (ich hatte sie auf dem Schulfest ja schon rauchen gesehen) in etwa so überrascht, als würde ich in meiner Kindheit einen Ritterfilm gesehen haben, in dem Ingrid Bergmann eine Prinzessin spielte, die gemeinsam mit Robert Taylor als mutigem Ritter mit seinen Ritterfreunden und

Knappen bei einem reichhaltigen Mahl an einer großen, kunstvollen Tafel sitzen würde und anstatt, wie für Frauen in diesem bieder-braven Hollywood-Filmkontext vorgesehen, maßvoll ein kleines Glas Wein zu leeren und sich ansonsten an Apfelmost, andere Obstsäfte oder Wasser zu halten, plötzlich einen großen Humpen Bier verlangen und dieses stilvoll, aber spürbar mit Genuss trinken würde. „Oh, sehr gerne, ich wusste bis zum Schulfest vorhin gar nicht, dass du rauchst. Ehrlich gesagt hätte ich das gar nicht erwartet. Super, dass wir jetzt noch eine gemeinsam rauchen“, sagte ich, holte meinen geliebten Van Nelle heraus und drehte mir ebenfalls eine Zigarette. „Das hast du nicht von mir gedacht, weil ich fromm bin, stimmt's?“ – „Ja, stimmt, ich geb's zu.“ Darauf sagte sie, dass eben nicht alle Frommen in versklavende Gesetze vernarrt seien wie Herta Fippel, das könne sie nur immer wieder sagen. „So eng sind wir in unserer Gemeinde nicht. Wir haben auf einer Baptisten-Tagung sogar oft Bier getrunken, sodass wir bei den Abendveranstaltungen etwas betrunken waren. Wir sind dem Gesetz gestorben. Ich rauche, aber ich geb's zu, eine Kettenraucherin bin ich nicht, nur etwa drei Zigaretten in der Woche.“

Bei ihr würde ich noch so manche Überraschung erleben, sagte sie kokett in einer mich noch verliebter machenden, aufregenden und erregenden Liebesfreude und Liebeslust, so als würden sich das Haus von Tamaras Eltern und alle Häuser von Hermannsdorf verdrücken, und wir würden an einem Hochsommermorgen allein an einem Waldrand sitzen und auf endlose Klatschmohnfelder schauen, die die einzigen Zeugen eines Tages sein würden, an dem wir uns ohne Unterlass umarmen, küssen und miteinander schlafen würden, und wobei der Klatschmohn uns so anspringen und mit sich tragen würde, als würden sich die roten Rausch-Blüten in Tiger verwandeln, freundliche, utopische, in die Liebe verliebte Tiger, auf die wir uns setzen würden und die uns in wildem Galopp durch abenteuerliche Dschungel mit uns nähmen, so als würden wir auf endlose Klatschmohnfelder schauen, die die einzigen Zeugen unserer Seligkeit sein würden, wobei der Klatschmohn unser gesamtes Leben durchdränge, als sei er Luft, die sich rot verfärbt, und dieses Rot würden wir atmen, in dieses Rot würden sich unser Körper und unsere Kleider verwandeln, und auch der Wald würde plötzlich rot, sodass die Welt nur noch aus roter Erde, roten Tieren und Menschen, einem azurnen Himmel und einer lachenden Sonne bestehen würde, ein LSD-Trip der Liebes-Herrlichkeit. Dass Waldränder nicht unbedingt ein geeigneter Ort sind, um sich zu lieben, sodass Vulkane der Lust ausbrechen und Liebesgestöhn und Liebesschreie die Bäume zum Wackeln bringen und die Sonne vor Neid auf das Glück noch gelber werden lassen, war mir naturgemäß, das heißt aufgrund meiner erfahrungsgrünen unbeschwerten Fantasie, nicht bewusst. Die Stahl-Schwere der Realität fängt früh genug an, einen auf den Pott zu setzen, einem die Sonnen-Gitarren gischtende Sehnsucht auszutreiben, im schlimmsten Fall zu zermalmen, und deshalb liegt in dieser grünen Maiwiese des Bewusstseins, die die stechende Sommerhitze noch ebenso wenig kennt wie die grauen Melancholie-Armeen des Herbstes und die erfrischende, belebende Winterkälte, in der man im dümmsten Fall aber stürzen und erfrieren kann, wenn man sich allein in die Berge aufmacht, um berauschende Gipfel-Erfahrungen zu machen, liegt in dieser Maiwiese des Bewusstseins, in der der Löwenzahn helle Fröhlichkeit lacht, der Hauptgrund, dass die geliebte Freundin mit all ihren Facetten einen immer wieder auf die Adlerflügel-Eichen der tiefsten und königlichsten Lebensfreude wuppt, die sich denken lässt. Wir rauchten die Zigaretten, die in dieser Nacht mindestens so gut schmeckten wie die ersten selbst gedrehten Zigaretten, bei denen das Nikotin so geknallt hatte, dass wir uns immer wie vor einem herrlichen Lagerfeuer fühlten, die Helle in der Nacht der dunklen Welt um uns herum betört genossen und der würzige Rauch uns zu rustikalen Holzfällern machte, die zugleich von der Schönheit der Welt

angesprungene Poeten und pazifistische, für eine gerechtere Welt kämpfende Guerilleros waren, nur waren wir jetzt noch viel tiefer miteinander verbunden, als ich mich mit meinen Freunden bei den ersten gemeinsamen Zigaretten gefühlt hatte, weil uns eine Freude-Ozeane orgelnde und Kornblumenblaue Geborgenheits-Paläste atmende Verliebtheit mit Haut und Haaren verspeist hatte.
Das Drehen der Zigaretten mit holländischem Tabak, sei es Drum, Samson oder Javaanse Jongens mit ihren schönen Verpackungen oder Van Nelle, der nicht ganz so schöne bunte Hippieklamotten anhatte, der sich mit einer eher langweiligen Verpackung zufriedengeben musste, gewissermaßen eine neue dunkelblaue, etwas langweilige Jeansjacke ohne den Ritterschlag des Getragenseins und ohne bunte Flicken und ohne witzige Protestsprüche, aber mir eben am besten schmeckte, das Drehen der Zigaretten mit meistens holländischem Tabak (bei den ganz Harten ging natürlich auch Gauloises oder Schwarzer Krauser durch) war in dieser Zeit verbunden mit dem Lebensstil und der Lebenseinstellung der Hippies/Freaks. Die Werbung war natürlich genau auf diese Zielgruppe zugeschnitten, was wir wussten, aber uns nicht das Gefühl nehmen konnte, rustikale, von der Schönheit der Welt betörte Holzfäller-Dichter zu sein, die als gewaltlose Guerilleros eine Welt herbeiengagieren würden, in der Hunger, Krieg und Verzweiflung und Selbstentfremdung nur noch als vergangene barbarisch-stumpfsinnige Epoche in Erinnerung sein würden. Wie die bunten Flicken-Jeans oder Jeans-Jacken und die langen Haare so war auch das Zigaretten-Drehen ein Ausdruck der Zugehörigkeit zu den Hippies/Freaks. Natürlich war das Drehen für uns Schüler auch billiger, aber wesentlich stärker war das identitätsstiftende Gefühl, gemeinsam eine Welt herbeizurauchen, in der die Häuser der Städte, wie sie in den hässlichen Vierteln der Städte oft waren, nämlich von Seelen schrotendem Zementgrau, so hellblau sein würden wie bei der Javaanse-Jongens-Packung (halbschwarz) und in der ein

gelber Löwe wie auf der Samson-Packung wilde Morgenfreude herbeibrüllen würde. Für uns waren die Packungen der Tabake Kunstwerke, die blaue Gitarren der Poesie und der Revolte atmeten. In der Lena-Nacht der Nächte ganz besonders und noch bei vielen anderen Zigaretten, die ich mit Lena rauchte, war das Rauchen sakramental im Sinn von Heinrich Böll, weil wir glaubten, die matterhorngroße Fackel der Freude, die in unseren Seelen brannte, allein der Liebe und Gnade Gottes zu verdanken, die wir in dieser Nacht mit der gemeinsamen Zigarette zu schmecken, zu riechen und zu fühlen glaubten. Die gemeinsame Zigarette als sakramentale Feier unserer Liebe. Das schlechte Gewissen wegen des Rauchens, das ich auch öfters hatte (dazu komme ich später), schlief in solchen Momenten und ließ mich in Ruhe.
Dann gingen wir Arm in Arm zur Haustür und küssten uns ein letztes Mal, Lena schloss auf, ging in den Flur und machte schließlich tatsächlich die Tür zu, nachdem sie mich noch einmal angelächelt, mir gewunken und gesagt hatte: „Komm gut nach Hause, mein Liebster." Auch hier wirkte dieser Ehren-Titel wieder unglaublich erhebend auf mich, diesmal wuchs ich so in die Höhe, dass ich mit dem Mond und den anderen Planeten unseres Sonnensystems fröhlich jonglieren üben konnte, weil ich von der geliebt wurde, von der ich mir am meisten gewünscht hatte, dass sie mich lieben würde, und das, tatsächlich das, war wirklich wahr geworden. Nicht zu fassen!

81. Ich koste die Nacht der Nächte vor dem Schlafengehen noch aus, kaum einkriegen kann ich mich

Auf dem Weg zu Norbert kroch die Müdigkeit aus dem Keller hervor, in die sie sich zuvor zurückgezogen hatte, weil sich, während ich mit Lena spazieren gegangen war, Tankerladungen von Liebes-Koffein in meinem Körper verbreitet hatten, die mich nur ab und zu Müdigkeit hatten spüren lassen, und während des Heimwegs versank ich in dem Sumpf einer besonderen Schwächephase, wie es ja meistens der Fall ist, wenn man zu viele Tassen Kaffee getrunken hat. Irgendwann kippt die Wachheit von einem hohen Berg in ein besonders tiefes Tal der Müdigkeit. Aber als ich mich auf einen Stuhl auf der Terrasse, die vor dem Haus von Norberts Eltern entspannt und berauscht zugleich ebenfalls die herrliche Lena-Nacht aufsog, als gelte es, Vorräte zu sammeln für die nüchternen, die Hunger-Nächte der Seele, als ich mich also auf einen Stuhl auf die Terrasse gesetzt hatte, nachdem ich mir aus dem Keller eine Flasche Amselfelder geholt hatte, die ich Norbert am Montag ersetzen wollte (ich protestantischer moralischer Erbsenzähler), und nachdem ich mir tatsächlich noch eine Kanne Kaffee gekocht hatte und beides zusammen mit einer Flasche Selters abwechselnd trank und dabei Pumpernickel-Brot mit Butter und Gouda aß, das ich mir in der Küche zubereitet hatte, als ich also trinkend und mümmelnd auf diesem zufriedenen Stern von Stuhl saß, war ich bald wieder wacher, und gleichzeitig wurde ich vom Wein angenehm beschwipst. In dieser Nacht wollte ich noch nicht ins Bett, obwohl es fast schon Morgen war und es also bald anfangen würde, hell zu werden. Während meiner Nachtmahlzeit holte ich zwischendurch noch den Radiorekorder aus der Küche und legte eine Kassette ein, auf der sowohl „Stairway To Heaven“ von Led Zeppelin als auch „No Woman, No Cry“ von Bob Marley drauf war, die ich immer wieder während meines Sommernacht-Schmausens zurückspulte. „Stairway To Heaven“ liebte ich inbrünstig, seit ich den Song etwa ein Jahr vor dieser denkwürdigen Nacht durch meinen Bruder kennengelernt hatte, der Led Zeppelin schon eine ganze Zeit verehrt hatte, sie auf eine so besessene Art mochte, dass er nichts auf sie kommen ließ, und mir den Song als einen der besten, die je komponiert worden war, nahegebracht hatte, indem er mir mit enthusiastisch-missionarischer und deswegen keinen Widerspruch duldender Stimme sagte: „Hör dir das Lied mal an. Dagegen sind die neunundneunzig Komma neun Prozent des Zeugs, das sonst so gemacht wird, Schrott!“ Den gesamten Text von „Stairway To Heaven“ verstand ich nicht, einzelne Textbrocken und den Titel jedoch schon, und was konnte an diesem Abend besser passen als der herrliche Song mit dem wie für diese Nacht gemachten Titel, befand ich mich doch auf der Treppe zum Himmel schon fast bis vor der Tür, die in diesem Leben, wie jeder weiß, niemand öffnen kann, aber so dicht davor war ich selten gewesen, ich fühlte mich tatsächlich dem Atom-, dem Alpen- und dem Atlantikschöpfer, der im Nazarener gezeigt hatte, wer er ist, nämlich das Genie der Unendlichkeit, das die Menschen, die Tiere und die gesamte Schöpfung unendlich liebende, alles verstehende, das mit Vehemenz für alle seelisch und körperlich Leidenden Partei ergreifende, für die sozial Marginalisierten und Unterdrückten unnachgiebig eintretende Genie der Unendlichkeit, das das Leben mit Brot und Wein feiernde und die Poesie und die Zärtlichkeit des Salböls wertschätzende Genie der Unendlichkeit, ihm fühlte ich mich nahe, und zugleich liebte ich in der Nähe dieses Unendlichen und seiner Geborgenheit das Leben so sehr, wie ich es selten zuvor getan hatte, eben weil ich das Größte geschenkt bekommen hatte, was für mich denkbar war, die Liebe Lenas, die das, so schien es mir, was ich gerade erlebte, in ihrer Person verkörperte, den Glauben an eben diesen Gott und sein Wort, den Nazarener, der das von ihm geschaffene und wenn auch, metaphorisch gesprochen, gefallene Leben liebt und der will, dass auch wir Menschen das Leben lieben und dass wir glücklich sind, den Glauben an diesen, das Glück, auch das Glück der Sinne der Menschen wollenden Gott sah ich in Lena verkörpert wie in keinem anderen Menschen, einmal durch ihren Charakter und ihr Denken und dann auch durch ihre mich bis in die winzigsten Bestandteile meiner Existenz berührende, aufwühlende und erregende Schönheit. Um dieses Erleben, diese Gefühle und Gedanken zu würdigen, war „Stairway To

Heaven" auch mit seiner Musik, dem Flötenspiel zu Beginn, Robert Plants zwischen Erhabenheit und Klage changierender Stimme und dem unglaublichen Gitarrensolo von Jimmy Page in der Schlussphase des Songs genau das Richtige, wie eine hereinbrechende Nacht an einem griechischen Strand im Sommer, wo die Sonne gerade die Bratpfannen des Himmels attackiert, als wolle sie diese einschmelzen, und in allen Gelb-, Orange- und Rottönen zum Glühen bringt, wirkte der Himmelstreppen-Song, die Wärme wie ein Rotwein, der sich entspannt und selig in einem großen Glas rekelt, das letzte Licht der untergehenden Sonne und die Dunkelheit, die leichte Brise und der Blick aufs Meer, als würde man von einer riesigen, kondorgroßen Taube mitgenommen, die einen nach dem herrlichen Flug übers Meer auf die Stufe einer Treppe absetzen würde, von der aus man wieder die Tür zum Himmel sehen konnte und wo man sich Gott nahe fühlte und das Leben so intensiv erlebte, als würde man mit einer Rakete in die Sonne geschossen, ohne dass man verglühte, sondern selber zu einer Glückssonne wurde, lichtsatt, lichtprall, und als würde man von dort auf einem Pferd aus Feuer aufsitzen, das einen mit einem riesigen, wilden Sprung wieder am Strand absetzen würde, und wenn man sich berappelt und besonnen haben würde, merkte man, dass man sich in einen Licht-Elefanten des Glücks verwandelt hatte. Nachdem ich ein paar Mal die Stairway-To-Heaven-Ekstase gesurft hatte, spulte ich weiter zu „No Woman, No Cry", und auch bei diesem Lab-Relaxier-Trank blieb es nicht nur bei einem einmaligen Hören. Bis heute habe ich den Text des Songs nie aufmerksam gelesen und auch nicht mit der Intention, jedes Wort genau zu verstehen, gehört, sodass ich eben bis heute nicht weiß, worum es in dem Song eigentlich geht. Bei „No Woman, No Cry" geht es, so vermutete ich, um den selbstironisch-lustigen, fast das Zynische streifenden Spruch, den man bei einem Kumpel loslässt, wenn man ihm gerade erzählt hat, dass die Freundin, die man liebt, mit einem Schluss gemacht habe, die Beziehung beerdigt, den Baum der Liebe gefällt habe, und um seine Trauer und seine Verzweiflung zu verbergen, gibt man eben den Obercoolen und haut einen solchen Spruch raus. Um das Ende einer Liebesbeziehung scheint es also zu gehen und nicht um den Anfang eines Honig-Sequoias frühstückenden Glücks. Ich aber bürstete den Text gegen den Strich und integrierte ihn so, dass er zu der sonnenbeschienenen Waldwiese passte, auf der ich mich auf der Wanderung meines Lebens gerade befand und die mit einer anderen Waldwiese, die zweihundertfünfzig Meter entfernt lag, übermütig Buchen-Fangen spielte, und zwar mit einem Haufen gefällter Buchen, die die Waldarbeiter vorher dort gestapelt hatten. Für mich erzählte der Song davon, dass jetzt die Zeit, die vor dieser läutenden Liebesnacht war, zu Ende sein würde, die Plattenbauten der Langeweile, in denen ich in manchen Schulstunden oder bei langweiligen Arbeiten auf dem Bauernhof eingesperrt war, würden pulverisiert, und ich würde in der Zukunft immer so intensiv leben wie ein Van-Gogh-Bild, das in einem überwältigten Betrachter explodiert. Die November-Krähen krächzende Schwermut würde mutieren zu Flugköniginnen des Glücks, die Leinwand des Himmels bemalen: dynamische Gold-Kirchen ausatmende Schwalben. „Everything's gonna be allright", darauf legte ich den Schwerpunkt des Songs und die Entspanntheit des Songs, der wirkte wie ein Nachmittag in einer Hängematte auf einer schattigen Terrasse oder unter Schatten werfenden Kiefern, Zypressen oder Korkeichen in einem Mittelmeer-Land im Sommer, sagen wir Spanien oder Griechenland, mit einem zugleich äußerst intensiven, poetischen und zugleich witzigen Buch, sagen wir Jean Pauls „Titan", wobei man zwischendurch immer wieder eisgekühlte Getränke zu sich nehmen würde, um seinen Durst zu löschen und um sich abzukühlen. Zu der Entspanntheit des Songs kam eine Berauschtheit hinzu, die wahrscheinlich im bei den Rastafaris so beliebten Cannabis ihre Ursache hatte und die zu meiner angenehmen Beschwipstheit passte, die meinen Gartenstuhl zu einem Ruderboot machte, mit dem mich die Nacht bei ganz leichten, aber doch spürbaren Wellen auf dem Meer seliger Freude ruderte. Einige Zeit genoss ich noch den herrlichen Geruch des Stoppelfeldes, das an den Rasen angrenzte und das frisch gedroschen zu sein schien, das Stroh gehäckselt, aber noch nicht gegrubbert, wirkte es so, als würden Hunderte von Pfeifen mit dem grandiosen Stoppel-Würztabak des Spätsommers brennen. Es konnte eigentlich nur mein geliebter Weizen sein. Immer noch sah ich den dicken Mondkürbis zufrieden vom Himmel lachen, auch er schien jetzt schon ein wenig müde zu sein, weil er ja schon einige Stunden durch den Spätsommernachts-Himmel gewandert war, seine Socken glühten, als er sich endlich bald die Schuhe ausziehen wollte, um nach seinem Nachtprogramm am frühen Morgen im fetten, bequemen Fernsehsessel wegzuratzen. Auch ein bisschen kühler war es jetzt geworden, sodass ich mir meine Jeansjacke anzog, die mich zwischendurch immer wieder in eine Eule verwandelte, die feiernd durch die Spätsommernachts-Luft flog, die Schönheit der kleinen Stadt und der Felder, Wälder, der Täler und der Berge bewunderte, die ihr wie ein surrealistisches Gemälde vorkamen, denn sie, die Eule, konnte die schönen Träume sehen, die sie fast alle träumten, die Felder, die Wälder, die Täler und die Berge, Träume von einem freien, lockeren, dabei aber tätigen und erfüllten Leben, das sich vom Tänze tosenden Feuer der Liebe ernährte, aber auch auf Käse, Kartoffeln, Spiegeleier und Bier nicht verzichten wollte, und wenn sie einmal schlecht träumten, beruhigten die einen die anderen, indem sie ihnen Geschichten erzählten, die diejenigen, die schlecht geschlafen hatten, wieder in den Schlaf gleiten und dann wieder selig weiterträumen ließen, wobei sie einer Musik lauschten, die ein enthusiasmierter Mond-Organist auf den Orgeltasten, in die sich die Sterne verwandelt hatten, als Choräle der Dankbarkeit spielte. Und als die goldene, rauchende Glücks-Throne regnende Nacht langsam immer mehr gähnte, sich den Schlafanzug anzog und sich ins Heiabettchen legen wollte, in dem vorher der Tag gelegen hatte, der jetzt schon aufgestanden war und gerade ein üppiges englisches Frühstück zu sich nahm, tat ich es der Nacht gleich und legte mich ins Gästebett, das mich sogleich mit frischem Bettzeug begrüßte – Norbert war in allen häuslichen Dingen so fit, dass er das Bett extra für mich frisch bezogen hatte, was mir damals, ich Wildsau, so schnell nicht eingefallen wäre, wenn ein Freund bei mir hätte übernachten wollen, weil wir als Söhne zu Hause mit solchen Arbeiten nicht behelligt worden waren – und in dem ich sogleich auf Reisen ging in die mal Geborgenheit und Erholung verströmenden, mal exotischen, abenteuerlichen, ja hochgefährlichen Länder des Schlafes, nachdem ich dem Fürsten- und Königs-Bett, als das es mir in diesem Moment naturgemäß, das heißt meiner immer noch königlichen Stimmung nach, erschien – auch Könige werden müde –, ebenfalls einen Guten-Morgen- und darauf einen Gute-Nacht-Gruß entboten hatte.

82. Langsam wach, die Säcke der Nachschlaf-Müdigkeit abgeladen und dann: welch ein neuer Tag

Als ich um die Mittagszeit langsam wach wurde, die Säcke der Nachschlaf-Müdigkeit nach und nach abgeladen hatte und endlich aus dem Bett kam, die Küche inspiziert hatte und dort das Frühstück, das schon mit lachendem Gesicht einladend auf mich wartete, erspähte, aber Norbert nirgends im Haus zu finden war, ich dann die Gartentür aufmachte, fand ich ihn, den ringelnatzigen und doch ganz eigenen Wortspiel-Dichter, den quirlig-tüchtigen Anpacker und Weltverbesserer, ein Biologiebuch so selig abweidend, wie es eine Kuh mit dem frischen, herrlichen Gras auf einer Weide tut, auf der sie und ihre Kolleginnen den ersten Tag fressen, Kuhfladen abseilen und sich zwischendurch gemütlich hinlegen, um sich dann wieder dem frischen Gras-Gold hinzugeben. Wenn Norbert sich auf

Klassenarbeiten vorbereitete oder privat ein Buch las, sei es „Demian", „Steppenwolf" oder „Narziß und Goldmund" von Hermann Hesse, für den Philosophiekurs ein Reclam-Band Kant, oder wenn er sich in Heideggers „Sein und Zeit" versenkte, hatte er immer einen Bleistift zur Hand, mit dem er in jedem Buch Anstreichungen machte oder Kommentare an den Rand schrieb, als gelte es durch den physischen Druck und die Breite des Strichs, dem Gelesenen seine Gedanken einzuverleiben, es zu loben oder ihm zu sagen, dass man das ja wohl so nicht sehen könne, oder er spann die Handlung einer Erzählung oder eines Romans fort, oder er nahm die Flanke eines Gedankens auf, dribbelte und schoss ein Denk-Tor, indem er die Implikationen bis zu ihrem Ende weiterverfolgte, Implikationen, die er in diesem, dem Gedanken, angelegt sah, alles wild, so wie Vincent van Gogh die Leinwände (in meiner Vorstellung) malträtierte er die Bücher, so intensiv las er und dachte über das Gelesene nach.
„Guten Morgen, Friedrich, hast du gesehen, ich habe dir in der Küche Kaffee in der Thermoskanne hingestellt. Er sollte noch heiß sein, wenn nicht, kannst du dir mit dem Tauchsieder noch Wasser kochen und ein wenig dazugießen oder dir auch einfach noch mal einen neuen aufgießen. Das Schulfest scheint ja sehr schön gewesen zu sein. Als ich mich um ein Uhr hingelegt habe, warst du ja noch nicht da."
Ja, wir Schüler, so Norbert, könnten solche wilden Samstag-Sonntag-Nächte ja noch in vollen Zügen genießen, wohingegen er am Montagmorgen voll präsent sein müsse, wenn er sich um die Kinder und vor allem um die pubertierenden Jugendlichen kümmern müsse, was er ja gerne tue, das Dumme, aus der Perspektive des Feiern-Könnens gesehen, sei aber, dass die Arbeit mit den Kindern und den Pubertäts-Wildfängen meistens volle geistige Präsenz verlange und geistige Absenz, wie auch er sie sich in der Schulzeit nach wilden Wochenenden auf der Montagmorgen-Schulbank gestattet habe oder auch hin und wieder, wenn er innerhalb der Woche

einmal über die Stränge geschlagen habe, deswegen ganz und gar unzuträglich sei, sagte er im gespielt ernst-beflissenen und also ironischen Ton und karikierte so die Menschen, die uns unsympathisch waren, die sagten, dass wir erst mal arbeiten sollten, dann würden wir schon von unseren spinnerten Ideen wegkommen, die Philister, denen das Leben in unseren Augen zu einer öden Pflichterfüllung geworden war, zu einem Garten mit Plastikblumen, zu einer Bank, wo alles unter dem Nützlichkeits- oder Geld-Aspekt gesehen wurde, wo es doch eigentlich mit Enthusiasmus, mutigem Denken und Fantasie angegangen werden wollte, dessen Schönheit und Poesie erlebt und gepriesen werden wollten, wie es Eichendorff und Novalis getan hatten (Eichendorff liebten wir beide, Novalis war bei mir seit der „Ofterdingen"-Lektüre und dem LSD-Trip der „Hymnen an die Nacht" in die Galerie der Dichter-Ritter an der Artus-Tafel der Poesie aufgestiegen), und das tätig gestaltet werden wollte, wie es Goethe vorgelebt hatte, ohne dabei die Poesie zu missachten, was mir Norbert immer mal wieder nahezubringen suchte.
(Aus Norberts scherzhaftem Reden geht hervor, dass er sich zu dieser Zeit um behinderte Kinder kümmerte. Das tat er im Rahmen eines freiwilligen sozialen Jahres, das er ableistete, obwohl er ausgemustert worden war, weil eines seiner Beine kürzer als das andere war.)
Ja, ja, es sei schon klar, dass ich erst mal arbeiten gehen müsse, wie er es ja jetzt tue, um überhaupt mitreden zu können, wenn man vom Leben spreche, vom harten Leben, unter dessen Knute die meisten ihr Brot sauer verdienen müssten –, so ging ich auf sein ironisches Reden ein.
„Scheint ja wirklich ein sehr, sehr schönes Schulfest gewesen zu sein, dass du erst gegen Morgen nach Hause gekommen bist, denn als ich um drei Uhr mal aufs Klo gegangen bin, lag dein Bett noch so ordentlich und unbenutzt da wie ein neu erstandenes Malheft in der ersten Klasse der Grundschule. Du warst doch bestimmt nicht nur mit Herbert und anderen

Kumpels auf dem Schulfest und hast über Literatur oder die pazifistisch-psychedelische Weltrevolution geredet.“ So spannend diese Themen auch seien, so könne er sich doch nicht vorstellen, dass ich allein deswegen so spät ins Bett gegangen sei, ich müsse ja doch wohl in ein amouröses Abenteuer verwickelt worden sein, das mich die Schwere der Müdigkeit nicht habe spüren lassen, ähnlich wie so mancher Landarbeiter in Mittel- und Südamerika, der die harte Arbeit nicht spüre, weil er Koka-Blätter kaute. „Im Ernst, Lena war da, und du hast ihr deine und sie dir ihre Liebe gestanden. So wie du mir im Krankenhaus und auch danach immer dann, wenn wir uns getroffen haben, vorgeschwärmt hast, kann nur das der Grund für dein spätes Erscheinen gewesen sein.“ Dann sprang er auf, rannte auf mich zu und fing an, mich zu kitzeln, wobei er immer wieder sagte: „Gib's zu, gib's zu, gib's endlich zu!“ Ich, der ich bis dahin noch nicht richtig wach gewesen war, wurde hellwach, weil ich es nicht leiden konnte, ja weil ich sogar hysterisch wurde, wenn man mich kitzelte, und deshalb waren wir im Nu in einen spaßigen Ringkampf verwickelt, den wir trotz seiner Spaßigkeit mit Vehemenz angingen, denn Norbert war ein wilder, verbissener Kämpfer, und auch ich wollte mich nicht unterkriegen lassen. Am Ende mussten wir aber so lachen, dass wir uns beide auf den Rasen setzten und noch fast ein Jahrhundert weiterlachten. Irgendwann sagte ich: „Ja, es war tatsächlich so, wie der Herr Inquisitor geruhte zu vermuten.“ Wir hätten uns gestanden, dass wir uns liebten, und ich sei irre glücklich, so glücklich wie selten zuvor in meinem Leben. Und trotzdem würde mir mein Magen jetzt mit Macht gebieten, dass ich mir ein Käsebrot zu schmieren hätte, welches ich mit einer Tasse Kaffee, die ich sukzessive zu leeren hätte, essen solle, damit es auf dem weiten Weg, den es vom Mund bis zu ihm zurückzulegen habe, nicht verdursten solle und so letztlich nicht bis zu ihm, dem Magen, vordringen könne.

Also ging ich in die Küche, bestrich mir ein Brot, das etwa so lang war wie ein Fuß mit Schuhgröße fünfundvierzig, mit Butter und Goudascheiben, schenkte mir Kaffee ein (auf den Tauchsieder verzichtete ich) und setzte mich neben Norbert und erzählte ihm von der Glücks-Everests glucksenden Nacht, wobei ich aber nicht vergaß, den Geboten meines Magens tüchtig zu folgen, und deshalb noch einige Male in die Küche ging, um den Brotleib handlich-kleiner werden zu lassen, die Goudascheiben-Packung zu erleichtern und die Kaffeekanne zufriedenzustellen, indem ich sie von dem Kaffee befreite, der nun schon den ganzen Vormittag den Glanz ihres silbernen Inneren mit seinem schwarzen Trauermantel verdeckt hatte.
In den mir möglichen leuchtendsten Farben schilderte ich die Nacht, die gleich mehrere Sonnen geboren hatte, die Sonnen unserer neuen Liebe, denn mit einer hätte ich mich nicht zufriedengegeben. Ich deklinierte noch einmal die für mich wesentlichen Gründe, weshalb ich so auf Lena abgefahren war, erwähnte wieder den See in der Dämmerung, als der mir ihre braunen Augen immer wieder erscheinen würden, in dem ich mit dem Blick auf einen Dankbarkeits-Altäre in meiner Seele schmiedenden Sonnenuntergang baden würde. Fehlen durfte natürlich auch nicht der romantisch-märchenhafte Wald ihrer Haare, den ich erwähnte, in dem ich mich nicht nur schon immer verirren wollte, sondern in dem ich mich in der gestrigen Nacht tatsächlich verirrt hatte. Auch dass sie für mich das, wonach ich suchte, in ihrer Person verkörperte, dass sie nämlich einen christlichen Glauben und eine Spiritualität denken und leben würde, die die Sinnlichkeit und die Poesie nicht nur nicht unterdrückten und abtöteten, sondern ermöglichten und immer wieder bestärkten. Für Witze und Ironie hatte ich damals im Hinblick auf meine Liebe zu Lena nicht zu jeder Zeit einen Sinn, deswegen hatte ich einen neuen unernsten Kampf mit Norbert begonnen, als er meinte, es sei ja unerträglich, einen solch verliebten Kumpel um sich zu haben, ich solle doch erst mal kalt duschen und dann das Gespräch mit ihm

fortführen. Nachdem wir uns ausgetobt hatten, schwatzten wir noch eine ganze Zeit weiter. Er erzählte von einer Krankenschwester mit einem dunkelblonden Wuschelkopf, die einmal in der Woche mit einem Arzt in das Heim für Behinderte kommen würde, in akuten Fällen auch öfters, um die Bewohner medizinisch zu versorgen, und die er sehr attraktiv fände und die er sowohl für ihr Geschick im Kontakt selbst mit schwierigen und schwierigsten Charakteren wie auch für ihr handwerkliches pflegerisches Können beim Verbände-Anlegen, Blut-Abnehmen oder beim Assistieren des Arztes sehr bewundern würde.

„Na, dann passt unsere Situation ja gut zusammen. Ich bin jetzt mit der zusammen, in die ich schon länger verliebt bin, und du hast auch schon einen Stern in petto, den du dir hoffentlich in Bälde vom Himmel pflückst!", sagte ich in der königlich-freudigen Stimmung, die mich auch die ganze Zeit an diesem Morgen schon regiert hatte, so als hätte ich magische Augen, mit denen ich den Sommerhimmel hören könnte und dabei mitbekam, dass er mit den wenigen Wolken sprach wie ein besorgter Hirte mit seinen Schafen und ihnen gut zuredete, sie sollten das schöne Wetter nutzen und seine blauen Weiden nur mit Lust und Kraft abgrasen, denn der Sommer werde bald vorbei sein, und da wäre es gut, wenn sie sich die Bäuche mit seinem hellblauen Gras füllten, denn es würden dann naturgemäß auch Zeiten kommen, da ihr Fell mit dunklem Regenwasser vollgesogen wäre und sie so zahlreich und groß aufträten, dass sich seine blauen, saftigen Himmelswiesen verflüchtigten und dass infolgedessen an ein Schmausen des blauen Himmelsgrases nicht zu denken sei, sagte ich in der Stimmung, die mich an diesem Morgen die ganze Zeit schon durchdrungen hatte, als hätte ich eine Droge geschluckt, die mich zwischendurch immer wieder in die Zukunft schauen ließ mit einem Gefühl, dass – everything's gonna be alright – alles sich zum Guten wenden würde, alle meine Freunde und Freundinnen, mein Bruder und meine Schwester auch ein solches Glück erleben würden, zu Hause sich die Konflikte mit Onkel Ottfried so auflösten wie das schlechte Wetter in den Alpen, wenn man über den Gotthard gefahren ist, jeder auf Sicht damit sein Brot verdienen könnte, wofür er gemacht sei und wofür er sich berufen fühlen würde, weltweit Demokratie, Freiheit und ein gerechtes Wirtschaften sich durchsetzen würden und infolgedessen niemand mehr hungern müsse oder für seine Überzeugung eingesperrt würde, sagte ich in der Stimmung, die mich schon den ganzen Morgen getragen hatte, als säße ich in einem zweihundert Meter über der Erde schwebenden Segelboot, kein Ballon, kein Segelflugzeug, sondern in einem Segelboot, das ganz gegen die Naturgesetze (was war schon das Gesetz der Schwerkraft gegen meine galaktische Verliebtheit) durch die Luft segeln könnte und von dem aus man die Schönheit der Mittelgebirgslandschaft, ihre Dörfer und die schönen Zentren der Kleinstädte - soweit sie nicht durch das Konglomerat von Wohnungsnot und Geldnot nach dem Krieg und dem Stumpfsinn der Architekten und Bauherren niedergemacht worden waren - in Geborgenheit vermittelnden, die Rinder des Herzens fröhlich springen lassenden Details wahrnehmen könnte.

83. Bei Norbert war oft sturmfreie Bude

Auch abgesehen von diesem Morgen, der einer der schönsten war, die ich je erlebt habe, die fliegenden E-Gitarre, auf der Johanniskraut werfende Eichen aus Eisenhut die Dresdner Frauenkirche in den Himmel denken, war es auch sonst herrlich für mich, Norbert zu besuchen. Wie bei Herbert waren die Besuche bei Norbert kurze Urlaube, mit dem Unterschied, dass ich bei Herbert seltener Urlaub machen konnte, weil dessen Pflegemutter, seine Tante, nicht so oft an anderen Orten weilte und Herbert die Wohnung nicht für sich allein hatte, wie es eben bei Norbert durch die berufliche Situation seiner

Eltern gegeben war. Was war ich Norberts Eltern dankbar, dass sie meistens in Spanien weilten und Norbert infolgedessen sturmfreie Bude hatte. Das Haus hatten Norberts Eltern zu Beginn der Diplomaten-Laufbahn seines Vaters an ausländischen Botschaften gebaut, als sie noch nicht viel Geld hatten, es war ein kleines Haus in einer Neubausiedlung in Hermannsdorf, so Norbert, wobei er nachschob, dass sein Vater auch zehn Jahre später kein größeres Haus gebaut hätte, weil er ziemlich geizig sei. Man musste eine Treppe hinaufgehen, dann schaute einen das kleine, aber fantasievolle Haus mit einem verschmitzten Lächeln an, die Seite zum Weizenfeld hin war an jeder Seite bewacht von zwei kleinen Erkertürmchen mit Spitzdächern, und es war ocker bemalt, was damals eher selten vorkam, denn die meisten neueren Häuser damals waren weiß oder hellgrau, und als weitere Besonderheit waren alle Fenster von Azulejos, zwischen hell- und dunkelblau changierenden, mit kunstvollen, an Kalligrafie gemahnende Formen verzierten Keramikfliesen, eingerahmt, was auf Norberts Mutter Martha zurückging, die die Azulejos von einem Portugalaufenthalt mitgebracht hatte. War der Vater auch knickerig, so schien er doch Sinn für ein kunstvoll-schönes, extravagantes Haus zu haben, dachte ich, bis Norbert mir irgendwann einmal erzählt hatte, dass dieser, sein Vater, keine besondere Begabung zum Ersinnen von architektonischen Extravaganzen habe, seine Frau Martha jedoch gewähren ließ, die eben genau diesen Gestaltungsgeist und Gestaltungswillen besitzen würde und die auch die Idee mit den beiden Erkertürmchen gehabt habe, die Konrad, so hieß sein Vater, akzeptiert habe, nachdem ihm Martha, seine Mutter, wie sie ihm, Norbert, einmal erzählt habe, in leuchtendsten Farben schwärmend vor Augen geführt habe, wie schön ihr Haus dann sein würde und dass sein Vater als künftiger weltläufiger Diplomat es ja nicht unbedingt und in jedem Fall dem Biedergeschmack der zu Geld gekommenen Hermannsdorfer Provinzler gleichtun müsse und ein schmuckloses, auf Funktion gepoltes und darin gefangenes Haus bauen müsse, dazu noch ein deutlich kleineres, als es die anderen in der Häuserzeile seien, was sogar sicher dazu führen würde, dass ihr Haus als ärmlich, ja armselig und als schlechte Nachäffung der anderen Häuser erscheinen würde, was ja sicher nicht in seines Vaters, des künftig in Paris, London, Rom, ja vielleicht sogar in New York wohnenden Weltbürgers Sinn sein könne, wobei sie Letzteres, wie mir Norbert erzählte, als Martha ihm diese Szene geschildert habe, lächelnd, witzig, ja fast ein wenig verächtlich gesagt habe, sodass Konrad überhaupt nicht anders gekonnt habe, als ihren Vorstellungen von einem schönen Haus zuzustimmen, im Rahmen seiner finanziellen Möglichkeiten, wie er kleinlich-geizig und ängstlich wie ein steifer, langsamer und physisch unbeholfener Schuljunge vor einem Fußballspiel, das er, der Arme, den niemand in seiner Mannschaft haben will, mitmachen muss und das mit in seine Sportnote eingeht, sofort jedem finanziellen Über-die-Stränge-Schlagen wehren wollte. Das Zimmer von Norbert, unsere Höhle, in der wir zusammen lasen, er mir seine Gedichte vorlas, wenn ich bei ihm übernachtete, unsere Höhle, in der wir über Gott und die Welt, die Literatur und die Politik diskutierten und über Frauen und unsere Freunde schwatzten, lag im Keller, man konnte nur aus einem schmalen Kellerfenster nach draußen sehen, und zwar auf den Rasen, eine Hecke mit Weißdorn, wenn er im März blühte, oh, wie machten mich seine schweren Gerüche besoffen, als würde die Natur mit der Axt dazwischengehen, wenn es mir an einem trüben Märztag auch in der Seele etwas trübe war, mir die Adlerflügel des Aufbruchs schwer hinunterhingen, als hingen Bleigewichte an ihnen, dann waren da noch Forsythien-Sträucher, auf die man aus unserer Höhle sehen konnte, die einen mit wilden Flammen-Tigern ansprangen, wenn sie fast gleichzeitig oder nur wenig später blühten als der Weißdorn, und auch diese entfalteten ihre antreibende, tigerwilde Feueraktivität besonders an trüben Tagen, wenn man mit den Augen der Seele manchmal wie von einem Magnet angezogen zehn Zentimeter über dem Boden den Asphalt scannte und der Seele alle ozeanische Weite für immer abhandengekommen zu sein schien, und auch Flieder, der der Hecke die Ehre gab, konnte man aus den Bullaugen unseres kleinen Ozeandampfers von Zimmer sehen, an dessen Blühen ich mich eher bei schönem Aprilwetter erinnern kann, lilane oder weiße Blüten-Pfeile, die den Himmel kitzelten und die die Seele zum Lachen brachten, wobei auch diese, die Blüten-Pfeile, einen mit ihren Duft-Geschossen, wenn man sich draußen in ihrer Nähe aufhielt, so betörten, als hätte man in Windeseile zwei Gläser Sekt auf einen Magen getrunken, der schon einige Stunden nicht mehr mit Nahrung beglückt worden war. Hinter der Hecke baute sich, wenn man aus unserer Diskutier- und Weltveränderungs-Höhle äugte, das Nachbarhaus auf, das ebenso aussah, wie Norberts Mutter Martha ihrem Mann die Häuser in dieser Zeile und also auch das Nachbarhaus geschildert hatte, weiß auf rauem Untergrund, der letzte Siebziger-Jahre-Schrei, mit großen Fenstern, was den neuen Häusern Großzügigkeit einhauchen sollte und es auch tatsächlich tat, denn trotz der Schmucklosigkeit von außen und der damals nahezu unvermeidlichen grau-schwarzen Ziegel, waren die Räume dadurch im Gegensatz zu älteren Häusern sehr hell, sie luden das Licht als zusätzlichen, unaufdringlichen, freundlich lächelnden Gast ein, wann immer man sich in einem solchen aufhielt. Wenn man die Tür von Norberts Zimmer aufmachte, stand man in einem kleinen Flur, und wenn man dann die Treppe hochging, kam man direkt ins Esszimmer, in dem wir eher dann saßen, wenn seine Eltern da waren und ich zum Essen eingeladen war oder wenn ich Norbert besuchte, wir allein waren und so schlechtes Wetter Hermannsdorf strangulierte, dass es in der Küche zu düster war, die sich links neben dem Esszimmer befand und die im Haus neben unserer Höhle unser Lieblingsraum war, denn erstens gab es dort den Kühlschrank, und zweitens hatte die moderne Küche auch Züge einer alten Bauerküche, denn der Ofen war zwar ein Elektro-Ofen, aber er sah so ähnlich aus wie die Fachwerkhaus-Öfen, wie ich sie aus den Küchen bei den älteren Leuten in unserem Dorf kannte, groß war er und füllte in der Küche fast die ganze Wand aus, an der er stand, was daran lag, dass man den Ofen zusätzlich zu seiner zeitgemäßen Bedienbarkeit mittels dessen, woran wir alle noch wesentlich süchtiger und essenzieller hängen als ein Junkie an der Nadel, als ein Säufer an der Flasche, was uns nahezu so notwendig ist wie das Atmen oder der Herzschlag, mittels des Stroms also, auch noch mit Holz oder Kohle heizen konnte, sodass nicht nur runde metallene Elektroherd-Frisbeescheiben, wie sie damals üblich waren, sondern auch eine große eiserne Kochplatte wie eine grauschwarze glänzende Riesen-Glatze einen sogleich begrüßte, wenn man in die Küche kam. An der Frontseite des Ofens sah man ein kleines Türchen, so groß wie ein DIN-A4-Heft oder wie zwei Bad-Fliesen, das zu einem Fach führte, in dem das Feuer sich am Holz gütlich tat, wenn man heizte. Als ältere Schwester gab es auch noch ein etwas größeres Türchen, so groß wie ein Neunzehn- oder Zwanzig-Zoll-Computerbildschirm vielleicht oder wie ein halber Strohbusch, wie sie am Anfang der Siebzigerjahre üblich waren, hinter dem sich eine kleine Vorratskammer für Holz verbarg. Beide Türen wirkten so unbeschwert und fröhlich wie Kinder, die „Die kleinen Strolche“ nachspielen, was daran lag, dass sie, die beiden Ofentüren, mit Bauernmalerei verziert waren, was ich von den schlichten alten Bullburger Öfen nicht kannte und den Ofen so wirken ließ, als sei er ein gebildeter, kunstsinniger Landadliger, der auf einem großen Gut neben der Bewirtschaftung seines großen Gutes auch seiner Neigung zur Kunst frönen könnte. Auch in diesem Falle war es wieder die Fantasie-Biene Martha, die den Honig ihres Gestaltungswillens und Gestaltenkönnens bei der Auswahl dieses Ofens hinterlassen hatte. Viele Küchengeräte wie Töpfe, Pfannen, Soßen-Kellen, Rührlöffel und Salatbestecke hingen an Haken, die, und das war ebenfalls nicht so, wie ich es aus den alten

Fachwerkhäusern in Bullburg kannte, von den gleichen Azulejos umgeben waren wie die Fensterumrandungen außen am Haus.

84. Brueghels Monatsbilder schießen mit dem Flitzebogen unentwegt Pfeile der Erinnerung – „Die Heimkehr der Jäger“ als WM-Endspiel

Marthas Trüffel der Kunstliebe war es auch zu verdanken, dass an den Wänden gerahmte Drucke von Pieter Brueghels Monatsbildern hingen, Brueghel, der mich schon in der sechsten Klasse durch ein Foto der „Heimkehr der Jäger“ in einem Lesebuch in den Bann gezogen hatte mit den sich fröhlich auf dem Eis tummelnden Jugendlichen und Kindern, vielleicht sogar Erwachsenen, die Schlittschuh laufen, mit dem für mich nicht melancholischen Schnee, sondern einem, der durch sein Licht in meinem Erleben die Kaltluft zum Lachen bringenden Freude-Schwalben im Winter, da sie ja eigentlich gar nicht fliegen, ihre Flugkunststücke zelebrieren ließ oder Federball spielte. Rosemarie und Rainer Hagen sehen in ihrem Brueghel-Büchlein den Winter als einen, der Schlaf und Tod bringt, was sicher richtig ist, wenn man die jagdlich erfolglosen, heimkehrenden Jäger anschaut, die nur mit einem Fuchs nach Hause gekommen sind, und auch, wenn man sich die Härte des Lebens im Winter damals vor Augen führt, man muss sich nur die kalten Häuser der Dorfbewohner vorstellen, dennoch gibt es aber auch die Eistänzer, die Eishockeyspieler und die Eisrutscher, Eisgleiter, die damaligen Schlittschuhläufer, die ausgelassene Winterfreude ebenso vermitteln wie das Weiß des Schnees, das zwar eine kalte Farbe sein mag, der aber durch sein Licht zumindest bei mir als Betrachter und auch in der Darstellung von Felix Timmermans in seinem Brueghel-Roman bei Brueghel selbst den heißen Ofen der Freude mitten im Winter hervorzaubert. Aber selbst wenn Brueghel auch und gerade die Lebensfeindlichkeit des Winters hätte darstellen wollen, für mich als Lesebuch-Faszinierten stand damals die bezaubernde Winterlandschaft im Zentrum des Bildes, die mich in einer eher langweiligen Schulstunde an meine Freude am Winter erinnerte, an das Schlittenfahren in Bullburg, das zu den für mich gigantischen Wintersensationen meiner Kindheit gehört hatte, stand damals die bezaubernde Winterlandschaft im Fokus meines Erlebens, die mich überdies an meine Ekstase erinnerte, wenn ich die Winterlandschaft in und bei Bullburg aufnahm, im Dorf herumspazierend, oder in den Feldern und posaunenden Felsenbergen staunte vor Freude. Darüber hinaus vermittelte mir der Lesebuch-Druck der „Heimkehr der Jäger" das Gefühl, als würde der Maler, der dieses herrliche Winterbild gemalt hatte, meine tiefsten Gefühle für den Winter verstehen, wozu neben der posaunende Felsenberge staunenden Freude auch noch das Gefühl tiefer Geborgenheit kam, das mich als Winter-Herumspazierer zu Hause überkam, als würde eben über allem und in allem ein Beschützer auf einen aufpassen, auf den man sich hundertprozentig verlassen könne. Diese Felsenberge staunende Freude zu erleben, schien mir das Wesentliche im Leben zu sein, das Erstrebenswerteste, das zu sein, bei dem man dem Sinn unseres Hierseins am nächsten kam, und nicht der Unterrichtsstoff, der in diesem Moment wie ein Kreisligafußballspiel wirkte gegenüber dem WM-Endspiel der „Heimkehr der Jäger". Pieter Brueghel ist durch diese frühe Lesebuch-Initiation und eben durch die fünf gerahmten Drucke in der Küche von Brundikes mit den Monatsbildern „Die Heimkehr der Jäger", die „Heuernte", die „Kornernte", die „Heimkehr der Herde" und „Der düstere Tag" neben Vincent van Gogh einer meiner Lieblingsmaler geblieben.

85. Die „Heimkehr der Herde" als Seeweg nach Indien

Bei der „Heimkehr der Herde" war es die wenn auch düstere, so aber doch auch faszinierende bergige Landschaft, die mir in ihrer dunklen, aber doch ebenfalls Geborgenheit schenkenden Schönheit den Zauber vermittelte, den ich auch empfand, wenn ich mit meinen Geschwistern und Björn die Kühe auf die Weide trieb oder sie nach Hause in den Stall holte. Gehen die meisten Kühe in Brueghels Bild tatsächlich so ruhig, wie die meisten der wunderbaren Damen gingen, wenn wir sie morgens auf die Weide trieben oder abends nach Hause holten, so vermittelten mir die eher hektischen und aggressiven Treiber mit ihren langen Stöcken und ihrer Wildheit im Verbund mit der Weite der düsteren Gebirgslands-Landschaft etwas von den Rinder-Auftrieben, wie ich sie vor allem in den Siebziger-, aber auch noch Anfang der Achtzigerjahre erlebt hatte. Für uns als Kinder war es ein Abenteuer, wie es eines für Vasco da Gama war auf seiner Reise, als er den Seeweg nach Indien entdeckt hatte, oder wie es eines war, wenn wir im Fernsehen in Western Cowboys auf ihren Pferden riesige Rinderherden treiben sahen und es dabei auch zu gefährlichen Ausbrüchen der Rinder kommen konnte, wenn sie durch irgendetwas erschreckt wurden wie zum Beispiel in einem Streifen mit John Wayne und Montgomery Clift, mindestens ein solches Abenteuer war es für uns, wenn die Rinder aus einer unserer Weiden ausgebüxt waren und Onkel Ottfried und mein Vater meinen Bruder, Björn, manchmal auch meine Schwester, mich und meistens auch noch weitere Freunde aus dem Dorf auf zwei Traktoren mitnahmen, später dann steuerten die beiden zwei Suzuki-Jeeps, und wir fuhren als Rinder-Einfänger mit, und wir die Rinder suchten und, wenn wir sie gesehen hatten, ausstiegen, die alten Herren mit den Traktoren und eben später mit den Jeeps hinter ihnen herfuhren, Wortkatarakte in höchster Hektik und also Lautstärke auf uns niedergehen ließen wie: „Aufpassen, links das Mistvieh haut euch gleich ab!", „Passt nur auf, dass die Krüppel nicht rechts über das frisch gesäte Feld laufen" und dergleichen und wir Kinder, später dann naturgemäß wir Jugendlichen, an den Flanken liefen, die Herde geleiteten und einzelne Rinder verfolgten, wenn diese ausbüxten, wobei das Ganze eben meistens in großer Geschwindigkeit und Aufgeregtheit vonstattenging und wir die ganze Zeit rannten, was einen irren Spaß machte, weil wir Kondition hatten und wir den Rindern immer hinterherkamen, weil wir die Landschaft, Wiesen, Äcker, Stoppelfelder, Getreidefelder und die Wälder, durch die wir oder an denen wir meistens vorbeirannten, liebten, weil uns das Zusammenspiel von wilder Bewegung und Abenteuer und der Schönheit der Landschaft berauschte, uns zu Big-Wave-Surfern ekstatischer Freude machte, zu Cowboys, denen alles möglich ist und die alles im Griff haben mit ihren schnellen Pferden, als die wir ja in unserem Erleben unsere Beine oft erlebten, unsere Beine, ha, ha, lustige schiefe Metapher, mit denen wir von Kindesbeinen an vertraut waren und mit denen wir tollkühn über Stock und Stein ritten und die Rinder unter Kontrolle hatten, was immer sie anstellten, ob sich ein Muskelpaket, ein Kurzstrecken-Rind, ein Carl Lewis, ein Usain Bolt inspiriert sah zu einem Sprint über ein Feld, als gelte es, den Hundert-Meter-Weltrekord zu brechen, oder ob ein dünnes Marathon-Rind uns durch einen lange durchgehaltenen zügigen Lauf auf Trapp hielt, zu Indianern machte, die zusätzlich zu der nur von wenigen Cowboys überbietbaren Reitkunst, zu denen wir natürlich gleichzeitig, ist ja klar, auch gehörten, in einem brüderlichen Verhältnis zur Natur, zur hügeligen Landschaft, zu den Feldern und Wäldern und zu den Rindern standen, Indianern, die die Natur verstanden und deshalb mit Anstrengung, aber auch mit traumwandlerischer Sicherheit auf Feld- oder auf Waldwegen oder eben, wenn die Rinder nicht so wollten wie wir und ausrissen, über Felder, durch Wälder, steile Raine hoch oder über Gräben sprangen, als Mokassin-Läufer oder als Reiter, wir waren Abenteurer und Entdecker in Aktion, wir waren die Guten, die Artusritter, die die Welt mit Einsatz, mit Stärke, mit Schnelligkeit und Gewandtheit wieder in Ordnung brachten, wir Rinder-heim-in-die-Weide-Holer, was wir erlebten, aber was uns damals nicht vollständig bewusst war, war die Intensität, mit der uns die Landschaft in die Seele knallte, die frisch gesäten Felder, die Felder mit jungem Getreide, die Felder mit herrlichem, hohem, gelb mit einem leichten Stich ins Graue gehendem Roggen, die wenigen gelb mit einem Schuss Rot gemischten, weniger dicht stehenden und nicht so zahlreichen Haferfelder, die anarchisch widerborstige, die Wildpinsel-Gerste und der pralle, blendend gelbe, ungemein dicht stehende wuchtige Weizen, der Schwergewichtsboxer, der Zehnkämpfer, der wuchtige Gitarren-Gewitter des Lichts Zelebrierende, die Mischwälder mit Buchen, Eichen, Fichten und Kiefern, unser aufregender Dschungel, unser Urwald, unser nordamerikanischer Cowboy- und Indianer-Wald, die Hecken, die Hügel, die Fernblicke auf das Meer der Felder und die wie Pottwale an die Luft springenden und Luft holenden und dann wilde Schreie der Verzückung ausstoßenden Berge und all das, wie sehr uns das, meinen Bruder Martin, Björn und mich, geprägt hat, wie sehr das alles unser Erleben durchdrungen und gefärbt hat, mit Glücks-Alpen gefüttert, mit Geborgenheits-Burgen beschenkt hat, die sich immer wieder aufbauen, wenn wir eine solche Mittelgebirgslandschaft sehen und uns in ihr bewegen und regen. Das Rinder-Treiben, wie wir es damals nannten, hatte auch Norbert dann noch zweimal mitgemacht, und zwar bei den Weideauftrieben im Frühjahr, bei denen etwa zehn Rinder auf eine Weide sechs Kilometer von unserem Hof entfernt getrieben wurden und Freunde aus dem Dorf wie auch aus der Schule dabei waren, wenn sie uns gerade besucht oder weil sie uns gerade deswegen besucht hatten. Norbert war draufgängerisch, von einem berserkerhaften, das Fanatische streifenden Einsatz, wenn er ein Rind, das sich von der Herde absentieren wollte, verfolgte und dabei auch einmal im buchstäblichen Sinn des Wortes Augen-zu-und-Durch praktizierte, nämlich durch eine Dornenhecke sprang, um einem Rind den Weg abzuschneiden, und sich dabei Gesicht, Arme und Beine aufriss, Hemd und Hose natürlich inbegriffen. Sicher war es auch Unerfahrenheit, dass er das Hecken-Harakiri beim Rindertreiben sich geben zu müssen glaubte, aber viele andere hätten eine solche Aktion niemals gebracht, aus Angst oder vernünftigem Selbstschutz, denn Unerfahrenheit hin oder her, dass es eine Dornenhecke war, wusste auch Norbert, als er durch die Hecke sprang, er wusste eben nur nicht exakt, wie tief und unangenehm die Dornen ihm in die Haut ratschen würden. „Die Heimkehr der Herde" rief also Kindheits- und Jugenderlebnisse in mir hervor und auch solche, die Norbert und ich teilten.

86. „Die Heuernte" als auf roten Orgeln spielender Ortler

Ein ähnliches Feuer entfachte auch „Die Heuernte" auf der Heuwiese meines Bewusstseins. Der Heuwagen auf dem Bild, der auch schon eine ansehnliche Höhe erreicht hat, der Lademeister oben auf dem Wagen und die beiden, die anscheinend das Heu mit der Gabel anreichen, ließen mich natürlich öfters an unser Abenteuer mit dem umgeschmissenen Heuwagen denken, das ich Norbert bestimmt nicht nur einmal erzählt hatte, das Spektakuläre, das Unfreiwillige, aber eben doch auch Abenteuer des Unfalls schildernd, wobei ich auch nicht vergaß, die Angst zu erwähnen, die mir in die Glieder gefahren war, die Angst vor Onkel Ottfrieds unfehlbar eintreten würdendem Brüll-Ausbruch, die ich in dem Augenblick gewärtigte, als der Wagen wegen meines zu schnellen Fahrens in der Kurve umfiel. Der Heuwagen auf dem Heuernte-Bild ließ mich aber auch an das denken, was ebenfalls wesentlicher Bestandteil des Heuwagen-Umschmeiß-Tages war, nämlich bevor der Wagen mit anarchischer Wut ausgebrochen war aus dem, was wir in anthropozentrischem Narzissmus als seinen Daseinszweck beim Heufahren ansahen, nämlich ohne sich zu mucksen und eigene Wünsche anzumelden als willenloses, soldatisch gehorsames fahrbares Behältnis zu dienen, auf dem das Heu vom Feld zum Heuboden gebracht wurde, der Heuwagen auf Brueghels Bild ließ mich also darüber hinaus auch an den uns wie ein Rudel hungriger Löwen anspringenden Geruch der Heubüsche und Heuschwaden denken, dieser Geruch, der einen auf ein Trampolin wirft, von dem man auf den rote Orgeln spielenden Ortler der Ekstase geschleudert wird, ließ mich an das Herkules-, das Obelix-Gefühl der eigenen Kraft denken, den Macht- und Kraftrausch beim Büsche-Gabeln, die königliche Begeisterung, weil wir die gleiche Arbeit machen konnten wie die erwachsenen Männer, was mit fünfzehn, als der Unfall mit dem vollen Heuwagen passierte, ein sehr bestimmendes Gefühl war, die gleichen Arbeiten wie die alten Herren machen zu können und sogar schneller, mit einem größeren Furor, wir Kerle, die den alten Säcken zeigten, wo der Hammer hängt, wozu dann noch das Gefühl kam, geschickt zu sein, denn wir, vor allem mein Bruder Martin, konnten stabile hohe Heuwagen laden, Heubusch-Architekten waren wir, die wir das Empire State Building, das World Trade Center, den Sears Tower, der irgendwann in den Siebzigern dann das höchste Gebäude der Welt war, wie irgendeiner von uns gehört hatte, oder den Eiffelturm auf den Heuwagen zaubern konnten. Bei mir schwang beim Anschauen der „Heuernte" dann auch noch mit, wie gigantisch stolz ich war, wie selbstbewusst, als ich mit zwölf Jahren schon allein Heu wenden durfte und den Heuwender sogar selber an den Traktor anhängen konnte, sogar die Zapfwelle bekam ich über den Anschluss gestülpt, der wie eine riesige Schraube aussah, nur dass dies kein Gewinde mit einer horizontal um den Stift laufenden Einbuchtungs-Straße für die Schraube war, sondern einige vertikale Einbuchtungen hatte, über die ich den gelben Zapfwellenanschluss mit den entsprechenden Ausbuchtungen, die eben genau in die Einbuchtungen passten, stülpen musste, wobei ich, und das war das Verzwickteste, eine Sperre dadurch außer Kraft setzen musste, dass ich am oberen Ende des Zapfwellenanschlusses zwei Stifte eindrücken musste, die ich erst wieder loslassen durfte, wenn ich den Anschluss über die Riesenschraube mit den vertikalen Einbuchtungen gezogen hatte und die Sperre, die genau in die Löcher am Ende der Riesenschraube passte, einrasten konnte. Dann konnte ich, wenn ich die Zapfwelle eingeschaltet hatte, die die Zinkenkreisel des Wenders zu Derwischen machte, die sich ekstatisch im Kreis drehten, und nachdem ich einen Gang eingelegt hatte, über die frisch gemähte Graswiese oder die sich im Werden befindliche Heuwiese fahren und das werdende Heu durcheinanderwirbeln, aufmischen, damit es schneller trocknen konnte. Mit zwölf fühlte ich mich als ein geschickter, starker Mann, der Traktor fahren und Heu wenden konnte, und ein Apollo-Astronaut hätte nicht stolz-freudiger und aufgeregter sein können. Der Geruch nach frisch gemähtem Gras oder der würzige Fast-Heugeruch gab meiner Seele dann auch noch die nötige Schubkraft, um mit meinem Apollo-Traktor vollends in einen Himmel voller Starker-geschickter-Jungmann-Seligkeit abzuheben, eine Sphäre nahezu unanfechtbarer Freude, über allem schwebend, die Schwebe-Widerstände auf der Erdoberfläche, die Schwebe-Hindernisse, die Alltags-Widrigkeiten wie die sich manchmal zu einer nahezu unüberwindlichen Steilwand auftürmende tägliche Schulpflicht oder die Vulkan-Ausbrüche der Niederlagen mit der Fußball-Mannschaft und Ähnliches nur noch als schönes Gemälde von oben sehend, über allem schwebend und doch zugleich die Sicherheit einer Burg mit meterdicken Mauern und allen Angriffen standhaltenden Ritter-Wächtern um sich. Eine andere Heu-Aktion, die auf dem Hof meines Gedächtnisses wie ein stolzer Pfau herumläuft, war das Heuholen, als meiner Erinnerung nach das erste Mal mehrere Freunde aus der Schule dabei waren, was irgendwann während der Fußball-Weltmeisterschaft 1978 gewesen sein muss, denn als wir den letzten Wagen abgeladen hatten, aßen wir mit einem Appetit nicht wie ihn Scheunendrescher, sondern wie ihn jugendliche Heu-Heimholer haben, die aufgrund der körperlichen Anstrengungen Heu-Wagen von Käse-, Wurst und Marmeladenbroten zu vertilgen imstande sind.

87. Unser Genial-, Weltschmerz-, Hippie- und Revoluzzer-Hartwig

Kunz half nach seinem Einsatz beim Steinelesen im Frühjahr jetzt auch zwei Monate später bei der Heuernte mit, Holger war mitgekommen, dann noch Hartwig, ein anderer Freund aus einer Schulklasse über uns, den ich noch nicht erwähnt habe, Hartwig, der zu diesem Zeitpunkt noch kurze Haare hatte, ein Jahr später aber schon in die Reihe der Heroen aufgerückt war, die an der Schule die längsten Haare trugen, blonde, glatte Haare hatte er, die zwei Zigarettenschachtel-Längen über dem Hintern ihre Kondition verloren und nach einem Fast-Marathon schlappmachten, aber sie trainierten verbissen und würden im Laufe der Zeit immer länger durchhalten, Hartwig, der sich damals schon selbst zu zerstören Beginnende, indem er abends regelmäßig trank, was für uns andere zu diesem Zeitpunkt sehr fernlag, indem er schon etwa dreißig selbst gedrehte Zigaretten Marke Schwarzer Krauser rauchte, da wir nur ab und zu mal eine selbst gedrehte Zigarette quarzten oder uns Beedies kauften und, wenn wir diese inhalierten, das Gefühl hatten, wir würden uns gigantisch berauschen, in psychedelische Sphären vordringen, wenn wir, eben weil wir noch nicht oft geraucht hatten, einen euphorisierenden Nikotin-Rausch genossen, wie er sich leider später, als wir Raucher waren, nicht mehr einstellte, auch dann nicht, wenn wir uns noch einmal Beedies kauften, die grauen dünnen Glimmstängel, bei denen wir in der Anfangszeit immer das Gefühl hatten, dass wegen unseres Rauch-Rausches etwas Haschisch in ihnen sei, was uns aber nur so vorkam, weil uns das Nikotin so beflügelte und weil sich die exotischen dünnen graugrünen Stäbchen, die anscheinend aus Indien kamen, als Projektionsfläche dafür, dass wir kleine, getarnte Joints rauchen würden, hervorragend eigneten, unsere Projektionen, die uns als Beedies-Raucher so aufblähten, als würden wir etwas mordsmäßig Verbotenes tun, als würden wir durch das Beedies-Rauchen die von uns als bürgerlich bezeichneten Konventionen, die das glückliche und gerechte Leben verhinderten, vollständig außer Kraft setzen, als erhielten sie durch das Beedies-Rauchen vernichtende Schläge, von denen sie sich so schnell nicht wieder erholen würden, Hartwig, der als Sartre- und Camus-Leser das Denken der beiden Philosophen, was ihren Nihilismus betraf, übernahm und wie Birgit, Holgers Flamme, sagen wir es nicht so flapsig, weil es angemessener ist, Holgers große unglückliche Liebe bei den Körner-Kämpfern, der also wie Birgit mit dieser Perspektive, der grundsätzlichen Sinnlosigkeit des Lebens an sich, das ausweglos und unaufhaltbar auf den Tod zuläuft, seelisch nicht zurechtkam und mir immer wieder glaubhaft und tragisch zu verstehen gab, dass er die Erkenntnis dieser Wahrheit, wie er sich ausdrückte, nur durch Kiffen und Trinken und durch Psychopharmaka ertragen könne, die er von seinem Arzt verschrieben bekam, was man leicht und zynisch als billige Ausrede hinstellen kann und was es vielleicht sogar unbewusst bei ihm zu einem kleinen Teil auch war, was mir aber damals völlig glaubhaft und authentisch schien und meinen Helferinstinkt aktivierte, mein Bestreben, ihm den Glauben an Gott nahezubringen, der einem doch eine grundsätzlich positivere Perspektive aufs Leben geben könne, indem man einen objektiv verbürgten Sinn des Lebens annehmen dürfe und indem man sich nicht von einer gleichgültigen und in ihrer Gleichgültigkeit zynischen Welt und einem kalten Universum umgeben sehen müsse, sondern in einer Welt und einem Universum leben dürfe, das auch, aber eben nicht nur rätselhaft und voll von unerklärlichem Leid und nur schwer erträglicher Grausamkeit sei, aber auch voll von majestätischer Schönheit, und dass man, und darauf würde es vor allem ankommen, egal, wie einem das Leben und die Schöpfung vorkommen, letztlich, wo immer man sei und in welcher Lage man sich befinde, von einem Gott umgeben sei, der einen selber und auch alle anderen Menschen unendlich lieben würde, der immer da sei und an den man sich jederzeit wenden könne und der die Wunden des Weltfrustes durch seine das Diesseits übersteigende Liebe heile, die subversiver als jede Subversion in dieser Welt sei, weil sie Gnade ohne Vorleistung sei, die einem Freiheit von allem schenken würde, was scheinbar eherne Gesetze für viele seien, das spießige, nach dem ausgerichtete Leben, was man tue und wie man leben müsse, Freiheit auch von der kritiklosen Hinnahme des bestehenden ungerechten Weltzustandes, bei dem es so viele arme und in Unfreiheit lebende Menschen gebe. In einem solchen Amazonas-Satz habe ich das Hartwig sicher nicht nahezubringen versucht, eher bröckchenweise und anscheinend für ihn nicht überzeugend, etwa wenn wir bei uns oder bei Kunz zusammensaßen und die Doors hörten, wo er mich einmal traurig und triumphierend auf eine Songstelle hinwies, bei der Morrison etwas schrie (es war wahrscheinlich „You cannot petition the Lord with prayer", wie ich recherchiert habe), was wir übersetzten mit: Du kannst Gott mit Gebeten nicht erreichen. Neben seiner Betäubung durch Alkohol und Haschisch sah er auch damals schon darin einen Ausweg – ähnlich wie Sartre, der sich dem real existierenden Sozialismus in der Sowjetunion zuwandte –, dass er sich fanatisch Ideen der radikalen Linken anschloss und die Aktionen der RAF nicht gänzlich, aber doch zu einem beträchtlichen Teil gut fand und auch viel Gutes im real existierenden Sozialismus sah, den Stalinismus aber scharf ablehnte und verurteilte, wobei er sein Leben in der BRD, wie er sagte, als Exil empfand, voller Ungerechtigkeiten und voll von Pseudo-Freiheit, die nur so weit geduldet wurde, wie sie die Interessen des Kapitals nicht benannte, nicht kritisierte und verurteilte, wie man am Radikalenerlass sehen könne. Ich fragte ihn manchmal, ob es wirklich für ihn ganz persönlich und hinsichtlich seiner Verzweiflung über die Sinnlosigkeit des Lebens einen solch gewaltigen Unterschied machen würde, ob er in einer sozial gerechteren Gesellschaft leben würde oder in einer ungerechten, als die auch wir die Bundesrepublik empfanden, wenngleich wir den real existierenden Sozialismus noch mehr ablehnten wegen der unerträglichen Unfreiheit, die in den Ländern herrschte, wo er an der Macht war, im Ostblock also. Ja, die Idee des Sozialismus gebe ihm so etwas wie Sinn im Leben, obgleich es natürlich objektiv sinnlos sei, und es würde ihn auch mit anderen, die ähnliche Auffassungen hätten, verbinden, sagte er mir Jahre später irgendwann einmal. Als er beim Heuholen half und auch noch im folgenden Jahr, stand aber noch das Leiden an der brutalen, in seinen Augen objektiv feststehenden Sinnlosigkeit des Lebens im Vordergrund, die ihm jeden Morgen das Aufstehen sinnlos vorkommen ließ. Hartwig, der genau wie Birgit in den naturwissenschaftlichen Fächern und Mathe so ungeheuer begabte Schüler, den die Lehrer dieser Fächer uns, die wir ja eine Klasse unter ihm waren, als eine der größten Begabungen schilderten, die sie in den letzten Jahren an der Schule die Ehre hatten zu unterrichten, der aber, so die faszinierten und besorgten Pädagogen, auch diejenigen, die uns eher als bieder und konservativ erschienen, gefährdet sei durch seine Melancholie und seine düstere Auffassung vom Leben. Was für ein Nimbus des Genialen umgab Hartwig durch die Verbindung von außergewöhnlicher Begabung und zugleich der Gefahr, gerade durch seine große Denkfähigkeit und seine labile, sensible Seele am Leben zu zerbrechen! Wir alle hatten großen Respekt vor Hartwig, ja wir waren Fans von ihm und waren stolz, dass er unser Freund war, ein Musketier unter uns Welt-auf-den-Kopf-stell-Musketieren, ein herausragender Super-Hippie, ein

Revoluzzer, der sich einerseits ähnlich wie Holger für politische und für wirtschaftliche Strukturen interessierte und naturwissenschaftlich und vor allem mathematisch ein Topchecker war, ein das meiste auf diesem Gebiete in Windeseile durchdringender Geist, der aber auch Philosophen, Schriftsteller und Dichter las und sich von ihnen wie zum Beispiel von Kafka so berühren ließ, als hätte er oder jemand aus seiner Familie eine Krebsdiagnose bekommen, dass die Welt eben unheilbar krebskrank in ihrer ganzen Verfasstheit sei, sah er darin bestätigt und ausgedrückt, Hartwig, der auch mit uns zusammen gewaltig gegen den Mainstream der Erwachsenen, ja gegen die ganze verdammte ungerechte Welt anstank. Und unser Genial-, Weltschmerz-, Hippie- und Revoluzzer-Hartwig hatte nicht nur Fans wie uns aus dem Jahrgang unter ihm und auch aus seinem Jahrgang als seine Freunde, nein, es gab auch verdammt viele junge Mädels, von denen wir wussten, dass sie besessen verliebt in ihn waren, deren Held er, deren Jim Morrison er war, nur noch depressiver und erheblich stiller und schüchterner im Vergleich zu dem Morrison, wie ihn durchschnittliche Doors-Freunde, aber nicht die enzyklopädisch informierten Fans sehen, eine Mischung aus Kafka, so wie wir ihn uns vorstellten, und Morrison gewissermaßen, durch seinen Nimbus also und durch sein gutes Aussehen hatte er sie angezogen wie Honig die Bären, eine ganze In-Hartwig-verliebt-Gruppe aus der achten Klasse gab es, aber auch in unserem und in seinem Jahrgang gab es einige sehr gut aussehende und intelligente junge Frauen, die in ihn verschossen waren und die ihm helfen wollten, die von seinen wunderbar langen blonden Haaren wie auch von seinen dunkelblauen großen Augen sprachen und dass sie in Letzteren viel Leid, Verzweiflung, ja Ausweglosigkeit sehen würden, und überhaupt wirke er so verletzlich wie ein kleines Kaninchen, hinter dem die Füchse und Adler dieser Welt her seien und die ihm auch schon tiefe Wunden geschlagen hätten. So sagten sie es nicht wörtlich, aber genau das wollten sie ausdrücken. Und schön sei er, so schön, dass jeder Pop-, Folk- oder Rockstar und auch jeder Schauspieler sich im Vergleich zu ihm ausnähme wie ein Dorfbach gegenüber einem Fluss wie der Welda. „Ach quatsch Welda, wie der Rhein oder der Mississippi!", kreischte Marina theatralisch. (Später ist sie tatsächlich Schauspielerin geworden.) Es gab eine Menge Joan Baezs, die ihren Dylan bewunderten und beschützen wollten. Nur war dieser Dylan so schüchtern und still und auch so in sich selbst verkapselt depressiv, dass er keine feste Freundin hatte, hin und wieder kam es eben jedoch zu intensivem Küssen auf Partys, bevor er sich mit Alkohol und Kiffen zugedröhnt hatte, und das geschah nur dann, wenn die Mädels ganz mutig waren und ihn so angruben, dass er sich gern ergab und sich ausgiebigem innigen Küssen mit der jeweiligen Schönen hingab, wie Kunz, Holger oder ich, die wir ab und zu an diesem Schauspiel teilhaben durften, das Geschehen deuteten. Das geschah aber nicht oft, und mehrere Male war es Wilma, eine braunhaarige, im Herbst und Winter oft bunte Mohair-Pullover tragende Schülerin aus dem Jahrgang unter uns, deren Lebensinhalt in der achten Klasse hauptsächlich aus ihrer Hartwig-Liebe und Hartwig-Verehrung bestand, auch wenn es anscheinend nur zwei- bis viermal zu ausgiebigem Küssen auf Partys gekommen war, war ihr das eine ganze Zeit lang kein Grund, von ihrer obsessiven Liebe abzulassen, und so reüssierte sie als beneidete und bewunderte Königin der In-Hartwig-verliebt-Gruppe ihres Jahrgangs, die aus Freundinnen bestand und deren Freundschafts-Sommer zwar durch kurzzeitige Eifersucht nach den Kuss-Partys einige Regentage erlebte, was aber bald wieder durch Sonnentage abgelöst wurde, weil ihre Liebe zu Hartwig nicht wirklich auf eine feste und exklusive Zweier-Beziehung aus war, sondern eher im gemeinsamen Reden, Schwärmen, Träumen und im Beratschlagen darüber bestand, wie sie dem unter der grausamen Welt wie niemand sonst leidenden Hartwig helfen könnten. Durch meine Schwester Monika, deren zwei Jahre ältere

Freundin Wilma war, kannte ich diese Hartwig-Beseelten, und Monika erzählte mir ab und zu, wie sehr man sich dort Gedanken über Hartwig machen würde. Durch ihre Erfahrungs-Grünheit, ihren Idealismus, ihre Liebe und ihre Sorge um Hartwig wirkten sie damals auf mich wie Erdbeermarmelade surfende Samariter-Mädels, die durch ihre Schönheit, Süße, Naivität und sich mit Weltschmerz streitende Zuversicht und ihren Rettet-Hartwig-Idealismus fast wie Heilige wirkten, nicht wie asketische Heilige, eher wie mystische Hippie-Heilige, die sich ihre Samson-Halfzware-Zigaretten so weihevoll drehten, als würde die eine den Abendmahlskelch und eine andere den Teller mit den Oblaten in den Händen haben und folglich beim Rauchen das Love-and-Peace-Altäre in die Welt losschickende Abendmahl des heiligen Hippie-Lebens feiern. Wenn wir Hartwig am nächsten Montag auf dem Schulhof anhauten und meinten, dass es ja bei ihm auf der Party gut abgegangen sei, meinte er empört und zugleich schüchtern: „Ach, hört doch auf, ihr kleinen Rehpinscher, was ihr nur wieder gesehen zu haben glaubt, das Bier und die Joints waren allererste Sahne." – „Klar doch, ist schon in Ordnung, Alter!", sagten wir dann, seinen Unwillen, mit uns über Wilma oder eine andere Schöne, mit der er geschmust hatte, zu sprechen, respektierend. Wir bewunderten seine Coolness, waren erstaunt über seine sich hinter dieser Abgezocktheit verbergende Diskretion, ja Schüchternheit. Hartwig, das bewunderte Mathe- und Naturwissenschaften-Superhirn, der junge Polit- und Revoluzzer-Gauß, der immer wieder von Pfeilen der Verzweiflung an der Lebens-Sinnlosigkeit Beschossene und schwer Verwundete, der vom Weltschmerz verletzte Ivanhoe, der durch diese Verletztheit und sein gutes Aussehen genau das hatte, was ihn zu einem der von den Mädchen umschwärmtesten Schüler der Mittelstufe machte.

Wie wurde er so verzweifelt und später so fanatisch links? War es bei Birgit, seiner Schwester im Leiden und der Selbstzerstörung, möglicherweise der Vater mit starken Borderline-/

Narzissmus-Anteilen in seiner Persönlichkeit, der sie selber zur unberechenbaren, sich und andere verletzenden Jekyll-and-Hyde-Schönheit machte, so scheinen es mir bei Hartwig seine beiden Elternteile gewesen zu sein, die gutmütige, aber meistens leidende und ängstliche Mutter und sein schwer arbeitender, als Handlanger bei einer Baufirma angestellter Vater, der sein Gesellschaftlich-an-den-Rand-Gestelltsein und seine Verbitterung darüber in der Familie nicht verbergen konnte und auch nicht wollte. Hartwigs Seele als Straße, die von den Lkws der Angst, der Verbitterung und der Verzweiflung seiner Eltern in der Kindheit kaputt gefahren worden war, und Hartwig als politisch fanatischer Rache-Ritter, der die Attacken der in seinen Augen sozialdarwinistischen, brutal kapitalistischen Gesellschaft auf seine Eltern rächen wollte, und der Hartwig, der später das stabil fixierte Stahlseil einer klaren und radikalen Politdoktrin brauchte, um auf dem steilen, steinigen und gefährlich unübersichtlichen Felsenberg der Welt geistig und seelisch nicht abzustürzen. Später in Westberlin, wohin er gegangen war, nachdem er von der Schule abgegangen war, und wo er eine Werkzeugmacher-Lehre machte, fand er in der autonomen Szene teilweise eine geistige Heimat bei deren besonders radikalen Polit-Aktivisten, was seine Alkohol- und Drogensucht aber nicht heilte. Besser wurde es erst, nachdem es irgendwann zu einem völligen geistigen und seelischen Zusammenbruch in Berlin gekommen war, er mehrere Monate stationär in einer Therapie war und danach als Sozialarbeiter in einem Betrieb eine Stelle fand, bei der er seine Schlosserlehre und sein Studium der Sozialarbeit einbringen konnte, das er absolvierte hatte, nachdem er sein Fachabitur gemacht hatte. Er betreute Jugendliche und nicht mehr so ganz Jugendliche und brachte ihnen bei, einen Achtstunden-Arbeitstag durchzuhalten und wie man Konflikte an der Arbeit lösen kann, ohne dass man sofort abhaut oder dem anderen eins auf die Fresse gibt.

88. Der Holz-Thron des Heufahrens, gold und blau angemalt, mit eingelassenen Edelsteinen und bemalten Muscheln

Aber 1978 beim Heufahren war das alles noch weit weg, und Hartwig war mit meinem Bruder Martin, mit Björn, mit Holger, Kunz, meiner kleinen Schwester Monika und mir zusammen Teil der Heu-Gemeinde, die neben den Heu-Freuden wie der würzigen Geruchswalze, die einen überrollt, einen dadurch aber nicht plattmacht, sondern einen für Momente mutieren lässt zu einem gelben, roten oder blauen Luftballon, als der man mit der Geschwindigkeit einer Silvester-Rakete in einen Rausch-Himmel geschossen wird, einer Heu-Gemeinde, die neben der Verwandlung eines jeden von uns, so kam es mir damals vor, in einen Künstler, der auf dem Thron sitzt, den er erschaffen hat, einem Holz-Thron, gold und blau angemalt, mit eingelassenen Edelsteinen und bemalten Muscheln und Dutzenden verspielten Formen Rundungen und Eckiges ineinanderfließen lassend, der also auf einem Thron sitzt, der selbst die Erlebens-Wüste des trockensten Gesellen mit Regen erquickt und der darüber hinaus flugfähig ist, in diesen Künstler-König verwandelte uns der Endorphin-Ausbruch in unseren Leibern, der durch die Bewegung des Heubüsche-Gabelns oder -Setzens oder Anreichens beim Abladen ausgelöst wurde, Teil einer Heu-Gemeinde, die sich neben dem Bunter-Luftballon-Sein und der Verwandlung in den Künstler, der auf dem ebenfalls flugfähigen bunten Neo-Barock-Thron sitzt, mit der Wildheit, der herrlichen Unerfahrenheit und aus dieser erwachsenen machtvollen Flugfähigkeit unseres Bewusstseins paarte, wir Adler, die wir so schnell fliegen konnten wie eine Saturn-V-Apollo-Rakete, sich mit diesem allen zu dem schon erwähnten und nicht oft genug zu preisenden Gefühl von Stärke und Selbstbewusstsein paarte, das aus dem Gefühl heraus entstand, dass so wie wir gemeinsam das Heu heimholten, wir auch gemeinsam eine Welt schaffen würden, in der Milch und Honig fließen, in der jeder satt würde und nicht nur satt, sondern allen wohlschmeckende und reichhaltige Mahlzeiten Inspiration für täglich neue Lobpsalmen sein würden, in der jeder, wie Bruder Josef (Beuys) meinte, auf seine Art ein Künstler werden würde, egal, was er täte, wenn es nur mit Hingabe und Freude getan würde, in der jeder irgendwann seelische Neu-Geburten durch Verbrennen erleben würde, durch meistens schmerzfreies Abgefackelt-Werden im ekstatisierenden Inferno einer Liebe erleben würde, und in der die Schönheit der Welt, der Felder und Wälder, der Flüsse, der Meere und der Berge, der Marienkäfer und der Füchse und Rehe, des reifen Getreides und der kalifornischen Sequoias, der Pottwale und der Karpfen, der Fachwerkhäuser, der alten Bürgerhäuser in den Städten und der Hochhäuser von Manhattan, all das eben einem die kindliche, zum Staunen fähige, böhmesche Alles-steht-im-Wunder-Seele durch stetige Nahrung erhielte. Missverständnisse, wie wir sie damals mit fünfzehn oder sechzehn hauptsächlich im Kontakt mit unseren Eltern und überhaupt der Elterngeneration erlebten, bei mir die übergriffigen und völlig unberechenbaren Steinschläge und Eis- und Schneelawinen aus der Eigernordwand von Onkel Ottfrieds Psyche und die depressive Duldung des Ganzen durch meinen ausgeglicheneren, freundlicheren Vater und seine mir als Verrat erscheinende, letztlich feige, auch kalte Duldung des Eigernordwand-Verhaltens seines Borderline-/Narzismuss-Radaubruders uns Kindern am Bullburger Hof gegenüber, solches Leid verursachendes Verhalten würde abgeschafft, würde pulverisiert durch die Feuerwalze unserer Träume und unseres Weltveränderungswillens, der kalkulierende Kühlschrank-Ehrgeiz von Holgers Mutter Waltraud und der Doublebind-Dünger, den Holgers Vater Wilhelm auf den jungen Acker von Holgers Seele streute, die locker und zugleich kraftvoll und geschickt geworfenen Frisbee-Scheiben unserer Wirtschafts- und -Politik-Veränderungsgedankens würden den Dünger auf Nimmerwiedersehen wegpusten, und der Incredible-String-Band-Sommer unserer Musik-Seele würde allen kalkulierenden Kühlschrank-Ehrgeiz außer Kraft setzen und nach und nach verwandeln in den Willen, ein Leben zu führen, das die Komposition der eigenen Persönlichkeit zur Aufführung bringt, auf welcher Bühne und in welcher Form auch immer, und der bunte, subversive Garten unseres Aussehens, der damals länger werdenden Haare, unsere bunten Holzfäller-Hemden und unsere Löcher- oder schillernden Flicken-Jeans, unsere mit floralen und zoologischen Motiven veredelten Jeansjacken, die wir in diesem Juni morgens trugen – die von Kunz war damals, in seiner Hippie- und Landfreakzeit, schon die fantasievollste und originellste und somit die künstlerisch ambitionierteste –, und unsere Lektüren, die Beschäftigung mit Kunst, das Hören von Musik der Gegenkultur würden die kulturell öde, sterile und somit Seelen verblödende und Leben abtötende Haltung aufmischen, wie sie Kunz bei seinem Vater erlebte im Verbund mit Intoleranz gegenüber allen politischen Ideen, die ihm links von der CDU schienen und die, damit einhergehend, dem real existierenden Sozialismus automatisch in die Hände spielten, aufmischen, durcheinanderwirbeln und dadurch lockerer machen, weniger eng und zynisch reagierend gegenüber kritischen Haltungen zum real existierenden Kapitalismus und würden dem Fackel-Frühling des Lebens mit den Löwenzahn-Schüssen der Freude, der lachenden Luft, dem Pfeffer der wärmeren Temperaturen Bahn verschaffen, durch unser herbstleuchtende Rausch-Lärchen rockendes Sein und unser Wasserkuppen, Meißner und Eisenberge reitendes Tun würden die Schwarz-Schwären auf dem gequälten Erlebens-Leib von Hartwigs Mutter heilen, würde sich der als erniedrigt und beleidigt erlebende Vater von Hartwig im Gobelins und Rubens-Gemälde frühstückenden Schloss des Selbstbewusstseins aalen, ja suhlen. So beschwingt wie die drei jungen, Rechen tragenden und lustigen und zugleich zweckmäßige Hüte tragenden Frauen bei der „Heuernte" von Brueghel (eine trägt ihn in der Hand) waren auch wir, in unterschiedlicher Intensität und Dauer, in der Erwartung, dass unser Leben so fröhlich und locker sein würde, so bunt, wie die Bäuerinnen und Bauern auf dem Bild in meiner Wahrnehmung und meinem Erleben waren und sind, obgleich ihr Leben natürlich wahrscheinlich in Wirklichkeit hart wie ein Winter in Sibirien, karg und hart wie die Sahara und hoffentlich auch manchmal so schön wie diese war, so bunt also wie die Brueghel-Bauern bei der „Heuernte" würde auch unser Leben sein und sich in inspirierender Gemeinschaft wie bei diesen immer wieder erneuern und spannend bleiben, stark und zugleich locker-professionell wie die Korb-auf-dem-Kopf-Träger auf dem Bild, geschickt und ausdauernd wie die das Heu Zusammenrechenden auf der Heuwiese würden auch wir in unserem Beruf arbeiten, egal in welchem, wenn er nur so gestaltbar wäre, dass wir mit unseren Wünschen und Begabungen darin zur Geltung kämen. Geborgen-idyllisch wie die Heuwiese und die arbeitenden Bauern, wie das Dorf, die Kirche und der Wald und dadurch zugleich die röhrenden Fett-Äcker für die Bauern unserer Herzen bildend, das würde für immer ein wichtiges Kraftzentrum unseres Lebens sein, Selbstbewusstsein und Kraft vermitteln, das Offensein für die überwältigende Schönheit der Welt ermöglichen, die Fähigkeit zum Staunen aufrechterhalten und damit zum nicht unterzukriegenden Widerständler gegen die brutale Banalisierung des Erlebens machen, gegen die intelligente oder kleingeistige Versklavung an das vordergründig die Angst beruhigende, risikolose Öde, den in diesem Kontext dämonischen Durchschnitt des Man, und gewaltig und Ehrfurcht gebietend wie die wuchtigen Felsenberge würden wir das Leben anpacken, dabei so weit und schön, wie man, dem lockenden, in die Freiheit führenden Fluss folgend, in die betörende Landschaft auf Brueghels Bild schauen kann.

89. „Die Kornernte" – Zeit zirpender Muße und später dann Onkel Ottfried als ein Benzin-Atlantik, in den die Sonne Millionen von brennenden Pfeilen schießt

Das Brueghel-Bild „Die Kornernte" rief bei mir naturgemäß Erinnerungen an die Sommer meiner Kindheit, hauptsächlich aber an den gerade zu Ende gehenden Sommer und die beiden Sommer davor hervor, lockte sie hervor wie die Würstchenbude auf dem Marktplatz, die mich, als ich nach Hermannsdorf aufs Gymnasium ging, mehrmals in der Woche angelockt hatte und wo ich dann je nach Hunger und Finanzlage ein kleines Würstchen für sechzig Pfennig oder ein größeres für eine Mark achtzig gegessen hatte, den Geschmack genoss und mich seelisch gestärkt und geborgen fühlte, weil die Mahlzeiten bei uns zu Hause immer auch die Sprache waren, über die wir uns, auch die Männer und wir Jungen, verständigen konnten, worüber wir uns also sagten, dass wir uns mochten, dass wir einander Gutes wollten und dass wir zusammengehörten. Wie die Mahlzeiten bis etwa zu meinem fünfzehnten Lebensjahr meistens eine in Käse, Wurst und Marmelade segelnde Burg der Geborgenheit waren, so waren auch die Sommer und mit ihnen die Ernten von der Kindheit an etwa bis zu meinem dreizehnten, vierzehnten Lebensjahr überwiegend Zeiten des donnernden Lichts der Sonne und der Getreidefelder, eine Schatzinsel der Muße, vor allem in der Kindheit, auf der wir, mein Bruder Martin, meine Schwester Monika, Björn, unser Kinderfreund Heiner und ich, die Welt entdeckten und endlos viel Zeit zum Herumspazieren, zum Klettern auf Bäume und zum Sitzen in ihrem Schatten hatten, wobei wir uns öfter selig ein Eis einverleibten, das wir uns für zwanzig bis achtzig Pfennig, selten einmal zu einer Mark im Dorfladen holten, endlos viel Zeit zum Fahrrad fahren hatten oder auch schon, und das war dann schon eine Vorstufe dessen, was von fünfzehn bis zwanzig die Hauptrolle im Drama des Sommers spielen sollte, etwas von der Ernte mitbekamen, der Ernte, als

Kind die Zeit zirpender Muße, die wir überall zelebrierten, wo es uns gefiel, in der Pubertät und im Jungmannesalter dann der Glutofen des Wahnsinns, des Wahnsinns von Onkel Ottfrieds cholerischen Ausbrüchen, vor allem, wenn wir bei der Ernte halfen, und das war in den Sommerferien in diesen Jahren immer der Fall, wenn wir nicht verreist waren, und als Kinder halfen wir eben auch schon manchmal mit, allerdings war das Helfen als Kind meistens ein Abenteuer, eine Gelegenheit, zu zeigen, was man schon alles imstande war zu tun, zum Beispiel, dass wir, was uns meiner Erinnerung nach meistens Spaß gemacht hat, in die Getreidewagen kletterten, die mit einer Schalthebel-Justierung auf dem Traktor 60 Grad in die Höhe bugsiert waren und in denen wir das Rest-Getreide in die drei nebeneinandergestellte Milchtüten große Öffnung schoben und kratzten, damit auch alles Getreide vom Wagen seinen Weg ins Gebläse finden sollte, das das Getreide mittels der Rohre auf den Getreideboden oder in die Trocknung beförderte. Die alte Trocknung bestand aus zwei Kästen, in die jeweils etwa ein Wagen Getreide mit dem Getreide-Gebläse befördert werden konnte. In der alten Trocknung – später hatten wir eine moderne mit einem Getreidesumpf und Elevator – sorgten wir als Kinder schon dafür, dass sich das Gebläse nicht verstopfte, indem wir das Endstück der Rohre, den sogenannten Korb, aus dem das Getreide in einem starken Strahl in die jeweilige Trocknung spritzte, freischaufelten und freischoben, wobei mit dem Getreide der beißende Getreidestaub herausschoss und uns einnebelte, sich in der Haut festbiss und als aggressives napoleonisches Staub-Heer in unseren Mund, Hals, Rachen und unsere Lunge einmarschierte und sie besetzte, als seien sie Österreich oder Russland. Aber auch dieses napoleonische Heer erlebte sein Waterloo, wenn wir während und nach dem schweißtreibenden Wegschaufeln, Wegkratzen und Wegschieben in großen Mengen kühle Getränke als Verteidigung aufboten, die die besetzten Gebiete befreiten, indem der Franzosen-Staub im Magen entwaffnet oder durch Spucken außer Landes befördert wurde. Die Arbeit in der Trocknung hatte ein Janusgesicht. Einerseits waren wir stolz darauf, dass wir eine solche harte Arbeit verrichten konnten, eine solch große Verantwortung bekamen, dass wir schaufeln konnten wie die Erwachsenen und durchhielten während des gigantischen Staub-Angriffes. Eine Zeit lang machte das Spaß. Andererseits war diese Arbeit aber nicht wirklich das reine Vergnügen, denn neben der geschilderten Unbill dauerte sie in unserer Kinderwahrnehmung ganz schön lange, mindestens ein Jahrtausend, das heißt, es war für uns kein reines Spiel mehr, sondern Arbeit, was hieß, zu einer Tätigkeit verdonnert zu sein, die man tun musste und die nach einer Zeit langweilig wurde, was als Kind zu den größten Strafen gehörte, zu dem, was wir unbedingt und zu jeder Zeit mit aller Kraft vermeiden wollten, eingebuchtet sein in einem Knast, wie es Muff Potter war, nur dass einen Tom und Huck dann nicht mit Schnaps und anderen Annehmlichkeiten versorgten, Isolationshaft, physische Folter, das war Langeweile, die finale Unerträglich-Macherin des Kinderlebens, die Graufärberin der Abenteuer-Sonne, die Sonne des Bösen, die den wilden Bach unserer spannenden Vorhaben austrocknete, die Killerin, die die Cowboys und Indianer unserer Seele abknallte. Vor allem hätten wir es vorgezogen, herumzustromern, Eis zu essen, zu baden, Fußball zu spielen, als Winnetou und Old Shatterhand oder Lederstrumpf Abenteuer zu erleben und die Welt von den Bösen zu befreien oder dem Sommer unter einem schattigen Baum zuzuschauen, auch dort noch die Hitze zu spüren und auf ihrer türkisen Südsee zu ihren herrlichen und geheimnisvollen Inseln zu segeln oder auf einem großen Dampfer zu fahren, das Licht vom Schattenplätzchen aus zu sehen und für Augenblicke in seinen Pracht-Schlössern zu residieren, in seinem Jardin du Luxembourg spazieren zu gehen, auf seinem Boulevard Saint-Germain zu flanieren und in seinem Café de Flore oder Les Deux Magots entspannt ein kühles Getränk mit einem Kaffee zu sich zu nehmen und in seinem Quartier latin zu spazieren, Celan-Gedichte zu lesen oder auf seinem Place de la Contrescarpe die über alles geliebte Freundin, bei mir natürlich Lena, zu küssen oder von Sacré Cœur aus das herrliche weiß-hellgraue Häuser-Meer von Paris ehrfürchtig zu bestaunen, in Muße vom Schattenplätzchen aus das Paris des Lichts in unserem Dorf zu bestaunen und zu genießen, sich in ihm zu aalen, sich vom Brot und der Butter des Lichts zu ernähren, den Wein des Lichts zu trinken. Die französische Metropole kannte ich damals noch nicht, von der alles geliebten Freundin träumte ich heimlich, von Becki Thatcher, Rilana oder Krimhild, aber so erlebten meine Freunde – das nehme ich zumindest an, und ich hoffe es für sie – und ich die Sommer unserer Kindheit, wenn man darunter eine Grund-Gemeinsamkeit des Erlebens versteht, als sei der Sommer eine überaus freundliche und großzügige Tante gewesen, die jedem Einzelnen von uns ein Finnen- und ein Bowiemesser, einen Fiberglas-Flitzebogen, eine Carrera-Rennbahn, eine Tafel Ritter Sport Vollmilch oder eine Milka Vollmilch, eine Eisbombe, eine Tüte Chips und eine mit Erdnussflips, eine Tüte Haribo-Gummibärchen und große Kisten mit Mars, Nuts und Snickers sowie eine Rolle Bunte Smarties geschenkt hätte. Dass das Heufahren, das Strohfahren und überhaupt das, was wir in den Kindheits- und Jugendsommern gemacht haben, als Schatz und Nahrung auch im Gedächtnis meiner Geschwister und meiner Freunde aufbewahrt ist, ist sicher, welche Rolle es im Detail für ihr jetziges Leben spielt, weiß ich nicht, wie oft sie sich den Schatz anschauen und wie sehr sie sich von ihm ernähren, wissen jedoch allein sie selber. Wenn ich mit ihnen rede, scheint es mir aber so zu sein, dass sie sich an das meiste von dem, was ich bisher geschildert habe, gerne erinnern, an manches wie den in der Kurve umgeworfenen Heuwagen nicht mit großen Glückgefühlen, aber mit großer Intensität. Die Kindheits-Sommer zu Teilen aus der Perspektive des heutigen Bewusstseins und zu Teilen aus der damaligen Sicht zu beschreiben, scheint mir das damalige Erleben am präzisesten zu erfassen. All das floss in meine Wahrnehmung und meine Erinnerung und also in mein Erleben ein, als ich die brueghelsche „Kornernte“ sah und wenn ich heute daran denke, was ich erlebt habe, als ich das Sommerbild des flämischen Malers sah. Mir scheint jedoch heute, als hätte ich hauptsächlich an die grandiosen Strohfahr-Erlebnisse gedacht, wenn Freundinnen und Freunde aus der Schule mit nach Hause kamen, um zu helfen, ähnlich wie es beim Heu-Heimholen war, wenn Kunz, Holger und Hartwig als meine Heu-Guerillero-Kumpels in dem Lebensgefühl auf den Hof kamen, schon allein durch die Intensität und Radikalität unseres Fühlens und Denkens die neue schönere, glücklichere und gerechtere Welt herbeizufühlen, herbeizudenken und herbeizudiskutieren, was durch das gemeinsame Heufahren noch verstärkt wurde, nur dass das Strohfahren mit den Freunden hauptsächlich in den drei Sommern nach jenem Heu-Frühsommer das Wohnzimmer unseres Selbstbewusstseins mit seidenen und mit vielfältigen Farben und Formen versehenen Perserteppichen sowie Brueghel-, Van-Gogh-, Rousseau- und Matisse-Gemälden schmückte und also in meinem Jahrhundert-, dem Lenakennenlern-Sommer nämlich und in den beiden Sommern davor.

Im Kuss-Mittelmeere singenden Lena-Sommer also und den beiden Sommern davor kamen öfters Kunz, Herbert, Norbert (er erst im zweiten Sommer, dem Sommer vor meinem Jahrhundert-Sommer also), Sabine Mohn und eine ganze Reihe von Leuten aus unserem und aus jüngeren Jahrgängen zum Strohfahren.

Stroh fuhren wir meistens im August, oft bei schönem, nämlich knallheißem Hochsommerwetter, mindestens jedoch regnete es nicht, wenn wir vielleicht einmal an einem bewölkten Tag die Rinder der Strohbüsche in den Stroh-Stall trieben, denn die gebündelten Einstreu-Halme mussten trocken auf dem Strohboden gestapelt werden, wenn sie einem nicht den Stinkefinger zeigen und schimmeln und verfaulen sollten. Ich erinnere mich hauptsächlich an die gleißende Licht-Pferde mundharmonikaenden Tage. Die schwerreichen Stoppelfelder mit ihren Hunderten von Goldbarren-Strohbüschen, die lang wie Straßen-Leuchtpfähle und breit wie Küchenstühle waren, leuchteten herrlich. Wir nahmen diese lachenden Licht-Urlaube, die sie für mich und so ähnlich auch, jedenfalls hoffe ich das, für meinen Bruder, meine Schwester, für Björn und meine Freunde waren, zwar wahr, aber wie sehr sich diese herrlich gedeckten Tische voller Licht in unser Erleben einbrennen würden, haben wir damals nicht bewusst wahrgenommen, Nahrung für die hungrigen Mägen unserer jungen Seelen waren sie, Freuden-Fett, von dem wir unser ganzes Leben zehren würden, Licht-Tiger, die Freuden-Feuerwerke in unsere Seelen sprangen. Wenn ich mir die schwerreichen Stoppelfelder mit ihren Hunderten von Goldbarren-Strohbüschen vor Augen führe oder auch heute im Sommer real sehe, dann zerbröseln die Stahlbeton-Bunker des reinen Funktionierens unter dem General des angstgesteuerten Man, dann stürzen die stählernen Droh-Diktaturen der Mutlosigkeit und der Anpassung ans tötende Man, der Verleugnung und Abtötung dessen, was uns eigentlich ausmacht, die spielenden Welpen unserer Lebendigkeit, die Kletterkünstler an steilen Felswänden, die Steinböcke unserer Fähigkeiten und die sich aus diesen speisenden Alpen unserer Wünsche, auch wenn sie nicht unmittelbar in beruflichen Erfolg und Ruhm umzumünzen sind, den widerwärtigen Baal unserer Zeit, dem ich und so viele andere immer wieder verfallen und dem man verfällt bei mangelnder Abstands- und somit Kritik-Fähigkeit, die bei mir immer dann einfällt wie die Heuschrecken bei den alttestamentarischen Plagen, wenn ich nicht ganz bewusst im Glauben an den liebenden Gott, den Freund und Garanten des Glücks der Menschen den Erfolg und das Anerkanntsein durch die Menschen relativiere und nur das für den Champagner des Erfolgs tue, was ich mit meinem Gewissen vereinbaren kann, diesen Baal also, dem bei vollständiger Identifikation mit ihm scheinbar alles geopfert wird, alles unter der Herrschaft der Folter-Diktatur der Angst und mit dem Blick auf diese.

90. Eine genmanipulierte Monstersau als Kreuzung zwischen einem Weißen Hai und einem großen Eber wird durchs Dorf getrieben

Vor ein paar Tagen haben die Journalisten einer öffentlich-rechtlichen Fernseh-Nachrichtensendung eine besondere Sau durchs Medien-Dorf getrieben, eine genmanipulierte Monstersau als Kreuzung zwischen einem Weißen Hai und einem großen Eber, ein furchterregendes und zugleich Grauen und Ekel hervorrufendes Tier, und zwar in Gestalt eines Buches einer Professorin einer amerikanischen Elite-Universität, das in den USA großen Erfolg habe und dort heiß diskutiert werde. In diesem würde eine Einwanderer-Professorin, die aus China stammt, wenn ich mich recht erinnere, fordern, dass die Kinder in der westlichen Welt mehr gedrillt und auf Leistung abgerichtet werden müssten, wenn die westliche Welt in Zukunft nicht von den Chinesen beziehungsweise den Asiaten abgehängt werden wollte, und dass sie diesen von ihr geforderten Drill bei ihren Kindern erfolgreich angewendet habe. Mir ist es völlig gleichgültig, aus welchem Land eine Person stammt, die solche Thesen vertritt, entscheidend sind die Thesen und die in diesen gründenden Forderungen. Ihre Kinder durften anscheinend nicht viel spielen und auch keine intensiven Freundschaften mit anderen Kindern eingehen und ihnen Zeit widmen. Als ich die Sendung sah, entflammten bei mir große arabische Ölförderanlagen der Wut, und ich sah die gute Frau als eine, die pervers unmenschliche und diabolisch verführende Thesen verbreitet. Das ist auch jetzt noch so, aber die brennenden großen arabischen Ölförderanlagen der Wut haben sich auf einzelne kurz aufflackernde Restbrände reduziert. Diabolisch verführend insbesondere für die westlichen Länder ist die Perspektive, dass diese früh gedrillten Kinder später dann an der Uni (alle anderen sind sowieso Mega-Verlierer) und im Beruf großen Erfolg haben werden, also das, was sich sehr viele Menschen in unserer Kultur zutiefst für ihre Kinder wünschen. Außerdem ist die Perspektive, dass die europäisch-amerikanischen Länder, der Westen, von den angeblich so viel leistungsfähigeren, härteren und gedrillteren Asiaten wirtschaftlich in die Tasche gesteckt werden könnten, dazu geeignet, die Angst-Hurrikans oder Blizzards in den USA unserer Seelen, die diese ohnehin von Zeit zu Zeit heimsuchen, angesichts der Wirtschaftsstärke Chinas zu verwandeln in den Riesen-Vulkanausbruch auf La Palma, der einen Teil der Insel wegsprengt und einen riesen Angst-Tsunami auslöst, der große Teile im Amerika unserer Seele überrollt und viele Leben auslöscht. Entscheidend scheint mir dabei zu sein, dass man die Kinder wenigstens die Sachen tun lässt und zu diesen antreibt, an denen sie Freude haben, und dass man ihnen überhaupt noch Zeit zu Spielen lässt, bei denen sie ihre Fantasie entwickeln können und Spaß haben. Die pädagogische Stoßrichtung des Ganzen scheint mir aber die zu sein, dass man eben wenig Rücksicht auf die Wünsche der Kinder nimmt, dass sie schon früh dazu gedrängt werden, bestimmte messbare Leistungen zu erbringen, egal, ob diese ihnen Freude machen oder eben nicht, dass man mit ihren Wünschen auch schon früh ihre Individualität und damit ihre potenzielle Widerborstigkeit gegenüber dem, was der Staat oder die Wirtschaft wollen, beschneidet oder zu großen Teilen auslöscht, dass Menschen schon ganz früh zu stumpfsinnigen, fantasielosen, abgerichteten, zur Kritik unfähigen und somit nur gehorchenden Knet-Arbeitern gemacht werden, die so funktionieren sollen, wie es eben der Staat und die Wirtschaft wollen. Im seltenen Glücksfall bringt man einen Mozart hervor, der aber in dem gefördert wurde, für das er geboren war und was ihm wahrscheinlich oft riesengroße Freude gemacht hat. In

vielen Fällen wird man jedoch seelenlose, farb- und geruchslose, abrichtbare Automaten hervorbringen, die in dem funktionieren, was sie tun sollen, wenn sie das überhaupt tun. So jedenfalls wurden die Thesen durch Bilder in der Nachrichtensendung konnotiert, die militärischen Drill von Kindern zeigten, bei dem Individualität und fantasievolles Spiel so viel Möglichkeiten zur Entfaltung haben wie Sonnenschein in einem Bunker. Angeblich, und es erscheint mir plausibel, ist die Selbstmordrate unter Jugendlichen, die unter den ständigen Peitschenschlägen und Schraubstockquetschungen solcher Erziehung aufwachsen, sehr viel höher als bei Kindern und Jugendlichen, deren Emotionen und Wünsche und also deren Individualität beachtet und gefördert werden. Wenn ich mir die schwerreichen Stoppelfelder mit ihren Hunderten von Goldbarren-Strohbüschen vor Augen führe oder auch heute im Sommer real sehe, dann wünsche ich mir, dass es überall auf der Welt viele von solchen Strohfahr-Freuden-mit-Freunden-Ernährten gibt, die so betrunken von der Schönheit der Welt sind, in welcher Form auch immer, etwa der Schönheit einer Landschaft oder einer Stadt, dass sie die Stahlbeton-Bunker auch dieses, des von der superschlauen Professorin geforderten reinen Funktionierens unter dem General des angstgesteuerten Man zum Zerbröseln bringen, die die stählernen Droh-Diktaturen der Mutlosigkeit und der Anpassung ans tötende Man stürzen und so die Verleugnung und Abtötung dessen, was uns eigentlich ausmacht, stoppen, damit sich der Henri-Rousseau-Dschungel des verspielten und anarchischen Glücks auch dort entfalten kann.
Weil die Thesen der Elite-Professorin solche Ängste auslösen können, sind sie naturgemäß ein aufs Höchste geeignetes Thema für eine Nachrichtensendung im Fernsehen. Der smarte, professionelle und intelligente Moderator befragte nach einem Interview mit der den Glasbeton grinsenden Baal des gesellschaftlichen Erfolges anbetenden Universitätslehrerin dann noch einen Bildungsforscher, was er von den Ansichten

jener halte. Dieser Herr, so fantasievoll wie ein Rechenheft, so inspirierend und charismatisch wie ein narzisstisch-perverser (im Sinne von Marie-France Hirigoyen) Gefängniswärter in einem Hollywood-Streifen und so empathisch und sympathisch wie ein verhaltensgestörter Kampfhund, hatte nichts Besseres zu tun, als zu sagen, dass wir endlich unsere Vergangenheit, die Nazi-Vergangenheit, abstreifen sollten und in Deutschland eine kognitive Elite hervorbringen müssten. Die Wirkung dieses genial kreativen Kopfes bestätigte im Grunde nur, was mit kognitiver Elite gemeint ist, Kinder und Jugendliche, die kognitive Leistungen erbringen sollen, die eine alles bestimmende, auf angstgesteuerte Konkurrenz gepolte Wirtschaft vorgibt, die alles Nicht-Funktionale wie eine gigantische Straßenwalze plattmacht. Solche sadistischen Kühlschrank-Seelen wie dieser Herr Bildungsforscher rufen bei mir Schockstarre hervor, alles inspirierte, freie und unbeschwerte Leben schlucken und vernichten sie wie Papier durch einen Schredder, wie Feuer in kurzer Zeit ein Feld mit Stroh frisst, wie professionell positionierter Sprengstoff in kürzester Zeit ein Gebäude pulverisieren kann. In meiner Seele baute sich eine riesige Plattenbau-Siedlung auf, die jedes mit Naturschönheit verwöhnte Landei wie eine Rotte Straßenköter in die Beine der Seele beißt und aus der alle Bewohner ausgezogen sind, alles am Einfallen ist, die Fenster zerstört, alles dreckig ist und nach Muff riecht, wo also alle Hoffnungen auf eine Sonnen-Gitarren schleudernde Südsee des Glücks sterben. Aber neben dem entscheidenden, durch nichts wiedergutzumachenden Raketenbeschuss der Glücks-Neuschwansteins der Kindheit stellt sich eine andere Frage: Sind solche instrumentell intelligenten Seelen-Trottel danach überhaupt noch in der Lage – und wieder sind die Mozarts und David Garretts die Ausnahme –, Ungewöhnliches und Neues zu denken, sind sie überhaupt fähig, sich auf die unbekannten Ozeane hinauszuwagen und den Vasco-da-Gama-Indienseeweg kreativer Lösungen zu entdecken, bis in die dünne Höhenluft neuer mathematischer

Lösungen vorzudringen wie Gauß, werden aus ihren Reihen, in denen sie jeden Tag geistig-seelisch strammstehen müssen, einmal neue van Goghs, Picassos oder Jackson Pollocks hervorgehen, werden sie Autos ersinnen, die die Kunden antörnen wie gute Rocksongs, die sich aber gleichzeitig zur Natur so verhalten, wie sich diese, wenn sie als Frühling daherkommt, gegenüber den Pflanzen verhält, nämlich so, dass keine Natur abgetötet wird, sondern dass diese sich in Gestalt der Pflanzen und Tiere entfalten und wachsen kann? Und in dieser Weise könnte man viele Male den Vorhang fallen lassen, um Szenen aufzuführen, die sichtbar machen, was diese funktionierenden Nichtse dann möglicherweise alles nicht könnten.

91. Unser galaktisches Selbstbewusstsein und das zirpende Paris des Lichts

Als ich mit Björn als Kind Winnetou und Old Shatterhand im Sommer spielte und wir vielleicht die Bösen vom Schlage eines Santers und seiner Bande verfolgten und sie auf einem Feldweg zwischen zwei Weizenfeldern ausgemacht hatten (in unserer Fantasie) und wir uns infolgedessen in dem Wald, von dem aus wir sie sahen, bis zum Waldrand anschleichen mussten, um sie noch besser zu sehen, dann sahen wir auf die Weizenfelder und über diese hinweg noch andere Weizenfelder, die mir, und ich hoffe in ähnlicher Weise auch Björn, erschienen wie große, würzig riechende Seen aus Licht, von denen eines so groß war wie ein doppeltes fünfzig Meter langes Freibad-Becken und das andere so groß wie ein Fußballfeld, Seen aus Licht, in denen wir badeten und die uns in Verbindung mit dem Winnetou-und-Old-Shatterhand-Sein und dem dazugehörigen Selbstbewusstsein ein ozeanisches Grundgefühl von Abenteuer, Glück, Sommer- und Weizenglück, und Schönheit, Sommer- und Weizen-Schönheit, in unser Bewusstsein pflanzten, das uns nahezu unverwundbar machte, denn bei unserem

Spiel starb Winnetou, fast möchte ich sagen naturgemäß, nie, und wir als gewitztes, starkes und moralisch gutes Blutsbrüder-Team, so fühlten wir uns in unserem galaktischen Selbstbewusstsein, steckten die Bösen am Ende doch in den Sack. An diese und ähnliche Kindheits-Perspektiven dachte ich, wenn ich die brueghelsche „Kornernte" bei Norbert sah, auf der man eben auch ein herrlich leuchtendes Getreidefeld sieht, auf dem das Getreide fast so hoch gewachsen ist, wie die Menschen damals groß waren. Und die mähenden oder Getreidegarben aus dem Feld fahrenden Bauern auf dem Feld in der „Kornernte" waren dann eben für Momente nicht die, die sie darstellten, sondern die von uns als Kind imaginierten Verbrecher Santer, Rollins, der Ölprinz oder wer auch immer. Aber nicht nur an diese herrlichen, fliegende Untertassen der Freiheit frisbeenden Blicke auf Weizen- oder überhaupt auf Getreidefelder dachte ich, als ich Brueghels „Die Kornernte" betrachtete, sondern auch an andere Situationen von zweckfreiem ozeanischen Sommer-, Weizen- und Spielglück nämlich, die, die Situationen, ich allen Kindern wünsche, denn sie geben einem, besonders, wenn man sich daran erinnert und diese Erinnerung dann hin und wieder bewusst hervorruft, ein herrliches Freiheitsgefühl gegenüber allem, was sich im Erwachsenenleben als ernst und wichtig aufspielen will, aber bis in die letzte Faser stinklangweilig ist und das Leben abtötet, ja, es lässt einen dann zum Geistes- und Temperaments-Guerillero werden, der gegen die Bösen kämpfen will, wenn er eine Professorin im Fernsehen sieht und ihre, aus der Perspektive widerborstig-poetischer Kinderseelen betrachtet, Landschaftsversiegelungs-Ideen, ihre den rechten Winkel und kleine Karos anbetenden Ideen hört, die darauf abzielen, die durch nichts zu ersetzenden Kindheits-Paradiese zu zerstören, indem man den Kleinen die Freiheit und die Muße nimmt, zweckfrei zu spielen, sich als Winnetou und Old Shatterhand stark, gut und unbesiegbar und so glücklich wie ein Schwimmbad voll mit Vanilleeis zu fühlen, die durch nichts zu ersetzende, Seele und

Geist nährende und befeuernde Freiheit und Muße nimmt um eines widerwärtigen Erfolgsstrebens willen, dem es nicht auf das Glück der Kinder und der späteren Erwachsenen ankommt, sondern nur auf den Narzissmus des erfolgreichen Funktionierens in dem, was die Gesellschaft mit ihren vorgezeichneten Wegen und vorgestanzten Schablonen für die anbietet, die eine feste Struktur zu ihrer Angstberuhigung brauchen, weil vielleicht in ihrer Kindheit alles chaotisch und undurchschaubar war, es denen als Wirkungsstätte bietet, die nicht in der Lage sind und die deshalb nicht den Mut haben, eigene und neue Wege zu gehen. Mögen möglichst viele Kinder unter einem Schatten spendenden Baum an einem Rain sitzen und Eis essen und das sie für ihr ganzes Leben prägende zirpende Paris des Lichts erleben und in dessen wunderbaren Boulevards und Parks spazieren gehen. Möge man ihnen die Muße auch weiterhin schenken, auf die dichtenden Eichen des Sommers zu klettern und die ekstatischen, Schwimmbäder schwatzenden Freude-Schwalben des Lichts fliegen zu sehen, die Artusritter der Freiheit für die Gerechtigkeit kämpfen, Cowboys auf den Rodeo-Rindern des Wagemuts reiten zu sehen und die malenden Marienkäfer des Träumens aufzuspüren.

Mögen möglichst viele Jugendliche solche lachenden Licht-Urlaube, wie sie mein Bruder, meine Schwester, Björn, meine Freunde und ich beim gemeinsamen Strohfahren genießen durften, auch erleben dürfen, weil sie nicht den ganzen Tag über gefangen sind durch eine Zeiteinteilung, die einzig und allein an guten Schulleistungen ausgerichtet ist, mögen sich diese herrlich gedeckten Tische voller Licht auch in ihr Erleben einbrennen, mögen solche gemeinsamen Sommer-Erlebnisse auch ihnen Nahrung für die erlebnishungrigen Mägen ihrer jungen Seelen sein, Freuden-Fett, von dem sie ihr ganzes Leben zehren und das sie stark macht, um aus einem von welchem Narzissmus und welcher Angst auch immer errichteten Langeweile-Gefängnis auszubrechen, mögen die Licht-Tiger des Sommers auch ihnen Freuden-Feuerwerke in ihre Seelen springen, die sie später dem folgen lassen, was sie als ihre Bestimmung ansehen, und sich nicht von dem knechten zu lassen, was andere Menschen von ihnen erwarten oder ihnen einzureden versuchen, aus Engstirnigkeit, aus Angst oder aus einer narzisstischen Egomanie heraus, die sie zu Erfüllungsgehilfen für Lebenspläne dieser tyrannischen Versklaver macht, die nicht an ihnen als Person interessiert sind, sondern sie zu Symbiose-Halbtoten im Leben machen, zu, selbst dann, wenn sie gertenschlank sind, dicken Kinder-Erwachsenen, die sich von der betäubenden, aber sie langsam tötenden Schokolade Scheinsicherheit erzeugender Fremdbestimmung abhängig machen.

92. Ein weinroter Riesenkäfer, und wie man einen Zweiachser zentimetergenau in eine enge Scheune fährt

Manchmal hatte Onkel Ottfried oder mein Vater die Strohballen mit der Presse schon gepresst, manchmal fuhr auch mein Bruder Martin oder ich mit dem strohfressenden und -schneidenden Riesenkäfer über das Strohschwaden-Feld. Die beiden Bauernbrüder hatten vor einigen Jahren eine weinrote Welger-Presse gekauft. Wenn ich an den weinroten Riesen-Käfer denke, fliegt das dunkle Rot mit einer Kraft und Geschwindigkeit auf den Acker meiner Seele wie ein Turmfalke, der im Sturzflug auf eine Maus pfeilt. Wahrscheinlich spielte der Kontrast des Weinrots zum Licht der Sommer-Sonne und den strahlenden Licht-Möpsen von Getreidefeldern eine entscheidende Rolle in meinem Erleben dieser Farb-Komposition, denn nicht nur wie ein Falke im Sturzflug pfeilte das Weinrot auf den Acker meiner Seele, sondern die Strohballen-Presse mutierte auch zu einer dunkelroten Sonne, die über das gelbe Meer der Getreidefelder gefahren wurde, dann zu einem dunkelroten Panther, der die Getreidehalme im Griff hatte, sie sich zur

Beute machte, sie auffraß, schnell verdaute und als fest gepresste Ballen wieder aus seinem lärmenden Leib entließ. Die Zeremonie, um die Presse an den Schlepper zu hängen, verlief ähnlich, wenn auch nicht genau gleich wie beim Heuwender. Man musste mit dem Traktor zielgenau mit der Ackerschiene, einer Eisen-Schiene mit Löchern, durch die Bolzen gesteckt werden konnten und die vorher an den beiden Unterlenkern des Traktors mit Klapp-Splinten fixiert wurde, mit der Ackerschiene also musste man an die Anhängekupplung der Presse fahren und dann einen kleinen Bolzen durch die Anhängekupplung stecken, wobei der Bolzen zwischendurch das Loch der Ackerschiene passiert haben musste, damit die Presse auch wirklich an den Traktor angehängt war und damit man nicht wie in einer Dick-und-Doof-Situation mit stolzgeschwellter Brust losfuhr, freudig den imaginären Hut vor den Nachbarn, den Hecken, Bäumen, Wiesen und Feldern lüpfte, denen man auf dem Weg zum Strohfeld begegnete, und beim ersten Blick zurück, das gibt's doch gar nicht, sähe, dass man die Zapfwelle abgerissen hatte und ohne die Presse losgefahren war und eben so entsetzlich komisch aus der Wäsche schauen würde wie Laurel und Hardy bei einem ihrer Fehlschläge. Zielgenau musste man fahren, weil das Loch der Ackerschiene genau zwischen die beiden Löcher der Anhängekupplung der Presse platziert werden musste. Das hört sich kompliziert an, aber wenn man Übung darin hatte, die mein Bruder und ich durch das viele Schlepperfahren hatten, war das so normal wie das Tastentippen für jemanden, der fünf Tage die Woche mit dem Computer arbeitet. Onkel Ottfried und mein Vater konnten das Anhängen von Maschinen an den Schlepper und alle anderen Traktor-Arbeiten natürlich noch viel besser, mein Vater hat dem oft hektischen und cholerischen Onkel bei manchen Arbeiten mit dem Schlepper sogar etwas vorgemacht in seiner Ruhe und Sorgfalt, er, der auch Uhrmacher hätte werden können oder Goldschmied, ein Handwerker jedenfalls, Berufe, bei denen es auf Ruhe, motorische Feinfühligkeit und

Geschick ankommt. Ich hatte es sehr genossen, genauer, ich war für ein paar Tage stolz wie Oskar, wie ein Pfau im stolz präsentierten Federkleid, wie ein Platzhirsch, wenn er seine Widersacher aus dem Feld gestoßen hat, wie unser Dackel, wenn er mit uns spazieren ging und andere, wesentlich größere Hunde anbellte, weil er uns als große Beschützer in seinem Rücken wusste, so eben fühlte ich mich, als mein Vater dem infernalischen Rammbock Onkel Ottfried einmal zeigte, wie man einen Zweiachser, ohne noch einmal zwischendurch wieder vorzufahren und noch einmal neu mit dem Rückwärtsfahren anzusetzen, zentime-tergenau in die enge Scheune fahren konnte, in der der Zweiachser seinen Winterschlaf halten sollte, nachdem unser Krakeeler Onkel Ottfried, der manchmal sogar, je nach Wetter und Tages- oder Nachtzeit, die Sonne, den Mond oder tief hängende Regenwolken und sogar ein sich im Anzug befindliches Gewitter dazu brachte, sich zu verziehen, weil auch diesem sein Geschrei Ohrenschmerzen verursachte, nachdem dieser Krakeeler also hektisch mehrere Versuche gemacht hatte, den rückwärts kompliziert zu steuernden Zweiachser in die schmale Winterschlaf-Scheune zu bugsieren, und diese Versuche begleitet waren von wüsten Zornesausbrüchen, verdammt noch einmal, Herr Not noch einmal, ich könnte verrückt werden, Donnerwetter, das alles natürlich im schweren Waldhessen-Dialekt, verdammt noch emo, Herr Not, ich kennt verrickt gewaaaaa, Dooonerwaaaaader, ein Handbuch für Flüche hätte man schreiben können, besser noch, ein Hörbuch der Flüche hätte man aufnehmen können, wenn man es gewollt hätte. Mein Vater hatte den in meinen Augen großen Auftritt, bei dem er Onkel Ottfried zeigte, wo der Hammer hing, als er und ich, von Hermannsdorf zurückkommend, wo wir bei einem Landmaschinen-Händler Ackerpflüge angeschaut hatten und mich mein Vater auf der Heimfahrt ausgiebig von einem Vierschar-Volldrehpflug hatte schwärmen lassen, den wir gesehen hatten, einem Vierschar-Volldrehpflug, der uns damals, vor allem mir, aber auch meinem Vater, außergewöhnlich vorgekommen war, riesig groß und außerordentlich praktisch beim Pflügen, weil man am Vorgewende einfach den Pflug drehen konnte und direkt wieder an der Furche weiterpflügen konnte, an der man aufgehört hatte, was bei einem Pflug, den man nicht drehen konnte, nicht möglich war, an der Scheune vorbeikamen. Deshalb hatte mein Vater dieses technische Wunderwerk als Favoriten für den Kauf auserkoren. Gut gelaunt, denn nicht nur ich als kleiner Steppke schwärmte von dem blauen Vierschar-Volldrehpflug, erklärte mir mein Vater beschwingt und so voller Freude, als sei auch er noch ein kleiner, in hohem Maße des Staunens und Bewunderns befähigter Junge, welche Vorteile ein so großer und technisch ausgefeilter Pflug für die Arbeit haben würde: „Dieses Juwel schlag ich Ottfried zum Kauf vor und kein anderes." Mein Vater war mit mir zum Landmaschinen-Händler gefahren und nicht Onkel Ottfried mit Björn, weil unser Land-Rambo meinem Vater und mir einen solchen Ausflug gönnte, denn großzügig war er und gönnte eben anderen, wenn er nicht gerade auf hundertachtzig war, Freude und Erfolg, er, dieser Tyrann und Egomane und dann auch wieder mutige und edle Ritter der Gerechtigkeit, der mit Schwert und Lanze die Erniedrigten und Beleidigten verteidigte, der sich als einer der wenigen im Gemeinderat dafür eingesetzt hatte, dass am Dorfgemeinschaftshaus im Nachbardorf Fildra eine Gedenktafel für die in der Nazizeit ermordeten und vertriebenen Juden angebracht wurde. Außerdem vertraute Onkel Ottfried der Kompetenz meines Vaters, der abends die einschlägigen Fachzeitschriften, die wöchentlich oder monatlich mit der Post kamen, von vorne bis hinten durchlas und der deshalb die neuesten technischen Entwicklungen im Detail kannte, während Onkel Ottfried zwar auch in den Zeitschriften las, aber eben nicht so detailversessen und obsessiv wie mein Vater. Onkel Ottfried las lieber in Jagdzeitschriften wie „Wild und Hund" oder im „Hessenjäger" oder schaute sich Nachrichten, politische Sendungen, Western oder

Krimis im Fernsehen an. Auch auf die enzyklopädischen Technik-Kenntnisse meines Vaters war ich stolz, dass er so viel Ahnung von allen Maschinen hatte, die in der Landwirtschaft bei uns eingesetzt wurden.
Als wir also aus Hermannsdorf als fröhliches Cowboy-Vater-und-Sohn-Gespann zurückkamen, das nicht nur eine aufregende und anregende Besichtigung blauer, roter und grüner und brauner neuer Ackerpflüge hinter sich hatte – oh, wie die Spatzen der frischen und glänzenden Farben und ihrer mich, und ich denke, auch meinen Vater, berauschenden Gerüche fröhlich schwatzten und hin- und herflogen –, sondern darüber hinaus noch eine Pizza gegessen und dabei das Gefühl gehabt hatte, als seien wir in einem märchenhaften, für uns Dörfler schicken und deshalb exotisch-großstädtischen und angesagten Restaurant in Saint-Germain-des-Prés einkehrt, als seien wir mit dem Schiff unseres VW-Käfers zu einer Südseeinsel gefahren, zur Südseeinsel Hermannsdorf eben, und würden dort Freundschaft mit den Einheimischen geschlossen haben, die uns zu einem Festessen eingeladen hätten, das sehr gut gewesen sei und das uns dadurch, dass wir so etwas noch nie gegessen haben würden, noch märchenhafter und vor allem noch wohlschmeckender vorgekommen sei, als wir also von diesem Cowboyausflug in die nächste Stadt und von dieser Südseereise zurückkamen und an der Scheune vorbeifuhren, versuchte Onkel Ottfried in seinem bis in Neuseeland hörbaren Wüten, den Zweiachser durch das Scheunentor in die Winterschlaf-Scheune zu steuern. Mein Vater hielt an und begrüßte seinen Bruder, der ihm sagte, dass der neue Zweiachser (als der Hof nach und nach immer größer wurde, wurden auch immer mal wieder neue Maschinen gekauft) wahrscheinlich zu groß für die Scheune sei, er würde noch verrückt, denn er hätte es zumindest in den letzten zehn Minuten nicht geschafft, das große Geschütz in die kleine Scheune zu fahren. Mein Vater sagte, dass er es ja mal probieren könne, womit Ottfried einverstanden war, abstieg und sich mit mir

über die Ackerpflüge unterhalten wollte, die wir gesehen hatten, und wie es denn sonst so in Hermannsdorf gewesen sei. Ich antwortete ihm, war aber nicht ganz bei der Sache, denn ich sah meinem Vater zu, wie dieser langsam und ruhig das Kunststück vollbrachte, den Zweiachser in die Scheune zu fahren, er, der in so vielen anderen Sachen Onkel Ottfried nachgab, ihn als Chef akzeptierte, der er eigentlich ja gar nicht war, denn sie beide bewirtschafteten den Hof und teilten sich den Verdienst, er, der es so oft schluckte, wenn sein Bruder ihn anbrüllte, wenn er meinen Bruder Martin, meine Schwester Monika, Björn oder mich anbrüllte, wenn wir etwas getan hatten, was der Neuseeland-Brüller im Architekturbüro seines Hirns anders gezeichnet hatte, mein Vater, der es akzeptierte, wenn Onkel Ottfried bestimmte, wer was wann zu tun hatte, mein Vater, der oft mit seiner Meinung hinterm Berg hielt, weil er Angst hatte, dass sein Bruder dann wieder ausflippen würde, oder ganz einfach, weil er dachte, dass es sowieso keinen Zweck haben würde, mit diesem HB-Männchen zu diskutieren, mit diesem Hai im Blutrausch, er, der sich so oft anpasste und in meinen Augen auch oft verbog, hatte sehr gekonnt, souverän und stilvoll gezeigt, wer von beiden der bessere Schlepperfahrer war. Mein Vater ließ sich seinen Triumph, jedenfalls für mich war es einer und was für einer, nicht anmerken. Ottfried sagte, und da war er generös und ließ seiner Bewunderung für meinen Vater freien Lauf: „Mensch Valtin, du hast ganz schön was los." Ich hatte es nicht oft erlebt, dass mein Vater von beiden der Sieger war, derjenige, dem Onkel Ottfried Respekt zollte, deswegen war das Bravourstück, das mein Vater vollbracht hatte, indem er den Zweiachser lässig in die Scheune gefahren hatte, für mich eine Art Ostern, mein Vater war auferstanden aus seinem ängstlichen, resignierten und vielleicht oft auch klugen Schweigen und Dulden, auferstanden nach seiner Passion der Verkümmerung und Verkrümmung seiner Persönlichkeit. Nur war diese existenzielle Auferstehung keine nachhaltige,

denn auch in Zukunft war er wieder der nachgiebige, ängstlich-kluge Dulder der Tyrannei seines Bruders.
Waren mein Bruder und ich also auch keine solchen Schleppervirtuosen wie mein Vater oder mit Abstrichen auch Onkel Ottfried, so fühlten wir uns aber doch meistens als große Schlepper-Könner. Die Zapfwelle der Stroh-Presse anzuhängen, wie wir sagten, das heißt, sie am dafür vorgesehenen Anschluss am Schlepper zu fixieren, genau wie beim Heuwender, war uns so selbstverständlich, als ob wir uns die Schuhe schnürten. Mit dem weinroten Riesenkäfer der Presse hinter dem Schlepper fuhr man die Strohschwaden so ab, dass man jeweils eine Strohschwade zwischen die Vorderräder des bulligen und muskulösen Zugfahrzeugs von Schlepper nahm. Die Presse nahm dann die langen Strohwürste mit rotierenden Zinken auf, schnitt das Stroh noch einmal, presste es zusammen und band es mit Hanf- oder Plastikseilen zu einem Strohballen, so fest und kompakt wie ein Riesenschinken. Diese Riesenschinken-Strohballen wurden im Abstand von wenigen, vielleicht vier oder fünf Metern aus dem hinteren Maul des futuristischen Riesenkäfers ausgespuckt.

93. Augen-Rehe rennen über die Waldberge, die sich in der Landschaft genussvoll rumwälzen wie satte und zufriedene Braunbären

Wenn man dann die, was die Konsistenz betraf, Riesenschinken-Strohballen, die für die Augen, weil sie herrlich leuchteten, jedoch Goldbarren-Strohballen waren, nach Hause holen und auf dem Strohboden lagern wollte, fuhr man mit einem Wagen, der an allen Seiten mit hohen Gattern versehen war, auf das schwerreiche Strohballen-Feld mit den dicken Goldbarren. Wie beim Heufahren stand einer als Lademeister auf dem Wagen und musste die Strohballen setzen, manchmal gab es auch zwei Lade-Fachkräfte, sie mussten die Ballen dann exakt aneinander- und übereinanderlegen, damit man möglichst viele auf den Wagen bekam. Holten wir Stroh mit einem Wagen ohne Gatter, war das Strohballen-Setzen noch etwas schwieriger, denn dann musste man die großen Goldbarren-Strohbüsche überdies so stabil setzen, dass sie sich nicht in Freiheitslust, die natürlich auch sie kannten, vom Wagen absentierten und in den Graben, auf den Feldweg oder die Dorfstraße fielen. Stroh-Banzen nannten wir diese Tätigkeit. Die anderen Helden der Arbeit auf dem Strohfeld mussten die Strohballen mit der Gabel aufspießen und sie den Lademeistern anreichen. Das leuchtende Strohfeld mit seinem Reichtum an Goldbarren-Strohballen und, je nach Lage des Strohfeldes, ein Mischwald in der Nähe als belebender Kontrast zum Licht-Garten, und wenn man sich zwischendurch umschaute, sprangen die Glücks-Rehe der Augen über abwechslungsreiche, noch mit Stoppeln leuchtende, gegrubberte, schon gepflügte oder möglicherweise auch schon mit Raps gesäte Felder, oder sie, die Augen-Rehe, rannten über die Waldberge, die sich in der Landschaft genussvoll rumwälzten wie satte und zufriedene Braunbären, dazu kam der nicht ganz so wie beim Heu durchdringende, würzige und betörende Geruchs-Tabak, aber auch das Strohfeld rauchte ein wohlriechendes Stöffchen in seiner Pfeife, das einen als Segelflieger der Freude, der Lust und des Genusses entspannt und erhaben über die kleinen Karos des Alltags fliegen ließ, war ein Mischwald in der Nähe, kam wieder eine andere Spätsommer-Geruchsnote dazu, die dem Strohduft eine dynamischere Note gab, dann flog man eher wie ein eleganter, aber kraftvoller und schneller Motor-Segler durch die Luft der Freude, und wie schon im Sommer, als Holger abgehauen war und Kunz mich besucht und beim Getreidewagenfahren und beim Strohfahren geholfen hatte, waren die herrlichen Gerüche wie Salz oder Senf auf dem Ei des Sommers und würzten diesen herrlich, und das freundliche, klare, helle oder gleißende Sonnenlicht nährte den Bären der Seele so mit Licht-Lachsen und Licht-

Honig, dass man gut und wenn nicht gut, dann zumindest halbwegs erträglich durch den Herbst und Winter kam. Die Bewegung, das Laufen, das Gabeln und das Banzen wirkten wie im Holger-abhau-Sommer, so als wäre man ein Pferd, das so lang auf einer riesigen Weide laufen darf, wie es Lust hat, und deshalb zündete dann die Bewegung, verbunden mit dem Gefühl, dass wir alle ganz große Kracher wären, fantasievolle junge Frauen und Burschen, radikale Denker, die über den Sinn des Lebens und über eine politisch und wirtschaftlich gerechtere Welt nachdachten, die durch unser subversives Sein als Tief-Fühler und Scharf-Denker, das an sich schon die wirkungsvollste Waffe gegen das stumpfsinnige und ungerechte Bestehende war, und mit unserem Einsatz in den nächsten Jahren Realität werden würde, deshalb also zündete die Bewegung in Verbindung mit diesem Grundgefühl, einer Gemeinschaft mit ähnlich Denkenden und Fühlenden anzugehören, dann die Raketen unseres Selbstbewusstseins und schoss sie in Höhen, in denen wir uns grandios, erhaben und unanfechtbar fühlten, zumindest beim Strohfahren. Bei mir war das so, und ich hoffe und ich denke auch, dass es so war, dass nämlich dieses Grundgefühl bei uns allen zu Gast war, bei jedem von uns natürlich anders, der jeweiligen Persönlichkeit des Einzelnen entsprechend.
Der Sommer schmiedete das glühende Herz der Freude, das sich für uns in eine muskulöse Freuden-Welle der Jugend verwandelte, die wir ritten.
Herbert, im Sommer vor meinem Jahrhundertsommer noch als vom Glaubensverlust gezeichneter, aber sich schon auf der Suche nach neuen Idealen befindender, Folksongs auf der Gitarre wie niemand sonst spielender und singender hessischer James Taylor in spe, aber auch schon Goldmund, der mit seinen langsam wachsenden Haaren sowie durch den Schmelz und die Intensität seiner Songs, wenn er sie uns vortrug, einen großen Schlag bei den Mädchen hatte, war in meinem Jahrhundertsommer dann schon nicht mehr so zerrissen und me-

lancholisch, sondern etwas gefestigter und hatte oft einen dummen Spruch auf den Lippen. Aber auch zäh war er und vertrat manchmal rechthaberisch seine Meinungen, als würde unrecht haben oder etwas nicht so genau wissen wie eine Niederlage in einem wichtigen Fußballspiel sein, die es, wenn möglich, eben zu vermeiden galt. Dieser Zug trat aber beim Strohfahren, wenn überhaupt, nur dann hervor, wenn wir Pause machten und aßen und Norbert, Kunz, Holger, Hartwig oder ich mit ihm diskutierten, die wir, wenn ich heute darüber nachdenke, im Übrigen alle gerne recht haben wollten und also die Niederlage im wichtigen Fußballspiel des Rechthabens manchmal auf Biegen und Brechen vermeiden wollten.

94. Kunz, Punk und die Kunst

Kunz kam im Sommer nach dem Holger-abhau-Sommer ein- oder zweimal auf den Hof zu Besuch. Auch die Erinnerung an diesen Sommer vor dem Lena-kennenlern-Sommer (ich nenne den Sommer so, obwohl ich Lena erst Ende des Sommers kennenlernte, weil dieses Erlebnis alles andere mit seinen Licht-Pottwalen, die plötzlich im Ozean meines Erlebens aufgetaucht waren, überstrahlte) floss mit in die Wahrnehmung von Brueghels „Die Kornernte" ein, zumal ich mit Kunz hin und wieder über Kunst redete, von der er wesentlich mehr Ahnung hatte als ich, denn er hatte als einer der wenigen Kunst-Leistungskurs gewählt und malte manchmal surrealistisch-, manchmal abstrakt-expressionistisch-, immer aber hippieesk-punk-kunzistische Bilder, und er baute kleine fantasievolle Skulpturen-Ensembles und Installationen in seiner Freizeit und gestalte mit diesen sein Zimmer. Schon im Sommer nach dem Holger-abhau-Sommer trug er die Haare kurz im Punk-/New-Wave-Stil und hatte sich auffallende Plastik-Ohrringe zugelegt. Ich kann mich an eine kornblumenblaue fingerhutgroße Pfeilspitzen-Form erinnern, dann an ein baumartiges schwarzes Anarchisten-A, das eine goldene Wurzel hatte, die wie eine Königskrone aussah, dann lässt sich die Taube einer Form auf der Dachrinne meines Gedächtnisses nieder, die den Federschmuck der Sioux-Indianer zu zitieren scheint. Auch trug er meistens Jeans mit daumenbreiten Streifen in verschiedenen Farbvariationen, die damals in dieser Szene angesagt waren, rot-schwarz und blau-weiß kommt mir in den Sinn, ab dem Frühjahr dieses Jahres hatte er auch seine mit kunstvollen Formen geehrte Hippie-Jacke abgelegt und trug meistens eine Motorrad-Lederjacke, obwohl er keinen Führerschein hatte, was auch ein expliziter Protest gegen die in unseren Augen stumpfsinnige und spießige Autovergötzung von vielen Jugendlichen auf dem Land war, ein Stinkefinger gegen die Rednecks. Die Motorradjacke glänzte dementsprechend auch nicht, als sei sie gestern gekauft und als werde sie jeden Samstag eingerieben und gewienert, sondern sie war bemalt mit Kreide und mit irgendwelcher roten, gelben und blauen Farbe, und zwar nicht mit Formen, die man als Abbilder von Gegenständen oder als Symbole interpretieren konnte, sondern die einen daran denken ließen, dass er die Jacke irgendwo aufgehängt hatte und sich dann in einer Entfernung von zwei Metern mehrere Farbtöpfe mit Pinseln hingestellt hatte, sodass er in einem Akt anarchischen Farbschleuderns als Punk-Adaption von Action-Painting seine Lederjacke mit anderen Farben als ihrem eigenen Schwarz dadurch in Kontakt brachte, dass er eben mit den Pinseln die jeweilige Farbe gegen seine Motorradjacke pfefferte. Der Hof meines Gedächtnisses ist leer gefegt, jedenfalls sehe ich spontan nichts, sollte ich im Detail referieren, was Kunz während des Strohfahrens und abends beim Feiern sagte oder worüber wir diskutierten, ein großer, neuer John-Deere-Lanz-Mähdrescher, so wie ich ihn als Kind bei unseren Nachbarn bestaunt hatte, wird von eben jenen Nachbarn aber auf den Hof meines Gedächtnisses gefahren, wenn ich daran denke, wie ich Kunz auch nach seiner Verwandlung vom Hippie zum New-Wave-inspirierten Punker erlebte, nämlich als den subversivsten Bursche von uns, was optische Sensibilität und Fantasie betraf und die in dieser Begabung wurzelnde Gestaltung des Lebens. In seiner Kleidung, in seinem Kunstwillen und seinen Kunstkenntnissen war er unser Avantgardist, der eigentlich in der nordhessischen Kleinstadt Hermannsdorf, in dem Dorf, aus dem er kam, und in Bullburg noch sehr viel exotischer, fremder, aggressiver und provozierender wirkte als wir Nachfahren der Hippies, kam er mir doch so vor, als würde er eigentlich aus London, Paris oder Berlin kommen und nur im Urlaub in unserer herrlichen, aber, was Weltläufigkeit und Bildung betraf, absoluten Landeier-Gegend wohnen und zur Schule gehen. Sein ruhiges, manchmal auch auf den Matratzen des Phlegmas schnarchendes Temperament schien ihn noch mehr Distanz zu dem fühlen zu lassen und diese ausdrücken zu wollen zu dem, was die meisten Bewohner unserer Dörfer und die Hermannsdorfer dachten, fühlten und lebten. Diese Ausstrahlung, seine ruhigen, intelligenten, humorvollen oder auch provozierenden, manchmal auch triumphalistisch-hämischen Wortbeiträge, seine ruhig gleitenden Wort-Segelschiffe, wenn er erzählte, und jetzt kann ich das Fernglas meines Gedächtnisses doch so scharf stellen, dass ich neben dem Grundgefühl auch Einzelheiten sehe, wenn er also erzählte, was ihn an Berlin als Großstadt und der Hausbesetzerszene dort anzog, seine durch eine kluge Brille in die Welt blickenden Wort-Augen, wenn er, in welchem Zusammenhang auch immer, in einfachen, aber im Ton leicht hämisch-oberstudien-ratigen Worten erklärte, was Fotosynthese sei, seine ausgelassen spielenden Wort-Affen, wenn er erzählte, dass er, als er dreizehn war, in ein Mädchen aus der Parallelklasse verliebt gewesen sei, die Julia geheißen habe, und als er sich endlich getraut hatte, sie in irgendeiner Pause anzusprechen, sich ein so nettes Gespräch entwickelt hätte, dass sie ihn zu ihrer Geburtsfeier am nächsten Samstag eingeladen hätte, was ihn über die Maßen gefreut hätte. Sein Vater habe ihn dann am kommenden Samstag nach

Machtlos gefahren, so hieß das Dorf, aus dem die Umworbene kam, tatsächlich. Dort angekommen, hätten sie die Straße gesucht, in der sie wohnte, diese aber nicht gefunden. Und auch drei Bewohner des Dorfes hätten diese Straße überhaupt nicht gekannt. Also sei er schließlich in die Dorf-Telefonzelle (die gab es damals noch in strahlendem Gelb) gegangen, um bei Julia anzurufen. Dann sei es fast zum Streit gekommen, weil er ihr sofort, nachdem sie sich gemeldet hatte, mit der Wucht und Geschwindigkeit eines durch die Landschaft rennenden Bullen, der von einem Wespenschwarm verfolgt wird, unterstellt hätte, dass sie ihn ja wohl ganz schön verarscht habe mit der Info über ihren Wohnort. Bald aber habe sich dann rausgestellt, dass sein Vater und er, Kunz, in ein Dorf gefahren wären, das auch Machtlos hieß und das fünfzehn Kilometer von seinem Dorf Rübenroda entfernt lag, das wir ja wahrscheinlich alle kennen würden, dass die gute Julia aber im vierzig Kilometer entfernten Machtlos wohnen würde, das ihm damals noch nicht bekannt gewesen sei und das auch sein Vater nicht in Betracht gezogen hätte, als er, Kunz, ihm gesagt hätte, dass er von einem Mädchen aus der Parallelklasse nach Machtlos zu dessen Geburtstagsfeier eingeladen worden sei, sodass er sich bei Julia für seine voreilige und fast wütend vorgetragene Unterstellung kleinlaut und verdruckst entschuldigt hätte. Sie habe dann aber plötzlich losgelacht, und auch er habe so lachen müssen, wie er schon lange nicht mehr gelacht habe, eine schöne, superlustige Versöhnung sei das gewesen, und so sei er dann immer noch lachend ins Auto zu seinem Vater gegangen, wo er diesem, immer wieder unterbrochen von Lachsalven, die peinliche und zugleich oberlustige Sachlage dargelegt hätte. Daraufhin habe schließlich auch sein alter Herr sich in seinen, Kunzens, Lach-Marathon eingeklinkt und er wiederum sei, weil sein Vater ja noch frisch gewesen sei, was das Lachen betroffen hätte, zu einem grandiosen Lach-Endspurt durch seinen alten Herren motiviert worden. Als sie sich schließlich wieder eingekriegt hätten, seien sie dann in guter Laune zum richtigen Machtlos gefahren, wo seine Angebetete ihn, schon wieder breit grinsend wie ein Vollmond, der gerade ein Nutella-Brot gegessen hat, und dann so frech lachend wie die Spatzen am Gare de l'Est, die einem die Auflage vom Brötchen picken, wenn man nicht aufpasst, begrüßt und auch seinen Vater mit in ihr Haus gebeten hätte, damit dieser, bevor er nach Hause führe, mit ihren Eltern noch einen kleinen Imbiss zu sich nehme. Oh, wie ausgelassen tollten die lachenden Wort-Affen, als er uns seine Machtlos-Verwechselungs-Geschichte beim Gurken-, Wurst- und Käsebrot-Essen und beim Biertrinken am Abend in unserem Garten nach der großen Strohfahr-Aktion des Tages erzählt hatte. Auch eine seiner witzigen, aber doch auch unangenehm stechenden, provozierenden Wort-Bremsen taucht plötzlich auf im Wald meines Gedächtnisses, nämlich als er mir spöttisch grinsend und dann feixend einen Konstantin-Wecker-Song zitierte, in dem es hieß, „das Leben ist ein Heidenspaß, für Christen aber ist das nichts", womit er mich als Christen provozieren wollte und das auch schaffte, weil er durch dieses äußerst schlau ins Feld geführte Zitat Salz in eine der Wunden streute, an denen ich durch meine pietistisch-evangelikale Prägung damals laborierte. So entspannt, wie auf Brueghels „Kornernte" die eine Pause machenden Bäuerinnen und Bauern unter einem Baum sitzen, schmausen und sich dabei unterhalten, ging es bei uns nicht am Feld zu, sondern zu Hause, nämlich dann, wenn meine Mutter und Tante Hedwig uns ein herrliches Mittagessen kredenzten, etwa eine äußerst üppig mit Käse, Wurst und Gemüse belegte Pizza oder Nudeln mit würziger Hackfleischsoße, riesige Schüsseln mit Kopfsalat und als Gemüse Erbsen, nicht zu vergessen die Schüsseln voll mit wie der Sommer leuchtendem Vanille-Pudding mit einem Herz aus eingekochten Erdbeeren, oh Gott, wie schmeckte das gut, und wenn auch etwas müde, weil wir uns so vollgehauen hatten, aber wie stark fühlten wir uns, wenn wir von einem solchen Festmahl und den hitzigen Diskussionen, meistens aber entspannten

Gesprächen aufstanden und mit dem Strohfahren beginnen wollten, so stark und gelenkig wie zwar junge, aber schon völlig ausgewachsene Grizzlys, wie wir sie aus Hollywood-Filmen kannten und wie wir sie uns in unserer Fantasie vorstellten, die alles wegräumen und weghauen konnten, was ihnen im Weg stand.

95. „Melanie ist die Größte"

Eine noch größere Analogie zur „Kornernte" und der Entspannung dort, die eine Entspannung nach bereits getaner Arbeit ist, wenngleich auch noch Arbeit vor den genussvoll Essenden liegt, gab es bei uns eben nach dem schweißtreibenden Strohfahren beim abendlichen Essen und Feiern im Garten. Wie auf Brueghels Bild ein wohlgenährter Bauer sich am Schatten spendenden Baum hingelegt hat, um sich auszuruhen oder um ein Nickerchen zu machen, so lagen viele von uns manchmal nach dem Essen auf dem Rasen herum, tranken eine Flasche Bier, rauchten dabei eine selbst gedrehte Zigarette und lauschten dem mal ruhig fließenden, mal wildschäumend zur Mündung hinpreschenden Strom der Gespräche, Erzählungen oder Diskussionen, denen sich die anderen hingegeben hatten, die auf den aus Ästen zusammengehauenen hellen und schweren Gartenstühlen saßen, wie sie in den Siebzigerjahren aufgekommen waren, wobei manchmal auch der Liegende einen Beitrag zu gerade laufenden Diskussionen lieferte, spaßige Beiträge von Norbert, wenn er von einem Thema nicht viel bis keine Ahnung hatte, etwa bei einem Gespräch über Rock- und Folkmusik, bei dem es darum ging, ob Crosby, Stills, Nash and Young die bessere Musik gemacht hatten oder Neil Young allein, und er schon leicht angetrunken immer wieder rief: „Melanie ist die Größte", Melanie, die wir beide mochten und oft zusammen hörten, die aber zusammen mit Cat Stevens meistens die einzige Pop-Musikerin war, die ihm sofort einfiel, wenn Pop-Musik zum Thema gemacht wurde, und wie lustig, ja brüllend komisch er die ersten fünf Melanie-Einwürfe auf das Fußball-Feld unseres Gesprächs zelebrierte, doch diamanthart, wie er war, zog er seine Melanie-Nummer gefühlte fünf Minuten durch, in denen Herbert etwa nach drei Minuten, etwas genervt und einen Schuss herablassend, aber immer noch generös sagte: „Norbert, ist ja gut, wir haben dich verstanden und sind ganz deiner Meinung", was nach der vierten Minuten umkippte in das spaßige, aber auch mit Ernst getränkte Bestreben, ihn zum Schweigen zu bringen, indem er, Herbert, und Holger, die sich vorher miteinander verständigt hatten, sich auf Norbert stürzten, der eine die Beine schnappte, der andere die Arme, und ihn lachend, aber unter zähem Sich-Wehren seinerseits ins Haus, dann die Treppe hoch und schließlich in mein Zimmer trugen und dort in meinem Bett platzierten, begleitet auch von unserem Gewieher, das die dunklen Tannen der Einsamkeit, des Unverstandenseins, der Verzweiflung über die Dunkelheiten und Begrenztheiten des Lebens an sich, aber auch über die eigenen inneren Gefängnisse und das eigene Unvermögen, ein gefährliches Getto, in das sich jeder von uns, wenn er allein war, aber auch manchmal inmitten von anderen immer wieder hoffnungslos verirrte und das uns den Blick auf den fliederfiebernden Frühling der Hoffnung manchmal verstellte, begleitet von unserem Gewieher also, das diese Düster-Tannen ein für alle Mal umzusägen schien. Ruhig wie ein Sandstein auf einem Acker wird wohl Kunz Kommentare abgegeben haben, der irgendwann bei einem ähnlichen Gespräch zwischen Herbert und mir schon einmal gemeint hatte, dass wir alle noch auf dem sentimental-romantischen Folktrip wären, von dem wir einfach nicht runtergekommen wären, wo doch völlig klar sei, dass die einzig authentische Musik Punk sei und dass alte Säcke wie Dylan, Crosby, Stills und Nash oder James Taylor gegen die wilde, subversive Musik von den Sex Pistols, The Clash oder den Dead Kennedys einfach nicht anstinken könnten und auch New-Wave-Musik oder wie immer man den Sound dieser Musik nennen wolle. Eine Band wie Joy Division würde diesen soften Träumern zeigen, wo der Hammer hängt. Herbert erweiterte zuweilen das Gesagte dozierend oder stimmte, von einer Aura der Gesetztheit durchdrungen, zu, was manchmal sehr lustig so wirkte, als kämen seine Wortbeiträge von einem fünfzigjährigen, wohlbeleibten Professor, der sich am Feierabend zeremoniell eine Pfeife gestopft hat und dann mit Kennerbewusstsein raucht und auf die Welt jovial, phlegmatisch und heinzerhardig-humorig reagiert. Manchmal brachte er auch entschieden eine Gegenposition zu dem, was gerade von irgendwem gesagt worden war, vor, eine Gegenposition, die so aggressiv und um alles in der Welt recht haben wollend von der Armbrust seiner Sprechorgane abgeschossen wurde, als würde ihm selber die Enthauptung drohen, wenn er unrecht haben würde. Auch ich warf manchmal etwas ein oder brachte Repliken vor, manchmal mindestens so aggressiv wie Herbert, wenn ich auf dem Rasen lag und abging wie unser raketender Terrier-Bastard Knolli, wenn er eine Katze gesehen hatte, oder ich begleitete den Humor-Aspekt einer Sache mit einer vorbeidonnernden Lach-Bullenherde. Das, was ich jetzt über uns als auf der Wiese Liegende erzählte habe, galt natürlich auch für uns, wenn wir in der Runde der Strohfahr-Heldinnen und -Helden auf den rustikalen Gartenstühlen saßen und nicht nur partielle Kommentatoren und Diskutanten waren, sondern im Auge des Diskussions-Hurrikans, oder wenn wir im beschaulich-fröhlichen Fluss eines entspannten Gesprächs badeten und zwischendurch in einer Stromschnelle prustenden Lachens Fahrt aufnahmen. Der Beitrag eines auf der Wiese Liegenden wirkte als einzelne Aussage aber dadurch noch gewichtiger, weil man sich ja eigentlich von den Gesprächen am Tisch absentiert hatte, als würde ein Passagier auf einem Schiff, das gerade abgefahren ist, seinen Freunden im Hafen noch eine Botschaft zurufen, die so wichtig ist, dass er sie trotz der akustischen Feindseligkeit des Raums, der voller unsichtbarer Berge von Kissen, Matratzen und Wänden alles Rufen mit Macht dämpft, eben auf jeden Fall seinen Freunden am Pier noch zukommen lassen will. So genussvoll und hungrig die Frauen und Männer in der „Kornernte" um den Baum herum sitzen und essen und sprechen, das stellte ich mir zumindest so vor, so saßen meine Freunde, aber auch Schulfreundinnen, die einfach Lust hatten, mitzuhelfen, dann eben auf den rustikalen Gartenstühlen und führten Gespräche wie die eben geschilderten.

96. „Macht mal halblang, Jungens, merkt ihr nicht, dass ihr wie irre Streber wirkt ..."

So half Gertrud manchmal beim Strohfahren, die Schwester von Rainer, einem Schulfreund, mit dem ich in der fünften, sechsten und siebten Klasse viel zusammen gemacht hatte, der damals einer meiner besten Freunde war, dem ich mich aber stark entfremdete, als ich mit fünfzehn zuerst von unserem Gemeindepfarrer für einen sozial engagierten Glauben begeistert wurde, dem es jedoch an existenzieller Verbindlichkeit, an einem dialogischen Verhältnis zu dem gebrach, der in allen Tiefen, Krisen und Traurigkeiten zuhört und mit kornblumendenkenden Harfen tröstet und der als Mitfreuer und Mitjubler dabei ist, wenn man bei den herrlichen Radfahr-Abfahrten überschwänglicher Freude von irgendeinem Mittelgebirgsberg in ein wartendes Tal fährt, das wie die Eltern in der Kindheit auf einen wartet, ein Teppich von Feldern und Wiesen und einem sich schlängelnden Fluss, der bunt und abwechslungsreich sich darbietet und der manchmal gleichzeitig und oft nacheinander poetische und abenteuerliche Geschichten erzählt, die nach Verwicklungen und Gefahren am Ende aber meistens gut ausgehen, der Lieder von Zupfgeigenhansel singt und mit der Akustik-Gitarre begleitet oder es manchmal mit den Crazy-Horse-Nummern von Neil Youngs

„Rust Never Sleeps"-Gitarren krachen lässt, die Schwester von Rainer also, mit dem ich in dieser entscheidenden Phase meines Lebens dann nicht mehr so viel zu tun hatte, weil ich mich mit ihm über die für mich alles entscheidende Sinnfrage des Lebens nicht unterhalten konnte, seine Schwester Gertrud half also auch manchmal beim Strohfahren, Gertrud, die ich, als ich mit dreizehn Jahren einmal bei Rainer zu Besuch gewesen war, kennengelernt hatte und die ich gern hatte und für die ich wohl auch ein bisschen geschwärmt hatte, so wie ein Dreizehnjähriger eben für ein hellblondes, oft lachendes Mädchen schwärmen kann, so lange er mit ihm zu tun hat, solange er es sieht also, an das er aber dann, wenn es aus seinem Sinn entschwunden ist, nicht mehr oft denkt, so wie ich in der Kindheit im Winter auch nicht viel an den Sommer gedacht habe. Jetzt war sie einige Jahre später als schöne, große, breitknochige, wohlgenährte, aber nicht dicke junge Frau mit einer schönen Kurven-Figur wieder aufgetaucht, als sie beim Strohfahren mitgeholfen hatte. Sie kam mir zupackend und freundlich vor, das Gegenteil von einer ätherisch-hochsensiblen, latent depressiven höheren Tochter, die den ganzen Tag lernt, weil es die bildungsbeflissenen Eltern von ihr fordern, und die in ihrer Freizeit Geige üben muss und die nicht Fernsehen gucken darf. So selbstverständlich das Leben annehmend wie ein Weizenfeld kam mir Gertrud vor, ein Weizenfeld, das das Gegrubbert-, Gepflügt-, Geeggt- und Gesätwerden mit Vorfreude auf die nächste Ernte feiert. Zuversichtlich wie ein frischer Cox-Orange-Apfel und auch so unkompliziert wirkte sie, und doch kam sie aus einem kaputten Elternhaus, in dem die Mutter, wie es oft der Fall ist, nett und freundlich war und der Vater ein narzisstischer, tyrannischer Stinkstiefel. Die beiden, Gertruds und Rainers Eltern, haben sich später sogar getrennt, sogar, weil das auf dem Land in Waldhessen in den Achtzigerjahren im Gegensatz zu heute eher selten der Fall war. Ein Schwung junger Frauen und auch junger Burschen, die ich nur wenig kannte, kam auch immer mal wieder – sie sind bereits schon einmal auf dem Feldweg meiner Wort-Hervorbringungen entlangspaziert – mit zum Strohfahren oder zum Steinelesen, wie ein Schwarm fröhlicher Spatzen flogen sie ein und halfen, weil sie Lust daran hatten, körperlich zu arbeiten, vor allem aber, weil sie Spaß daran hatten, das in einer Gruppe gemeinsam zu tun, ohne Stress und Druck, weil sie alles leichtnehmen konnten als freiwillig helfende Gäste und weil sie sich mit meinen Freunden, meinen Geschwistern und mit mir auch während der Arbeit immer mal wieder und eigentlich oft unterhalten konnten, so wie die Spatzen sorglos schwatzten, wenn sie auf unserem Hof reichlich Getreidekörner fanden und aufpickten und sich dabei nicht durch uns, wenn wir über den Hof liefen, gestört fühlten oder wenn ein Radaubruder von Schlepper auf dem Hof auftauchte, wenn er ihnen nicht zu nahe kam. Die meisten dieser helfenden Oberstufen-Genossinnen und -Genossen wurden abends von meinem Vater wieder nach Hause gebracht. Gertrud jedoch war einmal mit einer Freundin da und zeltete auf dem Rasen vor unserem Haus. Über was sie an diesem Abend redete, weiß ich nicht mehr, an was ich mich aber noch erinnern kann, ist, dass sie oft von einem Zirkus-Workshop an unserer Schule erzählte, für den sie sich begeisterte, vor allem für die Clown-Nummern, die sie dort lernten und am Ende des jeweiligen Schulhalbjahres aufführen durften, und auch daran erinnere ich mich, dass sie durch ihre scheinbar unkomplizierte und unverwüstliche Zuversicht, durch ihren Humor wie auch durch ihr gutes Aussehen die manchmal heißen Hochsommer-Temperaturen unserer Diskussionen in angenehm warme und heitere Frühlingstemperaturen verwandelte, ihr spöttischer und doch gutmütiger Blick schien dann zu sagen: „Macht mal halblang, Jungens. Merkt ihr nicht, dass ihr wie irre Streber wirkt, die für die besten Noten pauken und feilschen, während sich ihre cooleren Mitschüler im Schwimmbad vergnügen?“

Norbert war schon beim ersten Strohfahren zum leidenschaftlichen, ja besessen-ehrgeizigen und eigenwilligen Stroh-Gabler und Stroh-Banzer geworden. Flink wie ein Hase hoppelte er über das Strohfeld und gabelte von uns allen die meisten Strohbüsche auf den Wagen. Gebremst wurde er zwischendurch von meinem Bruder Martin und von Björn, die sich das wütende Strohbusch-Bombardement verbaten durch energisch und laut vorgetragene Anweisungen wie „Sachte, sachte, du Strohgabel-Grünschnabel, du bist ja schlimmer als ein Schichtführer, den ein mieser Ausbeuter und Drecks-Kapitalisten-Chef durch heimliche Sonderzahlungen bestochen hat, damit dieser die Arbeiter zu unmenschliche Schinderei antreiben soll, um den Geldbeutel des sowieso schwerreichen Sackes noch mehr zu füllen". Norbert grinste dann leicht verlegen und witzelte mit den beiden Lademeistern, dass er ja kein Ausbeuter, sondern ein „Held der Arbeit" sei, der wolle, dass er den demokratisch-sozialistischen Aufbau voranbringe, in dem es keine Ausbeuter und keine Ausgebeuteten mehr gäbe, sondern arbeitende Menschen, die aus sich selbst heraus ein Interesse daran hätten, hervorragend zu arbeiten, weil das in sich selbst ein hoher Wert sei und auch, um das Vorurteil zu widerlegen, dass in einer sozialistischen Wirtschaft keine gute Arbeit geleistet würde, weil kein Chef dahinterstünde, dessen ureigenstes Interesse es sei, dass gute Arbeit geleistet würde. Björn replizierte darauf lässig, dass er und Martin aber Anarchisten seien, denen es auf gutes Leben hier und jetzt ankomme, und dass sie niemandem etwas beweisen wollten oder gar müssten.

Dann fuhr entweder mein Bruder Martin oder ich den Wagen nach Hause, wo dann einer, meistens ich, auf dem Wagen stand und die Büsche auf den Strohboden gabelte. Mein Vater hatte eine Öffnung in das Eternit geschnitten, durch die man die Strohbüsche auf den Strohboden über dem Kuhstall gabeln konnte. Die anderen standen auf dem Strohboden, der sich diebisch über so viele Gäste freute, in einer Reihe und schmissen die Büsche jeweils weiter bis zum Letzten, der das Stroh auf dem Boden banzte, der also die Strohbüsche dort Busch für Busch setzte, damit man viele dieser Riesen-Goldbarren in der Scheune lagern konnte. Alle schwitzten, aber es war wie Sport und nicht wie Arbeit, und es machte Spaß, übermütig kloppten wir Sprüche, und der Strom unserer munteren Schwatzereien floss so unverdrossen und kraftvoll wie das Wasser in einem Bergflüsschen in den Karpaten.

97. Aber auch das gab's: den Schraubstock von Getriebensein und Druck

Aber die Sommer der späten Kindheit und frühen Jugend ritten nicht nur die träumenden und Abenteuer atmenden Pferde des Lichts, sondern sie schwangen auch die Peitschen der Hektik und klemmten meinen Bruder, Björn und mich in den Schraubstock von Getriebensein und Druck, begleitet vom Gebrüll, das sich so anhörte, als würde ein Eber brennen, dazu eine Kreissäge durch Lautsprecher verstärkt erschallen und darüber hinaus noch ein wütender Schmied mit einem Hammer sinn- und planlos auf einen Amboss eindreschen. Als ich etwa dreizehn war, fing die Zeit an, in der Björn und ich sowie ein Jahr später dann auch mein Bruder immer mehr auf dem Hof mithalfen. Das erkannten Onkel Ottfried und mein Vater sehr an, aber das launische, angstgetrieben manipulative und deshalb tyrannisch-rücksichtlose Wesen des allezeit ausbruchsbereiten Mount St. Helens Ottfried bekamen wir seitdem viel stärker zu spüren, als es in den Kinderjahren davor der Fall gewesen war, als Björn, meinem Bruder Martin und mir zu unserem Riesenglück die Pfähle von Leistungs- und Arbeitsdruck im Verein mit der sibiriengroße Angst auslösenden Unberechenbarkeit und Tyrannei noch nicht brachial in unsere Seelen getrieben worden waren. Mit dreizehn hatte ich in der Getreideernte schon Getreidewagen vom Feld, auf dem

Onkel Ottfried mit dem Mähdrescher das Getreide erntete, nach Hause gefahren, in der Scheune abgekippt und bin dann wieder aufs Feld gefahren, um dem Heißgebläse Ottfried den Wagen auf dem jeweiligen Feld so hinzustellen, dass er den vollen Getreidetank des Mähdreschers möglichst einfach leeren konnte. Dazu musste er mit dem Mähdrescher parallel zum Getreidewagen fahren und das Ablass- oder Entleerungsrohr ausfahren, das fast doppelt so dick war wie die alten Kanonen, die ich in der Kindheit auf Burg Waldeck gesehen hatte, also etwa so dick wie ein Basketball. Nun verlaufen die Wege des Denkens in zwei Köpfen nicht immer parallel. Ich bin nicht so ein praktischer Typ wie mein Vater, denn mein Kopf hängt öfters in den Wolken der Fantasie oder schwimmt im mäandernden Fluss meiner Gedanken, die dann eben oft nichts mit irgendeiner praktischen Arbeit zu tun haben, die ich in diesem Moment gerade verrichte. Das ist eine denkbar schlechte Voraussetzung, um ein guter Acker-Analytiker und Feld-Organisator zu sein, wie es mein Onkel Ottfried war und ist, der die äußere Welt, die Natur und die Dinge, die Praxis eben, einfach besser zu organisieren imstande ist als ich. Hinzu kommt wahrscheinlich noch, dass er durch sein angsteinflößendes Wesen, durch die Stürme seiner Wutausbrüche das Espenlaub meiner Seele so zum Zittern gebracht hat, dass er mir überlegtes Nachdenken in solchen Situationen ausgetrieben hat beziehungsweise dass ich es mir lange Zeit habe austreiben lassen. Mein angeborenes jähes, heftiges, hektisches Temperament und Anerzogenes, die Angst-Prägung, die Angst-Tattoos meiner Seele, sind es also wahrscheinlich beide, die mich zum zerstreuten, manchmal die Treppe hochstürzenden Chaos-Produzenten und zum wilden und ungenauen Aus-der-Hüfte-Schützen der Praxis machen. Vielleicht bin ich schon ganz früh in meine inneren Welten geflohen, weil das Praktische schon durch den tyrannischen, unberechenbaren, egomanen, brüllenden Ottfried-Orkan besetzt war. Höchstwahrscheinlich ist das einer der Faktoren, der meine Entwicklung wesentlich mitbestimmt hat zum Bären, der süchtig nach Intensitäts-Exzesse brausendem Bücher-Honig ist, zum leidenschaftlichen Wolken-Sitzer und Sonnen-Bestauner, der aber gleichzeitig auf der Erdoberfläche lebt und deshalb gerne mal über einen Alltags-Stein stolpert oder in einen Regel-Graben fällt. Wenn Lena und ich in großen Städten Auto fahren, behalte ich zwar meistens eine grobe räumliche Orientierung, aber ich verfahre mich öfters, weil ich Lenas klare Ansagen nicht so gut auf die realen Straßen beziehen kann, auf denen wir uns gerade befinden, hektischer, im Tiefsten wahrscheinlich angstgesteuerter, Ottfried-bedrohter Jähling, mache ich zum Beispiel manchmal Anstalten, sofort rechts abbiegen zu wollen, wenn sie „die Nächste rechts oder dann rechts" sagt, als würde ich verstehen „sofort rechts, oder es gibt ein paar hinter die Löffel", weil ich erstens gehörte Sprache nicht so gut verarbeiten kann wie geschriebene und zweitens, weil ich, aus welchem Grund auch immer, keinen präzisen spontanen Blick auf die räumliche Anordnung der Dinge habe, die vor meiner Nase liegen, der klassische zerstreute Professor bin ich, ohne Professor zu sein, wohingegen sie das alles wesentlich besser kann als ich, eine wesentlich bessere Straßen-Karten-Leserin ist sie, und sie kann das Gelesene schnell und präzise wie eine Schweizer Uhr auf die Realität der Straßen beziehen. Und genauso angstgetrieben und hektisch sehe ich Wege, Gräben und Felder, wenn überhaupt, dann nehme ich diese meistens erst einmal nur punktuell wahr, weshalb mir die optisch sich darbietende Welt wie ein Puzzle aus tausend Teilen erscheint, von dem ich erst fünfzig zusammengesetzt habe.

Als ich einmal einen leeren Getreidewagen zurück auf das Feld fuhr, wo Onkel Ottfried gerade mähdreschte, platzierte ich ihn so, dass der Herr Hitze seine Vorstellung davon, wie er mit dem Mähdrescher optimal an den Wagen fahren und den Mähdrescher-Tank gut entleeren könnte, nicht in die Tat umsetzen konnte, das heißt, ich hatte den Wagen mit dem leeren Getreidebauch, der ausgehungert schon auf die nächste Tankfüllung wartete, in des Herrn Hitze Augen zu weit weg von dem Getreide gestellt, das noch gedroschen werden musste, vor allem aber hatte ich den wie ein tyrannisches kleines Kind seine Welt als einzig gültigen ansehenden Herrn Onkel, der alles andere als per se ungültig, unrecht, unmöglich und als einen Anschlag auf sich empfand, nicht vorher gefragt, wohin ich den Wagen stellen sollte, und hatte ihn eben überdies auch noch an das, mit dem Auge des Ottfried-Orkans betrachtet, falsche Ende des Feldes, an das Ende also gestellt, das deutlich weiter vom Mähdrescher entfernt war als das gegenüberliegende Feldende, als der Getreidetank mit gedroschenem Getreide voll war und darauf wartete, auf den Wagen befördert zu werden. Das hatte natürlich auch meinerseits Gründe. Ich hatte den Wagen an dieses Ende des Feldes gefahren, obwohl es dort keine Ausfahrt zum Feldweg gab und ich also mit Schlepper und Wagen über den gesamten Acker juckeln musste, weil dieses Feldende wesentlich ebener war als der Rest des Feldes, der mir so steil erschien, dass ich es für sicherer und bequemer für Onkel Ottfried ansah, wenn er mit dem Mähdrescher an dieser Stelle an den Wagen fahren würde, um den Getreidetank zu entleeren. In Onkel Ottfrieds Augen jedoch stand der Wagen also in der verbotenen Zone, stand in der Zone, die von den Zeit-Feinden besetzt war, die nichts anderes im Sinn hatten, als Onkel Ottfried Knüppel zwischen die Beine zu werfen, indem sie ihm dicke Steine vor den Mähdrescher wuchteten, damit diese zusammen mit den Getreidehalmen von dem erntenden Stahlungetüm verschluckt werden, um es dreschunfähig zu machen, und so ihm, dem armen, gehetzten Ottfried, die Luft der materiellen Existenz abschnüren wollten, um ihn fertigzumachen, um seine Familie an den Bettelstab zu bringen und ihn entehrt und als Nichts in der feindlichen Welt, in der es alle auf ihn abgesehen hatten, zurückzulassen. Als Onkel Ottfried mit dem Mähdrescher auf mich zugefahren kam, blieb er plötzlich stehen, etwa ein drei viertel Fußballfeld von mir entfernt, und die Tür der Mähdrescher-Kabine flog so wüst auf, dass es schien, als wäre die Glasscheibe der Tür kaputt gegangen, wobei dieser Eindruck aber durch die sofort danach drahtig die Mähdrescher-Leiter hinunterkletternde Ernte-Heißdüse Ottfried abgelöst wurde, der, als er Bodenkontakt hatte, sich breitbeinig hinstellte und wie eine Giacometti-Skulptur aussah, die mit den Armen wild gestikulierte und rumfuchtelte und rumschrie. Hätte ich mehr seelischen Abstand zu diesem wütenden Ritter von der traurigen Gestalt gehabt, hätte ich gigantisch loslachen können, aber nichts lag mir in diesem Moment ferner als das, denn dadurch, dass Onkel Ottfried von Kindheit an eine Art Zweitvater für mich war, hatte ich ihn seit jeher einerseits geliebt, aber andererseits einen Heidenrespekt vor ihm gehabt, was ein auch in diesem Moment noch angstbestimmter Euphemismus ist, denn neben dem Respekt, und in der Intensitäts-Hierarchie der Gefühle noch weit über diesem thronend, hatte ich eine unglaubliche Angst vor ihm, eben weil ich von Kindheit an bestrebt war, es ihm recht zu machen, seine Erwartungen an mich zu erfüllen, was als Kind auch oft gelang, was aber als Jugendlicher, dessen Haupt-Bestreben es war, eine eigenständige Person zu werden, nicht mehr oft der Fall war, und obwohl ich dieses offensive, häufig auch aggressive Streben nach Selbstständigkeit oft an den Tag legte, manchmal auch ins Kraut schießen ließ, Wort-Kanonendonner bei den Mahlzeiten abschoss oder vergiftete Blasrohrpfeile wie bei der Nummer mit den Jagdreisen auf Onkel Ottfried und auch auf meinen Vater rausblies, gab es auf jeden Fall auch eine dadurch nicht außer Kraft gesetzte Zone, in der ich Onkel Ottfried alles recht machen wollte, ihn zufriedenstellen und beeindrucken wollte und in der ich panische Angst bekam, wenn ich wusste, dass ich in seinen Augen etwas falsch gemacht hatte, was ihn dazu antrieb, mich anzubrüllen, eben weil ich in dieser Zone symbiotisch mit ihm wie er symbiotisch mit mir verschmolzen war, er ein Teil von mir war, der mich bestrafte, ich ein Teil von ihm war, den er zur Räson bringen wollte, weil er, dieser Teil, nicht das tat,

was er, Onkel Ottfried, sich vorstellte und wünschte, und eben dadurch konnte er mich zur Minna machen, zu einem Seelen-Roggenfeld, das durch das Feuer seines Ausbruchs in Windeseile abgebrannt war, zu einer Skulptur des Künstlers Onkel Ottfried, die ihm in diesem Moment missraten erschien und die er deshalb zu Klump schlug.
Alarmiert wie ein Feuerwehrhauptmann, der nachts die Sirene hört, verängstigt wie ein Kaninchen, das den über sich fliegenden Habicht oder Wanderfalken bemerkt hat, verwandelten sich die Füchse meiner Denkfähigkeit zu betonhart gefrorenen Eis-Skulpturen, und so sprang ich vom Schlepper und rannte mit Kopf, aber kopflos zum Mähdrescher, ihn, die breitbeinig dastehende Giacometti-Figur, fest im Blick behaltend, der mit den Elbkähnen seiner Füße ein markantes Rechteck zusammen mit seinen Stacks-Beinen bildete und der mit den Armen fuchtelte und mir gestikulierend mitteilte, dass ich schleunigst zu ihm kommen sollte, und dann auf das Stoppelfeld trat, als wolle er mitten durch die Erde treten und in Australien einer Giftschlange den Kopf zermalmen. Die ganze Zeit schrie er irgendetwas, wahrscheinlich „Nun mach doch endlich!" oder „Wie lange soll das denn noch dauern?" oder etwas Ähnliches. Als ich etwa zwei Stabhochsprung-Stäbe weit von ihm entfernt war, legte er richtig los und brüllte mich an, wie ich so bescheuert sein könne und den Wagen an dieses Ende des Feldes stellen könne, das ja nun offensichtlich weiter von dem Weizen entfernt sei, der noch gedroschen werden sollte, und wo außerdem keine Ausfahrt auf den Feldweg sei und ich, wenn ich dort stehen bliebe, den vollen Wagen dann ja über das ganze Feld zurückfahren müsse, was umständlich sei und bei den Gräben, die der starke Regen im Frühjahr auf diesem Feld hinterlassen habe, mit dem vollen Wagen auch riskant sei, denn wenn ich zu schnell in einen dieser tiefen Gräben fahren würde, könne ich den Wagen umschmeißen, oder es könnte eine Achse brechen. Mannomann, was sei ich für ein ungeschickter Traumtänzer. Dazu käme noch, Vollidiot, der

ich wäre, den Wagen so weit weg vom Weizen abzustellen, was ja wohl das Letzte sei. Ob ich dächte, dass das schöne Wetter noch das nächste halbe Jahr anhalten würde und er deshalb eine Spazierfahrt über den halben Acker mit dem Mähdrescher machen könne, um den verdammten Korntank leer zu machen.

„Hier hinten ist es etwas ebener. Ich dachte, hier könntest du am besten den Korntank leer machen. Besser als da vorne auf dem Steilen. Außerdem hatte ich Angst davor, dass der gleiche Mist wie letzten Sommer passiert, als unser Schlepper mit dem vollen Wagen ‚hinter den Eichen' abgegangen und mitsamt dem vollen Getreidewagen umgefallen ist. Und dann hatten wir den Salat. Meine Mutter hat mich gebeten, ich soll ihr zwischendurch mit dem Stallschlepper durch die Mistgänge fahren. Deswegen will ich nach Hause spurten, um in einer Stunde wieder hier zu sein, um dann die vollen Wagen nach Hause zu fahren. Während dieser Stunde wird der Schlepper mit den Wagen allein hier stehen, und weil ich nicht wollte, dass wir den gleichen Kladderadatsch wie letztes Jahr erleben, habe ich den Schlepper mit den Wagen hier abgestellt", sagte ich, um ihm mein Handeln zu erklären und um mich zu rechtfertigen. Eigentlich wollte ich ihm damit aber verständlich machen, dass die Motivation für mein Handeln so edel wie die eines besorgten Schafhirten gewesen war, der seine Schafe auf eine sichere Wiese getrieben hätte, zu der normalerweise keine Wölfe kämen, um Schafe zu reißen, und wenn welche kämen und die Hunde anschlügen, hätte er so viel freies Feld, dass er ihnen unter Zuhilfenahme des Nachtsichtgerätes mit dem Gewehr gewaltig einheizen könnte. Genauso besorgt wie der Schafhirte wegen der Wölfe war ich darum gewesen, dass nicht der gleiche Unfall passieren sollte wie im letzten Jahr.

„Red dich nicht raus, du Klugscheißer! Das ist ja so, als würdest du nicht mehr auf der Landstraße fahren wollen, wenn du dort mal einen Unfall gehabt hättest. Hör auf, so ein Blech zu reden. Es ist nicht zu fassen, was für ein blöder Hund du bist. Wie kann man sich nur einen solchen Schwachsinn zusammenreimen? Wenn du die Bremsen am Schlepper festziehst, abschaltest und dann einen Gang einlegst, kann überhaupt nichts passieren. Fahr sofort die Wagen an das andere Ende des Feldes", verwüsteten die wilden Keiler seiner Brüllerei das junge Gras meiner Seele, wobei er zwischendurch wieder auf den Acker stampfte, als wolle er durch die Erde hindurch bis ins Känguru-Land vordringen und einer Giftschlange den Garaus machen.

Aus der Perspektive der Augen meines Geistes und meiner Seele hatte ich, edler Schafhirte, das Gute gewollt hatte, aber dieses Gute wurde nicht nur in keiner Weise gewürdigt, sondern ich wurde auch noch angebrüllt, und wieder einmal wurde der junge Falke meiner Zuversicht und Geborgenheit erschossen, der Architekt in meiner Seele, der aus meinem Leben eine Sagrada Família der Fantasie, die mit dem Dom von Siena Sackhüpfen spielte, einen Kölner Dom aus Entschlossenheit und aus Wagemut und Ausdauer machen wollte, ging ins Exil, und so wurde ich zur aufgescheuchten Antilope, die in Todesangst vor einem sie verfolgenden Löwenrudel um ihr Leben rennt, wieder einmal hatten die wütenden Bullen seiner Unbeherrschtheit und Herrschsucht den Weizen meiner Selbstständigkeit, meiner Gelassenheit und meiner Lebensfreude in den Acker gerammt und zerstampft. Und das tat sauweh. Das tat so weh, dass ich sogar weinte, wofür ich mich schämte, weil ich ja schon fünfzehn war und weil ich ein harter Mann sein wollte, der nicht flennt. Gegenüber Onkel Ottfried war ich, und ich bin es teilweise bis heute, so emotional wie ein Flummi, der mit Schmackes auf einen Betonhof geworfen wird, vor allem dann, wenn er seine Wutanfälle hatte, dann konnte er für mich zu einer Abrissbirne mutieren, die das Haus meiner Seele demolierte.

Gewiss, ich hatte die von Onkel Ottfried benannten Probleme nicht bedacht, die er, als DIN-A4-Blätter um die Steine seiner Empörung gewickelt, gegen mich geschleudert hatte. Die vom

Frühjahrsregen ins Feld geschnittenen tiefen Gräben als bedrohliches Hindernis für die vollen Getreidewagen hatte ich schlicht übersehen, den längeren Weg für die Mähdrescher fahrende Dubai-Hitze Ottfried, wenn er den Getreidetank entleeren wollte, hatte ich wohl vorausgesehen, aber ich fand die Zeit, die es länger dauerte, wenn er bis an das andere Ende des Feldes fahren müsste, nicht so schwerwiegend wie einen möglichen Unfall wie den im letzten Jahr. Die Regengräben wären natürlich auch für das Eisenmonster des Mähdreschers ein Hindernis gewesen, wenn ich mit dem Wagen an dem Ende stehen geblieben wäre, wo ich ihn mit dem Schlepper zunächst hingestellt hatte, wo Onkel Ottfried dachte, dass ich ihn hätte hinstellen sollen, und ich mich eben dann aus genannten Gründen anders entschieden hatte, denn die Regen-Gräben mussten sowohl in der Ottfried-Variante als auch in meiner überwunden werden. Daran hatte aber auch Onkel Ottfried in diesem Moment nicht gedacht. Aber selbst wenn er daran gedacht hätte, wäre auch das noch lange kein Grund gewesen, mich so anzubrüllen, doch das kam diesem egomanischen Tyrannen auf seinem riesigen Getreide-Piranha im Fressrausch nicht in den Sinn. Ich war fünfzehn, und er hatte seinen Hof so organisiert, dass er in der Ernte nur mit der Hilfe seines Pflegekindes und seiner Neffen zurechtkam, was an sich schon, mit Abstand betrachtet, ein unzulässiger Übergriff auf die Freiheit und Selbstbestimmung eines Jugendlichen ist, vor allem dann, wenn es als Selbstverständlichkeit angesehen wird, dass man zwei Drittel der Ferien mithilft, und man alles andere als Unbotmäßigkeit, als Verrat an den familiären Pflichten ansieht, so als wäre die gesamte Familie wie Sträflinge durch eine Kette aneinandergebunden, und Onkel Ottfried würde als Sheriff die Richtung angeben, in die es gehen sollte, Onkel Ottfried als Hirn und die übrigen Familienglieder als Organe seines Leibes, des Familienleibes, in dem eine Existenz als Individuum per se unmöglich war, eben weil er sich die einzelnen Familienmitglieder so nicht vorstellen konnte, sie so nicht wahrnehmen konnte und er infolgedessen alles, was in den einzelnen Familienmitgliedern über das von ihm gebilligte Maß nach Individualität strebte, als Bedrohung erlebte, als Angriff auf seine Identität, als Verlassenwerden. Das Fatale damals war, und das scheint mir für Verhältnisse, in denen Armut und Mangel an Bildung auf dem Thron sitzen und das Leben regieren, konstitutiv zu sein, dass die Narzissmus-Anteile im Charakter von Onkel Ottfried von der allgemeinen Haltung derjenigen Landeier bestätigt wurden, die aus der Landwirtschaft stammten, und das waren in den Siebzigerjahren die meisten, mindestens hatten fast alle eine Kindheit auf einem Bauernhof erlebt, und bei diesen Ausbünden an selbstständigem Denken, diesen unerschrockenen Verfechtern geistiger Freiheit und nimmermüden Förderern der Individualität eines jeden Menschenwesens war es so selbstverständlich wie das Schnitzel am Sonntag, dass Kinder und vor allem Jugendliche ihren Eltern auf dem Bauernhof beim sauren und nur sonntags unterbrochenen Broterwerb helfen mussten. Wenn sie das nicht taten, waren sie faule Säcke, Ausgeburten der Undankbarkeit gegenüber den armen Eltern, die den ganzen Tag schuften mussten, um sich und ihre Kinder durchzubringen. Im Nachhinein, aus meiner jetzigen Sichtweise also, war die Übereinstimmung von Onkel Ottfrieds Borderline- und/oder Narzissmus-Empfinden, dass die Mitglieder seiner Großfamilie im Grunde Teile seines Selbst waren und also keine autonomen Persönlichkeiten, war also diese Überstimmung seines mit dem vorherrschenden Denken und Empfinden auf dem Dorf fatal, weil er selbst fast gar nicht, wir als Kinder schon lange nicht und auch später als Jugendliche wenn überhaupt, dann nur peripher auf den Gedanken kamen, dass eine solche Haltung kein ehernes Gesetz ist, das überall von jeher und für alle Zukunft unverrückbar gilt, sondern eine Haltung, die sich aus Armut und aus Mangel an Bildung speist und die in bestimmter Weise ein Missbrauch von Kindern und Jugendlichen ist, wenn auch ein Missbrauch, der nicht im Bewusst-

sein, dass es ein Missbrauch ist, begangen wird, sondern in dem Gefühl, dass dies der einzig richtige Weg ist, auf einem Bauernhof zu leben und über die Runden zu kommen.
Die Angst, die mir Onkel Ottfried schon in der Kindheit eingejagt hatte durch seine immer wieder eintretenden, aber für mich nur schwer vorhersagbaren Mount-St.-Helens-Eruptionen von Wutausbrüchen, obwohl sie mich nicht direkt betrafen, sondern vielleicht unseren Opa oder unsere Oma, oder auch nur, wenn er mit einem unverschämten Schweinehändler aneinandergeraten war, der ihn übers Ohr hauen wollte, diese Angst wurde dann als Jugendlicher durch viele Szenen wie die eben geschilderte oder seine Stahlträger biegende Wut nach dem umgeworfenen Heuwagen gemästet wie ein fettes Schwein, wobei ich die Heuwagen-Szene und seine Aufregung sogar noch etwas nachvollziehen kann, denn auch ich bin in manchen Situationen unbeherrscht und werde laut, allerdings entschuldige ich mich hinterher, wenn ich gemerkt und eingesehen habe, dass ich unangemessen reagiert habe, was bei Onkel Ottfried sehr selten, fast überhaupt nicht vorkam, jedenfalls kann ich mich kaum an eine Entschuldigung von ihm erinnern, nachdem er seine Wut-Bomben abgeworfen hatte. Von daher ist die Heuwagen-Szene nur für die Heftigkeit seiner Reaktion geeignet, nicht aber hundertprozentig dafür, die Unangemessenheit seiner Wutausbrüche, das Übergriffige an ihm, seine Tyrannei zu zeigen, die sich in Hunderten von Situationen manifestierten, wenn mein Bruder Martin, Björn oder ich uns so verhielten, dass es ihm nicht passte und er den Bernhardiner in meines Bruders und meiner Seele mit einem Haselstock vertrimmte, bis das Blut lief, sich das Rennpferd unseres Erlebens immer wieder ein Bein brach, so als würde ihm ein fieser Zuschauer bei vollem Lauf eine Eisenstange zwischen die Beine werfen, wenn er wieder einmal mit den Äxten seiner Wut uns die Schädel der Seele zertrümmerte wie etwa an dem Tag, als ich den Hydraulikschlauch des Einachs-Kippers nicht in den passenden Anschluss am

Traktor stecken konnte, weil der vermaledeite Traktoranschluss aus irgendeinem Grund (irgendetwas an der Hydraulik-Schaltung war falsch eingestellt, glaube ich) dagegen Widerstand leistete, als gälte es, ein feindliches Heer in einem Hollywood-Ritterfilm nicht durch das Burgtor kommen zu lassen, ein feindliches Heer, dessen wildeste und stärkste Kämpfer einen dicken Eichenstamm immer wieder mit voller Wucht gegen das Burgtor rammen würden, und als ich schließlich den Versuch aufgab, den Hydraulikschlauch des Wagens mit dem Traktoranschluss zu verheiraten und zu meinem Vater auf das Feld fuhr, wo er mähdreschte, ich ihm die Sachlage schilderte, ging es, was die Seelen zermalmende und schrotende Brüllerei betraf, wieder so ab wie bei der Szene, als ich die leeren Getreidewagen an die, aus seiner Sicht betrachtet, falsche Stelle auf dem Acker platzierte. Halt, halt, halt, wieso versuche ich, die Brüllerei von Onkel Ottfried zu erklären und zu entschuldigen? Um ihm Gerechtigkeit widerfahren zu lassen, was ich richtig finde, denn einen anderen als Unmenschen hinzustellen und sich selber als Unschuldslamm, ist verlogen, selbstgerecht und auch peinlich. Auf Peinlichkeiten darf man aber beim Schreiben nicht immer Rücksicht nehmen, wenn man nicht zum Rosstäuscher werden will, der auf dem Pferdemarkt der Wörter seine Tiere striegelt und gut füttert, die steifen Gelenke und wunden Hufe aber verschweigt und so zum Schwindler und Halunken wird, der den Lesern als Käufer kranke Pferde als gesunde mit gestriegelten und gut gefütterten Wörtern andreht. Und trotzdem darf der Wille zur Aufrichtigkeit und der Vermeidung von Selbstgerechtigkeit nicht zur masochistischen Alles-Duldung und auch nicht zum nicht weniger masochistischem Alles-Verstehen werden, und dazu neigen zwischen Depression und Zwanghaftigkeit changierende Typen wie ich, die in der Kindheit zwar in Ruhe gelassen worden waren, aber doch auch Angst hatten vor Narzissten-Alpha-Bullterriern wie Onkel Ottfried, und in der Jugend dann oft ungespitzt mit dem Hammer unberechenbarer Wut in den Boden gerammt wurden. Selbst wenn ich die Lage falsch eingeschätzt hatte, als ich die leeren Getreidewagen aufs Feld gefahren hatte, wo Onkel Ottfried mähdreschte, so bleibt es eine perverse seelische Prügelstrafe mit einem blutigen Seelen-Rücken und Seelen-Hintern und gebrochenen Seelen-Knochen, die dann schief zusammenwachsen und einen zum Seelen-Krüppel, zum ewig Angst-Verkrümmten machen, wenn einen ein Borderline-/Narzissmus-Bulle in Ottfried-Manier zur Sau macht, in die Schrotmaschine seiner Wut schmeißt, und schon gar, wenn das alles im Bewusstsein getan wird, im Recht zu sein, einen anderen zusammenzubrüllen, weil dieser einen Fehler gemacht hat, wie es bei Onkel Ottfried der Fall war. Wie soll, typische Frage eines Zwanghaften, wie soll man überhaupt ethisch richtig auf solche Attacken reagieren? Möge die Antwort darauf von einem dazu Berufenen in einem Essay gegeben werden!

98. Eine Borderline-/Narzissmus-Mutation von Onkel Ottfried, und die Rebellen meines Herzens werden gefangen genommen und gefoltert

Diese Erlebnisse haben sich so tief in meine Seele eingebrannt, dass ich noch heute zutiefst von ihnen geprägt bin, wie zum Beispiel eine Situation zeigt, die sich vor Kurzem in der Redaktion zugetragen hat, als unser neuer großzügiger, launischer und tyrannischer und egozentrischer Chefredakteur Hartnagel (unser alter Chefredakteur Forthin ist, während ich an meiner Autobiografie geschrieben habe, zu einem großen Konzern gewechselt, als Leiter der PR-Abteilung), der eine Borderline-/Narzissmus-Mutation von Onkel Ottfried zu sein scheint, mich nach seinem Urlaub in aggressivem, schneidendem Ton und mit Augen, die die Rebellen meines Herzens gefangen nahmen und folterten, kritisierte, weil ich eine große Firma im Lokalteil wegen einer Korruptionsaffäre, in die diese

Firma und die Stadtverwaltung von Spatzingen sowie die Regierung von Tunesien verwickelt waren, in einem Kommentar zu polemisch angegangen sei, zu schwarz-weiß gefärbt hätte, zu moralisierend und zu moralin-sauer, zu sehr nach selbstgerechter Gutmenschenmanier vorgegangen sei (auch Kulturredakteure dürfen bei uns manchmal Kommentare im Lokalteil schreiben), wo es doch ein hochrangiger Manager gewesen sei, der zwei Staatssekretäre der tunesischen Regierung bestochen habe, und zwei Projektmanager, die Beamten aus dem Gebäudeamt und dem Umweltamt in Spatzingen monetäre Vorteile hätten angedeihen lassen, und deshalb nicht schon die ganze Firma des Teufels sei. Gedacht hatte er wahrscheinlich auch noch, aber nicht gesagt, dass deswegen auch nicht der Vorstandsvorsitzende vom Teufel sei, den er ja nun schon lange kennen würde. Für mich war es so klar wie Kloßbrühe, obwohl er es nicht als Begründung nannte, dass er mich auch deswegen kritisierte, weil die Firma ein großer Anzeigenkunde des Verlagshauses der Zeitung ist, für die ich hauptsächlich, aber eben nicht nur, im Kulturteil schreibe. Chefredakteur Hartnagel ist eigentlich kein Feigling, aber ein Klügling, weil er große Angst davor hat, seine Stelle zu verlieren, wie vorher auch Forthirn, der allerdings nicht gerade in der ersten Reihe der Intelligenz saß und dazu auch noch ein bauernschlauer, brutal-narzisstischer Anpasser war, eine Angst also, wie die meisten Arbeitnehmer und auch ich sie haben, aber bei ihm, bei Chefredakteur Hartnagel, ist sie noch existenzieller als bei mir und bei vielen anderen Menschen, diese verdammte Angst, denn tief im Innersten weiß ich, und viele andere wissen das von sich genauso, aber bei Chefredakteur Hartnagel bezweifle ich, dass er das wirklich weiß, denn in der innersten Schatzkammer meines Bewusstseins weiß ich also, dass Gott mich liebt, egal wie erfolgreich ich in dieser Welt bin, und dass ich nicht vollständig entwertet bin, wenn ich scheitere, aus welchen Gründen auch immer, ob aus ethisch geforderten, so wie Jesus, der Maßstab für den Christen schlechthin, an der stumpfsinnigen, zwanghaften und deshalb dummen und bösen Gesellschaft damals gescheitert ist, weil sein Freiheit und Menschlichkeit ermöglichender und verbürgender Glaube so viel Angst bei den Stahl-Tauben züchtenden und Beton-Blumen säenden Funktionären der Macht ausgelöst hatte, dass sie ihn umbringen mussten, oder ob ich aus Mangel an Begabung oder gar aus eigener Schuld scheitere, er, der Sonnen-Harfen hurraende Unendliche, ist da, wie und wo auch immer, und liebt mich, was immer ich getan habe oder nicht getan habe, und das ist das Subversivste, das man der feigen, stumpfsinnigen und engstirnigen und eng fühlenden Welt entgegenschleudern kann, wie sie in jedem von uns lebt und die, nicht allein sie, aber doch maßgeblich sie, dafür verantwortlich ist, dass die komponierenden Kornblumen der Menschlichkeit, der Freude, des Vertrauens, des Satt-Werdens und der Freiheit so viele Chancen habe sich zu entfalten, wie Kornblumen auf einem konventionell bearbeiteten und also mit Pflanzenschutzmitteln bearbeiteten Acker, nämlich nur sehr geringe, und wenn, dann meistens an den Rändern des Ackers der Macht, wo nicht hingespritzt wird, wo nicht der verschlagene und verlogene sadomasochistische Ellenbogen-König dieser Welt herrscht. So denken viele Jugendliche, und so denkt das Neue Testament mit Jesus als Inbegriff jugendlichen Feuer-Geistes, der das Fett des Stumpfsinns und der Dummheit des Biedermannes und der Biederfrau genauso verbrennt wie die Flucht in den infantilen, Kunstgesetze zum lächerlichen Dogma-Baal erhebenden Ästhetizismus, der imstande ist, die Sonne zu kritisieren, weil sie zu überschwänglich das Licht bedichtet und dabei ihre enthusiastische Expressivität über Schlipse und Scheitel anbetende Grammatik stellt, ebenso wie sie die Beamten-Sicherheit vordergründiger und oberflächlicher Sprachlogik als Sarg der Seele entlarvt, Jesus als Inbegriff jugendlichen Feuers, der eben den sadomasochistischen Ellenbogen dieser Welt für bestimmt von der Logik des Teufels ansah, und der, der andere wegmobbende, wegbeißende, wegerschießende, wegfolternde und wegbombende Ellenbogen dieser Welt, musste ihn eben deshalb so schnell wie möglich ans Kreuz schlagen. Wahrscheinlich ist, dass unser Chefredakteur sich nicht vom Sonnen surfenden Unendlichen, der im Nazarener seine Liebe zu uns allen gezeigt hat, sich eben von dieser das sadomasochistische Todes-Verhängnis dieser Welt außer Kraft setzenden Macht nicht geliebt weiß, denn wäre es anders, wäre Robert Hartnagel, unser Redaktions-Boss, nicht so verhängnisvoll seelisch abhängig von seinem Beruf und seiner Stellung als Chefredakteur, sodass er, unser jetziger Chefredakteur Hartnagel, so scheint es mir, nur sehr schwer und möglicherweise fast gar nicht damit zurechtkäme, wenn er seine Stellung verlöre, denn er ist abhängig von der Struktur, die der Beruf seinem Leben gibt, und dem deshalb Wochenenden, an denen er die Zeit, die ihm bleibt, wenn er sich ausgeschlafen hat, nicht verplant hat, eine schwere Belastung und ein Grauen sind, wie seinen Erzählungen von den unerträglich langweiligen und quälenden Sonntagen, die für die Tonne seien, zu entnehmen ist, und darum scheinen sie mir für ihn ähnlich schlimm und kaum zu ertragen zu sein wie bestimmte Kindheitserlebnisse, die ihn seelisch leer, einsam und wie gelähmt hätten werden lassen, wie er manchmal auf Betriebsfesten oder bei Geburtstagsfrühstücken erzählte, wenn seine Eltern ihn mit Fernsehverbot bestraft hätten und er sonntags nicht „Flipper" am Nachmittag und nicht „Bonanza" um achtzehn Uhr hätte gucken dürfen und er das Gefühl hatte, die Sonne wäre vom Himmel gefallen, und sein Leben würde fortan nur noch so unerträglich langweilig sein, als hätte er immer Hausarrest, denn um „Flipper" und „Bonanza" drehten sich anscheinend einige Jahre seiner Kindheit, und zwar deshalb anders als bei meinen Freunden und mir, weil er diese beiden Sendungen zu einer Art Kinderreligion machte, Bilder und später auch Zeitungsausschnitte sammelte, die er sorgfältig archivierte und seinen Freunden immer wieder mit Besitzer- und Kenner-Stolz und der unterschwellig verbissenen Demut eines fanatischen Anhängers einer Religion zeigte, und eben deshalb war es für ihn so unerträglich und so schlimm, zog ihm den Boden unter seinen Seelen-Füßen weg, wenn er „Flipper“ und „Bonanza“ im Gefolge eines Fernsehverbotes als Strafe dafür, dass er etwas ausgefressen hatte, nicht sehen durfte, anders als bei meinen Freunden und mir. Auch wir hätten einen Aufstand gemacht, wenn unsere Eltern uns verboten hätten, „Flipper“, „Daktari“ oder „Bonanza“ zu sehen, weil wir diese Sendungen auch so heiß liebten wie Eisessen und wir eben deshalb auch traurig und wütend waren, wenn Sandy und Flipper, Clarence, Paula, Jack, Mike, der Daktari und die Cartwrights einmal nicht im TV zu uns zu Besuch kommen durften, aber wir hatten den trüben November des Nicht-gucken-Könnens oder -Dürfens (wenn auch wir einmal Fernsehverbot hatten, weil wir irgendwelche Streiche ausgeheckt und ausgeführt hatten, etwa eine Stinkbombe im Flur eines Hauses zu zertreten, in dem wir irgendeinen Brief oder Zettel abgegeben hatten, den wir für Onkel Ottfried austragen mussten, der in x Vereinen und Gremien in Bullburg und der Großgemeinde war und für den wir deshalb mehrmals im Jahr irgendwas im Dorf verteilen mussten) am nächsten Tag vergessen, da uns wieder die Sonne irgendwelcher anderen Freuden breit zulachte, aber wir sind eben nicht so ins Bodenlose gefallen wie der Chefredakteur Hartnagel, der als Sektenmitglied den Befehlen seines Gurus nicht nachgekommen war, wenn er einmal eine Sendung verpasste. Aber nicht nur seine Struktur und damit die Ordnung seines Lebens würden wegfallen, wenn er seine Stelle verlöre, sondern auch, und das vielleicht noch schwerwiegender, sein Selbstbewusstsein würde wie durch eine unheimliche Krankheit gelähmt und blind auf einmal sein, denn er ist angewiesen auf die stetige Spiegelung seines Verhaltens durch andere, auf ihre Kommentare, auf ihr Für-gut-Befinden seiner Gedanken und seines Verhaltens, und dazu kommt wahrscheinlich noch, wie bei Onkel Ottfried, die Angst vor dem Verlassen-Werden, die bei einem Verlust seiner Stelle die Bundeskanzlerin seines Befindens werden würde, und eben deshalb ist die Stellung, die er hat, eine Art Gott für ihn, zu dem er aufsieht und den er anbetet, dem er alles verdankt, nur dass dieser Gott ähnlich und noch katastrophaler ambivalent ist als der Pietisten-Gott, als ich fünfzehn war, denn einerseits verlangt er von ihm, alles zu tun, damit er ihn weiter anbeten kann, und andererseits gebietet er ihm, seinen Beruf hervorragend zu machen, was beides manchmal zusammengeht, sich manchmal aber so zueinander verhält wie der Sohn eines Fabrikbesitzers zu einer Schönen, der er verfallen ist und der glaubt, ohne sie nicht leben zu können, weil sie ihn durch ihre Schönheit um den Verstand bringt, so glücklich macht, wie ihn nichts vorher in seinem Leben glücklich gemacht hat, die selber glaubt, ihn zu lieben, aber eben nur, wie er frustriert feststellen muss, als Teil des Familien-Ensembles und als potenzieller Nachfolger seines Vaters und also als Chef der Fabrik, mindestens aber als einen, der zusammen mit seinen Brüdern später einmal eine Machtposition in der Firma innehaben wird, der aber doch eigentlich lieber Künstler werden will, was aber seine Angebetete nicht versteht, und nicht nur das, die ihn verlassen würde, wenn er seinen Traum in die Tat umsetzen würde, denn ihre Liebe zu ihm ist die Liebe zu ihm als Figur innerhalb eines Gemäldes, das sie sieht, wenn sie ihn wahrnimmt, und das auseinanderfallen und zu Staub zerfallen würde, wenn er seinem eigentlichen Wunsch folgen würde und Künstler würde, sodass er sich selber verrät, wenn er weiter in der Fabrik seines Vater arbeitet, um ihr zu gefallen und sie an sich zu binden, und dass er, wenn er seinen Neigungen folgt, dem folgt, für das er eigentlich berufen ist, die Frau, die er trotz ihrer Mediokrität, Konventionalität und Glamour-, Geld- und Sicherheits-Gier liebt, verliert. Genauso ambivalent und von ihrer Struktur her doublebind sind die Botschaften des Berufs-Gottes, der natürlich ein Berufs-Baal, ein Berufsgötze ist, dem unser Chefredakteur Hartnagel in bestimmten Situationen hörig ist wie auch in der Situation, als er mich für meinen schroffen Kommentar kritisiert hat. Ein guter Journalist in Woodward-Bernstein-Manier, jedenfalls, wenn man sich den Mythos Wood-Stein vor Augen hält, hat keine Scheu, sich mit einer korrupten Firma anzulegen, wenn sie in Verbrechen oder gesetzeswidriges Verhalten verstrickt ist. Ein guter Journalist kann aber leicht seinen Job verlieren, wenn er es sich mit dem Geschäftsführer des Verlages verdirbt, der mit dem Besitzer der Fabrik, bei der es korrupte Manager gibt, regelmäßig einen trinken geht, wobei sie sich beide überbieten im nostalgischen Schwärmen von ihrer gemeinsamen Zeit in der Studentenverbindung „Blauer Hubertus", und wenn diese alte Freundschaft bei dem Geschäftsführer des Verlages eine Beißhemmung bei allem auslöst, was in der Firma seines alten Kumpels schiefläuft, ja schlicht kriminell ist. Aus dieser Angst heraus, der Angst, verlassen zu werden, vor allem, wenn er, Chefredakteur Hartnagel, die anderen nicht unter Kontrolle hält, ist er von seiner Kindheit an und aus seiner letztlich im Infantilen stecken gebliebenen seelisch-geistigen Haltung heraus ein genialer und deshalb besonders übler Manipulator geworden. Obwohl ich in der Sache recht hatte, indem ich die Korruption in der Firma benannte und die korrupten Manager kritisierte, indem ich die Sonntagsmoral der Verantwortlichen, aber diese auch als den vorherrschenden Geist der ganzen Firma kritisierte (ein alter Schulkumpel von mir arbeitete bei einer Niederlassung der Firma in der Nähe von Hermannsdorf, und deshalb weiß ich, was bei diesen Brüdern und Schwestern so abgeht), die sich dadurch auszeichnete und auch jetzt noch auszeichnet, dass die Vorstände und andere mächtige Manager für viele kulturelle und soziale Projekte Geld spendeten, um den Ruf der Firma als sozial und human zu festigen und auszubauen, aber eben auch, ökonomisch berechnend und in unlauterer Weise sich Vorteile verschaffend, die finanzielle Abhängigkeit der Stadt und der gesamten Region so weit zu treiben, dass die Abhängigen so schnell nicht

auf den Gedanken kommen sollten, die Firma zu kritisieren; obwohl ich also, sieht man von dem wahrscheinlich zu maßlosen Schaum vor dem Mund der Wörter ab, in der Sache recht hatte, verwandelte ich mich durch den Appell von Hartnagel an mein Gewissen, nicht selbstgerecht und verlogen politisch korrekt zu sein, im ersten Moment, genauer: während der ganzen Zeit, in der er mir diese Rüge erteilte, in einen auf die Knie sinkenden Sünder, der die (moralisch gerechtfertigten) Ansprüche von Hartnagel-Ott-fried nicht erfüllt hatte. Und das dreißig Jahre später, als ich die Ottfried-Attacken erlebte. Ohne meinen Glauben und Lena, die mich in solchen Situationen unterstützt und mir beisteht, würde es mir sehr schwerfallen, ob ich es überhaupt könnte, ist die Frage, wieder klarer zu sehen und meinen Standpunkt einen Tag später dann Hartnagel noch einmal darzulegen.
Auch heute noch bin ich in solchen Situationen ähnlich dünnhäutig, eingeschüchtert und verängstigt wie als Kind und Jugendlicher. Es tut sofort ähnlich weh wie damals. Es ist, als ob meine Seele an das, was ich damals erlebt habe, angekabelt ist und immer wieder die gleiche Kassette abspielt wie damals.

99. Und weiter spiele ich auf der Ottfried-Erzähl-und-Analyse-Orgel

Aber Onkel Ottfried war nicht nur in Aufruhr, wenn wir etwas anderes taten, als er es sich von uns erwartet hatte, oder wenn wir eine andere Meinung als er hatten, sondern für ihn war es schon schwierig, uns zu ertragen, eine Situation mit uns auszuhalten, wenn wir einfach nur da waren, als selbstständige Wesen auf dem Stuhl beim gemeinsamen Mittagessen saßen, physisch und geistig-seelisch unabhängig von ihm, und über Dinge sprachen, die ihm fremd waren wie die Rockmusik oder Bücher, die Björn und ich lasen. Schon dann spürte ich eine subtile Abwehr von ihm, wenn er dann manchmal nach dem Essen schnell vom Tisch aufstand und wegging, oder aber er ließ die Stiere seiner Wut los, weil eine politische Meinung als rotes Tuch für ihn wirkte oder ein geäußerter Studien- oder Berufswunsch, wie einmal, als ich in Erwägung zog, Psychologie zu studieren, eben weil mir meine eigene Seele und die von solchen Typen wie Onkel Ottfried voller Rätsel war, was er ablehnte, weil er, so glaube ich, Angst hatte vor Sachen, die ihm fremd waren und die, vor allem das, das menschliche Innenleben zum Thema hatten, über das er nicht sprechen konnte oder wollte, wo er gehemmt und verklemmt wirkte, weil auch mit ihm als Kind wahrscheinlich darüber niemand gesprochen hatte, weil er als Kind zu wenig Liebe und Zuwendung erfahren hatte durch seinen, wie ich heute denke, depressiven Vater und durch eine Mutter, die ebenfalls Borderline-/Narzissmus-Anteile in ihrer Persönlichkeit hatte und ihn auch nur als dienstbares Anhängsel ihrer eigenen Persönlichkeit ansah, was er sich als hochemotionaler und intelligenter Bursche nicht hatte gefallen lassen und wogegen er schon früh rebellierte, sodass er im Bewusstsein, dass man sich im Leben alles erkämpfen muss, dass die meiste Zeit im Leben Streit und Disharmonie herrschten, aufgewachsen war und es mit der Angst zu tun bekam, wenn zu viel Harmonie herrschte, weil er so etwas nicht gewohnt war, sodass er lieber einen Streit vom Zaun brach, als diese üble, unerträgliche, durch Eintracht und Frieden erzeugte Angst zu erleben, was aber wiederum nur ein Grund für seine wutgetriebene Herrschsucht war, denn die Angst vor dem Verlassenwerden bei allem sich aus seinem Herrschaftsbereich Absentierenden kam ja noch dazu, außerdem sein angeborenes Temperament, das seinen Bauch so groß wie hundert Heißluftballons mit einem schier unausschöpfbaren Vorrat an Aggression gefüllt hatte, weshalb er Björn, meinen Bruder Martin und mich immer wieder als wütender Stier auf die Hörner nahm, und die durch all das, durch den stets wieder neu ausbrechenden Mount St. Helens Onkel Ottfried und den meinen Bruder Martin und mich nur sporadisch und defensiv beschwichtigend in der Nähe des Wut-Lava Speienden verteidigenden Vater hervorgerufene Angst hat sich chronisch in meinem Erleben eingenistet, die fette Sau Angst, gemästet durch das nie ausgehende Wut-Schrot Onkel Ottfrieds. Aber nicht nur eine fette Sau ist die Angst, nein, sie ist außerdem wie das Delta eines großen Stromes, dessen viele Arme sich immer wieder so mit Angst-Wasser füllen, dass sie auch alles Land dazwischen, also meine gesamte Seele, überschwemmen, wenn Gefahr besteht, dass ich etwas nicht gut mache, etwas so mache, dass die Person oder die Personen mit dem, was ich tue, möglicherweise nicht zufrieden sind und so in Wut geraten könnten wie Onkel Ottfried oder, noch tiefer und angsterzeugender, schon das, was ich bin, ablehnen und bekämpfen, ebenfalls wie Onkel Ottfried, wenn er meinen Wunsch, Psychologie zu studieren, attackierte, als würde mit diesem geäußerten Wunsch ein Komplott gegen ihn geschlossen wie gegen Julius Cäsar, das zum Ziel hat, ihn umzubringen, oder wenn er meinen Weihnachtswunsch, den mir mein Vater gerne erfüllte, nämlich mir eine Gesamtausgabe der Werke William Shakespeares zu schenken, ebenfalls als persönlichen Angriff auf sich auffasste, und zwar als Herabwürdigung und Entwertung seiner Person als ungebildeter Dummkopf, ob ich denn etwas Besseres als er und sein Bruder (mein Vater) sein wolle, wenn ich mir etwas so Hochgestochenes und zugleich Unpraktisches schenken lassen wolle, wenn ich mir doch stattdessen lieber ein teures Fachbuch schenken lassen könne, ja es dürfe ein teures sein, sie würden keine Mühen scheuen, ein teures Fachbuch über moderne Landwirtschaft, der Tyrann Ottfried, der mir am liebsten vorgeschrieben hätte, in welchem Rhythmus ich atmen sollte, von dessen Wohlwollen schon seit der frühen Kindheit mein Selbstwertgefühl abhängig war, mein Bewusstsein, ob ich ein guter Mensch war oder nicht, mein Bewusstsein, eine Existenzberechtigung erst dann zu haben, wenn ich in seinen Augen etwas richtig gemacht hatte, nein, er war es hauptsächlich und nicht mein Vater, von dem ich ja wusste, dass er mich eigentlich so liebte, wie ich war, und dass er auch stolz auf mich war, wenn ich mir Shakespeare schenken ließ, weil es in seinen Augen Ausdruck von Intelligenz, Bildung und Weltläufigkeit war, nein, nicht mein mich liebender Vater war es, von dem ich die meiste Bestätigung als Kind gesucht hatte, weil ich spürte, dass er sich gegenüber Onkel Ottfried in entscheidenden und weniger entscheidenden Sachen nicht durchsetzte beziehungsweise mit seiner Meinung hinterm Berg hielt und mir abends erzählte, wie er die Sache sah, und mir auf die Frage, warum er das nicht gegenüber Onkel Ottfried in der Diskussion am Mittagstisch so vertreten hätte, sagte, dass ich doch wüsste, wie Onkel Ottfried sei, wie leicht er in Rage zu bringen sei, und schon hätte man einen riesigen Streit beim Mittagessen, was doch unnötigen Stress verursachen würde, und dass es gegenüber dem alten Brüllsack doch klüger sei, die Sache auf sich beruhen zu lassen oder in einer ruhigen Minute mal mit ihm zu sprechen, womit er in vielen Fällen auch recht hatte, nur hatte sich die Stressvermeidung bei ihm zur egoistischen Klugheit ausgewachsen, die immer nur beschwichtigen und jeden Streit vermeiden will, so wie es mein Vater eben gegenüber seinem Bruder praktizierte: bei manchen Entscheidungen, was auf dem Hof gemacht, wann gedroschen werden und mit welchem Feld man am besten anfangen sollte, welcher Schlepper gekauft werden sollte, welcher neue Mähdrescher, welches die richtige politische Einstellung etwa gegenüber der Friedensbewegung war. Aber noch viel fataler war diese Schwäche unseres alten Herrn, wirkten sich seine Vermeidung von Auseinandersetzungen mit seinem Bruder, sein ewiges klügliches Zurückstecken, seine Bequemlichkeit und manchmal auch seine Feigheit aus, wenn die Feuerwehrsirene Ottfried die Kinder seines Bruders, meinen Bruder und mich also, zur Minna machte, ungespitzt in den Boden schlug mit seinem Jähzorn und den sich aus diesem speisenden Brüllereien, denn unser Vater setzte ganz selbstverständlich und das heißt egozentrisch, unsensibel und fantasielos voraus, dass mein Bruder und ich schon dieselben geistig-seelischen Möglichkeiten wie er hätten, uns innerlich von seinem Bruder zu distanzieren und dessen Attacken einfach abzuschütteln wie ein paar Fliegen, die sich auf unserem Arm niedergelassen haben, wo sie, die ottfriedschen Brüllorgien, uns doch stattdessen unglaublich verletzten, als würde dieser Brüll-Foltermeister uns einen glühenden Eisenrost auf den Rücken unserer Seele legen, Ottfried, der uns eine so verdammte Angst eingejagt hatte, als hätten wir es mit einem gefährlichen Feind zu tun, der alles Glück aus unserer Seele zu vertreiben imstande war, der uns schließlich und endlich den Garaus machen konnte, uns zermalmen, einstampfen, schroten und vernichten konnte. Aus diesen Gründen war eben Onkel Ottfried von Kindheit an die große Respektsperson für uns, war er der uneingeschränkte Chef auf dem Hof, der Alpha-Mann, vor dem sie – und natürlich auch wir Dreikäsehochs – letztlich alle kuschten, wenn es hart auf hart kam. Er war das Machtzentrum, das ja auch unendlich großzügig sein konnte und einem überschwängliche Zuneigung entgegenbringen konnte, wenn man so war und sich so verhielt, wie er es sich vorstellte, und das taten wir ja auch oft in der Kindheit, einfach durch unser Kindsein und dadurch, dass wir meistens auf das hörten, was er von uns wollte, und ihn dadurch zufriedenstellten. Aus diesen Gründen bewunderten, verehrten und liebten wir dieses Wutstiere reitende Machtzentrum in unserer Kindheit als unseren Hof-König, ebenso wie wir Angst vor ihm hatten, was wir als Kinder natürlich meistens naiv und also ohne die Möglichkeit, uns von ihm zu distanzieren, erlebten, also Kinder waren und nicht wie in den Augen unseres Vaters schon Erwachsene, die auf den Ottfried-Orkan so reagieren konnten wie er. Als Kind wollte ich eben der gute, vorbildliche Friedrich sein, den sich Onkel Ottfried und mein Vater und meine Mutter gewünscht hatten, und ich spürte, dass Onkel Ottfried und mein Vater stolz auf mich waren, ja, dass es ihnen sehr wichtig und kaum anders denkbar war, wenn ich in ihren mächtigen, Königswürde zuerkennenden oder Vernichtung verfügenden Augen akzeptiert sein wollte, dass ich in der Schule gut zu sein hatte, und also wollte ich auch in unserer Klasse zu den Besten gehören, wobei ich spürte, dass es den Heldenstatus noch vergrößern würde, ja eigentlich erst komplettierte, wenn ich mich auch im Sport auszeichnen würde, und also wollte ich auch im Sport eine Granate sein, gut Fußball spielen und im Schulsport bei den Besten sein. Weil das aber erst zwei Medaillen waren, die ich erringen konnte, musste auch noch die dritte her, nämlich interessiert an der Arbeit zu sein und sich begeistert und fleißig auf sie zu stürzen, schon als Viertklässler Schlepper zu fahren, was mir ja, wie schon beschrieben, auch riesigen Spaß gemacht und mich mit Stolz erfüllt hatte, schon früh beim Heu- oder Strohfahren zu helfen, was mich ja teilweise auch stolz machte und vor Freude überschäumen ließ wie einen Goldmedaillen-Gewinner bei Olympia, was aber alles – das Geliebt- und Akzeptiertwerden von Onkel Ottfried – mit zunehmendem Alter schwieriger wurde, als ich nicht schon allein dadurch akzeptiert war und geschätzt und mit Lob bedacht wurde, wenn ich Einsatz zeigte wie als Kind, sondern oft erst dadurch, dass ich alles richtig machte, wie eben, dass ich die leeren Getreidewagen genau so auf das Feld fahren sollte, wie es sich der Oberboss Ottfried gedacht hatte, und nicht anders, was naturgemäß die Zahl der falschen, ihn nicht zufriedenstellenden Handlungen um ein Vielfaches gegenüber der im Vergleich dazu unbeschwerteren Kinderzeit erhöhte und somit auch die Angst vergrößerte, irgendwelche Arbeiten nicht zur Zufriedenheit meines, mindestens unbewusst, für mein Selbstwertgefühl immer noch maßgeblichen, aber eben völlig unberechenbaren Onkels ausführen zu können, und als Folge dieser Angst das Bestreben, alles richtig zu machen, noch vergrößerte. Denn nicht nur gegenüber Onkel Ottfried auf dem Hof, sondern überhaupt auf allen Gebieten meines Lebens hatten sich die Möglichkeiten,

Fehler zu machen, kein guter, starker und schlauer und deshalb von allen geliebter und bewunderter Held zu sein, vervielfacht.

100. Eine freundliche, entspannte Sphäre des Sein-Dürfens einerseits und der Glaube als syrischer Folterknast der Seele andererseits

Der Glaube an Gott, den ich von Kindheit an von meiner Mutter vermittelt bekam und der in meinen Augen die für mich beste Möglichkeit ist, von meiner von Kierkegaard so genannten „Verzweiflung der Notwendigkeit“ geheilt zu werden, meiner zwanghaften, erst durch Leistung, durch das richtige Tun gerechtfertigten Persönlichkeit eine in sich selber freundliche, entspannte Sphäre des Sein-Dürfens entgegenzustellen, das Leben ohne alle Vorleistung als einen warmen Samstagmorgen zu erleben, an dem man nicht einkaufen oder etwas anderes machen muss, sondern sich endlos Zeit für ein vielfältiges und reichhaltiges Frühstück auf dem Balkon lassen und sich mit seiner Liebsten unterhalten kann, anschließend noch einmal ein Nickerchen machen, sich Zeit lassen kann, bis man sich aus dem nährenden, Druck-Büros dreschenden Matratzen-Honig gewälzt hat, einen Stadtbummel machen kann, auf dem man seine Zeitgenossen so lebendig erlebt, als sei es der erste bewusst erlebte jubelnde Sonnentag im Juni, der ihre Seele in ein Sanssouci der Freude verwandelte, und sich vorstellte, ja alles andere ausschlösse, dass sie so durch das Leben tanzen, sich so auf der Höhe ihrer Kraft und ihrer Fähigkeiten befänden wie die spanische Fußball-Nationalmannschaft bei der Weltmeisterschaft 2010 und deshalb das Anstrengendste, Schwierigste und Kunstvollste so leicht, bunt und fröhlich aussähe wie mehrere Tausend an Laurel und Hardy denkende Luftballons, die zur selben Zeit in einen lachenden Kornblumen-Himmel steigen, einen Stadtbummel, bei dem schöne alte

Bürgerhäuser und Fachwerkhäuser eine solche Geborgenheit, Schönheit und Zuversicht verströmen wie der Psalm 23 und man sich schließlich ohne Zeitdruck in seiner Lieblingsbuchhandlung Bücher ansieht, um am Ende eines zu kaufen, auf das man nach einer hymnischen Rezension so gierig ist wie Muttersauen auf das morgendliche Schrot, dann ein Café frequentiert, in dem attraktive und freundliche Studentinnen und Studenten bedienen und man sich auch wieder ein bisschen so fühlt, als sei man selber noch zwanzig und die Welt liege vor einem wie eine noch unberührte Schwarzwälderkirsch, die einem die Mutter zum Geburtstag gebacken hat, und in dem (dem Café) man schon beseligt in seinem Paradies zwischen zwei Buchdeckeln herumspaziert, nach Hause geht, sich auf dem Weg zwei Pizzas einpacken lässt, um diese zusammen mit seiner Liebsten genüsslich zu vertilgen, danach nochmals in den Matratzen-Honig springt, um zärtlich zu schmusen und sich dann wild zu lieben, anschließend wie ein von einer üppigen Dorfkirmes und einem anschließenden Spaziergang durch eine warme Sommernacht träumender Vollmond einzuschlafen, voller lichten Glücks und rundherum zufrieden, um dann zu einer Radtour in eine schöne Landschaft mit hellen und betörend riechenden Getreidefeldern aufzubrechen, die einen so berauschen, dass man glaubt, man würde für immer als Licht-Adler mit Flügeln aus Ekstase durchs Leben fliegen, der Glaube also an einen liebenden Gott hat mir aus der fatalen Zwangs-Struktur meiner Persönlichkeit herausgeholfen, sodass ich offen war für solche Ekstasen, die ich erlebte, ohne mir sie verdient zu haben, sondern die ich geschenkt bekommen zu haben glaubte von einem Gott mit einem Herz aus einem immerwährend Kornblumen-Klamotten tragenden Himmel der Gnade, dieser Glaube hat mich revolutionär und evolutionär zugleich aus dem Würge-Halsband der „Verzweiflung der Notwendigkeit" befreit, revolutionär durch das Bewusstsein, dass ich nicht mehr glaubte, alles selber machen zu müssen, weil ich mich von einer Sphäre der Gnade und

Liebe abhängig glaubte und es war und bin wie ein Baby von der Muttermilch, evolutionär dadurch, dass ich auf Gott mit fünfzehn Jahren teilweise ganz massiv, aber zum Glück nie vollständig das projizierte, was ich mit Onkel Ottfried, geduldet von meinem Vater, erlebt hatte und ich deswegen Gott als Gegenüber auch als eine Art Riesen-Onkel-Ottfried erlebte, der mich, wie ich glaubte, zwar grenzenlos liebte, mir seine Liebe so vorstellte, dass der Kosmos im Vergleich zu dieser Liebe nur ein Sandkorn sei, und der mir meine Sünden vergeben hatte, und ich mir seine Liebe und seine Vergebung nicht mehr erarbeiten musste, was für mich in der Tat erlösend war, die Erlösung schlechthin, kein eigenes Tun oder Nicht-Tun konnte mich aus dieser Sphäre der Liebe und Gnade jemals wieder vertreiben, meine Seele verwandelte sich, wenn ich mir das ins Bewusstsein rief, in einen Song, der mich auf ein riesiges Weizenfeld schweben ließ, das als eine Art fliegender Teppich über der Alltagswelt glitt und auf dem ich unter einer schattenspendenden Eiche lag, des Glockenblumen-Songs des Himmels lauschte und die Licht-Gedanken des Sommers dachte, und auf dessen berauschenden Geruchswellen ich surfte, dieser Gott, und darin war er für mich ein angsteinflößender Super-Onkel-Ottfried, gab mir aber auch klare Anweisungen, so sog ich es von den Evangelikalen auf, wie ich die Bibel zu interpretieren hatte und nach welchen rigorosen ethischen Maximen ich zu leben hatte, was zu dem janusgesichtigen, zugleich aufbauenden, aber immer auch zerstörenden, Gefühle und Triebe und damit auch das Denken unterdrückenden Glauben führte, wie ich ihn als Fünfzehnjähriger aus Höllenangst als den einzig richtigen ansah, der Höllenangst, mit der mich der Super-Ottfried zu bestrafen imstande war, wenn ich nicht spurte, die Bibel nicht so interpretierte und nicht so lebte, wie es seine Vertreter auf Erden, sein Bodenpersonal in Gestalt der Evangelikalen, verkündeten. Deswegen war das schwebende Weizenfeld der Erlösung in dieser Phase auch nur ein Zustand, an dem ich mich erfreuen konnte, wenn ich mich nicht quälte, und ich quälte mich oft, weil ich von dem Fünfhundert-PS-Schlepper dessen, wie ich sein sollte, und dem Sechshundert-PS-Schlepper dessen, wie ich wirklich war, fast auseinandergerissen wurde, eben weil ich nicht so asexuell war, wie es diese puritanischen Seelenzerstörer mit ihrer Vorstellung und Terror-Forderung, dass alles Sexuelle auf die Ehe beschränkt zu sein habe und mithin Masturbation oder erotische Fantasien eine schwere Sünde seien, sich wünschten, und ich dementsprechend verzweifelt war, wenn ich ein ganz normaler Fünfzehnjähriger war, der oft den Vulkan seiner erotischen Energien zum Ausbruch brachte, indem er masturbierte mit den wunderbarsten Fantasien, was ich alles nach dem Vulkanausbruch als schwere Sünde erlebte in meiner unkritischen, aus Onkel-Ottfried-Angst gespeisten Hörigkeit gegenüber diesen Lebensabtötern, diesen Seelenvernichtern, die die frohe Botschaft zu einer Persönlichkeits-Zerstörungsbotschaft machen und die die, die ihnen folgen, und insbesondere die Vitalen, die Gefühls- und Triebstarken in furchtbarste Zustände des Selbsthasses, der Einsamkeit und der Verzweiflung stürzen, denen sie entweder durch Selbstmord ein Ende setzen oder die, die furchtbarsten Zustände, sie als angepasste Entmutigte, denk- und gefühlsgehemmte Depressive oder Zwanghafte ein ganzes Leben konservieren oder die sie als Glaubens- und Christenhasser wie Herbert in die scheinbare Freiheit des Atheismus oder Agnostizismus flüchten lassen, oder aber sie haben das Glück, wie ich es gehabt habe, und finden aus diesem Leid-Inferno hinaus zu einem Glauben, der sie in ihrem Denken und ihren Gefühlen bestärkt, wie es mir bei Paulus oder Luther als Urbildern dieser Problematik und ihrer Lösung der Fall zu sein scheint, die aus einem ähnlichen Über-Ich-Terror, wie ich ihn, wenn auch im Einzelnen unterschieden und unterschiedlich stark, letztlich alle Zwanghaften, alle Verzweifelten erleben, zu einem befreienden Glauben durchgedrungen sind, was natürlich nicht heißt, dass alles, was diese Kameraden, Paulus und Luther, gedacht haben, richtig gewesen ist, aber der Cantus firmus ihres Lebens ist das Entscheidende, das Wissen, dass alles auf den Glauben ankommt, dass man abhängig von der Liebe und der Vergebung dessen ist, der die Welt und alles, was darin kreucht und fleucht, erschaffen hat, auf welche Art auch immer, und der uns in allem und außerhalb von allem zugleich nahe ist und der unter allen Umständen dafür eintritt, dass wir im Glauben an unser Geliebt- und Gerechtfertigtsein unserem Denken und Fühlen trauen dürfen und auch die Freiheit haben, es im Zusammenleben mit anderen immer wieder revidieren zu können, oder aber es bestätigt sehen, der möchte, dass wir das den Sequoias nacheifernde Abenteuer unserer eigenen Entwicklung im Glauben an ihn, den größten Liebenden und mit Galaxien Boccia Spielenden, leben, und der definitiv nicht möchte, dass wir einfach nachplappern, was Autoritäten, und seien es die angesehensten Theologen und Bibelinterpreten oder gar die Fundamentalisten im Christentum, denken, welcher Provenienz auch immer, wovon ich mit fünfzehn aber so weit entfernt war wie die August-Temperaturen auf einem Peleponnes-Strand von den Januar-Temperaturen in Alaska, bis eben auf diesen Rest beseligenden Glaubens-Glücks, der mir verblieben war, wenn die Monster-Traktoren nicht an mir zogen und mich fast auseinandergerissen hätten, und eben deswegen fühlte ich mich nach den eigentlich sehr beeindruckenden Vulkanausbrüchen meiner erotischen Energien in Form der Masturbation wie ein Schwerverbrecher, der ein Verbrechen begangen hatte, das auf der Schwereskala aller denkbaren Untaten gleich hinter einem Mord anzusiedeln war, was seine Ursache darin hatte, dass ich es dem Super-Onkel-Ottfried, zu dem der liebende Unendliche und Sonnen-Zwinkerer eben teilweise geworden war, recht machen wollte. Genau wie in meiner Kindheit, als ich der gute Junge sein wollte, den alle lieben, wollte ich jetzt der Super-Christ sein, der alles so machen wollte, wie Gott es von ihm forderte, und am liebsten eben sogar noch mehr, und dazu gehörte eben das

Verbot der Selbstbefriedigung, das ich, was immer ich auch unternahm und was immer ich für eiserne Vorsätze nach begangener Tat fasste, niemals auf Dauer befolgen konnte, was mich dann natürlich immer wieder in düstere und muffige Verzweiflungs-Keller einsperrte mit der Konsequenz, dass ich mir mit der Peitsche der Selbstgeißelung den Rücken meiner Seele blutig schlug, und die Krähen der November-Melancholie krächzten und hackten der Freude die Augen aus. Um so zu sein, wie Gott es von mir forderte, versuchte ich, das Gebot der Nächsten- und der Feindesliebe zu befolgen, was für mich damals bedeutete, dass ich mein hitziges, zu schnellem Zorn neigendes Temperament – in dieser Beziehung bin ich Onkel Ottfried sehr ähnlich – zu bändigen versuchte und es in das Prokrustesbett der rigorosen, die eigene und letztlich auch die Persönlichkeit des Nächsten abtötenden Nächstenliebe quetschen wollte, indem ich Wut, die ich gegen andere hatte, oft unterdrückte und stattdessen gegen mich selber richtete, und das tat ich dann, wenn ich mich wegen dieser Wut gegenüber anderen schuldig fühlte, und das war mit fünfzehn in etwa so oft und so lange der Fall, wie Nachrichten auf NDR-Info gesendet werden (alle fünfzehn Minuten), denn Wut auf andere, Zorn oder gar Hass waren das Gegenteil dessen, wie ein Christ, ein entschiedener Christ, sein sollte oder was ein solcher tun sollte, der sich, so habe ich es von protestantischen Panzer-Pietisten aufgesogen, am besten selbst völlig neutralisieren sollte, seine Wünsche unterdrücken, seine Bedürfnisse abschalten, sein Denken den evangelikalen Funktionären und Ideologen überlassen sollte, um als ein solches Neutrum Gott und dem Nächsten zu Diensten zu sein, und das ist für jeden Menschen und noch mehr für einen vitalen, auf wilden Emotions-Hengsten galoppierenden Fünfzehnjährigen so unmöglich wie der Versuch, einem Falken das Fliegen abzutrainieren. Das alles, die sich mit fünfzehn immer wieder um den Hals meiner Seele zuziehenden Stachelhalsbänder der Angst, die gierige und niemals lange zufriedenstellende Suche nach den dicken Gold-Nuggets der Leistung und des Erfolgs und folglich das ewige Buddeln im Widerstand leistenden Dreck, das Sich-Schinden und mit diesem Zwangs-Charakter in die Existenzfalle eines protestantischen Fundamentalismus mit seiner Trieb-, Gefühls- und Denkfeindlichkeit zu geraten, eine Existenzfalle, die im Grunde ein verzweifelter und selbstzerstörerischer Angriff gegen sich selbst und die ganze Schöpfung ist, so als hätte sich Gott letztlich aus fast allem zurückgezogen, sodass von einem selbst nicht mehr bleibt als ein lebloser, depressiver oder zwanghafter Rest-Geist, in dem die Freude, die frohe Botschaft, das Evangelium also, längst ins Exil gegangen sind, das alles war also zum Glück nur noch der schon verblassende Subtext zu der Zeit, als ich Lena kennenlernte, und so fiel die Verliebtheit in Lena auch in eine Zeit, in der mein Glaube mein Selbstbewusstsein stärkte, weil ich Gott nicht mehr als strafend und das Denken verbietend erlebte, sondern aufgrund seiner Liebe zu den Menschen, auch und gerade zu ihren Gefühlen, zu ihren Trieben, zu ihrem Denken und zur ganzen Schöpfung, so erlebte, dass er das Glück aller und auch meines zutiefst wollte, die ekstatische Freude an seiner Schöpfung und an seinen Geschöpfen mit mir feierte, den eichendorffschen „Taugenichts", den „Heinrich von Ofterdingen", in bestimmter Hinsicht sogar den atheistischen Heinrich Lee in „Der grüne Heinrich", ja sogar den nimmermüden Frauen-Berauschten Goldmund in uns liebte und für gut befand, denn der Frohbotschafter, der ausgelassene Sonnen-Jongleur, war inzwischen für mich kein tyrannischer, kleingeistiger, das Glück der Menschen mit rachsüchtigem Neid Verfolgender mehr, zu dem ihn die protestantischen Fundamentalisten gemacht hatten und letztlich die Fundamentalisten in allen Religionen immer wieder machen, wofür ich aber in meiner angstgesteuerten Zwanghaftigkeit als Adept ihrer Lehre so offen und wehrlos war wie ein Sonnenblumenfeld, über das eine ausgebrochene Herde Rinder donnert und es plattmacht, aus welchen Gründen neben den Erlebnissen mit Onkel Ottfried diese Zwanghaftigkeit auch immer bei mir am Chef-Schreibtisch des Denkens, Fühlens und Verhaltens saß, aufgrund von ihr, der Zwanghaftigkeit, sah ich diese Angst-mach-, Depressions- und Zwangsreligion als einzigen Ausweg aus meiner von diesen Höllenheizern bis ins Unermessliche gesteigerten Angst an. Deswegen eben zwitscherte ich schon in der Zeit, bevor ich Lena kennenlernte, mit den Spatzen der Freude und weidete ich dann mit den Schafen der Sonne auf der blauen Himmels-Weide des Glücks, als ich sie kennengelernt hatte, oder befand mich dann eben eine ganze Zeit lang auf dem über den Freude-Grenzen des Alltags schwebenden, unendlich lichten, freudesatten Weizenfeld unter einer schattenspendenden Eiche, dem Himmel, dem Sonnen-Orgeln zwinkernden Unendlichen, Freude-Falken Atmenden so nah, wie ich es in dieser brausenden Intensität so dauerhaft noch nie und auch später nie wieder in meinem Leben erlebt habe.

101. Der Sommer zelebriert sein Gesamtkunstwerk mit fantasievollen Metaphern, tanzenden Pinseln und entspannten Songs

Und wie ich in Brueghels „Die Kornernte" trotz aller mühseligen Arbeit, die mit den sensenden Männern, einem Mann, der eine Schubkarre zu ziehen scheint, wie auch mit den Garben bindenden Frauen ins Bild spaziert und sich nicht verdrängen lassen will, wie ich aber trotz des Schweißes, der Plackerei ums tägliche Brot, das Korn als das Korn der Freude, ja das Korn als das des Lobpreises Gottes (rechts im Hintergrund sieht man selbst auf meinem kleinen Druck eine Kirche, und auch am Meer zwinkert einem aus der Ferne ein kleines Gotteshaus zu) sehe, die grünen Bäume und Sträucher als grüne Bäume und Sträucher der Geborgenheit und ganz im Hintergrund das Meer als das Meer von Gottes liebender Unendlichkeit ansehe, die alle zusammen die Grenzen des Glücks, das Leid und die Plackerei des Lebens überfluten, so überfluteten in dem Moment, als ich Brueghels „Die Kornernte" in der Küche im Haus von Norberts Eltern sah, auch die Freude, das Glück und die Geborgenheit die Erinnerungen an die Sommer, die ich mit neunzehn bereits erlebt hatte. Natürlich spielte das Sonnen-Kathedralen läutende Glück der Verliebtheit in Lena dabei auch eine entscheidende Rolle, aber darüber hinaus sind es die schiere Gewalt des Sommers und auch die Glücks-Erfahrungen der Kindheitssommer, die mich trotz des partiellen Drucks und der Angst, die von den von außen wie von einem Zufallsgenerator in Szene gesetzt wirkenden und einen zermalmenden Hammer-Schlägen von Onkel Ottfrieds Wut ausgingen und nicht minder von seiner angstgedüngten, wahrscheinlich größtenteils unbewussten Panik angetrieben wurden, die Arbeit nicht zu schaffen und als Pleitebauer zu enden und dadurch zu einem Menschen zu werden, der nichts wert ist, ein Niemand zu werden, eine Null, ein totaler Versager, der keinerlei Existenzberechtigung mehr hat, und eben der Angst, verlassen zu werden, wenn er seine Familie nicht unter Kontrolle haben würde, und das ging eben nur dadurch, dass er uns als Teile seines Selbst einbaute und alles als Anschlag gegen sich und seine Sicherheit auffasste, was bei uns erwachsen werdenden Kindern, die wir uns aus dieser Umklammerung befreien wollten, die wir die Symbiose-Ketten sprengen wollten und uns zum König unseres eigenen Lebens machen wollten, das wir regieren wollten und das eben nicht länger der Herrsch-Obsessive bestimmen sollte, nach Selbstständigkeit strebte, aber darüber hinaus sind es also die schiere Gewalt des Sommers und auch die Glücks-Erfahrungen der Kindheitssommer, die mich trotz dieses von Onkel Ottfried ausgehenden partiellen, aber mächtigen Drucks und der monströsen Angst an die Licht-Gitarren spielenden Getreidefelder denken lassen, an das Sitzen im Schatten von Bäumen und zusehen, wie der Sommer mit fantasievollen Metaphern, tanzenden Pinseln und entspannten Songs sein Gesamtkunstwerk zelebrierte, die Augen zu dankbaren, seligen und lobpreisenden Gläubigen wurden beim Panoramablick auf das lässige Meer einer Mittelgebirgslandschaft, in dem die Delfine und Pottwale der Berge zum Atmen oder aus purer Lebensfreude in die Luft sprangen, die Rausch-Raketen abfeuernden Gerüche der Getreidefelder, die kleinen Fröhlichkeitsriesen der Marienkäfer und sogar die vermaledeiten Ohrlipse im Getreide, sich wie jemand zu fühlen, der an diesem Tag einen neuen Kontinent entdecken wird, einen Kontinent aus Abenteuer und folglich aus Intensität, aber aus der Zuversicht und Geborgenheit heraus, die einem immer das Gefühl geben, heil aus einer Sache rauszukommen, sich so zu fühlen, als wenn man morgens den Schlepper (den Traktor) anlässt und denkt, man säße am Steuer eines Weltentdeckungs-Schiffes, mit dem man diesen Kontinent ganz sicher an diesem Tag entdecken wird und, andere Szenerie, der Dieselgeruch beim Anlassen, und nur dann, wie ein Schluck aus der Pulle vom Asterix-Zaubertrank wird, mit dem man so stark wird, dass man die dicken Buchen der Arbeit des Tages so stemmt, als wären sie aus Pappmaschee. Die Fähigkeit, düstere, der Seele Leid mit glühenden Brandzeichen-Eisen in ihre Haut brennende Erlebnisse hinter mir zu lassen, sie zu vergessen oder, moralisch und für die eigene Psyche und für den Umgang mit anderen psychisch fragwürdig, zu verdrängen, ist in meinem Leben Segen und oftmaliger Quell von Problemen, die ich zugleich mir selber und anderen bereite. Aber auch, wenn ich mir der Doppelbödigkeit und Anfälligkeit meines sanguinischen Seelen-Aprils bewusst bin, so bin ich doch froh darüber, dass ich an glücklichen Tagen alle Frauen für Schwestern von Dulcinea del Toboso und alle Männer für Shakespeares auf ihre je eigene Art halte und wie der Dresdner Goldene Reiter durch die Welt reite und es mir so unwahrscheinlich wie Schnee im Juli erscheint, dass ich jemals wieder einen fensterlosen Keller des

Leids und der Schwermut betreten werde, mit Räumen voller vor sich hinfaulender Kartoffeln.

102. Im Tageslicht bestaune ich noch einmal meinen Schatz aus Goldbarren, Diamanten, Brillanten und allen nur denkbaren Kostbarkeiten

Nachdem Norbert und ich uns dann noch eine Zeit lang auf dem fröhlichen Jahrmarkt unserer ausgelassenen Unterhaltung rumgetrieben hatten, ich ihn weiter löcherte wegen seines neuen blonden lockigen Sterns, den er vom Himmel pflücken wollte, und er weiter die Wasserbomben seiner Frotzeleien auf die Feuer meiner Schwärmereien warf, verabschiedete ich mich von ihm, schwang mich auf mein Fahrrad, um nach Bullburg zu fahren. Jetzt besah ich mir den riesigen Schatz dessen, was ich gestern Nacht erlebt hatte, im Tageslicht noch einmal, den Schatz, der aus Goldbarren, Diamanten, Brillanten und allen nur denkbaren Kostbarkeiten bestand, den ich zwar auf der Insel der Zukunft bald finden zu hoffen geglaubt hatte, den ich nun aber viel früher gefunden hatte, als ich es mir vorgestellt hatte, eben schon letzte Nacht. Bei der Schilderung meines Spaziergangs aller Spaziergänge habe ich bereits Nanga-Parbat-Wände raketende Gefühle erwähnt, die erst im Nacherleben, als ich mich an den Abend erinnerte, in ihrer ganzen Grandiosität in mein Bewusstsein traten, und das fing, nach dem Ausklingen der Sonnen-Adler backenden Nacht, an diesem Morgen erneut an, nachdem ich von Norbert aufgebrochen war. Alles hatte sich, so schien es mir, geändert, ich fühlte mich so, als hätte ich bislang das Leben in vielen Phasen nur Schwarz-Weiß gesehen, und das nicht einmal scharf und kontrastreich, sondern blass und ein bisschen öde, jetzt aber, und natürlich für mein gesamtes weiteres Leben, würde ich alles immer nur noch in Farben sehen, die die Augen jeden Tag so anspringen würden, als sähen sie zum ersten Mal überhaupt Farben, und man umfallen würde vor Freude und zehnmal hintereinander „Das gibt's doch nicht, das gibt's doch nicht“ ausstoßen würde und, wenn Enthusiasmus allein Kathedralen oder Dome errichten könnte, man in jedem Kaff in Deutschland einen Kölner Dom, eine Notre-Dame oder den Dom von Florenz finden würde, so als wäre ich vorher ein uninspiriertes, sachlich-langweiliges Schwarz-Weiß-Foto der Crau-Ebene bei Arles gewesen und wäre jetzt das Van-Gogh-Gemälde dieser herrlichen Landschaft selber, in jeder Pore licht- und glückdurchdrungen, geborgen und unzerstörbar. Was ich schon in Lena ahnte, bevor ich sie kennenlernte, und was ich dann in überwältigender Weise bestätigt fand, als ich sie kennenlernte, nämlich einen Glauben, der das Meer der Frömmigkeit, das Hochgebirge des Denkens und die wilden Wälder der Sinnlichkeit zu einer Bewusstseins-Landschaft machte, in der das maximal mögliche Glück auf Erden zu sehen war, und zwar dadurch, dass sie die Erde als Schöpfung mit allen Menschen und allem, was kreucht und fleucht, getragen, berührt und durchdrungen von der Unendlichkeit, von Gott sah, der dieses Glück ermöglichen will. Das alles strahlte die Hohelied-Lena für mich aus. Als menschliches Symbol, das natürlich auch eine gigantische Projektionsfläche meiner Wünsche und Sehnsüchte war, sah ich Lena, und diese alle Kategorien dessen, was ich bisher erlebt hatte, sprengende junge Frau war nun meine Freundin, sie, mit ihren abwechselnd Pazifik- oder Mittelmeer-tiefen Augen, je nachdem, ob ich ihre alle Maßstäbe sprengende, mystische, auch alles Menschenleid kennende Tiefe, ihr Alles-Verstehen meinte, das ich in ihren Augen sah, oder ob ich die Tiefe ihrer Augen als spirituell-sinnliche, poetische also, und, darin gegründet, heitere erlebte, sie, mit dem Mittelgebirge ihres Körpers, um die spirituelle Verortung ihres Körpers anklingen zu lassen, schreibe ich besser Leib, mit ihrem Gesicht als Sonne, ihrem Leib, der sich in meinem Bewusstsein als Gesamtkunstwerk darbot, in dem Gitarre gespielt und herrliche Prosa geschrieben, gebetet,

erzählt, diskutiert, ekstatisch getanzt, geküsst und miteinander geschlafen wurde, oh, das malende Mittelgebirge ihres Körpers mit seinen Pfirsich-Brüsten und unvergleichlichen Hüftkurven als schönste aller denkbaren Landschaften, die ich je gesehen hatte, das konnte doch gar nicht wahr sein. Nie mehr würde meine Seele in der Weise zerrissen sein, dass der Strafvollstrecker in meiner Seele auf alles Schöne und Starke mit einer imaginären Peitsche schlagen würde, die mit einer unheimlichen Logik immer dahin zielte, wo es wehtäte, so als hätte ich kein Glück auf der Welt verdient, sondern müsse für dieses, das goldene Hirsche lachende oder das Matchbox-Autochen zwinkernde Glück, das ich erlebte, bestraft werden, weil ich mich im Tiefsten als schuldig, unfähig, die Erwartungen, die ich glaubte, erfüllen zu müssen, als nicht erfüllend sah und deshalb die Scharfrichter und Strafvollstrecker meiner Zwanghaftigkeit in regelmäßigen Abständen auf den Plan traten. All das schien Lena ausradiert zu haben, schienen die den Sonnengesang von Franz von Assisi singenden Löwen der Verliebtheit vertrieben zu haben.
Hatte ich das alles vielleicht nur geträumt, würde alles, wenn ich aufwachen würde und mich das Gesicht der Wirklichkeit zynisch anglotzte, zerfallen wie eine Sandburg, die von der Flut überrollt wird? Nein, es war tatsächlich wahr. Ich war an jenem Morgen einer, der die Sonne gezähmt hatte, die jetzt immer mit mir spazieren gehen und fröhlich umhertollen würde wie unser Rauhaardackel, ich war wie ein Schulkind, das in Aussicht gestellt bekommt, ein Jahr Ferien zu bekommen, ein Jahr Sommerferien mit einem Schwimmbad und einem Dorfladen mit Eis in der Nähe, ich war jemand, dem Gott gezeigt hatte, dass es so gigantisches Glück gibt, gegenüber dem sich alles Leid dieser Welt so unbedeutend ausnähme wie eine Fliege, die sich auf den nackten Arm setzt und einen ärgert, ich war einer, der in seinem weiteren Leben als Quintessenz des Tages jeden Abend das Hohelied Salomos in sein Tagebuch schreiben könnte.

So ähnlich habe ich mich auf der Fahrt gefühlt, als ich allein war und der Damm, der mein Bewusstsein von den Ekstasen getrennt hatte, die ich gestern erlebt hatte, überflutet worden war, weil seine, des Dammes, Festigkeit und Stabilität nur durch das Zusammensein mit Norbert gewährleistet wurden, indem ich mich auf ihn konzentrierte und deshalb die Augen meiner Gedanken sich nicht ungestört der Glücks-Alpen atmenden Sonne widmen konnten. Die großen, dreistöckigen Bürgerhäuser von Hermannsdorf schienen mir wie eine einzige Verheißung für die Schönheit aller Städte, wie sie überall Realität werden würden, Häuser, die die Geborgenheit der Kindheit zitierten, von der aus man auf alle Pumas erforschende Abenteuer des Lebens zugehen würde, „walk unafraid", wie Michael Stipe in dem wunderbaren R.E.M.-Song singt.

103. Die Landschaft als malender Mango-Lassi, und der Kuhstallgeruch verfasst als Denker scharfe Pamphlete

Das Grenzen schleifende, alle stumpfsinnigen Rechteck-Wohnbunker dieser Welt in Sagradas Famílias verwandelnde, röhrende Glück des gestrigen Abends wurde durch das Fahrradfahren und den malenden Mango-Lassi der Landschaft noch verstärkt, die Erd-, Stoppel- und Getreidegerüche der Felder, wenn sie mir von diesen entgegenströmten, warfen mich für kurze Zeit in einen Biersee, in dem ich selig schwamm, die wunderbaren Kurven der Welda mit dem ansteigenden Wald auf der gegenüberliegenden Uferseite und der fröhlichen Frisbeescheibe des Weldatales, in das das diesseitige Ufer überging, verwandelten sich in Brueghels Kornernte, die jetzt das Glück des Spätsommers sang, das behütet, gewollt, bestärkt und gefeiert wurde von Gottes unsichtbarer, unzerstörbarer Kirche der Liebe. Die die Hügel hinaufkletternde Landstraße harfte David-Psalmen des Lobpreises im wilden, aber beschützenden Mittelgebirgs-Ozean, der rote Segeljachten der Freiheit atmete, die schwarz-weiß gefleckten Kühe und Rinder, die ich ab und zu auf Weiden sah, priesen die zwecklose Freude der Muße, des Abhängens, des Träumens und Dösens. Als ich durch Wilbrandshausen fuhr und mir der Geruch nach Kuhstall mit seinem Gemisch aus Mist, Futter, Stroh (damals noch Stroh), Heu und eben Kuh die Nahrung für den Magen meiner Nase war, kam es mir vor, als würde dieser Geruch ein Denker sein, der sich in die Bresche warf für die derben Freuden des Dorflebens mit seinem Gebräu aus harter Arbeit, lebendigen Erzählungen bei Tisch, gigantischer Lust am Essen und Trinken, wie ich es in meiner Kindheit so oft erlebt hatte und wie ich es später in derben Bildern Brueghels und in Vergils Landutopia „Georgica", idyllisierter und eleganter, wieder nacherlebt habe, und dieser Kuhstallgeruch als Denker protestierte zugleich feurig gegen die Enge und Engstirnigkeit des Dorflebens, wie ich sie in manchen Familien auch kennengelernt hatte, wo das Haupt-Lebensziel darin zu bestehen schien, zu arbeiten, den materiellen Wohlstand zu seinem Gott zu machen, nicht aufzufallen und im Übrigen das Fernsehen, die „Hermannsdorfer Allgemeine" und das, was man sagte, zum Maßstab der eigenen Meinung zu machen, weder zu fromm noch explizit glaubens- oder kirchenkritisch zu sein, sich so zu kleiden, wie man sich kleidete, weder zu lange noch zu kurze Haare zu tragen, kein zu billiges, aber auch kein zu teures Auto zu fahren, letztlich eine Man-gesteuerte Kopie zu sein und kein selbstverantwortetes Leben zu führen und so Gott zu verraten, gegen die Borderline-/Narzissmus-Tyrannei von Onkel Ottfried, der zwar nicht engstirnig und auch nicht eng war, meistens jedenfalls nicht, der aber oft durch seine Herrschsucht und sein aggressives Ausagieren seiner Emotionen, indem er seine Brüll-Bullen losließ, das brueghel-vergilsche Utopia aus Schönheit der Natur, Geborgenheit und Lebenslust aufs Gründlichste plattwalzte, auch dagegen verfasste der Kuhstallgeruch als

Denker scharfe Pamphlete im Stil von Büchners „Hessischem Landboten".

Als ich mit dem Fahrrad einen steilen Berg in Richtung Bullburg hochgefahren war, stieg ich, bevor ich in den Wald fuhr, ab und drehte mich um und sah Weldakurv, wo die Rosen-Gitarren denkende Alhambra von Lenas Elternhaus über das Weldatal lächelte. Obwohl sie in einem, wie mir schien, neuen, hellen und also nicht Fachwerk-Magie dichtenden Haus wohnte, war es für mich in diesem Moment eben der grandioseste Palast, das herrlichste Bauwerk, das sich auf der Welt überhaupt denken ließ, die Alhambra, Versailles, die Sagrada Família, der Kölner Dom und das Tadsch Mahal in einem. Verliebtheit ist immer ein genialer Architekt. Das Haus hatte dunkle Dachziegel, die mir ja oft nicht so gut gefielen, weil sie die Geborgenheits-Kornblumen mit den Pflanzenschutzmitteln des Funktionierens abtöteten. Aber auch unabhängig von meiner Lenas Elternhaus in einen Mega-Palast verwandelnden Verliebtheit haben die dunklen Dachziegel noch einen anderen positiven Aspekt.

Die roten Dachziegel waren zwar einerseits schöner, sie zupften Heuschober feiernde Folksongs der Geborgenheit, sie malten herrlich naive Kinder-Aquarelle, aber die dunkelbraunen Dach-Schilde waren eben die neueren und hatten neben ihrer Wirkung als Geborgenheits-Guillotine noch die einer Befreiung. Die Befreiung nämlich von dem, was es an Denkhemmungen und Lebenseinschränkungen, was es an originär religiösem oder schon säkularisiertem Puritanismus und an Dorftradition in der Generation meiner Großeltern gab, eine Befreiung eben von dem, was mir damals bei ihnen als altmodisch und rückständig erschien, worunter unter anderem auch eine Immunität gegen den ganzen raffinierten Werbequatsch im Fernsehen subsumiert gehört, von dem mir damals manches erstrebenswert schien, weil ich es mit naiver Bewunderung in mich reinlöffelte und mir der Langnese-Honig mit dem Good-Day-Sunshine-Beatles-Song als Einhundertzwanzig-PS-Traktor erschien und der selbst gemachte Honig meines Opas als fünfzehn Jahre alter Zwanzig-PS-Rostlauben-Schlepper, was damals für mich nichts Poetisch-Nostalgisches hatte, sondern etwas, was man am liebsten verstecken, verschweigen wollte wie eine Acht-zu-Null-Niederlage in der Schüler-Kreisklasse im Fußball, der selbst gemachte Kochkäse meiner Oma und der Tilsiter aus der Molkerei erschienen mir so unattraktiv wie eine alte kratzende Schallplatte, den Babybel und den Schmelzkäse aus dem Dorfladen hingegen begehrte ich so brennend wie die aktuelle Single von The Sweet oder Slade, auf die ich mit zwölf Jahren total abgefahren war, die für kurze Zeit die Winnetous und Chingagooks der Rockmusik für mich waren, die Ferraris der Freude. Meine Großeltern hingegen sahen auch Werbung, seit sie Anfang der Siebzigerjahre einen Fernseher hatten, und wahrscheinlich sahen sie die Schwarz-Weiß-Bilder mit den schönen Menschen in unbeschwerten, damals oft biederen, öfter lustigen, manchmal auch erotischen Situationen (damals noch manchmal) sogar gern, aber sie nahmen sie in etwa so auf, so kam es mir vor, als würden sie eine Dokumentation über den Yellowstone-Nationalpark sehen, voller Staunen und Bewunderung, aber sie wären nie auf die Idee gekommen, dorthin zu reisen, wie sie in der Mehrzahl der Fälle auch nicht auf die Idee gekommen wären, sich die in der Werbung angepriesenen Produkte zu kaufen, womit wir – mittels des Yellowstone-Park-Vergleichs – beim zweiten Beispiel ihrer, wie ich es damals empfand, altmodischen Lebensauffassung und Lebens-Eingeschränktheit angelangt sind: Sie sind niemals in Urlaub gefahren. Ein Grund, warum sie auch und hauptsächlich gegen Werbung fast immun waren, spielte natürlich auch dabei eine entscheidende Rolle: Sie haben nie viel Geld gehabt und wären schon deshalb nicht auf die Idee gekommen, eine längere Urlaubsreise zu einem fernen Ziel zu machen. Darüber hinaus hatten sie natürlich die meiste Zeit ihres Lebens Vieh zu versorgen und konnten schon aus diesem Grund den Hof nur schwer verlassen, was aber dadurch zu umgehen gewesen wäre, dass man eine Vertretung hätte organisieren können, was aber für meine Großeltern so fern gelegen hätte wie für einen Vegetarier, in ein trashiges Lokal zu gehen, das damit wirbt, dass die Gäste so viele Schnitzel essen können, wie sie möchten. Aber auch wenn einige dieser kleinen hessischen Bauern ein bisschen reicher gewesen wären, so wären doch wahrscheinlich in den kleinen waldhessischen Dörfern nur die wenigsten auf die Idee gekommen, in den Urlaub zu fahren. So einen unanständigen Spinner-Luxus leistete man sich einfach nicht. Darüber hinaus fuhr aus den Reihen der kleinen Bauern aus der Großelterngeneration fast niemand Auto. Das alles zusammen war der bittere Salbeitee, den ich zum Obstsalat, der die Fachwerkhäuser für mich waren und immer noch sind, trinken musste, zum frischen und angenehm süßen Obstsalat mit Erdbeeren, Heidelbeeren, Pfirsichen, Bananen, Äpfeln und mit Roten Johannisbeeren als saurem Wohlgeschmacks-Kontrapunkt.

104. Die weiß oder hellgrau gestrichenen Häuser mit dunklen, schwermütig in die Welt guckenden Dachziegeln als Verse fressende Einkommensteuerformulare und als Befreiung von den Einengungen durch Tradition und Armut im Denken

Und in all ihrer fantasie- und schmucklosen Bauweise und der im Vergleich zu den Fachwerkhäusern kalten Funktionalität der neuen Häuser aus den Sechziger- oder den Siebzigerjahren, die meistens weiß oder hellgrau gestrichen waren und deren Dächer mit dunklen Dachziegeln schwermütig in die Welt guckten, wirkten diese Häuser, die in der Elterngeneration gebaut worden waren und die nicht Häuser von Bauern waren, diese Lineale anbetenden Werbe-Faltblätter auf Glanzpapier, diese Verse fressenden Einkommensteuerformulare, diese Rasen-betreten-verboten-Schilder als die ultimative Kunst Ansehenden, sie wirkten wie eine Befreiung von den Einengungen durch Tradition und Armut im Denken und im Verhalten der Großeltern-Generation. Die Bewohner dieser Häuser, Eltern von Freunden und Bekannten, fuhren in den Urlaub und kauften sich Sachen, nachdem der Wunsch, diese zu besitzen, wahrscheinlich eben manchmal hervorgerufen durch Werbung im Fernsehen, im Radio und in Zeitungen und Zeitschriften oder in welchem Medium auch immer, sie in Traktoren verwandelt hatte, die erst durch den Diesel des Kaufs wieder einsatzbereit waren und weiterfahren konnten. Die Bewohner dieser weißen oder cremefarben gewandeten Häuser mit Dunkelziegel-Frisuren fuhren Autos, die Ehefrauen gingen zum Friseur und schminkten sich, es gab gekauften Aufschnitt, Tütenmilch, Sechskornbrot und Goudakäse, verpackt wie heute auch noch in durchsichtigem Plastik, was alles für meinen Bruder Martin, meine Schwester Monika, für Björn und für mich nicht alltäglich war und deswegen, wenn wir es bei Besuchen in solchen Häusern kredenzt bekamen, der eigentlich viel besseren Kost zu Hause den Rang ablief. Die Tütenmilch war abgekocht, was mir besser schmeckte als die Milch zu Hause direkt aus dem Euter unserer Kühe, und auch damals gab es sie, die Tütenmilch, schon in bunten Verpackungen. Tütenmilch war Farbfernsehen, die Milch zu Hause Schwarz-Weiß-Fernsehen, die Prophetin der Milch direkt von der Kuh hat im eigenen Haus nichts gegolten, denn zu Hause wurden zwar auch Lebensmittel wie Dosenfisch, Kaba, Nutella und Schmelzkäse gekauft, aber Wurst und Milch hatten wir selber, Tilsiter-Käse, der eigentlich ein viel besserer, intensiver schmeckender Käse als Gouda ist, kam jede Woche aus der Molkerei, aber ohne Plastik-Verpackung, und damals hatte ich noch nicht das Geschmacksorgan entwickelt, das mich hätte spüren lassen, dass Tilsiter ein wesentlich besserer Käse als junger Gouda ist, und sogar die möglicherweise gesundheitsschädliche Plastik-Verpackung wirkte auf mich wie ein Auto auf einen Feierabend- und Wochenend-Niki-Lauda aus unserem Landkreis, das breite Reifen hatte und dadurch die Formel 1 zitierte, während die Tilsiter-Opakiste mit schmalen, biederen Reifen durch die Gegend fuhr. Auch Sechskornbrot, wie ich es dann durch Lena kennenlernte, war eine herrliche Abwechslung zum Graubrot, das es bei uns zu Hause über viele Jahre gegeben hatte, weil es das beste Brot bei unserem mobilen Bäcker in seinem weinroten Ford Transit war und auch gut schmeckte. Sechskorn-Sekt, Graubrot-Selters. Die neuen, hell gestrichenen Häuser mit ihren dunklen Dachziegel-Hüten erschöpften sich also nicht in ihrer Existenz als Lineale anbetende Werbe-Faltblätter auf Glanzpapier, als Verse fressende Einkommensteuerformulare oder als solche von neureichen Dumpfbacken, die Rasen-betreten-verboten-Schilder für die ultimative Kunst hielten, sondern sie sichelten auch Brennnesseln weg, die den Weg zu einer Landschaft versperrt hatten, die nicht besonders schön war, die ich aber vorher nicht gekannt hatte und die deswegen per se interessant und aufregend war, ähnlich wie die für mich riesigen Felder in den neuen Bundesländern, die die Landschaft im Vergleich zu der kleinteiligen hessischen Landschaft wesentlich langweiliger machen, die aber neu und spannend für mich waren, als ich sie nach dem Mauerfall die ersten Male sah. So empfand ich den Unterschied zwischen Fachwerkhäusern und den neuen Sechziger- und Siebziger-Jahre-Häusern, die für mich den Unterschied zwischen der Großelterngeneration und der Elterngeneration symbolisierten, aber auch den Unterschied zwischen den Verhältnissen auf unserem Bauernhof zu solchen ohne Landwirtschaft. Letzteres natürlich hauptsächlich dann, wenn ich mich in neuen Häusern ohne Landwirtschaft aufhielt, meistens bei Schulfreunden und Schulfreundinnen, deren Eltern akademische Berufe hatten, Lehrer, Rechtsanwälte, Ärzte oder Ingenieure waren. In den neuen Häusern von Freundes-Eltern akademischer Provenienz war es meistens sauberer und gepflegter, jedenfalls kam es mir so vor, viel-

leicht vor allem deshalb, weil es nicht nach Landwirtschaft roch, vielleicht reichte auch schon aus, dass ich keinen Hof in der Nähe imaginierte, denn eigentlich war mir Ordnung nicht wichtig, weil ich selber ein völliger Chaot bin, einer, der imstande ist, innerhalb kürzester Zeit einen ordentlichen Schreibtisch in einen zu verwandeln, der so aussieht, als hätte jemand mit dem Schlauch eines Luft-Kompressors, der Kleinwagen wegpusten kann, einige Minuten mit kaum bezwingbarer Freude am Geschehen den Schreibtisch aufgemischt. Es war deswegen eine andere Form von Ordnung, denke ich, die mich dort anzog, nicht etwa, weil sie dort tatsächlich vorhanden gewesen wäre, sondern weil die gigantische Projektionsmaschine in mir die Wohnungen dieser Nichtbauern-Akademiker-Eltern als Startrampe für die Saturn-V-Apollo-Raketen meiner Wünsche und Sehnsüchte betrachtete, der Sehnsucht nach seelischer Ordnung, nach einem Garten, wie ihn Max Liebermann in seiner Villa am Rand von Berlin angelegt hatte, mit seinem bunten Freuden-Gebet von Farben und seinen Geborgenheit vermittelnden Hecken, ein Freude- und Geborgenheitsgarten also, den es auch bei uns zu Hause gab, der aber immer wieder von Onkel Ottfried als Fahrer der Hektik- und Wut-Walze plattgemacht wurde.
Als ich auf dem Weg von Norbert nach Hause zu unserem Hof war, hatte ich das Haus von Lenas Eltern von innen noch gar nicht gesehen. Ich sah es von dem Wald- und Feld-Berg aus, der gegenüber von Weldakurv lag, und den ich natürlich in meinen Heimweg einbaute, um es, Lenas Elternhaus, am Feldrand sitzend, als Bauwerk bewundern zu können, von dem aus immer wieder Jumbojet-große rote, gelbe und blaue Tiger in den Himmel aufstiegen, um das Hohelied Salomos zu choreografieren. Das Haus war ein weißer Fleck mit einem schmalen dunklen Strich als Dach, das sich darüber hinaus sofort in eine Alhambra auf dem Dorf verwandelte, eine mächtige, nichtsdestoweniger bis zum letzten Millimeter form-filigran und farbsatt ausgestattete Palastanlage mit Gärten, in denen

die Brunnen Eichendorff-Gedichte plätscherten und die Blumen Farbfeuer zündeten, die noch die abgestumpfteste Seele für immer zum Garten-Liebhaber und wortgewaltigen Blumen-Bedichter gemacht haben würden, auch zur Wartburg wurde ihr Haus, in der die größten Minnesänger sich zu einem Dichterwettstreit versammelt hatten, um die Schönheit Lenas zu preisen, in die herrliche, silberne Goldmann-Taschenbuchausgabe von Novalis' „Heinrich von Ofterdingen" verwandelte sich ihr Haus, die mir von einem Glauben erzählte, der die Blaublumen-Adler der Poesie nicht vertrieb, sondern ihnen riesige Gebirge als Lebensräume schenkte, danach folgte die Metamorphose zur Sagrada Família als Fantasie-Mont-Blanc und Kirche gewordener Ausdruck dafür, dass hier einer am Werk war, der geworden war wie ein Kind und mit aller ihm zu Verfügung stehenden Vorstellungskraft baute, um so die Schönheit der Schöpfung zu feiern.

105. Wider die Verdächtiger der Leidenschaften

Bei irgendeinem frommen und klugen Autor – eine sympathische Kombination –, ich glaube, es war C. S. Lewis, habe ich, glaube ich, einmal gelesen, dass es für die Menschheit nicht gut wäre, wenn man immer verliebt wäre, weil im praktischen Leben dann nichts mehr funktionieren und alles zusammenbrechen würde. Ob das stimmt, sei einmal dahingestellt, denn das Ganze ist eine rein theoretische Äußerung, weil es eine weltweite immerwährende ekstatische Verliebtheit sowieso nicht gibt. Und selbst wenn es stimmen würde, warum hat sich Lewis überhaupt eine solche Frage gestellt? Auf mich wirkt das in etwa so, als ob der Freund einer jungen Frau ernsthaft und nicht im Scherz, was wirklich lustig sein könnte, seine Freundin in dem Brief, in dem sie ihm in den leuchtendsten Farben und wildesten Metaphern ihre Liebe beschreibt (ähnlich wie in Rimbauds herrlichem Gedicht „Les Réparties

de Nina", „Ninas Antwort", übersetzt von Walter Küchler), in einer ersten Reaktion darauf auf zwei Rechtschreibe-Fehler hinweist, was ihn als kleingeistigen, langweiligen und sadistischen Erbsenzähler ausweist, der seine Freundin nicht verdient hat und dem sie besser den Laufpass geben sollte, was bei ihrer ausgeprägten Fantasie, die ihn zu einem ganz großen Kracher macht, jedoch nicht sehr wahrscheinlich ist. Entweder zeigen sich, so scheint es mir, in dieser Frage, der Frage, wie es denn wäre, wenn die ganze Menschheit immerzu verliebt wäre, Abwehr gegen alles Lebendige und ein Abwürgen alles Lebendigen, bei der immer schon alles verdächtigt wird, was über die Stränge schlägt, eine Attacke auf alles Intensive, das Glück vor allem, eine Gesinnung wie bei einem Vermieter, der den Rasen, der zum Grundstück eines dreistöckigen Hauses gehört, um ein wesentliches Stück verkleinert, um Augen verätzende Garagen zu bauen, damit der Rubel noch mehr rolle, und der damit das kleine Hinterhof-Idyll zerstört, das die Bewohner immer wieder kurze Zeit in die Südsee schickte, wo sie unter einer Palme saßen und ihre Seele auf den Wellen der Pazifik-Unendlichkeit surfte, oder sie im Juli in die Alpen schickte, wo sie den Chili, in den Bergen zu wandern, genossen und der Blick auf die weite Hochgebirgslandschaft auch ihre Herzen zu wilden Felsen machte, die sie auch im Alltag nie vollständig zum Kies des reinen Funktionierens in einer Firmen- oder Institutions-Hierarchie werden lassen.
Diese Intensität des Erlebens ist bei Menschen sehr unterschiedlich, die eine ist eine Big-Wave-Surferin des Erlebens, der andere lässt Modellschiffe im Dorfteich schwimmen, darum geht es gar nicht. Der springende Punkt ist vielmehr, wie man auf Leidenschaft, auf emotionale Intensität reagiert, in welchem Maß immer sie sich manifestiert. Wer sie verabsolutiert, wird zum Bergsteiger, der aus dem Himalaja der Möglichkeiten nicht mehr rauskommt, wer die Schilde der Abwehr schwingt, und auch in einer so indirekten Form wie C. S. Lewis, ist ein Verzweifelter der Notwendigkeit und ein Fetischist

der Endlichkeit, der das ganze Leben auf den Beton und die Rechtecke der Pflicht und den Garagen-im-Hinterhof-Pragmatismus einengt und es deshalb abtötet. Dort wuchern dann die Pumpgun-Gettos des Bösen.

106. Der Atlantik freudigen Bramarbasierens als Morgen-Kaffee, Mama als Kanone der Freude und als Hasenherz

Als ich nach Hause kam und meine Mutter mich fragte, wie denn das Schulfest gewesen sei und wann ich ins Bett gekommen sei, erzählt ich ihr, dass ich erst sehr spät in die Falle gegangen sei, weil ich, ganz der, der die Sonne der Glückseligkeit auf dem Brot gefrühstückt und den Atlantik freudigen Bramarbasierens als Morgen-Kaffee getrunken hatte, das schönste Mädchen der Schule erobert habe, die jetzt meine Freundin sei.
„Du bist ein Verrückter", sagte meine Mutter lachend, und dabei spürte ich ihre Liebe zu mir, sie, die Blonde, Schmalgesichtige, Schlanke, in vielen Phasen ihres Lebens mit einer genialen Naivität und Ausgelassenheit Begabte, die, schwer arbeitend, meistens mit den Sonnenblumen ihrer Freude den harten, Stall-Labyrinthe sich ausdenkenden Beton ihres Lebens sprengte, die meinen Bruder Martin, meine Schwester Monika und mich von klein an zugewandt und aufmerksam liebte, so wie sie ihr ganzes Leben Blumen in ihrem Garten liebte, weil sie die Farben unserer Persönlichkeit liebte und ihre Formen und einfach nur wollte, dass wir das zum Blühen brachten, was in uns blühen wollte, halt, halt, jetzt habe ich aber doch ein bisschen übertrieben, aus Liebe, so war sie, wenn sie frei war oder wenn sie für uns kämpfte gegenüber meinem Vater oder, was noch wichtiger war, gegen die übergriffigen und tyrannischen Forderungen von Onkel Ottfried, nicht aber dann, wenn sie, aus mangelndem Selbstvertrauen, weil ja in ihren Augen mein Vater und vor allem Onkel Ottfried intelli-

genter als sie selbst seien, wie sie in der Dorfschule habe feststellen können, wo die beiden Brüder die Granaten an Gescheitheit gewesen seien, wie sie uns immer wieder stolz erzählte, nicht aber dann, wenn sie also aus mangelndem Selbstvertrauen nichts dazu sagte, wenn vor allem Onkel Ottfried mein Interesse für Literatur und meine Kenntnisse darin zwar einerseits bewunderte, mich aber beruflich lieber als studierten Agrarwissenschaftler, Geologen, Forstwissenschaftler, Physiker oder Chemiker gesehen hätte und es zu lautstarken Wortgefechten kam wie etwa bei der Szene, als ich mit Ottfried fetzte wegen seiner und meines Vaters Jagdreisen, wobei ich dabei Ottfried ja provoziert hatte, bei den Diskussionen um meine Berufswünsche und Berufsvorstellungen hingegen sagte ich einfach nur, was ich mir vorstellen könnte zu werden. Psychologe wollte ich eine ganze Zeit lang werden oder Journalist. Dass ich irgendwann einmal Schriftsteller sein wollte beziehungsweise wie Kafka in einem anderen Beruf arbeiten wollte, aber neben dem Beruf noch schreiben wollte, sagte ich nicht. Einen Brotjob wollte ich haben, so stellte ich es mir vor, der mir Spaß machen würde, der gesellschaftlich sinnvoll sein und mich ernähren sollte und der mir Zeit lassen sollte, um nebenher zu schreiben, weil es für mich damals eine schreckliche Vorstellung war, die Buchstaben als Moulin-Rouge-Tänzerinnen auf der Bühne meines Papiers tanzen zu lassen, um Geld zu verdienen, da ich doch schreiben wollte, um mich auszudrücken, darzustellen, wie ich die Welt sehe und erlebe, letztlich auch, um Zeugnis für meinen Glauben abzulegen, ohne den ich nicht leben konnte und nicht leben kann. Diese Vorstellung war, so sehe ich es heute, eine harte Über-Ich-Forderung. Sie hatte sich bei mir daraus entwickelt, dass in der frommen Szene Literatur ja nur dann eine Berechtigung hatte, wenn sie diese überhaupt hatte, insofern sie Zeugnis für den Glauben ablegen würde und evangelisierend, das heißt missionarisch sei. Als ich von den harten, auf Beton-Kastanien schlafenden Pietisten geprägt war, konnte ich meinen Wunsch, zu schreiben, überhaupt nur damit legitimieren. Aber auch, als ich mich als Kettenhund der engstirnigen und würgenden evangelikalen Bibelinterpretation halten ließ, begann ich, für Literatur zu schwärmen, in ihr etwas zu sehen, was so befreiend für mich war, als würde ein in einem dunklen Verlies Gefangener wieder nach draußen kommen und den Himmel, auf dem die blauen E-Gitarren des Jubels abrockten, sehen und die Sonne, in der Licht-Schwalben fröhlich umherschossen und wilde Flugbahn-Installationen darboten. Dass ich mich als Kettenhund halten ließ, der so verhaltensgestört war, dass er sich jeden Tag selber Wunden in den Leib seiner Seele biss, war mir damals nicht wirklich bewusst. Das Schreiben für Geld war damals also für mich keine erstrebenswerte Sache, weil es mir zu sakrosankt war, wenn schreiben, dann nur Sachen, die Ausdruck des tiefen Ozeans sein sollten, in dem die U-Boote meines Denkens fuhren und die Riesen-Kalmare meines Erlebens ihre Runden drehten, wie eben bei, natürlich, darunter ging's nicht, Kafka. Geschriebene Wörter umzufunktionieren in Milchkühe, die so viel Geld abwarfen, dass ich als selbstständiger Wort-Milchbauer existieren konnte, war aber auch deswegen keine erstrebenswerte Sache für mich, weil ich innerlich viel zu zerrissen war, weil ich keine natürliche Rechtfertigung hatte, schreiben zu dürfen, nur aus dem einfachen Grund, Lust dazu zu haben. Oh, wie kompliziert und umständlich sind die Wege in der Seelenstadt eines Zwanghaften vom strengen, harten und kalten Excel-Tabellen anbetenden Zweckbau des Müssens und Sollens zum Park der Freude, der Muße, in dem Eichen und Robinien in Hängematten liegen, Beedies rauchen und von den Gedichten von Gerard Manley Hopkins schwärmen. Außerdem hatte ich die Vorstellung – so kann ebenfalls nur ein Verzweifelter der Notwendigkeit denken –, dass ich erst noch Hunderte von anderen Büchern gelesen haben müsste, um selber schreiben zu können, weil ich ja noch ausgiebig lernen müsse, mich auszudrücken, die Grammatik und vor allem alle Stilfiguren zu kennen, bevor ich überhaupt die Lizenz haben würde, mit dem Schreiben loszulegen, denn wenn schon schreiben, dann auf dem Niveau der Schriftstellergrößen wie Thomas Mann, Hermann Hesse oder Heinrich Heine, die für mich damals die Maßstäbe für große Literatur waren. Wie in allem glaubte ich mich auch hier nur dadurch legitimiert, wenn ich möglichst Unanfechtbares, Perfektes zustande bringen würde. Die sadistischen Richter der Notwendigkeit drohten mir mit einem schlimmen Urteil, wenn ich nichts Überragendes schreiben würde, und ich war eben auf der Suche nach einem menschlichen Glauben und konnte mir nicht vorstellen, Bücher zu schreiben, da ich doch selber überhaupt nicht sicher wusste, wo ich überhaupt stand, was auch wieder dem Über-Ich-Dressaten eines Zwanghaften entspricht, der eben einer Art objektiv gültiger Rechtfertigung bedarf, um etwas zu tun, weil alles andere bedeutet, die Existenzberechtigung verloren zu haben, mit fürchterlichen seelischen Peitschenhieben im Knast bei Wasser und Brot eingebuchtet zu sein, was eben damals für mich ausschloss, die Suche nach einem menschlichen Glauben in einem literarischen Text zu beschreiben. Über mich und meine Suche nach einem menschlichen Glauben konnte ich nur in meinem Tagebuch schreiben. Ein weiterer Grund, dass ich damals nicht literarisch schreiben konnte und wollte, bestand darüber hinaus darin, und damit bin ich wieder bei Onkel Ottfried und meinem Vater, dass ich innerlich darauf gepolt, man kann sagen: durch einen Familienauftrag darauf abgerichtet war, zu studieren, um in Stellvertretung für die Geistesriesen der Dorfschule und der Kreislandwirtschaftsschule das zu machen, was diese beiden nicht hatten machen dürfen, sodass ich mich überhaupt nicht getraut hätte, den beiden zu sagen, nicht studieren zu wollen, wenn ich es denn wirklich nicht gewollt haben würde, denn ich wollte es ja, aus brennendem Interesse für Theologie und Philosophie, um zu einem menschlicheren, mit dem Verstand kompatibleren Glauben zu kommen und um alles nur irgend Mögliche über Literatur aufzusaugen, wichtige Texte zu lesen, zu interpretieren und zu verstehen, wie die Meisterinnen und Meister geschrieben haben, nur eben nicht technische oder naturwissenschaftliche Fächer, zu denen mich vor allem Onkel Ottfried drängen wollte, und wenn ich eben die genannten Berufswünsche, eine ganze Zeit lang waren das Psychologe oder Journalist oder Deutsch- und Religions-Lehrer, äußerte und mir Onkel Ottfried in die Parade fuhr, dass das ja keine richtigen Berufe wären, sondern Larifari, und mein Vater schweigend danebensaß, weil er zu achtzig Prozent auch dachte, dass ich doch lieber etwas Richtiges studieren sollte, und ich mich wie unser Terrier Waldo verteidigte, wenn ein fremder Hund auch nur in die Nähe unseres Hofes kam, und Onkel Ottfried mit der Seelen-Wachleute ummähenden Pumpgun seiner tyrannischen Attacken auf mich feuerte, da versuchte zwar meine Mutter, den Streit zu schlichten, aber sie hatte im Grunde keine wirkliche Meinung dazu, das heißt, sie hatte wahrscheinlich eine Meinung dazu, wenn auch keine klare, versteckte sich aber wie ein Mäuschen in der Speisekammer, wenn jemand die Tür zu dieser aufmachte, und ließ das Verständnis, das sie für mich hatte, von dem Bulldozer Onkel Ottfried, der in ihren Augen so intelligenten Ottfried-Walze, überrollen. Darin bestand, so sehe ich es heute, ihre Grenze in dem Wunsch, den Spätsommer-Lichtpinsel schleudernden Langen Heinrich und den Aufbrüche ins Unbekannte denkenden Eisenhut in meinen Geschwistern und mir zum Blühen zu bringen, ihre Grenze in dem Wunsch, das zur Entfaltung kommen zu lassen, was in uns angelegt war. Jedoch war es so, und dafür bin ich ihr mein Leben lang dankbar, dass ihre starke, im Weg stehende Eichen ausreißende Liebe zu uns in der Kindheit mir die Kraft gab, mich nicht völlig unterkriegen zu lassen und für meine Meinungen einzustehen, zu dem zu stehen, was ich wollte, wie eine Eiche eben, aber eine anankastische, wie letztlich auch unseres Vaters Liebe und sein Stolz auf uns in der Kindheit, ja sogar und nicht zu knapp, als wir Kinder waren, Onkel Ott-

frieds glühender Stolz auf uns mir jetzt die Kraft gaben, welch herrliches Paradox, auch gegen ihn, den Ottfried-Orkan, anzustinken.
Wenn die Liebe, die Zuneigung und der Stolz unseres Vaters wie auch Onkel Ottfrieds, als wir Kinder waren, für mein und auch für meines Bruders und Björns männliches Selbstbewusstsein, für unser Gefühl, wilde und mutige Jungen zu sein, die später, so das Gefühl und das Bewusstsein, das sie uns mitgaben, so mutig wie Lederstrumpf oder Winnetou und Old Shatterhand sein würden, ganz unverzichtbar waren, so war es aber die warme, spontane und sensible Liebe meiner Mutter, die uns das Bewusstsein und das Gefühl vermittelte, um unserer selbst geliebt zu sein, in allem, was wir fühlten, uns wünschten, dachten. Sie war es, die überhaupt Worte dafür hatte, mit denen sie uns auf unsere Befindlichkeit ansprach, und ein Ohr, wenn wir ihr über das, was wir erlebt hatten, erzählten, sie kümmerte sich um uns, wenn wir Zahnschmerzen hatten, wenn wir mit einer Erkältung oder einer Kinderkrankheit im Bett lagen, wenn wir niedergeschlagen wegen irgendetwas waren, ihr konnten wir von dem, was uns bewegte, erzählen, nicht unserem Vater, der gehemmt war und etwas phlegmatisch dazu, und schon gar nicht Onkel Ottfried, bestenfalls Tante Hedwig, seiner Frau, die zwar großzügig, lieb und wohlmeinend zu uns, aber ihrem Ottfried fast hörig war und immer beschwichtigen wollte, wenn es geknallt hatte, forderte, dass wir Verständnis für ihn aufbringen sollten, weil er ja die meiste Verantwortung für den Hof habe und weil er es im Grunde nicht so meine, wenn er zornig sei, Hedwig, die noch viel mehr als unsere Mutter zerrissen war zwischen ihrem eigentlich freundlichen, gegenüber anderen gutwilligen und mitfühlenden Wesen und dem, was, wenn es zum Konflikt kam, mächtiger war als sie, der selbst Widerstands-Felsen wie Pappmaschee schreddernde Ottfried mit seiner unberechenbaren Tyrannei und den Meinungen, die er vertrat, weil er ja ein so intelligenter Mann sei, an den sowieso niemand

rankäme, wobei im Gegensatz zu meiner Mutter der Raum ihrer eigenen Entfaltung sehr viel kleiner, ja so klein war, dass ihre Neigung zur Schwermut und zum selbstquälerischen Sich-Zurücknehmen durch ihre Ehe mit Onkel Ottfried folgerichtig noch erheblich verstärkt und festgeschrieben wurde, die arme Tante Hedwig, die schon seit Jahren nur mit Anti-Depressiva und Schlafmitteln über die Runden kommt, weil sie es sonst an den Nerven bekommt, wie im Dorf gesagt wird, worüber in der Familie und im Dorf natürlich nicht gesprochen wird, weil so etwas immer noch ein Tabu ist und man leicht als Irre oder Irrer abgestempelt würde, wenn man erzählte, man sei beim Nervenarzt in Behandlung, der einem Medikamente verschreibe.

107. Ein Weißdorn-Orgien orgelnder Frühlingstag, und Vater gibt uns bei Lederstrumpf in die Lehre

Zum Glück für uns, meine Schwester, meinen Bruder und mich, ja auch für Björn, war jedoch die Grundmelodie im Leben meiner Mutter nicht Schwermut, sondern Unbeschwertheit, die uns das Gefühl gab, dass wir mit unseren Wünschen und dem, was wir wollten und dachten, wertvoll sind, weil sie uns warmherzig liebte, unsere Mutter, die uns sicher auch verwöhnte, die wir in mancher Hinsicht um den Finger wickeln konnten, wenn wir mit ihr in Hermannsdorf einkaufen waren, wo immer ein großes Eis, ein Buch oder eine Platte drin war, die uns vor dem Einschlafen Geschichten vorlas, die uns erlaubte und bei unserem Vater auch dafür eintrat, dass wir von Zeit zu Zeit bei irgendeinem Freund übernachten durften, die stolz auf uns war, wenn wir in der Schule gute Noten mit nach Hause brachten, die aber auch kein Gewese machte, wenn wir durchschnittliche oder sogar schlechte Leistungen ablieferten, weil sie uns eben als ihre Kinder per se und ohne alle Vorleistungen liebte und also nicht erst dann, wenn wir große Kracher in der Schule oder sonst wo waren, wie es zum Teil bei unserem Vater der Fall war, der in der Beziehung seinem Bruder Ottfried ähnelte, wenngleich er zum Glück nicht so humorlos und fanatisch wie dieser war, unsere Mutter, die bei unserem Vater dafür eintrat, wenn mein Bruder Martin und ich ins Kino wollten, um die Rockoper „Tommy" von The Who anzuschauen, wofür unser Vater keinen Sinn hatte, der uns aber wiederum ins Kino ließ, um den „Der weiße Hai" im Kino zu sehen, und uns auf die für uns so magischen Kinderserien „Die Schatzinsel", „Lederstrumpf" sowie „Tom Sawyers und Huckleberry Finns Abenteuer" hinwies, um uns, diese Kinderfilme als seine Metasprache benutzend, zu vermitteln, dass er uns in der Begeisterung für die Abenteuer in diesen Geschichten voll und ganz verstünde, dass er mit Lederstrumpf, Chingachgook und uns durch den Wilden Westen reiten würde als Kämpfer für das Gute und die Gerechtigkeit, wofür meine Mutter wiederum so viel Verständnis hatte wie eine Forelle aus dem Dorfteich für die Schönheit einer Löwenzahn-Wiese im Mai, was aber zeigt, dass sie sich in ihrem Verständnis für unsere Freizeitaktivitäten gut mit dem unseres Vaters ergänzte und wir deshalb oftmals einen der beiden als Bundesgenossen und Fürsprecher gewinnen konnten, je nachdem, was wir vorhatten, unsere Mutter, die mich, und ich denke auch meinen Bruder Martin und meine Schwester Monika, anfeuerte und inspirierte, durch ihre Art, sich intensiv und ausgelassen zu freuen an den schönen und interessanten Dingen des Lebens, an einem Weißdorn-Orgien orgelnden Frühlingstag, einem Sommertag, der dichtende Mohn-Schlösser denkenden Schönheits-Weizen wieherte, einem mit Sturm-Pferden galoppierenden Herbst- oder Schnee-Schnitzel bratenden Wintertag etwa, und die jedem etwas Wild-Freudiges abgewinnen konnte, etwas, was sie mit Ekstase-Flügeln abheben ließ, wenn sie das frische Grün auf Wiesen und dem Laub im Frühling, die Forsythien und den Löwenzahn, die Getreidefelder und die manchmal magische Hitze und das jede Pore des Erlebens durchdringende und Glück gischtende Licht des Sommers erlebte, wie auch die auf Tornados surfenden Farb-Falken der bunten Herbstblätter oder wenn sie den ersten Schnee feierte, indem sie einen riesigen, kunstvoll mit Gemüse und Obst verzierten Schneemann mit uns baute, als wir Kinder waren, und den sie, als wir Schulkinder waren, auch dann noch liebevoll mit Schnee zusammenrollte, während wir schon in der Schule waren, und der uns als Meister der Winterfreuden schon von Weitem begrüßte und uns aufforderte, uns diesen mit Schmackes hinzugeben, dem gleißenden Weiß des Schnees, wenn die Sonne ihn mit ihrem Licht duschte, dem Schlittenfahren und den Schneeballschlachten, die meine Mutter zu den nicht erwünschten Winterfreuden zählte, die wir aber als Aufforderung des eisbärgroßen Schneemannes hörten, meine Mutter, die eben die fröhlichen Affen der Farben, die Thai-Massage der Augen durch Formen und die Seelen-Ferien des Lichts liebte, die es verstand, im Alltag nichts Langweiliges zu sehen, sondern ein Fest, das es zu feiern, zu bewundern und zu bestaunen galt, und dass alles andere ein Sakrileg, Undankbarkeit gegenüber Gott wäre, der uns das prächtige Bilderbuch der Welt zu unserer Freude geschenkt habe, und alles andere eine Sache für seelische Flachschippen wäre, die nicht abheben könnten, die mit einem bedauernswerten Tunnelblick durchs Leben dümpelten, was sie nie so sagte, was ich aber als Subtext las, wenn sie manchmal ein bisschen arrogant und selbstverliebt Kommentare über die gemäßigten und vernünftigen Zeitgenossen abgab, meine Mutter, die uns humorvoll Geschichten der Liebe zwischen ihr und unserem Vater in der Jugend erzählte und die mich, als ich zwölf war, fragte, welche Mädchen ich denn schön finden würde und sympathisch, die mir die Liebe als das größte und schönste Abenteuer des Lebens ausmalte, gegenüber dem alle anderen sich ausnähmen wie in der Kindheit ein Sonntagsbesuch bei einer strengen Tante, bei dem man sich am besten in eine Kinderstatue verwandelt hätte, weil sie, die Tante, selbst das leiseste Lachen noch als Anschlag gegen einen kultivierten Sonntagnachmittag aufgefasst hätte, gegen den es mit der GSG 9 des Schimpfens in aller Effizienz und Härte vorzugehen galt, wie eben ein solcher stinklangweiliger Sonntag gegenüber einem Sommersonntag-Nachmittag im Schwimmbad mit Freunden von Hermannsdorf, meine Mutter, die mir so die Erotik als den Pfeffer erscheinen ließ, der das Sonntagsmahl des Lebens erst richtig würzte, indem sie, versonnen lächelnd, zu mir sagte, dass auch ich in ein paar Jahren mit meiner Freundin in Hermannsdorf küssend an einer solchen Hausecke stehen würde, als wir dort einmal ein sich ausgiebig und innig küssendes Liebespaar sahen, wodurch mir meine erwachenden Schwärmereien für Mädchen als etwas Erlaubtes, Schönes, Abenteuerliches, durch nichts im Leben zu Ersetzendes erschienen, meine Mutter, und das war eine Gemeinsamkeit mit meinem Vater, die zusammen mit ihm lyrisch für das gute Essen schwärmte, das sie uns kredenzte, wobei dabei nicht ihre eigene Kochkunst das Ziel ihrer Lobpreisungen war, sondern eine Art flammende Dankbarkeit dafür, dass es so etwas Herrliches wie Kartoffeln, Nudeln, Gemüse, Fleisch, Salate, Nachtische, Kuchen, Käse und Wurst gab, die fette Maiwiese des Essens, die niederländische Landschaftsgemälde aus dem sechzehntenn und siebzehnten Jahrhundert kocht, brät und backt, niederländische Landschaftsgemälde, die das selige Schmausen preisen. Aber, wie bereits geschildert, sie war natürlich nicht ausschließlich die Gute, die uns alle liebte, sondern auch sie hatte Bereiche ihrer Seele, in denen sie ein Schisshase war, der seine Kinder allein ließ, eben wenn es darum ging, ganz klare Grenzen zu ziehen gegenüber Onkel Ottfried und der phlegmatischen Angepasstheit meines Vaters. Auch sie wurde von Seelen-Peitschenschlägen traktiert, die ihr die pietistisch-fundamentalistische Selbsthass-Prediger-Ideologie verpasst hatte, die sich in ihrer Jugend in ihrem Erleben eingenistet und festgesetzt hatte und die sie natürlich an uns alle und so auch an mich als Ältesten und dafür am empfänglichsten weitergab. Wie geht das zusammen, die Ausgelassenheit, schiere Lebenslust und der Humor und die Selbst-Geißel-Ideologie, das frage ich mich. Ich stelle es mir bei ihr so vor, dass als Erstes ihre alles in allem glückliche, von liebevollen Eltern umsorgte Kindheit ihr eine nahezu unverwüstliche Fähigkeit zur Lebensfreude mitgegeben hatte, die körperlich-genetische Ausstattung für diese Erlebnisfähigkeit sei als ein weiterer Faktor vorausgesetzt, und dass auf der anderen Seite schon ihre Eltern, die ebenfalls beide protestantisch-pietistisch geprägt waren und ihr Leben lang in dieser Szene, heißt: in der sogenannten Landeskirchlichen Gemeinschaft, blieben, ihr den tröstenden, in schweren Lebens-Situationen Luther-Burgen des Schutzes verleihenden, aber Meißner-wuchtige und thronende Angst in den Glauben reingesungen haben, mein Opa und meine Oma also, die ich hauptsächlich als liebe Großeltern in Erinnerung habe, meine Oma als Totalverwöhnerin, die mich mit herrlichsten Mahlzeiten, Nachtischen und Kuchen verwöhnte, meinen Opa als großen Geschichtenerzähler und Mühle- und Dame-Genie, meine Großeltern, die mir eine Bibel schenkten, als ich zehn oder elf war, über die ich mich mächtig gefreut habe, meine Großeltern, von denen ich aber eben auch vermutete, bei meiner im Alter zur Schwermut neigenden Oma stärker als bei meinem Opa, dass auch sie schon einen im hohen Maße ambivalenten Glauben hatten, nämlich dass dieser einerseits ein großartiger Lebensbegleiter war, der auf allen Glücksgipfeln mit dabei war und der ihnen eine ewig leuchtende Taschenlampe und ein Kompass zugleich war, wenn sie Schwierigkeiten hatten oder ein großes Unglück sie heimgesucht hatte, wie der Tod zweier Brüder meines Opas, und das Leben ihnen wie ein dunkler, riesiger Wald in einer mondlosen, kolkrabenschwarzen Nacht erschien, in dem sie sich verirrt hatten, und dass er, der Glaube, andererseits einschüchternd und beängstigend für sie war, etwa durch die Höllenangst, die ihnen die Panzer-Pietisten-Prediger mit ihrem Dogmen-Beton einjagten bei

Zeltmissionen oder in der sogenannten Stunde, einer wöchentlichen Zusammenkunft, bei der immer über einen Bibeltext gesprochen wurde und bei der manchmal Prediger als Leiter einer Stunde fungierten, unter denen es unter Garantie auch autoritäre, sadistische Angst-Einjager gab, denen einer abging, wenn sie in den Seelen der Gläubigen oder der noch Nicht-Glaubenden, aber für ihre Botschaft Empfänglichen eine Meute von verhaltensgestörten Pitbulls und Bullterriern entstehen ließen, die auf sie losgelassen und sie zerreißen würden, wenn die armen Würstchen nicht hundertprozentig ihrer zeichentheoretisch so wenig wie das ptolemäische Weltbild überzeugenden Interpretation der biblischen Texte folgten und der protestantisch-fundamentalistischen Fanato-Ideologie ihre Denkfähigkeit opferten, die die Herren Prediger (Frauen durften auf den Bibelschulen als den Kaderschmieden der zukünftigen Prediger nicht ausgebildet werden) als Glaubensstreiter ihnen verkündigten. Meine Mutter wird wohl immer dann die dicke Muffe bekommen, die aggressive und zum Zerreißen bereite Pitbull- und Bullterrier-Meute vor sich gesehen haben, wenn ihr die Angsteinjag- und Quäl-Worte der Prediger-Peiniger in den Sinn kamen, die sagten, dass alle in die Hölle kämen, die sich nicht bewusst für Jesus entschieden hätten und durch einen bewussten Akt, bei dem sie Jesus ihr Leben übergeben haben müssten, wiedergeboren wären, aber auch all die, die zwar glaubten, aber die Bibel nicht wörtlich nähmen und buchstäblich deuteten, sondern modern, historisch-kritisch an sie herangingen und so alle Glaubens-Grundlagen zerstörten. Sobald diese angstgeborenen Denk-Schraubstöcke atmenden Ideologeme in die Bewusstseins-Küche meiner Großeltern eindrangen und nackten Schrecken verbreiteten, so stelle ich es mir vor, wurden sie daran erinnert, dass sie diese Botschaft auch an ihre Tochter weitergeben mussten, wenn sie richtige, ernsthafte, eben entschiedene Christen sein wollten, Christen, die die Normen der Organisation Entschiedenes Christentum (EC) ernst nahmen, die zwar keine Freikirche war und ist, aber alle der Aufklärung verpflichtete Interpretation als Abfall vom wahren und einzig gültigen Glauben ansieht, eine geistige christliche Kampftruppe, die gegen die Atheisten, aber fast noch mehr gegen die liberalen, modernen Christen oder die lauen, sesselfurzenden Namenschristen in die Schlacht zog, und deshalb gaben sie die Höllenangst und die einzige gültige Medizin dagegen, den entschiedenen und die Bibel (scheinbar) wörtlich nehmenden Glauben, an unsere Mutter weiter, die sie – die Medizin – dann wiederum als Angst-Dornen und als ätzende Wunden schlagende Herkulesstaude auch in meine Seele pflanzte.

Das ist der Hintergrund der Glaubensvorstellungen meiner Mutter, bei der zum Glück ganze Kontinente der Unbeschwertheit und des frechen Überschwangs in ihrer Seele Klingelmännchen spielten, auf die die Panzer-Prediger keinen Zugriff hatten. Mit ihr konnte ich in unserer Familie als Einzige über den Glauben reden. Mein Vater, der inzwischen regelmäßig in die Kirche geht, fiel damals als Gesprächspartner genauso aus wie Onkel Ottfried und Tante Hedwig, seine schüchterne, depressive Ehefrau, um mit ihnen zusammen die Kühe der Wörter auf die Weide des Glaubens zu treiben. Sie waren genau so unfähig, über dieses Thema zu sprechen, wie sie gehemmt und verklemmt, fast möchte ich sagen: behindert in vielen emotionalen Belangen waren, über die sie infolgedessen so viel sprachen wie ein Trappistenmönch über die neuesten Kollektionen von Karl Lagerfeld. Was den Glauben betraf, konnten sie die Gefangenen der Wörter einfach nicht aus dem Gefängnis ihrer Angst befreien. Mit Tante Hedwig konnte ich zwar über irgendwelche Erlebnisse in der Schule sprechen oder über das, was ich mit meinen Freunden machte und erlebte, wenn es nicht gerade Streiche waren, die sie missbilligen würde, nicht aber über den Glauben, weil sie eine laue, unentschiedene Haltung hatte, die mir ein Spiegel der Unentschiedenheit und Indifferenz von Onkel Ottfried zu sein schien.

Nach meinem Eindruck tendierte sie sogar in Richtung Atheismus, hatte aber nicht den Mut dazu, das zu sagen. Vor allem kann ich mich an Situationen im Schweinestall erinnern, in denen ich mit meiner Mutter über den Glauben sprach, und zwar als ich fünfzehn war und stark unter dem Einfluss der Pietisten stand, selber unter der Knute eines Mega-Onkel-Ottfried-Gottes stand, der aber durch den richtigen, die Bibel wörtlich nehmenden Glauben zu besänftigen sei, wie ich mir reinsingen ließ. Von poststrukturalistischer Zeichentheorie, nach der es unmöglich ist, einen Text wörtlich zu verstehen, weil es den einen Sinn als transzendentales Signifikat, den Sinn, der fest an die Wörter genagelt ist, nicht geben kann, hatte ich damals noch nichts gehört. Überhaupt sah ich damals in mancher Hinsicht das, was die Prediger sagten, als maßgeblicher an als das, was ich selber dachte, und eben deshalb war ich in dieser Phase meines Lebens wie viele andere Jugendliche auch, mit fünfzehn also, von meiner seelisch-geistigen Struktur her überhaupt kein Protestant, sondern ein Katholik, der der von scheinbar berufenen Bibel-Spezialisten – die protestantische Variante der Abschaffung des Priestertums aller Gläubigen – verfochtenen Auffassung mehr Macht und Wahrheit einräumte als dem eigenen Denken, das der Gott, der die Vernunft und das Denken geschaffen hat, ja nicht nötig hat zu verhindern, sondern im Gegenteil, so mein Glaube heute, dass er, der Schöpfer, Versöhner und Erlöser, durch den Heiligen Geist jeden Gläubigen zum eigenen Denken ermutigen und es befördern will, zu dieser Zeit also, als ich unter der Knute eines Mega-Onkel-Ottfried-Gottes stand, der aber durch den richtigen, die Bibel wörtlich nehmenden Glauben zum Gott wurde, der einen unendlich liebte, wobei das Bibel-wörtlich-Nehmen eben neben dem Grillen des eigenständigen Denkens den Nachteil hatte, dass ich die in mir erwachende Erotik und Sexualität genau wie Herbert auch als etwas Sündiges und Verbotenes erlebte, was für einen Fünfzehnjährigen, der, laut wissenschaftlichen Befragungen, im Durchschnitt alle zwei

Minuten an Erotik und Sex denkt, etwa so ist, als würde man einem Menschen sagen, dass es im Sommer Sünde sei, sich der Sonne auszusetzen oder, noch extremer, die Sonne überhaupt nur zu sehen, als würde man einer Lerche das Singen, als würde man einem Zahnarzt das Bohren verbieten, in dieser Zeit also habe ich mich mit meiner Mutter besonders oft über Glaubensfragen unterhalten und eben gar nicht so selten im Schweinestall, wo achtzig Muttersauen in ihren kleinen Boxen standen (über artgerechte Haltung haben meine Eltern, Onkel Ottfried und Hedwig und wir Kinder uns damals keine Gedanken gemacht), wo sie so laut schrien, dass die Wände, die Spatzen und Schwalben auf dem Hof, die Pappeln, Eichen, Linden und Kastanienbäume eine Demo veranstalteten und ihrem Arbeitgeber eine Protestnote wegen des unerträglichen Lärms überbrachten und Ohrenschützer forderten und damit Erfolg hatten, sodass ich die Ohren der Wände, der Vögel und Bäume auf unserem Hof immer mit Ohrenschützern sah, wenn die Sauen gefüttert wurden, nur meine Mutter hat niemals erwogen, auf diese Weise den Handys ihrer Ohren ein schützendes Täschchen zu gönnen, wahrscheinlich, weil sie so etwas für neumodischen Quatsch und sich selber für unverletzlich hielt. Nur mein Bruder war so schlau, sich schon ziemlich früh einen Gehörschutz aufzuziehen, weil er, was Hören betraf, am sensibelsten von uns allen ist. Ich konnte zusammen mit meiner Mutter die Wort-Kühe auf die Weide des Glaubens treiben (das geht sogar im Schweinestall), weil ich wusste, dass auch sie einen Glauben hatte, der maßgeblich durch die Peitschen-Wörter der Pietisten, durch das EC, geprägt war und dass er, der christliche Glaube, für meine Mutter ein großer Halt im Leben war, die sichere Wartburg, auf die sie sich immer zurückziehen konnte, wenn sie von den Königen des Leids verfolgt und den Fürsten der Hektik gehetzt wurde.
Für sie selber, aber damals auch für mich, ist es in meinen Augen ein Unglück, ein Geschwür in der schönen Haut ihrer Seele, dass sie in einem Teil derselben, in einem Zimmer ihres

Bewusstseins und noch mehr im mit Findlingen verrammelten Keller ihres Unterbewusstseins, an den strafenden, sadistischen Gott glaubte, der einen in die Hölle mit ihren ewig peinigenden Strafen, ihren nicht endenden Foltern dann befördert, wenn man der Prügel- und Angstmach-Doktrin der Pietisten-Prediger nicht folgt und sich stattdessen freiem, kritischem, ja überhaupt dem eigenen und eigenständigen Denken hingibt und diesem vertraut. Das ist ein entscheidender Punkt in meinem Leben, mein sich über Jahre hinziehendes Damaskus-Erlebnis, dass ich im Glauben an den liebenden und lieben Gott, der im Nazarener seine Menschenliebe ebenso gezeigt hat wie auch seine Kritik an einer zwanghaften, engstirnigen, die bestehende soziale und religiöse Hierarchie und deren Status quo für sakrosankt erklärenden Religion und Staatsgewalt, dass ich im Glauben an diesen Gott meinem eigenen Denken und Fühlen vertrauen, meine eigene Melodie im Frühling des Lebens zwitschern, mein eigenes Gemälde auf die Leinwand des Lebens malen darf.

108. Die Angst in den Baseball-Fanghandschuh Gottes werfen

Auch in mir arbeiten, bedingt durch meine familiäre Sozialisation, durch den Schrecken verbreitenden Familien-Götzen Onkel Ottfried, vor dem mein Vater aus Phlegma und Angst und in wichtigen Punkten auch meine Mutter kuschten, auch in mir arbeiten die illegalen und deshalb schutzlosen Nicht-EU-Arbeiter in der Fabrik des angsterzeugten Einknickens vor dem zornigen Diktator-Gott und seinem Boden-Personal, wie ich überhaupt bei unberechenbaren, aggressiven Menschen zunächst einmal ein Schisshase bin, ein Feigling, der erst durch einen bewussten Glaubensakt, in dem ich all meine Muffe in Gottes riesige Baseball-Fanghandschuhe, in Gottes „mitts", werfe, handlungsfähig wird, wobei immer auch

Angst-Bälle bei mir zurückbleiben, wodurch ich aber in den Stand versetzt werde, trotz meiner Angst zu agieren, zu sagen, was ich denke, oder, wenn das nicht geht, es zu schreiben, eben trotz meiner Angst Stellung zu beziehen, und wenn ich mir dabei in die Hose mache und wenn ich so klein wie ein Plastikfigürchen aus einem Überraschungsei werde und wenn ich mich fühle, als sei ich in der Schrotmühle gemahlen worden und wäre nur noch Schweinefutter, und wenn meine Stimme dabei zittert wie Espenlaub und wenn ich innerlich den Amazonas mit Tränen füllen könnte, der Baseball-Fanghandschuh Gottes, sein „mitt", fängt mich auf, ich sitze auf dem Licht-Adler Gottes, meine Seele ist in ihrem innersten Kern beschützt von den dicken Burgmauern und den Rittern Gottes. Für mich stellt sich an dieser Stelle auch die Frage nach dem Verantwortlichsein eines jeden für seine Entscheidungen, für das, was man sagt, und für das, was man tut: Irgendwann, wann, kann ich nicht einmal für mich präzise sagen, bin ich verantwortlich, und ich kann nicht, alles entschuldigend und Verantwortung abweisend, alles auf meine familiäre Sozialisation schieben, auf die Deformationen durch meine Familie, die mir meine Familie zweifellos zugefügt hat durch manchen Wut-, Angstmach- und Tabu-Hagel, bei dem eigroße Eisstücke vom Himmel auf das Dach meines Erlebens fielen. Dass Onkel Ottfried mich durch seine Art natürlich auch implizit aufgefordert und mir sogar Mut gemacht hat, kein Weichei zu sein, sondern jemand, der sich dadurch, dass er seine Meinung sagt, als mutiger Mann erweist, vergesse ich manchmal, wenn ich daran denke, welche Beulen an der Karosserie meiner Seele ich zu Hause davongetragen habe. Wenn ich also ein peinlicher Feigling war, als ich hätte Stellung beziehen müssen, bin ich ab dem Zeitpunkt für mich verantwortlich, da mir die Alternative des Einknickens bekannt ist, nämlich im Glauben alle Angst in den riesigen Baseball-Fanghandschuh Gottes, in seinen „mitt", zu werfen, und wenn ich es dann nicht tue, bin ich verantwortlich und bin ich auch schuldig geworden. In Windeseile hat der Hahn dreimal gekräht, und ich habe Jesus verleugnet, indem ich, vor wem auch immer, aus Angst einknicke, wo ich hätte Stellung beziehen oder etwas tun müssen, was wiederum auch nicht zu einer Art Allmachtswahn führen sollte, in den ich in manchen Phasen meines Lebens auch geraten bin, wahrscheinlich aus der Zwangsstruktur meines Charakters heraus, der schon mehrfach genannten kierkegaardschen „Verzweiflung der Notwendigkeit“ als eines Denk-Schlüssels, mit dem ich die Tür zum Schraubstock-Mohn züchtenden Keller meines Erlebens aufschließen konnte und das Oktober-Ahornlaub verströmende Licht heilender Erkenntnis die totale, Krächz-Krähen gebärende Dunkelheit vertrieb. Wenn ich immer dann schuldig werden kann, wenn ich nicht Stellung gegen irgendeine Ungerechtigkeit beziehe oder dagegen angehe, sei es nun in meinem privaten Leben oder weltweit, dann kann ich ganz leicht als Verzweifelter der Notwendigkeit und also als Perfektionist, der nur dann eine Existenzberechtigung hat, wenn er Leistung erbringt, dahin geraten, mich für alle Ungerechtigkeiten dieser Welt zuständig zu fühlen, und zum Helferzwang-Weltretter werden, der den ganzen Tag zwanghaft immer nur anderen helfen will oder gegen alle Ungerechtigkeiten dieser Welt mit seiner Rosinante anreitet, dabei aber als Person mit eigenen Wünschen und Bedürfnissen ausgeschaltet ist, weil alles, was in einem leben will, durch den Zwang zum Helfen niedergebügelt wird. So kann nur ein Zwanghafter agieren, im Grunde einer, der an die Werkgerechtigkeit glaubt und nicht an die Rechtfertigung allein durch den Glauben an die Liebe und die Gnade Gottes, weil er allein durch seine Frömmigkeits- und Nächstenliebe-Leistung glaubt, eine Berechtigung zum Leben zu haben. Diese ganz sicher auch durch die familiäre Sozialisation geprägte Haltung, die aber in der Phase, als ich schon zwei Jahre mit Lena zusammen war, zu meiner Einstellung geworden und für die ich zu einem Teil auf jeden Fall selber verantwortlich war, führte dann zu einem totalen seelischen Zusammenbruch, wie ich ihn in diesem alle Lebensfreude pulverisierenden Maß noch nie erlebt hatte, womit ich natürlich vorgreife und was ich in diesem Büchlein auch nicht weiter ausführen möchte. Nur auf das Rettende, das nach Hölderlin da ist, wo Gefahr ist, möchte ich hinweisen, auf den Glauben an Gott und ein sich aus diesem ergebendes positives, bejahendes Verhältnis zu sich selber und zur Welt, bei dem man die „Schöpfung als Wohltat" ansehen und erleben darf, wie es Karl Barth in seiner „Kirchlichen Dogmatik" genannt hat. Das heißt, ich darf mich als Mensch mit meinen Gefühlen, Wünschen und Bedürfnissen und auch mit meinen Begrenzungen bejahen und kann von da aus im Glauben an das Gerechtfertigtsein meiner Meinung, aber auch meiner Emotionen und Wünsche meine Position in der Welt bestimmen, erkunden, wer ich bin, und, dieses in allem berücksichtigend, immer wieder neu eine Entscheidung treffen, was ich tun möchte und was ich tun kann, und alles andere in die Hand dessen legen, der mir alles in allem ist, des malenden Unendlichkeits-Ozeans der Liebe und Jauchz-Flügel verleihenden Schöpfers, Versöhners und Erlösers. Die eigene Historie nicht zwanghaft und sadomasochistisch verdrängen und als Folge dessen an der Oberfläche stumpf leugnen, sondern im Glauben an den liebenden Schöpfer die eigene Person, die Emotionen und das eigene Denken bejahen und Verantwortung übernehmen und aus dieser realistischen und nicht der depressiv machenden Allmachts-Perspektive Schuld eingestehen, wo ich die Angst angebetet habe und sie nicht in den Baseball-Fanghandschuh, den „mitt" Gottes, geworfen habe, und hat sie sich, die schwarze Frühlinge Schwingende, auch noch so stark eingebrannt ins Seelen-Fell und ist sie auch noch fest eingemeißelt in den Felsen der Seele.

109. Dr. Waldemar Zwackmann

Heute habe ich, als ich eine Mail von meinem Freund Berthold Zwackmann bekommen habe, an Dr. Waldemar Zwackmann denken müssen, einen in den Sechziger- und Siebzigerjahren in der evangelikalen Szene bekannten Evangelisten, eine Art deutscher Billy Graham, allerdings teutonisch schwerfälliger und möglicherweise ideologisch in seiner Abwehrstellung gegen die moderne Theologie noch fanatischer, nicht das Maschinengewehr Gottes wie der amerikanischer Prediger, sondern eher eine protestantisch-fundamentalistische Bibel-Bulldogge, die, vor Wut schäumend, furchteinflößend bellte und sich, wenn sie auf die moderne Theologie zu sprechen kam, mit ihrer die Aufklärung berücksichtigenden, die Vernunft ernst nehmenden Bibel-Interpretationen, auf diese stürzte und zerfleischte mit ihrem Wut-Gebiss, die historisch-kritische Methode, die man im Einzelnen kritisieren kann, wie man es für richtig hält, und die man zu Recht für armselig erklären kann, wie Eugen Drewermann es tut, wenn sie als einzige Bibel-Interpretation in ihrer existenziellen Belanglosigkeit übrig bleibt, die man aber aus Angst vor dem eigenen Denken und der Vernunft nicht für verboten und per se unchristlich dekretieren darf, nur weil sie die Bibel nicht als wörtlich eingegebene Life-Reportage des Göttlichen ansieht, sondern als historisch gewordenen und also in einem bestimmten Kontext entstandenen Text. Als ob eine von einem sadistischen und grob-brutalen Herrn gehaltene Bulldogge mit ihrem breiten Horror-Maul wutschnaubend gebellt hätte und, so erlebte ich es als Steigerung dessen, was ich von dem Herrn bereits vor der Evangelisation gehört hatte, sich anschließend in ihrer Wut von der Kette losgerissen hätte, um sich in die Beine der Seele zu verbeißen, so habe ich die Predigt von Dr. Zwackmann in dem großen Zelt bei einer Zeltmission in Hermannsdorf 1977 in Erinnerung.

Der leicht muffige Stoff- und Gummi-Geruch darin war mir eigentlich sympathisch, weil „Zelt“ bei mir von Kindheit an positiv konnotiert war durch ein kleines Kinderzelt, das in unserer Fantasie natürlich ein Indianer-Tipi war, durch einige Kinderfreizeiten bei unserem Gemeindepfarrer, der bei den Frommen als liberal und modern verschrien war, bei denen wir in Zelten übernachteten, woran ich mich gerne erinnere, weil wir interessante Ausflüge in die Umgebung machten, zum Beispiel ein Besuch in einer gigantischen Tropfsteinhöhle in Franken mit Ehrfurcht gebietenden Stalaktiten und Stalagmiten, sowie positiv konnotiert war durch Tornados der Aufregung entfachende Geländespiele und dadurch, dass wir abends, wenn das Wetter gut war, ein großes Lagerfeuer machten und uns in einem Fünfziger-Jahre-Western wähnten, tapfere und großmütige Indianer, für die Adler atmende Freiheit und ein wildes, poetisches Dasein in der Natur kämpfend, der Zeltgeruch also war positiv konnotiert, weil er Erinnerungen hervorrief daran, dass wir damals Schnitzeljagd-Wellen surfende Bunte-Smarties-Pferde des Abenteuers ritten.
Seit dieser Zeltmission jedoch und auch noch nach der, die mir bei der Bibel-Bulldogge Zwackmann etwa zwei Jahre später mitzuerleben vergönnt war, ist mir der Geruch nach Zelt auch ein Abgas-Gestank der Angst, der Angst vor einem Terror-Gott, der nur dadurch von seinem Zorn und seiner Bereitschaft, die von ihm abgefallene Menschheit ewig mit schlimmsten Foltern zu bestrafen, abzubringen ist, dass man genau in der Weise an Jesus glaubt, wie es diese protestantischen Fundamentalisten vor- und einbrüllten und -brüllen, diese Blockwarte einer aggressiven, das Denken aussperrenden, armseligen Bibelinterpretation, die mit Wollust die Kätzchen der Unbeschwertheit und des Glücks in der Seele ihrer Zuhörer umbrachten.
Wenn ich an diese erste Zeltmission denke, kommt mir als Erstes das Gefühl einer ganz und gar unerträglichen Angst vor die Augen meiner Erinnerung, an die Bulldogge natürlich, die

mir klaffende Wunden in den Seelen-Beinen zugefügt hatte, eine Angst, als hätte ich mich in einer dunklen Gefängniszelle befunden, in der ich gefesselt wäre und in der ich verdursten müsste und in der mir ein narzisstisch-perverser, sadistischer Wärter regelmäßig Brandwunden mit einer Zigarette zufügen würde, wenn ich nicht, so der Fromm-Sprech, der Jargon der Eigentlichkeit der Szene, Jesus mein Leben übergeben würde und mich nicht in eine Gemeinschaft mit anderen Gläubigen begäbe wie eben die der Entschiedenen Christen. Wahrscheinlich rückt diese Zeltevangelisation in der Erinnerung zusammen mit der, die ich zwei Jahre später genossen hatte, wobei allerdings der gewaltige Unterschied darin besteht, dass ich bei der späteren, also 1979, dem wortgewaltigen Bibel-Kettenhund schon wesentlich kritischer gegenüberstand als in der von 1977, als ich von Bulldoggen zerfleischt und gefesselt und gefoltert in dem dunklen Keller fürchterliche Gewissensqualen litt, weil ich Jesus in einem bewussten Akt noch nicht mein Leben übergeben hatte und ein zu lauer Christ gewesen war und eben deshalb während jener Zeltmission im Stillen Jesus mein Leben übergab. Das Bindeglied in der Erinnerung zwischen diesen beiden Veranstaltungen sind natürlich die Veranstaltung im Zelt und die Atmosphäre einer großen, durch den wortgewaltigen, manipulativen Prediger verbreiteten Angst vor dem strafenden Gott. Bei der 1979er-Zeltmission, eben schon kritischer, war ich geschockt und empört darüber, dass der die Bibel wie einen Vorschlaghammer schwingende Dr. Zwackmann gegen den frechen Spötter Heinrich Heine polemisierte, der erst, als er in der Matratzengruft gelegen habe und sehr krank gewesen sei, zum lebendigen Gott gefunden habe, so als sei alles, was Heine davor geschrieben hatte, dadurch durchgestrichen, was mir unerträglich war und auch wieder Schuldgefühle verursachte, weil ich seit dem Frühling jenes Jahres Heinrich Heines „Buch der Lieder" entdeckt hatte und total fasziniert von seinen Gedichten war, weil die erotischen, schwermütigen, auch in Selbstmitleid schwelgenden und spöttischen Verse mir ähnlich wie die Bücher Hermann Hesses oder Salingers „Der Fänger im Roggen" zeigten, dass ich mit dem, was ich erlebte, nicht allein war. Wenn ich Heines Gedichte las, fühlte ich mich nicht mehr wie ein Außerirdischer auf dem zwar schönen Blauen Planeten, auf dem mir aber in mancher Hinsicht die Bewohner so fremd waren wie einem sibirischen Tiger eine Aufführung in der Semperoper in Dresden, was meine Sehnsucht nach einer Mai-Bäume tirilierenden Liebe und meine erotischen Fantasien betraf, oh, die Honig-Kilimandscharos von Sophia Lorens herrlichen Brüsten wie auch die unserer Dorfschönheit, oh, und Marilyns lachender Kuss-Weizen der Lust mit den kokettierenden Kornblumen ihrer Augen wie auch die einer blonden Schönen in unserer Schule, in denen ich so gerne versunken wäre und fühlte ich mich auch nicht mehr als Außerirdischer mit meiner immer wieder von Sonnenblumen fressenden Schieferdächern der Schwermut erdrückten und verdüsterten Seele.

Die Gedichte im „Buch der Lieder" waren wie ein liebevoller, humorvoller Seelsorger für mich, der mir das Gefühl gab, dass meine Sehnsucht nach einer Freundin, meine erotischen Fantasien und auch meine Schwermut nicht nur erlaubt sind, sondern dass es herrlich ist, darin zu schwelgen, ein Seelsorger, der eben meine Gefühle, auch meinen Weltschmerz und meine Beton-Mauern um mich herumbauende Melancholie und mein Begehren nicht als Sünde verurteilte, sondern sie sogar in einer bilderreichen, melodischen Sprache feierte. Durch des witzig-wilden Heinrichs Vers-Melodien war ich außerdem auf den Geschmack von Gedichten gekommen, Sound und Semantik im Verein empfand ich als herrliche, wohlschmeckende Nahrung und als Sport, als Fußballspielen, als Tischtennis-Spielen, Joggen und Schwimmen zugleich, und von beiden, von dieser Nahrung und von diesem Sport also, konnte ich gar nicht genug bekommen, weil es die Fitness und Kraft meiner

Seele so aufbaute, als sei ich ein mit Poesie-Muskeln aufgepumpter Flower-Power-Herkules, dem niemand in der Welt dummkommen konnte. Aus dem rosa DTV-Dünndruck-Band stiegen gelb-blaue Hippie-Schwalben auf, die mich mitnahmen in den Äther der Freiheit, in dem man unzensiert ausdrücken durfte, was man dachte und fühlte, und der, der Äther der Freiheit, gerade deshalb zugleich, und so mächtig sind surreale, die Alltagslogik grillende Sprachbilder, wie eine Alpen-Wand stand gegen die Bullen des seelenlosen Funktionierens und der objektiv messbaren Leistung, wie ich sie in der Schule kannte und zum Teil natürlich auch auf unserem Ottfried-dominierten Hof mit der von ihm wie eine Monstranz getragenen Verehrung von Fleiß und Leistung in den Bereichen, die er kannte und die er akzeptierte. Gegen die Alpen-Wand „Das Buch der Lieder" konnten diese Bullen so lange anrennen, wie sie wollten, sie konnten nur verlieren, entweder drehten sie ab oder sie rannten sich den Schädel ein. Ließ Dr. Zwackmann diese Wand auch durch das Dynamit der Schuldgefühle, die er mit seiner Attacke gegen den Heine in seiner Vita ante acta ritt, für kurze Zeit einstürzen, so baute sie sich doch schnell wieder auf – das ist der Vorteil von seelischen Alpen-Wänden im Vergleich zu denen in der wirklichen Welt –, und zwar durch die geistigen Operationen, die ich bereits als Strategie schilderte, um dem Verdikt Hudson Taylors, dass es grundsätzlich Sünde sei, sogenannte schöne Literatur zu lesen, zu entkommen. Dass man sich als Christ mit allen geistigen Strömungen auseinandersetzen müsse, Taschenspielertrick, um diesem Verdikt zu entgehen, das mir den herrlichen, Rockmusik regnenden Rotwein vergiften wollte, und außerdem landeten die Schmetterlinge der Erkenntnis in meinem Bewusstsein – wenngleich sie immer auch wieder einmal wegflatterten, aber auch dann zumindest die Ahnung und das Gefühl blieben –, dass ein Christ auch jenseits des Zweckes, Zeugnis vom Glauben abzulegen, Erlebtes ausdrücken dürfe und auch in den Stand gesetzt sei, von Nicht-Christen Erlebtes in Gestalt von literarischen Texten zu lesen und sich daran zu freuen. Ein Zwanghafter muss sich eben die Hosen der Literatur mit der Kneifzange anziehen!

110. Der die Schreie der Einsamkeit und Verzweiflung aus den Kellern, Tunneln und den brutal hässlichen Stadtvierteln der Seele hört und mit malenden Mittelmeer-Gitarren tröstet

Aber so schlimm angstgetrieben und so grässlich zerfleischt meine Seelen-Beine von der Bibel-Bulldogge Zwackmann waren, so war doch der Akt, 1977 Jesus mein Leben zu übergeben, den Glauben noch existenziell verbindlicher zu leben als in der Kindheit und noch bewusster als in der Konfirmandenzeit, als unser theologisch moderner und liberaler Pfarrer Spiritus ins Feuer meines Glaubens goss, indem er mir den Glauben als Antwort auf die Frage nach dem Sinn des Lebens vermittelte, aber eben zum Glück mit der Lizenz, Fragen zur Glaubens-Antwort zu stellen, der Glaube als Segelschiff, mit dem man den Freiheits-Ozean des Lebens gelassen, aber auch voller intensiver Freude befahren kann, der Glaube aber auch untrennbar verbunden mit Nächstenliebe und sozialem Engagement, unser liberaler, linker Hansdampf-in-allen-Gassen-Gottesmann, dem es jedoch in seinen Predigten genauso an existenzieller Verbindlichkeit des Glaubens gebrach, wie er diese auch bei seinen zahlreichen von ihm initiierten Aktivitäten wie Kinderfesten, Kinderfreizeiten, Konfirmandenfreizeiten nicht vermitteln konnte, heißt, dass er bei aller Aufgeklärtheit und Toleranz zwar ein allgemeines Gefühl der Religiosität vermittelte, aber kein ernsthaftes und verbindliches dialogisches Verhältnis zu dem vermittelte, der die Schreie der Einsamkeit und Verzweiflung aus den Kellern, Tunneln und den brutal hässlichen Stadtvierteln der Seele hört und mit malenden Mittelmeer-Gitarren tröstet und der sich mitfreut und jubelt, wenn man berauscht in den Alpen der Freude wandert, und in Freudenschreie ausbricht, wenn man über der Waldgrenze an einen Aussichtspunkt kommt, von dem man einen Blick in die Weite, aber vor allem auch ins grüne, dörfergesprenkelte Tal hat, einen Blick also, der einen mit den psalmodierenden und Rittersporn-Klaviere denkenden Steinadlern der Freiheit fliegen lässt, bei dem aber auch die röhrende Sicherheits-Burgen backenden und Fachwerk-Fibeln der Geborgenheit schreibenden Dörfer aus dem Tal grüßen, so war doch der Akt, Jesus im Pietisten-Stil mein Leben zu übergeben, trotz blutender Seelenbeine eine Vertiefung des Glaubens, machte ihn existenziell ernsthafter und also verbindlicher. Der Beginn dieser nach der Konfirmation bei dem liberalen Pfarrer abermaligen bewussten Entscheidung für den Glauben, den ich ja eigentlich schon hatte, war also in hohem Maße ambivalent, so als würde ich das strahlende Gold des Glaubens entdeckt haben, ja als würde ich wie der Dresdner Goldene Reiter selber aus Gold sein und würde auch noch auf einem goldenen Pferd daherkommen, das mir aber in einem Ciudad Juárez der Angst geschenkt worden ist, Angst hin, Angst her, Angstmach-Predigten als Schüsse in der Dunkelheit konnten das Gold zwar ganz schön eindellen oder ihm Kratzer zufügen, aber anhaben konnten sie dem Gold, dem Glück des Glaubens, nichts. Auch konnten sie, die Schüsse in der Dunkelheit, wofür ich sehr dankbar bin, mich als goldenen Reiter des Glaubens (jeder, der glaubt, ist eben in einem bestimmten Bereich seiner Seele auch einer, in welcher Vernunft- und Menschenverachtung auch sein Glaube eingebettet ist) nicht daran hindern, ins Paris der Freiheit, der Poesie und des Glücks zu reiten, das einem ein Glaube schenkt, der vom größten Liebenden sich darin bestärkt sieht, seinem eigenen Denken zu vertrauen, seine Persönlichkeit zu entwickeln und sie nicht zu knebeln, nicht das Denken und nicht die Gefühle, weil man etwa in autoritärer und somit unfreier Weise das denken und glauben sollte, was die theologischen Autoritäten von sich gäben. Ein von Autorität Eingeschüchterter muss sich das immer wieder geben, damit er weiß, wo der Hammer hängt, mit dem man das Doppelglasfenster kaputt schlagen kann und rausspringen kann aus dem stumpfen, freudlosen Büro der Unfreiheit. Das ist für mich die Ur-Erfahrung Luthers, das Ur-Protestantending, ich selber stehe als Einzelner vor Gott und darf in all meiner Fehlerhaftigkeit und Unvollkommenheit meinem Denken vertrauen, nicht unbelehrbar und beratungsresistent, aber nach aller Auseinandersetzung mit anderen Meinungen bin ich es, der im Vertrauen auf Gott seine eigene Position vertreten darf, auch wenn sie sich später als falsch herausstellen sollte, denn dass ich die Verantwortung übernehme, ist entscheidend und ist wichtiger, als gegen meine Einsicht aus Angst vor irgendwelchen Autoritäten heraus eine Meinung zu vertreten, auch wenn immer die Möglichkeit gegeben ist, dass sogar die von den Autoritäten verfochtene und mit Panzern, Bombern und Drohnen durchgedrückte Meinung sich später als richtig herausstellt, was andererseits aber auch nicht meint, in sturer und ebenso unfreier Weise die Meinungen der anderen paranoid und pubertär zuerst einmal als falsch und ablehnenswert zu erleben. Die Einsamkeit dieses Allein-vor-Gott-Stehens ist manchmal sehr schmerzhaft, und ich möchte lieber in die Angstberuhigung der allgemeinen Meinung fliehen, aber inzwischen weiß ich zum Glück nicht nur, sondern fühle es meistens auch, dass diese Einsamkeit im Gefolge der Freiheit, vor Gott ich selber sein zu dürfen, durch die genussvoll Holzscheite mümmelnde Kachelöfen im Winter zwitschernde Nähe, die Galaxien zwinkernde und Lieblingsbücher singende Liebe und Zuwendung Gottes aufgehoben wird. Mit achtzehn aber, als ich eben durch Hans Küng und den Lehrer Geisthof mit Bibelinterpretationen und theologischen Denkweisen konfrontiert wurde, die ich als bei Weitem schlüssiger und menschlicher empfand als die alles andere als vom Teufel kommend ansehende sogenannte wörtliche Interpretation der biblischen Texte, was ja, wie gesagt, nichts anderes hieß, als dass das galt, was die frommen Ideologen in den einschlägigen Bibelschulen als protestantisch-fundamentalistischen Kaderschmieden verkündigten oder in Büchern ausführten, mit achtzehn aber fühlte ich mich innerhalb der vielen Glaubenden aus den evangelikalen Kreisen, die ich kannte, mit meiner Meinung manchmal so einsam, als sei ich ein Känguru in einem deutschen Mittelgebirge, und auch so schuldig, als sei ich ein Abtrünniger, der die schmale Straße, die zur Seligkeit führt, verlassen hätte, um nur mehr auf der breiten Straße derer zu wandeln, denen die Verdammnis droht, ein Schwerverbrecher, der eigentlich lebenslänglich verdient hätte. Auch damals half mir dann nur, mich Gott zu überlassen, ihm zu vertrauen, und es hätte mir noch mehr geholfen, wenn ich es mehr in die Tat umgesetzt hätte, dieses Mich-im-Glauben-Gott-zu-überlassen, meiner mir damals nicht bewussten Zwanghaftigkeit entgegenzuwirken, sie teilweise außer Kraft zu setzen, meine Zwanghaftigkeit, aus der heraus ich eine Garantie dafür wollte, dass das, was ich dachte, richtig sei. Ich wollte es hundertprozentig genau wissen und habe dadurch mehr unbewusst als bewusst den Glauben abschaffen wollen, denn wenn ich weiß, dass das, was ich denke, richtig ist, muss ich nicht an Gott glauben und ihm vertrauen und mich auf den Weg des Denkens machen, was auch bedeutet, dass ich mich irren kann. Aus diesem Grund, meiner tatsächlichen oder auch projizierten Sonderstellung zwischen fundamentalistisch-engstirnigen, aber spirituell-lebendigen Protestanten und liberalen, aber spirituell lauen und oberflächlichen, in irgendeiner Kirchengemeinde engagierten Christen und expliziten Atheisten, fühlte ich mich nicht nur einsam, wenn ich etwa mit Bekannten aus der frommen Szene zusammen war, sondern so verloren und traurig, als sei ich in einen regnerischen, düsteren und alle Hoffnung zersägenden Novembertag versetzt, egal, ob es gerade Mai oder August war, ja, es flogen sogar die Krähen der Selbstbestrafung in meiner Seele und hackten mir in den Leib meiner Seele. Eine solche Traurigkeit ist nicht schön und elegisch wie ein R.E.M.-Song, was im

Grunde eine große und tiefe Form von Glück ist, ähnlich wie die Lektüre von vielen Gedichten Trakls, sondern eine solche Traurigkeit tut weh, verdammt weh, Krähen hacken einem wirklich ins Seelenfleisch, und irgendein Schweinehund streut noch Pfeffer rein, riesige gelbe Straßen-Walzen rollen über das Glück, die Hoffnung, das Selbstbewusstsein und das Selbstvertrauen, und übrig bleibt man als ein graues und raues Klopapier der Hoffnungslosigkeit. Verstört eben, fast zerstört.
Wenngleich ich weiß, dass ich im Glauben an Gott meinem eigenen Denken vertrauen darf, heißt das noch lange nicht, dass ich heute keine Angst und keine das Falken feiernde Schloss der Seele pulverisierenden Schuldgefühle mehr erlebe. Heute, als ich in Willipodii den Artikel über Dr. Gerhard Zwackmann gelesen habe, überkam mich eine große Angst, dass die inzwischen schon lange verstorbene Bibel-Bulldogge Zwackmann und die Evangelikalen vielleicht doch recht haben und dass ich ja möglicherweise tatsächlich vom rechten Weg, vom schmalen Pfad, der zur Seligkeit führt, abgekommen bin. Was hat mir geholfen in dieser Angst? Nur der Glaube daran, dass Gott mir meinen eigenen, mit Denk-Dachsen spielenden Kopf geschenkt hat und dass er will, dass ich diesen gebrauche und mir nicht das Gottesgeschenk einer eigenen Omme zum Denkzellen-Orgeln selber amputiere oder sie mir von den frommen Beton-Verknallten guillotinieren lasse – sähe auch wirklich nicht wirklich gut aus, mit einem solchen Leib der Welt vor die Augen zu treten – und den angsteinjagenden, das Denken plattmachenden Fundamentalo-Wörtlichkeits-Walzen kopflos und damit glaubenslos folge und so die Lizenz zum Denken, das Gerechtfertigtsein meines Denkens für nichts erachte. Letztlich hilft nichts anderes, als mich immer wieder bewusst dafür zu entscheiden, denn etwas einmal erkannt zu haben, heißt eben nicht, diese Erkenntnis den Rest des Lebens nur noch als jederzeit zur Verfügung stehenden Automatismus abzurufen, heißt eben nicht, diese Erkenntnis nur noch zu verwalten, genauso wie es bei Fußball-

spielen in vielen Fällen mächtig in die Hose geht, wenn eine Mannschaft ihre Führung nur noch verwalten will, nur noch über die Zeit bringen will und darob die Freude und die Leidenschaft verliert, aus denen allein heraus schnelles, kreatives, den Sieg herbeiführendes Spiel möglich ist, und den Sieg verspielt (man denke nur an das vier zu vier beim WM-Qualifikationsspiel von Jogis tanzenden Technikern gegen Zlatans nimmermüde Kampf-Blitze aus Schweden) oder sogar noch verliert, letztlich hilft also mir nichts anderes, als mich immer wieder bewusst dafür zu entscheiden, an den Gott zu glauben, der mir die Chance dazu gibt und möchte, dass ich meinem eigenen Denken vertraue, auch wenn ich nicht alles objektiv, heißt: zeitlos wahr und unanfechtbar richtig sehe, was es im Bereich des Denkens sowieso in den meisten Fällen nicht gibt. Mit dem liebenden, großzügigen Gott, der das Begehren eines jeden, sein Fühlen und sein eigenständiges Denken zutiefst will, darf ich als Einzelner gegen den autoritären, strafenden, kaputt machenden Gott andenken, der die Traumata der Kindheit verewigt, der die Menschen klein und unselbstständig, abhängig von Autoritäten hält und sie im Umgang mit sich selber und mit anderen zu Sadomasochisten macht, die sich selber quälen, indem sie ihr Begehren, ihre Wünsche gewaltsam zurückdrängen und verdrängen, eben als völlig irrelevant für ihr Leben ansehen oder, wenn das nicht gelingt, sich dafür sogar bestrafen, und die ihrem eigenen Denken nichts zutrauen, weil sie glauben, ihm nicht vertrauen zu dürfen, und dieser grausame und unmenschliche Glaube dieses Nicht-Vertrauen in das eigene Denken dann verewigt, darf ich als Einzelner gegen den autoritären, strafenden, kaputt machenden Gott andenken, der in den Augen seiner Verfechter fordert, dass man Leidenschaft und Wärme des Gefühls an die Kandare einer engstirnigen und grausamen Unterdrücker-Moral nimmt, der Gläubige produziert, die in ihrer Selbst-Vernichtung auch gegenüber ihren Mitmenschen als unmenschliche Unterdrücker wirken, selbst wenn sie das weit von sich weisen würden, geht doch von ihrem Sein im Tiefsten ein Angriff auf das bei ihren Mitmenschen aus, was sie bei sich selber unterdrücken, auf das, was in diesen begehrt, was leidenschaftlich fühlt und selbstständig denkt. Es geht ein Riss durch das Christentum. Das eine Christentum existiert überhaupt nicht, es existieren verschiedene Formen des Christentums, es gibt die Form, die Menschlichkeit ermöglicht, und es gibt die Form, die Menschlichkeit mit Macht untergräbt. Auch in mir ist dieser Riss, wahrscheinlich in jedem Menschen, sind doch die Religionen nicht etwas, was den Menschen als etwas ihnen völlig Fremdes gegenübertritt, sondern etwas, was durch Menschen entstanden ist, und insofern auch als etwas, was eine Möglichkeit des menschlichen Geistes, und damit unmittelbar zusammenhängend, der menschlichen Seele, des menschlichen Gehirns ist, was keinesfalls impliziert, dass eine Religion wie das Christentum einzig und allein eine Erfindung des Menschen ist, ohne einen Gott dahinter, davor und darin, in welcher Form auch immer er existiert, an den man glauben kann. Der christliche Gott ist in meinen Augen so menschlich und dem Menschen zugewandt, dass er sogar die Genese des Christentums als Religion, die sich auf ihn als wirklich Existierenden bezieht, als wesentlich mitbestimmt durch das menschliche Bewusstsein hat entstehen lassen. Auch in diesem Sinn ist er ein menschlicher Gott, ein Gott, der wirklich existiert, der aber zugleich ein Gott aus uns und für uns ist. Für mich gibt es jedenfalls keinen mächtigeren Impuls, mir zu trauen und zu vertrauen, als der Glaube an den Gott, der dieses aus Liebe zu mir leidenschaftlich will und stetig fördert. Auch in meiner Mutter ist der Riss in der Seele zwischen Menschlichkeit ermöglichendem, Hoffnung aufzeigendem, Freude schenkendem und Trost spendendem Glauben und dem autoritären, Gefühle und Denken unterdrückenden Angstmacher-Glauben. Sie scheint sich aber nicht so bohrend und so stetig selber gequält zu haben, wie ich das zum Beispiel mit fünfzehn gemacht hatte. Freudianisch gesprochen hat sie kein solches strafendes, forderndes und also Druck ausübendes Über-Ich, wie ich es habe. Der strafende Gott scheint eher irgendwo am Rand ihrer Seele zu sitzen und sich manchmal wie ein strenger und unsympathischer Onkel anzumelden, der dann eben ab und zu zu Besuch kommt.

111. Mit Mama über den Glauben reden

Als ich also fünfzehn war und von den evangelikalen Wach-Dobermännern, -Bulldoggen und -Bullterriern in Schach gehalten wurde, redete ich mit Mama öfters über den Glauben. Das hatte ich vorher nicht so oft getan, obwohl ich ja auch schon vor der pietistischen Bekehrung an Gott glaubte, eigentlich seit ich mich erinnern kann, hat mir der Glaube die Erfahrung vermittelt, dass über und in allem eine Macht wohnt, die es gut mit mir und allen Menschen meint, wirklich der gute Hirte aus dem Psalm 23, unter dessen Schutz es einem in nichts mangeln wird, der Glaube als Fachwerkstube im Winter, in der man, während die Kachelofen-Kuh, von wohligen Seufzern begleitet, selig Holzscheite wiederkäut, auf einem bequemen Sofa aufregenden, aber immer gut ausgehenden Erzählungen der Großeltern lauschen kann, egal wie heftig die Winterkälte an die Tür klopft, der Glaube, der es möglich macht, als wildes Frühlings-Rind auf der fetten Weide der Freude Gott heftig seinen Dank entgegenzumuhen, weil man fühlt, dass da einer ist, der das heftige Dank-Muhen hört, dem man beim Schlittenfahren, das den seligen Kälte-Kälbern der Freude Milch gibt, seinen Dank zujauchzt, dem man beim Abenteuer-Canyons backenden Winnetou-und-Old-Shatterhand-Spielen selig entgegenwiehert, der beim Sommertage verträumen und verbaden die Sonnen-Tauben dichtende Eiscreme der Licht-Ekstase als Unendlicher mit einem isst. In der Kindheit haben mich meine Eltern nicht oft in den Gottesdienst mitgenommen, deswegen war ich nicht so christlich sozialisiert, wie es Kinder sind, die in einem evangelikalen Elternhaus oder einem liberal-protestantischen Pfarrhaus aufwachsen. Meine Mutter hatte mir eine Kinderbibel geschenkt, die ich leidenschaftlich gerne gelesen habe, vor allem die spannenden Geschichten des alten Testaments mit Jakob und Esau, Joseph und seinen Brüdern, David und Absalom spazieren durch die Mittelgebirgslandschaft meines Gedächtnisses. Meine Großeltern haben mir etwas später, aber auch noch als Kind (eine Mitteilung, die dem Leser schon einmal als Kaninchen über dieses Wörter-Feld gehoppelt ist), eine schwarze lederne Dünndruckbibel geschenkt, in der ich die Geschichten des alten Testaments, die ich aus der Kinderbibel schon kannte, noch einmal gelesen hatte, sozusagen in der Erwachsenen-Version. Stolz wie Oskar, stolz wie nach dem Fußballspiel, in dem ich mein erstes Tor geschossen hatte, war ich, als ich einmal vierzig Seiten hintereinander gelesen hatte. Irgendwann habe ich dann aber die Erwachsenen-Bibel nicht mehr so intensiv gelesen, weil sie doch ein zu hartes Schwarzbrot für die Milchzähne meines Kindergeistes war, und trotzdem liebte ich sie, roch an ihrem frischen Leder und empfand die dünnen Seiten als ganz besonders kostbar, ja als luxuriös und cool, liebte sie so wie meine ersten Adidas-Fußballschuhe, die richtige, also abschraubbare Stollen hatten. Warum hat mich meine Mutter eigentlich nicht öfter in den Gottesdienst geschickt, wenigstens in den Kindergottesdienst? Wahrscheinlich gab es zu dieser Zeit, in den Sechziger- und frühen Siebzigerjahren, noch keinen, sodass wir in der Kindheit außer durch die Kinderbibel und dadurch, dass Mama uns das Beten beigebracht hat, außer durch die Gottesdienste an Heiligabend und Ostern keine regelmäßige institutionelle christliche Sozialisation hatten, was aber darüber hinaus wahrscheinlich auch daran lag, dass sie sich meinem Vater und Onkel Ottfried als solchen angepasst hat, die über den Glauben nicht sprachen und von denen ich in der Jugend überhaupt nicht wusste, ob sie überhaupt glaubten, worin – in der geringfügigen kirchlichen Sozialisation – wieder ihre Stärke und ihre Schwäche zugleich sichtbar werden wie ein Baggersee im Sommer, eine Oase, die uns erfrischte und in der Blesshühner der Freude schwammen, dessen Konturen, dessen Form, dessen Standort aber durch die schweren Sandbagger meines Vaters und Onkel Ottfrieds beeinflusst werden konnte. Sie war nie ein so nerviger, anstrengender, borderlinig-narzisstischer, und also ichbezogener und herrschsüchtiger Mensch wie Onkel Ottfried, der beim Mittagessen in der Großfamilie sofort die ganze Familienstimmung prägte, wenn er nur an den Tisch kam, als hätte er mit einem unsichtbaren Hammer auf den Tisch gedroschen, sodass alle aufschreckten. Sie war spontaner, freundlicher, zugewandter als mein Vater, sie respektierte uns und ging auf uns ein um unserer selbst willen und baute einen nicht als Teil ihrer selbst in ihr Selbstkonzept ein und spannte einen infolgedessen nicht regelmäßig in ihre Arbeitspläne ein, wie es Onkel Ottfried tat, und wenn er es nicht tat und uns freigab, war es so, als hätte uns ein absoluter Herrscher, als hätte der Sonnenkönig von Bullburg die Güte gehabt, uns freie Zeit zu schenken. Aber sie war auf der anderen Seite eben manchmal zu nachgiebig, wenn es darum ging, ihre eigenen Lebensziele und Interessen zu verfolgen. Deshalb vermute ich, dass ihr Wunsch, uns in der Kindheit noch mehr christlich zu sozialisieren, dicke Blasen an den Füßen bekam, und dass sie deswegen die Wanderung über den Ehemann-und -Ottfried-Watzmann abbrechen musste.

112. In Lenas Haus war ich dann zum ersten Mal in der Woche nach der küssende Mond-Klaviere kalbenden Kuss-Nacht

In Lena Haus, streng genommen natürlich dem von Lenas Eltern, war ich dann zum ersten Mal in der Woche nach der küssende Mond-Klaviere kalbenden Kuss-Nacht. Ich besuchte

Kunz, der im Nachbardorf von Lena wohnte. Großzügig wie er war, hatte er mir sein Fahrrad geliehen, mit dem ich unter einem Himmel, der seine blaue Posaunen blasenden Glockenblumen in dunkelgrau angestrichenen Scheunen versteckt hatte, zur Rosen raketenden Alhambra von Lenas Elternhaus fuhr. Als ich klingelte und mir Lena aufmachte, sprang sofort der Motor meines Projektions-Motorrads an, und ich fuhr los, und so hatte ich das Gefühl, bei wohlhabenden Menschen zu sein, weil mir der Marmor-Fußboden im Flur vorkam wie ein Banker im dunklen stylishen Anzug in La Defense in Paris (La Defense kannte ich damals noch nicht, genauso habe ich mich aus heutiger Sicht gefühlt), weil ich einen solchen Fußboden von zu Hause her nicht kannte, wo Linoleum, Parkett und Teppichboden mit dem Fußboden ein biederes Bier, einen Sekt oder eine Cola tranken, was mir alles im Vergleich dazu in diesem ersten Blend-Moment (und also nicht durchgehend) so vorkam, als würde mein Vater oder Onkel Ottfried in seinem Jagd-Janker von Frankonia oder Kettner auf der Party eines reichen Großstadt-Architekten erscheinen. Der Aspekt des Reichtums in Gestalt von großzügigen Häusern mit Fenstern groß wie Tischtennisplatten und Räumen fast so groß wie die Klassenzimmer in unserer Schule ist aber wahrscheinlich wie auch derjenige der Ordnung, die ich in manchen dieser weiß oder cremefarben gewandeten Siebziger-Häuser wahrnahm, eher sekundär, denn auch die Fichtenbretter mit den majestätischen Hirschgeweihen, den imposanten Rehbock-Gehörnen und den kapitalen Keilerzähnen bei uns im Haus oder in dem von Onkel Ottfried waren Ausdruck für Wohlhabenheit, konnten sich doch mein Vater und Onkel Ottfried die Jagdreisen leisten, von denen sie diese Trophäen mitbrachten. Es ist wohl eher eine bestimmte Kultiviertheit, die ich auf den Marmorfußboden in Lenas Elternhaus und auch auf alle anderen, die die Ehre hatten, mir unter die Augen zu kommen, projizierte, eine Kultiviertheit, die mir unmittelbar mit einer Lebensweise verbunden zu sein schien, bei der es einen geordneten Tagesablauf zu geben schien, innerhalb dessen man die Muße hätte, sich mit Sachen zu beschäftigen, zu denen man gerade Lust hätte, und der nicht von einem oft Hektik und Stress verbreitenden Onkel-Ottfried-Orkan bestimmt wäre, der im Grunde einforderte, dass man, wenn man nicht für die Schule lernen musste, auf dem Bauernhof arbeitete. Darüber hinaus erhielt natürlich auch der Marmorfußboden seinen Glanz und seine Magie durch Lenas Strahlkraft, die alles noch einmal potenzierte und den Fußboden in eine Bonbons werfende Dresdner Frauenkirche der Verliebtheit verwandelte. Lena hatte mir zwar erzählt, dass ihre Mutter psychisch krank war, aber dass der dadurch allgegenwärtige Stress und der Druck für sie noch weit schlimmer waren als das, was die Wutwalze Onkel Ottfried verbreitete, das war mir in diesem Moment nicht bewusst. Ich projizierte die kultivierte Geordnetheit, die es bei uns zu Hause nur am Feierabend gab und nicht, wie ich es mir wünschte, unmittelbar nach dem Ende des Schulunterrichts, auf das Leben in Lenas Elternhaus, in dem es dieses Leben zwar tatsächlich vom äußeren Rahmen her gab, denn Lenas Vater arbeitete als Schreinermeister in einem großen Schreinerbetrieb, und Lena musste dort nicht nach der Schule mithelfen, wenn sie von der Schule nach Hause kam, aber seelisch war der Druck auf Lena eben noch weit größer als bei uns, weil ihre psychisch kranke Mutter die ganze Zeit zu Hause war und wie eine Riesen-Vogelspinne überall ihre Netze gesponnen hatte, aus denen es für Lena kein Entrinnen gab. Zwar gab es Helga und Katharina, zwei Rentnerinnen, die ihr ganzes Berufsleben lang als Krankenschwestern im Hermannsdorfer Kreiskrankenhaus gearbeitet hatten und die jeweils den halben Tag da waren, um Lenas Mutter Gesellschaft zu leisten und um im Haushalt zu helfen, aber auch sie konnten die Seelen-Schrotmaschine, die Giesela, so heißt Lenas Mutter, für ihre Tochter war, immer nur für kurze Zeit abschalten, weil sie in allererster Linie darum bemüht waren, alle Wünsche der psychotischen Mutter zu erfüllen, und auch weil beide kein Bewusstsein und keine Empathie für die Wünsche und Bedürfnisse hatten, die aus Lenas Kleinkind-Seele wie bunte Luftballons aufstiegen, die von Winnetou-Abenteuern träumen, gespeist aus ihrer Karl-May-Obsession, und auch nicht für ihre Wünsche und Bedürfnisse als Jugendliche, wenn sie sich als Kunstschreinerin sah, die die Menschen durch singuläre, von praller Fantasie genährte Möbel glücklich machen würde, wie es Marc Chagall mit seinen Bildern getan hatte. Helga und Katharina waren wie zwei Kühe, die auf einem Teil des gerade wachsenden bunten und betörenden Blumengartens von Lenas Seele rumtrampelten, dem Juni-Licht lachenden Rittersporn der Freude, den schönen und stechenden, an Hagebutten-Juckpulver denkenden Rosen der Widerständigkeit. Sie stellten Giesela, so gut es ging, ruhig, sperrten die Katze Giesela ein, sodass sie nicht den ganzen Tag mit der Maus Lena spielen und sie quälen konnte. Das klingt hart, aber letztlich hat sich die psychische Erkrankung ihrer Mutter so auf Lena ausgewirkt: ein angstbedingter Dauerstress als Katze, der die Seele als Maus jeden Tag neu verwundete, sodass diese sich nie so frei und schmerzfrei bewegen konnte wie eine freie und gesunde Maus. Der einzige Unterschied zur wirklichen Katze bestand darin, dass die Stress-Katze die Seelen-Maus zum Glück nicht umbrachte. Doch das alles habe ich erst viel später, Jahre später und in seiner ganzen Tragweite erst Jahrzehnte später verstanden.

Als ich mit Lena, die mir nur einen schüchternen Begrüßungs-Kuss gegeben hatte, im großen Wohnzimmer mit einem herrlichen Blick auf das Weldatal angelangt war, begrüßte ich ihre Mutter Giesela, die sich in meinen Augen lässig auf dem Sofa fläzte und rauchte. Sie sah so aus, so stellte ich es mir vor, wie eine ergraute Variante von Lena, die drei Jahrzehnte mehrere Abende in der Woche in die Kneipe gegangen war, es jeweils nicht bei einem Bier belassen hatte und dabei nur kurze Phasen ertragen konnte, in der sie den Zigaretten nicht die Wohltat erwies, sie zwischen ihre schönen, durch ihr dezent aufgetragenes Rouge noch erotischer wirkenden Lippen zu stecken, anzuzünden und souverän und genussvoll zu rauchen, eine üppige Rubens-Lena, allerdings kurviger und erotischer als die Frauen des Barock-Meisters und mit leicht verruchtem Touch, die ein T-Shirt, verwaschene Jeans und Clogs trug. Ihr schönes Gesicht hat sie unter dem Tschador der Aufgequollenheit versteckt. Mir schien sie als das Gegenteil einer Kittelschürzen tragenden Dorf-Matrone, sie hatte Stil, nahezu weltläufig wirkte sie, liberal und vor den Genüssen und Freuden des Lebens nicht gerade Reißaus nehmend. Nach einer kurzen Konversation gingen wir in Lenas Zimmer, das im Erdgeschoss lag und für mich natürlich die Mona Lisa im Louvre ihres Elternhauses war. Nachdem wir uns umarmt und uns wie hungrige Bienen auf das Rapsfeld eines langen Kusses gestürzt hatten, setzten wir uns auf eine Matratze, die mit einem gelb-orangenen Tuch bedeckt war, das mit roten, blauen und schwarzen abstrakten Motiven versehen war und mich, als ich es sah, ansprang wie ein Tiger, der sich von Wasserfarb-Kästen ernährte, und mir sofort wieder ihr originäres ästhetisches Empfinden zeigte, das ich schon an ihrer Kleidung so sehr bewundert hatte. Natürlich schwebten wir erst einmal aus dem Zimmer und flogen über die Spätsommerfelder, rochen die Erde der frisch gegrubberten Felder, schlürften das Licht der letzten Stoppelfelder, die bei den grauen Wolken unsere kleinen Ersatz-Sonnen waren, und landeten als selige Spätsommer-Möpse der Verliebtheit wieder in ihrem Zimmer. An der Wand hing ein Bild von Franz Marc, aus dem blaue Pferde zusammen mit einem weizenfarbenen Löwen, auf dem Lena ritt, sprangen, durch Weldakurv liefen, sodass die Einwohner für eine halbe Stunde vor Staunen paralysiert in ihrer Haltung verharrten, als sie eines der erstaunlichsten Erlebnisse ihres Lebens hatten, wobei nur ihre Sprechorgane und ihre Hirntätigkeit in Takt blieben und sie immer wieder sagten, dass sie das ja von der schönen, stillen und so lieben Lena niemals erwartet hätten, die blauen Pferde und der weizenfar-

bene Löwe mit Lena also zu einer orangenen Burg abhauten, in der das Gewölbe der Sixtinischen Kapelle restauriert wurde, das in diese Riesenburg verfrachtet worden war, und es hing dort ein Bild von Marc Chagall, auf dem Lena und ich auf einer weißen Kuh in ein russisches Dorf ritten, in dem eine schöne Frau melkte, so geborgen und beschützt, als sei sie selbst im Kopf einer gutmütigen Riesen-Kuh, die gerade mit David auf der Harfe spielt. Und auch ein Druck eines Gemäldes von Paul Klee spielte selig Gummitwist an Lenas Zimmerwand, ein Gemälde, aus dem Tausende von farbigen Rechtecken aufstiegen und sich auf den Fassaden der Frankfurter Banken niederließen, die vor Schreck ins Stolpern kamen und nach dem ersten Schreck ihre Sakkos in die Ecke warfen und die Schlipse zu Stirnbändern umfunktionierten. Auf einem kleinen Regal mit Büchern saß Rilke, der die Größe Gottes mit einem riesigen Wasserfall von Vergleichen auf Hermann Hesse niedergehen ließ, was dem Aquarell von Weldakurv, an dem er gerade arbeitete, nichts anhaben konnte, und Joseph, der im Beisein von Thomas Mann Lena Asyl in einem Ägypten des seelischen Reichtums und der Sicherheit gewährte, hatte sich auch dazugesellt. Die Offenheit von Lenas Geist, ihre tiefe Frömmigkeit, ihre Liebe zur Kunst trompeteten mir aus jedem Zentimeter ihres Zimmers entgegen.
Ich schenkte ihr eine Platte von Piet Janssens, welche weiß ich nicht mehr. Piet Janssens war in den Siebzigerjahren in der Kirchen-Musikszene ein Popstar, ein Bob Dylan der modernen Pfarrer, so kam es mir damals vor. Ich hatte ihn live auf den Kirchentagen in Berlin und Hamburg und wahrscheinlich auch noch bei anderen größeren kirchlichen Veranstaltungen erlebt. In Welda waren Kunz, Björn, mein Bruder und meine Schwester und die anderen Jugendlichen aus unserer Kirchengemeinde begeistert von seinem Musical „Franziskus“, das zusammen mit „Bruder Feuer“ von Luise Rinser, „Franziskus“ von Felix Timmermans, aus dem die Mittelgebirge malenden Schwalben der Freiheit und Fröhlichkeit, die sich von der

anarchischen Sonne des Glaubens ernährten, aufstiegen, und dem Franz-von-Assisi-Roman von Nikos Kazantzakis meine Liebe zu dem radikalen, fröhlichen, poetischen, aber auch sich selbst geißelnden Heiligen entfacht hatte, worüber ich mit Lena in der Schule ja schon gesprochen hatte und die dadurch, dass sie schon in Assisi gewesen war, noch mehr zu der geworden war, nach der ich immer schon gesehnt hatte: einer Mähdrescher aus Mohnblumen malenden, Kuss-Kathedralen atmenden, Brot-Schlösser verschenkenden, Oktober-Orgeln aus leuchtenden Ahornblättern gehenden betörenden Schönheit.

In meiner angstgeprägtesten und deswegen natürlich engstirnigsten Glaubensphase mit fünfzehn fand ich Piet Janssens wahrscheinlich zu wenig biblisch, heißt: zu wenig die Angst-Zelte aufschlagende Beton-Bibel schwingend mit der Drohung, alle zu zermalmen, die nicht einknickten vor der Angst-Mambas in die Menge schleudernden Pietisten-Semantik, und also zu wenig missionarisch, so sehr hatte ich für kurze Zeit die Beton-Bibel-Schwinger zu meinen geistlichen Vordenkern gemacht, die das von Killern der Drogenmafia beherrschte Mexiko meiner Ottfried-Angst durch die Höllenangst ablösten, die allein durch die für alle Szenarien der Verbrecherbekämpfung ausgebildeten Sondereinheiten der Polizei ihrer Bibelinterpretation besiegt werden konnte, bei denen ich Zwanghafter natürlich einer der Härtesten und Konsequentesten sein wollte. Zum Glück aber war ich nur ein gutes halbes Jahr nach meiner Hinwendung zum protestantischen Fundamentalismus im Gefolge der Zeltmission einer der härtesten Bullen in dieser Sondereinheit, danach, wie auch schon vor dieser Phase, fand ich viele Lieder des Kirchen-Popstars gut, auf manche fuhr ich ab, wenn ich sie hörte, eines schwang sich kurze Zeit zu einer Eiche der Subversion auf, die durch unser Dorf tanzte, dann nach Hermannsdorf, dann nach Bonn, Paris, London, New York, Jerusalem, Johannesburg, Kairo, Buenos Aires, São Paulo, Peking und Moskau und die Menschen dort zu einem freien, poetischen Glauben anstiftete, der im Gefolge hatte, dass sie mit den betenden Adlern der Freiheit und des Glücks flogen, natürlich auch und gerade die Kaputten, Kranken und Hungernden. „Komm, bau ein Haus, das uns beschützt, pflanz einen Baum, der Schatten wirft, und beschreibe das Leben, das uns blüht."

113. Im Schneidersitz in der Fußgängerzone

Vor allem Fulbert, ein Bekannter aus der Kirchengemeinde, konnte dem Lied einen rockigen Drive geben, wenn er es sang und gekonnt auf seine Gitarre eindrosch, sodass die Eiche der Subversion zu tanzen anfing. An der Angel meines Gedächtnisses hängt gerade der dicke Karpfen des Karfreitags 79, als Björn, Fulbert und ich als die wildesten Revoluzzer, die sich denken ließen (darunter taten wir's nicht), nach Hermannsdorf getrampt waren, uns irgendwo im Schneidersitz in der Fußgängerzone niederließen und uns unterhielten und schon dadurch, dass wir den Boden dort beehrten, dieses Stück unseres Planeten Erde zum Ort eines christlich-poetisch-pazifistischen Happenings wurde. Dort schwang sich die Eiche der Subversion zu ihrem Welt-Tanz auf, als Fulbert anfing, mit der Gitarre, die er, ist doch klar, wie ein Hobo beim Trampen mitgenommen hatte, „Komm, bau ein Haus" zu spielen und dazu zu singen und Björn und ich sogleich inbrünstig mitsangen, wir, die Eisenbieger der Freiheit, die alle Gitter der Gefängnistore dieser Welt, in der alle Leidenden, Benachteiligten, Kranken, Hungernden und seelisch Kaputten zu Unrecht eingesperrt waren, durch unsere Seelen-Kraft – insbesondere während wir sangen – aufbiegen konnten, wenn man uns nur ließe, wir unerschrockenen Windmühlen-Kämpfer der Gerechtigkeit. Ich glaube, auch Björn und Fulbert haben unser Happening ähnlich empfunden.

Fulbert drückte sich, wenn er nicht gerade Gitarre spielte, in meinen Augen damals nicht authentisch aus, er schien mir sein Erleben hinter einer ständigen Harald-Schmidt-Show – die es damals natürlich noch nicht gab, aber der Vergleich drückt aus heutiger Sicht genau das aus, was ich damals empfunden habe – mit lustigen und zynischen Sprüchen zu verstecken. Aus welchen Gründen auch immer schien er, wenn er mit anderen kommunizierte, diese Show abziehen zu müssen. Warum er sich so verhielt, konnte ich damals nicht verstehen, was ich jedoch deutlich spürte, war, dass ich mich nicht wirklich mit ihm unterhalten konnte, da er die meisten ernsthaften Gespräche von vorneherein abblockte, auf die ich damals nicht nur, aber doch oftmals so aus war wie Jäger in Osthessen auf einen kapitalen Rehbock. Die Trakl-Gedichte träumenden Laubwälder meiner Erfahrungen wollte und konnte ich einfach nicht verbergen, und ernsthaft diskutierend und mich unterhaltend glaubte ich, die Welt retten zu müssen. Außerdem hatten ernsthafte Gespräche auch den Effekt, den interessante Arbeit, neue Städte oder Landschaften, Musikhören, sich Filme ansehen oder Gemälde betrachten auch haben: Die Habichte der Intensität setzen zum Beuteflug auf die Tauben der Melancholie an. Auf eine solche, die Mauern der Melancholie umreißende und die Handschellen der Langeweile aufbrechende Weise konnte ich mich mit Fulbert aufgrund seiner Dauer-Harald-Schmidt-Show meistens nicht unterhalten. Wenn er jedoch Gitarre spielte und dazu sang, schien es, als würde eine Staumauer gesprengt, die den gewaltigen Strom seines Erlebens ausbrechen ließ, der eben dann, wenn er nicht Gitarre spielte, nur als Flüsschen nach außen drang. Er war wie ein intelligenter, mit allen technischen Wassern gewaschener ironischer postmoderner Roman, den man wegen seiner intellektuellen Brillanz bewundert, der einen aber in einer emotionalen Sahara durstig zurücklässt.
Die Fußgängerzone war am Karfreitag ziemlich leer, und ich fragte mich, wenn die Eiche der Subversion mal gerade nicht

tanzte, ob ich das überhaupt tun dürfe, als Christ am Karfreitag mit Björn und Fulbert in der Fußgängerzone Gitarre zu spielen. Das schlechte Gewissen setzte ich teilweise außer Kraft, indem ich mir sagte, dass Jesus selber ein unbürgerlicher Typ war, der mit seinen Jüngern durch die Lande gezogen war. Nicht mehr so erfahrungsgrün wie damals, sehe ich das auch heute noch ähnlich wie damals. Letztlich kommt es natürlich darauf an, welches geistig-seelische Verhältnis jemand zu Geld und Besitz hat. Trotzdem sind diejenigen der Lebensweise Jesu näher, die materiell bescheiden oder unsicher, freier und origineller leben, denke ich. Auch Reiche können natürlich innerlich unabhängig von ihren Schlössern und Penunzen sein, aber die meisten werden es de facto als Nachkommen des reichen Jünglings zu Nain nicht sein. Wenngleich ich mich als wilden Jesus-Freak in der Hermannsdorfer Fußgängerzone sah, hatte ich doch auch ein schlechtes Gewissen, weil wir möglicherweise Leute störten, manche vielleicht sogar in ihrem Andenken an die Kreuzigung Jesu. Aber noch stärker wirkten die betenden, fromme Pop-Songs in die Welt hurrikanenden Adler der Freiheit, mit denen wir, die ganz großen Kracher des Umsturzes aller Verhältnisse, flogen. Wir wussten überhaupt nicht, was wir für eine Kraft hatten. Sich so zu fühlen, schien uns völlig normal, alles andere war das von uns wie nichts sonst verachtete Spießertum, läppisches Muckertum. Viele Jugendliche halten wohl ihre Kraft und ihr Erleben und ihre Sicht auf die Welt für das Maß aller Dinge. Deswegen rollen sich mir die Fußnägel hoch, werde ich für kurze Zeit zu einem, der am liebsten Eremit werden möchte, weil die Mitmenschen, mit denen ich dann zu tun habe, genau so geworden sind, wie wir jungen Hippies damals nie werden und wie vielleicht auch diejenigen Leute nie werden wollten, die dann in meiner Gegenwart etwa in folgender Manier über ihre pubertierenden Kinder reden: „Der Peter ist gerade in einem nicht zurechnungsfähigen Zustand. Stundenlang muss ich mit ihm reden, bis er das Zimmer aufräumt. Über alles will

er diskutieren. Manche Sachen muss man einfach machen. Darüber kann man nicht diskutieren. Dann will er stundenlang Gitarre spielen oder Musik hören, anstatt für die Schule zu lernen, wo man doch heutzutage gute Noten haben muss, um später eine vernünftige Arbeit zu bekommen. Bei jeder Mahlzeit fängt er an, zu diskutieren und die Welt und mich und seine Mutter zu kritisieren. Er ist ein total selbstgerechter Egozentriker. Was für ein furchtbares Alter." Einerseits ist völlig klar, dass Jugendliche egozentrisch sind. Sie müssen es sein, denke ich, damit sie ihre eigene Identität ausbilden können. Andererseits stellen sie die Fragen, die für jedes Leben so wichtig sind wie das Wasser für die Fische. Was ist der Sinn des Lebens? Gibt es Gott? Wie kann, wie sollte ich leben? Wer bin ich, und wie soll ich mich gegenüber meinen Mitmenschen verhalten? Was ist Glück und was ist Gerechtigkeit? Das sind die entscheidenden Fragen, nicht nur mit siebzehn, sondern auch noch mit siebzig. Die meisten Jugendlichen sind eine Zeit lang Shakespeares, Hölderlins, Klopstocks und Rimbauds der Intensität und der Leidenschaft, die die Ozeane ihres Erlebens, wenn sie mit der Sonne Boccia spielen oder falls Stürme Monsterwellen auftürmen, in lebendigen Worten ausdrücken müssen, Rembrandts, Brueghels und van Goghs, die die Schönheit der Welt, das Leiden an ihr und das Geheimnis des Lebens so anspringen wie ein Tiger, der über seine Beute herfällt, Mozarts, Jim Morrisons und Bob Dylans, die die Flummis springen lassenden Alpen ihrer Lebensfreude und die schrotenden Herbste ihrer Melancholien singen, deren Leben in dieser Phase ein Buch ist, das man in einer Nacht durchlesen muss, die Weide eines Films, die die Rinder der Seele ein paar Tage mit ihrem fetten Gras nährt, ein Song, der einem Kornblumen malende Falken der Freude schickt und der einen wärmt und der Geborgenheit vermittelt wie Weihnachten in der Kindheit.
Wenn die Eltern-Zeitgenossen so etwas in meiner Gegenwart sagen, erweisen sie sich zumindest in diesem Moment als ungeheuere Langweiler, als monströse Spießer, die sich so in ihre

kleine Lebenswelt, ihre Wohnung, ihr Haus, das sie sich vor Kurzem gekauft haben und an dem ja so viel gemacht werden muss, den Beruf, der ja so stressig ist und einen so fordert, verbissen haben, dass sie den Sinn für die wichtigsten Fragen des Lebens nicht mehr haben, dass sie über ihrem täglichen Tun stumpfsinnig geworden sind und den Sinn für das intensive Leben verloren haben, ja dass sie in bestimmter Hinsicht schon ein bisschen gestorben sind. Warum sind viele Menschen, und nicht nur als Eltern, wenn sie gestresst sind und viel zu tun haben, so, sobald sie etwas älter geworden sind? Vielleicht aus Verzweiflung, wie es Kierkegaard gesehen hat. Sie sind zum Pol der Notwendigkeit geflohen aus Angst vor der Möglichkeit, vor der Möglichkeit, dass das Leben sinnlos und metaphysisch unbehaust ist, vor Gott, den es vielleicht ja doch gibt, vor allem, was aus den scheinbar gesellschaftlichen Notwendigkeiten herausführt, vor der Möglichkeit, die Angst macht. Wenn dann noch, was bei vielen Menschen der Fall ist, die Frische des Erlebens ihrer Jugend stumpf wird wie die Klinge eines Finnenmessers, das man lange nicht geschliffen hat und das eben als neues Messer scharf wie eine Rasierklinge war, wenn ihr Erleben eine zwar exquisit eingerichtete Wohnung ist mit Designermöbeln und teuren Gemälden und Skulpturen im Winter, in der aber die Heizung ausgefallen ist und in der man es nicht aushält, wenn sie den Roman ihrer Kindheit uninteressant finden und stattdessen ausschließlich die Zeitung und Bücher lesen, die sie beruflich voranbringen, wenn sie den Hasch-Eichen blitzenden und rote Hirsche hurraenden Song ihrer Jugend nur noch als unlogischen Satz ansehen, der keinen objektivierbaren und kontrollierten Sinn ergibt, dann, wenn also die „Verzweiflung der Notwendigkeit“ und das stumpfe Finnenmesser des Erlebens sich paaren, wird die Bruno Schulz'sche geniale Epoche des Lebens, ihre Kindheit und Jugend nämlich, ausschließlich als etwas Unreifes, Unrealistisches und also Illusionäres und Kontraproduktives empfunden, das ausgetrieben gehört.

Neben „Komm, bau ein Haus“ vom Kirchen-Dylan Piet Janssen spielte Fulbert „Satisfaction“ oder „Honky Tonk Women“ von den Stones, „Locomotive Breath“ von Jethro Tull und als sinnfälligsten Ausdruck von allem „Break On Through“ von den Doors. Schoss uns „Break On Through“ bei der Wiedersehensparty mit Holger auf den von Ausflügen in das Weltall träumenden K2 wilder Entschlossenheit, für unsere Ziele und Visionen einzutreten, so schoss uns an diesem Karfreitag der Doors-Knaller auf den Everest neue Galaxien erkundender Entschlossenheit, wobei es zwischen Björn und mir eine große Gemeinsamkeit im Glauben gab, weil er wie ich sowohl durch den Jugendbund für Entschiedenes Christentum geprägt war wie auch von dem sozial engagierten modernen Pfarrer, dabei aber nie so identifiziert mit der evangelikalen Ideologie war, wie ich es war, einem Glauben, der die Mauer sprengte und dadurch eine Welt sichtbar machte, in der fabulierende Forsythien-Feuer der Freude alle Menschen ansteckten und Geld und Besitz zu Joints mutierten, die allen gereicht wurden, die um das Sehnsuchts-Mundharmonikas denkende Lagerfeuer des Lebens herumsaßen, einem Glauben, der Arbeitsplätze zimmerte, bei denen die Pinsel gischtenden Wanderfalken der Schöpferkraft eines jeden fliegen durften und jeder zu seinem Glücks-Ort gelangen könne, sei es zu Steinböcke staunenden Almen in den österreichischen oder schweizerischen Alpen, sei es ein Fachwerk der Anarchie surfendes Dorf in Waldhessen, sei es das die Sonnenhüte des Betens zum Blühen bringende Taizé oder das psychedelische VW-Busse düngende Hippie-Height-Ashbury in San Francisco, sei es das Löwen zum Lachen bringende Assisi oder das den Pflasterstrand pflanzende Quartier latin, Saint-Germain-des-Prés oder das Marais in Paris oder das Dylan-Songs sprayende Greenwich Village in New York City.
Als Ritter an König Artus’ Tafelrunde dieser Visionen waren unsere Schwerter und unsere harten und bunten Schilde die Kraft und die Inbrunst, mit denen wir uns für diese (Visionen)

einsetzen wollten. Unsere Jeans und unsere bunten Holzfällerhemden, die wir, damals unter Hippies/Freaks so selbstverständlich wie für einen Soldaten seine Uniform, über der Hose trugen, bildeten unsere Rüstung, die die Hiebe der Angepasstheit an das Bestehende und des Kleinmuts abfing. Als ich in Spatzingen zum Studium war, ist mir bewusst geworden, wie sehr das Lebensgefühl, bei dem Hippie-Hirsche Mundharmonika-Revolten der Muße donnerten, mit meinen Freundinnen und Freunden oder Bekannten aus den letzten fünf Schuljahren zusammenhing, selbst wenn ich mir zwischendurch auch in dieser Zeit immer mal wieder so einsam vorkam wie ein Elch in Tokio.

114. Der Rückfall, bei dem das Hai-Gebiss einer Depression mich zu Gehacktem verarbeitete

Dass dieses rote Alpen-Gitarren gischtende Lebensgefühl nicht mehr mit der Stetigkeit und Wucht weiter mein Leben bestimmte, hing zu einem großen Teil mit der Depression zusammen, unter der ich zu Beginn meines Studiums litt und die mich in ihrem Hai-Gebiss zu Gehacktem machte. Die Depression, so sehe ich es, war zustande gekommen, weil ich durch Lena wieder Kontakt zu einer evangelikalen Gemeinde bekommen hatte, in der es eben auch ganz und gar nicht so tolerante und poetische Gläubige wie Lena gab, sondern Panzer-Pietisten, die mir Bücher zu lesen gaben, die mich dazu brachten, theologisch wieder konservativer zu werden, weil die rationalere, freiere und kritischere Theologie, die ich durch den Lehrer Geisthof und durch Hans Küngs „Christ sein" kennengelernt hatte, durch mangelndes Vertrauen in mein eigenes Denken und also durch mangelnden persönlichen Glauben an einen Gott, der will, dass der Einzelne seinem eigenen Denken vertrauen darf, nicht so fest Wurzeln in meiner Seele geschlagen hatte, dass die evangelikale Angstmach-

Theologie die Windhose der uralten Ängste nicht wieder hätte entstehen lassen können, die schließlich die Pappel der kritischen Theologie wieder umgeworfen hatte. Dieses Andocken an alte Ängste hatte eben zur Folge, dass ich, natürlich insgesamt doch etwas liberaler in meinen Ansichten, aber doch ähnlich wie mit fünfzehn wieder der Super-Christ sein wollte und mein Innenleben auf das hinzwingen wollte, was ich für moralisch gut hielt, und das war dann eine Art christlich-poetischer Softie, der nicht wütend werden durfte, im Grunde auch nicht melancholisch, sondern immer freundlich und nett zu anderen zu sein und dabei den ganzen Tag an Gott zu denken hatte, und zwar, so kommt es mir im Nachhinein vor, unter Ausklammerung, unter Ablehnung der äußeren Welt. Dieser werkfromme Mangel an Glauben bei gleichzeitigem Bewusstsein, ein Super-Gläubiger zu sein und ein Mega-Gläubiger werden zu wollen, hat mich zum Werkgerechten gemacht, der wegen der Unfähigkeit, sein Innenleben in das Prokrustesbett einer engen Moral zu quetschen, schwer depressiv geworden ist. Im Nachhinein kommt es mir deshalb so vor, dass ich bei meinem ersten Auszug aus dem Ägypten der engen, Gefühle und Gedanken unterdrückenden evangelikalen Szene mit ihrem autoritär-engen Bibelverständnis zwar selbstständiger, glücklicher und freier geworden war, aber dass ich noch nicht bewusst dahin gekommen war, ganz allein vor Gott zu stehen und im Vertrauen auf ihn meinem Denken zu vertrauen, auch wenn es sich von maßgeblichen Autoritäten des jeweiligen Diskurses unterschied, seien es evangelikale Ideologen, akademische Theologen, Philosophen, politische Ideologen, maßgebliche Literaturkritiker oder Literaturwissenschaftler oder wer auch immer. Neben meiner geistig-seelischen Entwicklung hin zu einer das Denken und die Gefühle unterdrückenden Über-Ich-Theologie wurden einige Pappeln meines Selbstbewusstseins mit Motorsägen gefällt, mit der Motorsäge der Abwesenheit der vielen Freunde und Bekannten aus der Schulzeit sowie mit derjenigen, dass ich nicht mehr in Bullburg lebte, wie eben auch der Motorsäge, dass ich nicht mehr in Hermannsdorf zur Schule ging. Auch dass ich nicht mehr die fabulierenden Freude-Fackeln der Felder und die mächtige Blockhütten der Geborgenheit malenden Wälder unmittelbar um mich hatte, sondern in der für mich damals an vielen Plätzen zementene Herbste dichtenden Stadt lebte, führte dazu, dass ich mit den Füßen meiner Seele oft umknickte und nicht kraftvoll und unbeschwert laufen konnte.

115. Das Pflugscharen der Leidenschaft schmiedende Mittelmeer unserer Küsse

Nachdem wir immer wieder auf dem sonnendurchdrungenen, Pflugscharen der Leidenschaft schmiedenden Mittelmeer unserer Küsse gesegelt waren, fragte ich Lena, ob wir draußen eine rauchen könnten, weil ich mich an unsere gemeinsame Abschiedszigarette erinnerte, die wir in der Schulfest-und-Erstküss-Nacht geraucht hatten. Lena sagte, dass ich gerne rauchen könne, sie es aber nicht wolle, weil ihre Mutter trotz der Tatsache, dass sie Kettenraucherin sei, nicht wisse, dass auch sie, Lena, gelegentlich rauche, und sie auch nicht wolle, dass ihre Mutter das mitbekomme, weil es dann einen Riesenaufstand gebe, möglicherweise einen so schlimmen wie nach dem Abend im Pablo-Neruda-Café. „Es ist mir furchtbar peinlich, dass ich das Rauchen vor meiner Mutter und auch meinem Vater verheimliche, aber diesem Stress möchte ich mich nicht auch noch aussetzen." Ich spürte die ausgehungerten Wölfe der Selbstbestrafung an ihrer Seele fressen und hoffte, sie zu vertreiben, indem ich mit dem Schrotgewehr auf sie feuerte, und sagte, dass ich das voll verstehen und genauso machen würde, wenn ich eine psychisch kranke Mutter hätte, die man nicht aufregen dürfe. „Das ist sehr lieb von dir, dass du das sagst", sagte sie erleichtert, sodass ich hoffte, die Wölfe der Selbstbestrafung mindestens für den Augenblick vertrieben zu haben. Ab einem bestimmten Zeitpunkt hatte ich selber das Rauchen vor meinen Eltern und Onkel Ottfried und Tante Hedwig nicht mehr verheimlicht, aber ich war wegen des Rauchens nicht immer im Einklang mit mir selbst. Viele Raucher sind das wahrscheinlich nicht, weil sie wissen, dass Rauchen schädlich ist, bei mir kam aber noch das Bewusstsein dazu, dass ich glaubte, es vor Gott im Grunde nicht verantworten zu können, zu rauchen, weil ich zu der Zeit, als ich Lena kennenlernte, wirklich süchtig war und also täglich rauchen musste. Um mein Gewissen zu erleichtern, sagte ich mir, dass ich nicht mein ganzes Leben rauchen würde und ich auch nicht zu puritanisch sein müsse und mich auch am Rauchen freuen dürfe, wenn es nicht zu viele Zigaretten wären, die ich an einem Tag rauchen würde. In manchen Situationen, wie natürlich in der Nacht, als Lena und ich uns unsere Liebe gestanden und uns das erste Mal geküsst hatten, empfand ich aber das Rauchen sogar als sakramental, weil ich das Gefühl hatte, die Liebe und die Gnade Gottes zu schmecken, so als würde ich eine von ihm selber geschenkte, vom Himmel gefallene Wachtel essen wie das Volk Israel beim Auszug aus Ägypten. Damals rauchte ich noch nicht so viele Zigaretten wie später im Studium, sodass sich das schlechte Gewissen nur ab und zu meldete, meistens dann, wenn ich spürte, dass ich süchtig war und also nicht einfach einen Tag lang überhaupt keine Zigarette rauchen konnte, was meinem eigentlichen Anspruch als Christ an mich selbst widersprach, eben nicht abhängig von Nikotin zu sein. Das Rauchen als von Gott geschenkte, vom Himmel gefallene Wachtel wechselte also ab mit dem Gefühl, meinen Leib als Tempel Gottes durch die Sucht zu entweihen.

Ich machte das Fenster auf und setzte mich auf die Fensterbank (Lenas Zimmer war ebenerdig) und blies den Rauch nach draußen. Ich flog nicht wie in der Lena-Erstkussnacht mit den Uhren schmelzenden Uhus aus den „Hymnen an die Nacht“, aber ich genoss das Rauchen doch sehr und war Holz-

fäller-Dichter-gewaltlos-Guerillero, der auf einem Mustangs wiehernden Weizen-Thron der Liebe residierte.
„Hast du Lust, auf dem Flumpenberg spazieren zu gehen? Dort gibt es eine schöne Bank, auf der können wir zusammen noch eine rauchen!"
„Ja, das fände ich super!"

116. Wir gehen da vorbei, wo wir fit gemacht wurden für die abenteuerlichste Reise, die dieses Leben zu bieten hat

Auf dem Weg zum Flumpenberg gingen wir an der Grundschule vorbei, in der wir beide Ende der Sechziger und Anfang der Siebziger in Parallelklassen fit gemacht wurden für die abenteuerlichste Reise, die dieses Leben zu bieten hat, für die Südsee, die Alpen und den Himalaja des Lesens, den Dschungel, den Flug zum Mond und zum Mars des Lesens. Sie war in einer Parallelklasse, und sie war mir damals schon aufgefallen wegen ihrer lockigen braunen Haaren, die damals noch nicht so lang waren wie jetzt und sich deshalb mehr kräuselten, als wären sie, so sehe ich es heute, Widerstandskämpfer gegen das Angst- und Terror-Regime ihrer psychisch kranken Mutter, das sie so eingeschüchtert hatte, dass sie nicht viel sagte und nicht nur als schüchtern galt, sondern tatsächlich schüchtern war. Jetzt mit Lena an der Grundschule in Weldakurv vorbeizugehen, die ich – die Grundschule – damals wahrscheinlich seit dem Ende der vierten Klasse nicht mehr gesehen hatte, zündete ein André-Heller-Feuerwerk der Erinnerung in meinem Bewusstsein, der Erinnerung an die Grundschulzeit eben, die für mich überwiegend wie ein von den Lehrern moderiertes kurzweiliges Spiel war, bei dem ich natürlich auch gewinnen wollte, gut sein wollte, was aber, zum Glück, nur ein Nebenaspekt des Spiels war. Ich fuhr jeden Tag mit Ludwig, Herbert, Spielkameraden aus Bullburg und Wilma (noch eine Wilma, aber nicht Lenas Schulfreundin)

und Silke, die ich mochte, mit denen ich aber aus Schüchternheit wegen meines Problems mit der Rittersporn-blauen Nase sehr selten sprach, mit dem Bus nach Weldakurv zur Schule. Die Fahrt ging auf einer kurvigen Straße durch einen Wald ins Weldatal hinunter, dessen Buchen, Eichen, Fichten und Kiefern wie Trapper wirkten, die mir vom aufregenden und zugleich Geborgenheit schenkenden Leben im Wald erzählten, die Welda mit ihren anarchischen Kurven wirkte so inspirierend, welthaltig, Sicherheit vermittelnd und abenteuerlich zugleich wie mein Großvater, wenn er mir nach einem guten Essen bunt aus seinem Leben erzählt hatte, von einer Kreuzotter auf einem Strohwagen, die sie erst in der Scheune entdeckt hatten, als sie das Stroh abladen wollten, oder von einem Waldbrand in der Nähe, bei dem alle Feuerwehren in der Nähe -und mein Großvater war natürlich auch Feuerwehrmann - dafür sorgen mussten, dass das Feuer nicht auf Bullburg übergreifen konnte.
Der damalige, pro Woche sechstägige Besuch der Grundschule war wie eine belebende und manchmal berauschende Wanderung auf einen Alpenberg mit abwechselungsreichen Perspektiven, auf den Berg der Gemeinschaft mit meinen Freunden, den des Sportunterrichts, dann auch auf den des spielerischen Lernens so interessanter und abenteuerlicher Dinge wie eben Lesen und Schreiben, ja, und sogar Heimatkunde war damals aufregend für mich.
Darüber hinaus vermittelten mir die Grundschule wie auch später in der Oberstufe manche Kurse das Gefühl der Sicherheit und des Beschütztseins, und zwar dadurch, dass die Schule ein Spiel mit klaren Regeln wie Schach war, so etwa durch den Stundenplan, die einigermaßen nachvollziehbare Benotungsskala in einem Diktat oder in einer Rechenarbeit, bei denen es eben jeweils ab einer gewissen Zahl von Fehlern eine bestimmte Note gab, wie beim Schach bestand aber auch innerhalb dieser klaren Strukturen die Möglichkeit, schöpferisch in seinen Zügen zu sein, indem man auf Erkundungstour zu

neuem Wissen ging. Das alles natürlich mit den muskulösen und frischen Seelen-Augen eines Kindes, die mich und wahrscheinlich die meisten meiner Mitschüler stolz wie einen Olympiasieger auf mein Federmäppchen und die DIN-A5-Hefte und auch auf die Lesefibel mit den schönen bunten Bildern sein ließen.

Mein Federmäppchen war aus rotbraunem Leder. Mein Vater war extra mit mir in ein Schreibwarengeschäft nach Hermannsdorf gefahren, um es gemeinsam mit mir auszusuchen. In solchen Dingen war er herrlich großzügig und hatte viel Verständnis dafür, dass einem das erste Federmäppchen in der Schule und auch der Schulranzen gefallen mussten, den wir auch dort kauften und der ebenfalls aus Leder war, dickem, glänzendem hellbraunen Leder. Was mir beim Cowboy-Spielen der Spielrevolver und das Messer waren, waren mir in der Schule der Ranzen, die Schulhefte und das Federmäppchen, Waffen und Werkzeuge, mit denen es große Abenteuer zu bestehen und die Alaska-Nuggets des Wissens zu finden galt. Manchmal, wenn ich das Federmäppchen ansah, war es auch wie ein Floß, mit dem ich mich auf einem breiten, aber ruhigen idealen Fantasie-Mississippi treiben ließ, die Wärme genoss, ohne dass ich unter Hitze zu leiden gehabt hätte, und die Huckleberry-Finn-Welt des riesigen Stromes, seiner Ufer und des Umlandes wie ein verzückendes Bilderbuch in königlicher Muße genoss. Die Buntstifte und die Bilder in der Lesefibel waren wie die erste Löwenzahnwiese im Mai, auf der die Welpen des fetten grünen Grases wild umhertollen und die rotierenden Frisbeescheiben des Löwenzahns zu fangen versuchen. Der blaue Pelikan-Füller, der Spitzer und der, als er neu war, so herrlich weiße Ratzefummel waren wie der so unvergleichlich schmeckende Proviant auf Wanderungen, die Landjäger und Rhönwurze, die Brötchen und die Schokolade, die man sich in einer Pause gönnt, um anschließend mit Freude weiterzugehen und ans Ziel zu kommen. So sehr ich aber die neuen Sachen mit ihren frischen Farben und würzigen

Gerüchen liebte, so wenig Talent hatte ich jedoch, diesen Zustand zu konservieren. Nach einer gewissen Zeit sahen bei mir die meisten Dinge unordentlich und sehr mitgenommen aus, das Federmäppchen mit Tintenflecken wie Vogelscheiße auf einem hellen Gartentisch, die Spitzen der Buntstifte waren stumpf und sahen so aus wie die Spitze eines Nagels, den unser Dorfschmied mit einem Vorschlaghammer malträtiert hätte, der Radiergummi war dunkel gemustert wie bei einem Zebra, nur war die Musterung nicht so gleichmäßig und den Augen schmeichelnd verteilt wie bei diesem, sondern so, als hätte ein besoffener Sprayer aus einem weißen Pony ein Zebra sprayen wollen, das Leder des Federmäppchens war mit Schrunden und Schrammen übersät wie meine Knie im Sommer mit Grind aufgrund der regelmäßigen Fahrradstürze. Was Ordnung betrifft, war, wie man aus dem bisher Geschriebenen nur unschwer eruieren kann, Lena natürlich völlig anders, ihre Schulsachen sahen auch noch nach Jahren gut aus, ihr Zimmer war fantasievoll gestaltet, dabei aber ordentlich, genauso wie ihre kreativ weiterentwickelte Kleidung immer liebevoll gepflegt aussah, erfüllt von der Poesie der dichtenden Details. Dann tauchten die Knallerbsen-Büsche vor den Augen meiner Erinnerung auf, deren weiße Knallfrosch-Früchte wir Jungen im Herbst exzessiv abrissen, um sie auf dem Schulhof mit Schmackes zerplatzen zu lassen und uns an dem Knall zu berauschen: Knallerbsen-Massaker.

Die Erinnerungen an die Schulzeit sprangen mich an wie unser sich unbändig freuender Rauhaardackel, wenn ich nach einer Ferien-Reise wieder auf den Hof kam, und der tat sich mit einer ganzen Hundemeute der Freude zusammen, mit Terriern, Bernhardinern, Irish Settern und Neufundländern, die in meinem Bewusstsein wild umhertollten, weil eben zusätzlich zu den Rauhaardackel-Erinnerungen die überbordende Verliebtheit in Lena ihre bunten, großen Lenkdrachen in meinem Erleben steigen ließ. Ich denke, ihr ging es ähnlich, wobei bei ihr aber mit Sicherheit doch alles viel dunkler eingefärbt war, sowohl das, was sie mit der Grundschule verband, als auch, wie wir uns jetzt bei unserem Spaziergang fühlten, bei dem wir an der weiß gestrichenen, funktionalen, aber noch nicht ganz dem Kult der Rechtecke verfallenen Grundschule vorbeigingen. Ein Viertel einer großen Flasche mit schwarzer Acrylfarbe hat eben die Krankheit ihrer unberechenbaren, kontrollwütigen Mutter Giesela auf der Leinwand ihrer Seele ausgedrückt und mit einem Pinsel an vielen Stellen verteilt. Dass wir jetzt hier vorbeigingen, schien mir so, als wäre ich nach einer langen Abwesenheit nach Hause gekommen, als wäre der Bumerang des Aufbruchs zu neuen Ufern damals jetzt wieder zurückgekommen, als wäre die Tatsache, dass ich und Lena jetzt ein Paar waren, die Vollendung dessen, was damals als Königs-Gefühl der Kindheit auf dem Thron meiner Seele saß, als mich im Grunde nichts anderes als Freude, Aufregung und Abenteuer interessiert hatte, sei es beim Spiel, Sport und eben oft auch beim Lernen von interessanten Sachen in der Schule, als wäre dieses Königsgefühl der Kindheit jetzt an das Ziel gelangt, das damals schon in diesem angelegt gewesen war, als sei das alles von Gott so vorherbestimmt gewesen.

Außerdem hatte ich zusammen mit ein paar Mädchen die gesamten vier Grundschuljahre hindurch die besten Noten in der Klasse, was naturgemäß bedeutet, dass ich von den Jungen der beste Schüler war. Mit noch zwei Jungen gehörte ich auch zu den Besten im Sport, und in den Ringkämpfen, die es öfters mal in der Pause gab, gehörte ich in unserem Jahrgang auch zu den Stärksten. Ich fühlte mich also in der Grundschule auch als Held, gelang mir doch trotz des Problems, dass meine Nase Rittersporn-blau wurde, wenn ich aufgeregt war, vieles. Dieses Weitschuss-Tor für mein Selbstbewusstsein donnerte der Paul Breitner der Erinnerung in mein Bewusstsein.

117. Die Turmfalken der Augen fliegen, die Stoppelfelder verdrücken einige Tränen

Als Lena und ich dann auf der Bank zusammensaßen, die sie zum gemeinsamen Rauchen erkoren hatte, flogen die Turmfalken der Augen über das Hügelland der Stoppelfelder, Wiesen und Hecken. Den Wald hatten wir im Rücken. Die Bank selber war an eine alte knorzige Kiefer gebaut, die wie der Zwerg Gimli in „Der Herr der Ringe" über uns wachte. Die Spätsommer-Landschaft war wie eine Folkband, die ausdrückte, was wir empfanden, wie Crosby, Stills und Nash, die gerade „Helplessly Hoping" spielten, und auch wie ein Maler, der die Farben dessen, was wir erlebten, gerade malte, war wie Marc Chagall, der uns als leuchtendes Paar auf einem über die Landschaft schwebenden Kirschbaum mit Taubenflügeln auf die Leinwand gebracht hatte. Die Hecken spielten Mundharmonika, nahmen die Melancholie des trüben Tages auf und verwandelten sie durch ihre Melodien zu einer mit Muße durch die Landschaft fließenden Welda der Freude und zu einem einen Teil des Himmels mit glühendem Licht flutenden Sonnenuntergang der Dankbarkeit. Die Stoppelfelder verdrückten einige Tränen, weil sie wussten, dass sie bald gegrubbert werden würden, und schienen immer wieder für kurze Zeit ihr Licht zu verlieren, aber wüste und dabei rhythmische Action-Painter vertrieben ihre Traurigkeit rasch, indem sie die Stoppelfeld-Leinwand wieder mit Stoppelgelb vollschleuderten.

Dann gingen wir weiter. Der Wald fing an. Für mich waren die Bäume wie Trapper, mit denen zusammen ich mich sicher fühlte, mit denen man aber auch Abenteuer erleben konnte und den aufregenden, aber harmlosen, letztlich vegetarischen Grizzly-Bären der Kindheits-Waldmagie begegnen konnte.

Ich war an diesem Tag, ausgerechnet an diesem, etwas erkältet und ärgerte mich, dass ich nicht ganz so empfindungsfähig war, wie ich es war, wenn ich gesund und ausgeschlafen war, aber natürlich genoss ich es trotzdem, in dem Wald mit Lena spazieren zu gehen, vertrieb doch der muskulöse Wind meiner Verliebtheit immer wieder die Wolken der leichten Gedämpftheit meiner Naturempfänglichkeit an diesem Tag, an dem die unmetaphorische Sonne so gar keine Lust hatte, mit dem waldhessischen Hügelland ein Schwätzchen zu halten.

118. Wanderungen als Eiscreme-Burgen singende Sonntage im Alltag der Schule

In diesem Wald waren wir mit unserer Klasse in den ersten Schuljahren an den Wandertagen oft gewesen, und es waren die herrlichen Eiscreme-Burgen singenden Sonntage im Alltag der Schule, indem es mir schien, als würde der Sinn für die ekstatische Freude an der Natur, den Feldern, den Wiesen, den Wäldern, alle sich wohlig rekelnd auf den Mittelgebirgshügeln, Tälern oder Hochebenen, von oben nicht nur abgesegnet, sondern gefördert und verstanden, als käme es den Vernünftigen, den Erwachsenen, nicht nur darauf an, dass wir Schüler etwas lernten, weil das Lernen an sich ein hoher Wert war und weil wir das eine oder andere Gelernte in unserem Berufsleben verwenden könnten. Das war ein herrliches Gefühl, etwa so, als würden wir völlig ernsthaft den Wunsch vortragen, von Beruf Trapper werden zu wollen, Entdecker oder Kundschafter oder was immer wir, inspiriert aus den Western im Fernsehen, durch Bücher oder durch die eigene Fantasie, uns vorstellten, wenn wir draußen spielten, vor allem eben im Wald, und die Eltern, die Lehrer, Autoritäten würden das für gut befinden. Es war wie eine offizielle Aufforderung zum poetischen, abenteuerlichen Leben, zum Flug mit einer Saturn-V-Apollo-Rakete, die uns nicht auf den Mond schoss, sondern ins Adler backende Abenteuer-Herz der Welt, und das alles einfach dadurch, dass wir durch die Felder und den Wald am Flumpenberg spazierten, schwatzen, ab und zu die Mädchen ärgerten und heimlich Ehrfurcht davor hatten, was für ein Durchhaltevermögen sie bei den Wanderungen hatten, da viele von uns ewig Fußball spielenden Dorfjungen das Gefühl hatten, dass nur wir die Mega-Kondition hätten und eine Wanderung für uns nur so etwas sei wie ein leichtes Aufwärmtraining im Fußballverein oder beim Schulsport, was aber nicht der Fall war, denn wenn wir ein paar Stunden gegangen waren, waren wir ganz schön kaputt und eben dann auch froh, dass die Wanderung bald zu Ende sein würde, während wir manchmal bei den Mädchen den Eindruck hatten, als seien sie noch frischer als wir, als seien die Mädchen so robust wie ein neuer unplattbarer Schwalbe-Fahrradmantel, während wir ein Billigteil von Mantel wären, das die erste Glasscherbe begrüßt und durchlässt, als hätte sie VIP-Status und dürfte in der ersten Reihe bei einer Oper sitzen, um dann mit Wonne dem Schlauch den Garaus zu machen. Ein immer aufs Höchste willkommenes Ereignis auf den Wanderungen war natürlich auch die eine oder andere Pause. Wer vermag überhaupt auszumessen, was für ein herrlicher Genuss die Brote mit Wurst, Käse und vor allem mit Nutella oder irgendwelchen anderen Nuss-Nugat-Cremes waren, die uns nicht nur sättigten, sondern uns auch das Gefühl gaben, als könnten wir Sequoias ausreißen und mit ihnen Jonglieren üben? Welche Wonnen die Mars-, Nuts- oder Milkey-Way-Schokoriegel waren, die man vielleicht auch noch dabeihatte und die man, wenn die Eltern doch nicht die richtigen gekauft hatten, mit den anderen tauschte und die uns zu rundum zufriedenen Braunbären in Transsilvanien machten, die sich über den Honig eines Imkers hermachten, die Sunkists in den dreieckigen bunten, orangenen Papp-Verpackungen und, wenn ich mich richtig erinnere, Mirinda in den sich wie dickes Silberpapier anfühlenden, ebenfalls bunten Verpackungen, aus denen nicht nur der Orangensaft oder die Limonade gut schmeckte, sondern die sich zwischendurch immer wieder in Schmetterlinge in der Größe ihrer Verpackungen verwandelten, in die Luft aufstiegen und fröhlich um uns herumflogen, um auf herrlich schräge, verfremdende Weise, nämlich in Beatles-Manier, „Das Wandern ist des Müllers Lust“ oder „Im Frühtau zu Berge“ zu singen? Sogar dem in sich gekehrten Julius Blaubalg fiel, als er das das erste Mal sah und hörte, das Nutella-Brot auf den Waldboden, was aber kein großer Schaden für ihn war, denn wir alle, ritterlich, wie wir in solchen Momenten waren, gaben ihm von unseren Nugat-Creme-Broten ab. Wir wären natürlich nie auf Idee gekommen, das Essen und Trinken in den Pausen als sakramental zu bezeichnen, aber so habe ich es erlebt, und ich denke, so ähnlich ging es auch den anderen Schülerinnen und Schülern aus unserer Klasse: als würde Gott durch den herrlichen Proviant und den Ritt auf den Buchen-Blockhütten wiehernden Abenteuer-Pferden der Wanderung zu uns sprechen und uns das Bewusstsein und das Gefühl geben, dass wir fröhlich grasende Lämmer waren, denen nichts passieren konnte, weil der Herr wirklich unser Hirte war, dessen Stecken und Stab uns vor allem beschützte, was da kommen mochte. Natürlich haben das nicht alle so explizit christlich oder jüdisch mit Bezug auf den 23. Psalm empfunden, aber das Gefühl großen Glücks, an einem herrlich aufregenden und genussreichen Erlebnis teilzuhaben, mit Schwatz-Spatzen und Honig-Hirschen als Gesellinnen und Gesellen, sowie das Sumoringer-satte Gefühl großer Sicherheit und Geborgenheit hatten wohl die meisten.

Aber ich hatte nicht nur Respekt vor den Mädchen wegen ihrer Kondition, sondern es war einfach aufregend, dass sie dabei waren. Ich schaute sie gerne an. Biggi mit den blonden langen Haaren gefiel mir damals besonders. Zum Geburtstag hatte ich ihr ein Buch geschenkt: „Sabine auf großer Fahrt“. Ich fand, sie sah schön aus. Mit den anderen Jungen aus unserer Klasse habe ich nicht darüber gesprochen. Unterhalten habe ich mich nicht mit ihr, weil ich Angst hatte, meine Nase würde sich, weil ich aufgeregt war, wieder zu leuchtendem Ritterspornblau emporschwingen. Die Tragik meiner Scham und

Schüchternheit wegen meiner Rittersporn-Nase, die sich, wenn ich aufgeregt war, zu voller Pracht entfaltete, die den meisten Rittersporn in den Gärten unserer Gegend depressiv zurückließ, sodass sie ohne vier Stunden Psychoanalyse in der Woche nicht zurechtkamen, hatte mich damals gegenüber Mädchen vollständig im Griff.
Die Wandertage in der Grundschule haben auf den Spaziergang mit Lena eingewirkt, als hätte damals jemand eine Flaschenpost, in der alles, was wir damals erlebt hatten, aufgeschrieben, im Ozean der Zeit abgeschickt, und wir hätten sie heute gefunden. Ähnlich dem Erleben, als wir an der Grundschule vorbeigegangen waren, hatte ich das Gefühl, dass das, was damals begonnen hatte, jetzt zu seinem Ziel gekommen sei, als sei alles von einem Lena, mich und alle Menschen liebenden Gott vorherbestimmt, jetzt, da ich mit meiner schönen, Herden von jubelnden Johanniskraut-Orgeln anlockenden Lena den alten Wanderweg von damals entlangging.

119. Oft verletzen wütende Stiere Lena auf einer Gasse im Pamplona ihrer Seele

Wir redeten über die Grundschulzeit, Lehrer, die wir mochten, und solche, die wir hassten, darüber, dass Lena einerseits gerne in die Schule gegangen sei, aber alles überschattet gewesen sei von der Unsicherheit, was nach der Schule möglicherweise wieder zu Hause los sei, ob ihre Mutter wegen irgendeiner x-beliebigen Sache Tobsuchtsanfälle bekommen würde oder ob sie mit einer ihrer Gesellschafterinnen einen ruhigen Nachmittag und Abend erleben würde, was für sie geheißen habe: eben nicht einen, an dem sie von wütenden Stieren auf einer Gasse im Pamplona ihrer Seele verletzt werde, sondern nur einen von Angst erfüllten, mit der ständigen Anspannung, dass etwas passieren könne, dass die Stiere wieder losgelassen würden, was dann an den ruhigen Tagen eben nicht eingetre-

ten sei. Jeden Tag haben Hurrikans wie Katrina oder Sandy gedroht, manchmal trafen sie Lena und richteten Verwüstungen mit vielen Toten und vielen zerstörten Häusern in ihrer Seele an. Die Zeiten, die sie im Unterricht in der Grundschule verbrachte, waren immer die Zeiten der Seelen-Rosen walzenden Hurrikan-Angst, was denn wieder abgehen würde, wenn sie nach Hause gekommen sein würde. Die Wandertage hingegen seien wie kurzweilige Unterhaltungs-Veranstaltungen in einem Krieg gewesen, eine gute Show, ein Konzert, ein spannendes Fußballspiel, auf denen sie den Horror zu Hause für kurze Zeit habe vergessen können. Das sei, aus Männerperspektive, gewesen, als habe Marlene Dietrich im Zweiten Weltkrieg die US-Soldaten besucht, so Lena.
„Einmal ist meine Mutter sogar mit dem scharfen Fleischmesser auf meine große Schwester Irma losgegangen, weil sie, eigentlich total lustig, mit ihrem Stuhl geschaukelt hat und, in Wilhelm-Busch-Manier, die Decke zu fassen bekam und den Gulaschtopf, die Kartoffeln, den Salat und die mit Saft oder Wasser gefüllten Gläser zu einer herrlichen Lebensmittel-Installation auf dem Fußboden verteilt hatte. Eigentlich total lustig, nur dass meine Mutter absolut keinen Humor in dieser Situation hatte und fürchterlich in Rage geriet, das Fleischmesser aus der Schublade zog und auf Irma zuging. Da bin ich dazwischengegangen. Das war kein Mut, ich wollte nur, dass Irma, die fürchterlich anfing zu weinen und zu schreien, nichts passiert. Unbewusst war ich vielleicht auch dadurch angetrieben, dass ich dachte, mir würde meine Mutter nichts tun."
(Irma studierte schon Architektur in Wargburg, als Lena und ich ein Paar wurden, und ich hatte sie im letzten Oberstufenjahr kein einziges Mal gesehen.)
„Du warst ganz schön mutig, finde ich. Du musst doch deinen Mut nicht so bescheiden runterspielen. Das war ja der Hammer. Und total hart."
„Ja, vielleicht war's auch ein bisschen mutig. Aber lass uns von was anderem reden. Das ist ein sehr düsteres Kapitel in

meinem Leben. Hoffentlich macht meine Mutter kein Theater, dass du mich besuchst. Vor anderthalb Jahren hat mich mal Herrmann Batt besucht. Den kennst du vielleicht. Er ist im Hermannsdorfer CVJM. Er hat noch längere Haare als du und ist auch ein netter Typ. Als er gegangen war, gab es ein riesiges Theater."
Verdammt, Herrmann Batt hatte sie also auch besucht, dachte ich. Eine Eifersuchtsmücke hatte mich gestochen.
„Und was hast du gemacht? Hast du dich gewehrt?"
„Das geht nicht, dann wird alles nur noch schlimmer. Sie steigert sich so in alles rein, dass man in solchen Momenten nicht mit ihr reden kann. Das ist eben Teil ihrer Krankheit."
„Das verstehe ich. Ist ja wirklich total blöd für dich."
Das Argument der Krankheit hatte mich davon überzeugt, dass es unmoralisch sei, sich gegen ihre kranke Mutter zu wehren. Später erzählte mir Lena dann ja auch den zweiten unglaublichen Übergriff von Giesela, nämlich dass diese ihren Mann und Lenas Vater mit einem Revolver bedroht habe, wie ihr Leser, die ihr in diesem Wörter-Wald spazieren geht, schon gesehen habt. Wahrscheinlich war es ein großer Fehler von mir, mich davon überzeugen zu lassen, dass wir uns nicht klar und bestimmt gegen Gieselas aggressive Übergriffigkeit wehrten. Einerseits ließ ich mich durch das Argument der Krankheit überzeugen, andererseits war ich mit Lenas Haltung auch deswegen einverstanden, weil ich von einem teils mir bewussten, zu einem guten Teil aber auch unbewussten Ideal geprägt war, das entschiedenen Widerstand gegen den Psycho-Terror der psychisch kranken Mutter verhinderte. Klar war, dass ich wie die meisten ein guter Mensch sein wollte, einer, der ethisch das Richtige tun wollte und der, wie bereits mehrfach angesprochen, als Verzweifelter der Notwendigkeit auch nur als ein solcher überhaupt eine Rechtfertigung zu leben hatte, maßgeblich geprägt dadurch, dass ich von meinem Vater und Onkel Ottfried nur akzeptiert und wertgeschätzt wurde, wenn ich das in ihren Augen Richtige und Gute tat. Durch diese

Prägung war ich, um es zuzuspitzen, dressiert wie ein Hund, dessen Herrchen in meiner Jugend weniger mein Vater oder Onkel Ottfried war, sondern das, was an ihre Stelle trat, und das waren Werte und Überzeugungen. Die Ideale und Einstellungen der Beton-Bibeln säenden Panzer-Pietisten hatte ich damals in vieler Hinsicht hinter mir gelassen, aber in Gestalt einer Haltung, die mich Aggressionen zuallererst gegen mich selber richten ließ und nicht in der intensiven Weise, wie sie es eigentlich verdient hätten, gegen Situationen und Personen, die mich oder eben auch andere, wie in diesem Fall meine liebe Lena, seelisch verletzten, lebten sie weiter. Dazu kam noch das Hippie-Ideal, ein möglichst friedlicher Mensch zu sein, sanft und freundlich zu anderen. Kunz hatte im Grunde den richtigen Riecher, was bei den Hippie-Idealen und bei mir mit den christlichen Hippie-Idealen nicht stimmte.

„Bei den Punks gefällt mir, dass dort auch Platz für Aggressionen ist, während bei den Freaks alles ein bisschen zu soft ist. Zu viel Friede, Freude, Eierkuchen." Damit hatte er den Nagel auf den Kopf getroffen, was mir aber erst viel später klar geworden ist, denn wahrscheinlich habe ich sogar wortreich die Hippie-Ideale von Sanftmut und leidendem Duldertum verteidigt. Auch abgesehen von den je unterschiedlichen Temperamenten kann niemand immer nur lieb und freundlich, kann niemand immer ein christlich sanfter – eine Verbindung, die ich damals als normativ verbindlich ansah und so zueinandergehörend wie Dylan Thomas und alkoholische Getränke –, allen Zorn hinter sich lassender, sozial engagierter, verständnisvoller, in Harmonie mit sich und seiner Umwelt lebender und überdies durch und durch poetischer Hippie sein, was in etwa damals mein Ideal war, nach dem ich strebte, in manchen Phasen meines Lebens stärker, in manchen schwächer.

Wie sehr ich von solchen Idealen durchdrungen war, mit der fatalen Folge, Aggressionen zu verdrängen oder gegen mich selber zu richten, war mir damals nicht gänzlich bewusst, vor allem nicht, wie gefährlich für die Psyche eine solche Haltung ist. Das musste ich erst durch den fürchterlichen seelischen Absturz zu Beginn meines Studiums lernen, als ich, so kam es mir damals vor, eines Morgens aufgewacht war und der Himmel mitten im Frühling zubetoniert und schwarz angestrichen war und von Aktiengewinnen träumende Neonröhren das Sonnenlicht ersetzten, als mich die widerwärtig sadistischen Folterknechte des Depressions-Diktators mehrere Monate jeden Tag auspeitschten.

Wenngleich ich erklären kann, mindestens teilweise, wie es dazu kam, dass ich Lena nicht mehr Mut gemacht hatte, für sich einzutreten, sehe ich es auch als mein Versagen an, dass ich so brav und feige und auf Harmonie bedacht war, sodass ich eben Lenas Haltung gegenüber ihrem Vater nicht stärker hinterfragt habe und sie also ihrer duldenden, sich selbst, ihre Wünsche und ihre Verletzungen wenig beachtenden und oft unterdrückenden Haltung überließ. Als ich vor Kurzem einmal ihr darüber redete, meinte sie, sie habe damals nicht anders gekonnt, als irgendwie durch diese Familienhölle zu kommen, und ein Bestandteil dieses Irgendwie sei es eben gewesen, ihrer Mutter möglichst wenig Reibungsfläche zu bieten. Außerdem habe sie immer geglaubt, ihren Vater schützen zu müssen, von dem sie das Gefühl gehabt hätte, dass er zwar durch seine Schreinerei die Familie ernährte und dort auch seinen Mann stand, der im Grunde genommen aber auf sie immer einen hilflosen Eindruck gemacht hätte, dem es, wo sie nur konnte, beizustehen galt. Idealisiert habe sie ihn als den Gutmenschen von Weldakurv, der schlimmste Leiden in Gestalt des ewigen Terrors seiner psychisch kranken Frau zu erdulden gehabt habe und der sie als Tochter und auch als Freundin ansah, mit der er sich über seine kranke, sich zu völlig unberechenbaren Wutausbrüchen gegen ihn oder gegen sie versteigende Frau oder auch über ihre schweren Depressionen unterhalten konnte, die zur Folge hatten, dass sie immer wieder mit Selbstmord gedroht, sich eingeschlossen hätte und ihr Vater sie dann angefleht hätte, es nicht zu tun, und gegen die

Tür gehämmert hätte und sie sogar mehrere Male eingetreten gehabt hätte, als er befürchtete, sie würde sich im nächsten Moment aufhängen. „Damals war es bei aller Angst und Anspannung eine Art Trost für mich, ja fast schön für mich, nicht nur die Tochter meines Vaters zu sein, sondern auch eine fast auf gleicher Ebene wie er stehende Freundin und Partnerin für ihn zu sein. Wir waren ein Team, um mit meiner Mutter fertig zu werden, ihre Ausbrüche in Schach zu halten." Heute wisse sie, und es sei schmerzlich gewesen, das zu verstehen, dass es gar nicht gut für sie gewesen sei, sich als Kind und Jugendliche so sehr um ihren Vater gekümmert zu haben, anstatt dass er sich um sie gekümmert hätte, was er natürlich auch tat, indem er die Familie ernährte, aber für ihre seelische Entwicklung sei es eine Katastrophe gewesen, dass sie zu wenig Kind habe sein können, das von ihren Eltern beschützt wurde, weil sie dadurch überhaupt nicht habe lernen können, sie selbst zu sein, Wünsche zu äußern, ihre Anlagen zu entwickeln. Dass ihr Vater das bis heute nicht richtig, ach Scheiße, eigentlich fast überhaupt nicht verstehen würde, dass er kein Einfühlungsvermögen habe und es schon in ihrer Kindheit auch nicht gehabt habe, mache sie jetzt, wie ich ja wisse, immer noch total wütend und habe letztlich zu einem Bruch der engen, symbiotischen und also verhängnisvollen Beziehung zu ihrem Vater geführt, was für sie einerseits schmerzhaft, andererseits ein Akt erlösender Befreiung gewesen sei. Doch das wusste sie damals noch nicht, damals nahm sie im Verhältnis zu ihrem Vater nur das Sicherheit gewährende Schiff wahr, das sie vor den Monsterwellen schützte, die die Hurrikans der Ausbrüche ihrer Mutter immer wieder hätten entstehen lassen, nicht aber, dass ihr Vater sie überhaupt diesen Stürmen ausgesetzt habe, als es doch seine Aufgabe gewesen wäre, sich um seine Tochter und ihre seelische Entwicklung zu kümmern, auf welche Art auch immer. „Außerdem war ich wie du auch von einer christlichen Ethik geprägt, die mich zwar nicht so gesetzlich und eng wie Herta Fippel oder solche Leute gemacht hat, die aber doch mein Erdulden des Ganzen unterstützte. Und nicht zu knapp. Das macht mich heute auch wütend über die ganze fromme Bagage. Was Jesus gewollt und getan hat, war, Menschen seelisch und körperlich zu heilen. Und natürlich hat mir der Glaube damals geholfen, dass ich überhaupt seelisch überlebt habe, aber so befreiend, wie er die Menschen in den Evangelien geheilt hat, hat der Glaube nicht gewirkt. Wahrscheinlich hauptsächlich, weil die Frommen ihn als Dulder geschildert haben und nicht als den, der die Wechsler mit der Peitsche vertrieben hat, der mit seinen Jüngern gegessen und getrunken hat, der keine unterdrückten Seelen und Geister wollte, sondern glückliche, vitale und seelisch gesunde Menschen."

Vor allem das völlige Unverständnis ihres Vaters, ihres christlichen Vaters, den sie damals erst in Kontakt zu den evangelikalen Christen gebracht hatte und der heute ein Sprachrohr der evangelikalen Vordenker ist, so wie sie es nie war, macht auch mich, wenn ich darüber schreibe, wütend. Von vielen Menschen als offen und freundlich geachtet, vor allem in der evangelikalen Gemeinde, aber auch von vielen anderen Menschen, vor allem solchen, die ihn noch nicht gut kennen oder gekannt hatten, etwa unseren neuen Freunden, die wir zu Anfang unseres Studiums kennengelernt hatten und die irgendwann auch mal zu Besuch nach Weldakurv gekommen waren und die sich hinterher vor Lobpreisungen über Lenas Vater kaum wieder einkriegten. Er ist phlegmatisch und freundlich, hat viel Humor, aber er hat keine wirkliche Einsicht darin, was mit Lena in ihrer Kindheit passiert ist, dieser freundliche, Ameisenstraßen bewachende Bär, dessen halbes Hirn und dessen halbes Herz aus einem Käfig bestehen, in dem ein Stahl-Papagei mit Sprechfunktion das nachplappert, was die evangelikalen Prediger von sich geben und was es in den gedruckten Hervorbringungen der Szene zu lesen gibt.

120. Als wenn Jane Fonda in einem Hotel in Hermannsdorf abgestiegen wäre, um einen Aerobic-Kurs für Landfrauen zu geben

Als ich mich auf das Fahrrad geschwungen hatte, um mich zurück auf den Weg zu Kunz zu machen, dachte ich, dass trotz der bedrückenden Dinge, die mir Lena über ihre Mutter erzählt hatte, sie auch nach dem Spaziergang noch das Sympathische für mich hatte, das ich schon zu Anfang des Besuches empfunden hatte, diese etwas verlebte Schönheit, barock und rauchend in einen Sessel gefläzt, so fremd und auch so sympathisch in dem hessischen Dorf wie eine phlegmatische Seelöwin, die sich am Strand ausruht. Natürlich war ich wieder ähnlich glücklich wie auf der Heimfahrt von Norbert am Tag nach der leuchtende E-Street-Band-Saxofone in den Nachthimmel sprühenden Liebes-Geständnis-Nacht, der trübe Septembertag backte wieder Hasch-Plätzchen der Verliebtheit, in meinem Bewusstsein war es Juli, und es war heiß, und aus einem blauen Mittelmeer sprangen Delfine der Freude in die Luft und spuckten der unter ihrer eigenen Hitze stöhnenden Sonne ein paar Wasserspritzer ins Gesicht, die sich sichtlich über die fröhlichen Spritzer der Delfine freute und ihnen gebratene Milchstraßenozean-Heringe ins Maul warf. In Weldakurv gab es sogar ein paar Bürgerhäuser, die ebenso wie in Hermannsdorf die Gaumen meiner Augen zufrieden gurren ließen wie die Gummibärchen und die Lakritze aus dem Kiosk in der Nähe unserer Schule. Wie Marilyn Monroe auf den berühmten Schwimmbadfotos posierte eine gelbe Villa sogar mit einem Portal aus hellblauen Säulen mit Kapitellen, über dem mich abstrakte Stuckmotive anlächelten – nicht ganz so sexy wie die Monroe –, die mir vorkamen wie eine fantasievolle, geheimnisvolle fremde Sprache, von einem Kalligrafen erfunden, die ein Stuckateur mit Freude und Hingabe dort aufgetragen hatte. In Weldakurv schien mir dieses Haus fast so exotisch und auffallend, als wenn Jane Fonda in einem Hotel in

Hermannsdorf abgestiegen wäre, um einen Aerobic-Kurs für Landfrauen zu geben, denn die Weldakurver Hauptstraße war damals von runtergekommenen, grauen Nachkriegshäusern und fast baufälligen, aber trotzdem noch schönen Fachwerkhäusern gesäumt. Auch ich fühlte mich, als ich auf der Weldakurver Hauptstraße entlangfuhr, wie eine über dem Dorfalltag schwebende gelbe, blau besäulte, stuckverzierte Villa der Schönheit, die grauen, runtergekommenen Häuser des Alltags und die von Effizienz-Elfen und Profit-Porsches träumenden Industriebauten des Erlebens (realiter begegneten sie mir zwischen Weldakurv und Jokbach, dem Dorf, in dem Kunz wohnte) waren weit weg. Ich mitteloser Schüler war in Wahrheit ein Ludwig der XIV. des Glücks mit meinem Versailles der Verliebtheit.

Nie, so kommt es mir vor, war ich im Glück Gott so nah wie damals. Die Illusion, dass der andere, in diesem Fall natürlich Lena, ein Megamensch ist, der einen in allem versteht, auch in dem, worin man sich so einsam fühlt und vielleicht sein ganzes Leben lang gefühlt hat, als sei man über Jahre in Isolationshaft in einer fensterlosen Zelle und bekomme die täglichen Mahlzeiten durch ein Fließband geliefert oder als sei man ein Ureinwohner aus dem Regenwald am Amazonas, der bisher in seinem Leben noch nie aus seiner Umgebung rausgekommen ist und der von einem auf den anderen Tag in einem Hochhaus in São Paulo leben und seinen Lebensunterhalt als Fließbandarbeiter in einer großen Fabrik verdienen müsste, ein Megamensch, der einen in allem versteht und dessen Schönheit einen vom ersten Tag der Galaxien gischtenden Verliebtheit an ganz sicher jeden Tag auf einer Frisbee-Scheibe unbändigen Glücks über den Wasserfarbkästen zerstampfenden Alltag schießen würde, diese Illusion ist natürlich zu Teilen mitverantwortlich für diesen Tornado des Glücks, ein wilder, aber franziskanischer Wucht-Tornado, der multitaskingfähig brausen und gleichzeitig sogar für Marienkäfer Schutzhütten bauen kann, vor denen der Tatzen-Wind natürlich zielgenau gestoppt hatte, und sie ist eine Erfindung Gottes, denke ich, durch die er uns ekstatisches Glück als alle kleinkarierten Barrieren schleifenden Rammbock der Kraft schenkt, als Festmahl des Lebens, an das wir uns, wenn die Mahlzeiten später zu fad zu werden drohen, erinnern können, um aufzustehen und die Orte fader, angstverkrümmter Mediokrität zu verlassen. Natürlich war ich wieder glücksbesoffen, als hätte ich mit Kunz den Weinkeller seiner Eltern geleert, ach was, als hätte ich mir die gesamten Vorräte eines französischen Weinguts einverleibt. Völlig klar, dass ich fortan mein ganzes restliches Leben in einem Indian-Summer-Wald der Poesie rumspazieren würde, dass Lena und ich uns besuchen und in unseren Zimmern sitzen und uns die Lippen und Zungen wund küssen würden und uns zu gegebenem Zeitpunkt natürlich auch in einem brausenden Rabelais-Paris des Glücks und der Lust lieben würden (das gleich zu dieser Zeit schon zu tun, kam natürlich für uns vom trockenen Brot des Puritanismus Genährte und Geprägte nicht infrage), Musik hörten, die uns mal in wilder Hendrix-Gitarren-Ekstase wie eine Apollo-Rakete, die gerade eine Sonne gefrühstückt hat, abheben ließ oder mit Donovan in seliger Ruhe, Freude und Fachwerk-Geborgenheit und Heugeruch-Betörtheit wegdämmern ließ, und uns unterhielten und uns dabei natürlich gegenseitig die Fragen stellen und die Antworten geben würden, die uns gerade auf der Seele brennen würden, Champagner surfende Authentizität, oder spazieren gingen und uns von den Feldern berauschen ließen, von denen uns das ganze Jahr Weizen-Tiger der Freude anspringen würden, als würden wir auf Vincent van Goghs Leidenschafts-Pinsel durch die Welt rauschen oder uns von Pieter Brueghels die Esslust und Fülle feiernden Feldmahlzeiten nähren, wobei öfters einzelne Büsche in Hecken oder Buchen und Eichen im Wald Dylan-Songs spielten, „My Back Pages", „Chimes Of Freedom" oder „Masters Of War" und auch „Like A Rolling Stone". Dann wieder ließen hin und wieder Kiefern oder Lärchen und natürlich ebenfalls Buchen und Eichen „Like A Hurricane“ von Neil Young mit seinem unvergleichlichen Gitarrensolo, in dem aus einem verregneten Novemberwald immer wieder Ferrari-rote Falken aus Glücks-Gerste emporstiegen, erklingen oder sein alles Pubertäre, galaxiengroßes Sich-Sehnen nach einer Freundin ausdrückendes „Cowgirl In The Sand“. Dann gab es Buchen, die gerade Vergnügen an kritischen und poetischen deutschsprachigen Volksliedern entdeckt haben würden, die „Es wollt ein Meier meyen“ von Zupfgeigenhansel in unsere Ohren träufelten, das uns mit Taugenichts-Unbeschwertheit und zugleich mit sanftem Wehmut-Wind anblies und das Herbert oft auf der Gitarre spielte und das auch ich oft sang, wenn ich alleine spazieren ging.

121. Erst einmal gab's einen gewaltigen Nackenschlag

Ging das alles so weiter, wie ich es mir auf der Fahrt zu Kunz vorgestellt hatte? Pustekuchen! Erst einmal gab's einen gewaltigen Nackenschlag. Am nächsten Schultag sah ich Lena in der Pausenhalle. Sie sah traurig aus. Ihre braunen Augen, die, wenn sie entspannt war, leuchteten und glänzten, als wollten sie in jeder hässlichen, gesichtslosen Stadt in Deutschland mehrere Parks wie die Schillerwiesen des Göttinger Ostviertels platzieren, Parks wie die Schillerwiesen, die einem beim Spaziergehen durch ihr fettes Grün und ihre herrliche Hanglage die Pfeifen der Entspanntheit schmauchen lassen würden und auf denen heimische und exotische Bäume satt und froh wie einer der Helden aus Gargantua und Pantagruel oder eben wie entspannte Buddhas ruhen und das Herz der Augen in ihre, der heimischen und exotischen Bäume, Wipfel wuppen und einen sich dabei so königlich frei fühlen lassen würden wie als Kind, wenn man auf einen Baum geklettert war und die Welt von oben betrachtete, diese Augen blickten trüb in die Welt, als wäre eine alte Bombe aus dem Zweiten Weltkrieg in den Schillerwiesen explodiert. Die langen braunen Haare wirkten wie eine Burgmauer, die die Angriffe einer aggressiven Erobererarmee abwehren sollten. Sie hatte ihr hellblaue Feincordhose, ihre Urschuhe und ihren braun-weiß gemusterten, selbst gestrickten Pullover an, sonst für mich so unbeschwert wirkend, als würde sie mit einem Segelflieger in der Rhön über die herrlichen Mittelgebirgs-Berge gleiten, heute aber, als hätte sie gerade einen Absturz eines solchen gesehen, inszeniert durch einen Selbstmord-Flieger, der in der Luft eine Bombe gezündet hätte.

„Hallo, schön dich zu sehen", sagte ich erschrocken.

„Hallo", sagte sie, und man merkte, dass sie sich bemühte, nicht zu jammerig zu klingen.

„Was ist denn los?"

„Ach, ich wollte gar nicht, dass du merkst, dass es mir nicht so gut geht."

„Warum geht es dir denn nicht gut?"

„Meine Mutter hat gestern Theater gemacht, weil wir eine Stunde länger spazieren waren, als ich es eher unverbindlich gesagt hatte, nachdem sie mich, als ich meine Mütze dann noch holen wollte, gefragt hatte, wann wir denn wiederkämen. Sie hätte sich ja so aufgeregt, weil sie dich ja nicht kennen würde. Außerdem sei ich in der dreizehnten Klasse und müsse jeden Nachmittag für die Schule arbeiten, um ein gutes Abitur zu machen. Schließlich müsse ich doch ein Fach studieren, das mir später zu einem guten Arbeitsplatz verhelfen solle."

„Du bist doch achtzehn. Deine Mutter kann dir doch eigentlich nichts mehr sagen!"

Ich war total wütend und merkte aber gleichzeitig, dass ich jetzt nicht loslegen konnte und nicht auf ihre Mutter schimpfen durfte. Eigentlich wollte ich sofort sagen: „So eine blöde tyrannische Erpresser-Kuh, die macht alles, um dich zu kontrollieren und kleinzuhalten." Zu Beginn des einen Glücks-

Ozean wie ein Glas Weizenbier trinkenden Glücks der Beziehung zu Lena war meine Wut noch nicht so schlapp gewesen wie ein Athlet nach dem Iron Man, wie sie es zwei Jahre später geworden war.

„So ein Mist. Und was machen wir jetzt?"

„Meine Mutter ist krank, und ich habe totale Angst, dass sie wie früher total ausflippt, wenn du zu oft kommst. Ich habe sie davon zu überzeugen versucht, dass du ein wirklich freundlicher, verantwortungsvoller junger Mann bist. Aber es hat alles nichts geholfen. Sie wurde nur noch wütender und sagte, dass sie ja nichts gegen dich hätte, aber das wir nächstes Mal nicht eine Stunde länger bleiben sollen, als ich ihr gesagt hätte, und dann kam noch mal die Leier mit dem Lernen. Ich konnte nichts machen. Alles Argumentieren und Reden steigert nur ihre Wut. Kurz und schlecht, wir müssen es irgendwie so hinkriegen, dass du nicht zu oft kommst und wir dann immer so lange spazieren gehen, wie ich es ihr vorher ankündige. Außerdem kann ich ja auch manchmal zu dir fahren, wobei ich genau weiß, dass sie auch ausflippt, wenn ich zu oft zu dir fahre. Und in der Schule hat sie ja keine Kontrolle über mich", sagte sie und umarmte mich.

Ihre Tapferkeit rührte mich, und dass sie scheinbar keinen offenen Widerstand leisten konnte, machte mich traurig. Wieder waren es die Krankheit, die mich ruhigstellte, und meine schon genannte evangelikal-depressive Prägung. War es nicht unmenschlich und egoistisch, vor allem aber unchristlich, wenn man gegen die kranke Frau, die anscheinend für ihre herrsch- und kontrollsüchtigen Allüren nichts konnte, offenen Widerstand leistete? Vor allem aber wollte ich nichts gegen Lenas Willen tun. Sie war es schließlich, die bei ihr zu Hause wohnte und unter ihrer kranken Mutter litt. Die Wut über die blöde tyrannische Kontrollkuh und den Gedanken, dass ich und auch Lena sich dagegen wehren müssten, schluckte ich herunter, weil ich eben unbewusst fühlte und auch bewusst dachte, dass das nicht konform ginge mit meiner, mit einer bestimmten Lesart des christlichen Glaubens verbrämten masochistisch-poetischen Softie-Moral.

Trotzdem meldeten sich natürlich auch immer wieder die Guerilleros der Empörung in mir und protestierten: „So eine miese Type, widerliche Tyrannin, Oberarschloch-Tussi. Was bildet die sich ein? Aufgequollene Hilfsdiktatorin!" Booah, war ich manchmal sauer. Doch immer wieder predigten die Savonarolas des Geißel-Masochismus die Guerilleros der Empörung in Grund und Boden. Bei Lena spürte ich wieder, dass sie Widerstand ablehnte, einerseits aus Angst, andererseits aber auch gestützt durch die evangelikal-christlich inspirierte Moral des leidbereiten Duldens. Einen Moment lang machte ich mir Sorgen, dass ich Lena nicht oft genug sehen können würde und deshalb die rockenden Rosen der Sehnsucht, die zu Pink-Floyd-Fans werden würden und bis zum Abwinken immer zu „Wish You Were Here" auf ihrem Gettoblaster zurückspulen würden, in mir unerträglichen Durst würden leiden müssen. So entspannt, jedenfalls für mich entspannt, wie der Besuch gestern würde möglicherweise vorerst kein Besuch mehr bei Lena ablaufen.

Um mich zu trösten, stellte ich mir vor, wie es wäre, mit Lena in der Pause am Waldrand spazieren zu gehen und im Rotwein denkenden Mohn der Küsse zu versinken, die von Mandolinen träumenden Buchen der Schönheit zu surfen und Eichen als Kraft-Pausenbrot zu vertilgen, oder dass wir uns in Freistunden in der Stadt in einem Café treffen könnten und die herrlichen fettgrünen Wiesen der Muße würden abweiden können. Möglicherweise würden wir uns auch auf Partys sehen können, auf denen die Bisonherden der Revolte losmarschierten, um alles aufzumischen oder zu entmachten, was die Menschen hungrig, krank und unglücklich macht, wie ja zum Glück auch in der dreizehnten Klasse noch einige Partys abgingen. Auch wenn ich nicht so oft nach Weldakurv würde kommen können, irgendeinen Weg würde es schon geben, dass wir uns sehen könnten. Im Deutschunterricht hatten wir von Gottfried Keller „Romeo und Julia auf dem Dorfe" gelesen, und als ein solch romantisch-tragisches Liebespaar empfand ich uns beide jetzt auch, und diese poetische Unterstützung und Überhöhung trösteten mich ein wenig über die zukünftigen Probleme, Lena oft und lange sehen zu können, hinweg. Wenn ich an „Romeo und Julia auf dem Dorfe" dachte, lagen Lena und ich küssend auf einem Heuwagen, der über dem Alltag schwebte wie ein Heißluftballon und gewaltig furzte, wenn er über Menschen und Institutionen flog, die unser und aller Liebenden Glück behinderten, sodass auch Lenas Mutter ihren Stink-Tornado abbekam für das, was sie uns antat, und der, der Heuwagen, psychedelische Regenbögen an den Himmel zauberte, wenn er Leidenden begegnete, denen der brutale Lkw des Lebens den Fuchs des Abenteuers und die Taube der Poesie überfahren hatte. Überhaupt war Gottfried Keller in diesem Jahr für mich mit der ersten Fassung von „Der grüne Heinrich" einer meiner Lieblingsschriftsteller geworden. Die Liebeserlebnisse von Heinrich Lee, dass er ein Aussteiger war und seine intensiven und also poetischen Naturerfahrungen, das alles zog mich mächtig an, als ich das Buch während einer starken Erkältung im Bett las und ich mich in meiner Sehnsucht nach einer Freundin, meinem Begehren und meiner Naturbegeisterung verstanden und zu einem intensiven Leben inspiriert fühlte, als könne ein Spaziergang oder eine Fahrradfahrt durch Felder und Wälder unserer Gegend allein durch die Ekstase, die ich dabei erlebte, alle Prosa und Ungerechtigkeit der Welt niederringen, obwohl der grüne Heinrich seinen Glauben durch die Lektüre Feuerbachs verloren hatte und ihm die Welt dadurch noch schöner und poetischer erschien, während für mich in dieser Zeit, als ich die Ketten der evangelikalen Bibelinterpretation gesprengt hatte, trotz der Einsamkeit, die das im Gefolge hatte, der Glaube durch das bejahendere Verhältnis zu mir selbst und zur Schöpfung (wenngleich ich mit dieser Haltung eben noch nicht immer fest im Sattel der Beständigkeit saß) die Geborgenheit vermittelte, die die Poesie der Welt, den wilden Ritt auf den Arabern ekstatischer Freude überhaupt erst ermöglichte, wenn ich weizenbesoffene Felder, Wiesen mit dicken grünen Bäuchen oder Wälder sah, in denen Wildschweine Posaune spielten.

122. Buchen protestieren gegen Hölderlins Gedicht „Die Eichbäume"

In den nächsten Tagen sahen wir uns morgens in der Pausenhalle. Die Vincents Gemälde „Mittagsruhe (nach Millet)" staunenden Schmetterlinge der Freude flatterten zwischen den Wörtern unserer Konversation und sehr schnell hatten sich die Wörter selber in Zitronenfalter und Nacht-Pfauenaugen verwandelten, sodass selbst die alltäglichsten Themen keine andere Chance hatten, als dass wir die Gespräche darüber als bunt, lebendig und einzigartig empfanden. In der ersten Pause hing dann jeder mit seinen Freunden ab, und in der zweiten war es dann tatsächlich so, dass wir am Waldrand unweit der Schule spazieren gingen und Lena und ich zwar nicht im Rotwein denkenden Mohn der Küsse versanken, aber immer wieder das Glas Sekt eines Kusses gierig tranken, und die Buchen der Schönheit, die wir surften, träumten nicht von Mandolinen, sondern spielten Folksongs mit Mandolinen und Gitarren, und zwischen zwei Liedern sprach uns eine besonders hohe Buche an und beschwerte sich, dass Hölderlin in seinem Gedicht an „Die Eichbäume" sie, die Buchen, genauso wie ihre Freunde und Rivalen als Freiheitshelden hätte erwähnen sollen, worauf ich antwortete, dass sie ganz recht hätten, und um ihnen meine Referenz zu erweisen, würden ich ihnen heute den schönen Spätsommertag gönnen und sie frei ihre Muße genießen lassen und stattdessen als Pausenbrot eine Eiche aus-

reißen und als Frühstücksbrot verzehren. Woraufhin sich die Buchen bogen vor lachen und meinten, dass das ja nett gemeint sei, aber dass ich die Eiche stehen lassen solle, denn diese würde mir unter Garantie Verdauungsbeschwerden verursachen.
Als ich mich für den guten Rat bedankt hatte und wir ein paar Schritte weitergegangen waren, sah ich Lena an, die so unglaublich zu lachen anfing, wie ich es an ihr noch nie gesehen hatte. Trotz all des Schweren, das sie in ihrem Leben erlebt hatte, konnte sie noch so lachen, dass Tränen aus ihren braunen Augen tropften, die Würmer aus der Erde hervorlockten, die ebenfalls anfingen zu lachen, was wiederum einen Schwarm Spatzen anlockte, die aber, schon bevor sie sich auf die Würmer stürzten, ebenfalls in ihr Spatzenlachen ausbrachen, und so war durch Lenas Lachen das Fressen und Gefressenwerden für die zehn Minuten, die die Lach-Ekstase dauerte, außer Kraft gesetzt, denn auch die Buchen und Eichen des Waldes schauten bei uns vorbei und ließen ebenfalls ihr mächtiges, aus den Tiefen ihrer Baumlungen und Baumstimmbänder aufsteigendes Lachen ertönen, wobei die Spechte aus ihren Höhlen kamen und abwechselnd ihr diskantes Spechtlachen beisteuerten und dann wieder hektisch gegen Bäume klopften, als könnten sie nur so verhindern, dass sie nicht für den Rest ihres Lebens auf diesem Lachtrip hängenblieben. Als wir uns völlig erschöpft vom vielen Lachen am Schulhof trennten, wussten wir beide, dass wir eine der schönsten, lustigsten, berauschendsten, subversivsten und also poetischsten Pausen unseres Lebens erlebt hatten.

123. Bullburg schmeißt sich in Schale, denn Lena kommt zu Besuch, und wieder mal die Panzer-Pietisten, und die Ottfried-Obsession darf auch nicht fehlen

Am Donnerstagmorgen in der Pausenhalle sagte mir Lena, dass sie am Samstag ihre Freundin Roberta in Flungenhausen besuchen und auf dem Rückweg bei mir vorbeikommen wolle. Eine solche Abgebrühtheit – jedenfalls kam es mir im ersten Moment so vor –, heimlich bei mir vorbeizukommen, hatte ich von ihr nicht erwartet. Ähnlich wie beim Rauchen hatte ich meinen mir nicht bis in letzte Tiefen bewussten puritanischen moralischen Rigorismus auf sie projiziert. Lena erstaunte mich immer wieder, und ich war so glücklich und aufgeregt, dass sie mich das erste Mal in Bullburg besuchen wollte, wie es König Salomo nicht mehr hätte sein können, als er eben seine im Hohelied gepriesene Angebetete erwartete. Wahnsinn, das gibt's doch gar nicht, meine schöne Lena will mich besuchen. Freunde und Bekannte in der Schule frotzelten schon: „Na, Friedrich, du bist ja so verknallt und im siebten Himmel, dass du demnächst mit zwei verschiedenen Schuhen in die Schule kommst oder dir, wenn es bald kälter wird, die Unterhose als Mütze aufsetzt, weil du für solche irdischen Belange kein Auge mehr hast."
Zu Hause räumte ich mein Zimmer auf, was ich nicht oft tat. Es ist schon ein frappierender Widerspruch, dass die Ordnung in Lenas Zimmer und auch Ordnung, die trotz aller überbordenden Fantasie auch Lenas Kleidung ausstrahlte, mich sehr anzogen, ich selber aber nicht in der Lage war, Ordnung zu halten. Jetzt aber wollte mich Lena besuchen, und also räumte ich mein Zimmer auf. Mein Schreibtisch, den mir meine Eltern in der Grundschulzeit gekauft hatten, beehrte immer noch mein Bett-, Platten- und Bücher-Königreich. Dass mir meine Eltern damals einen eigenen Schreibtisch gekauft hatten, fand ich natürlich super. Ein Kapitän, der ein neues großes Kreuzfahrtschiff durch die Weltmeere steuern soll, hätte nicht stol-

zer sein können. Mit dem stolzen Kreuzfahrtschiff meines Schreibtisches würde ich die Ozeane des Lernens befahren und neue Inseln des Wissens entdecken, die mir die Schönheit der Welt und das Glück des Lebens dadurch vertiefen würden, dass ich wenigstens teilweise verstehen würde, warum alles so ist, wie es ist, aufregende Einblicke in die Naturgesetze würde ich bekommen, würde in die Geheimnisse der Technik eindringen, Wissen über die Weltgeschichte verschlingen wie den herrlichen Erdbeer-Vanillepudding meiner Mutter, mehr über meinen Glauben lernen, und insbesondere alles Wissenswerte über die Erdteile und vielen Länder auf dieser Welt würde ich aufsaugen. Es war ein einfacher Plastikschreibtisch, was meiner Freude in keiner Weise Abbruch tat, im Gegenteil, die dunkelgrüne Platte zog mich so in den Bann und erfüllte mich so mit Freude und Stolz wie der neue dunkelrote McCormick-Traktor, den mein Vater und Onkel Ottfried ein paar Monate früher gekauft hatten. Und wie herrlich neu der Schreibtisch roch, auch wieder ähnlich wie unser neuer Traktor, bei dem der neue Lackgeruch mich berauschte wie eine Fahrt mit dem Riesenrad auf dem „Eicheln für die Wildschweine des Bonifatius“-Volksfest in Hermannsdorf. Nicht nur ein Kreuzfahrtschiff war mir also mein neuer Schreibtisch, sondern auch ein neuer Traktor, mit dem ich wie mein Vater und Onkel Ottfried die Felder des Lernens bestellen würde. Das zu Hunderten darauf sichtbare, mit schwarzen Strichen gezeichnete Muster war ein Junge, der an einem Schreibtisch sitzt und irgendetwas schreibt. Konzentriert sah der Junge aus, in sein Tun vertieft. Ich stellte ihn mir glücklich vor. Das Muster war aus pädagogischen Gründen darauf zu sehen. Ein augenzwinkernd erhobener Zeigefinger, seine Hausaufgaben zu machen, was mich aber nicht störte, denn ich fand das naive Muster wunderbar, genauso wie die Zeichnungen in der Fibel, mit der wir lesen lernten. Das war aber nicht alles, denn wie jeder praktische Schreibtisch hatte er Schubladen, in denen ich meine Sachen verstauen konnte, und als der Schreibtisch neu

war, packte ich mein Hab und Gut auch ordentlich in die vier von Schatzinseln träumenden Schubladen. Aber schon bald war alles durcheinander, eben weil ich Oberwildsau keine Ordnung hielt. Wie ein Stück Waldrand oder Waldrandweg, das von den wilden Borsten-Kämpfern, die nach Eicheln gesucht hatten, verwüstet worden war, sahen meine Schubladen schon bald aus. Zu der heroischen Tat des Aufräumens konnte ich mich nur aufraffen, wenn ich ab und zu einen Rappel bekam und meine eigene Unordnung nicht mehr aushalten konnte oder wenn meine Mutter, die sehr, sehr nachsichtig war, das Chaos nicht mehr ertragen konnte und mir ins Gewissen redete, doch endlich aufzuräumen. Und so hielt ich es scheinbar über die Jahre hin bis in die Oberstufenzeit.
Jetzt, da meine Schöne kommen wollte mit den umwerfenden Niagara-Wasserfällen ihrer braunen Haare, mit der sirenenden Südsee ihrer braunen Augen, mit ihren Kurven, die mich in Verzückung setzten wie die sich in Kurven durch das Tal schlängelnde Welda, wenn ich sie von einem Berg aus sah und Geborgenheit und Fernweh zugleich spürte, die herrlichen Kurven ihrer Hüften und Brüste, die mich vor Verzückung auch immer wieder aus den Kurven des Alltags warfen, wobei mir noch während des Fluges Flügel wuchsen, die mich abheben ließen in einen Kornblumen-Klaviere kalbenden Himmel, jetzt, da meine alle gewohnten Kategorien sprengende Schöne kommen wollte, kam es mir auch in den Sinn, die Schubladen aufzuräumen. Aber schon wenige Augenblicke später dachte ich, dass ich dazu jetzt keine Zeit hätte. Damals war es schon lange so, dass ich in der Zeit, in der ich nicht für die Schule lernte oder Hausaufgaben machte, meinem Vater und Onkel Ottfried half und auf dem Hof arbeitete. Aber letztlich war das Gefühl, keine Zeit zum umfassenden Aufräumen zu haben, natürlich in Wirklichkeit nur zu einem vernachlässigbaren Teil durch äußere Faktoren bestimmt, sondern war durch die hitzigen Debatten im Parlament meiner Seele begründet. Ich hatte im Vergleich zu Schülern, deren Eltern keinen Bauernhof

bewirtschafteten, weniger Zeit, das stimmt, und Aufräumen stand in meiner Prio-Liste der wichtigen Sachen nicht gerade weit vorn. Warum? Wahrscheinlich, weil ich es für einen jungen Burschen auch für ein bisschen unmännlich, spießig, unhippiemäßig und unpoetisch hielt, aufzuräumen. Einerseits. Andererseits aber war mir natürlich klar, dass es ohne Ordnung nicht gehen würde, dass alles in einem durch und durch unpoetischen, destruktiven, kaputt machenden Chaos enden würde, wenn man nicht ab und zu klar Schiff machte, und dass es verlogen sei, die eigene Unordentlichkeit durch Männlichkeit, Hippietum und Poesie zu glorifizieren. Die Vertreter beider Parteien lieferten sich wüste Redeschlachten im Parlament meiner Seele, und meistens gewannen die Verfechter der Männlichkeit, des Hippietums und der Poesie, für die es natürlich immer tausend Gründe dafür gab, andere männlichere, hippiemäßigere oder poetischere Taten zu vollbringen, als eben aufzuräumen. Ein anderer Grund für mein notorisches Nicht-Ordnung-Halten bestand wahrscheinlich aber in dem inneren Druck, der Ungeduld, dem unterschwelligen permanenten Gehetzt-Sein, die ich damals oft gespürt hatte, deren ich mir damals aber nicht so bewusst war, wie ich es mir heute bin, was nicht heißt, dass die Neigung zur Stühle umschmeißenden, die Kleider in die Ecke pfeffernden Hektik heute nicht mehr da wäre. Die kierkegaardsche „Verzweiflung der Notwendigkeit“ hatte sich schon früh in meinen Geist verbissen, der Wahn, allein durch Leistung eine Existenzberechtigung zu haben, um so der Vernichtung zu entgehen, die innerseelisch immer drohte, wenn ich nicht das leistete, was ich glaubte, leisten zu müssen. Am Zwanghaftigkeits-Schraubstock des Drucks drehte das Bestreben, es meinen Eltern, insbesondere meinem Vater und Onkel Ottfried, recht zu machen, ein guter Junge sein zu wollen, fleißig zu sein, wenn möglich in allem der Beste zu sein. Wenn man nicht der Beste ist, wenn man nichts leistet, ist man im Grunde nichts wert, ist man vernichtet und also nichts, so empfand ich es. Das war es, was ich von

Kindheit an zu Hause durch Onkel Ottfried und in etwas abgemilderter Form ja auch durch meinen Vater aufgesaugt hatte, was ich eingeatmet hatte, das war es, mit dem ich mir den Bauch meiner Seele vollgegessen hatte, was sich in meinen Gehirnzellen verewigt hatte wie ein Arschgeweih auf einer Schönen in den ersten Jahren des neuen Jahrtausends.
Wie sich der Glaube dann in diese Konstellation meiner Seele eingeklinkt hat, habe ich bereits erwähnt, dass er mir einen Sinn gab für mein Leben und für das Leben an sich, was für mich damals das mit Abstand quälendste Problem war, das sich meinem beginnenden Nachdenken darbot: Gab es einen Sinn für das Leben an sich und für mein Leben, gab es einen Schöpfer und Welterhalter, der sich um die Schöpfung, um das Leben der Menschen und damit auch um mein Leben kümmerte, oder war alles sinnlos und durch Zufall entstanden? Durch den Glauben an den Gott, der in Jesus Christus gezeigt hat, wer er ist, und der den Menschen schon einen Vorgeschmack auf die unaufhörliche Ekstase der Ewigkeit zusichert, wenn sie ihn, in welcher Religion oder Weltanschauung auch immer, denke ich heute, lieben und an ihn glauben und ihren Nächsten lieben wie sich selbst, hatte ich eine Antwort auf diese Frage, die mich unendlich glücklich machte, die mich und potenziell jeden anderen Menschen zum Nobelpreisträger der Seele, zum Mega-Rockstar, zum amerikanischen Präsidenten, zum Shakespeare, zum Mozart, zum Vincent van Gogh und zum Pelé der Seele werden ließ beziehungsweise werden lassen kann, im tiefsten Inneren meines Fühlens und Denkens war ich geliebt, beschützt und geborgen und hatte ein Gegenüber, denn der Unglaube, der für mich bedeutet hätte, dass alles sinnlos wäre, war für mich vollkommen unerträglich, da er mich im tiefsten Inneren meines Fühlens und Denkens einsam gemacht hätte, meine Seele gefressen und sie somit vollends zerstört hätte, eine Erde ohne Sonne, eine Stadt, die nur aus Betonbunkern ohne Fenster bestünde, ein menschlicher Körper, der statt durch ein Herz und

ein Gehirn von einem alle Poesie wegrechnenden Computer gesteuert würde, der nur noch funktioniert, ohne Leidenschaft, ohne ein anderes Ziel als ein perverses, weil sinnloses Funktionieren. Das war das gigantische, alle Maßstäbe sprengende Glück des Glaubens, ohne den es für mich keine Liebe, keine Poesie und also kein Glück gab, ohne den ich nicht existieren konnte und kann, keine Sekunde. Dieser Glaube war und ist, ich muss es oft wiederholen, denn diese Redundanz ist nicht nur unvermeidbar, sondern auch wünschenswert, weil es einfach raus muss, wie ich morgens nach dem Frühstück unbedingt an die nicht von einem Haus umgebene Luft muss, um einen strammen Spaziergang zu machen, damit ich überhaupt in den Tag komme, auch die Therapie für die „Verzweiflung der Notwendigkeit", für das zwanghafte Bestreben, sich erst durch Leistung eine Existenzberechtigung verdienen zu müssen, denn ohne alle Vorleistung hat man, wenn man daran glaubt, einen unendlich hohen Wert durch die bedingungslose Liebe des goldene Friedens-Jerusalems jubelnden Unendlichen. Aber neben dem Gitarren-Solos gischtenden Kalifornien-Glück gab es auch das Gefängnis des Glaubens, in dem regelmäßig Brutalo-Sadisten mir die Fresse meiner Seele polierten, mal bekam ich einen Zahn ausgeschlagen, mal brach ich mir die Nase, und auch den Kiefer der Seele brach ich mir zweimal, denn der Glaube, den ich mit fünfzehn im Evangelisationszelt als für mich von da an geltend und maßgeblich übernommen hatte, war im Grunde der Glaube an einen Übervater, der noch stärker war als mein Vater und Onkel Ottfried, die, wie ich erkannte und wie jeder Jugendliche erkennt, von menschlichem Maß waren, nicht die allmächtigen, alles richtig machenden und alles könnenden Überväter waren, als die ich sie in der Kindheit erlebt hatte. Was der Schöpfer und Erlöser der Welt von uns Menschen wollte, übernahm ich eben aus schon genannten Gründen von den protestantisch-fundamentalische Bibel-Panzer in die Welt schickenden evangelikalen Predigern: angsterzeugte, weitgehend kritiklose

Übernahme der engstirnigen Bibelinterpretation der Evangelikalen, weil ich in ihnen, auf eine perverse Weise katholisch wegen der das eigene Denken aufgebenden Hierarchiehörigkeit, die einzig wahren Repräsentanten des Gottes der Bibel sah. Mein Vater und Onkel Ottfried, auch meine Mutter, denn auch sie war nicht allmächtig und verstand mich nicht in all meinen Seelenregungen und Gedanken, waren als scheinbar allmächtige Götter gefallen und entzaubert, wie sie für jeden Jugendlichen fallen und entzaubert werden, und an ihre Stelle trat der unüberbietbare, scheinbar allmächtige christliche Gott, was mein Paradies war, das zu meinem und zu so vieler Menschen Unglück – in der Geschichte und Gegenwart des Christentums – zur Hälfte eine Hölle war, eben weil ich die repressive Selbstvernichtung meines Begehrens, meiner Gefühle und meiner Gedanken von den protestantischen sadomasochistischen Lebenshassern übernahm. Neben der nahezu grenzenlosen Bewunderung und Liebe, die ich den beiden, meinem Vater und dem Onkel-Ottfried-Orkan, entgegenbrachte, übten diese, wie bereits beschrieben, und Obsessionen müssen immer wieder besprochen und beschrieben und also ausgedrückt werden, massiven Druck aus, der letztlich zu meiner „Verzweiflung der Notwendigkeit“ führte, wie der dänische Meisterdenker diagnostizierte, in dessen Songrepertoire einige befreiende absolute Kracher sind, die die Seele in einen röhrenden Watzmann der Freiheit verwandeln, aber auch einige, die die Ohren der Seele zu Schrumpel-Klumpen verätzen, wenn man sie zu oft und zu intensiv hört. In der Kindheit fühlte ich mich unter Druck, dem Folge zu leisten, was die beiden Oberbosse von mir wollten, und das gelang mir meistens, denn auch mit dem Druck, dass ich gut in der Schule zu sein hatte, kam ich im Großen und Ganzen gut zurecht, wenngleich der Übergang von der Grundschule in Weldakurv zum Gymnasium nach Hermannsdorf dem Gefühl, mit links zu den Klassenbesten zu gehören, erhebliche Kratzer auf der Langspielplatte meines Selbstbewusstseins zufügte, denn das erste Mal hatte ich Dreier und in Mathematik sogar eine Vier im Zeugnis. Ein fundamentaler Bruch im Verhältnis zu meinem Vater, vor allem aber zu Onkel Ottfried, der Göttersturz, ihre Zurechtstutzung zum menschlichen Maß, ja, leider nicht nur das, ihre beziehungsweise genauer: vor allem Ottfrieds Verwandlung zu einem mich teilweise sadistisch quälenden Peiniger und Tyrannen begann, als ich oft mit ihm zusammenarbeitete, und ich erlebte ihn als total ungerecht, wie in der Szene mit dem umgeworfenen Heuwagen oder dem falsch platzierten Getreidewagen bereits geschildert. Als Onkel Ottfried mich einmal, als ich sogar einen Tag Schule geschwänzt hatte, um einen Grassilage-Haufen auf einer Wiese festzufahren, wegen irgendetwas aus heiterem Himmel angebrüllt hatte, weinte ich sogar in seiner Gegenwart, weil es sich so anfühlte, als hätte er mir eine Pflugschar, die gerade in einem Haufen glühender Kohlen selbst zu einer gelborange glühenden Pflugschar-Kohle mutiert war, mit der flachen Seite gegen die flache Hand meiner Seele gehalten. Die Heulerei war natürlich total unmännlich, weil ich ja doch wie mein Vater und Onkel Ottfried ein richtiger Mann sein wollte, die ich noch nie weinen gesehen hatte! Wie unerträglich, wie oberpeinlich mir der Tränen-Rheinfall von Schaffhausen in diesem Moment war. Meine Fresse. Natürlich war ich auch geschockt, dass Onkel Ottfried so rücksichtslos und brutal mit mir umging. Nachdem mein Tränen-Rhein ausgetrocknet war und der Rheinfall von Schaffhausen nur mehr aus Felswänden in einem trockenen Flussbett bestand und ich mich langsam von den Brandwunden an der rechten Hand meiner Seele erholt hatte, wurde ich wütend, ja, nicht nur ein Rudel wütender Wölfe, die grässlich knurrten und die Zähne fletschten, baute sich auf, weil es sein Revier gegen ein anderes Rudel der zähen Nacht-Heuler verteidigen wollte, sondern dieses für mich gigantisch ungerechte Zufügen von Schmerz, ohne dass Onkel Ottfried auf die Idee kam, sich bei mir dafür zu entschuldigen, löste bei mir Hass auf ihn aus, Galeerensklaven-Hass auf die peitschenden Arbeitsantreiber. Eine immer wieder neu explodierende Handgranate, die sich nach jeder Explosion wieder selber generierte, war er, übergriffig, herrschsüchtig und also ungerecht und scheinbar vollkommen stumpf für die Fragen, die mir wichtig waren. (Dass er in gewissem Maß für sein Verhalten nichts konnte, weil seine Persönlichkeit, sein Charakter sehr stark durch die Borderline-/Narzissmus-Anteile in seiner Seele bestimmt wurden, seine emotionale Unberechenbarkeit durch die Paradoxie, sich gleichzeitig nach Nähe zu sehnen und sie, wenn sie denn da war, nicht aushalten zu können, weil er sich dadurch in seiner Identität bedroht fühlte, sein mich Einbauen als Teil seines Selbst und das Nicht-akzeptieren-Können meiner Autonomie waren mir damals nicht bewusst, wie ich bereits erwähnt habe, es aber immer wieder benennen muss, zu seiner Entschuldigung und auch, damit ich es nicht vergesse, denn sonst würde ich sein Verhalten als das eines boshaften, mich bewusst quälenden Sadisten ansehen, was es vielleicht zu einem kleinen Teil auch war, zum größten Teil aber nicht.) Weil ich mir das alles damals aber nicht wirklich erklären konnte, war Onkel Ottfried nicht nur ein gefallener Gott für mich, sondern in manchen Situationen auch ein bösartiger Tyrann, der durch sein Verhalten meine Identität bedrohte und meiner Lebensfreude den Garaus machte, was mir sofort wieder leidtat, wenn er, für mich ebenso unberechenbar, wieder der mich liebende und zugewandte Onkel Ottfried meiner Kindheit war. Dann schämte ich mich für meine Wut und meinen Hass auf ihn und hoffte immer, dass dieser Frühling seiner freundlichen und großzügigen Zugewandtheit für immer andauern würde und dass ich also nie mehr den sibirischen Frost und die sibirischen Schneestürme seiner Tyrannei und seiner Wutausbrüche erleben müsste, was aber nie eintraf, denn auf den Frühling des Auflebens ob der Sonne seiner Freundlichkeit folgte immer wieder, nein, nein, nicht etwa der Sommer oder der Herbst, eben nicht, sondern der widerwärtige sibirische, manchmal auf wilden Schneestürmen residierende Vierzig-Grad-unter-null-Winter seiner Herrschsucht, seiner Übergriffigkeit und seiner Wutausbrüche. Mit fünfzehn fragte ich mich, warum er damals mit mir nie über die für mich wichtigsten Fragen des Lebens gesprochen hat. Wozu bin ich auf der Erde? Welchen Sinn hat das Leben? Gibt es einen Gott, wenn ja, welchen, wer ist er, was will er? Gibt es ein Leben nach dem Tod? Auch über die Bibel redete er nie mit mir. Für mich war dieses Schweigen über die entscheidenden Fragen des Lebens so, als würde ich mit Onkel Ottfried und meinem Vater, der in dieser Beziehung ebenfalls so mitteilsam wie ein Grabstein war, auf dem der Name des Verstorbenen aufgrund der Arbeit von Wind und Wetter nicht mehr zu entziffern war, für mich war also das offenherzige, übersprudelnde Mitteilungsbedürfnis der beiden im Hinblick auf solche Themen so, als würde ich auf einem Feld Heubüsche auf den Wagen laden, und zwischendurch würden in der Nähe immer wieder Raketen einschlagen, die es auf uns abgesehen hatten, Raketen der Auslöschung der geistig-seelischen Existenz, die die betende, tanzende und dichtende Sonnen-Kathedrale des Lebens ist, Raketen bestehend aus dem stumpfen oder angstbedingten Totschweigen der für mich wichtigsten Fragen des Lebens. Mein Vater und Onkel Ottfried waren in dieser Beziehung wie viele andere Männer, die ich kannte. Vollkommen verstockt kamen sie mir vor angesichts der Sinnfrage und der Wie-soll-ich-leben-Frage, stumpfsinnig, verdruckst und gehemmt. Oh, wie hasste ich damals diese Taubheit für die entscheidende Musik des Lebens, diese Blindheit für seine wichtigsten und intensivsten Farben an vielen Männern, die ich kannte, und auch heute sind mir eine solche Haltung und eine solche Aura unheimlich, wenngleich ich mir natürlich Gedanken gemacht habe und mache, woher das kommt.

Diese scheinbare Fließband-Verstocktheit des reinen Funktionierens gab es natürlich nicht nur bei den Männern, sondern die stumme Stechkarten-Fixiertheit auf das Endliche gab es auch bei Frauen, aber Weltmeister im Ausblenden der existenziellsten Fragen des Lebens waren doch die Schlipsträger-Stumpfbolde. Für mich waren die Männer natürlich als Jungen die Identifikationsfiguren, und bei den Tauben und Blinden für die Sinn-, Gott- und Wie-soll-ich-leben-Fragen-Schrei-Farben fühlte ich mich so fremd und einsam wie ein Pottwal bei einem Meeting von McKinsey-Unternehmensberatern. Ist es eine Frage der Intelligenz, sich über solche Fragen Gedanken zu machen? Teilweise schon, denke ich, wer nicht nachdenkt, stellt sich solche Fragen nicht, wahrscheinlich liegt es aber hauptsächlich daran, wie der dänische Tief- und Scharf-Denker Kierkegaard entdeckt hat, dass man, um Angst zu vermeiden, sich auf das Endliche, auf das Praktische konzentriert, das man mal besser und mal schlechter, aber immerhin im Griff hat. Vielleicht hat die Hirnforschung auch inzwischen Hirnareale oder das Zusammenspiel bestimmter Hirnareale entdeckt, die den einen als offener für solche Fragen erweisen als den anderen, aber die Analyse des dänischen Tiefbohrers der Existenz ist damit nicht weniger relevant. Der im tiefen Ohrensessel versunkene und dabei Pfeife rauchende Großvater der Erfahrung erzählt, dass es scheinbar Menschen gibt, die sehr geschickt darin sind, einen landwirtschaftlichen Betrieb zu organisieren, wie mein Vater und Onkel Ottfried, oder eine Firma am Laufen zu halten und weiterzuentwickeln, eine Verwaltung effektiv arbeiten zu lassen oder selbst effektiv in einem Betrieb den Bulldozer-Bizeps-Helden der Arbeit zu geben oder als Sakkos sammelnde Präzisions-Maschine einer Verwaltung zu arbeiten, auf dem Laufenden zu sein, was man auf welchem Feld düngen oder was man gegen Schädlinge spritzen muss, wie bestimmte Maschinen zu reparieren sind, wie man sich organisieren muss, damit die Bauern ihre Ferkel möglichst so teuer verkaufen, dass man auch etwas daran verdient, die aber andererseits ein Brett vor dem Kopf haben, wenn es um Fragen geht, die noch wesentlich relevanter für das eigene Leben sind, eben die Frage nach dem Sinn des Lebens, die Frage nach Gott und wie man leben soll, wie man mit dem unvermeidlichen Tod umgehen kann und ob es ein Leben danach gibt und wenn ja, wie man sich das überhaupt vorstellen kann. Das Übelste, die fatalste Kalamität war eben, dass Menschen, meistens auch Männer, sich zu Antwortgebern aufschwangen, für kurze Zeit zu Kapitänen des Schiffes meines Leben wurden, die mir, was die Unterdrückung meines Begehrens, meiner Gefühle und des eigenständigen Denkens betraf, so gut taten wie ein Messer einem armen, an die Schlachtbank geführten oder mit irgendeinem miesen Fließband dorthin gebrachten Schwein, die mir so gut taten wie ein Temperatursturz auf zehn Grad unter null während der Kirschblüte der Kirschernte im Sommer, die mir so gut taten, wie es für ein Baby und Kleinkind gut ist, wenn es keine regelmäßigen Malzeiten bekommt und Prügel bekommt und dabei noch ständig gesagt bekommt, dass das der Ausdruck der größten elterlichen Liebe sei, die Panzer-Pietisten-Antwortgeber, die Angsteinjager, die eine so dicke Angst-Ernte einfahren konnten, weil Onkel Ottfried und mein Vater sie, die Angst, gesät und zu den richtigen Zeitpunkten gedüngt und gegen Unkraut und Schädlinge gespritzt hatten.

124. Ein süßlicher Kitsch-Jesus als röhrender Hippie-Revoluzzer

Das Gute an Erzählflüssen ist, dass man bei Bedarf ihre Fließrichtung ändern kann, und so schicke ich die Welda meines Erzählens wieder zurück, und als Ruderer auf dem Erzählfluss mache ich das Boot fest, steige aus und suche wieder mein Zimmer auf, das ich ja gerade ein bisschen aufgeräumt hatte. Ich hatte ein mich oft sehr bewegendes, tröstendes und Mut machendes Jesusbild an der Wand hängen, das landläufig als kitschig bezeichnet werden würde, was mir damals aber so wumpe und wurscht war, als hätte ein saharatrockener, For-

meln furzender und also damals für mich komplett langweiliger Mathelehrer sich abfällig über Eichendorffs „Taugenichts" geäußert. Kein verhuschtes, verdruckstes kleines Maus-Bildchen, das keinen Mucks macht, zeigte den Herrn Jesus, nein, ein postergroßes, gerahmtes Jesusbild prangte an der Fensterwand meines Zimmers, das laut und vernehmlich jedem, der in mein Zimmer kam, zeigte, wo der Hammer hing. Welcher? Sachte, sachte, dazu komme ich gleich. Ein sanfter, langhaariger Jesus klopfte an die Tür eines Hauses, für mich natürlich ein alles verstehender, hochsensibler Super-Seelsorger, ein mit von Mandolinen träumenden Schmetterlingen der Fantasie durch die Welt fliegender Hippie-Jesus, der aber kein Weichei, sondern im Gegenteil ein auch wilder Geselle und richtiger Kerl war, ein gewaltloser Revoluzzer mit klaren und festen Positionen, der wusste, wo es für ihn und die Menschen langging, worauf es im Leben ankam.
Der von jedem coolen, die angesagten Diskurse surfenden Kunstkritiker wahrscheinlich als unerträglich konventionell angesehene, nicht der Rede werte, kitschige Jesus schlug bei mir also meistens, wenn ich das Bild ansah, ein als subversive christlich-hippieeske Bombe, die nicht mich zerfetze, sondern nur den Bunker der Angst, der das Leben in mir gefangen hielt, als christlich-hippieeske Bombe also, die mir half, für das einzustehen, was mir wichtig war, für einen Glauben, der das Denken und die Gefühle nicht unterdrückte, sondern die Basis für ein freies, fantasievolles, Begehren und Denken integrierendes Leben ist. Der konventionelle Jesus half mir, gegen den Denk- und Gefühlsterror der evangelikalen, Geißelpeitschen pfeifenden Bibel-Beton-Anrührer anzustinken, die den wilden, subversiven Tanz der Bibel-Signifikanten auf das Signifikat eines angesteuerten Denk-Marschierens in Uniform einfroren und einfrieren. Aber nicht nur gegen die frommen Denk-Hemmer, sondern auch an die Adresse der Kurzhaarbiedermaxe, die von den Fünfzigerjahren Geprägten der Vätergeneration, vor allem gegen sie, hielt der konventionelle, langhaa-

rige Jesus mit dem Megafon flammende Protestreden: gegen ihr Muckertum und gegen die Angst-Anpassung an das Spießbürger backende „man". Wie problematisch vor allem für die Töchter, aber nicht nur für sie, die durch die patriarchale Tradition gespeiste Unterwürfigkeit vieler Frauen, der Mütter meiner Generation also, gegenüber ihren Männer sich ausgewirkt hat, war mir damals nicht wirklich bewusst. Die Freundlichkeit vieler Frauen und Mütter, ihre Zugewandtheit und dass ich bei ihnen oft ein viel größeres Akzeptieren meiner und auch der Persönlichkeit meiner Freunde gespürt hatte, waren eben oft gepaart mit Unselbstständigkeit, mit einem letztlich oft feigen Zurücknehmen der eigenen Person und deswegen auch dem nicht offenen und mutigen Einstehen für die Entwicklung der Persönlichkeit ihrer Kinder. Bei meiner Mutter war das so, bei Norberts Mutter, auch bei der Mutter von Kunz und bei vielen anderen Müttern, die ich kannte, auch. Sie waren freundlich, liebevoll, lebenslustig und akzeptierten einen, solange sie nicht wegen der wütend bellenden Ketten-Hunde ihrer Ehemänner vor Angst Reißaus nahmen, wenn es darum ging, zu ihrer eigenen Meinung zu stehen, ihre Interessen durchzusetzen, und hatten somit auch nur bis zu einem gewissen Punkt Verständnis für die Bedürfnisse ihrer Kinder, für unsere Bedürfnisse also. Wie es bei mir mit vielen mich begeisternden Büchern ist, ich muss sie in bestimmten Abständen immer lesen, wie es sich also für einen Effizienz-Zäune einreißenden Enthusiasmus und wie es sich für jede ordentliche Obsession gehört, denn Obsessionen sind Hunde, mit denen man regelmäßig spazieren gehen muss, die man rauslassen muss aus der Bude, dem Hof, dem Zwinger oder was auch immer, der Bude, dem Hof oder dem Zwinger des eigenen Kopfes, so ist es auch mit meinem Obsessions-Bernhardiner der Analyse der Frauengeneration meiner Mutter. Der Leser ist ihm schon auf einem Feldweg begegnet, als ich von der Heimkehr am Tag nach der Lena-Erstküssnacht erzählt habe.

Angesichts dieser mir vernagelt und stumpf vorkommenden Männer der Vatergeneration waren die langen Haare von Jesus auf dem konventionellen Bild eben lange Hippiehaare, die viele von ihnen so sehr hassten. In jedem Hippie hassten sie immer auch Jesus, seine Sanftmut, seine Intelligenz, seine Offenheit, seine Intensität und Poesie. Der konventionelle Gemälde-Jesus war aus der Sicht meiner Elterngeneration ein Aufwiegler und Revoluzzer. So kam es mir vor. Sie kannten nur Arbeit, das, was als Arbeit galt, körperliche Anstrengung oder irgendwelche technischen Geräte zu bedienen, zu reparieren oder zu fahren. Da passte der sanfte, etwas kitschige und sogar süßliche Jesus nicht hinein. Das Süßliche war für mich auch nicht süßlich im Sinne von verlogen, alles Raue verleugnend, sondern erschien mir eher als Sensibilität, differenziertes Wahrnehmen und Erleben, Aufgeschlossenheit für Abenteuer und die Schönheit der Welt, als von Sinnlichkeit und Leidenschaft gespeiste Intelligenz eben, die ich mir bei so manchem groben Klotz, bei so mancher die Kornblumen und Mohnblumen der Fantasie – Klatschmohn, der Feuer schluckende Gedicht-Pferde in die Welt blies, Kornblumen, die Stoppelfelder-Joints in der Hängematte der Spätsommer-Sonne rauchten – brutal mit Pflanzenschutzmittel bekämpfenden Dumpfbacke gewünscht hätte.

125. Na endlich, jetzt kommt Lena

Als Lena dann endlich kam, machte für mich der gesamte Hof Luftsprünge vor Freude und ließ Saxofon spielende Luftballons in den Himmel steigen. Ich kann mich noch daran erinnern, dass auch „Born To Run" von Bruce Springsteen unter den Songs war. Ganz der im Kampf mutige, aber jetzt, da eine Prinzessin auf sein Anwesen zu Besuch kam, rührend schüchterne Ritter, begrüßte mein Vater Lena, meine Mutter, nicht schüchtern, gab ihr natürlich ebenfalls die Hand, eher gutmütig neugierig darauf, was für eine Herzensdame ihr Sohn ihr vorstellen würde, freundlich-warmherzig lachend und irgendwie wissend, von Frau zu Frau sozusagen. Meine zu dieser Zeit zwölfjährige Schwester Monika kam angehoppelt wie ein verspieltes, neugierig-schüchternes Jungkaninchen, und wenn jeder Blick, mit dem sie Lena ansah, ein Pinselstrich mit Ölfarbe gewesen wäre, wäre Lena von Kopf bis Fuß mit Öl bemalt gewesen. Mein Bruder bereitete mit der Kombination, so hieß eine Egge mit kleinen Walzen dahinter, das Land vor, auf dem Onkel Ottfried dann Gerste säte, und Björn war auf Klassenfahrt in Wien. Onkel Ottfrieds Herrschsucht und cholerischen Ausbrüche als die Diktatoren in seiner Seele schienen mir in diesem Moment durch den basisdemokratischen Widerstand unbändiger Freude für immer gestürzt. Die Pappeln, die den Hof umsäumten, wirkten wie Wachposten, die von ihrem Chef gesagt bekommen hatten, dass keine Gefahr bestünde und sie deshalb ihre Uniformjacke ausziehen und sich hinsetzen dürften. Sie ließen sich nicht lange bitten, taten genau das und erzählten nostalgisch-wehmütig und fröhlich zugleich von ihren Amouren in der Jugend, wobei eine ihre Mundharmonika zückte und Dylan- und Neil-Young-Songs spielte. Selbst der schon für den Winterschlaf vorbereitete Mähdrescher in der Scheune kam mit seinem gewaltigen Leib als Riesen-Bernhardiner angesprungen und fing vor Staunen wegen Lenas langen braunen Haaren mit offenem Mund an, zu sabbern. Der ganze Hof träumte davon, dass genug Arbeitskräfte da sein würden, damit jeder seine Arbeit in Ruhe verrichten könnte und nicht Onkel Ottfrieds Hektik-Terrier die Bewohner des Hofes immer wieder in Seelen-Waden beißen würden, weil er liebevoller mit ihnen umgehen würde und die Terrier zu verliebten Terriern mit gutmütiger Bernhardiner-Seele würden, die den ganzen Tag wie betrunken über den Hof wandeln würden und vor lauter Terrier-Verliebtheitsglück noch jeder kleinsten Maus ihr Leben lassen würden.

Wir setzten uns auf den Teppichboden in meinem Zimmer, der in diesem Moment zu einem seidenen Perserteppich wurde, auf dem Motive aus Salomos Hohelied der Liebe eingearbeitet waren, das zu dieser Zeit mein Lieblings-Bibeltext wurde, ein reißender Bergfluss-Bibeltext, der die Selbstgeißelpeitschen der evangelikalen Unterdrückung des Begehrens wegspülte. Lena hatte ihren beigefarbenen Pullover und ihre blaue Breitcordhose an. Ihr Pullover zitierte die leuchtenden Weizenfelder aus dem August und fing ein Gespräch mit den verbliebenen Stoppelfeldern an, die ihr die Aufwartung machten und die Widerstand leisten wollten gegen das Gepflügt-Werden, um die dunklen Herbsttage aufzumischen, als Licht-Partisanen wollten sie kämpfen gegen das dumpfe Heer der trüben Tage und der Dunkelheit. Lenas Urschuhe, die sie ausgezogen hatte, riefen aus der Ecke, dass sie als Brieftauben fungieren wollten, damit die gemeinsamen Aktionen von Pullover und Stoppelfeldern koordiniert werden könnten.

Sie trug selbst gestrickte Strümpfe aus blauer Wolle – in etwa so hellblau wie der Himmel auf Vincent van Goghs „Die Brücke von Langlois in Arles" aus dem April 1888 –, auf denen ich Munchs Schrei aus schwarzer Wolle etwa so groß wie ein Zehn-Pfennig-Stück zu entdecken glaubte. Zwischen den so lang wie ein Zehntausendmeterlauf dauernden Küssen, die uns in glühende Glücks- und Lustmöpse verwandelten, sprach ich sie auf des gequälten Norwegers „Schrei" an.
„Du, Lena, das ist doch Munchs Schrei auf deinen Socken, oder?" – „Hast du ihn also entdeckt." – „Na klar", sagte ich, „ist ja echt der Hammer!" – „Beim Stricken habe ich mir gedacht, dass das Blau mich freut, wenn ich es angucke. Es steht für einen heiteren Himmel, für Kornblumen, Eisenhut, Rittersporn, Glockenblumen, alles Dinge, die mir große Freude bereiten, wenn ich sie sehe. Und Munchs Schrei eben als Ausdruck dessen, was mich in meinem Leben bedrückt: die Angst vor den Ausbrüchen meiner Mutter und das Gefängnis, in

dem ich durch ihre Tyrannei oft lebe. Die Freiheit und Schönheit eines Sommerhimmels, dessen Kinder sich den ganzen Tag im Himmelsschwimmbad vergnügen und in den Wäldern und Feldern des Himmels Winnetou und Old Shatterhand spielen und die am Abend mehrere Teile von „Dick und Doof" im Himmelsfernsehen sehen dürfen, diese Freiheit und Schönheit ist aber größer als alle meine Bedrängnis und Bedrücktheit durch meine Mutter. Das wollte ich symbolisch durch die Socken ausdrücken. Sie sollen mir Mut für den Tag machen, wenn ich sie morgens anziehe."

Ihre Munchs Schreie im Langlois-blauen Van-Gogh-Himmel versenkenden Strümpfe waren gestrickte Novalis-Gedichte für mich, gestrickte Carly-Simon-Songs oder gestrickte Lena-Gemälde als gestrickte Riesen-Adler, die jeden, der sie zwischen Schuh und Hose aufblitzen sah, in ein Hochgebirge der Lebensfreude flogen, von wo aus der Dumpf-Nebel des Tal-Alltags keine Macht mehr hatte.
Ihr durch handwerkliche Geschicklichkeit grundiertes Strick-Künstlertum ließ mich immer wieder zum begeisterten Fan werden, den die Songs ihrer Geschicklichkeit tief berührten, teilweise umhauten, der aber keinerlei Ambition hatte, auch zum Strick-Rockstar zu werden, weil er keine Begabung zum Strick-Song-Schreiben hat.
Befreiend, poetisch und sogar subversiv war ihre Näh- und Strickkunst, weil sie sich dem zweckrationalen Geist widersetzte, den meine Freunde und ich überall am Werk sahen, der das wild-ekstatische Doors-Leben, das Brueghel-pralle und Chagall-poetisch-fantasievolle Leben zu einer Wirtschafts-Leistungskurs-Arbeit umfunktionierte und umbrachte. Ebenso wie Kunz einst gesagt hatte, dass es subversiv sei, um den Brunnen herumzusitzen, müßigzugehen, sich zu unterhalten, zu rauchen, während die Welt ringsum von einem stumpfsinnigen Arbeitsfetischismus besessen war und uns Müßiggeher als Provokateure ansah, so zeigten Lenas Näh- und Strick-

künste den Poesie-Umbringern, den Ekstase-Abwürgern und Fantasie-Einstampfern den Stinkefinger.

126. Dem Stadtbrunnen wird noch einmal ein Besuch abgestattet

Der Stadtbrunnen, an dem die Prinzessin auf der Erbse in meiner und Lenas Nacht der Nächte uns aus dem „Taugenichts“ vorgelesen hatte, war ein beliebter Treffpunkt für Schüler nach der Schule, hauptsächlich der Hippies. Da saßen sie, so schien es Holger, Kunz und mir zum Beispiel in der zehnten Klasse, als Herbert noch unter dem Einfluss der Geißel-Peitschen-Pietisten stand, und allein dadurch, dass sie dort saßen, dösten, schwatzten oder diskutierten und dabei selbst gedrehte Zigaretten rauchten, lösten Erdbeben aus, die einige der Hochhäuser seelenloser Nützlichkeits-Vergottung und des materiellen Fortkommens, worin auch immer, zum Einsturz brachten. Subversiv gegenüber dem Sonnenblumen sichelnden Bestehenden, so ähnlich kamen mir eben auch Lenas Näh- und Strickkünste vor. Natürlich waren wir damals noch grün hinter den Ohren, haben unsere Kraft maßlos überschätzt, haben die Wirklichkeit des Lebens, der Gesellschaft, der Welt wie eine Knetmasse begriffen, die wir schon so zurechtkneten würden, dass eine Welt entstehen würde, in der alle Menschen in einem auf Rimbauds Gedichten tanzenden Paris der Freiheit leben würden, dennoch bleibt wahr, so sehe ich es immer noch: Wer seinen Geist und seine Seele offenhält, oder sagen wir es nicht so moralisierend, nicht so, als ob alles abhängen würde von einer eigenen Entscheidung dafür oder dagegen, denn seinen Geist und seine Seele offenhalten kann nur der, der im Zentrum seiner Person kein Spielball der Ängste um sich und sein Fortkommen ist, weil er im Glauben geborgen ist, wobei auch das natürlich wieder abhängig ist vom individuellen So-geworden-Sein eines jeden, wer also seinen Geist und seine Seele offenhalten kann, wer nicht die berührenden, die ekstatischen und also die poetischen Erfahrungen in sich niederbügelt und übergeht, weil er eben nicht getrieben ist von angstgesteuertem Ehrgeiz, der verhält sich subversiv gegenüber einer Geisteshaltung, die Wertschätzung nur an äußerem Erfolg oder beruflichem oder materiellem Fortkommen bemisst, weil jemand mit einer solchen Geisteshaltung sich eben nicht nur dann wertvoll fühlt, wenn er etwas leistet oder wenn er die äußerlich sichtbare Belohnung in Form von Geld oder anderen materiellen Gütern erhält. Subversiv kamen wir uns vor, Kunz, Holger und ich und die vielen anderen Jung-Hippies, weil wir uns Zeit nahmen, einfach am Stadtbrunnen zu sitzen und uns zu unterhalten über unser damaliges Schwarzbrot des Alltags, die Schule, über Freuden-Äxte schwingende Rockmusik, über Einsamkeits-Geschwüre heilende Bücher, über den auseinandergebrochenen Öltanker der Weltpolitik, der die Fische unserer Fröhlichkeit und den Ozean unserer uns manchmal unendlich scheinenden Kraft und Zuversicht zu zerstören drohte, subversiv, weil wir mit Muße die Passanten beobachteten und uns manchmal selbstgerechtnarzisstisch über die Spießer unter ihnen mokierten, weil wir uns freuten über die anderen Hippies, in denen wir Gleichgesinnte sahen, die mit uns zusammen den fressenden November der Welt illuminieren würden, junge Männer mit langen Haaren, glatte, die bis zum Allerwertesten fielen, oder sich nach allen Himmelsrichtungen streckende Wuschelköpfe, Jeans tragend mit Flicken so prächtig und bunt wie ein sich in voller Pracht präsentierender Pfau und Clarks wie Simon und Garfunkel auf ihrer „Best of", die im Grunde Gitarren waren und die wir durch unser Gehen so spielten, dass aus dem Bullterrier-Beton der würgenden Verhältnisse dieser Welt Johanniskraut wachsen würde, das den Beton nach und nach sprengen würde und Glockenblumen, Langen Heinrich und Eisenhut zu einer rauschenden Party einladen würde. Die größte Sensation waren natürlich die schönen Mädchen unter ihnen, die in uns als zugegebenermaßen noch recht schüchternen Zehntklässlern Freuden-Knallfrösche zündeten, dass uns Hören und vor lauter Freudenqualm auch das Sehen verging. Schlabberige Holzfällerhemden an einer Schönen wirkten damals auf uns so wie kunstvolle bunte Gobelins, die rote Mundharmonikas spielende Hirsche von erhabener Schönheit durch die Hermannsdorfer Fußgängerzone laufen ließen, außerdem waren sie natürlich Hippie-Erkennungszeichen, die die Schönen als Geistes- und Seelenverwandte auswiesen, darüber hinaus und vor allem anderen natürlich Vorhänge, die die alles überbietenden Paradiese ihrer Körper verbargen, nach denen sich jeder von uns Freunden sehnte wie nach nichts sonst, versprachen sie doch Ekstasen, die alles, was wir bisher erlebt hatten, wie eine Pfütze gegenüber dem Pazifik erscheinen ließen, versprachen sie doch an Marc-Chagall-Bilder denkende Hendrix-Gitarrensolo-Dauerekstasen der Verliebtheit und alles verzehrende Mittelmeer-Sommerwaldbrände der Lust, Hochgebirgs-Gewitter der Lust. Jesus-Latschen, Simon-und-Garfunkel-Clarks und Urschuhe komplettierten dann die spirituelle Hippie-Poesie, das Seelentiefe- und Sinnlichkeits-Versprechen zugleich, die Engstirnigkeit-und-Zweckrationalität-zum-Einsturz-Bringer, die die Ära der instrumentellen Vernunft beenden würden. Wir Jugendlichen, wie alle Jugendlichen, waren Erlebnis-Riesen, dichtende, malende und rockende Tiger der Intensität, die in so vielem die Posaunen der Poesie hörten und die vor Kraft kaum laufen konnten. Und dieses Gefühl veränderte sich zwar, bekam auch seine kalten Duschen, hielt aber noch an bis zum Abitur, bei mir zumindest, und ich denke, bei vielen meiner Freundinnen und Freunde auch.

Porträtfotograf: Ingo Bulla

Impressum:

Manuela Kinzel Verlag
73037 Göppingen * 06844 Dessau
Tel. 07165 / 929 399

info@manuela-kinzel-verlag.de
www.manuela-kinzel-verlag.de

2. Auflage 2015

ISBN 978-3-95544-009-1